OMNIBUS

Ken Follett

IL MARTELLO DELL'EDEN

Traduzione di Annamaria Raffo

MONDADORI

Questo libro è un'opera di fantasia. Nomi, personaggi, luoghi, organizzazioni ed eventi sono frutto della fantasia dell'autore o vengono usati in maniera fittizia. Qualsiasi somiglianza con fatti, organizzazioni o persone reali, vive o defunte, è assolutamente casuale.

Il nostro indirizzo Internet è:
http://www.mondadori.com/libri

ISBN 88-04-44441-X

IL MARTELLO DELL'EDEN

Parte prima
QUATTRO SETTIMANE

Prima di addormentarsi rivede sempre lo stesso paesaggio: una foresta di pini ricopre le colline, fitta come la pelliccia di un orso. Nell'aria pura di montagna il cielo è così azzurro che fa male agli occhi. A pochi chilometri dalla strada c'è una valle segreta dai fianchi scoscesi, nella quale scorre un fiume dalle acque gelide. Là, celato alla vista degli estranei, c'è un pendio rivolto a sud che è stato disboscato, dove crescono filari di vite perfettamente allineati.

Al ricordo di tanta bellezza quasi gli si spezza il cuore.

Uomini, donne e bambini si muovono lentamente tra i filari, curano le piante. Sono i suoi amici, le sue amanti, la sua famiglia. Una delle donne ride. È imponente, con lunghi capelli neri e lui prova nei suoi confronti un affetto speciale. Lei butta la testa all'indietro, spalanca la bocca, e la sua voce limpida e sonora si diffonde nella valle come il canto di un uccello. Mentre lavorano, alcuni degli uomini recitano sommessamente un mantra, pregando gli dei della valle e dei vigneti perché concedano un buon raccolto. Ai loro piedi grossi ceppi d'albero ricordano l'estenuante lavoro grazie al quale tutto questo è stato creato, venticinque anni prima. Il terreno è roccioso, ma è un bene, perché le pietre trattengono il calore del sole e riscaldano le radici delle viti, proteggendole dalla morsa del gelo.

Al di là del vigneto c'è un gruppo di costruzioni di legno, semplici ma solide e resistenti alle intemperie. Del fumo sale da una cucina da campo. In una radura una donna sta insegnando a un ragazzo a fare le botti.

È un luogo sacro. Protetto dal segreto e dalle preghiere, ha conservato la sua purezza e la libertà della sua gente, mentre il resto del mondo oltre la valle è degenerato nella corruzione, nell'ipocrisia, nell'avidità e nel sudiciume.

Poi l'immagine cambia.

È successo qualcosa al torrente che un tempo attraversava la valle zigzagando. Il suo mormorio è stato soffocato, la sua corsa bruscamente interrotta. Al posto della corrente bianca e spumeggiante ora c'è una pozza scura e silenziosa. Le sponde sembrano immobili ma, se distoglie lo sguardo per qualche istante, ha l'impressione che la pozza si allarghi. Ben presto è costretto a cercare rifugio sul fianco della collina.

Si domanda come mai gli altri non se ne accorgano. Continuano a lavorare con i piedi immersi anche quando l'acqua scura lambisce i primi filari. Gli edifici vengono circondati, poi inghiottiti. Il fuoco nella cucina da campo si spegne e le botti vuote prendono a galleggiare sull'acqua che continua a salire. Perché non scappano, si domanda, mentre un panico crescente gli serra la gola.

Nuvole plumbee oscurano il cielo e un vento freddo sferza gli abiti delle persone, che però continuano a muoversi lungo i filari, chinandosi e risollevandosi, sorridendo e parlando tra loro con un tono di voce normale e tranquillo. Solo lui riesce a vedere il pericolo e vorrebbe afferrare almeno i bambini per metterli in salvo. Cerca di correre verso sua figlia, ma scopre di avere i piedi imprigionati nel fango e di non poterlo fare. La paura lo assale.

Nel vigneto l'acqua arriva ormai alle ginocchia dei lavoratori, poi alla vita, quindi al collo. Lui vorrebbe avvisare le persone che ama, urlare loro che devono fare qualcosa, subito, nel giro di pochi secondi, altrimenti moriranno, ma quando apre la bocca non esce alcun suono. Viene colto da un terrore indicibile. L'acqua gli lambisce la bocca spalancata e lui comincia a soffocare.

A questo punto si sveglia.

1

L'uomo che si faceva chiamare Priest si calò il cappello da cow-boy sulla fronte e scrutò il deserto piatto e polveroso del Texas meridionale.

Il verde spento dei cespugli spinosi di *mesquite* e artemisia si estendeva a perdita d'occhio in ogni direzione. Davanti a lui, nella vegetazione si apriva una pista irregolare tutta solchi, larga poco più di tre metri. Erano gli ispanici a tracciare queste piste con i bulldozer, seguendo linee brutali; le chiamavano *senderos*. Su un lato, a intervalli di una cinquantina di metri, sventolavano bandierine segnaletiche di plastica di un rosa brillante, montate su paletti di metallo. Un camion avanzava lentamente lungo il *sendero*.

Priest doveva rubare quel camion.

Aveva rubato il suo primo veicolo all'età di undici anni. Era una Lincoln Continental del 1961, nuova di zecca, color bianco neve, parcheggiata con le chiavi inserite nell'accensione sulla South Broadway davanti al Roxy Theatre, a Los Angeles. Priest, che a quei tempi si chiamava ancora Ricky, riusciva a malapena a vedere al di là del volante. La paura era tale che per poco non si era pisciato addosso, ma aveva guidato l'auto per dieci isolati. Poi, pieno di orgoglio, aveva consegnato le chiavi a Jimmy Riley, "faccia di maiale", che gli aveva dato cinque dollari ed era subito partito per un giro con Dolly Mendoza, finendo per sfasciare la macchina sulla Pacific Coast Highway. Era così che Ricky era entrato a far parte della gang di "faccia di maiale".

Questo camion, però, non era solo un veicolo.

Priest osservò l'imponente macchinario posto dietro la cabina del guidatore calare a terra una pesante piastra di acciaio di due metri per due. Ci fu una pausa, poi si udì un rombo profondo e la terra cominciò a tremare sotto i suoi piedi. Una nuvola di polvere si sollevò intorno al camion quando la piastra prese a percuotere la terra ritmicamente.

Era un vibratore sismico, una macchina che trasmetteva onde d'urto attraverso la crosta terrestre. Priest aveva imparato ben poco oltre che a rubare le auto, ma si considerava la persona più in gamba che avesse mai conosciuto e aveva capito subito come funzionava. Era un congegno simile al radar e al sonar. Le onde d'urto erano riflesse dal diverso profilo geologico del sottosuolo – a seconda che si trattasse di strati rocciosi o liquidi – e rimbalzavano verso la superficie, dove venivano captate da dispositivi di ascolto chiamati geofoni o *jugs*.

Priest lavorava nella squadra che posava i geofoni. Ne avevano installati più di mille a intervalli regolari su una griglia di quasi due chilometri quadrati. Ogni volta che il macchinario vibrava, l'onda di riflesso veniva captata dai *jugs* e registrata da un controllore che lavorava all'interno di una roulotte soprannominata "il canile". In seguito tutti i dati sarebbero stati inseriti in un supercomputer di Houston allo scopo di creare una mappa tridimensionale del sottosuolo. La mappa sarebbe stata poi venduta a una compagnia petrolifera.

Le vibrazioni si fecero più forti e il rumore divenne simile a quello dei potenti motori di un transatlantico che acquista velocità, poi cessò di colpo. Priest corse lungo il *sendero* verso il camion, stringendo gli occhi per difendersi dal polverone. Aprì la portiera e salì nella cabina. Al volante c'era un uomo sulla trentina, robusto e coi capelli

12

neri. «Ciao, Mario» disse Priest, scivolando sul sedile al suo fianco.

«Ciao, Ricky.»

Richard Granger era il nome che compariva sulla patente di Priest. Il nome era vero, la patente no.

Aveva con sé una stecca di Marlboro, la marca che fumava Mario. La gettò sul cruscotto. «Tieni, ti ho portato una cosa.»

«Ehi, amico, non c'è bisogno che mi regali le sigarette.»

«Te le scrocco sempre.» Prese il pacchetto aperto posato sul cruscotto, ne estrasse una e se la mise tra le labbra.

Mario sorrise. «Perché non te le comperi?»

«Maledizione, no, non me lo posso permettere.»

«Sei proprio matto, amico» disse Mario ridendo.

Priest accese la sigaretta. Per lui era sempre stato facile andare d'accordo con le persone, rendersi simpatico. Sulle strade dove era cresciuto, la gente te le suonava se non gli eri simpatico, e Priest era sempre stato un ragazzino gracile. Così aveva acquisito un sesto senso per capire ciò che gli altri volevano da lui – deferenza, affetto, umorismo eccetera – e la prontezza nell'esaudire i desideri del prossimo. Nei campi petroliferi ciò che teneva gli uomini uniti era l'umorismo, di solito beffardo, talvolta arguto, ma il più delle volte osceno.

Anche se si trovava lì solo da due settimane, Priest si era conquistato la fiducia dei compagni di lavoro, ma non era ancora riuscito a trovare il modo per rubare il vibratore sismico. Doveva farlo assolutamente entro poche ore, poiché l'indomani il camion sarebbe stato trasferito a più di mille chilometri da lì, vicino a Clovis, nel Nuovo Messico.

Il suo piano, ancora piuttosto vago, era quello di chiedere un passaggio a Mario. Il viaggio sarebbe durato due o tre giorni: il camion, che pesava quasi venti tonnellate, poteva raggiungere i sessantacinque chilometri orari. A un certo punto avrebbe fatto ubriacare l'autista o avrebbe escogitato qualcos'altro, e se la sarebbe filata col camion.

13

Aveva sperato che gli venisse in mente un piano migliore ma, fino a quel momento, gli era mancata l'ispirazione.

«La mia macchina è fuori uso» disse. «Ti andrebbe di darmi un passaggio fino a San Antonio, domani?»

Mario rimase sorpreso. «Non vieni a Clovis?»

«Nossignore.» Indicò con la mano il paesaggio brullo e deserto. «Guardati intorno, amico, il Texas è così bello che non ho proprio voglia di andarmene.»

Mario si strinse nelle spalle. Non era insolito incontrare tipi irrequieti in quel lavoro. «Certo che ti do un passaggio.» Prendere gente a bordo era vietato dal regolamento della compagnia, ma gli autisti lo facevano sempre. «Ci vediamo alla discarica.»

Priest annuì. La discarica era una conca desolata, piena di camioncini arrugginiti, televisori sfondati e materassi pieni di pulci, subito fuori Shiloh, la città più vicina. Nessuno lo avrebbe visto salire a bordo, se non qualche ragazzo che sparava ai serpenti con un calibro ventidue. «A che ora?»

«Facciamo alle sei.»

«Porterò il caffè.»

Priest aveva bisogno di quel camion, quasi che ne andasse della sua vita. Gli prudevano le mani dalla voglia di afferrare Mario all'istante, buttarlo fuori e filarsela. Ma non era una buona idea. Tanto per cominciare, Mario aveva quasi vent'anni meno di lui ed era possibile che non si lasciasse buttare fuori tanto facilmente. Inoltre, era fondamentale che il furto non venisse scoperto per qualche giorno. Priest doveva tornare in California e nascondere il camion prima che la polizia federale venisse avvisata di cercare un vibratore sismico rubato.

La radio emise un bip, a indicare che il controllore all'interno del canile aveva verificato i dati dell'ultimo test e non aveva riscontrato alcun problema. Mario sollevò la piastra, ingranò la marcia e si spostò in avanti di una cinquantina di metri andando a fermarsi proprio di fianco alla bandierina rosa successiva. Quindi riabbassò la piastra

14

e dette l'okay. Priest lo osservava attentamente, come aveva fatto già diverse altre volte, per memorizzare l'ordine esatto in cui Mario muoveva le leve e azionava i pulsanti, perché se avesse dimenticato qualcosa, dopo, non ci sarebbe stato nessuno cui chiedere aiuto.

Attesero il segnale che avrebbe dato inizio al nuovo test. Nonostante potesse farlo anche l'autista del camion, in genere erano i controllori ad avviare l'operazione mediante un telecomando. Priest finì la sigaretta e gettò il mozzicone fuori del finestrino. Mario fece un cenno con la testa in direzione dell'auto parcheggiata circa quattrocento metri più in là sulla strada asfaltata a due corsie. «Quella è la tua donna?»

Priest si voltò a guardare: Star era scesa dalla Honda Civic azzurra tutta sporca e se ne stava appoggiata al cofano, facendosi aria col cappello di paglia. «Già» rispose.

«Ora ti mostro una foto.» Mario prese un vecchio portafoglio di pelle dalla tasca dei jeans. Tirò fuori una fotografia e gliela porse. «Questa è Isabella» disse, orgoglioso.

Priest vide una graziosa messicana sui vent'anni, vestita con un abito giallo e un cerchietto dello stesso colore nei capelli. Teneva in braccio un bambino piccolo, e un ragazzino coi capelli scuri se ne stava timido al suo fianco. «I tuoi figli?»

L'uomo annuì. «Ross e Betty.»

Priest resistette all'impulso di sorridere di fronte ai nomi inglesi. «Bei bambini.» Pensò ai propri figli, e fu lì lì per parlarne a Mario, ma si trattenne appena in tempo. «Dove vivono?»

«A El Paso.»

Nella mente di Priest spuntò il barlume di un'idea. «Li vedi spesso?»

Mario scosse la testa. «Non faccio altro che lavorare e lavorare, amico. Devo mettere da parte i soldi per comperare una casa per loro. Una bella casa con una grande cucina e la piscina in giardino. Se lo meritano.»

L'idea prese forma. Priest represse l'eccitazione e man-

tenne il tono casuale di una conversazione poco impegnativa. «Già, una bella casa per una bella famiglia, giusto?»
«Proprio così.»
La radio emise un altro bip e il camion cominciò a vibrare. Un rumore simile al rombo di un tuono, ma più regolare. Iniziava con una nota bassa e profonda e lentamente diventava più acuto. Dopo quattordici secondi esatti cessò.
Nel silenzio che seguì, Priest fece schioccare le dita. «Senti, m'è venuta un'idea... no, forse è meglio di no.»
«Cosa?»
«Non so se funzionerebbe.»
«Cosa, amico, cosa?»
«Pensavo... sai, hai una bella moglie e dei bei bambini, non è giusto che tu li veda così poco.»
«E *questa* è la tua idea?»
«No. La mia idea è che potrei portare io il camion nel Nuovo Messico, mentre tu vai a trovarli. Tutto qui.» Era importante non farsi vedere troppo interessato, si disse Priest. «Ma forse non funzionerebbe» aggiunse con un tono del genere "chi se ne frega".
«No, amico, non è possibile.»
«Probabilmente no. Vediamo, se partissimo domani mattina presto e andassimo insieme fino a San Antonio, potrei lasciarti all'aeroporto e tu potresti essere a El Paso per mezzogiorno. Giochi un po' coi bambini, ceni con tua moglie, passi la notte là e prendi un aereo il giorno dopo. Io passerei a prenderti all'aeroporto di Lubbock... quanto c'è tra Lubbock e Clovis?»
«Più o meno centocinquanta chilometri.»
«Potremmo essere a Clovis la sera stessa, tutt'al più la mattina dopo, e chi mai scoprirebbe che non hai guidato tu per tutto il tragitto?»
«Ma tu vuoi andare a San Antonio.»
Merda! Priest non ci aveva pensato, improvvisando così sui due piedi. «Ehi, io non sono mai stato a Lubbock» disse con leggerezza. «È lì che è nato Buddy Holly.»

16

«Chi diavolo è Buddy Holly?»

Priest si mise a cantare: «*I love you, Peggy Sue, with a love so rare and true...*».

«Buddy Holly è morto prima che tu nascessi, Mario. A me piaceva ancora più di Elvis. E non chiedermi chi era Elvis.»

«E tu andresti fin là solo per me?»

Priest si chiese preoccupato se Mario fosse sospettoso o solo riconoscente. «Certo che lo farei» gli rispose. «Purché mi lasci fumare le tue Marlboro.»

Mario scosse la testa, assumendo un'aria sorpresa. «Sei davvero un bel tipo, Ricky, ma non so...»

Dunque non era sospettoso ma solo apprensivo, e probabilmente non sarebbe stato possibile spingerlo a prendere una decisione. Priest nascose la sua frustrazione sotto un'espressione noncurante. «Be', pensaci» concluse.

«E se qualcosa andasse storto? Non voglio perdere il lavoro.»

«Hai ragione.» Priest si sforzò di dominare l'impazienza. «Senti, ne parliamo più tardi. Vieni al bar stasera?»

«Certo.»

«Così potrai darmi una risposta.»

«D'accordo.»

La radio mandò il segnale e Mario azionò la leva che sollevava la piastra dal terreno.

«Devo tornare al lavoro» disse Priest. «Abbiamo qualche chilometro di cavo da tirare su prima di notte.» Restituì la foto col gruppo di famiglia e aprì la portiera. «Sai una cosa, amico? Se avessi una ragazza così carina, non uscirei neppure di casa.» Fece un gran sorriso, saltò a terra e chiuse con forza la portiera.

Il camion proseguì verso la bandierina seguente e Priest si allontanò, sollevando una piccola nuvola di polvere con i suoi stivali da cow-boy.

Mentre avanzava lungo il *sendero* verso il punto in cui era parcheggiata la macchina, vide Star che camminava avanti e indietro, nervosa e impaziente.

17

Un tempo, sia pure per un breve periodo, era stata famosa. Al culmine dell'era hippy viveva nel quartiere di Haight-Ashbury, vicino a San Francisco. Priest non la conosceva allora – aveva passato la fine degli anni Sessanta a guadagnare il suo primo milione di dollari –, ma ne aveva sentito parlare. Era una vera bellezza, alta, i capelli neri e un corpo a clessidra. Aveva inciso un disco con un complesso che si chiamava Raining Fresh Daisies, nel quale recitava versi su un sottofondo di musica psichedelica. L'album aveva avuto un discreto successo e per qualche giorno Star era stata una celebrità.

Ma quello che aveva fatto di lei una leggenda era la sua insaziabile promiscuità sessuale. Aveva fatto sesso con chiunque fosse in grado di colpire anche per un istante la sua fantasia: dodicenni smaniosi e sessantenni sorpresi, ragazzi convinti di essere gay e ragazze ignare di essere lesbiche, amici che conosceva da anni ed estranei incontrati per strada.

Questo era accaduto tanto tempo prima. Ora, a qualche settimana dal suo cinquantesimo compleanno, tra i capelli c'era qualche filo grigio, ma la sua figura era sempre prosperosa. Certo non era più fatta a clessidra e pesava novanta chili, tuttavia continuava a esercitare uno straordinario magnetismo sessuale. Quando entrava in un bar tutti gli uomini si voltavano a guardarla.

Persino adesso che era preoccupata e accaldata, c'era un che di sexy nel modo in cui camminava su e giù davanti alla vecchia auto, quasi un invito nel movimento del suo corpo sotto il sottile abito di cotone. Priest provò il desiderio di saltarle addosso, lì, sul momento.

«Cos'è successo?» gli chiese la donna non appena lui fu a portata di voce.

Priest era sempre ottimista. «Si mette bene» rispose.

«Allora va proprio male» osservò lei scettica. Aveva imparato a non prendere per oro colato tutto quanto le diceva.

Priest le raccontò della proposta che aveva fatto a Mario. «E il bello è che daranno la colpa a lui» aggiunse.

«Perché?»

«Pensaci. Arriva a Lubbock e mi cerca. Io non ci sono e il camion neppure. Capisce di essere stato fregato. Cosa fa? Va a Clovis e dice alla ditta di aver perso il camion? Non credo proprio. Come minimo lo licenziano. Nella peggiore delle ipotesi potrebbe essere accusato di aver rubato il camion e finire in galera. Ci scommetto che non andrà neppure a Clovis. Risalirà sull'aereo, tornerà a El Paso, caricherà moglie e figli in macchina e scomparirà. A quel punto la polizia avrà la certezza che è stato lui a rubare il camion. E Ricky Granger non sarà neppure sospettato.»

Star aggrottò la fronte. «È un piano fantastico, ma quello abboccherà?»

«Io credo di sì.»

Il nervosismo della donna aumentò. Batté sul tetto polveroso della macchina con il palmo della mano. «Merda! Dobbiamo assolutamente prendere quel camion!»

Priest era preoccupato quanto lei, ma lo nascondeva dietro un atteggiamento spavaldo. «Ce la faremo» disse. «In un modo o nell'altro.»

Star si rimise in testa il cappello di paglia e si appoggiò con la schiena alla macchina, chiudendo gli occhi. «Vorrei tanto esserne sicura.»

Lui le accarezzò una guancia. «Serve un passaggio, signora?»

«Sì, per favore. Mi porti nella mia stanza d'albergo con l'aria condizionata.»

«Ci sarà un prezzo da pagare.»

Lei spalancò gli occhi assumendo un'espressione innocente. «Dovrò fare qualcosa di brutto, signore?»

Lui le infilò la mano nella scollatura. «Già.»

«Oh, cielo» disse Star e si sollevò la gonna fino alla vita. Non indossava biancheria intima.

Priest sorrise e si sbottonò i Levi's.

«Cosa penserà Mario se ci vede?» chiese lei.

«Sarà invidioso» rispose Priest penetrandola. Erano all'incirca della stessa altezza e i loro corpi aderivano l'uno all'altro perfettamente grazie alla lunga consuetudine.

Lei lo baciò sulla bocca.

Qualche attimo dopo Priest udì un veicolo avvicinarsi lungo la strada. Entrambi alzarono gli occhi senza smettere quello che stavano facendo. Era un pick-up con a bordo tre manovali, tutti sul sedile anteriore. Gli uomini videro ciò che stava succedendo e lanciarono urla di incitamento dal finestrino, proseguendo per la loro strada.

Star li salutò con la mano urlando: «Salve, ragazzi!».

Priest scoppiò a ridere così forte che venne.

La crisi aveva subito una svolta decisiva tre settimane prima.

Stavano seduti al lungo tavolo della cucina da campo, intenti a consumare il pranzo, uno stufato piccante di lenticchie e verdure con pane appena sfornato, quando Paul Beale era entrato con una busta in mano.

Paul imbottigliava il vino prodotto dalla comune di Priest, ma in realtà faceva molto di più. Era il loro collegamento con l'esterno e li metteva in grado di commerciare con il mondo, pur tenendolo a distanza. Calvo, con la barba e una giacca di pelle, Paul era amico di Priest fin dai primi anni Sessanta quando, entrambi quattordicenni, vagavano ubriachi per i bassifondi di Los Angeles.

Priest capì che Paul aveva ricevuto la lettera quella mattina, era saltato in macchina e da Napa si era precipitato lì. Immaginava anche il contenuto della lettera, ma attese che fosse Paul a rivelarlo.

«Viene dall'ufficio amministrativo del demanio» disse Paul. «È indirizzata a Stella Higgins.» La porse a Star, che era seduta all'estremità opposta del tavolo. Stella Higgins era il suo vero nome, il nome col quale nell'autunno del 1969 aveva preso in affitto quel pezzo di terra dal ministero dell'Ambiente e delle Risorse naturali. Intorno al tavolo nessuno parlò più. Persino i bambini rimasero in silenzio, avvertendo l'atmosfera di paura e smarrimento.

Star aprì la busta e tirò fuori un foglio. Lo scorse velocemente. «Il sette di giugno» annunciò.

«Cinque settimane e due giorni da oggi» disse Priest. Era un tipo di calcolo che gli veniva naturale.

Ci furono gemiti di disperazione. Una donna che si chiamava Song cominciò a piangere sommessamente. Uno dei figli di Priest, Ringo, che aveva dieci anni, domandò: «Perché, Star? Perché?».

Priest colse lo sguardo di Melanie, l'ultima arrivata. Era una donna di ventotto anni, alta, sottile, di una bellezza straordinaria: pelle chiara, lunghi capelli rossi e un corpo da modella. Di fianco a lei sedeva il figlio Dusty, un bimbo di cinque anni. «Cosa?» chiese Melanie sciocata. «Cosa significa questa storia?»

Tutti gli altri sapevano che sarebbe successo, ma parlarne era troppo deprimente e così non ne avevano accennato a Melanie.

«Dobbiamo lasciare la valle» le spiegò Priest. «Mi dispiace.»

Star lesse a voce alta dalla lettera: «Il succitato appezzamento di terreno diventerà pericoloso per qualsiasi insediamento umano a partire dal 7 giugno, pertanto in tale data il vostro contratto di locazione verrà a scadere come dalla clausola 9, sezione B, paragrafo 2».

Melanie si alzò in piedi, rossa in volto, i bei lineamenti stravolti dalla collera. «No!» urlò. «Non possono farmi questo... vi ho appena trovato! Non ci credo, è una menzogna! Bugiardo!» proseguì, rivolgendo la propria rabbia contro Paul. «Maledetto bugiardo!»

Suo figlio scoppiò a piangere.

«Ehi, piantala!» esclamò Paul, indignato. «Io ho solo portato la posta!» Tutti si misero a urlare contemporaneamente.

In un attimo Priest fu al fianco di Melanie. La circondò con un braccio e le parlò dolcemente all'orecchio. «Stai spaventando Dusty» disse. «Su, siediti. Hai ragione a essere arrabbiata, anche noi lo siamo.»

21

«Dimmi che non è vero.»

Priest la fece sedere con dolcezza. «È vero, Melanie. È vero.»

Quando tutti si furono calmati, Priest li esortò: «Su, ora laviamo i piatti e torniamo al lavoro».

«Perché?» chiese Dale, il vinificatore. Non era uno dei membri fondatori, era arrivato là negli anni Ottanta, deluso dal mondo capitalista. Dopo Priest e Star era la persona più importante del gruppo. «Non saremo qui per il raccolto» proseguì. «Fra cinque settimane dovremo andarcene. Perché lavorare?»

Priest gli rivolse "lo sguardo", quello sguardo ipnotico che intimoriva e incantava chiunque non fosse più che determinato. Lasciò che nella stanza calasse il silenzio, in modo che tutti potessero sentire, e poi disse: «Perché i miracoli avvengono».

Un'ordinanza locale vietava la vendita di alcolici nella città di Shiloh, Texas, ma subito al di là dei confini civici c'era un bar chiamato The Doodlebug, che offriva birra scadente alla spina, un complesso country e cameriere con jeans attillati e stivali da cow-boy.

Priest ci andò da solo. Non voleva che Star si mostrasse in giro col rischio che in seguito qualcuno potesse ricordarsi di lei. Avrebbe preferito che non fosse venuta nel Texas, ma aveva bisogno di qualcuno che lo aiutasse a portare a casa il vibratore sismico. Avrebbero guidato giorno e notte, dandosi il cambio e prendendo anfetamine per restare svegli. Dovevano arrivare a casa prima che il furto venisse scoperto.

Si era pentito dell'imprudenza commessa quel pomeriggio. Mario l'aveva scorta da almeno quattrocento metri di distanza e i tre manovali sul pick-up l'avevano solo intravista, ma Star aveva un aspetto particolare e probabilmente sarebbero stati in grado di darne una descrizione approssimativa: una donna di razza bianca, alta, dal fisico robusto, lunghi capelli neri...

Priest aveva cambiato aspetto prima di arrivare a Shiloh. Si era fatto crescere i baffi e una folta barba, e aveva raccolto i lunghi capelli in una treccia compatta che teneva nascosta sotto il cappello.

In ogni caso, se tutto fosse andato secondo i suoi piani, nessuno avrebbe mai pensato a loro due.

Quando arrivò al Doodlebug, Mario era già là, seduto a un tavolo con cinque o sei uomini del *jug team* e il caposquadra, Lenny Petersen, che dirigeva il gruppo degli addetti alle esplorazioni sismiche.

Per non apparire troppo impaziente, Priest non andò subito a sedersi al loro tavolo, prese una Lone Star e rimase al banco per un po', sorseggiando la birra dalla bottiglia e chiacchierando con la barista.

Lenny aveva una calvizie incipiente e un naso rubizzo. Era stato lui ad assumere Priest, due settimane prima. Priest aveva passato la serata al bar, bevendo con moderazione e fraternizzando con gli operai, facendosi un'infarinatura del gergo delle prospezioni petrolifere e ridendo di gusto alle battute di Lenny. La mattina seguente aveva trovato Lenny nell'ufficio del cantiere e gli aveva chiesto un lavoro. «Ti prenderò in prova» aveva risposto lui.

Esattamente quello che Priest voleva.

Era un gran lavoratore, imparava in fretta, andava d'accordo con tutti, così nel giro di qualche giorno era entrato a far parte della squadra.

Mentre Priest si sedeva al tavolo, Lenny disse con il suo strascicato accento texano: «Allora, Ricky, tu non vieni con noi a Clovis».

«Già» ribatté Priest. «Mi piace troppo il clima di qui per andarmene.»

«Be', lasciami dire in tutta sincerità che è stato un vero piacere e un grande onore conoscerti, anche se per un periodo così breve» continuò Lenny.

Gli altri risero. Questo genere di canzonatura era normale fra loro. Guardarono Priest, in attesa di una sua risposta.

Lui assunse un'espressione solenne. «Lenny, sei stato così buono e gentile con me che te lo chiedo ancora una volta: vuoi sposarmi?»

Tutti scoppiarono a ridere. Mario gli diede una pacca sulle spalle.

Lenny si finse turbato e rispose: «Lo sai che non posso sposarti, Ricky. Ti ho già spiegato il perché». Fece una pausa melodrammatica mentre tutti si sporgevano in avanti per non perdere la battuta finale. «Sono lesbica.»

Ci fu una risata fragorosa. Priest sorrise con aria mesta, come per accettare la sconfitta, e ordinò una caraffa di birra per il tavolo.

La conversazione si spostò sul baseball. La maggior parte dei presenti tifava per gli Houston Astros, ma Lenny era di Arlington e quindi teneva per i Texas Rangers. Priest non aveva alcun interesse per lo sport e attese nervosamente che la conversazione finisse, intervenendo di quando in quando con un commento neutrale. Erano tutti di ottimo umore. Il lavoro era stato terminato secondo il programma, tutti avevano ricevuto una buona paga, ed era venerdì sera. Priest sorseggiò lentamente la birra. Non beveva mai molto: odiava perdere il controllo. Osservò Mario che, invece, continuava a bere. Quando Tammy, la cameriera, portò un'altra caraffa, Mario fissò con sguardo voglioso i seni nascosti dalla camicetta a quadri. *Continua a sognare, Mario... domani sera potresti essere a letto con tua moglie.*

Dopo un'ora Mario andò in bagno.

Priest lo seguì. *Ora basta aspettare, è il momento di prendere una decisione.*

Gli si mise di fianco e disse: «Ho l'impressione che questa sera Tammy indossi biancheria nera».

«Come fai a saperlo?»

«Ho dato una sbirciatina quando si è sporta sopra il tavolo. Mi piacciono i reggiseni di pizzo.»

Mario tirò un sospiro.

«Ti piacciono le donne con la biancheria nera?» proseguì Priest.

«Rossa» rispose Mario deciso.

«Sì, anche il rosso è bello. Dicono che quando una donna si mette la biancheria rossa vuol dire che ti desidera veramente.»

«Davvero?» Il respiro di Mario divenne un po' più veloce.

«Già, l'ho sentito dire da qualcuno.» Priest si abbottonò. «Senti, ora devo andare. La mia donna mi aspetta al motel.»

Mario sorrise e si asciugò il sudore dalla fronte. «Vi ho visti questo pomeriggio, amico.»

Priest scosse la testa con finto rammarico. «È il mio punto debole. Non so dire di no a un bel faccino.»

«Lo stavate facendo, lì, proprio in mezzo alla strada!»

«Be', quando non vedi la tua donna per un po', lei ne ha più voglia, capisci cosa intendo?» *Su, avanti, abbocca!*

«Già, lo so. Senti, a proposito di domani...»

Priest trattenne il respiro.

«Ehm, se sei sempre dell'idea di fare come hai detto...» *Sì! Sì!*

«Allora va bene.»

Priest resistette alla tentazione di gettargli le braccia al collo.

«Sei ancora dell'idea, vero?»

«Certo.» Priest gli mise un braccio intorno alle spalle mentre uscivano dal bagno degli uomini. «Ehi, a cosa servono gli amici, sennò? Capisci cosa intendo?»

«Grazie, amico.» Mario aveva le lacrime agli occhi. «Sei proprio un bel tipo, Ricky.»

Lavarono le ciotole di ceramica e i cucchiai di legno in una grande tinozza di acqua calda e li asciugarono con uno strofinaccio ricavato da una vecchia camicia da lavoro. «Be', ricominceremo da qualche altra parte!» disse Melanie a Priest. «Ci troveremo un pezzo di terra, costruiremo delle capanne di legno, pianteremo le viti e faremo il vino. Perché no? È esattamente quello che avete fatto qui tanti anni fa.»

«Già.» Priest posò la sua ciotola su una mensola e gettò il cucchiaio nella scatola. Per un attimo si sentì di nuovo giovane e forte come un puledro, pieno di energia e certo di poter risolvere qualsiasi problema la vita gli avesse messo di fronte. Gli tornarono in mente gli odori intensi di quei primi giorni: il legno appena segato, il corpo giovane di Star coperto di sudore mentre zappava la terra, l'inconfondibile aroma della marijuana che coltivavano in una radura nel bosco, l'inebriante dolcezza dei grappoli che venivano pigiati. Ma poi tornò al presente e si sedette al tavolo.

«Tanti anni fa» ripeté. «Abbiamo preso in affitto questa terra dal governo per una sciocchezza e loro si sono dimenticati di noi.»

«In ventinove anni non ci hanno mai aumentato l'affitto» aggiunse Star.

Priest proseguì. «Abbiamo tagliato il bosco perché eravamo trenta o quaranta giovani disposti a lavorare dodici, quattordici ore al giorno per amore di un ideale.»

«Quando ci penso mi fa ancora male la schiena» disse sorridendo Paul Beale.

«Le viti le abbiamo avute in regalo da un coltivatore della Napa Valley che voleva incoraggiare i giovani a fare qualcosa di costruttivo anziché starsene tutto il giorno seduti a drogarsi.»

«Il vecchio Raymond Dellavalle» aggiunse Paul. «Ora è morto, che il Signore lo benedica.»

«E, soprattutto, eravamo disposti a vivere in povertà, a far la fame, a dormire sul pavimento. Abbiamo camminato con i buchi nelle scarpe per cinque lunghi anni finché non c'è stata la prima vera vendemmia e quindi i primi guadagni.»

Star prese in braccio un bimbo che gattonava sul pavimento, gli pulì il naso e osservò: «E non avevamo bambini dei quali preoccuparci».

«Giusto» convenne Priest. «Se fossimo in grado di riprodurre le stesse condizioni, potremmo ricominciare da capo.»

Melanie non voleva arrendersi. «Ci deve essere un modo!»

«Be', in effetti c'è» rispose Priest. «Paul lo ha trovato.»

Questi annuì. «Potreste mettere su una società, prendere in prestito duecentocinquantamila dollari da una banca, assumere dei braccianti e diventare come tanti altri avidi capitalisti che guardano solo al profitto.»

«E questo» disse Priest «sarebbe come cedere le armi.»

Quel sabato mattina, a Shiloh, Priest e Star si alzarono che era ancora buio. Priest andò a prendere del caffè al ristorante di fianco al motel. Quando tornò, Star stava studiando una carta stradale alla luce della lampada da notte. «Dovresti lasciare Mario all'aeroporto di San Antonio alle nove e mezzo-dieci di questa mattina» disse. «Poi per uscire dalla città segui la Interstate 10.»

Priest non guardò la carta: quel genere di cose lo confondeva. Ma era in grado di seguire i cartelli per la I-10. «Dove ci incontriamo?»

Star fece un rapido calcolo. «Dovrei arrivare un'ora prima di te.» Indicò con il dito un punto sulla pagina. «C'è un posto che si chiama Leon Springs, sulla I-10, a una ventina di chilometri dall'aeroporto. Mi fermerò dove tu possa sicuramente vedermi.»

«Mi pare una buona idea.»

Erano tesi ed eccitati. Il furto del camion di Mario era solo il primo passo, ma era fondamentale: da questo dipendeva tutto il resto.

Star si preoccupava degli aspetti pratici. «Cosa ne facciamo della Honda?»

Priest aveva acquistato l'auto tre settimane prima pagandola mille dollari in contanti. «Sarà difficile venderla. Se troviamo un rivenditore di macchine usate, potremmo anche ricavarne cinquecento dollari. Altrimenti cercheremo un punto nascosto tra la vegetazione vicino alla Interstate e la abbandoneremo lì.»

«Possiamo permettercelo?»

«Il denaro rende poveri.» Priest stava citando uno dei Cinque Paradossi di Baghram, il guru sui cui insegnamenti avevano impostato la loro vita.

Priest sapeva esattamente quanto denaro avevano, fino all'ultimo centesimo, ma teneva tutti gli altri all'oscuro. La maggior parte dei membri della comune non era neppure al corrente dell'esistenza di un conto bancario. E nessuno al mondo sapeva del gruzzolo che lui aveva messo da parte per le emergenze, diecimila dollari in banconote da venti, attaccato col nastro adesivo all'interno di una vecchia e malandata chitarra acustica, appesa a un chiodo contro la parete della sua capanna.

Star si strinse nelle spalle. «Sono quasi trent'anni che non me ne preoccupo, quindi penso che non comincerò a farlo proprio adesso» disse, e si tolse gli occhiali da lettura.

«Sei carina con gli occhiali» osservò Priest sorridendo.

Lei lo guardò di traverso e gli rivolse una domanda che lo sorprese. «Sei ansioso di vedere Melanie?»

Priest e Melanie erano amanti.

Le prese la mano. «Certo» rispose.

«Mi fa piacere vederti con lei. Ti rende felice.»

Nella mente di Priest balenò un improvviso ricordo di Melanie. Dormiva, sdraiata a pancia in giù sul letto, mentre il sole del mattino entrava obliquo nella capanna. Lui beveva il caffè e la guardava, beandosi alla vista della sua carne bianca e liscia, della curva perfetta del sedere, dei lunghi capelli rossi sparsi in una matassa aggrovigliata. Tra un attimo lei avrebbe sentito l'odore del caffè, si sarebbe voltata e avrebbe aperto gli occhi. Allora lui sarebbe tornato a letto e avrebbero fatto l'amore. Ma, per il momento, godeva nell'attesa, pensando a come l'avrebbe toccata, a come l'avrebbe eccitata, assaporando quel momento delizioso come un bicchiere di vino pregiato.

L'immagine svanì e lui vide il volto di Star, quasi cinquant'anni, in uno sgangherato motel del Texas. «Non sei infelice per via di Melanie, vero?» le chiese.

«Il matrimonio è la più grande delle infedeltà» gli rispose lei, citando un altro dei Paradossi.

Lui annuì. Non si erano mai imposti reciproca fedeltà. I primi tempi era stata Star a rifiutare l'idea di legarsi a un solo amante. In seguito, raggiunti i trent'anni, aveva cominciato a calmarsi, e Priest aveva messo alla prova la sua permissività corteggiando sotto i suoi occhi una serie di ragazze. Ma negli ultimi anni, pur continuando a credere nel principio del libero amore, nessuno dei due ne aveva mai realmente approfittato.

Così l'arrivo di Melanie era stato uno shock per Star. Ma andava bene lo stesso. Il loro rapporto era comunque diventato troppo stabile. A Priest non piaceva essere considerato prevedibile. Voleva bene a Star, ma la malcelata ansia che leggeva nei suoi occhi gli dava una piacevole sensazione di potere.

Lei giocherellò con il bicchiere di polistirolo. «Mi chiedo cosa ne pensi Flower di tutto questo.» Flower era la loro figlia tredicenne, la bimba più grande della comune.

«È cresciuta in una famiglia allargata» disse lui. «Non ne abbiamo fatto una schiava delle convenzioni borghesi. Questo è lo scopo di una comune.»

«Sì» convenne Star, ma non era sufficiente. «È solo che non voglio che lei ti perda. Tutto qui.»

Priest le accarezzò la mano. «Non accadrà.»

Lei gli strinse le dita. «Grazie.»

«Dobbiamo andare» disse lui alzandosi.

I loro pochi averi erano contenuti in tre borse di plastica del supermercato. Priest le prese e le portò fuori caricandole a bordo della Honda. Star lo seguì.

Avevano pagato il conto la sera precedente. L'ufficio era chiuso e nessuno li vide partire nella luce grigia del primo mattino, con Star al volante.

Shiloh aveva solo due strade e un unico semaforo nel punto in cui queste si incrociavano. Non c'erano molti veicoli in giro, a quell'ora di sabato mattina. Star bruciò il semaforo e si diresse fuori città. Giunsero alla discarica qualche minuto prima delle sei.

Non c'era alcun cartello, né una recinzione o un cancello, solo un sentiero dove i cespugli di artemisia erano stati schiacciati dal passaggio dei veicoli. Star seguì il sentiero fino a una collinetta. La discarica si trovava in un avvallamento che rimaneva nascosto rispetto alla strada. La Honda si fermò di fianco a un cumulo di spazzatura fumante. Non c'era traccia di Mario né del vibratore sismico.

Priest capiva che Star era ancora turbata. Doveva rassicurarla, pensò preoccupato. Non poteva essere distratta, proprio quel giorno. Se qualcosa fosse andato storto, lei avrebbe dovuto tenersi pronta, essere vigile.

«Flower non mi perderà.»

«Bene» fece Star cauta.

«Resteremo assieme, tutti e tre. E sai perché?»

«Dimmelo.»

«Perché ci amiamo.»

Vide il sollievo cancellarle la tensione dal viso. Star ricacciò indietro le lacrime. «Grazie» disse.

Priest si sentì più tranquillo. Le aveva dato ciò di cui aveva bisogno: ora sarebbe stata bene. La baciò. «Mario sarà qui a momenti. Ora vai.»

«Non vuoi che aspetti finché non arriva?»

«È meglio che non ti veda. Non possiamo sapere cosa ci riserva il futuro, e non voglio che Mario sia in grado di identificarti.»

«D'accordo.»

Priest scese dall'auto.

«Ehi» lo richiamò lei, «non dimenticare il caffè di Mario.» Gli porse il sacchetto di carta.

«Grazie.» Priest prese il sacchetto e chiuse la portiera con forza.

Star fece un'ampia inversione e si allontanò a velocità sostenuta, con i pneumatici che sollevavano una nuvola di polvere nel deserto texano.

Priest si guardò attorno. Trovava incredibile che una cittadina così piccola potesse produrre tanti rifiuti. Vide biciclette sfasciate e carrozzine da bambini quasi nuove, abiti sporchi e vecchi frigoriferi, e almeno dieci carrelli del supermercato. Il posto era una landa desolata di imballaggi; scatole di cartone per impianti stereo, pezzi di polistirolo che parevano sculture astratte, sacchi di carta e di plastica, involucri di alluminio e una schiera di contenitori di plastica per sostanze che Priest non aveva mai usato in vita sua: additivi per il risciacquo, idratanti, balsami, ammorbidenti, toner per fax. Vide un castello delle fiabe di plastica rosa, presumibilmente un giocattolo, e si stupì che una costruzione così elaborata fosse stata gettata via in quel modo.

A Silver River Valley non c'erano molti rifiuti. Loro non usavano carrozzine né frigoriferi e raramente acquistavano oggetti che richiedessero un imballaggio. I bambini usavano la fantasia per costruire castelli con un albero, una botte o una catasta di legna.

Un sole rosso e velato spuntò da sopra il crinale, proiettando l'ombra lunga di Priest sopra l'intelaiatura di un letto tutta arrugginita. Pensò al sorgere del sole sui picchi innevati della Sierra Nevada e provò una fitta di nostalgia per l'aria pura e fresca delle montagne.

Presto. Presto.

Vide qualcosa brillare ai suoi piedi. Mezzo sepolto sotto la terra c'era un oggetto di metallo luccicante. Grattò via la terra asciutta con la punta dello stivale, quindi si chinò a raccogliere l'oggetto. Era una pesante chiave inglese Stillson. Sembrava nuova. A Mario poteva servire, pensò. Pareva proprio della misura giusta per i grossi ingranaggi del vibratore sismico. Ma il camion era di certo dotato di una cassetta degli attrezzi completa di tutte le chiavi necessarie. Mario non avrebbe saputo che farsene di una usata. Questa era la civiltà dello spreco.

Priest lasciò cadere a terra l'attrezzo.

Udì il rumore di un veicolo, ma non sembrava un camion pesante. Alzò lo sguardo. Un attimo dopo un pick-up beige spuntò oltre la collina, avanzando a sobbalzi lungo il sentiero. Era un Dodge Ram con il parabrezza incrinato: la macchina di Mario. Priest fu preso dall'inquietudine. Cosa significava? Mario sarebbe dovuto arrivare col camion del vibratore sismico, mentre uno dei suoi compagni di lavoro gli avrebbe portato la macchina su a nord, sempre che lui non avesse deciso di venderla qui e comperarne un'altra a Clovis. Qualcosa era andato storto, e l'istinto gli diceva che era una faccenda seria. «Merda» imprecò. «Merda.»

Cercò di nascondere la collera e il dispetto quando Mario si fermò e scese dal pick-up. «Ti ho portato il caffè.» Gli porse il sacchetto di carta. «Cos'è successo?»

Mario non aprì il sacchetto. Scosse la testa con aria triste. «Non posso farlo, amico.»

Merda.

«Ti ringrazio di cuore per l'offerta che mi hai fatto, ma devo dire di no» proseguì.

Cosa diavolo sta succedendo?

Priest strinse i denti e si sforzò di assumere un tono di voce noncurante. «Com'è che hai cambiato idea, amico?»

«Dopo che te ne sei andato dal bar, ieri sera, Lenny mi ha fatto un lungo discorso su quanto vale il camion e sul fatto che non devo dare passaggi a nessuno, che non devo prendere autostoppisti, che lui si fida di me eccetera eccetera.»

Mi sembra di vederlo, quella faccia di merda di Lenny, ubriaco e lamentoso... scommetto che ti sono quasi venute le lacrime agli occhi, Mario, stupido figlio di puttana.

«Lo sai com'è, Ricky, questo è un buon posto... si lavora sodo e per tante ore, ma la paga è buona. Non voglio perderlo.»

«Ehi, non c'è problema» dichiarò Priest con forzata disinvoltura. «Purché tu mi possa dare un passaggio fino a San Antonio...» *Prima che arriviamo là, mi verrà pur in mente qualcosa.*

Mario scosse la testa. «È meglio di no, soprattutto dopo

quello che mi ha detto Lenny. Non voglio far salire nessuno su quel camion. È per questo che sono venuto qui con la macchina, per darti un passaggio in città.»

E ora cosa faccio, per Dio?

«Allora, cosa dici, ci muoviamo?»

E poi?

Priest aveva costruito un castello di fumo, e adesso lo vedeva tremolare e dissolversi nella leggera brezza degli scrupoli di coscienza di Mario. Aveva trascorso due settimane in quel deserto torrido e polveroso a fare un lavoro stupido e inutile, aveva gettato via centinaia di dollari in biglietti aerei, motel e nel disgustoso cibo dei fast food.

Non aveva il tempo per ricominciare da capo.

Mancavano due settimane e un giorno al termine ultimo.

«Su, amico, andiamo» fece Mario con aria corrucciata.

«Non ho intenzione di muovermi da qui» aveva detto Star a Priest il giorno in cui era arrivata la lettera. Era seduta di fianco a lui su un tappeto di aghi di pino al limitare del vigneto, durante la pausa di metà pomeriggio. Beveva acqua fresca e mangiava dell'uvetta proveniente dal raccolto dell'anno precedente. «Questa non è solo una fattoria dove si produce vino, non è solo una valle, o una comune... è la mia vita. Siamo venuti qui, tanti anni fa, perché eravamo convinti che i nostri genitori avessero creato una società perversa, corrotta, avvelenata. E avevamo ragione, per Dio!» Il suo volto si accese di collera e Priest pensò a quanto era ancora bella. «Guarda cosa è successo nel mondo, là fuori» proseguì lei, alzando la voce. «Violenza, infamia, inquinamento, presidenti che mentono e infrangono la legge, disordini, crimine, povertà. E nel frattempo, noi abbiamo vissuto qui in pace e armonia, anno dopo anno, senza denaro, senza gelosie, senza regole ipocrite. Abbiamo detto che c'era solo bisogno d'amore e ci hanno chiamati ingenui, ma noi eravamo nel giusto e loro nel torto. Noi sappiamo di aver trovato il modo in cui vivere... e lo abbiamo dimostrato.» Ora parlava con un tono che tradiva le sue origini altoborghesi. Suo padre veniva da una famiglia molto ricca, ma aveva trascorso la vita a curare i poveri in un quartiere degradato. Star aveva ereditato il suo idealismo. «Farò qualsiasi cosa per salvare la nostra casa e il nostro sistema di vita» proseguì. «Sono pronta a morire, purché i nostri figli possano restare qui.» La sua voce si fece più pacata, ma ogni parola veniva pronunciata con lucida determinazione. «Sono pronta anche a uccidere» dichiarò. «Hai capito, Priest? *Sono pronta a tutto.*»

«Mi stai ascoltando?» chiese Mario. «Lo vuoi questo passaggio in città, o no?»

«Certo» rispose Priest. *Certo, brutto bastardo di un codardo, vigliacco schifoso, verme strisciante, certo che lo voglio un passaggio.*

Mario si voltò.

Gli occhi di Priest caddero sulla chiave inglese che aveva gettato via qualche minuto prima.

Un nuovo piano si svolse, perfettamente delineato, nella sua mente.

Mentre Mario percorreva i tre passi che lo separavano dall'auto, Priest si chinò e raccolse la chiave inglese.

Era lunga quasi mezzo metro e doveva pesare più di due chili. La maggior parte del peso era concentrata sull'estremità, dotata di ganasce regolabili per afferrare i grossi bulloni esagonali. Era d'acciaio.

Priest lanciò un'occhiata oltre Mario, verso il sentiero che portava alla strada. Non si vedeva nessuno.

Nessun testimone.

Fece un passo in avanti proprio mentre Mario allungava la mano verso la portiera del pick-up.

Un'immagine sconvolgente gli balenò davanti agli occhi: la fotografia di una graziosa ragazza messicana vestita di giallo, un bambino in braccio e un altro al suo fianco. Per una frazione di secondo la sua determinazione vacillò sotto il peso schiacciante del dolore che stava per portare nelle loro vite.

Ma poi ebbe una visione ancora peggiore: una pozza di acqua scura si alzava lentamente a sommergere un vigneto e travolgeva gli uomini, le donne e i bambini intenti a curare le vigne.

Corse in avanti tenendo la chiave inglese sollevata sopra la testa.

Mario stava aprendo la portiera. Doveva aver intravisto qualcosa con la coda dell'occhio perché, proprio quando Priest fu quasi sopra di lui, lanciò un urlo di paura e spalancò la portiera, cercando istintivamente riparo.

Priest andò a sbattere contro la pesante portiera che rimbalzò addosso a Mario e lo spinse di lato. I due uomini barcollarono. Mario perse l'equilibrio e cadde in ginocchio, il viso rivolto contro la fiancata del pick-up. Il cappellino da baseball degli Houston Astros finì a terra. Priest piombò all'indietro, pesantemente, sul terreno roccioso, mentre la chiave inglese, sfuggendogli di mano, atterrava su una bottiglia di plastica di Coca-Cola da due litri e mezzo, e rimbalzava un metro più in là.

«Sei pazzo...» esclamò Mario boccheggiando. Si sollevò su un ginocchio e cercò un appiglio per rialzarsi. Con la mano sinistra afferrò la portiera, ma subito Priest – ancora seduto a terra – tirò a sé una gamba e con il tallone sferrò un calcio più forte che poté: la portiera picchiò sulle dita di Mario e rimbalzò, spalancandosi. Mario urlò per il dolore e cadde su un ginocchio, accasciandosi contro la fiancata del pick-up.

Priest balzò in piedi.

La chiave inglese luccicava nel sole del mattino. Priest guardò Mario con il cuore gonfio di rabbia e di odio verso l'uomo che aveva distrutto il piano così accuratamente preparato, mettendo in pericolo la sua vita. Gli si avvicinò e sollevò l'attrezzo.

Mario si voltò in parte verso di lui. L'espressione sul suo giovane volto era di infinito stupore, come se non ca-

35

pisse cosa stava accadendo. Aprì la bocca e, proprio nell'attimo in cui Priest calò la chiave inglese, gemette con tono incredulo: «Ricky...?».

La pesante estremità dell'attrezzo si abbatté sulla sua testa producendo un tonfo raccapricciante. Aveva i capelli folti e ricci, ma non servirono a proteggerlo: la cute si lacerò, il cranio si spaccò e l'acciaio affondò nel delicato tessuto cerebrale.

Tuttavia non morì.

Priest cominciò ad aver paura.

Gli occhi di Mario restavano aperti e fissi su di lui. L'espressione stupita e addolorata non mutò quasi. Sembrava che volesse concludere la frase che aveva iniziato. Sollevò una mano, come per attirare l'attenzione di qualcuno.

Priest fece un passo all'indietro, spaventato. «No!»

«Tu...» disse Mario.

In preda al panico, Priest sollevò di nuovo la chiave. «Muori, figlio di puttana!» urlò e lo colpì ancora.

Questa volta la chiave affondò maggiormente. Ritrarla fu come estrarre qualcosa dal fango. Nel vedere la materia grigia spiaccicata sulle ganasce regolabili dell'attrezzo, Priest venne assalito dalla nausea. Gli si torse lo stomaco e deglutì a fatica, con la testa che gli girava.

Mario cadde lentamente all'indietro e rimase immobile, accasciato contro la ruota posteriore, le braccia abbandonate, la mascella rilasciata, ma ancora vivo. I suoi occhi fissavano quelli di Priest. Un fiotto di sangue gli usciva dalla testa e gli colava sul volto e più giù, nel colletto aperto della camicia a quadri. Priest era terrorizzato da quello sguardo.

«Muori» gemette. «Per amor del cielo, muori!»

Non successe nulla.

Priest indietreggiò. Sembrava che Mario lo implorasse con gli occhi di portare a termine il lavoro, ma lui non riusciva più a colpirlo. Non c'era una logica, però non aveva più la forza di alzare quella chiave.

Poi Mario si mosse. La sua bocca si aprì, il corpo si irrigidì e un urlo strozzato di dolore gli fuoriuscì dalla gola.

A quel punto Priest perse il controllo. Si mise a urlare a sua volta, quindi lo assalì e lo colpì ancora, ripetutamente, nello stesso punto, senza quasi vedere la sua vittima al di là del terrore che lo accecava.

Le urla cessarono e la crisi passò.

Priest fece qualche passo indietro e lasciò cadere la chiave.

Il corpo di Mario scivolò lentamente di lato fino a che l'ammasso informe che era stata la sua testa batté a terra. La materia grigia impregnò il terreno riarso.

Priest cadde in ginocchio e chiuse gli occhi. «Dio onnipotente, perdonami» disse.

Rimase lì, inginocchiato e tremante. Temeva che, se avesse aperto gli occhi, avrebbe visto l'anima di Mario salire verso il cielo.

Per acquietare la mente si mise a recitare il suo mantra: *Ley, tor, pur-doy-kor*. Erano parole prive di senso: ecco perché, concentrandosi attentamente su di esse, si otteneva un effetto calmante. Avevano il ritmo di una filastrocca che ricordava ancora dall'infanzia:

One, two, three-four-five
Once I caught a fish alive
Six, seven, eight-nine-ten
Then I let him go again.

Quando salmodiava da solo, spesso scivolava dal mantra nella filastrocca. Funzionava altrettanto bene.

Man mano che le sillabe familiari lo rassicuravano, pensava a come l'aria gli entrava nelle narici, attraversava i seni nasali nel retro della bocca, passava per la gola e gli scendeva nel petto, penetrando finalmente nelle diramazioni più remote dei polmoni per poi ripetere lo stesso percorso in senso inverso: polmoni, gola, bocca, naso, narici, esterno. Quando si concentrava totalmente sul percorso del respiro, nulla gli occupava più la mente... né visioni, né incubi, né ricordi.

Dopo qualche minuto si alzò, il cuore raggelato, un'e-

37

spressione determinata sul volto. Si era liberato da ogni emozione: non provava né rimorso né pietà. L'assassinio apparteneva al passato e Mario era solo un rifiuto di cui disfarsi.

Raccolse il cappello da cow-boy, lo pulì e se lo rimise in testa. Trovò la cassetta degli attrezzi dietro il sedile di guida del pick-up. Prese un cacciavite e svitò le targhe del veicolo. Attraversò la discarica e le nascose sotto un cumulo fumante di spazzatura. Quindi rimise il cacciavite nella cassetta.

Poi si chinò sul corpo. Con la destra lo afferrò per la cintura dei jeans e con la sinistra lo prese per la camicia. Lo sollevò da terra, grugnendo per lo sforzo. Mario era pesante.

La portiera del pick-up era ancora spalancata. Priest fece oscillare il corpo avanti e indietro per un paio di volte, sempre più ritmicamente, quindi con una forte spinta lo gettò nell'abitacolo, sopra il sedile a panchetta. I tacchi degli stivali spuntavano dalla portiera aperta e la testa penzolava nel vuoto dal lato del passeggero. Dalla testa gocciolava sangue.

Buttò dentro anche la chiave inglese.

Voleva aspirare della benzina dal serbatoio e per questo aveva bisogno di un pezzo di tubo lungo e sottile.

Aprì il cofano, individuò la vaschetta del liquido lavavetri e strappò via il tubicino di plastica flessibile che la collegava all'ugello sotto il parabrezza. Raccolse la bottiglia di Coca-Cola che aveva notato prima, girò intorno al pick-up e svitò il tappo del serbatoio. Vi infilò il tubicino, aspirò dall'altra estremità finché non sentì il sapore della benzina, quindi la inserì nella bottiglia. Lentamente, questa si riempì di carburante.

Poi Priest tornò davanti alla portiera aperta e versò il contenuto della bottiglia sul cadavere, lasciando che la benzina continuasse a uscire dal serbatoio spargendosi tutt'intorno.

Udì il rumore di un'auto.

Guardò il corpo inzuppato di benzina nell'abitacolo del

pick-up. Se in quel momento fosse arrivato qualcuno, non avrebbe potuto in alcun modo nascondere la propria colpa.

La calma innaturale che lo pervadeva lo abbandonò di colpo. Cominciò a tremare, la bottiglia di plastica gli scivolò dalle dita e lui si ritrovò accucciato a terra come un bambino spaventato. Tremante, rimase a fissare il sentiero che portava alla strada. Forse era solo un tipo mattiniero venuto a disfarsi di una vecchia lavastoviglie, della casetta di plastica con la quale i bambini non giocavano più, o degli abiti del nonno passato a miglior vita. Il rumore del motore si fece più forte mentre il veicolo si avvicinava. Priest chiuse gli occhi.

Ley, tor, pur-doy-kor.

Il rumore diminuì. Il veicolo aveva superato l'accesso alla discarica e aveva proseguito per la sua strada. Si trattava solo di normale traffico.

Sentendosi un po' stupido, si alzò, riprendendo il controllo di sé. *Ley, tor, pur-doy-kor.*

Ma lo spavento gli aveva messo fretta.

Riempì di nuovo la bottiglia di Coca e cosparse velocemente di benzina il sedile di plastica e tutto l'abitacolo. Quindi usò il carburante rimasto per creare un sentiero sul terreno fino alla parte posteriore del veicolo. Versò le ultime gocce sulla fiancata vicino al tappo del serbatoio. Poi gettò la bottiglia dentro il pick-up e arretrò di qualche passo.

Vide il cappellino degli Houston Astros per terra. Lo raccolse e lo mandò a raggiungere il cadavere.

Prese una scatola di fiammiferi dalla tasca dei jeans, ne accese uno e diede fuoco alla scatola, poi la lanciò all'interno del pick-up e si allontanò velocemente.

Ci fu una fiammata seguita da una nuvola di fumo nero, e in pochi secondi l'interno dell'abitacolo si trasformò in un rogo. Un attimo dopo le fiamme serpeggiarono lungo il terreno fino al punto in cui la benzina stava ancora gocciolando dal tubicino infilato nel serbatoio. Quando anche questo si incendiò ci fu un'altra esplosione che scosse il pick-up. I pneumatici posteriori presero fuoco e le fiamme circondarono il telaio sporco d'olio.

Un odore disgustoso di carne bruciata ammorbava l'aria. Priest si sforzò di deglutire e si allontanò ancora di più.

Dopo qualche secondo le fiamme diminuirono d'intensità ma i pneumatici, i sedili e il corpo di Mario continuarono a bruciare lentamente.

Priest rimase per un paio di minuti a guardare, quindi si avvicinò, cercando di non respirare a fondo per non inalare quell'odore rivoltante. Guardò dentro l'abitacolo. Il cadavere e i sedili erano diventati un'unica e ripugnante massa nera di cenere e plastica fusa. Una volta raffreddato, il veicolo sarebbe diventato uno dei tanti rottami cui qualche ragazzino aveva dato fuoco.

Sapeva di non aver distrutto ogni traccia di Mario. Un'occhiata distratta non avrebbe scoperto nulla, ma, se la polizia avesse esaminato il pick-up con cura, avrebbe probabilmente trovato la fibbia della sua cintura, le otturazioni dei denti e forse anche le sue ossa carbonizzate. Forse, un giorno, il fantasma di Mario sarebbe tornato a perseguitarlo, ma Priest aveva fatto il possibile per nascondere le prove del suo crimine.

Ora doveva rubare il camion.

Voltò le spalle al corpo che continuava a bruciare e si allontanò.

All'interno della comune di Silver River Valley c'era un gruppo ristretto di persone chiamate i "mangiatori di riso". Si trattava dei sette superstiti tra quanti erano sopravvissuti al disperato inverno del 1972-73, quando, rimasti isolati a causa di una terribile tormenta, per tre settimane di fila non avevano mangiato nient'altro che riso integrale bollito nella neve sciolta. Il giorno in cui arrivò la lettera i mangiatori di riso rimasero alzati fino a tardi a bere vino e fumare marijuana nella cucina da campo.

Song, che nel 1972 era una quindicenne appena scappata da casa, stava improvvisando un blues alla chitarra. Du-

rante l'inverno alcuni dei membri della comune costruiva-
no chitarre. Tenevano le migliori per sé e affidavano le altre
a Paul Beale che le portava a San Francisco dove venivano
vendute a un prezzo molto alto. Star la accompagnava con
la sua voce da contralto, calda e roca, improvvisando le parole. *Ain't gonna ride that no-good train.* Aveva la voce più
sexy del mondo, l'aveva sempre avuta.

Melanie era seduta con loro, benché non facesse parte
del gruppo dei mangiatori di riso, perché Priest non se la
sentiva di mandarla via e gli altri non mettevano mai in
discussione le sue decisioni. Piangeva sommessa, con le
lacrime che le rigavano le guance. «Vi ho appena trovati»
continuava a ripetere.

«Non ci siamo arresi» le disse Priest. «Ci deve pur essere
un modo per far cambiare idea al governatore della California.»

«Sapete, non è poi tanto difficile costruire un ordigno
nucleare» rifletté a voce alta Oaktree, il carpentiere. Era
un uomo di colore molto muscoloso, coetaneo di Priest. Si
era arruolato nei Marines ma aveva disertato, dopo aver
ucciso un ufficiale durante un'esercitazione, e da allora
non se n'era mai più andato dalla comune. «Potrei farlo in
un giorno, se avessi del plutonio. Potremmo ricattare il
governatore... Se non accettano le nostre condizioni, noi
minacciamo di far saltare in aria tutta Sacramento.»

«No!» esclamò Aneth. Stava allattando un bel maschietto che aveva già compiuto tre anni. Priest era del parere
che fosse ormai tempo di svezzarlo, ma Aneth sosteneva
che bisognava permettergli di succhiare il latte fintanto
che lo desiderava. «Non si può salvare il mondo con le
bombe.»

Star smise di cantare. «Noi non stiamo cercando di salvare il mondo. Io ci ho rinunciato dal '69, dopo che la
stampa mondiale ha trasformato il movimento hippy in
una barzelletta. L'unica cosa che voglio è salvare *questo
mondo*, quello che abbiamo qui, la nostra vita, perché i nostri figli possano crescere nella pace e nell'amore.»

Priest, che aveva già preso in considerazione e poi scartato l'idea di costruire un ordigno nucleare, sentenziò: «Il difficile è procurarsi il plutonio».

Aneth si staccò il bambino dal seno dandogli qualche colpetto sulla schiena. «Scordatelo» disse. «Non ho alcuna intenzione di maneggiare quella roba. È mortale!» Star ricominciò a cantare: «*Train, train, no-good train*».

Oaktree insistette. «Potrei farmi assumere in una centrale nucleare e scoprire il modo per eludere il loro sistema di sicurezza.»

«Ti chiederanno un curriculum» obiettò Priest. «E tu cosa dirai di avere fatto negli ultimi venticinque anni? Il ricercatore nucleare a Berkeley?»

«Dirò di aver vissuto con un gruppo di fricchettoni che ora hanno deciso di far saltare in aria Sacramento, e così sono andato là per beccarmi un po' di radioattività.»

Gli altri scoppiarono a ridere. Oaktree si appoggiò allo schienale della sedia e cominciò a duettare con Star. «*No, no, ain't gonna ride that no-good train.*»

Priest disapprovava tanta superficialità e non riusciva a sorridere. Il suo cuore era pieno di collera, ma sapeva che a volte le idee più geniali scaturivano da conversazioni futili e così lasciò perdere.

Aneth baciò la testolina del bimbo e propose: «Potremmo rapire qualcuno».

«Chi? Il governatore avrà almeno sei guardie del corpo» obiettò Priest.

«Cosa ne dite del suo braccio destro, quell'Albert Honeymoon?» Ci fu un mormorio di assenso. Tutti odiavano Honeymoon. «O magari il presidente della Coastal Electric?»

Priest annuì. Questo poteva funzionare.

Certe cose lui le sapeva. Era passato tanto tempo da quando viveva sulla strada, ma ricordava bene le regole di una guerra fra clan: pianifica attentamente, resta calmo, colpisci il nemico così forte che lui non riesca neppure a pensare, agisci in fretta e sparisci. Ma c'era una cosa che non lo convinceva. «È troppo... troppo poco visibile» disse. «Ammettiamo di rapire un pezzo grosso. E allora? Se davvero vogliamo spaventare la gente, non possiamo andarci leggeri, dobbiamo spaventarla a morte.»

Si trattenne dall'aggiungere altro. *Quando hai messo qualcuno in ginocchio, e questo qualcuno piange e se la fa addosso e ti implora, ti supplica di non fargli più male, è allora che gli dici quello che vuoi. E lui ti è grato, ti vuole bene perché gli hai detto quello che deve fare perché cessi il dolore.* Ma era il genere di discorso sbagliato per tipi come Aneth.

Fu ancora Melanie a parlare.

Era seduta per terra, la schiena appoggiata alla sedia di Priest. Aneth le passò il grosso spinello che stavano facendo girare. Melanie si asciugò le lacrime, tirò una lunga boccata e lo porse a Priest, quindi buttò fuori una nuvola di fumo e disse: «Sapete, in California ci sono dieci o quindici posti dove le faglie della crosta terrestre sono sottoposte a una tale pressione che basterebbe una piccolissima spinta per far slittare le zolle tettoniche, e allora... buum! È come se un gigante scivolasse su un sassolino. È solo un sassolino, ma il gigante è così grosso che cadendo scuote la terra».

Oaktree smise di cantare quel tanto per dire: «Melanie, tesoro, di che cazzo stai parlando?».

«Sto parlando di un terremoto» rispose lei.

Oaktree scoppiò a ridere. «*Ride, ride that no-good train.*»

Priest non rise. Qualcosa gli diceva che l'idea era importante. «Spiegati meglio, Melanie» la esortò con voce pacata ma molto seria.

«Lasciamo perdere i rapimenti e gli ordigni nucleari. Perché non ricattiamo il governatore con la minaccia di un terremoto?» propose lei.

«Nessuno può provocare un terremoto» ribatté Priest. «Ci vuole una quantità enorme di energia per far muovere la terra.»

«È qui che ti sbagli. Potrebbe bastare una piccola quantità di energia, purché applicata nel punto giusto.»

«Come fai a sapere queste cose?» chiese Oaktree.

«Le ho studiate. Ho una laurea in sismologia. Ora dovrei insegnare all'università. Ma ho sposato il mio professore e questo ha decretato la fine della mia carriera. Non mi hanno accettata al dottorato.»

Parlava in tono amareggiato. Priest aveva già sentito quel discorso e sapeva che lei covava un profondo risentimento. Suo marito era membro del comitato universitario che l'aveva scartata. Era stato costretto a uscire dalla sala di consiglio mentre veniva presa in esame la candidatura di Melanie, cosa che Priest trovava assolutamente normale, ma lei era convinta che il marito avrebbe dovuto in qualche modo garantirle il successo. Priest in realtà pensava che non avesse i numeri per intraprendere la carriera universitaria, ma quella era una spiegazione che Melanie non era disposta ad accettare. Così l'aveva convinta che gli uomini del comitato, terrorizzati dalla miscela esplosiva di bellezza e intelligenza chiamata Melanie, si erano coalizzati per stroncarla. Lei lo amava perché le lasciava credere che le cose fossero andate così.

«Mio marito» proseguì Melanie, «anzi, il mio futuro ex marito, spero, ha elaborato una teoria secondo la quale i terremoti sarebbero generati dalle tensioni presenti nella crosta terrestre. Nel corso dei decenni in alcuni punti precisi della faglia la pressione continua a crescere fino a raggiungere livelli altissimi; poi basta una vibrazione relativamente debole sulla superficie della crosta terrestre per smuovere le zolle, liberare l'energia accumulata e provocare un terremoto.»

Priest era affascinato. Colse lo sguardo di Star, che annuì con espressione cupa. Star era una sostenitrice del non ortodosso. Per lei era un articolo di fede che la teoria più bizzarra potesse rivelarsi esatta, che lo stile di vita meno convenzionale fosse il più felice, e che il piano più folle potesse avere successo là dove progetti più sensati avevano fallito.

Priest osservò il volto di Melanie. Aveva un'aria ultra-

44

terrena: la pelle chiarissima, gli incredibili occhi verdi e i capelli rossi la facevano sembrare una bellissima creatura aliena. Le prime parole che lui le aveva rivolto erano state: «Vieni da Marte?».

Sapeva davvero di cosa stava parlando? D'accordo, era fatta, ma a volte le idee più creative nascevano proprio sotto l'effetto della droga. «Se è così facile, come mai nessuno ci ha ancora provato?»

«Oh, non ho detto che sia facile. Bisogna essere sismologi per conoscere con esattezza il livello di pressione critica della faglia.»

Ora la mente di Priest volava. Talvolta, quando si è nei guai, per uscirne bisogna fare qualcosa di folle, qualcosa di così inaspettato che il nemico resta paralizzato dalla sorpresa. «Come si può causare una vibrazione alla crosta terrestre?» chiese.

«Questa è la parte più difficile» rispose Melanie.

Ride, ride, ride...

I'm gonna ride that no-good train...

Mentre tornava a piedi verso Shiloh, Priest continuò a ripensare in maniera ossessiva all'omicidio che aveva appena commesso: il modo in cui la chiave inglese era affondata nel cervello di Mario, l'espressione sul volto dell'uomo, il sangue che gocciolava ai piedi del sedile.

Non poteva andare avanti così. Doveva restare calmo e vigile. Non aveva ancora messo le mani sul vibratore sismico che avrebbe salvato la comune. Uccidere Mario era stata la parte facile, si disse. Ora doveva infinocchiare Lenny. Ma come?

Il rumore di un'auto lo riportò di colpo al presente.

Veniva da dietro, ed era diretta in città.

Da quelle parti nessuno andava a piedi. Chiunque avrebbe pensato che la sua macchina aveva avuto un guasto e qualcuno si sarebbe fermato per offrirgli un passaggio.

Priest cercò di pensare a una scusa che giustificasse il

fatto che se ne andava a piedi in città alle sei e mezzo di un sabato mattina.

Non gli venne in mente nulla.

Si rivolse al dio che gli aveva ispirato l'idea di uccidere Mario, ma gli dei rimasero in silenzio.

Nel raggio di settanta chilometri non esisteva un posto dal quale poteva venire, se non proprio quello che non poteva menzionare, la discarica dove ora riposavano le ceneri di Mario, sul sedile del pick-up carbonizzato.

Avvicinandosi, la macchina rallentò.

Priest resistette alla tentazione di abbassarsi il cappello sugli occhi.

Che cosa sono andato a fare?

Sono andato nel deserto a osservare la natura.

Certo, cespugli di artemisia e serpenti.

Mi si è rotta la macchina.

Dove? Non l'ho vista.

Sono andato a fare una pisciatina.

Così lontano?

Nonostante l'aria fresca del mattino cominciò a sudare.

L'auto lo sorpassò lentamente. Era una Chrysler Neon ultimo modello color verde metallizzato con la targa del Texas. A bordo c'era un uomo. Priest vide che lo osservava nello specchietto retrovisore, lo studiava. Poteva trattarsi di un poliziotto fuori servizio...

Il panico si impadronì di lui, e dovette lottare contro l'impulso di voltarsi e mettersi a correre.

La macchina si fermò e poi ripartì in retromarcia. Il guidatore abbassò il finestrino dal lato del passeggero. Era un giovane orientale in abito scuro. «Ehi, amico, vuole un passaggio?» chiese.

Che cosa gli dico? "No, grazie, mi piace camminare."

«Sono un po' impolverato» rispose abbassando lo sguardo sui jeans. *Sono caduto mentre cercavo di uccidere un uomo.*

«Chi non lo è, da queste parti?»

Priest salì in macchina. Gli tremavano le mani. Si allacciò la cintura di sicurezza tanto per fare qualcosa che nascondesse il suo nervosismo.

Mentre ripartiva, l'uomo chiese: «Cosa diavolo ci fa a piedi, qui?».

Ho appena ucciso il mio amico Mario con una chiave inglese Stillson.

D'un tratto gli venne in mente una storia. «Ho litigato con mia moglie» spiegò. «Ho fermato la macchina e sono sceso. Non mi aspettavo che lei ripartisse.» Ringraziò il dio che gli aveva mandato questa nuova ispirazione. Le sue mani smisero di tremare.

«Intende dire quella bella donna bruna sulla Honda azzurra che ho incrociato una trentina di chilometri fa?»

Cristo, e chi sei tu? L'uomo dalla memoria infallibile?

«Quando si attraversa questo deserto, tutte le macchine diventano interessanti» aggiunse l'uomo con un sorriso.

«No, non è lei» rispose Priest. «Mia moglie si è presa il mio dannato pick-up.»

«Non ho visto nessun pick-up.»

«Bene. Forse non è andata lontano.»

«Probabilmente ora è ferma a qualche incrocio e piange, sperando che lei torni indietro a riprendersela.»

Priest sorrise di sollievo. Il tizio si era bevuto la sua storia.

La macchina raggiunse la periferia della città. «E lei?» chiese Priest. «Come mai è già in giro così presto di sabato mattina?»

«Io non ho litigato con mia moglie, sto andando da lei. Vivo a Laredo. Faccio il rappresentante di oggetti in ceramica... piatti decorativi, statuine, quadretti con su scritto "Stanza del bambino", roba molto bella.»

«Davvero?» *Che modo di sprecare la vita!*

«Li vendiamo soprattutto negli empori.»

«L'emporio di Shiloh non sarà ancora aperto.»

«Tanto oggi non lavoro comunque. Ma potrei decidere di fermarmi a mangiare. Qualche suggerimento?»

Priest avrebbe preferito che il commesso viaggiatore

proseguisse senza fare una sosta, così da non avere alcuna occasione per menzionare il tizio con la barba che aveva raccolto vicino alla discarica. Ma sicuramente avrebbe visto il Lazy Susan's passando per Main Street, quindi non valeva la pena di mentire. «C'è un ristorante.»

«Come si mangia?»

«La crema d'avena è buona. Si trova subito dopo il semaforo. Mi può lasciare lì.»

Un attimo dopo la macchina si fermò in un parcheggio a spina di pesce davanti a Susan's. Priest ringraziò il commesso viaggiatore e scese. «Buona colazione» gli gridò, allontanandosi. *E non metterti a fare conversazione con la gente del posto, perdio.*

Un isolato più in là del ristorante c'era l'ufficio della Ritkin Seismex, la piccola società di prospezioni geologiche per la quale aveva lavorato. L'ufficio era costituito da una grossa roulotte parcheggiata in uno spiazzo vuoto. Il vibratore sismico di Mario era sistemato in quello di fianco alla Pontiac Grand Am rossa di Lenny.

Priest si fermò e rimase a fissare il camion. Era un bestione con grossi pneumatici da fuoristrada spessi come la corazza di un dinosauro. Sotto un bello strato di polvere del Texas era visibile la carrozzeria blu elettrico. Priest moriva dalla voglia di saltare a bordo e filarsela. Osservò il formidabile macchinario sul retro, il motore potente e la massiccia piastra di acciaio, i serbatoi, i manicotti, le valvole, gli indicatori di livello. *Potrei farlo partire in un attimo, senza bisogno di chiavi.* Ma se lo avesse rubato in quel momento, tutta la polizia stradale del Texas gli sarebbe stata alle calcagna nel giro di pochi minuti. Doveva essere paziente. *Farò tremare la terra, e nessuno potrà fermarmi.*

Entrò nella roulotte.

L'ufficio era in piena attività. Due controllori del *jug team* erano chini sopra un computer mentre dalla stampante usciva lentamente una mappa a colori della zona. Quel giorno dovevano raccogliere tutta l'attrezzatura del campo e organizzare il trasferimento a Clovis. Un tecnico stava litigando al telefono in spagnolo, mentre Diana, la segretaria di Lenny, era intenta a controllare un elenco.

Priest varcò una porta aperta ed entrò nell'ufficio interno. Lenny stava bevendo il caffè, la cornetta del telefono incollata all'orecchio. Aveva gli occhi iniettati di sangue e la faccia pesta a causa della bisboccia della sera precedente. Salutò Priest con un cenno appena percettibile del capo.

Priest rimase in piedi sulla porta, aspettando che Lenny finisse. Aveva il cuore in gola. Sapeva a grandi linee cosa dire, ma Lenny avrebbe abboccato? Tutto dipendeva da questo.

Dopo un minuto, Lenny riattaccò e chiese: «Ehi, Ricky, hai visto Mario stamattina?». Era seccato. «Sarebbe dovuto partire mezz'ora fa.»

«Sì, l'ho visto» rispose Priest. «Mi dispiace darti una cattiva notizia già di mattina presto, ma ti ha piantato.»

«Di cosa stai parlando?»

Priest raccontò la storia così come gli era venuta in mente, in una fulminea ispirazione, un attimo prima di raccogliere la chiave inglese e colpire Mario. «Sentiva così tanto la mancanza della moglie e dei figli che è saltato sul pick-up e se n'è andato.»

«Oh, merda! Questa sì che è bella! E tu come fai a saperlo?»

«Mi ha sorpassato sulla strada, stamattina, diretto a El Paso.»

«Perché non mi ha chiamato?»

«Si vergognava per averti piantato in asso.»

«Be', spero tanto che passi la frontiera e non si fermi finché non finisce nell'oceano.» Lenny si sfregò gli occhi con le nocche delle dita.

Priest cominciò a improvvisare. «Senti, Lenny, Mario ha una famiglia, è giovane... non essere troppo duro con lui.»

«Duro? Stai scherzando? Con me ha chiuso.»

«Ha bisogno di questo lavoro.»

«E io ho bisogno di qualcuno che porti l'attrezzatura in Nuovo Messico.»

«Sta mettendo da parte i soldi per comperare una casa con la piscina.»

«Piantala, Ricky, o mi metterò a piangere» ribatté Lenny sarcastico.

«Stammi a sentire.» Priest deglutì e si sforzò di assumere un tono distaccato. «Porterò io il camion a Clovis se tu prometti di ridare il lavoro a Mario» disse, e attese trattenendo il fiato.

Lenny si limitò a fissare Priest in silenzio.

«Mario non è un cattivo ragazzo, lo sai» proseguì Priest. *Piantala di parlare a vanvera, così dimostri di essere nervoso. Cerca di mostrarti più rilassato!*

«Tu hai la patente C?» chiese Lenny.

«Da quando avevo ventun anni» rispose Priest. Prese il portafoglio, ne tirò fuori la patente e la gettò sulla scrivania. Era falsa. Star ne aveva una uguale, anche quella falsa. Paul Beale sapeva dove procurarsi quel genere di cose.

Lenny la esaminò con attenzione, poi alzò lo sguardo e chiese: «Cosa hai in mente? Credevo non volessi andare in Nuovo Messico».

Taglia corto, Lenny, dimmi sì o no! «All'improvviso mi sono accorto che cinquecento dollari mi farebbero comodo.»

«Non saprei...»

Maledetto figlio di puttana, deciditi, ho ucciso un uomo per questo!

«Ti bastano duecento?»

Sì! Grazie! Grazie! Finse di esitare. «Duecento sono pochi per tre giorni di lavoro.»

«Sono due, forse due e mezzo. Te ne darò duecentocinquanta.»

Quello che vuoi! Purché tu mi dia le chiavi! «Senti, accetto comunque, qualsiasi cifra tu mi paghi, perché Mario è un bravo ragazzo e voglio aiutarlo. Quindi dammi quello che secondo te è giusto per questo lavoro.»

«D'accordo, filibustiere, trecento.»

«Affare fatto.» *E io mi becco il vibratore sismico.*

«Ehi, grazie per l'aiuto. Lo apprezzo davvero» disse Lenny.

Priest cercò di nascondere la propria esultanza. «Figurati.»

Lenny aprì un cassetto, prese un foglio di carta e lo lanciò sulla scrivania. «Devi solo riempirmi questo modulo per l'assicurazione.»

Priest si sentì gelare.

Non sapeva né leggere né scrivere.

Fissò il modulo in preda al panico.

«Su, prendilo, per Dio. Non è un serpente a sonagli.» Lenny era spazientito.

Non lo capisco, mi dispiace. Questi ghirigori e queste linee sulla carta continuano a ballarmi davanti agli occhi e io non riesco a tenerli fermi!

Lenny alzò lo sguardo verso la parete e si rivolse a un pubblico inesistente. «Un attimo fa avrei giurato che quest'uomo era sveglio.»

Ley, tor, pur-doy-kor.

Priest allungò lentamente una mano e prese il modulo.

«Cosa c'è di così difficile?» chiese Lenny.

«Hm, stavo pensando a Mario. Credi che sia giusto?» disse Priest.

«Dimenticati di lui. Riempi il modulo e mettiti in marcia. Voglio vedere quel camion a Clovis.»

«Sì.» Priest si alzò. «Vado fuori a compilarlo.»

«Va bene. Io torno agli altri miei cinquantasette problemi.»

Priest uscì dall'ufficio.

Questa cosa ti è già capitata cento volte. Adesso calmati, sai come cavartela.

Si fermò fuori dalla porta. Erano tutti indaffarati e nessuno si accorse di lui.

Priest osservò il modulo. *Le lettere grandi spiccano come alberi tra i cespugli. Se sporgono all'ingiù, vuol dire che tieni il modulo alla rovescia.*

Infatti, era al contrario. Lo girò.

A volte c'era una X stampata più evidente, o scritta a matita o in inchiostro rosso, a indicare dove dovevi mettere il tuo nome, ma questo modulo non aveva quel segno facile da individuare. Priest era capace di scrivere il proprio nome, certo gli ci voleva un po' di tempo, e sapeva che risultava una specie di scarabocchio, ma ci riusciva.

Però non sapeva scrivere altro.

Da bambino un'intelligenza fuori del comune gli aveva consentito di cavarsela benissimo anche senza saper leggere o scrivere. Riusciva a fare i conti a mente più in fretta di chiunque altro, anche se non distingueva i numeri scritti sulla carta. Aveva una memoria infallibile e riusciva sempre a far fare agli altri le cose al posto suo. A scuola inventava sempre un pretesto per evitare di leggere a voce alta. Quando c'era un compito scritto, se lo faceva fare da qualche compagno, ma se questo era impossibile aveva sempre una scusa pronta e gli insegnanti alla fine alzavano le spalle dicendo che se un bambino non aveva voglia di lavorare, loro non potevano costringerlo. Aveva finito col crearsi la reputazione dello scansafatiche e quando capiva che c'erano guai in vista marinava la scuola.

Da grande aveva gestito con profitto un commercio all'ingrosso di liquori. Non scriveva mai lettere: sbrigava tutto di persona o al telefono. Aveva imparato a memoria decine di numeri finché non si era potuto permettere una segretaria che facesse le telefonate per lui. Sapeva esattamente quanti soldi c'erano in cassa e quanti in banca. Se un venditore gli porgeva un buono d'ordine, lui rispondeva pronto: «Io ti dico quello che mi serve e tu riempi il modulo». Un contabile e un legale si occupavano dei rapporti con le istituzioni. A ventun anni aveva già guadagnato un milione di dollari, ma quando aveva conosciuto Star ed era entrato nella comune li aveva già persi tutti, e non perché era analfabeta, piuttosto perché aveva truffato i suoi clienti, non aveva pagato le tasse e si era perfino fatto prestare del denaro dalla mafia.

Trovare qualcuno che riempisse per lui quel modulo non doveva essere così difficile.

Si sedette davanti alla segretaria di Lenny e le sorrise. «Hai un'aria stanca questa mattina, tesoro» le disse.

Lei sospirò. Era una bionda formosa sui trent'anni, con un marito operaio e tre figli adolescenti, sempre pronta a respingere i rozzi approcci degli uomini che entravano nell'ufficio, ma Priest sapeva che era sensibile ai complimenti garbati. «Ricky, ho così tante cose da sbrigare questa mattina che avrei bisogno di due cervelli.»

Lui assunse un'espressione mortificata. «Peccato... volevo chiederti se potevi aiutarmi a fare una cosa.»

Lei esitò un attimo e poi sorrise con aria mesta. «Che cosa?»

«Scrivo così male che volevo chiederti se potevi riempirmi questo modulo, ma mi dispiace disturbarti se sei occupata.»

«Be', facciamo un patto.» Indicò una pila di scatole di cartone tutte etichettate appoggiate contro la parete. «Io ti riempio il modulo se tu mi porti tutti quei fascicoli nell'Astrovan verde parcheggiato là fuori.»

«D'accordo» disse Priest, grato, e le diede il modulo.

Lei lo guardò. «Porterai tu il vibratore sismico a Clovis?»

«Già. Mario aveva nostalgia di casa e se n'è andato a El Paso.»

Lei aggrottò la fronte. «Non è da lui.»

«No di certo. Spero che stia bene.»

Lei si strinse nelle spalle e prese la penna. «Allora: nome, luogo e data di nascita.»

Priest le diede le informazioni e lei riempì gli spazi bianchi sul modulo. Era facile. Come aveva potuto farsi prendere dal panico? Era solo che non si era aspettato di dover compilare il modulo. Lenny lo aveva colto di sorpresa, e per un attimo lui aveva ceduto alla paura.

Aveva molta esperienza nel dissimulare la propria incapacità. Riusciva persino a servirsi delle biblioteche. Era così che aveva scoperto l'esistenza dei vibratori sismici. Era andato alla Biblioteca Centrale in I Street, nel centro di Sacramento, un posto grande e affollato dove probabilmente nessuno avrebbe ricordato il suo volto. Al banco delle informazioni gli avevano detto che il reparto scientifico era al primo piano. Una volta lì, fra lunghi corridoi di scaffali e file di persone sedute davanti agli schermi dei computer, era stato colto da un attacco di panico. Ma poi aveva incrociato lo sguardo di una bibliotecaria, una donna più o meno della sua età e dall'aria cordiale. «Sto cercando informazioni sulle prospezioni sismiche» aveva detto, con un sorriso aperto. «Potrebbe aiutarmi?»

Accompagnandolo allo scaffale giusto, lei aveva preso un libro e, con un minimo incoraggiamento, aveva individuato il capitolo pertinente. «Mi interessa sapere come vengono generate le onde d'urto» aveva spiegato Priest. «Chissà se questo libro ne parla.»

Lei aveva sfogliato le pagine insieme a lui. «Pare che ci siano tre modi: un'esplosione sotterranea, la caduta di un peso, o un vibratore sismico.»

«Un vibratore sismico?» le aveva chiesto, ammiccando appena con gli occhi. «Che cos'è?»

Lei gli aveva indicato una fotografia. Priest era rimasto a fissarla, affascinato. «Sembra un camion» aveva detto la bibliotecaria.

A Priest era sembrato piuttosto un miracolo.

«Posso fotocopiare qualcuna di queste pagine?» aveva chiesto.

«Certo.»

Se eri abbastanza furbo, c'era sempre il modo di convincere qualcun altro a leggere e a scrivere per te.

Diana finì di compilare il modulo, tracciò una grossa X di fianco a una linea tratteggiata, gli porse il foglio e disse: «Firma qui».

Lui prese la penna e scrisse faticosamente. La "R" di Richard era come una ballerina dal seno prosperoso che lanciava avanti una gamba. La "G" di Granger era come un falcetto con una grossa lama rotonda e il manico corto. Dopo la "RG" si limitava a tracciare una linea ondulata come una biscia. Non era bella, ma alla gente andava bene così. Aveva scoperto che un sacco di persone firmavano con uno scarabocchio: grazie al cielo le firme non dovevano essere scritte chiaramente!

Ecco perché la patente, pur essendo falsa, doveva per forza riportare il suo vero nome: era l'unico che lui riuscisse a scrivere.

Alzò lo sguardo. Diana lo stava osservando incuriosita e sorpresa dalla lentezza con cui scriveva. Quando i loro occhi si incrociarono, lei arrossì e distolse lo sguardo.

Le restituì il modulo. «Grazie per l'aiuto, Diana. Mi hai fatto un grosso piacere.»

«Prego. Non appena Lenny finisce di parlare al telefono ti do le chiavi del camion.» Le chiavi erano custodite nell'ufficio del capo.

Priest rammentò che aveva promesso di spostarle le scatole. Ne prese una e la portò fuori. La monovolume verde era nel parcheggio con il portellone posteriore aperto. Caricò la scatola e andò a prenderne un'altra.

Ogni volta che entrava nell'ufficio lanciava un'occhiata alla scrivania. Il modulo era sempre lì, e delle chiavi nessuna traccia.

Quando ebbe caricato tutte le scatole, tornò a sedersi di fronte a Diana. Era al telefono, stava parlando con qualcuno di prenotazioni in un motel di Clovis.

Priest digrignò i denti. Ce l'aveva quasi fatta, aveva quasi messo le mani sulle chiavi, e gli toccava stare a sentire tutte quelle stronzate a proposito di stanze di motel! Si sforzò di restare calmo.

Finalmente lei riattaccò. «Vado a chiedere le chiavi a Lenny» disse, e si allontanò portando con sé il modulo.

In quel momento entrò un autista di ruspa, un grassone di nome Chew. La roulotte tremò sotto l'impatto dei suoi scarponi da lavoro. «Ehi, Ricky» esclamò, «non sapevo che fossi sposato.» E poi scoppiò a ridere. Gli altri uomini presenti in ufficio alzarono lo sguardo, interessati.

Merda, cos'è questa faccenda? «Dove hai sentito una cosa simile?»

«Poco fa ti ho visto scendere da una macchina davanti a Susan's. Subito dopo ho fatto colazione con il commesso viaggiatore che ti ha dato uno strappo.»

Maledizione! Cosa ti ha detto?

Diana uscì dall'ufficio di Lenny con un mazzo di chiavi. Priest avrebbe voluto strappargliele di mano, ma finse di essere più interessato alle parole di Chew.

Chew proseguì. «Sapete, l'omelette di Susan è davvero speciale.» Sollevò una gamba e scoreggiò, quindi alzò lo sguardo e vide la segretaria ferma sulla porta, in ascolto. «Scusami, Diana. E comunque, quel giovanotto mi ha raccontato che ti ha preso su vicino alla discarica.»

Accidenti!

«Ha detto che camminavi nel deserto tutto solo alle sei e mezzo del mattino perché hai litigato con tua moglie, hai fermato la macchina e sei sceso.» Chew guardò gli altri uomini, per accertarsi di avere la loro attenzione. «E allora lei è ripartita e ti ha piantato lì!» Fece una smorfia e gli altri scoppiarono a ridere.

Priest si alzò. Non voleva che i presenti ricordassero che si trovava vicino alla discarica il giorno in cui Mario era scomparso. Doveva assolutamente troncare quella conversazione. Assunse un'espressione offesa. «Bene, Chew, ti dirò una cosa. Se mi capiterà mai di venire a sapere qualcosa delle tue faccende private, specialmente qualcosa di un po' imbarazzante, ti prometto che non lo griderò per tutto l'ufficio. Che ne pensi?»

«Non è il caso di fare tanto i permalosi» replicò Chew.

Gli altri sembravano a disagio. Nessuno aveva più voglia di intervenire.

Seguì un silenzio imbarazzato. Priest non voleva andarsene lasciandosi dietro un'atmosfera tesa e così disse: «Va bene, Chew, amici come prima».

«Non volevo offenderti, Ricky» si scusò Chew stringendosi nelle spalle.

La tensione si allentò.

Diana porse a Priest le chiavi del vibratore sismico. Lui chiuse la mano intorno al mazzo. «Grazie» disse, cercando di smorzare la nota di esultanza dalla sua voce. Non vedeva l'ora di andarsene da lì e mettersi al volante.

«Saluti a tutti, ci vediamo in Nuovo Messico.»

«Guida con prudenza, mi hai sentito?» si raccomandò Diana quando lui fu sulla porta.

«Certo. Ci puoi contare.»

Uscì dalla roulotte. Il sole era alto e la giornata era già calda. Resistette alla tentazione di lanciarsi in un balletto di vittoria intorno al camion. Salì a bordo e avviò il motore. Controllò i livelli. Mario doveva aver fatto il pieno la sera precedente. Il camion era pronto a mettersi in marcia.

Quando si ritrovò fuori dal cortile non seppe trattenere un gran sorriso.

Uscì dalla città accelerando progressivamente e si diresse verso nord, seguendo la strada che aveva preso Star con la Honda.

Avvicinandosi alla discarica, cominciò a sentirsi strano. Gli parve di vedere Mario al lato della strada, la materia grigia che colava lentamente da un buco nella testa. Era un'idea stupida, superstiziosa, ma non riusciva a togliersela dalla mente. Gli si torse lo stomaco e per un attimo si sentì così debole da non riuscire a guidare. Ma si riprese subito.

Mario non era il primo uomo che avesse ammazzato.

Jack Kassner era un poliziotto e aveva derubato la madre di Priest.

La madre di Priest faceva la puttana. Lo aveva messo al mondo a soli tredici anni. Quando Ricky ne aveva quindici, lei lavorava insieme ad altre tre donne in un appartamento sopra un negozio di materiale pornografico, sulla Seventh Street, a Skid Row, un quartiere malfamato del centro di Los Angeles. Jack Kassner era un detective della buoncostume e passava ogni mese a riscuotere la tangente. Di solito ne approfittava anche per farsi fare un pompino gratis. Un giorno scoprì che la madre di Priest prendeva il denaro da una scatola nella stanza sul retro. Quella notte la buoncostume fece irruzione nell'appartamento e Kassner si fregò millecinquecento dollari che, negli anni Sessanta, erano un mucchio di soldi. Alla madre di Priest non importava più di tanto farsi qualche giorno dentro, ma era disperata per aver perso tutto il denaro che aveva messo da parte. Kassner disse alle donne che se avessero parlato lui le avrebbe accusate di traffico di droga e loro si sarebbero prese almeno un paio d'anni di galera.

Pensava di non correre alcun rischio con tre battone e un ragazzo. Ma la sera seguente, mentre si trovava nel bagno del Blue Light Bar, sulla Broadway, intento a pisciare le birre bevute, il piccolo Ricky Granger gli aveva piantato nella schiena una lama di quindici centimetri affilata come un rasoio, trapassando senza fatica la giacca di mohair nero, la camicia di nylon bianca e penetrando nel rene. Sopraffatto dal dolore, Kassner non era riuscito neppure a metter mano alla pistola e Ricky lo aveva colpito con parecchie altre pugnalate, mentre lui se ne stava a terra sul pavimento di cemento del bagno vomitando sangue. Quindi Ricky aveva sciacquato la lama sotto il rubinetto e si era allontanato.

Ripensandoci, Ricky si meravigliava ancora della fredda determinazione dei suoi quindici anni. C'era voluta appena una ventina di secondi, ma in quel lasso di tempo sarebbe potuto entrare chiunque. Nonostante ciò, non aveva provato paura, né vergogna, né rimorso.

Da allora, però, aveva cominciato ad aver paura del buio.

Di solito la luce restava accesa tutta la notte nell'appartamento di sua madre, ma a volte Ricky si svegliava poco prima dell'alba, oppure in una nottata tranquilla – il lunedì, per esempio – e scopriva che tutti dormivano e che le luci erano spente. Allora veniva preso da un terrore cieco e irrazionale, cominciava a vagare per la stanza andando a sbattere contro creature pelose e sfiorando strane superfici viscide, finché non trovava l'interruttore della luce e si sedeva sul bordo del letto, ansante e sudato, e lentamente si riprendeva, rendendosi conto che la superficie viscida era lo specchio e la creatura pelosa la sua giacca foderata di pelo.

Aveva continuato ad avere paura del buio finché non aveva incontrato Star.

Gli tornò in mente una canzone che aveva spopolato l'anno in cui l'aveva conosciuta e cominciò a canticchiarla: «*Smoke on the water...*». Era dei Deep Purple. Quell'estate tutti suonavano quel disco.

Una bella canzone apocalittica, perfetta da cantare alla guida di un vibratore sismico.

Smoke on the water
A fire in the sky...

Oltrepassò la strada che portava alla discarica e proseguì, puntando verso nord.

«Agiremo stasera» aveva detto Priest. «Annunceremo al governatore che fra quattro settimane esatte ci sarà un terremoto.»

Star era perplessa. «Non siamo neppure sicuri che sia possibile. Forse sarebbe meglio organizzare prima tutto, prepararci per bene, e *poi* dare un ultimatum.»

«Assolutamente no!» esclamò Priest. La proposta lo fece infuriare. Sapeva che il gruppo doveva essere guidato con fermezza, doveva essere coinvolto. Era necessario che si sbilanciassero, che corressero dei rischi, e si rendessero conto che non era possibile tornare indietro. In caso contrario, il giorno dopo avrebbero trovato un motivo per avere paura e si sarebbero defilati.

Ora erano tutti infiammati. La lettera era appena arrivata, erano furibondi e disperati. Star era determinata, Melanie su tutte le furie, Oaktree pronto a dichiarare guerra, e

Paul Beale era tornato il teppista di un tempo. Song non aveva quasi aperto bocca, ma era la più giovane e indifesa del gruppo e avrebbe seguito gli altri. Solo Aneth era contraria, ma avrebbe opposto poca resistenza perché era una debole. Sempre pronta a sollevare obiezioni, era altrettanto pronta a fare marcia indietro.

Priest, da parte sua, sapeva con certezza che se quel posto avesse cessato di esistere la sua vita sarebbe finita.

«Ma un terremoto potrebbe uccidere delle persone» obiettò Aneth.

«Ora senti come dovrebbero andare le cose» le spiegò Priest. «Provocheremo un piccolo terremoto innocuo, in mezzo al deserto, per dimostrare che manteniamo quello che diciamo. Poi minacceremo di scatenarne un secondo, e a quel punto il governatore sarà pronto a negoziare.»

Aneth tornò a rivolgere la propria attenzione al bambino.

«Io sono con Priest. Muoviamoci stanotte» disse Oaktree.

Star cedette. «Come gli faremo arrivare la minaccia?»

«Con una telefonata anonima, oppure per lettera» rispose Priest. «Ma dovrà essere impossibile individuare la fonte.»

«Potremmo spedirla via Internet» suggerì Melanie. «Se usiamo il mio portatile e il cellulare, nessuno sarà in grado di rintracciarla.»

Priest non aveva mai visto un computer prima dell'arrivo di Melanie. Lanciò un'occhiata interrogativa in direzione di Paul Beale, che sapeva tutto di quelle cose. Paul annuì e disse: «È una buona idea».

«D'accordo» convenne Priest. «Va' a prendere la tua roba.»

Melanie si allontanò.

«Come firmiamo il messaggio?» chiese Star. «Abbiamo bisogno di un nome.»

«Qualcosa che simboleggi un gruppo pacifista che è stato costretto a adottare misure estreme» suggerì Song.

«Io ho un'idea» disse Priest. «Ci chiameremo "il Martello dell'Eden".»

Era da poco passata la mezzanotte del primo di maggio.

Quando arrivò alla periferia di San Antonio, Priest cominciò a sentirsi teso. Nel piano originario, Mario avrebbe dovuto guidare fino all'aeroporto. Ora invece, toccava a lui entrare da solo nel labirinto di autostrade che circondavano la città, e cominciò a sudare.

Non era assolutamente in grado di leggere una cartina. Quando doveva guidare su una strada che non conosceva, portava sempre Star con sé. Lei e gli altri mangiatori di riso sapevano che lui non era capace di leggere. L'ultima volta che aveva guidato da solo su strade sconosciute era stato nell'autunno del 1972, quando, in fuga da Los Angeles, era finito per caso nella comune di Silver River Valley. Allora non gli interessava dove stava andando, anzi, a dire il vero, sarebbe stato felice di morire. Ora, invece, voleva vivere.

Persino i cartelli stradali erano per lui un problema. Se si fermava e si concentrava attentamente, riusciva a capire la differenza tra "est", "ovest", "nord" e "sud". Nonostante la sua estrema abilità nel fare i conti a mente, non riusciva a distinguere i numeri senza fissarli e pensarci a lungo. Con un po' di sforzo riusciva a riconoscere i cartelli per la I-10: un bastoncino con un cerchio. Ma sui cartelli c'erano un sacco di altri segni che non significavano nulla per lui e servivano solo a confonderlo.

Cercò di restare calmo, ma era difficile. Gli piaceva avere il controllo della situazione. Il senso di impotenza e di confusione che lo assaliva quando si perdeva lo mandava su tutte le furie. Osservando la posizione del sole riusciva a capire dove si trovava il nord. Quando temeva di procedere nella direzione sbagliata, si fermava in una stazione di servizio o in un centro commerciale e chiedeva informazioni. Era una cosa che odiava, perché le persone notavano il vibratore sismico – il veicolo imponente e il macchinario sul retro destavano molta curiosità – e c'era il pericolo che si ricordassero di lui. Ma doveva correre il rischio.

E le informazioni non sempre erano utili. Gli addetti alle stazioni di servizio a volte dicevano: «Certo, è facilissimo: segua le indicazioni per Corpus Christi fino a quando non trova il cartello per la base aerea di Brooks».

Priest si sforzava di restare calmo, continuava a chiedere e mascherava la frustrazione e il nervosismo. Recitava la parte del camionista un po' stupido ma gentile, il tipo di persona che si dimentica già il giorno dopo. Alla fine uscì da San Antonio sulla strada giusta, elevando preghiere di ringraziamento agli dei che lo avevano ascoltato.

Qualche minuto dopo, attraversando una cittadina, vide con sollievo la Honda azzurra parcheggiata davanti a un McDonald's.

Abbracciò Star pieno di gratitudine. «Cosa diavolo è successo?» chiese lei preoccupata. «Ti aspettavo un paio d'ore fa!»

Decise di non dirle dell'omicidio di Mario. «Mi sono perso a San Antonio» rispose.

«Era quello che temevo. Quando l'ho attraversata sono rimasta sorpresa: quegli snodi autostradali sono un vero casino.»

«Non è neppure paragonabile a San Francisco, ma San Francisco la conosco.»

«Be', ora sei qui. Prendi un caffè e calmati.»

Priest ordinò anche un hamburger di soia e ricevette in regalo un clown di plastica che si infilò in tasca con cura per darlo a Smiler, il suo bimbo di sei anni.

Quando ripartirono, Star si mise al volante. Avevano in programma di guidare senza sosta fino in California. Ci sarebbero voluti almeno due giorni e due notti, forse di più: avrebbero dormito a turno. L'anfetamina li avrebbe aiutati a combattere la sonnolenza.

Lasciarono la Honda nel parcheggio del McDonald's. Mentre ripartivano, Star porse a Priest un sacchetto: «Ti ho preso un regalo».

Dentro c'erano un paio di forbici e un rasoio elettrico a batterie.

«Ora puoi finalmente sbarazzarti di quella maledetta barba» gli disse.

Lui sorrise. Orientò lo specchietto retrovisore verso di sé e iniziò a radersi. La barba e i baffi incolti gli facevano il viso più tondo. Ora, gradualmente, riemergeva il suo vero volto. Con le forbici si tagliò la barba molto corta e poi terminò l'opera col rasoio. Alla fine si tolse il cappello da cow-boy e sciolse la treccia.

Gettò il cappello dal finestrino e si guardò nello specchietto. I capelli portati all'indietro lasciavano scoperta la fronte alta e cadevano morbidi intorno al volto scarno. Aveva il naso affilato come una lama, le guance scavate, e una bocca che molte donne trovavano sensuale. Ma erano soprattutto i suoi occhi a colpirle: di colore marrone scuro, quasi neri, possedevano una forza, una potenza che incantava. Priest sapeva che non erano gli occhi in se stessi, ma l'intensità dello sguardo ad affascinare una donna: riusciva a darle l'impressione che si stava dedicando a lei in modo esclusivo e assoluto. Ci riusciva anche con gli uomini. Ora giocava a esercitare "lo sguardo" nello specchietto.

«Sei un demonio affascinante» lo canzonò Star, ma in tono affettuoso.

«E anche furbo» aggiunse lui.

«Direi proprio di sì. Alla fine sei riuscito a procurarci questo marchingegno, in un modo o nell'altro.»

Priest annuì. «E il bello deve ancora venire.»

2

Lunedì mattina di buon'ora l'agente dell'Fbi Judy Maddox aspettava seduta in un'aula del tribunale nel Federal Building, al 450 di Golden Gate Avenue a San Francisco. L'aula era arredata in legno chiaro. Tutte le nuove aule di tribunale lo erano: di solito non avevano finestre e quindi gli architetti cercavano di renderle più allegre usando colori chiari. Questa, almeno, era la sua teoria. Come la maggior parte degli appartenenti alle forze dell'ordine, passava un sacco di tempo nelle aule di tribunale.

Era preoccupata. In tribunale le capitava spesso. Erano necessari mesi di lavoro, talvolta anni, per preparare un caso, ma non c'era modo di sapere come sarebbe andata una volta che fosse approdato in aula. La difesa poteva essere brillante o incompetente, il giudice un saggio dall'occhio sveglio oppure un vecchio arteriosclerotico, la giuria un gruppo di cittadini intelligenti e responsabili oppure una manica di individui spregevoli degni di finire essi stessi dietro le sbarre.

Quel giorno, quattro uomini si trovavano sotto processo: John Parton, Ernest "l'esattore" Dias, Foong Lee e Foong Ho. I fratelli Foong erano truffatori d'alto livello, gli altri due i loro luogotenenti. Con la collaborazione di una triade di Hong Kong avevano organizzato una rete per il riciclaggio del denaro proveniente dall'industria della droga della California del Nord. Judy ci aveva messo un anno per capire il meccanismo della truffa e un altro anno per dimostrarlo.

L'aspetto orientale le dava un grosso vantaggio quando si trattava di dare la caccia a malviventi asiatici. Suo padre era un irlandese con gli occhi verdi, ma Judy aveva preso quasi tutto dalla madre, defunta, che era vietnamita. Era snella, aveva i capelli scuri e gli occhi a mandorla. I due gangster cinesi di mezza età sui quali stava investigando non avevano mai avuto il minimo sospetto che quella graziosa ragazza mezza asiatica fosse uno dei migliori agenti dell'Fbi.

Judy lavorava con un viceprocuratore distrettuale che conosceva particolarmente bene. Si chiamava Don Riley e fino a un anno prima i due avevano vissuto assieme. Aveva la sua stessa età, trentasei anni, una notevole esperienza, energia da vendere e un'intelligenza straordinaria.

Lei era convinta di avere un caso a prova di bomba, ma gli accusati erano difesi dal più importante studio legale della città, che aveva impostato una strategia vigorosa e intelligente. I loro avvocati avevano screditato i testimoni che, inevitabilmente, provenivano anch'essi dall'ambiente criminale e avevano sfruttato le prove documentali accumulate da Judy per confondere e disorientare la giuria.

Ora né Judy né Don riuscivano a immaginare come sarebbe andata.

Judy aveva i suoi buoni motivi per essere preoccupata. Il suo capo diretto, il coordinatore della squadra per il Crimine organizzato asiatico, stava per andare in pensione e lei aveva chiesto di prenderne il posto. Il capoarea responsabile dell'ufficio operativo di San Francisco avrebbe appoggiato la sua richiesta, ne era certa. Ma Judy aveva un rivale, Marvin Hayes, un altro agente sulla cresta dell'onda e più o meno suo coetaneo. Marvin poteva contare su protezioni ad alto livello: il suo miglior amico era il vicecapoarea, responsabile del crimine organizzato e dei reati contro il patrimonio.

Le promozioni venivano assegnate da un apposito comitato, ma il parere dei massimi dirigenti aveva molto peso. Al momento la lotta tra Judy e Marvin Hayes era serrata.

Judy voleva quel posto. Voleva far carriera, e in fretta, all'interno dell'Fbi. Era una brava agente, sarebbe stata un ottimo coordinatore, e presto sarebbe diventata il miglior capoarea che l'Fbi avesse mai avuto. Era orgogliosa dell'Fbi, ma riteneva che si potessero ottenere notevoli miglioramenti introducendo tecniche innovative quali l'analisi del profilo comportamentale, sistemi di gestione semplificati e, soprattutto, sbarazzandosi di tipi come Marvin Hayes.

Hayes era il classico agente vecchio stampo: indolente, brutale e senza scrupoli. Non aveva messo tanti criminali in galera quanti Judy, ma aveva compiuto arresti più sensazionali. Era abilissimo a infilarsi in investigazioni importanti e pronto a prendere le distanze da un caso che stava andando a puttane.

Il capoarea aveva lasciato intendere che il posto sarebbe andato a Judy piuttosto che a Marvin, purché lei avesse vinto quella causa.

In aula insieme a Judy c'era quasi tutta la squadra che si era occupata del caso Foong: il suo superiore diretto e gli agenti che avevano lavorato con lei, la segretaria, un interprete, l'impiegato che si occupava delle registrazioni e due detective del dipartimento di polizia di San Francisco. Ma, con sua grande sorpresa, mancavano sia il capoarea che il suo vice. Questo era un grosso caso e il risultato era importante per entrambi. Provò una fitta di inquietudine e si chiese se in ufficio stesse succedendo qualcosa di cui lei non era al corrente. Decise di uscire per dare un colpo di telefono, ma si era appena alzata quando il cancelliere entrò annunciando che la giuria stava per rientrare in aula. Judy tornò a sedersi.

Un attimo dopo entrò anche Don, portandosi dietro l'odore di sigaretta: da quando si erano lasciati aveva ripreso a fumare. Le diede una stretta di incoraggiamento alla spalla. Lei gli sorrise. Aveva un aspetto gradevole: un taglio di capelli accurato, l'abito blu notte, la camicia bianca e la cravatta rosso scuro di Armani. Ma non c'era più alcun tipo di segreta intesa tra loro, non c'era più attrazione: Judy non provava più il desiderio di scompigliargli i capelli e sciogliergli la cravatta per infilare la mano sotto la camicia bianca.

Gli avvocati della difesa ritornarono in aula, gli accusati vennero fatti sedere al banco degli imputati, la giuria prese posto e, infine, il giudice uscì dal suo studio e si accomodò.

Judy incrociò le dita sotto il tavolo.

Il cancelliere si alzò. «Signori della giuria, avete raggiunto un verdetto?»

Sull'aula scese il silenzio assoluto. Judy si rese conto che stava battendo un piede per l'impazienza. Si fermò.

Il portavoce, un negoziante cinese, si alzò a sua volta. Judy aveva passato ore a chiedersi se avrebbe simpatizzato con gli imputati, visto che due di loro erano cinesi, o li avrebbe odiati per aver disonorato la razza. «Sì» rispose l'uomo con voce calma.

«E come avete giudicato gli imputati... colpevoli o non colpevoli?»

«Colpevoli di tutti i capi di imputazione.»

Ci fu un attimo di silenzio che dette ulteriore rilievo alle parole del giurato. Judy udì un gemito provenire dal banco degli imputati, dietro di lei. Resistette alla tentazione di lanciare un urlo di gioia. Si girò verso Don, che le sorrise raggiante. Gli strapagati avvocati della difesa riordinarono le loro carte evitando di guardarsi negli occhi. Due giornalisti si alzarono e lasciarono l'aula in tutta fretta, diretti ai telefoni.

Il giudice, un uomo sulla cinquantina, dal fisico minuto e dall'espressione stizzosa, ringraziò la giuria e aggiornò la causa alla settimana seguente per emettere la sentenza.

Ce l'ho fatta, pensò Judy, ho vinto la causa, ho sbattuto dentro i cattivi, la promozione è mia. Agente speciale

Judy Maddox, coordinatore a soli trentasei anni, una stella in rapida ascesa.

«Tutti in piedi» annunciò il cancelliere.

Il giudice uscì.

Don abbracciò Judy.

«Hai fatto un ottimo lavoro» gli disse lei. «Grazie.»

«Tu mi hai preparato un ottimo caso» ribatté lui. Judy capì che Don avrebbe voluto baciarla e arretrò di un passo. «Be', abbiamo fatto un bel lavoro tutti e due.» Si voltò verso i suoi colleghi e andò a stringere la mano a tutti, abbracciandoli e ringraziandoli per il loro lavoro. Si avvicinarono gli avvocati della difesa. Il più anziano, David Fielding, socio dello studio Brooks Fielding, era un uomo molto distinto sulla sessantina. «Congratulazioni, signorina Maddox. Una vittoria meritata» disse.

«Grazie. È stata più difficile del previsto. Soprattutto dopo il suo intervento.»

L'uomo accolse il complimento con un cenno del capo. «La sua preparazione era perfetta. Dove ha compiuto gli studi giuridici?»

«Alla Stanford Law School.»

«Immaginavo che avesse una laurea in legge. Be', se si dovesse stancare dell'Fbi, la prego di venire a trovarmi. In meno di un anno, nel mio studio potrebbe guadagnare tre volte di più di quanto guadagna adesso.›

Judy si sentì lusingata, ma allo stesso tempo trattata con condiscendenza, e così la sua risposta fu pungente. «La ringrazio per l'offerta, ma io voglio mettere i cattivi in galera, non tenerli fuori.»

«Ammiro il suo idealismo» ribatté Fielding in tono mellifluo e si voltò a parlare con Don.

Judy si rese conto di essere stata aspra. Era un suo difetto, lo sapeva. Al diavolo, lei non voleva un posto allo studio Brooks Fielding.

Prese la valigetta. Era ansiosa di condividere la vittoria con il suo capo. L'ufficio operativo dell'Fbi a San Francisco si trovava nello stesso edificio del tribunale, due piani più sotto. Stava per allontanarsi quando Don la prese per un braccio. «Ceni con me?» le chiese. «Dobbiamo festeggiare.» Judy non aveva impegni. «Certo.»

«Prenoto e poi ti faccio sapere.»

Uscendo dall'aula le tornò in mente la sensazione che aveva avuto prima, che lui volesse baciarla, e si rammaricò di non aver inventato una scusa.

Entrando nell'atrio dell'ufficio dell'Fbi si chiese ancora una volta come mai i dirigenti del dipartimento non fossero venuti in tribunale per il pronunciamento del verdetto. Non c'era alcunché di insolito: i corridoi erano silenziosi, il robot postino, un carrello semovente computerizzato, entrava e usciva ronzando di porta in porta, seguendo il percorso predeterminato. Per essere una sede della polizia avevano degli uffici eleganti. Tra gli uffici dell'Fbi e le centrali di polizia c'era la stessa differenza che c'è tra quelli di una grossa società e i suoi stabilimenti di produzione.

Si diresse verso l'ufficio del capoarea. Milton Lestrange aveva sempre avuto un debole per lei. Era stato uno dei primi a mostrarsi favorevole alla presenza nell'Fbi delle donne, che ora rappresentavano il dieci per cento dell'organico. Alcuni capiarea urlavano ordini come generali dell'esercito, Milt invece era sempre calmo e gentile.

Entrando nell'anticamera, capì immediatamente che qualcosa non andava. Era evidente che la segretaria aveva pianto. «Linda, ti senti bene?» le chiese. La segretaria, una donna di mezz'età di solito fredda ed efficiente, scoppiò in lacrime. Judy le si avvicinò per consolarla, ma Linda la allontanò con un gesto della mano, indicandole la porta dell'ufficio.

Judy entrò.

Era un locale ampio, arredato elegantemente, con una grande scrivania e un lucido tavolo da riunioni. Seduto alla scrivania di Lestrange, in maniche di camicia e con la cravatta allentata, c'era il suo vice, Brian Kincaid, un uomo grande e grosso con folti capelli bianchi. Alzò gli occhi e disse: «Entra, Judy».

«Cosa diavolo sta succedendo?» chiese lei. «Dov'è Milt?»

«Ho cattive notizie» la informò lui, senza peraltro mostrarsi troppo addolorato. «Milt è all'ospedale. Gli è stato diagnosticato un cancro al pancreas.»

«Oh, mio Dio!» esclamò Judy, sedendosi. Lestrange era entrato in ospedale il giorno precedente per un normale controllo, aveva detto, ma probabilmente sapeva già che c'era qualcosa che non andava.

«Lo devono operare» proseguì Kincaid. «Devono fargli una specie di by-pass intestinale, e non tornerà in ufficio per un bel po'... nella migliore delle ipotesi.»

«Povero Milt!» Judy era scioccata. Lestrange sembrava in ottime condizioni: in piena forma, attivo, un buon capo. E ora gli avevano diagnosticato una malattia mortale. Avrebbe voluto fare qualcosa per aiutarlo ma si sentiva impotente. «Presumo che Jessica sia con lui» disse. Jessica era la seconda moglie di Milt.

«Sì. E suo fratello arriverà oggi da Los Angeles. Qui in ufficio...»

«E la sua prima moglie?»

Kincaid parve seccato. «Non ne so niente. Io ho parlato con Jessica.»

«Qualcuno deve informarla. Vedrò se riesco a trovare il suo numero di telefono.»

«Come vuoi.» Kincaid era impaziente di esaurire le questioni personali e di parlare di lavoro. «Qui in ufficio ci sono stati dei cambiamenti, com'era inevitabile. Io sono stato nominato sostituto di Milt in sua assenza.»

Judy si sentì mancare. «Congratulazioni» disse, cercando di mantenere un tono neutrale.

«Ho deciso di trasferirti alla sezione Terrorismo interno.»

Sulle prime Judy rimase perplessa. «Perché?»

«Sono convinto che te la caverai benissimo, là.» Sollevò il ricevitore del telefono e parlò con Linda. «Di' a Matt Peters di venire da me subito.» Peters era il coordinatore della squadra Terrorismo.

«Ma ho appena vinto la causa» obiettò Judy, indignata.

«Oggi ho sbattuto in galera i fratelli Foong!»

«Brava. Questo non cambia la mia decisione.»

«Aspetta un momento... tu sai che ho fatto domanda per il posto di coordinatore della squadra Crimine organizzato asiatico. Se vengo tolta dalla squadra adesso, sembrerà che io abbia avuto qualche problema.»

«Io credo che tu debba ampliare la tua esperienza.»

«Io, invece, credo che tu voglia mettere Marvin a capo della squadra.»

«Hai ragione. Sono convinto che Marvin sia la persona più adatta per quell'incarico.»

Che stronzo, pensò Judy, furibonda. Diventa capo e la prima cosa che fa è usare il suo potere per promuovere un amico. «Non puoi farlo» disse. «Esistono le regole sulle Pari Opportunità.»

«Se vuoi presentare ricorso, accomodati pure» replicò Kincaid. «Marvin è più qualificato di te.»

«Io ho sbattuto dentro molta più gente di lui.»

Kincaid le rivolse un sorriso compiaciuto e giocò la carta vincente. «Ma lui ha passato due anni a Washington, al quartier generale.»

Aveva ragione, pensò Judy demoralizzata. Lei non aveva mai lavorato al quartier generale. E, pur non essendo un requisito fondamentale, quel tipo di esperienza era considerata un elemento utile per un coordinatore. Quindi non aveva senso appellarsi alle Pari Opportunità. Tutti sapevano che lei era migliore, ma sulla carta le qualifiche di Marvin erano superiori.

Judy ricacciò indietro le lacrime. Aveva lavorato come una pazza per due anni, aveva ottenuto una grossa vittoria contro il crimine organizzato, e ora questo bastardo le negava la giusta ricompensa.

Matt Peters entrò nell'ufficio. Era un uomo massiccio, sui quarantacinque anni, calvo. Indossava una camicia a maniche corte con la cravatta. Anche lui, come Marvin

Hayes, era molto vicino a Kincaid. Judy cominciava a sentirsi accerchiata.

«Congratulazioni per aver vinto la causa» disse Peters a Judy. «Sono contento che tu venga nella mia squadra.»

«Grazie» si limitò a rispondere Judy.

«Matt ha un nuovo incarico per te» spiegò Kincaid.

Peters teneva un fascicolo sotto il braccio e lo porse a Judy. «Il governatore ha ricevuto una minaccia da parte di un gruppo terrorista che si definisce il Martello dell'Eden.»

Judy aprì il fascicolo ma distingueva a stento le parole. Tremava per la rabbia e per un opprimente senso di impotenza. Si sforzò di parlare del caso per mascherare le proprie emozioni. «Cosa chiedono?»

«Il blocco della costruzione di nuove centrali in California.»

«Centrali nucleari?»

«Di ogni genere. Affermano di essere un'emanazione radicale di Green California.»

Judy cercò di concentrarsi. Green California era un gruppo riconosciuto di ambientalisti militanti che aveva la propria base a San Francisco. Era difficile credere che arrivassero a fare una cosa del genere, ma era possibile che organizzazioni simili attirassero individui fuori di testa. «E qual è la minaccia?»

«Un terremoto.»

«Stai scherzando» disse Judy alzando gli occhi dal fascicolo.

Matt scosse la testa.

Era così arrabbiata e sconvolta che non si curò di moderare le parole. «Stupidaggini» proruppe, senza mezzi termini. «Nessuno può causare un terremoto. Tanto varrebbe che ci minacciassero di far cadere un metro di neve.»

«Fa' una verifica» disse lui stringendosi nelle spalle.

Judy sapeva che i politici in vista ricevevano minacce tutti i giorni. L'Fbi non svolgeva indagini su messaggi di squilibrati a meno che non avessero qualcosa di speciale. «Come è stata comunicata questa minaccia?»

«È apparsa su un bollettino Internet il primo di maggio. È tutto lì, nel fascicolo.»

Judy lo guardò negli occhi. Non era dell'umore giusto per questo genere di stronzate. «Mi nascondi qualcosa. Questa minaccia non ha alcuna credibilità.» Guardò il datario dell'orologio. «Oggi è il venticinque. Abbiamo ignorato il messaggio per tre settimane e mezzo e ora, all'improvviso, a quattro giorni dalla scadenza dell'ultimatum, ci preoccupiamo?»

«È stato John Truth a scoprire il messaggio... stava navigando sulla rete, immagino. Forse era alla disperata ricerca di qualche argomento nuovo e scottante. Comunque, ha parlato di questa minaccia nella sua trasmissione di venerdì sera e ha ricevuto un sacco di telefonate.»

«Ho capito.» John Truth era un discusso conduttore radiofonico. Il suo talk-show, trasmesso da San Francisco, era ripreso in diretta dalle stazioni di tutta la California. Judy si arrabbiò ancora di più. «John Truth ha costretto il governatore a prendere posizione di fronte a questo messaggio dei terroristi. Il governatore ha reagito chiedendo all'Fbi di investigare. E adesso noi dobbiamo far finta di condurre un'indagine in cui nessuno crede veramente.»

«Più o meno.»

Judy fece un respiro profondo. Si rivolse a Kincaid, non a Peters, perché questa era opera sua. «Sono vent'anni che questo ufficio cerca di inchiodare i fratelli Foong. Oggi io li ho sbattuti dentro.» Judy alzò la voce. «E ora mi affidi un caso di merda come questo?»

Kincaid sembrava soddisfatto. «Se vuoi stare nell'Fbi, devi imparare ad accettare qualunque incarico.»

«L'ho imparato, Brian!»

«Non urlare.»

«L'ho imparato» ripeté lei a voce più bassa «dieci anni fa, quando ero giovane e inesperta e il mio capo non sapeva se poteva contare su di me. Mi sono stati affidati incarichi come questo e io li ho accettati di buon grado, e li ho

73

svolti coscienziosamente, dimostrando così che era possibile affidarmi casi seri!»

«Dieci anni non sono niente» disse Kincaid. «Io sono qui da venticinque.»

Judy cercò di farlo ragionare. «Senti, sei appena stato nominato capo di questo ufficio. La tua prima mossa è quella di assegnare a uno dei tuoi migliori agenti un caso che sarebbe potuto andare a un novellino. Tutti verranno a sapere quello che hai fatto e penseranno che c'è del rancore.»

«Hai ragione. Ho appena ricevuto questo incarico. E tu mi stai dicendo come devo comportarmi. Tornatene al lavoro, Maddox.»

Lei lo fissò. No, non poteva liquidarla in questo modo.

«La riunione è finita.»

Judy non poteva accettare una cosa simile. La sua rabbia esplose.

«Non è solo la riunione che è finita» disse. «Vaffanculo, Kincaid.»

Sul volto dell'uomo comparve un'espressione meravigliata.

«Me ne vado per sempre» aggiunse Judy.

E uscì dall'ufficio.

«Gli hai detto così?» chiese il padre di Judy.

«Già. Immaginavo che non avresti approvato.»

«Comunque, avevi ragione.»

Erano seduti in cucina a bere del tè verde. Il padre di Judy era un detective della polizia di San Francisco. Lavorava tantissimo come infiltrato; era un uomo massiccio, molto in forma per la sua età, con occhi di un verde brillante e i lunghi capelli grigi raccolti a coda di cavallo.

Era vicino alla pensione e il pensiero lo atterriva. Far rispettare la legge era la sua vita. Sarebbe voluto restare nella polizia fino a settant'anni. L'idea che sua figlia avesse dato le dimissioni quando non era affatto necessario lo faceva inorridire.

I genitori di Judy si erano conosciuti a Saigon. Suo padre era nell'esercito, nel periodo in cui le truppe americane erano ancora definite "osservatori". La madre proveniva da una famiglia vietnamita del ceto medio: il nonno paterno era contabile al ministero delle Finanze. Il padre di Judy aveva portato a casa con sé la giovane sposa e Judy era nata a San Francisco. Da bambina chiamava i genitori Bo e Me, l'equivalente vietnamita di papà e mamma. Ai colleghi di suo padre era piaciuto e da quel momento lui era diventato "Bo" Maddox.

Judy lo adorava. Sua madre era morta in un incidente stradale quando lei aveva solo tredici anni. Da allora era attaccatissima a Bo. Dopo essersi lasciata con Don Riley, un anno prima, era tornata a vivere da lui e non aveva più avuto motivo di andarsene.

«Devi ammettere che non perdo spesso la calma» disse con un sospiro.

«Solo quando è davvero importante.»

«Ma adesso che ho detto a Kincaid che me ne vado, credo che lo farò.»

«Ora che lo hai insultato in quel modo credo che dovrai farlo.»

Judy si alzò e versò dell'altro tè per tutti e due. Dentro di sé continuava a essere furente. «È un tale stupido...»

«Deve esserlo per forza, visto che ha appena perso un ottimo agente.» Bo sorseggiò il suo tè. «Ma tu sei ancora più stupida... hai perso un ottimo lavoro.»

«Oggi me ne hanno offerto uno migliore.»

«Dove?»

«Brooks Fielding, lo studio legale. Potrei guadagnare tre volte di più di quello che guadagno all'Fbi.»

«Per tenere i criminali fuori di galera!» commentò Bo indignato.

«Chiunque ha diritto a una buona difesa.»

«Perché non sposi Don Riley e non fai dei bambini? Qualche nipotino mi terrà occupato quando andrò in pensione.»

Judy trasalì. Non aveva mai raccontato a Bo il motivo reale della sua rottura con Don. La verità, nuda e cruda, era che lui aveva avuto una relazione. Poi, in preda al senso di colpa, glielo aveva confessato. Era stata solo una breve avventura con una collega e Judy aveva cercato di perdonarlo, ma da allora i suoi sentimenti per lui non erano stati più gli stessi. Non provava più il desiderio di fare l'amore con lui. E neppure con qualcun altro. Era come se dentro di lei fosse scattato un interruttore e il suo impulso sessuale fosse stato spento.

Bo non sapeva nulla di tutto questo. Considerava Don Riley il marito perfetto: bello, intelligente, di successo, e paladino della legge.

«Don mi ha invitato a cena per festeggiare, ma credo che rinuncerò» disse Judy.

«Immagino che non dovrei dirti chi devi sposare» osservò Bo con un sorriso triste, e si alzò. «Sarà meglio che vada. Abbiamo in programma una retata per questa sera.»

A lei non piaceva quando suo padre lavorava di notte. «Hai mangiato?» gli chiese, ansiosa. «Non ti andrebbero due uova prima di uscire?»

«No, grazie, tesoro. Mangerò un sandwich più tardi.» Indossò una giacca di pelle e le diede un bacio sulla guancia. «Ti voglio bene.»

«Ciao.»

Mentre la porta d'ingresso si chiudeva, squillò il telefono. Era Don. «Ho prenotato un tavolo da Masa's.»

Judy sospirò. Masa's era un posto molto chic. «Don, mi dispiace tirarti un bidone, ma preferirei rimanere a casa.»

«Dici sul serio? Ho dovuto praticamente offrire il corpo di mia sorella al maître per farmi dare un tavolo all'ultimo momento.»

«Non me la sento di festeggiare. Oggi in ufficio sono successe delle brutte cose.» Gli raccontò che Lestrange aveva un tumore e che Kincaid le aveva dato uno stupido incarico. «E così ho deciso di lasciare l'Fbi.»

Don era scioccato. «Non ci posso credere! Tu adori l'Fbi.»

«L'adoravo.»

«Ma è terribile!»

«Non è così terribile. Era ora che mi decidessi a guadagnare un po' di soldi. Ero molto brava all'università, sai. Prendevo voti migliori di alcuni che ora guadagnano delle fortune.»

«Certo, aiuti un assassino a cavarsela, poi ci scrivi sopra un libro e ci fai un milione di dollari... è di te che stiamo parlando? Pronto? Parlo con Judy Maddox?»

«Non lo so, Don, ma con tutte queste cose per la testa non me la sento di andar fuori a festeggiare.»

Ci fu una pausa. Judy sapeva che Don si stava rassegnando all'inevitabile. Dopo un attimo lui disse: «D'accordo, ma devi farti perdonare. Ci vediamo domani?».

Judy non aveva la forza per contraddirlo ancora. «Va bene» rispose.

«Grazie.»

Judy riattaccò.

Accese il televisore e guardò nel frigorifero, pensando alla cena, ma non aveva fame. Tirò fuori una lattina di birra e la aprì. Guardò la televisione per tre o quattro minuti prima di rendersi conto che la trasmissione era in spagnolo. Decise che non aveva voglia di birra. Spense il televisore e versò la birra nel lavandino.

Pensò di fare un salto da Everton's, il bar preferito dagli agenti dell'Fbi. Le piaceva andare lì, bere una birra, mangiare un hamburger e scambiare qualche racconto di guerra. Ma non era certa di essere ancora la benvenuta, specialmente se c'era anche Kincaid. Cominciava già a sentirsi un'esclusa.

Decise di preparare il proprio curriculum. Sarebbe andata in ufficio e l'avrebbe scritto al computer. Meglio uscire e fare qualcosa che restarsene in casa come un animale in gabbia.

Prese la pistola, poi ebbe un attimo di esitazione. Gli agenti erano in servizio ventiquattr'ore al giorno ed erano obbligati a girare armati tranne che in tribunale, dentro il carcere o in ufficio. *Ma io non sono più un agente. Non devo più girare armata.* Poi cambiò idea. *Al diavolo, se mi imbattessi in una rapina in corso e fossi costretta a tirare dritto perché ho lasciato la pistola a casa, mi sentirei una vera stupida.*

Era l'arma comunemente in dotazione all'Fbi, una SIG-Sauer P228. Teneva tredici colpi da 9 millimetri, ma Judy metteva sempre il primo colpo in canna, estraeva il caricatore e aggiungeva il proiettile mancante, portando così a quattordici i colpi disponibili. Aveva anche un fucile a pompa Remington 870 a cinque colpi. Come tutti gli agenti si esercitava a sparare una volta al mese, di solito al poligono dello sceriffo a Santa Rita. La sua abilità di tiratrice veniva verificata quattro volte all'anno. Il corso di qualificazione non le dava mai problemi: aveva ottima mira, mano ferma e riflessi pronti.

Come la maggior parte degli agenti non aveva mai sparato al di fuori delle esercitazioni.

Gli agenti dell'Fbi erano investigatori, persone con una certa cultura e ben pagati. In genere non erano destinati all'azione. Era assolutamente normale stare per venticinque anni nell'Fbi e non essere mai coinvolti in una sparatoria o in una scazzottata. Ma dovevano essere sempre pronti per ogni evenienza.

Judy mise la pistola nella borsa a tracolla. Indossava l'*ao dai*, il tradizionale indumento vietnamita: una camicia lunga con un piccolo collo montante e spacchi ai fianchi che si portava sopra un paio di pantaloni morbidi. Era il suo abbigliamento preferito per il tempo libero non solo perché era molto comodo, ma anche perché sapeva che le stava molto bene: il tessuto bianco metteva in risalto i capelli neri lunghi fino alle spalle e la pelle color miele, mentre la blusa aderente valorizzava la sua figura snella. Normalmente non lo avrebbe indossato per andare in ufficio, ma era sera tardi e comunque aveva dato le dimissioni.

Uscì. La sua Chevrolet Montecarlo era parcheggiata in

strada. L'auto apparteneva all'Fbi e lei non ne avrebbe sentito la mancanza. Una volta diventata un avvocato famoso avrebbe potuto comperarsi qualcosa di più eccitante... una piccola macchina sportiva europea, magari, una Porsche o una MG.

La casa di suo padre si trovava nel quartiere di Richmond. Non era un posto molto elegante, ma i poliziotti onesti non diventano ricchi. Judy imboccò la Geary Expressway diretta verso il centro. L'ora di punta era ormai passata e il traffico era scorrevole, così arrivò al Federal Building in pochi minuti. Parcheggiò nel garage sotterraneo e salì con l'ascensore al dodicesimo piano.

Ora che aveva deciso di lasciare l'Fbi, l'ufficio assunse ai suoi occhi un aspetto familiare e accogliente che le fece provare una certa nostalgia. La moquette grigia, le stanze ordinatamente numerate, le scrivanie, gli archivi, i computer, tutto testimoniava un'organizzazione potente, ricca di risorse, sicura di sé ed efficiente. A quell'ora c'erano poche persone. Entrò nell'ufficio della squadra Crimine organizzato asiatico. La stanza era vuota. Schiacciò l'interruttore della luce, sedette alla sua scrivania e accese il computer.

Quando cominciò a pensare a cosa scrivere nel curriculum scoprì di avere la mente vuota.

Non c'era molto da dire sulla sua vita prima dell'Fbi: solo gli studi e due anni piuttosto monotoni nell'ufficio legale della Mutual American Insurance. Doveva dare un resoconto chiaro dei dieci anni passati all'Fbi, dimostrando che aveva avuto successo e aveva fatto carriera. Ma, invece di un resoconto ordinato, la sua memoria le fornì una serie disarticolata di flashback: il pluriviolentatore che l'aveva ringraziata dal banco degli imputati per averlo rinchiuso in galera dove non avrebbe più potuto nuocere; un'organizzazione, chiamata Holy Bible Investments, che aveva derubato dei loro risparmi decine di anziane vedove; quella volta in cui si era trovata sola in una stanza con un uomo armato che aveva rapito due bambini e lo aveva convinto a consegnarle la pistola...

Non poteva raccontare queste cose alla Brooks Fielding. Loro volevano Perry Mason, non Wyatt Earp.

Decise di scrivere prima la lettera di dimissioni. Batté la data e l'intestazione: "All'attenzione del sostituto capoarea".

"Caro Brian" scrisse, "con la presente ti confermo le mie dimissioni."

Era doloroso.

Aveva dedicato dieci anni della sua vita all'Fbi. Altre donne si erano sposate e avevano avuto dei bambini, oppure avevano intrapreso un'attività in proprio, avevano scritto un romanzo, avevano fatto una crociera intorno al mondo. Lei aveva dedicato tutta se stessa a diventare uno straordinario agente dell'Fbi. E ora stava gettando ogni cosa al vento. Il pensiero le fece venire le lacrime agli occhi. *Che idiota sono, starmene qui seduta da sola in ufficio a piangere davanti al computer!*

Poi entrò Simon Sparrow.

Era un tipo molto muscoloso, con i capelli tagliati corti e i baffi. Aveva un anno o due più di Judy. Come lei, era vestito in modo informale, con un paio di *chinos* marrone chiaro e una camicia sportiva a maniche corte. Dopo il dottorato in linguistica aveva trascorso cinque anni nell'unità di Scienze comportamentali dell'Fbi a Quantico, in Virginia. Era uno specialista in analisi delle minacce.

Fra lui e Judy esisteva una reciproca simpatia. Con gli uomini dell'ufficio Simon parlava di argomenti maschili, football, pistole, macchine, ma quando erano soli faceva commenti su come lei era vestita e sui suoi gioielli, proprio come avrebbe fatto un'amica.

Teneva in mano un fascicolo. «La tua minaccia di terremoto è davvero affascinante» disse, con gli occhi che gli brillavano per l'entusiasmo.

Judy si soffiò il naso. Di certo lui aveva visto che era sconvolta, ma, con molto tatto, fingeva di non essersene accorto.

«Pensavo di lasciartelo sulla scrivania» proseguì, «ma sono felice di averti trovata.»

Ovviamente aveva lavorato fino a tardi per terminare il suo rapporto e Judy non voleva deludere il suo entusiasmo dicendogli che intendeva dare le dimissioni. «Siediti» lo invitò, riprendendosi.

«Congratulazioni per aver vinto la causa, oggi!»

«Grazie.»

«Devi essere molto soddisfatta.»

«Dovrei esserlo, infatti, ma subito dopo ho litigato con Brian Kincaid.»

«Ah, quello.» Simon liquidò il loro capo con un gesto noncurante della mano. «Se ti scusi come si deve, sarà costretto a perdonarti. Non può permettersi di perderti. Sei troppo in gamba.»

Era una reazione strana: di solito Simon dimostrava più partecipazione. Sembrava quasi che fosse già stato informato. Ma, se sapeva del litigio, sapeva anche che lei aveva dato le dimissioni. E allora perché le aveva consegnato il rapporto?

Incuriosita, gli disse: «Parlami di questa minaccia».

«Per un po' mi ha lasciato disorientato.» Le porse una stampata del messaggio così come era comparso sul bollettino degli annunci di Internet. «Anche a Quantico erano molto perplessi» aggiunse. Judy sapeva che Simon si era sollecitamente consultato con l'unità di Scienze comportamentali.

Aveva già visto il messaggio, era nel fascicolo che Matt Peters le aveva consegnato quel pomeriggio. Lo studiò nuovamente.

1° maggio

Al governatore dello stato

Salve!

Lei afferma che si preoccupa dell'inquinamento e dell'ambiente, ma però non fa mai niente; dunque la costringeremo noi.

La società dei consumi sta avvelenando il pianeta perché voi siete troppo avidi, e ora dovete fermarvi!

81

Noi siamo il Martello dell'Eden, l'emanazione radicale del movimento ambientalista Green California.
Le ordiniamo di annunciare un blocco immediato della costruzione delle centrali elettriche. Basta nuove centrali. Punto. Altrimenti...
Altrimenti cosa? vuol sapere.
Altrimenti provocheremo un terremoto fra quattro settimane esatte.
Vi abbiamo avvertiti! Facciamo sul serio!

Il Martello dell'Eden

Non le sembrò molto chiaro, ma sapeva che Simon avrebbe studiato ogni parola e ogni virgola alla ricerca di un significato.

«Cosa ne pensi?» chiese lui.

Judy rifletté per un attimo. «Vedo uno studente giovane e sfigato coi capelli unti e una T-shirt sbiadita dei Guns n' Roses, seduto al computer, che fantastica di costringere il mondo a obbedirgli invece che ignorarlo come ha sempre fatto.»

«Be', non potrebbe essere più sbagliato di così» disse Simon con un sorriso. «È un uomo di famiglia a basso reddito, privo di cultura, sui quarant'anni.»

Judy scosse la testa, meravigliata. Rimaneva sempre allibita di fronte al modo in cui Simon traeva conclusioni da elementi che lei neppure percepiva. «Come fai a dirlo?»

«Dal vocabolario e dalla struttura delle frasi. Guarda la formula introduttiva. Le persone benestanti non iniziano con "Salve", ma con "Gentile signore". E i diplomati di solito evitano espressioni tipo "ma però".»

Judy annuì. «Dunque stai cercando un poveraccio sui quarantacinque. Mi sembra piuttosto chiaro. Cos'è che ti lasciava perplesso?»

«Indizi contraddittori. Altri elementi del messaggio indicano una giovane donna della classe media. L'ortografia è perfetta. C'è un punto e virgola nella prima frase che indica una discreta cultura scolastica. E il numero di punti esclamativi suggerisce una personalità femminile... scusa, Judy, ma è la verità.»

«Come fai a sapere che è giovane?»

«Di solito le persone più anziane usano le lettere maiuscole per un'espressione tipo "Governatore dello Stato", mentre i giovani tendono a usare le minuscole. Inoltre, l'uso di un computer e di Internet fa pensare a qualcuno giovane e istruito.»

Judy osservò Simon. Stava deliberatamente cercando di incuriosirla per impedirle di dare le dimissioni? Se era così, non avrebbe funzionato. Una volta presa una decisione, odiava cambiare idea. Ma era affascinata dal mistero che Simon le aveva presentato. «Mi stai dicendo che questo messaggio è stato scritto da qualcuno che soffre di uno sdoppiamento della personalità?»

«No. È molto più semplice. È stato scritto da due persone: l'uomo dettava, la donna scriveva.»

«Astuto!» Judy stava cominciando a farsi un'idea dei due autori di questo ricatto. Come un cane da caccia che fiuta la selvaggina, era tesa, vigile, l'eccitazione dell'inseguimento già le pulsava nelle vene. *Mi sembra di sentire l'odore di questa gente, voglio sapere dove sono, sono sicura di riuscire a prenderli.*

Ma ho dato le dimissioni.

«Mi chiedo perché abbia dettato il messaggio» disse Simon. «Potrebbe essere normale per un dirigente d'azienda abituato a servirsi di una segretaria, ma questo è un tizio qualunque.»

Simon parlava con naturalezza, come se si trattasse di elucubrazioni senza importanza, ma Judy sapeva che spesso le sue intuizioni erano idee luminose. «Qualche teoria?»

«E se fosse analfabeta?»

«Potrebbe essere semplicemente pigro.»

«È vero.» Simon si strinse nelle spalle. «Era solo un'ipotesi.»

«Dunque» disse Judy. «Abbiamo una brava universitaria che è schiava di un balordo. Cappuccetto Rosso e il lupo cattivo. Probabilmente è in pericolo, ma lo è solo lei? La minaccia di un terremoto non sembra verosimile.»

Simon scosse la testa. «Io credo che dobbiamo prenderla sul serio.»

Judy non riuscì a contenere la propria curiosità. «Perché?»

«Come sai, noi analizziamo le minacce in base a motivazione, intento e scelta dell'obiettivo.»

Judy annuì. Quelle erano nozioni fondamentali.

«La motivazione può essere di ordine emotivo o pratico. In altre parole, l'autore agisce per farsi bello o perché vuole qualcosa?»

Judy rifletté sulla risposta, che le pareva ovvia. «A prima vista, questa gente ha uno scopo specifico. Vogliono che lo stato smetta di costruire centrali elettriche.»

«Giusto. E questo significa che non vogliono realmente nuocere a qualcuno. Sperano di raggiungere il loro scopo semplicemente con la minaccia.»

«Mentre i tipi emotivi preferirebbero uccidere.»

«Proprio così. E ora l'intento. O è politico, o criminoso, o è pazzia pura.»

«In questo caso mi pare politico, almeno di primo acchito.»

«Lo penso anch'io. Talvolta le idee politiche possono fornire il pretesto per un atto intrinsecamente folle, ma nel nostro caso non direi. E tu?»

Judy capiva dove voleva arrivare. «Stai cercando di dirmi che questa è gente razionale. Ma minacciare un terremoto è pazzesco!»

«Ci torneremo dopo, d'accordo? Per ultimo, la scelta dell'obiettivo: o è specifica o casuale. Cercare di uccidere il presidente è specifico, mettersi a sparare con un mitra a Disneyland è casuale. Volendo prendere sul serio la minaccia di un terremoto, giusto per amore di discussione, questo ucciderebbe molte persone, in modo indiscriminato, quindi è casuale.»

Judy si sporse in avanti. «Bene. Abbiamo un intento pratico, una motivazione politica e un obiettivo casuale. Cosa ti suggerisce tutto ciò?»

«I manuali dicono che questa gente sta contrattando o sta cercando pubblicità. Io dico che stanno contrattando. Se volessero pubblicità non avrebbero scelto di affidare il loro messaggio a un oscuro bollettino degli annunci di Internet, avrebbero optato per la televisione o i giornali. Ma non l'hanno fatto. Quindi sono convinto che volessero semplicemente comunicare con il governatore.»

«Sono ingenui se pensano che il governatore legga tutti i messaggi che gli vengono inviati.»

«Sono d'accordo con te. Questa gente dimostra una strana combinazione di sofisticatezza e ignoranza.»

«Ma fanno sul serio.»

«Già. Ho un altro motivo per crederlo. La loro richiesta – il blocco delle nuove centrali elettriche – non è il genere di cosa cui si pensa quando si è alla ricerca di un pretesto. È troppo prosaica. Se dovessi inventartene uno, cercheresti qualcosa di plateale, tipo mettere al bando gli impianti dell'aria condizionata a Beverly Hills.»

«Allora, chi è questa gente?»

«Non lo sappiamo. Il terrorista tipico segue un andamento in crescendo. Inizia con telefonate minatorie e lettere anonime, poi scrive ai giornali e alle stazioni televisive, infine comincia a gironzolare intorno agli edifici pubblici, lavorando di fantasia. Quando alla fine si presenta al tour guidato della Casa Bianca con una 38 special infilata in un sacchetto di plastica, abbiamo parecchie sue tracce sui computer dell'Fbi. Qui le cose sono diverse. Ho fatto confrontare le impronte linguistiche con tutte le minacce terroristiche presenti nell'archivio a Quantico, ma non c'è alcuna corrispondenza. Questa è gente nuova.»

«Quindi non sappiamo nulla su di loro?»

«Sappiamo un sacco di cose. Ad esempio, che vivono in California, ovviamente.»

«Come fai a saperlo?»

85

«Il messaggio è indirizzato "Al governatore dello stato". Se si trovassero in un altro stato, lo avrebbero inviato al governatore della California.»

«Cos'altro?»

«Sono americani, e non c'è motivo di ritenere che appartengano a qualche gruppo etnico particolare: il loro linguaggio non mostra caratteristiche afroamericane, asiatiche o ispaniche.»

«Hai dimenticato una cosa.»

«Cosa?»

«Sono pazzi.»

Lui scosse la testa.

«Su, Simon!» esclamò Judy. «Sono convinti di poter provocare un terremoto. Devono essere pazzi per forza!»

«Io non so nulla di sismologia» insistette lui, «ma conosco la psicologia e non mi piace la teoria che questa gente sia fuori di testa. Sono sani, seri e determinati. E ciò significa che sono pericolosi.»

«Io non ci credo.»

Simon si alzò. «Sono stanco. Vieni a bere una birra con me?»

«Non stasera, Simon... ma grazie lo stesso. E grazie per il rapporto. Sei il migliore.»

«Ci puoi scommettere.»

Judy mise i piedi sulla scrivania e si osservò le scarpe. Ora era sicura che Simon avesse cercato di convincerla a non dare le dimissioni. Kincaid poteva anche pensare che si trattasse di un caso da niente, ma il messaggio di Simon era che il Martello dell'Eden poteva essere una minaccia reale, un gruppo che era davvero necessario rintracciare e neutralizzare.

Nel qual caso, la sua carriera all'Fbi forse non era finita. Poteva trasformare in trionfo un caso che le era stato assegnato come un insulto deliberato. Questo avrebbe dato lustro a lei e allo stesso tempo avrebbe fatto fare a Kincaid la figura dello stupido. La prospettiva era allettante.

Tirò giù i piedi e guardò lo schermo. Poiché non aveva

più toccato la tastiera da parecchio, era entrato in funzione il salvaschermo. Era una fotografia che la ritraeva all'età di sette anni, con qualche dente mancante e un fermaglio di plastica che le tratteneva i capelli neri. Era seduta sulle ginocchia di suo padre, che a quell'epoca era ancora un agente di pattuglia e indossava l'uniforme della polizia di San Francisco. Lei gli aveva preso il berretto e stava cercando di metterselo. La foto era stata scattata da sua madre.

Si immaginò alle dipendenze dello studio Brooks Fielding, mentre, al volante di una Porsche, andava in tribunale a difendere individui tipo i fratelli Foong.

Toccò la barra dello spazio e il salvaschermo scomparve. Al suo posto Judy vide le parole che aveva scritto. "Caro Brian, con la presente ti confermo le mie dimissioni." Le sue mani rimasero sospese sopra la tastiera. «Al diavolo» esclamò, dopo una lunga pausa. Quindi cancellò la frase e scrisse: "Vorrei scusarmi per la mia scortesia...".

3

Il sole stava sorgendo sulla I-80. Era martedì mattina e Priest stava andando a San Francisco a bordo della sua Plymouth 'Cuda del '71. Il rombo del motore dava l'impressione di correre a una velocità molto più elevata dei novanta chilometri all'ora.

L'auto l'aveva acquistata nuova fiammante all'apice della sua carriera di imprenditore. Quando il suo commercio all'ingrosso di liquori era fallito e gli agenti del fisco stavano per arrestarlo, era fuggito con solo gli abiti che aveva indosso – un completo blu scuro dagli ampi revers e pantaloni a zampa d'elefante – e la macchina. Possedeva ancora sia l'auto che il vestito.

Durante l'era hippy l'unica macchina "giusta" era il Maggiolino. Star gli aveva detto che al volante della 'Cuda giallo squillante sembrava un magnaccia. Così l'avevano dipinta in stile psichedelico: pianeti sul tetto, fiori sul cofano posteriore, su quello anteriore una dea indiana con otto braccia che scendevano sui paraurti, tutto in rosso porpora, rosa e turchese. Dopo venticinque anni i colori erano sbiaditi fino a diventare di un marrone a chiazze, ma guardando con attenzione era ancora possibile distinguerne i motivi. E adesso la macchina era un oggetto da collezione.

Si era messo in viaggio alle tre del mattino e Melanie aveva dormito tutto il tempo, sdraiata con la testa in grembo a lui, le favolose gambe lunghe piegate sul consunto sedile nero. Guidando, Priest giocherellava con i suoi capelli. Melanie li portava stile anni Sessanta, lunghi, diritti, con la riga nel mezzo, anche se era nata più o meno quando i Beatles si erano separati.

Anche il bambino dormiva, sdraiato sul sedile posteriore, la bocca spalancata. Accanto c'era Spirit, il pastore tedesco di Priest. Il cane era tranquillo ma, ogni volta che lui si voltava a guardarlo, apriva un occhio.

Priest era nervoso.

Continuava a ripetersi che avrebbe dovuto sentirsi bene. In fondo era come ai vecchi tempi. Da giovane, aveva sempre in piedi qualcosa: una truffa, un progetto, un'idea per far soldi o per rubarli, il piano per organizzare una festa o per scatenare un rissa. Poi aveva scoperto la pace. Talvolta, però, gli pareva che la sua vita fosse diventata troppo tranquilla. Il furto del vibratore sismico aveva risvegliato la sua vecchia personalità. Erano anni che non si sentiva così vivo come in quel momento, con una bella ragazza sdraiata al suo fianco e la prospettiva di una battaglia da combattere con astuzia.

Tuttavia, era preoccupato.

Si era esposto, aveva giurato di piegare il governatore della California al suo volere, e aveva promesso un terremoto. Se avesse fatto fiasco sarebbe stato un uomo finito. Oltre a perdere tutto ciò che gli era più caro, se lo avessero preso sarebbe finito in galera per un bel po'.

Ma lui era eccezionale. Aveva sempre saputo di essere diverso da tutti. Le regole per lui non valevano. Faceva cose che per altri erano impensabili.

Ed era già a metà dell'opera: aveva rubato il vibratore sismico. Per questo era stato costretto a uccidere un uomo, ma l'aveva passata liscia: non c'erano state conseguenze a parte quell'incubo ricorrente, nel quale Mario usciva dal rogo del pick-up, gli abiti in fiamme e il sangue che gli colava dalla testa sfondata, e avanzava barcollando verso di lui.

Ora il camion era nascosto in una valle solitaria ai piedi della Sierra Nevada. Quel giorno Priest avrebbe trovato il punto esatto in cui andava sistemato per provocare un terremoto.

E sarebbe stato il marito di Melanie a fornirgli le informazioni di cui aveva bisogno.

A sentire Melanie, Michael Quercus conosceva meglio di chiunque altro al mondo la faglia di San Andreas. Nel suo computer erano archiviati i dati che aveva raccolto in anni di ricerche. Priest aveva intenzione di rubarli.

E Michael non avrebbe mai dovuto saperlo.

Ecco perché aveva bisogno di Melanie. Ed era questa la fonte delle sue preoccupazioni. La conosceva solo da qualche settimana. Sapeva di essere diventato la figura dominante nella sua vita, ma non l'aveva mai sottoposta a una prova come questa. Era sposata con Michael da sei anni: e se si fosse improvvisamente pentita di averlo lasciato, scoprendo quanto le mancavano la lavastoviglie e il televisore? Se si fosse sentita terrorizzata all'idea del rischio e dell'illegalità di quello che stavano facendo? Non c'era modo di prevedere le reazioni di una persona amareggiata, confusa e turbata come Melanie.

Sul sedile posteriore il bambino si svegliò.

Fu il cane a muoversi per primo: Priest avvertì il rumore delle zampe sulla plastica del sedile. Poi si udì uno sbadiglio infantile.

Dustin, chiamato Dusty, aveva cinque anni ed era un ragazzino sfortunato. Soffriva di innumerevoli allergie. Priest non aveva ancora assistito a uno dei suoi attacchi, ma Melanie glieli aveva descritti: Dusty iniziava a starnutire in modo incontrollabile, gli si gonfiavano gli occhi e si ricopriva di eruzioni cutanee che gli causavano un forte prurito. Lei portava sempre con sé dei potenti farmaci che, però, riuscivano solo ad alleviare i sintomi.

Dusty cominciò a dare segni di insofferenza. «Mamma, ho sete» si lamentò.

Melanie si svegliò. Si tirò su a sedere, stiracchiandosi, e

Priest lanciò un'occhiata al profilo del seno sotto la maglietta attillata. Melanie si voltò. «Bevi un po' d'acqua, Dusty. Hai la bottiglia lì di fianco a te.»

«Non ho voglia di acqua» disse lui lamentoso. «Io voglio il succo d'arancia.»

«Succo non ce n'è» rispose lei brusca.

Dusty cominciò a piangere.

Melanie era una madre nervosa, sempre col timore di fare la cosa sbagliata. Era ossessionata dalla salute del figlio e iperprotettiva ma, allo stesso tempo, la tensione le faceva perdere spesso la pazienza. Era sicura che prima o poi il marito avrebbe tentato di portarle via il bambino, ed era terrorizzata all'idea di fare qualcosa per cui Dusty avrebbe potuto giudicarla una cattiva madre.

Priest prese in mano la situazione. «Accidenti! Cosa diavolo è quello che abbiamo dietro?» chiese, fingendosi seriamente spaventato.

Melanie si voltò. «È un camion.»

«Lo credi tu. È mimetizzato da camion, ma in realtà è una nave spaziale da battaglia di Alfa-Centauro con siluri fotonici. Dusty, ho bisogno che tu dia tre colpi sul vetro posteriore per sollevare il nostro scudo magnetico invisibile. Presto!»

Il bambino batté sul vetro.

«Ora sapremo se sta sparando i suoi siluri. Una luce arancione dovrebbe mettersi a lampeggiare sul paraurti di sinistra. È meglio che controlli, Dusty.»

Il camion si stava avvicinando velocemente e un attimo dopo l'indicatore di direzione di sinistra si mise a lampeggiare mentre il veicolo si spostava per sorpassarli.

«Sta sparando! Sta sparando!» esclamò Dusty.

«Okay, io cercherò di tenere alzato lo scudo magnetico mentre tu rispondi al fuoco! La bottiglia dell'acqua è in realtà una pistola laser!»

Dusty puntò la bottiglia verso il camion emettendo suoni simili a spari. Spirit si unì a lui, abbaiando furiosamente mentre il camion li sorpassava. Melanie scoppiò a ridere.

Quando il camion rientrò nella corsia a scorrimento normale davanti a loro, Priest disse: «Accidenti, siamo stati fortunati a uscirne tutti interi. Credo che per ora abbiano rinunciato».

«Ci saranno altre navi Centauriane?» chiese Dusty tutto eccitato.

«Tu e Spirit restate di vedetta. Avvertimi se ne vedi altre, d'accordo?»

«D'accordo.»

«Grazie. Sei così bravo con lui» mormorò Melanie con un sorriso.

Sono bravo con tutti: uomini, donne, bambini e animali. Ho carisma. Non ce l'ho dalla nascita, l'ho acquisito. È solo un modo per far fare alla gente quello che vuoi. Qualsiasi cosa, dal convincere una moglie fedele a commettere adulterio fino a far smettere di frignare un bambino noioso. Basta avere fascino.

«Che uscita devo prendere?» chiese Priest.

«Segui le indicazioni per Berkeley.» Melanie ignorava che lui non sapeva leggere.

«Probabilmente ce n'è più di una. Tu dimmi quando devo uscire.»

Qualche minuto dopo lasciarono l'autostrada ed entrarono nella verdeggiante cittadina universitaria. Priest sentiva la tensione di Melanie crescere. Sapeva che tutta la sua rabbia contro la società e la sua delusione per la vita erano in qualche modo concentrate sull'uomo che lei aveva lasciato sei mesi prima. Guidò Priest agli incroci fino a Euclid Street, una strada di case modeste e condomini probabilmente popolati da laureandi e professori freschi di nomina.

«Sono sempre convinta che farei meglio ad andare da sola» disse lei.

Era fuori discussione. Melanie non era abbastanza forte. Priest non si fidava di lei neppure quando le era al fianco, figuriamoci da sola. «No» rispose secco.

«Forse...»

Lui si lasciò sfuggire un moto di rabbia. «No!»

«D'accordo, d'accordo» si affrettò a dire lei e poi si morse il labbro.

«Ehi, qui è dove vive papà!» esclamò Dusty eccitato.

«Sì, tesoro» confermò Melanie. Indicò un edificio basso di mattoni rossi e Priest vi parcheggiò davanti. Melanie si voltò verso il bambino, ma Priest la prevenne. «Lui resta in macchina.»

«Non so se sia sicuro...»

«C'è il cane.»

«Potrebbe spaventarsi.»

Priest si voltò per parlare con Dusty. «Ehi, tenente, ho bisogno che tu e il sottotenente Spirit restiate di guardia alla nostra nave spaziale mentre il primo ufficiale mamma e io entriamo nel porto spaziale.»

«Posso vedere papà?»

«Certo. Ma prima ho bisogno di vederlo da solo per qualche minuto. Credi di potertela cavare con il turno di guardia?»

«Ci puoi scommettere!»

«Nella marina spaziale si deve rispondere "sì, signore!" non "ci puoi scommettere".»

«Sì, signore!»

«Molto bene. Continua così.» Priest scese dall'auto.

Melanie lo seguì, ma continuava ad avere un'aria preoccupata. «Per amor del cielo, non dire a Michael che abbiamo lasciato il bambino in macchina» gli raccomandò.

Priest non rispose. *Tu potrai anche aver paura di offendere Michael, bambina, ma a me non frega un cazzo.*

Melanie prese la borsa dal sedile e se la mise a tracolla. Si incamminarono per il vialetto che conduceva al portone. Lei premette il pulsante del citofono e lo tenne schiacciato.

Aveva raccontato a Priest che suo marito era un nottambulo. Gli piaceva lavorare fino a tardi la sera e dormire la mattina. Per questo avevano deciso di andare lì prima delle sette. Priest sperava che Michael fosse troppo assonnato per chiedersi se la loro visita avesse un secondo fine. Qualora si fosse insospettito, rubare il dischetto sarebbe stato impossibile.

Mentre aspettavano che Michael venisse a rispondere Priest ricordò che Melanie aveva definito l'ex marito un drogato del lavoro. Passava le giornate in macchina su e giù per la California a controllare strumenti che registravano i più piccoli movimenti geologici nella faglia di San Andreas o in altre, e la notte inseriva i dati nel computer.

Ma quello che l'aveva definitivamente spinta a lasciarlo era stato un incidente capitato con Dusty. Lei e il bambino erano vegetariani da due anni, e mangiavano solo cibo biologico. Melanie era convinta che la dieta ferrea riducesse gli attacchi allergici del figlio, ma Michael era scettico. Un giorno aveva scoperto che aveva comperato a Dusty un hamburger. Per lei fu come se l'avesse avvelenato. Quando raccontava la storia tremava ancora di rabbia. Se n'era andata quella sera stessa, portando Dusty con sé.

Priest tendeva a darle ragione a proposito degli attacchi allergici. La comune era vegetariana fin dai primi anni Settanta, quando questo genere di scelta veniva considerato eccentrico. All'inizio aveva avuto dei dubbi sul valore della dieta, ma era favorevole a una disciplina che li distinguesse dal mondo esterno. La loro uva era coltivata senza l'uso di sostanze chimiche semplicemente perché non potevano permettersele, così avevano fatto di necessità virtù, definendo il loro vino organico, il che si era rivelato un punto di forza nelle vendite. Tuttavia non poteva fare a meno di notare che dopo venticinque anni di quella vita i membri della comune godevano di una salute particolarmente buona. Era raro che si verificassero emergenze mediche che loro stessi non sapessero risolvere, in media non più di una volta all'anno. E così ora si era convinto ma, a differenza di Melanie, non era ossessionato dalla dieta. Gli piaceva ancora il pesce e quando ogni tanto gli capitava, senza volere, di mangiare della carne in una zuppa o in un sandwich non se ne faceva un problema. Se invece Melanie scopriva che la sua omelette ai funghi era stata cotta nel grasso di maiale vomitava.

«Chi è?» rispose una voce scorbutica al citofono.

«Melanie.»

Ci fu un ronzio e il portone si aprì. Priest seguì Melanie dentro l'androne e su per le scale. Al primo piano vide una porta aperta. Sulla soglia c'era Michael Quercus.

Priest rimase sorpreso dal suo aspetto. Si immaginava il classico professore magrolino, magari calvo, vestito in maniera triste. Invece Quercus era alto e atletico, con riccioli neri tagliati corti e un'ombra di barba sulle guance. Doveva avere all'incirca trentacinque anni. Aveva un asciugamano legato intorno alla vita e Priest poté vedere le spalle larghe e muscolose e il ventre piatto. *Dovevano essere stati una bella coppia.*

Come Melanie arrivò in cima alla rampa di scale, Michael esordì: «Ero preoccupato... dove diavolo sei stata?».

«Non potresti vestirti?» replicò Melanie.

«Non hai detto che eri in compagnia» proseguì lui gelido, restando sulla soglia. «Vuoi rispondere alla mia domanda?»

Priest capì che riusciva a stento a controllare la rabbia che gli covava dentro da mesi.

«Sono qui per spiegarti» disse Melanie. Godeva della rabbia di Michael. *Che matrimonio incasinato.* «Questo è il mio amico Priest. Possiamo entrare?»

Michael la fissò furioso. «Spero davvero che tu abbia una buona spiegazione.» Voltò loro la schiena ed entrò.

Melanie e Priest lo seguirono lungo un piccolo corridoio. Lui aprì la porta del bagno, prese un accappatoio di spugna blu da un gancio e lo indossò con tutto comodo. Lasciò cadere l'asciugamano e annodò la cintura. Quindi fece strada verso il soggiorno.

Evidentemente quello era il suo studio. Oltre a un divano e a un televisore, c'erano uno schermo e una tastiera di computer sul tavolo, mentre su una mensola erano allineati parecchi macchinari elettronici con lucine lampeggianti. Da qualche parte in quelle scatole grigie dall'aria innocua erano conservate le informazioni di cui Priest aveva bisogno. Era un supplizio, ma doveva affidarsi a Melanie.

Una parete era interamente occupata da un'enorme mappa. «Cos'è quella?» chiese Priest.

Michael si limitò a lanciargli un'occhiata del tipo "e tu chi cazzo sei" e non disse nulla. Fu Melanie a rispondere.

«È la faglia di San Andreas.» Indicò un punto. «Comincia al faro di Point Arena centocinquanta chilometri a nord da qui, nella Mendocino County, e prosegue verso sud-est, oltre Los Angeles e all'interno fino a San Bernardino. È una spaccatura nella crosta terrestre lunga più di mille chilometri.»

Melanie aveva spiegato a Priest che il lavoro di Michael consisteva nel calcolare la pressione in diversi punti della faglia sismica. Ciò richiedeva un attento monitoraggio dei minimi movimenti della crosta terrestre, e un'esatta valutazione dell'energia accumulata sulla base del tempo trascorso dall'ultimo terremoto. Il suo lavoro gli aveva fatto vincere vari premi accademici, ma un anno prima Michael aveva lasciato l'università per intraprendere un'attività in proprio come consulente per il rischio sismico di imprese di costruzioni e compagnie assicurative.

Melanie era una maga dell'informatica e lo aveva aiutato a ottimizzare computer e periferiche. Aveva programmato il sistema perché facesse il back-up ogni giorno tra le quattro e le sei del mattino, mentre lui dormiva. Tutte le informazioni contenute sull'hard disc, aveva spiegato a Priest, venivano copiate su un cd riscrivibile. Ogni mattina, quando accendeva lo schermo, Michael toglieva il cd dal drive e lo riponeva in un contenitore ignifugo. In questo modo, se il sistema fosse andato in blocco o se la casa avesse preso fuoco, i suoi preziosi dati non sarebbero andati perduti.

A Priest pareva impossibile che tutte le informazioni sulla faglia di San Andreas potessero essere contenute in un dischetto, ma d'altro canto, i libri per lui non erano meno misteriosi. Doveva limitarsi ad accettare quanto gli veniva detto. La cosa importante era che adesso, grazie a quel dischetto, Melanie sarebbe stata in grado di indicargli dove piazzare il vibratore sismico.

Dovevano solo far uscire Michael dalla stanza il tempo sufficiente perché Melanie se ne impadronisse.

«Dimmi, Michael» fece Priest «tutta questa roba...» indicò la mappa e i computer con un cenno della mano, poi gli puntò addosso "lo sguardo" «come ti fa sentire?»

La maggior parte delle persone si agitavano quando Priest fissava su di loro "lo sguardo" e poneva domande personali a bruciapelo. A volte davano risposte rivelatrici, proprio perché in preda allo sconcerto. Ma Michael sembrava immune. Si limitò a fissare Priest a sua volta e rispose: «Non mi fa sentire in nessun modo, la uso e basta». Quindi tornò a voltarsi verso Melanie. «Ora, vuoi spiegarmi perché sei scomparsa?»

Arrogante testa di cazzo.

«È molto semplice» disse lei. «Un'amica ha offerto a me e a Dusty di usare il suo chalet in montagna.» Priest l'aveva avvertita di non specificare quale montagna. «Era affittato, ma all'ultimo momento la prenotazione è stata disdetta.» Aveva il tono di voce stupido di chi si vede costretto a spiegare una cosa tanto semplice. «Noi non possiamo permetterci vacanze e quindi ho preso l'occasione al volo.»

Era stato allora che Priest l'aveva incontrata. Lei e Dusty si erano smarriti e vagavano nei boschi. Melanie era una ragazza di città del tutto incapace di orientarsi col sole. Quel giorno Priest era andato a pesca di salmoni. Era uno splendido pomeriggio di primavera, tiepido e soleggiato. Seduto sulla riva del torrente, si stava fumando uno spinello quando aveva sentito un bambino piangere.

Non doveva essere un bambino della comune, perché ne avrebbe riconosciuto la voce. Seguendo il suono, aveva trovato Dusty e Melanie. La donna era ormai prossima alle lacrime. Vedendo Priest aveva sospirato: «Grazie al cielo. Ormai ero convinta che saremmo morti qui!».

Lui era rimasto a fissare per un bel po' quella strana figura con i lunghi capelli rossi e gli occhi verdi; con quei calzoncini di jeans e il top scollato era così invitante che veniva voglia di mangiarsela. Era magico incontrare una fanciulla in difficoltà come quella proprio mentre si trovava solo nel bosco. Se non fosse stato per il bambino, Priest avrebbe tentato di farsela all'istante, in riva al ruscello, sul soffice materasso di aghi di pino.

Era stato allora che le aveva chiesto se veniva da Marte. «No» aveva risposto lei. «Da Oakland.»

Priest sapeva dove si trovavano gli chalet. Raccolse la canna da pesca e la guidò attraverso il bosco, seguendo sentieri e crinali che conosceva benissimo. Era una lunga camminata e, strada facendo, aveva continuato a parlarle, ponendole domande gentili e rivolgendole qualche sorriso di incoraggiamento. In questo modo aveva scoperto tutto di lei.

Era una donna nei guai.

Aveva lasciato il marito per andare a stare con il bassista di un gruppo rock, ma dopo qualche settimana l'uomo l'aveva buttata fuori di casa. Non aveva nessuno cui rivolgersi: il padre era morto e la madre viveva a New York con un tizio che aveva cercato di infilarsi nel suo letto l'unica notte che lei aveva dormito nel loro appartamento. Aveva sfruttato fino in fondo l'ospitalità degli amici e preso in prestito tutto il denaro che loro potevano darle. La sua carriera era naufragata e lavorava come commessa in un supermercato, lasciando Dusty da una vicina. Vivevano in un tugurio così sporco che il bambino aveva continui attacchi allergici. Doveva assolutamente trasferirsi in un posto più sano, ma non riusciva a procurarsi un lavoro fuori città. Si trovava in un vicolo cieco ed era disperata. Era ormai arrivata a calcolare la dose di barbiturici necessaria a uccidere lei e il bambino quando un'amica le aveva offerto quella vacanza.

A Priest piacevano le persone in difficoltà. Sapeva come

prenderle. Bastava che qualcuno offrisse loro ciò di cui avevano bisogno e diventavano suoi schiavi. Non si trovava a proprio agio con le persone sicure di sé e autosufficienti: erano troppo difficili da controllare.

Raggiunsero lo chalet che era ora di cena. Melanie preparò una pasta e un'insalata, poi mise a letto Dusty. Quando il bimbo si fu addormentato, Priest la sedusse sul tappeto. Lei era pazza di desiderio. Tutta la sua carica emotiva repressa si sfogò col sesso, e quella sera lei fece l'amore come se fosse stata la sua ultima occasione, graffiandogli la schiena, mordendogli le spalle, attirandolo a fondo dentro di sé come se volesse inghiottirlo. Fu l'incontro più eccitante che Priest potesse ricordare.

Ora l'avvenente e borioso marito-professore stava protestando. «Parliamo di *cinque settimane fa*. Non puoi prendere mio figlio e sparire per cinque settimane senza neppure una telefonata!»

«Avresti potuto chiamarmi tu.»

«Non sapevo dove fossi!»

«Ho un cellulare.»

«Ho provato ma non rispondeva.»

«Il servizio è stato interrotto perché tu non hai pagato la bolletta. Eravamo d'accordo che l'avresti pagata tu.»

«Ho ritardato solo un paio di giorni, tutto lì! Devono averlo riattivato.»

«Be', si vede che hai chiamato prima che lo riattivassero!»

La lite coniugale non stava portando a nulla. Priest era impaziente. *Devi assolutamente far uscire Michael dalla stanza, in un modo o nell'altro.* Decise di interromperli. «Perché non ci prendiamo un caffè?» disse. Voleva che Michael andasse in cucina a prepararlo.

Questi fece un cenno col pollice sopra la spalla. «Serviti pure» rispose, brusco.

Merda.

Michael tornò a rivolgersi a Melanie. «Non ha importanza perché non sono riuscito a telefonarti. Non ci sono riuscito e basta. È per questo che dovevi chiamarmi prima di portare Dusty in vacanza.»

«Senti, c'è una cosa che non ti ho detto.»

Michael le rivolse un'occhiata esasperata. «Perché non ti siedi?» propose, sedendosi a sua volta dietro la scrivania.

Melanie si lasciò cadere in un angolo del divano, piegando le gambe sotto di sé con tanta naturalezza che Priest pensò che quello dovesse essere il suo solito posto. Lui si appollaiò sul bracciolo del divano, non volendo trovarsi più in basso di Michael. *Non riesco neppure a immaginare quale di queste apparecchiature è il drive del dischetto. Su, Melanie, sbarazzati di tuo marito!*

Il tono di voce di Michael faceva intuire che lui e Melanie non erano nuovi a scene simili. «E va bene, spara» disse con aria stanca. «Di cosa si tratta questa volta?»

«Ho intenzione di trasferirmi in montagna. Per sempre. Vado a vivere con Priest e un gruppo di altre persone.»

«Dove?»

Fu Priest a rispondere. Non voleva che Michael sapesse dove vivevano. «Nella contea Del Norte.» Era la zona coperta da boschi di sequoie nell'estremo nord della California. In realtà la comune si trovava nella contea di Sierra, ai piedi della Sierra Nevada, vicino al confine orientale dello stato. Entrambe le località erano molto lontane da Berkeley.

Michael era indignato. «Non puoi portare Dusty a vivere a centinaia di chilometri da suo padre!»

«C'è un motivo» insistette Melanie. «Nelle ultime cinque settimane Dusty non ha avuto neanche un attacco di allergia. Sta bene in montagna, Michael.»

«Probabilmente è merito dell'acqua e dell'aria pura. Non c'è inquinamento» aggiunse Priest.

Michael era scettico. «È il deserto, non la montagna, che normalmente fa bene a uno che soffre di allergie.»

«Non mi parlare di normalità!» sbottò Melanie. «Non posso andare nel deserto... non ho soldi. Questo è l'unico posto che io possa permettermi dove Dusty può vivere senza star male!»

«L'affitto te lo paga Priest?»

Fa' pure, stronzo, insultami, parla di me come se non fossi neppure presente, tanto io continuo a sbattermi la tua bella mogliettina sexy.

«È una comune» disse lei.

«Gesù, Melanie, con che tipo di gente ti sei messa? Prima un tossico di chitarrista...»

«Un momento! Blade non era un tossico...»

«Ora una squallida comune hippy!»

Melanie era così presa dal litigio che aveva dimenticato il motivo per cui si trovavano lì. *Il dischetto, Melanie! Quel dannato dischetto!* Priest li interruppe di nuovo. «Perché non chiedi a Dusty cosa ne pensa, Michael?»

«Lo farò.»

Melanie lanciò a Priest un'occhiata disperata.

Lui la ignorò. «Dusty è fuori, sulla mia macchina.»

Michael si infiammò. «Hai lasciato mio figlio fuori in macchina?»

«Nessun problema. C'è il mio cane con lui.»

Michael fulminò Melanie con lo sguardo. «Cosa diavolo hai nella testa?» urlò.

«Perché non vai a prenderlo?» suggerì Priest.

«Non ho bisogno del tuo permesso per andare a prendere mio figlio. Dammi le chiavi della macchina!»

«Non è chiusa a chiave» disse calmo Priest.

Michael uscì come una furia.

«Ti avevo pregato di non dirglielo!» gemette Melanie. «Perché l'hai fatto?»

«Perché uscisse dalla stanza» le rispose Priest. «E ora prendi quel dischetto.»

«Ma l'hai fatto arrabbiare!»

«Era già arrabbiato!» Così non andava. Era troppo spaventata per fare quello che doveva. Priest si alzò, la prese per le mani, la tirò su e le rivolse "lo sguardo". «Non devi avere paura di lui. Ora sei con me. Ci sono io a prendermi cura di te. Stai calma. Recita il tuo mantra.»

«Ma...»

«Recitalo.»

«*Lat hoo, dat soo.*»

«Continua a ripeterlo.»

«*Lat hoo, dat soo, lat hoo, dat soo.*» Melanie si calmò.

«Ora prendi il dischetto.»

Lei annuì. Sempre ripetendo il suo mantra sottovoce, si chinò sulle apparecchiature allineate sulla mensola. Premette un pulsante e da una fessura uscì un pezzo di plastica piatto e quadrato.

Priest aveva già notato che i "dischi" nel mondo dei computer erano sempre quadrati.

Melanie aprì la borsa e tirò fuori un altro dischetto che sembrava del tutto uguale. «Merda!» esclamò.

«Cosa c'è» chiese Priest, preoccupato. «Cosa c'è che non va?»

«Ha cambiato marca!»

Priest guardò i due dischetti. A lui sembravano uguali. «Qual è la differenza?»

«Guarda, il mio è un Sony. Quello di Michael è un Philips.»

«Se ne accorgerà?»

«Potrebbe.»

«Maledizione!» Era fondamentale che Michael non si accorgesse che i suoi dati erano stati rubati.

«Probabilmente si metterà a lavorare non appena ce ne saremo andati. Estrarrà il dischetto e lo scambierà con quello che si trova nel contenitore ignifugo, e se li guarderà si accorgerà che sono diversi.»

«E di certo collegherà la cosa a noi.» Priest provò un'ondata di panico. Tutto stava andando in merda.

«Potrei comperare un dischetto Philips e tornare un altro giorno» propose Melanie.

Priest scosse la testa. «Non voglio ritentare. Potremmo fallire una seconda volta. Inoltre, non abbiamo più tempo.

L'ultimatum scade fra tre giorni. Ha dei dischetti di riserva?»

«Dovrebbe. Talvolta un dischetto si guasta.» Melanie si guardò attorno. «Chissà dove sono.» Rimase ferma in mezzo alla stanza, impotente.

Priest avrebbe voluto urlare per la frustrazione. Aveva temuto che potesse accadere qualcosa del genere. Melanie era completamente in palla, e avevano solo uno o due minuti. Doveva calmarla, e in fretta. «Melanie» disse, sforzandosi di assumere un tono di voce rassicurante, «hai due dischetti in mano. Mettiteli nella borsa.»

Lei obbedì automaticamente.

«Ora chiudi la borsa.»

Lei lo fece.

Priest sentì il portone chiudersi con un colpo. Michael stava tornando. Priest avvertì il sudore inumidirgli la nuca. «Rifletti: quando vivevi qui, Michael aveva un posto dove teneva la cancelleria?»

«Sì... un cassetto.»

«E allora?» *Svegliati, ragazza!* «Dov'è?»

Lei indicò una cassettiera addossata alla parete.

Priest aprì il primo cassetto. Vide una confezione di blocchi gialli, una scatola di penne a sfera, due risme di carta bianca, delle buste... e una scatola aperta contenente dei dischetti.

Sentì la voce di Dusty. Sembrava provenire dall'ingresso dell'appartamento.

Con dita tremanti estrasse un dischetto dalla confezione e lo porse a Melanie. «Questo va bene?»

«Sì, è un Philips.»

Priest chiuse il cassetto.

Michael entrò con Dusty in braccio.

Melanie era in piedi in mezzo alla stanza col dischetto in mano.

Per amor del cielo, Melanie, fa' qualcosa!

«E sai una cosa, papà?» stava dicendo Dusty. «In montagna non ho più starnutito!»

L'attenzione di Michael era fissa su Dusty. «Come sarebbe?» chiese.

Melanie riacquistò la padronanza di sé. Mentre Michael si chinava per posare Dusty sul divano, lei si abbassò e inserì il dischetto nella fessura del drive. Il macchinario emise un impercettibile ronzio e lo tirò dentro, come un serpente che inghiotte un topo.

«Non hai più starnutito?» volle sapere Michael. «Neppure una volta?»

«Uh-uh.»

Melanie si raddrizzò. Michael non aveva visto nulla.

Priest chiuse gli occhi. Fu invaso da un profondo senso di sollievo. Ce l'avevano fatta. Avevano i dati di Michael... e lui non se ne sarebbe mai accorto.

«Quel cane non ti fa starnutire?» chiese Michael.

«No. Spirit è un cane pulito. Priest gli fa fare il bagno nel ruscello, poi lui esce e si scuote tutto e sembra un acquazzone!» Dusty rise divertito.

«Davvero?» chiese suo padre.

«Te l'ho detto, Michael» intervenne Melanie.

Aveva la voce tremula, ma lui parve non accorgersene. «D'accordo. D'accordo» disse in tono conciliante. «Se davvero fa tanto bene alla salute di Dusty, dovremo trovare una soluzione.»

Melanie era sollevata. «Grazie.»

Priest si concesse l'ombra di un sorriso. Era finita. Il suo piano aveva fatto un altro importantissimo passo avanti.

Ora dovevano solo sperare che il computer di Michael non andasse in blocco. Se fosse successo, lui avrebbe cercato di recuperare i suoi dati dal disco ottico scoprendo che era vuoto. Ma Melanie gli aveva spiegato che era un inconveniente piuttosto raro. E quella notte il computer avrebbe fatto un altro back-up, ricopiando i dati di Michael sul dischetto vuoto. L'indomani mattina sarebbe stato impossibile capire che il dischetto era stato sostituito.

«Be', se non altro sei venuta a parlarmene» disse Michael. «Lo apprezzo molto.»

Priest sapeva che Melanie avrebbe preferito farlo per telefono. Ma il suo trasferimento nella comune era un pretesto perfetto per andare a trovare Michael senza insospettirlo. In quel modo lui non si sarebbe mai chiesto perché erano venuti lì.

In realtà, Michael non era un tipo sospettoso, Priest ne era certo. Era intelligente ma piuttosto ingenuo. Non aveva la capacità di andare oltre la facciata per capire cosa c'era realmente nel cuore degli altri esseri umani.

Priest, invece, quella capacità ce l'aveva, eccome.

«Ti porterò Dusty tutte le volte che vorrai» stava dicendo Melanie. «Lo accompagnerò io.»

Priest riusciva a leggere nel suo cuore. Era carina con il marito, ora che lui le aveva dato quello che lei voleva – teneva la testa piegata di lato e gli sorrideva – ma non lo amava, non più.

Per Michael era diverso. Era arrabbiato con Melanie perché lo aveva lasciato, questo era evidente. Ma teneva ancora a lei. Non aveva ancora smesso di amarla, non del tutto! Una parte di lui desiderava che lei tornasse. Solo che era troppo orgoglioso per chiederglielo.

Priest si rese conto di essere geloso.

Ti odio, Michael.

4

Martedì mattina Judy si svegliò presto chiedendosi se avesse ancora un lavoro.

«Me ne vado» aveva detto il giorno prima, ma era arrabbiata, delusa. Ora non era più così sicura di voler lasciare l'Fbi. La prospettiva di passare la propria vita a difendere i criminali, invece di dar loro la caccia, la deprimeva. Era troppo tardi per cambiare idea? La sera precedente aveva lasciato un biglietto sulla scrivania di Brian Kincaid. Avrebbe accettato le sue scuse, oppure avrebbe insistito per avere le sue dimissioni?

Bo rientrò alle sei del mattino e lei gli scaldò del *pho*, la zuppa coi taglierini che i vietnamiti mangiano a colazione. Poi si mise l'abito più elegante che aveva, un tailleur blu scuro di Armani con la gonna corta. Era la giornata giusta per indossarlo: le dava un aspetto sofisticato, autorevole e provocante allo stesso tempo. *Se proprio vogliono licenziarmi, tanto vale avere l'aria di una persona di cui sentiranno la mancanza.*

Mentre andava al lavoro era rigida per la tensione. Parcheggiò nel garage sotto il Federal Building e salì con l'ascensore al piano dell'Fbi. Andò immediatamente nell'ufficio del direttore.

Brian Kincaid era seduto dietro la grande scrivania. Indossava una camicia bianca e bretelle rosse. Alzò lo sguardo verso di lei e la salutò con freddezza. «Buongiorno.»

«Buon...» Judy aveva la bocca asciutta. Deglutì e ci riprovò. «Buongiorno, Brian. Hai visto il mio biglietto?»

«Sì.»

Evidentemente non aveva intenzione di renderle le cose facili.

Non le venne in mente nient'altro da aggiungere e così si limitò a guardarlo, in silenzio.

«Le tue scuse sono accettate» disse lui, alla fine.

«Grazie.» Judy si sentì cedere le ginocchia per il sollievo.

«Puoi trasferire i tuoi effetti personali nell'ufficio della sezione Terrorismo Interno.»

«Okay.» Poteva andare peggio, rifletté lei. Nella sezione Terrorismo Interno c'erano parecchie persone simpatiche. Cominciò a rilassarsi.

«Mettiti subito a lavorare al caso del Martello dell'Eden» disse Kincaid. «Abbiamo bisogno di qualcosa da riferire al governatore.»

Judy era sorpresa. «Vedrai il governatore?»

«Il suo segretario di Gabinetto.» Kincaid consultò un appunto sulla scrivania. «Un certo Albert Honeymoon.»

«Ne ho sentito parlare.» Honeymoon era il braccio destro del governatore. Dunque il caso aveva acquisito una certa rilevanza.

«Fammi avere un rapporto per domani sera.»

Questo le dava pochissimo tempo per ottenere qualche risultato, visti gli scarsi elementi di cui disponeva. L'indomani era mercoledì. «Ma l'ultimatum scade venerdì.»

«L'incontro con Honeymoon è fissato per giovedì.»

«Ti presenterò qualcosa di concreto da portargli.»

«Glielo potrai portare tu stessa. Honeymoon insiste per parlare con quella che lui definisce la persona in prima linea. Dobbiamo essere a Sacramento nell'ufficio del governatore a mezzogiorno.»

«Okay.»

«Qualche domanda?»

Judy scosse la testa. «Mi metto subito al lavoro.»

Uscendo, si sentì esultante per aver riavuto il proprio posto, ma sgomenta al pensiero di dover fare rapporto al braccio destro del governatore. Era alquanto improbabile che riuscisse a catturare gli autori della minaccia in due soli giorni, per cui era quasi sicuramente destinata a comunicare una sconfitta.

Svuotò la scrivania dell'ufficio Crimine organizzato asiatico e portò la sua roba in quello del Terrorismo interno. Il suo nuovo capo, Matt Peters, le assegnò una scrivania. Judy conosceva tutti gli agenti, e questi si congratularono con lei per la vittoria contro i fratelli Foong, sia pur con un certo distacco... tutti sapevano che aveva litigato con Kincaid il giorno precedente.

Peters le assegnò un giovane agente perché la aiutasse nel caso del Martello dell'Eden. Era Raja Khan, un hindu di ventisei anni con un master in Business Administration, che parlava veloce come una macchinetta. Judy fu felice della scelta. Aveva poca esperienza ma era intelligente e perspicace.

Lo mise al corrente del caso e lo spedì subito a fare dei controlli sul movimento Green California. «Sii gentile» gli raccomandò. «Di' loro che non pensiamo che siano coinvolti, ma che dobbiamo escludere ogni possibile sospetto.»

«Cosa devo cercare?»

«Una coppia: un uomo di estrazione operaia, sui quarantacinque anni, forse analfabeta, e una donna colta sulla trentina, probabilmente sua succube. Ma non credo che li troverai là. Sarebbe troppo facile.»

«E in alternativa...?»

«La cosa più utile che tu possa fare è prendere i nomi di tutti i capi dell'organizzazione, pagati o volontari, e passarli al computer per vedere se qualcuno ha dei precedenti in attività criminali o sovversive.»

«D'accordo» disse Raja. «E tu come ti muoverai?»

«Io mi farò una cultura sui terremoti.»

Judy aveva vissuto l'esperienza di un terremoto.

Il terremoto di Santa Rosa aveva causato danni per sei milioni di dollari – non molti, a dire il vero – ed era stato avvertito in un'area relativamente limitata, dodicimila miglia quadrate. Allora la famiglia Maddox viveva nella Marin County, a nord di San Francisco, e Judy faceva la prima elementare. Era stato un sisma di lieve entità, ora Judy se ne rendeva conto, ma all'epoca aveva solo sei anni e le era sembrata la fine del mondo.

Prima si era sentito un rumore come quello di un treno, ma molto vicino. Lei si era svegliata di soprassalto e si era guardata intorno nella stanza illuminata dalla luce dell'alba, terrorizzata, alla ricerca della fonte di quel rumore.

Poi la casa aveva preso a tremare. Il lampadario con il paralume rosa e le frange aveva cominciato a oscillare avanti e indietro. Sul comodino *Le favole più belle* era saltato per aria come un libro magico ed era ricaduto aperto su *Pollicino*, la fiaba che Bo le aveva letto la sera precedente. La spazzola per capelli e il completo in miniatura per il trucco ballavano sul ripiano di formica del cassettone. Il cavallo a dondolo di legno galoppava furiosamente senza nessuno in groppa. Le bambole cadevano dalla mensola quasi avessero deciso di tuffarsi sul tappeto e a Judy parve che avessero preso vita, come giocattoli in una fiaba. Ritrovò la voce e urlò, una sola volta: «*Papààààà!*».

Udì suo padre imprecare dalla stanza a fianco, poi i suoi piedi che colpivano il pavimento. Il rumore e gli scossoni si fecero più forti e Judy sentì la madre urlare. Bo arrivò davanti alla porta della sua camera e girò la maniglia, ma la porta non si apriva. Sentì un altro tonfo quando lui le diede una spallata, inutilmente: la porta era incastrata.

La finestra andò in mille pezzi e le schegge di vetro caddero all'interno, spargendosi sulla sedia dove erano ordinatamente piegati i vestiti per la scuola: la gonna grigia, la camicetta bianca, la maglia verde a V, la biancheria blu e le calze bianche. Il cavallo di legno dondolava così forte che cadde sulla casa delle bambole, sfondandone il tetto in miniatura e Judy capì che il tetto di casa poteva cedere con altrettanta facilità. Il ritratto incorniciato di un bimbo messicano con le guance rosa si staccò dal gancio sulla parete, volò per aria, e la colpì sulla testa. Judy urlò per il dolore.

Poi la cassettiera si mise a camminare.

Era una vecchia cassettiera panciuta di legno di pino che sua madre aveva acquistato da un robivecchi e dipinto di bianco. Aveva tre cassetti e le gambe corte che terminavano con zampe di leone. All'inizio parve ballonzolare sul posto, irrequieta, sulle quattro gambe. Poi prese a spostarsi da un lato all'altro, come qualcuno che esita, nervoso, su una soglia. Alla fine si mosse verso di lei.

Judy urlò di nuovo.

La porta della camera tremava sotto i colpi di Bo che cercava disperatamente di sfondarla.

La cassettiera procedeva lenta verso di lei. Judy sperava che il tappeto ne fermasse l'avanzata, ma la cassettiera lo spostò via con le sue zampe di leone.

Il letto vibrò con tale violenza che Judy cadde.

La cassettiera arrivò a pochi centimetri da lei e si fermò. Il cassetto di mezzo si aprì come una bocca pronta a inghiottirla. Judy urlò con quanta voce aveva in corpo.

La porta cedette e Bo entrò di colpo.

E all'improvviso le scosse cessarono.

Trent'anni dopo ricordava ancora il terrore che si era impossessato di lei, mentre il mondo le crollava intorno. In seguito, per anni, non era più riuscita a dormire con la porta della camera chiusa, e continuava ad avere paura dei terremoti. In California, sentir tremare la terra per una scossa di piccola entità era normale, ma lei non ci si era mai abituata del tutto. Quando sentiva la terra tremare, o vedeva in televisione immagini di edifici crollati, il panico che si insinuava nelle sue vene come una droga non era dovuto alla paura di essere schiacciata o restare prigioniera di un incendio, ma era il terrore cieco di una bimba il cui mondo, di colpo, aveva iniziato a disintegrarsi.

Quella sera, entrando nell'ambiente sofisticato di Masa's, vestita con un semplice abito di seta nera e il filo di perle avuto in dono da Don Riley un Natale, quando vivevano assieme, Judy si sentiva ancora tesa.

Don ordinò un Borgogna bianco, Corton Charlemagne. Lo bevve soprattutto lui: a Judy piaceva il leggero gusto di noce, ma non le andava di bere alcol con una pistola semiautomatica carica di proiettili da 9 millimetri infilata nella borsetta di vernice nera.

Raccontò a Don che Brian Kincaid aveva accettato le sue scuse e le aveva consentito di ritirare le dimissioni.

«Non aveva altra scelta» commentò Don. «Rifiutarsi sarebbe stato come licenziarti. E avrebbe fatto una pessima figura se, appena promosso, avesse perso uno dei migliori agenti.»

«Forse hai ragione» disse Judy, ma stava pensando che era facile per Don ragionare col senno del poi.

«Certo che ho ragione.»

«Ricordati che Brian può fregarsene di chi vuole.» L'uomo si era costruito un generoso fondo pensione e poteva comodamente lasciare il servizio quando gli fosse piaciuto.

«Già, ma ha il suo orgoglio. Pensa se avesse dovuto spiegare ai grandi capi come mai ti aveva lasciato andare. "Mi ha detto vaffanculo" dice lui, e quelli di Washington gli fanno: "E allora? Cosa sei, un prete? Non hai mai sentito un agente dire vaffanculo prima d'ora?". No» proseguì Don, scuotendo la testa. «Kincaid avrebbe fatto la figura del fesso se avesse rifiutato le tue scuse.»

«Immagino sia così.»

«E comunque, sono davvero contento che forse presto lavoreremo di nuovo insieme.» Sollevò il bicchiere. «A mille altre brillanti indagini del fantastico team Riley e Maddox.»

Fecero tintinnare i bicchieri e lei bevve un sorso di vino.

Cenando parlarono del caso Foong, ricordando gli errori fatti, le sorprese compiute ai danni della difesa, i momenti di tensione e quelli del trionfo.

Mentre bevevano il caffè, Don chiese: «Ti manco?». Judy aggrottò la fronte. Sarebbe stato crudele dire di no, e comunque non sarebbe stata la verità. Ma non voleva dargli false speranze. «Mi mancano alcune cose» fu la sua risposta. «Mi piace quando sei divertente e arguto.» Di notte le mancava anche un corpo caldo al suo fianco, ma non intendeva confessarlo.

«A me manca parlare del mio lavoro» disse lui. «E sentirti parlare del tuo.»

«Adesso ne parlo con Bo.»

«Anche lui mi manca.»

«Gli piaci. Pensa che tu sia il marito ideale...»

«Lo sono, lo sono!»

«... per un agente di polizia.»

«Mi accontenterò.» Don si strinse nelle spalle.

Judy sorrise. «Forse dovresti sposare Bo.»

«Oh, oh.» Don pagò il conto. «Judy, c'è una cosa che voglio dirti.»

«Ti ascolto.»

«Credo di essere pronto per diventare padre.»

Per qualche motivo questo la fece infuriare. «E allora cosa dovrei fare? Urlare "hurrà" e aprire le gambe?»

Lui ci rimase male. «Be'... voglio dire, credevo che tu volessi un impegno da parte mia.»

«Un impegno? Don, l'unica cosa che volevo era che tu non saltassi addosso alla tua segretaria, ma è chiaro che non hai potuto farne a meno!»

Don era mortificato. «Okay, non ti arrabbiare. Sto solo cercando di dirti che sono cambiato.»

«E io dovrei tornare di corsa da te come se non fosse successo niente?»

«Continuo a non capirti.»

«Probabilmente non mi capirai mai.» L'evidente dispiacere di lui la intenerì un po'. «Su, vieni, ti accompagno a casa.» Quando vivevano insieme era sempre lei a guidare. Uscirono dal ristorante in un silenzio imbarazzante. In macchina lui disse: «Pensavo che potessimo almeno parlarne». Don l'avvocato, il negoziatore.

«Possiamo parlare.» *Ma come faccio a spiegarti che il mio cuore è di ghiaccio?*

«Quello che è successo con Paula... è stato il peggior errore della mia vita.»

Gli credeva. Non era ubriaco, solo brillo, quel tanto da dire la verità. Judy sospirò. Desiderava che lui fosse felice. Gli voleva bene e non sopportava di vederlo soffrire. La faceva star male. Una parte di lei avrebbe voluto concedergli quello che chiedeva.

«Abbiamo passato dei bei momenti, insieme.» Le accarezzò una coscia fasciata dall'abito di seta.

«Se mi tocchi mentre guido, ti butto giù dalla macchina.»

Don sapeva che sarebbe stata capace di farlo. «Come vuoi» disse, e ritrasse la mano.

Un attimo dopo Judy rimpianse di essere stata così brusca. Non era poi così male sentire la mano di un uomo sulla coscia. Don non era il miglior amante del mondo... era appassionato, questo sì, ma privo di fantasia. E comunque era meglio di niente, e niente era esattamente quello che lei aveva avuto dopo che lo aveva lasciato.

Perché non ho un uomo? Non voglio invecchiare sola. C'è qualcosa che non va in me?

No, accidenti.

Dopo qualche minuto Judy si fermò davanti alla casa di lui. «Grazie, Don. Per il fantastico processo e la fantastica cena.»

Lui si piegò per baciarla. Lei gli offrì la guancia, ma lui le baciò le labbra e lei, non volendo farne una questione, lo lasciò fare. Il bacio si prolungò finché lei non si ritrasse. Allora lui le propose: «Sali un momento. Ti faccio un cappuccino».

113

Lo sguardo di desiderio che gli lesse negli occhi per poco non ebbe la meglio sulla sua forza di volontà. Era davvero così difficile?, si chiese Judy. Poteva mettere la pistola nella sua cassaforte, bere un bel brandy e passare la notte tra le braccia di un uomo decente che l'adorava. «No» rispose, decisa. «Buonanotte.»

Lui rimase a fissarla per un lungo attimo, un'espressione addolorata negli occhi. Lei ricambiò lo sguardo, imbarazzata e dispiaciuta, ma ferma.

«Buonanotte» le disse, alla fine. Scese e chiuse la portiera.

Judy ripartì. Lo vide nello specchietto retrovisore, fermo sul marciapiede, la mano semisollevata in una specie di saluto. Bruciò un semaforo rosso e girò l'angolo, e finalmente si sentì di nuovo sola.

Quando Judy rientrò a casa, Bo stava guardando Conan O'Brien e rideva. «Questo tipo mi fa morire» disse. Ascoltarono il monologo dello showman fino all'interruzione pubblicitaria, quindi Bo spense il televisore. «Oggi ho risolto un omicidio» continuò.

Judy sapeva che lui aveva parecchi casi irrisolti per le mani. «Quale?»

«L'assassinio con stupro a Telegraph Hill.»

«Chi è stato?»

«Un tizio che è già in galera. L'avevamo arrestato un po' di tempo fa per molestie ad alcune ragazzine al parco. Mi è venuto un sospetto e ho perquisito il suo appartamento. Aveva un paio di manette della polizia come quelle ritrovate sul corpo, ma negava di aver commesso l'omicidio e non mi è stato possibile farlo confessare. Oggi ho avuto i risultati del test del Dna dal laboratorio. Corrisponde allo sperma trovato sul corpo della vittima. Gliel'ho detto e alla fine ha confessato.»

«Bravo!» Gli diede un bacio sulla fronte.

«E tu?»

«Be', ho ancora un lavoro, ma resta da vedere se ho una carriera.»

«Ce l'hai, ce l'hai.»

«Non lo so. Se vengo retrocessa perché ho sbattuto in galera i fratelli Foong, cosa mi faranno in caso di insuccesso?»

«Hai avuto solo una battuta d'arresto. È una cosa temporanea. La supererai, te lo assicuro.»

Judy sorrise, ripensando al tempo in cui era certa che non esistesse nulla che suo padre non potesse fare. «Be', non ho fatto alcun passo avanti col mio caso.»

«Ieri sera sembravi convinta che fosse una stronzata.»

«Oggi non ne sono più tanto sicura. L'analisi linguistica ha dimostrato che queste persone sono pericolose, chiunque esse siano.»

«Ma non possono provocare un terremoto.»

«Non lo so.»

Bo inarcò le sopracciglia. «Pensi che sia possibile?»

«Ho passato quasi tutta la giornata a cercare di scoprirlo. Ho parlato con tre sismologi e ho ricevuto tre risposte diverse.»

«Gli scienziati sono così.»

«Volevo che mi dicessero con certezza che non era possibile. Ma uno ha dichiarato che era "improbabile", un altro che la possibilità era "infinitesimamente piccola", il terzo che si poteva fare con una bomba atomica.»

«E questa gente... com'è che si chiama?»

«Il Martello dell'Eden.»

«Potrebbero avere un ordigno nucleare?»

«Credo di sì. Sono furbi e determinati. Ma allora perché parlano di terremoti? Perché non minacciano semplicemente di far esplodere la loro bomba?»

«Già» rifletté Bo pensieroso. «Sarebbe altrettanto spaventoso e molto più credibile.»

«Ma chi può dire come funziona la testa di questa gente?»

«Quale sarà il tuo prossimo passo?»

«Devo parlare ancora con un ultimo sismologo, un certo Michael Quercus. I suoi colleghi dicono che è una specie di cane sciolto, ma è la massima autorità per quanto riguarda le cause dei terremoti.»

In realtà aveva già cercato di parlare con Quercus. Quel pomeriggio sul tardi aveva suonato alla sua porta. Lui le aveva detto, attraverso il citofono, di telefonare per prendere un appuntamento.

«Forse non mi ha sentito» aveva insistito lei. «Sono dell'Fbi.»

«Perché, voi non prendete appuntamenti?»

Judy aveva imprecato sottovoce. Era un'esponente delle forze dell'ordine, non una venditrice di saponette. «Di solito no» aveva detto al citofono. «La maggior parte delle persone pensa che il nostro lavoro sia troppo importante per farci aspettare.»

«No, non è vero» aveva ribattuto lui. «La maggior parte delle persone ha paura di voi, ed è per questo che vi fa entrare senza tante storie. Mi telefoni, sono sull'elenco.»

«Sono qui per una questione di pubblica sicurezza, professore. Mi hanno detto che lei può darmi informazioni di fondamentale importanza per il nostro lavoro al servizio dei cittadini. Mi dispiace di non aver potuto telefonarle per chiedere un appuntamento, ma visto che sono qui, le sarei molto grata se potesse ricevermi per qualche minuto.»

Non c'era stata risposta. Quercus aveva semplicemente riattaccato.

Era tornata in ufficio, furiosa. Lei non prendeva appuntamenti, gli agenti dell'Fbi lo facevano molto di rado. Preferiva cogliere le persone di sorpresa. Quasi tutti quelli che interrogava avevano qualcosa da nascondere: meno tempo una persona aveva per prepararsi all'incontro, più era soggetta a commettere qualche errore rivelatore. Ma Quercus aveva tutte le ragioni: lei non aveva alcun diritto di piombare in casa sua.

Aveva abbassato la cresta, e lo aveva chiamato per fissare un appuntamento per l'indomani.

Decise di non farne parola con Bo. «Quello che mi serve» disse «è qualcuno che mi spieghi la questione dal punto di vista scientifico. Ho bisogno di capire se è possibile che un terrorista provochi un terremoto.»

«E devi trovare questi del Martello dell'Eden e arrestarli per minacce. A che punto sei?»

Lei scosse la testa. «Ho mandato Raja a interrogare tutti quelli del movimento Green California. Non c'è nessuno che corrisponda al profilo psicologico, nessuno che abbia precedenti penali o sovversivi. Anzi, non c'è proprio nulla di sospetto sul loro conto.»

Bo annuì. «Era molto improbabile che gli autori dicessero il vero circa la loro identità. Non ti scoraggiare. È solo un giorno e mezzo che lavori a questo caso.»

«È vero... però mancano solo due giorni alla scadenza del loro ultimatum. E giovedì devo andare a Sacramento a fare rapporto nell'ufficio del governatore.»

«Sarà meglio che domani mattina cominci presto» le consigliò Bo e si alzò dal divano.

Salirono al piano di sopra. Judy si fermò davanti alla porta della propria camera. «Ricordi quel terremoto, quando avevo sei anni?»

Lui annuì. «Non era granché, per gli standard californiani, ma ti spaventasti a morte.»

Judy sorrise. «Credevo fosse arrivata la fine del mondo.»

«Le scosse dovevano aver leggermente spostato la casa, perché la porta della tua camera si era incastrata e io mi sono quasi fratturato la spalla per buttarla giù.»

«Io credevo che fossi stato tu a far cessare le scosse. L'ho creduto per anni.»

«E dopo avevi così paura di quella cassettiera, che a tua madre piaceva tanto, che non l'hai più voluta in casa.»

«Temevo volesse mangiarmi.»

«Alla fine ho dovuto farne legna da ardere.» Di colpo Bo aveva assunto un'espressione triste. «Vorrei tanto tornare indietro a quel periodo per rivivere ancora tutto.»

Intuì che stava pensando a sua madre. «Già» disse.

«Buonanotte, piccola.»
«Buonanotte, Bo.»

Mentre attraversava il Bay Bridge mercoledì mattina, diretta a Berkeley, Judy si chiese che aspetto avesse questo Michael Quercus. Immaginò un professore stizzoso, curvo e trasandato, che osservava il mondo da dietro un paio di occhiali che continuavano a cadergli sul naso. Oppure un ciccione di accademico in gessato grigio, gentile con le persone che potevano elargire donazioni all'università, ma sprezzante e distaccato con chi non gli poteva tornare utile.

Parcheggiò all'ombra di una magnolia su Euclid Street. Mentre suonava il campanello venne colta dall'orribile pensiero che lui potesse trovare un'altra scusa per mandarla via. Ma quando disse il suo nome, si sentì un ronzio e il portone si aprì. Salì le due rampe di scale che portavano all'appartamento. La porta era aperta. Entrò. Il posto era piccolo e modesto: quel lavoro non doveva rendergli molto. Attraversò un vestibolo e si trovò nel soggiorno-studio.

Lui era seduto alla scrivania. Indossava pantaloni kaki, scarponcini marroni e una polo blu scuro. Judy vide subito che Michael Quercus non era né un professore stizzoso, né un grasso accademico. Era un vero schianto: alto, muscoloso, bello, affascinante, capelli scuri e ricci. Lo inquadrò subito come uno di quei tipi così forti, piacenti e sicuri di sé che pensano di poter fare tutto ciò che vogliono.

Anche lui rimase sorpreso. «Lei è l'agente dell'Fbi?» chiese, spalancando gli occhi.

Judy gli diede una forte stretta di mano. «Aspettava qualcun altro?»

Quercus si strinse nelle spalle. «Certo, non assomiglia affatto a Efrem Zimbalist Junior.»

Zimbalist era l'attore che impersonava l'ispettore Lewis Erskine nella lunga serie televisiva *Fbi*. «Sono dieci anni che faccio questo lavoro. Ha idea di quante persone mi hanno rivolto la stessa battuta?»

Con sua grande sorpresa, l'uomo sorrise. «Okay» disse. «Colpito.»

Così va meglio.

Judy notò una fotografia incorniciata sulla scrivania. Ritraeva una rossa graziosa con un bambino tra le braccia. Alle persone piace parlare dei propri figli. «Chi è?» chiese.

«Nessuno di importante. Vogliamo arrivare al dunque?» *Lasciamo perdere le cordialità.*

Judy lo prese in parola e gli fece subito la domanda che voleva. «Ho bisogno di sapere se un gruppo terrorista potrebbe provocare un terremoto.»

«Avete ricevuto delle minacce?»

Sono io che faccio le domande. «Non l'ha sentito? L'hanno detto alla radio. Non ascolta John Truth?»

Lui scosse la testa. «È una cosa seria?»

«È quello che devo accertare.»

«Okay. Be', in breve la risposta è sì.»

Judy ebbe un fremito di paura. Quercus sembrava così sicuro. Aveva sperato nella risposta contraria. «Come potrebbero fare?»

«Prendono un ordigno nucleare, lo piazzano in fondo al pozzo di una miniera molto profonda e lo fanno esplodere. Funziona. Ma probabilmente lei vuole uno scenario più realistico.»

«Sì. Immagini di voler provocare un terremoto.»

«Oh, potrei riuscirci.»

Judy si chiese se si stesse solo vantando. «Mi spieghi come.»

«D'accordo.» Allungò una mano sotto la scrivania e prese una tavoletta di legno e un comune mattone da costruzione. Evidentemente li teneva lì proprio per quello scopo. Posò la tavoletta sulla scrivania con sopra il mattone. Poi sollevò adagio un'estremità della tavoletta fino a che il mattone scivolò lungo il piano inclinato e finì sulla scrivania. «Il mattone scivola quando la forza di gravità che lo spinge supera l'attrito che lo tiene fermo» disse. «Fin qui ci siamo?»

«Certo.»

«Una faglia come quella di San Andreas è un punto in cui due zolle adiacenti della crosta terrestre si muovono in direzioni diverse. Immagini due iceberg che strisciano l'uno contro l'altro, incontrandosi: non si spostano scorrendo, restano incastrati. Una volta che due zolle sono bloccate una contro l'altra, la pressione aumenta, lentamente ma inesorabilmente, decenni dopo decenni.»

«E in che modo tutto questo porta a un terremoto?»

«Succede qualcosa che libera l'enorme energia accumulata.» Sollevò di nuovo un'estremità della tavoletta, ma questa volta si fermò prima che il mattone cominciasse a scivolare. «Parecchie sezioni della faglia di San Andreas sono così... pronte a scivolare via, da decenni. Prenda questo.»

Porse a Judy un righello di plastica trasparente lungo trenta centimetri.

«Ora dia un colpo secco sulla tavoletta davanti al mattone.»

Judy lo fece e il mattone cominciò a scivolare.

Quercus lo afferrò, bloccandolo. «Quando la tavoletta è inclinata, basta un minimo colpo per far muovere il mattone. E lì dove la faglia di San Andreas è sottoposta a una pressione tremenda, un colpetto può essere sufficiente a liberare le zolle. Queste si muovono... e tutta quell'energia accumulata scuote la terra.»

Quercus poteva anche essere irritante, ma era un piacere ascoltarlo mentre parlava di cose che conosceva così bene. Aveva una mente lucida e sapeva spiegarsi con chiarezza, senza condiscendenza. Benché il quadro che le stava dipingendo fosse inquietante, Judy si rese conto che le piaceva conversare con lui, e non solo perché era così bello. «È questo che accade nella maggior parte dei terremoti?»

«Io sono convinto di sì, anche se alcuni miei colleghi sismologi non sono d'accordo. Ogni tanto ci sono vibrazioni naturali che rimbalzano attraverso la crosta terrestre.

La maggior parte dei terremoti viene probabilmente provocata dalla vibrazione giusta applicata nel posto giusto al momento giusto.»

Come faccio a spiegarlo a Honeymoon? Lui vorrà un semplice sì o no. «Dunque, in che modo tutto questo può essere sfruttato dai nostri terroristi?»

«Hanno bisogno di un righello e devono sapere dove colpire.»

«Qual è l'equivalente del righello nella realtà? Una bomba atomica?»

«Non c'è bisogno di un ordigno così potente. Devono semplicemente mandare un'onda d'urto attraverso la crosta terrestre. Se sapessero il punto esatto in cui la faglia è vulnerabile, potrebbero farlo con una carica di dinamite piazzata nel posto giusto.»

«Chiunque può procurarsi una carica di dinamite.»

«L'esplosione dovrebbe avvenire sottoterra. Immagino che scavare un pozzo potrebbe essere un po' difficile per un gruppo di terroristi.»

Judy si chiese se il fantomatico uomo di bassa estrazione ipotizzato da Simon Sparrow non fosse un manovratore addetto a un pozzo di trivellazione. Di certo costoro avevano bisogno di una patente speciale. Un rapido controllo alla Motorizzazione avrebbe fornito una lista di tutti quelli della California. Non potevano essercene molti.

Quercus proseguì. «Ovviamente dovrebbero avere l'attrezzatura per eseguire la perforazione, la capacità e anche un pretesto per ottenerne l'autorizzazione.»

Non erano problemi insormontabili. «È davvero così semplice?» chiese Judy.

«Senta, non sto dicendo che funziona. Sto dicendo che potrebbe funzionare. Nessuno può saperlo di sicuro finché non prova. Io posso cercare di darle un'idea di come funzionano queste cose, ma spetta a lei fare una valutazione del rischio.»

Judy annuì. La sera prima aveva usato quasi le stesse parole spiegando a suo padre ciò di cui aveva bisogno.

Quercus poteva anche comportarsi da stronzo, a volte, ma – come avrebbe detto Bo – ogni tanto ci vogliono anche gli stronzi. «Quindi, è fondamentale conoscere il punto esatto dove piazzare la carica?»

«Sì.»

«Chi possiede queste informazioni?»

«Le università, il servizio geologico... io. Tutti noi ci scambiamo informazioni.»

«E chiunque può averle?»

«Non è un segreto, ma occorre una preparazione scientifica per interpretare i dati.»

«Dunque, ci deve essere un sismologo nel gruppo di terroristi.»

«Sì. Potrebbe trattarsi di uno studente.»

Judy pensò alla donna colta sui trent'anni che scriveva sotto dettatura, stando alla teoria di Simon. Poteva essere una laureata. Quanti studenti di geologia c'erano in California? Quanto tempo ci sarebbe voluto per trovarli e interrogarli tutti?

«E poi c'è un altro fattore» proseguì Quercus. «Le maree sismiche. Gli oceani si muovono sotto l'influsso gravitazionale della luna, e la crosta terrestre è soggetta alle stesse forze. Due volte al giorno c'è una finestra sismica durante la quale la linea di frattura della faglia è sottoposta a una tensione maggiore a causa delle maree: ed è in questo periodo che un terremoto è più probabile... o più facile da provocare. Questo è il mio campo specifico. Io sono l'unica persona che ha fatto calcoli dettagliati delle finestre sismiche per le faglie della California.»

«Qualcuno potrebbe aver preso i dati da lei?»

«Be', il mio mestiere è venderli» rispose con un sorriso mesto. «Però, come può vedere, non ci divento ricco. Ho un unico contratto, con una grossa compagnia di assicurazioni, che serve a pagare l'affitto, ma sfortunatamente non c'è altro. Le mie teorie sulle finestre sismiche fanno di me un cane sciolto e i grossi gruppi industriali americani non amano i cani sciolti.»

L'inattesa nota autoironica la sorprese e Judy cominciò a trovarlo più simpatico. «Qualcuno potrebbe essersi impossessato di queste informazioni senza che lei lo sapesse. Ha subito qualche furto, recentemente?»

«Mai.»

«I dati potrebbero essere stati copiati da un amico, o da un parente?»

«Non credo. In questa stanza non entra mai nessuno se non in mia presenza.»

Judy prese la foto dalla scrivania. «Sua moglie, o la sua ragazza?»

Parve seccato e le tolse la foto dalle mani. «Sono separato da mia moglie e non ho una ragazza.»

«Davvero?» fece Judy. Aveva scoperto da lui tutto quello di cui aveva bisogno. Si alzò. «La ringrazio per il tempo che mi ha dedicato, professore.»

«Mi chiami Michael, la prego. È stato un piacere parlare con lei.»

Quell'affermazione la sorprese.

«Capisce in fretta» aggiunse Quercus. «Questo rende le cose più divertenti.»

«Be'... bene.»

La accompagnò alla porta dell'appartamento e le strinse la mano. Aveva mani grandi, ma la sua stretta era sorprendentemente gentile. «Qualsiasi altra cosa desideri sapere, sarò felice di aiutarla.»

Judy arrischiò una battuta. «Purché prima chiami per avere un appuntamento, giusto?»

Lui non sorrise. «Giusto.»

Mentre attraversava di nuovo la baia, Judy rifletté che ora il pericolo era chiaro e definito. In linea teorica un gruppo terrorista avrebbe potuto provocare un terremoto. Dovevano procurarsi dati precisi sui punti critici lungo la linea di faglia, e forse sulle finestre sismiche, ma era possibile ottenerli. Inoltre avevano bisogno di qualcuno che interpretasse quei dati. E dovevano riuscire a trovare il modo per trasmettere le onde d'urto attraverso la crosta terrestre. Quella sarebbe stata la parte più difficile, ma non era irrealizzabile.

Lei aveva l'ingrato compito di informare il braccio destro del governatore che la cosa, nel suo insieme, era drammaticamente possibile.

5

Giovedì Priest si svegliò alle prime luci dell'alba.
Si alzava quasi sempre presto, tutto l'anno. Non aveva
bisogno di dormire molto, a meno che non avesse fatto
baldoria, e questo succedeva sempre più di rado.
Ancora un giorno.
Dall'ufficio del governatore non era giunto nulla, se
non un silenzio esasperante. Si comportavano come se
non avessero ricevuto alcuna minaccia. E il resto del mondo faceva altrettanto. I notiziari che Priest ascoltava dal-
l'autoradio a malapena citavano il Martello dell'Eden.
Solo John Truth li prendeva sul serio. Nel suo talk-show
giornaliero continuava a stuzzicare il governatore Mike
Robson. Fino al giorno prima, questi si era limitato a dire
che l'Fbi stava indagando ma, secondo Truth, Robson aveva promesso un comunicato per l'indomani.
Quel comunicato sarebbe stato decisivo. Se avesse lasciato intendere che il governatore era disposto a prendere
in considerazione la loro richiesta, Priest avrebbe gioito. Se
invece fosse stato intransigente, sarebbero stati costretti a
provocare il terremoto.
Si chiese se ci sarebbero riusciti.
Melanie sembrava convinta quando parlava della frattura della faglia e della forza necessaria a farla scivolare. Ma
nessuno ci aveva mai provato. Lei stessa ammetteva di non
avere la certezza assoluta che il piano avrebbe funzionato.

E se avessero fallito? E se avesse funzionato e la polizia li avesse scoperti? E se avesse funzionato e loro fossero morti in seguito al terremoto... chi si sarebbe preso cura degli altri membri della comune e dei bambini? Priest girò nel letto. Melanie dormiva accanto a lui. Osservò il suo volto immerso nel sonno. La pelle era bianchissima, le ciglia quasi trasparenti. Sulla guancia scendeva una ciocca di capelli rossicci. Scostò appena le lenzuola e le osservò i seni, pieni e morbidi. Pensò di svegliarla. Allungò una mano sotto le coperte e cominciò ad accarezzarla, facendo scorrere la mano sul ventre e più giù sul triangolo di peluria rossiccia. Lei si mosse nel sonno, deglutì e si voltò dall'altra parte.

Priest si mise seduto. Erano nella camera dove lui viveva da venticinque anni. Oltre al letto, c'era un vecchio divano sistemato davanti al caminetto e un tavolo in un angolo, su cui era posata una grossa candela gialla. Non c'era elettricità.

Agli inizi, quasi tutti i membri della comune vivevano in capanne come quella e i bambini dormivano insieme in una specie di dormitorio. Ma col tempo si erano venute a formare delle coppie stabili che si erano costruite abitazioni più grandi, con stanze destinate ai figli. Priest e Star avevano mantenuto i loro alloggi separati, ma aveva prevalso la tendenza opposta e Priest aveva imparato da Star a non combattere l'inevitabile. Ora c'erano sei case occupate da famiglie oltre alle quindici capanne originarie, per un totale di venticinque adulti e dieci bambini, più Melanie e Dusty. Una capanna era rimasta vuota.

Questa stanza gli era familiare come la sua mano, ma negli ultimi tempi gli oggetti avevano assunto un'aura diversa. Per anni i suoi occhi si erano posati su di essi senza realmente vederli: il ritratto che Star gli aveva fatto per il suo trentesimo compleanno, il narghilè finemente decorato lasciatogli da una ragazza francese di nome Marie-Luise, lo scaffale traballante che Flower aveva costruito con le sue mani a scuola di falegnameria, la cassetta per la frutta in cui teneva gli abiti. Sapendo che forse avrebbe dovuto lasciarli, ogni oggetto diventava ai suoi occhi meraviglioso e speciale, e guardandoli gli veniva un groppo alla gola. La sua stanza era come un album di fotografie, ognuna delle quali evocava una serie di ricordi: la nascita di Ringo, il giorno in cui Smiler aveva rischiato di annegare nel fiume, la volta in cui aveva fatto l'amore con due gemelle, Jane e Eliza, l'autunno caldo e secco della prima vendemmia, il sapore dell'annata dell'89. Quando si guardava intorno e pensava alle persone che volevano rubargli tutto questo, si sentiva invadere da una rabbia che gli bruciava dentro come vetriolo.

Prese un asciugamano, infilò i sandali e uscì nudo. Spirit lo accolse con un'annusata silenziosa. Era un mattino sereno e frizzante, con nuvole alte nel cielo quasi blu. Il sole non era ancora sorto dietro le montagne e la valle era immersa nell'ombra. Non c'era in giro nessuno.

Attraversò il piccolo villaggio sempre seguito da Spirit. Lo spirito comunitario continuava a essere molto forte, ma quasi tutti avevano personalizzato in qualche modo le loro abitazioni. Una donna aveva piantato fiori e cespugli tutto intorno alla casa: per questo Priest l'aveva soprannominata Garden. Dale e Poem, che erano una coppia, avevano lasciato che i loro figli dipingessero le pareti esterne, e il risultato era un variopinto disordine. Un uomo chiamato Slow, che era un ritardato, aveva costruito un porticato tutto storto sul quale trionfava una sedia a dondolo barcollante.

Priest sapeva che quel posto poteva non piacere a occhi estranei: i sentieri erano fangosi, gli edifici sgangherati, le case disposte senza un criterio. Non c'era una suddivisione netta delle aree: la camerata dei bambini era proprio di fianco al capannone del vino, e la falegnameria si trovava in mezzo alle capanne. Le latrine venivano spostate ogni anno, anche se inutilmente: ovunque venissero collocate, nelle giornate più calde se ne sentiva la puzza da lontano. Eppure, tutto in quel posto gli scaldava il cuore. Quando rivolgeva lo sguardo alle colline coperte di boschi che s'innalzavano ripide dal fiume scintillante fino ai picchi blu della Sierra Nevada, il panorama era così bello da far male.

Ora, però, ogni volta che lo guardava, il solo pensiero che avrebbe potuto perderlo era come una pugnalata.

In riva al fiume, posata su un masso, c'era una scatola di legno che conteneva sapone, dei rasoi e uno specchio. Si insaponò la faccia e si fece la barba, quindi entrò nel ruscello gelido e si lavò per bene. Infine si asciugò energicamente con l'asciugamano ruvido.

Non c'era acqua corrente. In inverno, quando faceva troppo freddo per lavarsi nel fiume, due volte alla settimana facevano un bagno collettivo. Scaldavano grandi pentoloni d'acqua nella cucina e si lavavano tutti insieme: era una cosa piuttosto eccitante. Ma in estate solo i bambini avevano diritto all'acqua calda.

Tornò sulla collina e indossò in fretta i jeans e la camicia da lavoro che portava sempre. Poi andò in cucina. La porta non era chiusa a chiave: lì le porte non avevano serrature. Preparò un bel fuoco di legna e lo accese, vi mise sopra una pentola d'acqua per il caffè e uscì.

Gli piaceva girare lì attorno quando gli altri erano ancora a letto. Passando davanti alle porte sussurrava i nomi di coloro che vi abitavano: «Moon, Chocolate, Giggle». Se li immaginava nei loro letti, mentre dormivano: Apple, una ragazza grassa, sdraiata sulla schiena, che russava con la bocca spalancata, Juice e Alaska, due donne di mezza età, abbracciate nel sonno, i bambini nella loro camerata... i suoi figli, Flower, Ringo e Smiler; Dusty, il figlio di Melanie; i gemelli, Bubble e Chip, con le loro guanciotte rosee e i capelli arruffati...

La mia gente.

Possano vivere qui per sempre.

Passò davanti al laboratorio, dove tenevano le vanghe, le zappe e le cesoie per potare le piante, costeggiò il vascone di cemento dove in ottobre pigiavano l'uva coi piedi, e il capannone dove il vino della vendemmia precedente riposava in enormi botti di legno, depositando e purificandosi, ormai quasi pronto per essere imbottigliato.

Si fermò fuori dal tempio.

Ne era molto orgoglioso. Fin dall'inizio avevano parlato di costruire un tempio. Per molti anni era parso un sogno impossibile. C'era sempre qualcos'altro da fare... terreno da disboscare, viti da piantare, granai da costruire, l'orto, lo spaccio, le lezioni ai bambini. Cinque anni prima, però, la comune sembrava aver raggiunto un momento di calma. Per la prima volta, Priest non doveva preoccuparsi se avrebbero avuto abbastanza da mangiare l'inverno successivo. Non doveva più temere che un'annata cattiva li spazzasse via. La lista delle cose urgenti che aveva nella testa era finalmente esaurita. E così aveva annunciato che era venuto il momento di costruire il tempio.

Ed eccolo lì.

Significava molto per Priest: indicava che la sua comunità era matura. Non vivevano più alla giornata, avevano di che sfamarsi e tempo e risorse da dedicare alla costruzione di un luogo di culto. Non erano più un gruppo di hippy alle prese con un sogno utopistico. Il sogno aveva funzionato, lo avevano dimostrato. Il tempio testimoniava il loro trionfo.

Entrò. Non era che un modesto edificio di legno con un solo lucernario e nessun arredo. Per pregare, tutti sedevano in cerchio a gambe incrociate sul pavimento di assi. L'edificio fungeva anche da scuola e sala riunioni. L'unico elemento decorativo era uno striscione, opera di Star. Priest non poteva leggerlo, ma sapeva che cosa c'era scritto:

La meditazione è vita: tutto il resto è distrazione
Il denaro rende poveri
Il matrimonio è la più grande delle infedeltà
Se nessuno possiede nulla, tutti possediamo qualcosa
L'unica legge è: fai quello che vuoi

Erano i Cinque Paradossi di Baghram. Priest aveva affermato di averli appresi da un guru indiano sotto la cui guida diceva di aver studiato a Los Angeles. In realtà se li era inventati. *Niente male per uno che non sa né leggere né scrivere.*

Rimase al centro della sala per parecchi minuti, con gli occhi chiusi, le braccia lungo i fianchi, concentrando la propria energia. Non c'era niente di falso in questo. Aveva appreso le tecniche della meditazione da Star e funzionavano davvero. Sentì la propria mente diventare limpida come il vino nelle botti. Pregò che il governatore Mike Robson diventasse più malleabile e che decidesse il blocco delle nuove centrali in California. Immaginava già di vederlo, bello ed elegante in abito scuro e camicia bianca, seduto su una poltrona di pelle dietro una scrivania lucidissima. Nella sua visione, il governatore diceva: "Ho deciso di concedere a questa gente quello che chiede, non solo per evitare un terremoto ma perché è giusto".

Dopo qualche minuto la forza spirituale di Priest fu rigenerata. Si sentiva vigile, sicuro di sé, concentrato.

Una volta uscito, decise di andare a controllare le vigne.

Originariamente lì non c'erano viti. Quando Star era arrivata, nella valle non c'era altro che un capanno da caccia diroccato. Per tre anni la comune aveva proceduto a stento, di crisi in crisi, lacerata dai dissidi, spazzata via dagli acquazzoni, sostenuta solo dalle elemosine raccolte in città. Poi era arrivato Priest.

In meno di un anno era diventato il leader indiscusso al fianco di Star. Per prima cosa aveva organizzato l'accattonaggio con la massima efficienza. Arrivavano nelle città – Sacramento o Stockton – il sabato mattina, quando le strade erano affollate di persone in giro a far compere. A ognuno veniva assegnato un angolo diverso e una storia diversa: Aneth diceva che stava cercando di mettere insieme i soldi dell'autobus per tornare dai suoi a New York, Song suonava la chitarra e cantava *There but for Fortune*, Slow diceva che non mangiava da tre giorni, Bones faceva sorridere le persone con un cartello che dichiarava "Perché mentire? Sono per la birra".

Ma chiedere l'elemosina era stato solo un ripiego temporaneo. Sotto la supervisione di Priest, gli hippy avevano terrazzato la collina, deviato un corso d'acqua per l'irrigazione e piantato un vigneto. La tremenda fatica di gruppo aveva rafforzato la loro unione, e il vino aveva permesso loro di vivere con i propri guadagni. Ora lo chardonnay che producevano era ricercato anche dagli intenditori.

Priest passeggiò lungo i filari ordinati. Tra le viti erano piantati erbe e fiori, in parte perché utili e belli, ma principalmente per attirare le coccinelle e le vespe che a loro volta distruggevano gli afidi verdi e altri parassiti. Non adoperavano alcuna sostanza chimica, ricorrevano solo a metodi naturali. Coltivavano anche il trifoglio, perché fissava l'azoto dell'aria e quando veniva rivoltato sul terreno agiva da fertilizzante naturale.

Le viti stavano germogliando. Era fine maggio, quindi il pericolo delle gelate che distruggono i nuovi viticci era passato. A questo punto del ciclo la maggior parte del lavoro consisteva nel legarli alle pergole, per facilitarne la crescita e prevenire i danni causati dal vento.

Priest si era fatto una cultura sul vino nel periodo del commercio all'ingrosso di liquori e Star aveva studiato l'argomento sui libri, ma non ce l'avrebbero mai fatta senza l'aiuto del vecchio Raymond Dellavalle, un vignaiolo di buon cuore che li aveva aiutati perché – immaginava Priest – rimpiangeva di non essere stato più audace in gioventù.

Il vigneto di Priest aveva salvato la comune, ma la comune aveva salvato la vita di Priest. Era arrivato là come un fuggitivo, braccato dalla mafia, dalla polizia di Los Angeles e dal fisco. Era un ubriacone dedito alla coca, un uomo solo, senza un soldo e con tendenze suicide. Aveva imboccato la strada sterrata che portava alla comune seguendo le confuse indicazioni di un autostoppista e aveva vagato tra gli alberi finché non si era imbattuto in un gruppo di hippy nudi seduti sull'erba assorti nel loro canto. Era rimasto a osservarli a lungo, affascinato dal mantra e dal senso di profonda calma che emanava come fumo dal fuoco. Uno o due di loro gli avevano sorriso, ma senza interrompere il rituale. Alla fine si era spogliato anche lui, lentamente, come in trance, togliendosi l'abito scuro, la camicia rosa, le scarpe con la zeppa e i boxer bianchi e rossi. E poi, nudo, si era unito a loro.

Lì aveva trovato la pace, una nuova religione, un lavoro, amici e amanti. Proprio quando era pronto a gettarsi giù da un precipizio con la sua Plymouth 'Cuda 440-6 gialla, la comune aveva dato un senso alla sua esistenza.

Per lui non ci sarebbe stato nessun altro tipo di vita. Quel posto era tutto ciò che possedeva, ed era disposto a morire per difenderlo.

Potrebbe essere necessario.

Quella sera avrebbe ascoltato il programma di John Truth. Se il governatore fosse stato disposto a negoziare o a fare qualche concessione, l'avrebbero di certo annunciato prima della fine della trasmissione.

Giunto in fondo al vigneto, decise di andare a controllare il vibratore sismico.

Risalì la collina. Non c'era strada, solo un sentiero molto battuto nel bosco. I veicoli non potevano arrivare fino al villaggio. A quattrocento metri dalle case si apriva uno spiazzo fangoso. Parcheggiati sotto gli alberi c'erano la sua vecchia 'Cuda, un minibus Volkswagen tutto arrugginito e ancora più vecchio, la Subaru arancione di Melanie e il pick-up della comune, un Ford Ranger verde scuro. Da lì partiva un sentiero sterrato di tre chilometri che si inoltrava nel bosco, prima in salita, poi in discesa, e si confondeva qui con una frana, là con un guado, fino a raggiungere la strada della contea, uno stretto nastro di asfalto a due corsie. La città più vicina, Silver City, distava quindici chilometri.

Una volta all'anno tutta la comune passava un'intera

giornata a far rotolare le botti di vino su per la collina, attraverso il bosco, fino alla radura, dove venivano caricate sul camion di Paul Beale che le portava al suo impianto di imbottigliamento a Napa. Era la giornata più importante dell'anno. Quella sera facevano sempre una grande festa e il giorno dopo riposavano per celebrare un anno di prosperità. La cerimonia avveniva otto mesi dopo la vendemmia, dunque tra pochi giorni. Ma Priest aveva deciso che quell'anno la festa si sarebbe svolta solo dopo che il governatore avesse acconsentito a risparmiare la valle.

In cambio del vino, Paul Beale portava cibo per la comunità e riforniva lo spaccio di provviste: vestiti, caramelle, sigarette, cancelleria, libri, assorbenti, dentifricio, tutto il necessario. Il sistema funzionava senza uso di denaro. Ma Paul teneva la contabilità e alla fine di ogni anno depositava il denaro residuo su un conto corrente di cui solo Priest e Star erano a conoscenza.

Dalla radura, Priest seguì il sentiero per un chilometro e mezzo, costeggiando pozze d'acqua e scavalcando tronchi di alberi caduti, poi svoltò e continuò per un percorso invisibile attraverso il bosco. Non c'erano tracce di pneumatici, perché lui aveva attentamente spazzato il tappeto di aghi di pino che ricopriva il terreno nella foresta. Si fermò nei pressi di una conca. Si vedeva solo un ammasso di vegetazione: rami spezzati e alberelli ammonticchiati per quattro metri come per un falò. Dovette scalare il cumulo e spostare alcuni rami per verificare che il camion si trovasse ancora là sotto.

Non pensava certo che qualcuno fosse andato fin là a cercarlo. Il Ricky Granger che era stato assunto come operaio dalla Ritkin Seismex in quel campo petrolifero del Texas non aveva alcun collegamento con questo remoto vigneto della Sierra californiana. Ma ogni tanto capitava che dei campeggiatori si perdessero e finissero per vagare sulla terra della comune – come era successo a Melanie – e di certo si sarebbero chiesti cosa ci faceva in mezzo ai boschi un'attrezzatura così grande e costosa. Così Priest e i mangiatori di riso avevano sgobbato per due giorni per nascondere il camion. Priest era ragionevolmente sicuro che non fosse possibile vederlo dall'alto.

Scoprì una ruota e diede un calcio al pneumatico, come lo scettico acquirente di un'auto usata. Aveva ucciso un uomo per quel veicolo. Pensò per un attimo alla bella moglie di Mario, ai suoi bambini, e si chiese se avessero già capito che lui non sarebbe mai più tornato a casa. Poi scacciò il pensiero dalla mente.

Voleva assicurarsi che il camion fosse pronto a partire, l'indomani mattina. Solo a guardarlo si sentiva nervoso. Provava la forte tentazione di mettersi in marcia quel giorno, quella mattina, subito, solo per alleviare la tensione. Ma aveva annunciato un ultimatum e il rispetto dei tempi era importante.

L'attesa però era insopportabile. Pensò di salire a bordo e mettere in moto il camion, solo per assicurarsi che tutto funzionasse, ma sarebbe stata una cosa stupida. Si stava lasciando prendere dall'ansia. Il camion era a posto. Avrebbe fatto meglio a starne alla larga fino all'indomani.

Scostò un'altra parte della copertura mimetica e guardò la piastra d'acciaio che doveva percuotere il terreno. Se il piano di Melanie avesse funzionato, la vibrazione avrebbe scatenato un terremoto. C'era una specie di giustizia in quel piano. Avrebbero sfruttato l'energia accumulata nel cuore della terra per costringere il governatore a prendersi cura dell'ambiente. Dunque la terra avrebbe salvato se stessa. A Priest pareva così giusto da rasentare il sacro.

Spirit fece un latrato, come se avesse sentito qualcosa. Probabilmente si trattava di un coniglio, ma Priest rimise immediatamente a posto i rami che aveva scostato e tornò indietro.

Attraversò il bosco fino al sentiero e svoltò verso il villaggio.

Lì si fermò, in mezzo al sentiero, perplesso. All'andata, in quel punto aveva dovuto scavalcare un grosso ramo caduto... come mai ora si trovava spostato di lato? Spirit non aveva abbaiato ai conigli. C'era qualcos'altro. Lui non aveva sentito nessuno, ma i rumori erano attutiti dalla fitta vegetazione. Chi era? Qualcuno lo aveva seguito? Lo avevano visto controllare il vibratore sismico?

Man mano che si avvicinavano a casa, Spirit era sempre più agitato. Quando arrivarono in vista del parcheggio, Priest capì il perché.

In mezzo allo spiazzo fangoso, parcheggiata accanto alla sua 'Cuda, c'era una macchina della polizia.

Il cuore di Priest smise di battere.

Così presto! Come avevano fatto a rintracciarlo così presto?

Rimase a fissare la macchina.

Era una Ford Crown Victoria bianca con una striscia verde lungo la fiancata, una stella argentata a sei punte sulla portiera, quattro antenne e una fila di luci blu, rosse e arancioni sul tetto.

Sta' calmo. È tutto a posto.

La polizia poteva non essere lì per il vibratore. Potevano aver imboccato il sentiero per pura curiosità; non era mai successo, ma era possibile. C'erano molte altre ipotesi. Forse stavano cercando un turista che si era perso. Oppure un vicesceriffo era alla ricerca di un posto appartato in cui incontrarsi con la moglie del vicino.

Era anche possibile che non si accorgessero nemmeno che lì c'era una comune, e forse non lo avrebbero mai scoperto. Se lui fosse tornato in silenzio nei boschi...

Troppo tardi. Proprio mentre quest'ultimo pensiero gli attraversava la mente, da dietro un albero sbucò un poliziotto.

Spirit si mise ad abbaiare furiosamente.

«Zitto!» ordinò Priest, e il cane si calmò.

Il poliziotto indossava l'uniforme grigioverde di vicesceriffo, con una stella sul petto sinistro della giacca corta, il cappello da cow-boy, e la pistola attaccata al cinturone.

Vide Priest e fece un cenno con la mano.

Priest esitò, poi, lentamente, alzò una mano e rispose al saluto.

Quindi, di malavoglia, si avvicinò alla macchina.

Odiava i poliziotti. I più erano ladri, bulli e psicopatici. Usavano l'uniforme per nascondere il fatto che erano criminali peggiori della gente che arrestavano. Ma si sarebbe sforzato di mostrarsi educato, come un contadinotto stupido, convinto che la polizia fosse lì per proteggerlo.

Respirò con calma, rilassò i muscoli del volto, sorrise e disse: «Salve».

Il poliziotto era solo. Giovane, tra i venticinque e i trenta, aveva i capelli castani tagliati corti. Il suo fisico era già robusto. Nel giro di dieci anni avrebbe avuto uno stomaco da bevitore di birra.

«Ci sono abitazioni qui intorno?» chiese a Priest.

Lui fu tentato di mentire, ma gli bastò un attimo di riflessione per capire che era troppo rischioso. Il poliziotto doveva solo percorrere quattrocento metri nella direzione giusta per andare a sbattere contro le case, e se avesse scoperto che gli aveva mentito si sarebbe insospettito. Così disse la verità. «La Silver River Winery non è lontana.»

«Non l'ho mai sentita nominare.»

Non era un caso. Sull'elenco del telefono, l'indirizzo e il numero erano quelli di Paul Beale a Napa. Nessuno dei membri della comune compariva sul registro elettorale. Nessuno pagava le tasse perché nessuno aveva alcun reddito. Erano sempre stati molto discreti. L'orrore di Star per la pubblicità risaliva ai tempi in cui il movimento hippy era stato distrutto dall'eccessivo interesse dei mezzi di comunicazione. Ma molti dei membri della comune avevano buoni motivi per nascondersi. Alcuni erano indebitati, altri erano ricercati dalla polizia. Oaktree era un disertore, Song era fuggita da uno zio che aveva abusato sessualmente di lei, Aneth aveva un marito che la picchiava e aveva giurato che se lo avesse lasciato l'avrebbe ritrovata ovunque.

La comune continuava a essere un rifugio anche per alcuni degli ultimi arrivati, in fuga da qualcosa o da qualcuno. L'unico modo per scoprire quel posto era tramite persone come Paul Beale, che aveva vissuto lì per un certo periodo e poi era tornato al mondo esterno. Ma quelle persone erano restie a rivelare il loro segreto.

Lì un poliziotto non c'era mai stato.

«Com'è che non ne ho mai sentito parlare?» chiese il poliziotto. «Sono dieci anni che faccio il vicesceriffo qui.»

«È piuttosto piccola» rispose Priest.

«Lei è il proprietario?»

«No, ci lavoro soltanto.»

«E cosa fate qui, producete vino?»

Ragazzi, che genio! «Sì, più o meno.»

Il poliziotto non colse l'ironia. Priest proseguì. «Cosa la porta da queste parti di mattina presto? Non abbiamo più avuto un crimine qui da quando Charlie si è ubriacato e ha votato per Jimmy Carter.» Sorrise. Non c'era alcun Charlie fra loro, però era il genere di battuta che un poliziotto avrebbe potuto apprezzare.

Ma quello rimase impassibile. «Sto cercando i genitori di una ragazza che sostiene di chiamarsi Flower.»

Priest venne colto da una paura terribile e di colpo si sentì raggelare. «Oh, mio Dio, cosa le è successo?»

«È in arresto.»

«Sta bene?»

«Non è ferita, se è questo che intende.»

«Grazie al cielo! Temevo mi dicesse che era stata coinvolta in un incidente.» Il cervello di Priest cominciò a riprendersi dallo shock. «Com'è possibile che sia in prigione? Credevo fosse qui, a dormire nel suo letto!»

«Evidentemente non è così. Lei è un parente?»

«Sono suo padre.»

«Allora dovrà venire con me a Silver City.»

«A Silver City? Da quanto tempo si trova là?»

«Solo da stanotte. Non avremmo voluto trattenerla così a lungo, ma per un po' lei si è rifiutata di dirci dove viveva. Ha ceduto un'ora fa.»

Priest provò un colpo al cuore al pensiero della sua

bambina agli arresti, che cercava di mantenere il segreto della comune. Gli vennero le lacrime agli occhi.

Il poliziotto proseguì: «Anche così è stato maledettamente difficile trovarvi. Alla fine ho chiesto a un gruppo di pazzoidi armati fino ai denti che vivono a una decina di chilometri da qui».

Priest annuì. «Los Alamos.»

«Già. C'era un cartello con la scritta: "Non riconosciamo l'autorità del governo degli Stati Uniti". Stronzi.»

«Li conosco» disse Priest. Erano i membri di una comune di estrema destra che aveva occupato una vecchia fattoria in una zona isolata e ora la proteggevano con armi pesanti e sognavano di respingere un'invasione cinese. Sfortunatamente erano i vicini più prossimi della comune. «Come mai Flower è in arresto? Ha fatto qualcosa di male?»

«Di solito è questo il motivo» rispose il poliziotto sarcastico.

«Cosa ha combinato?»

«È stata sorpresa a rubare in un negozio.»

«In un *negozio*?» Perché mai una ragazzina che aveva accesso a uno spaccio in cui tutto era gratuito avrebbe dovuto fare una cosa del genere? «Cosa ha rubato?»

«Un poster di Leonardo Di Caprio.»

Priest avrebbe voluto dare un pugno in faccia al poliziotto, ma questo non avrebbe aiutato Flower. Così lo ringraziò per essere arrivato fin là e promise che entro un'ora lui e la madre di Flower sarebbero andati nell'ufficio dello sceriffo a Silver City per recuperare la figlia. Il poliziotto ripartì, soddisfatto.

Priest si diresse subito verso la capanna di Star che fungeva anche da infermeria. Star non aveva alcuna preparazione specifica, ma aveva acquisito molte nozioni dal padre medico e dalla madre infermiera. Si era abituata fin da ragazza alle emergenze mediche e aveva anche assistito a qualche parto. La sua stanza era piena di scatole di cerotti, barattoli di unguenti, aspirine, medicine per la tosse e anticoncezionali.

Quando Priest la svegliò comunicandole la cattiva notizia, ebbe una crisi isterica. Odiava la polizia almeno quanto lui. Durante le manifestazioni degli anni Sessanta era stata picchiata con i manganelli, agenti della narcotici infiltrati le avevano venduto droga di pessima qualità e, una volta, era stata persino violentata da alcuni agenti in una stazione di polizia. Saltò giù dal letto, urlando, e prese a colpirlo. Lui la afferrò per i polsi e cercò di calmarla.

«Dobbiamo andare subito là e farla uscire!» gridò Star.

«Giusto» disse Priest. «Prima vestiti, però!»

Lei smise di lottare. «D'accordo.»

Mentre si infilava i jeans le chiese: «Una volta mi hai raccontato che ti hanno arrestato a tredici anni».

«Già. Un vecchio porco di sergente con la sigaretta appesa alla bocca mi ha messo le mani sulle tette e ha detto che sarei diventata una bella donna.»

«Non sarai di molto aiuto a Flower se vai là così arrabbiata: arresteranno anche te» le fece osservare.

Star riprese il controllo. «Hai ragione. Per il suo bene dobbiamo tenerci buoni quei figli di puttana.» Si pettinò guardandosi in un piccolo specchio. «Bene. Sono pronta a mangiare la mia dose di merda.»

Priest era sempre stato dell'idea che fosse meglio essere vestiti in modo convenzionale quando si aveva a che fare con la polizia. Svegliò Dale e si fece dare il vecchio completo blu. Ora era di proprietà di tutti, e ultimamente l'aveva usato Dale per presentarsi in tribunale quando la moglie, che lui aveva lasciato da vent'anni, si era finalmente decisa a concedergli il divorzio. Priest indossò l'abito sopra la camicia da lavoro e annodò la cravatta rosa e verde che andava di moda venticinque anni prima. Le scarpe si erano consumate da tempo e così indossò i sandali. Poi salì con Star a bordo della 'Cuda.

Quando imboccarono la strada della contea, Priest domandò: «Come mai nessuno di noi due si è accorto che non era a casa ieri sera?».

«Sono andata a darle la buonanotte, ma Pearl mi ha detto che era al gabinetto.»

«Ha detto la stessa cosa anche a me! Pearl doveva sapere tutto e l'ha coperta!» Pearl, la figlia di Dale e Poem, aveva dodici anni ed era la migliore amica di Flower.

«Sono tornata più tardi, ma tutte le candele erano spente, la camerata era completamente buia e io non volevo svegliarli. Non potevo immaginare...»

«Come avresti potuto? La bambina ha passato ogni notte della sua vita nello stesso posto... non c'era motivo di pensare che fosse altrove.»

Arrivarono a Silver City. L'ufficio dello sceriffo si trovava accanto al tribunale. Entrarono in un atrio cupo decorato con ritagli di giornale ingialliti riguardanti vecchi omicidi. Dietro a una vetrata con un interfono e un pulsante c'era una scrivania. Un agente in camicia kaki e cravatta verde chiese: «Posso aiutarvi?».

«Mi chiamo Stella Higgins» rispose Star. «Avete qui mia figlia.»

L'agente li fissò con uno sguardo duro. Priest pensò che li stesse valutando, che si stesse domandando che tipo di genitori fossero. «Un momento solo, per favore» disse e scomparve.

Priest istruì Star a voce bassa. «Dobbiamo fare la parte dei cittadini rispettabili e rispettosi della legge, sgomenti perché un loro figlio si è messo nei guai con la polizia. Nutriamo il più profondo rispetto per le forze dell'ordine. Siamo dispiaciuti di aver causato problemi a persone che affrontano un lavoro così faticoso.»

«Capito» disse Star a denti stretti.

Si aprì una porta e l'agente li fece entrare. «Signori Higgins» disse. Priest non lo corresse. «Seguitemi, prego.» Li accompagnò in una sala riunioni con la moquette grigia, arredata con insulsi mobili moderni.

Flower li stava aspettando.

Crescendo sarebbe diventata bella e seducente come la madre, ma ora, a tredici anni, era ancora una ragazzina allampanata e goffa. Aveva un'espressione imbronciata e lacrimosa allo stesso tempo, ma sembrava stare bene. Star la abbracciò in silenzio e così Priest.

«Hai passato la notte in cella, amore?» chiese Star.

Flower scosse la testa. «In casa di una persona.»

«La legge della California è molto rigorosa» spiegò l'agente. «I minori non possono essere incarcerati sotto lo stesso tetto con i criminali adulti. Così in città abbiamo un paio di persone disposte a prendersi carico durante la notte dei giovani che vengono arrestati. Flower è stata ospitata a casa di Miss Waterlow, un'insegnante di qui, che si dà il caso sia anche sorella dello sceriffo.»

«È andato tutto bene?» chiese Priest a Flower.

La ragazzina annuì in silenzio.

Priest cominciò a sentirsi meglio. *Diamine, poteva succedere di peggio.*

«Signori Higgins, vi prego di sedervi» disse l'agente. «Io sono l'ufficiale giudiziario incaricato di sorvegliare le persone in libertà vigilata, e mi occupo dei minori in stato di arresto.»

Sedettero.

«Flower è accusata di aver rubato un poster del valore di nove dollari e novantanove centesimi nel Silver Disc Music Store.»

Star si voltò verso la figlia. «Non capisco proprio. Perché hai rubato il poster di uno stupido *divo del cinema*?»

Di colpo Flower ritrovò la parola. «Perché lo volevo, okay? Lo volevo!» urlò e poi scoppiò a piangere.

Priest si rivolse al poliziotto. «Vorremmo riportare nostra figlia a casa il più presto possibile. Cosa dobbiamo fare?»

«Signor Higgins, vorrei informarla che il massimo della pena per il reato commesso da sua figlia è il carcere fino al raggiungimento del ventunesimo anno.»

«Oh, Cristo!» esclamò Priest.

«Però» proseguì l'agente, «non credo ci sia da aspettarsi una pena così severa per un reato commesso da una persona incensurata. Mi dica, Flower si era già trovata nei guai?»

«Mai.»

«Siete sorpresi di ciò che ha fatto?»

«Sì.»

«Siamo sbalorditi» aggiunse Star.

L'agente li interrogò sulla loro vita familiare, cercando di appurare se Flower fosse ben accudita. Fu Priest a rispondere alla maggior parte delle domande, sforzandosi di dare l'impressione che erano semplici braccianti agricoli. Non disse nulla della comune né delle loro idee. Il vicesceriffo chiese dove andasse a scuola Flower e Priest rispose che giù alla fattoria c'era una scuola per i figli dei braccianti.

Il vicesceriffo sembrò soddisfatto delle loro risposte. Flower dovette firmare un foglio in cui si impegnava a presentarsi in tribunale di lì a quattro settimane, alle dieci del mattino. L'agente chiese a uno dei genitori di controfirmare e Star obbedì. Non dovettero pagare alcuna cauzione. In meno di un'ora erano già fuori.

Appena furono usciti dall'ufficio dello sceriffo, Priest parlò. «Questo non significa che sei una cattiva persona, Flower. Hai fatto una cosa molto stupida, ma noi ti vogliamo bene come sempre. Ricordatelo. Ne discuteremo tutti assieme appena arriviamo a casa.»

Tornarono alla comune. Per un po', Priest non era stato in grado di pensare ad altro che a sua figlia ma, ora che l'aveva di nuovo con sé sana e salva, cominciò a riflettere sulle implicazioni del suo arresto. Fino a quel momento la comune non aveva mai attirato l'attenzione della polizia. Non c'erano mai stati furti, visto che loro non riconoscevano la proprietà privata. A volte scoppiava qualche rissa, ma erano situazioni che i membri della comune risolvevano da soli. Lì nessuno era mai stato ammazzato. Non avevano neppure il telefono per chiamare la polizia. Non infrangevano mai le leggi, se non quelle sugli stupefacenti, ma su questo erano molto discreti.

Ora, però, il posto era diventato conosciuto, e proprio nel momento peggiore.

D'altro canto non poteva farci nulla, se non essere ancora più cauto. Decise di non prendersela con Flower. Alla sua età lui era un ladro professionista, con una fedina penale sporca già da due anni. Se c'era un genitore in grado di comprendere, quello era proprio lui.

Accese l'autoradio. Ogni ora c'era un notiziario. L'ultimo comunicato riguardava loro. «Il governatore Mike Robson incontrerà questa mattina gli agenti dell'Fbi per discutere del gruppo terroristico "il Martello dell'Eden", che minaccia di provocare un terremoto» disse l'annunciatore. «Un portavoce dell'Fbi ha dichiarato che tutte le minacce sono state prese in seria considerazione ma non ha voluto fare ulteriori commenti prima dell'incontro.»

Priest pensò che il governatore avrebbe fatto un annuncio al termine dell'incontro con l'Fbi. Purtroppo la radio non ne aveva precisato l'ora.

A metà mattinata erano di nuovo a casa. La macchina di Melanie non era nel parcheggio: aveva portato Dusty a San Francisco a trascorrere il week-end con il padre.

Alla comune regnava un clima mesto. Quasi tutti lavoravano nel vigneto, ma senza i canti e le risate usuali. Fuori dalla cucina da campo, Holly, la madre di Ringo e Smiler, stava friggendo cipolle con aria torva, mentre Slow, che era sempre molto sensibile agli umori degli altri, puliva patate novelle con un'aria spaventata. Persino Oaktree, il carpentiere, era taciturno mentre, chino sul banco da lavoro, segava un'asse di legno.

Quando videro Star e Priest ritornare insieme a Flower, tutti lasciarono ciò che stavano facendo e si diressero verso il tempio. Era lì che si radunavano per discutere nei momenti di crisi. Se la questione era di scarso rilievo aspettavano la fine della giornata, ma questa era troppo importante per essere rimandata.

Mentre si avviavano verso il tempio, Priest e la sua famiglia vennero fermati da Dale e Poem con la loro figlia, Pearl.

Dale, un piccoletto dai capelli corti e ordinati, era il membro più normale del gruppo. Era un personaggio chiave nella vita della comune per la sua abilità ed esperienza di vignaiolo. Ma a volte Priest aveva l'impressione che considerasse la comune un villaggio come un altro. Dale e Poem erano stati i primi a costruirsi una capanna familiare. Poem era di carnagione scura e parlava con accento francese. Aveva un temperamento selvaggio – Priest lo sapeva perché era andato a letto con lei parecchie volte – ma da quando stava con Dale si era un po' addomesticata. Forse Dale era uno dei pochi che avrebbe potuto riadattarsi alla vita normale, caso mai avessero dovuto andarsene. Ma Priest temeva che gli altri per lo più non ci sarebbero riusciti: rischiavano di finire in galera, in manicomio, o addirittura di morire.

«Venite, voglio farvi vedere una cosa» disse Dale.

Priest notò che le ragazze si erano scambiate un'occhiata fugace. Flower sembrava voler accusare Pearl con lo sguardo, mentre l'amica aveva un'espressione fra il colpevole e lo spaventato.

«Cos'altro c'è, adesso?» chiese Star.

Dale li condusse alla capanna vuota, che veniva usata come stanza da studio per i ragazzi più grandi. C'era un tavolo grezzo, con delle sedie e una credenza che conteneva libri e matite. Nel soffitto si apriva una botola che portava a un angusto sottotetto. La botola era spalancata e sotto c'era una scala a pioli.

Priest ebbe il terribile presentimento di sapere cosa stava per accadere.

Dale accese una candela e salì per la scala. Priest e Star lo seguirono. Nel sottotetto, illuminato dalla luce tremula della candela, videro il bottino segreto delle ragazze: una scatola piena di bigiotteria, trucchi, abiti alla moda e riviste per teenager.

«Tutte le cose che noi gli abbiamo insegnato a disprezzare» fece Priest.

«Vanno a Silver City con l'autostop. Nelle ultime quattro settimane ci sono andate tre volte. Si portano dietro questi vestiti e, una volta arrivate là, si cambiano» disse Dale.

«Cosa ci vanno a fare?» chiese Star.

«Gironzolano per le strade, parlano coi ragazzi, rubacchiano nei negozi.»

Priest infilò la mano nella scatola e tirò fuori una T-shirt corta e attillata, blu con una riga arancione. Era di nylon, sottile e scadente, proprio il genere di indumento che disprezzava di più: non teneva caldo, non proteggeva, e non faceva altro che nascondere la naturale bellezza del corpo umano sotto uno strato di bruttura.

Stringendo fra le dita la maglietta scese per la scala, seguito da Star e Dale.

Le due ragazzine avevano un'espressione mortificata.

«Andiamo al tempio e parliamone con gli altri» disse Priest.

Quando arrivarono, tutta la comunità, bambini compresi, si era già radunata. Erano seduti sul pavimento a gambe incrociate e aspettavano.

Priest si sedette al centro, come sempre. In teoria le discussioni erano democratiche e la comune non aveva capi, ma in pratica lui e Star dominavano ogni incontro. Priest pilotava la conversazione in modo che si giungesse alla conclusione che voleva lui. Di solito poneva delle domande invece di enunciare il proprio punto di vista. Se un'idea gli andava a genio ne faceva emergere i lati positivi, se invece desiderava che una proposta venisse stroncata ne metteva in discussione l'efficacia. Se poi lo stato d'animo generale gli era contro, fingeva di essere convinto, per poi contestare la decisione in un secondo tempo.

«Chi vuole cominciare?» chiese.

Prese la parola Aneth. Era un tipo materno sui quarant'anni ed era più propensa a comprendere che a con-

145

dannare. «Forse dovrebbero cominciare Flower e Pearl, spiegandoci perché andavano a Silver City.»

«Per incontrare gente» rispose Flower con aria di sfida.

Aneth sorrise. «Ragazzi, vuoi dire?»

Flower scrollò le spalle.

«Be', è comprensibile» osservò Aneth. «Ma perché avete rubato?»

«Per sembrare carine!»

Star fece un sospiro esasperato. «Cosa c'è che non va nei vostri vestiti?»

«Mamma, sii seria.» Flower le rivolse un'occhiata sprezzante.

Star si sporse in avanti e le mollò uno schiaffone.

Flower rimase senza fiato. Sulla sua guancia comparve un segno rosso.

«Non osare mai più parlarmi con quel tono» disse Star. «Sei appena stata sorpresa a rubare e io ho dovuto tirarti fuori di galera, quindi non mi parlare come se fossi io la stupida.»

Pearl scoppiò a piangere.

Priest sospirò. Avrebbe dovuto aspettarselo. Non c'era niente che non andasse nei vestiti dello spaccio: vi si trovavano jeans blu, neri o beige, camicie da lavoro di jeans, T-shirt bianche, grigie, rosse e gialle, sandali e stivali, maglioni di lana pesante per l'inverno, giacconi impermeabili per lavorare sotto la pioggia. Ma gli stessi abiti venivano indossati un po' da tutti, e per anni. Era ovvio che i ragazzi desiderassero qualcosa di diverso. Trentacinque anni prima lui aveva rubato una giacca alla Beatle in una boutique che si chiamava Rave, in San Pedro Street.

Poem si rivolse a sua figlia. «Pearl, *chérie*, non ti piacciono i tuoi vestiti?»

«Volevamo assomigliare a Melanie» rispose lei tra i singhiozzi.

«Ah» fece Priest e tutto gli fu chiaro.

Melanie continuava a indossare gli abiti che aveva portato con sé: top ridottissimi che mettevano in mostra l'om-

146

belico, minigonne e calzoncini corti, scarpe alla moda e cappellini spiritosi. Aveva un'aria chic e provocante. Non c'era da stupirsi che le ragazze l'avessero presa a modello. «Dobbiamo parlare di Melanie» intervenne Dale. Sembrava timoroso. Quasi tutti avevano paura di dire qualcosa che potesse suonare come una critica a Priest.

Priest si mise subito sulla difensiva. Era stato lui a portare lì Melanie ed era il suo amante. Melanie aveva un ruolo fondamentale nel piano: era l'unica in grado di interpretare i dati contenuti nel dischetto di Michael, che adesso era stato copiato sul suo portatile. Priest non poteva permettere che la attaccassero. «Non chiediamo mai alle persone di cambiare i loro vestiti quando si uniscono a noi» disse. «Prima devono consumare la loro roba, è sempre stata la regola.»

Fu Alaska a parlare. Era una ex insegnante ed era arrivata là con la sua amante, Juice, dieci anni prima, dopo che la piccola città in cui vivevano le aveva messe al bando a causa della loro dichiarata omosessualità. «Non si tratta solo del modo in cui si veste» disse Alaska. «È che non lavora molto.» Juice annuì, d'accordo con lei.

«L'ho vista in cucina a lavare i piatti e a fare i biscotti» ribatté Priest.

Alaska aveva un'espressione spaventata, ma non si arrese. «Solo qualche lavoretto. Non lavora nel vigneto. Si comporta come un'ospite.»

Star vide che Priest era sotto tiro e gli andò in aiuto. «Abbiamo avuto un sacco di persone così. Ricordate com'era Holly appena arrivata?»

All'inizio Holly era stata un po' come Melanie, una ragazza graziosa attratta prima da Priest e poi dalla comune.

Holly sorrise imbarazzata. «Lo ammetto, ero pigra. Ma alla fine ho cominciato a sentirmi a disagio perché non facevo la mia parte. Nessuno mi ha detto niente. Sono stata io a rendermi conto che sarei stata più felice compiendo il mio dovere.»

Poi fu la volta di Garden. Era una ex tossica, aveva venticinque anni ma ne dimostrava quaranta. «Melanie esercita un influsso negativo. Parla ai bambini di musica pop, televisione e altra spazzatura del genere.»

«Ne discuteremo con lei appena torna da San Francisco» disse Priest. «Sono sicuro che ci rimarrà molto male quando scoprirà cosa hanno combinato Flower e Pearl.»

Dale non era soddisfatto. «Quello che infastidisce molti di noi...»

Priest si accigliò. Dunque ne avevano già discusso a sua insaputa. *Cristo, cos'è questa, una ribellione in piena regola?* Lasciò che il suo scontento trasparisse dalla voce. «Allora? Cos'è che vi infastidisce?»

Dale deglutì. «Il suo telefono cellulare e il computer.»

Non c'era elettricità nella valle e nella comunità regnava una specie di odio puritano nei confronti di oggetti quali televisori e videocassette. Priest era costretto ad ascoltare i notiziari dall'autoradio. Erano arrivati a disprezzare tutto quello che era elettrico. L'attrezzatura di Melanie, che lei ricaricava alla biblioteca di Silver City attaccandosi alla presa normalmente usata per l'aspirapolvere, aveva attirato parecchi sguardi di disapprovazione. Molti dei presenti annuirono, in accordo con le rimostranze di Dale.

C'era un valido motivo per cui Melanie doveva tenersi il cellulare e il computer. Priest però non poteva spiegarlo a Dale. Lui non era un mangiatore di riso. Benché fosse a pieno titolo membro del gruppo e si trovasse lì da anni, Priest non era sicuro che sarebbe stato d'accordo con l'idea di provocare il terremoto. Avrebbe potuto creare dei guai.

Priest si rese conto che doveva mettere fine a quella discussione. Gli stava sfuggendo di mano. Le persone scontente dovevano essere affrontate una per una, e non in un dibattito collettivo in cui uno dava man forte all'altro.

Prima che potesse ribattere, Poem intervenne. «Priest, sta succedendo qualcosa? Qualcosa che non ci vuoi dire? Non abbiamo capito perché tu e Star vi siete dovuti assentare per due settimane e mezzo.»

«Ma questa è una domanda carica di diffidenza!» esclamò Song, a sostegno di Priest.

Il gruppo si stava spaccando, Priest lo capiva. Era la prospettiva incombente di dover lasciare la valle. Non c'era traccia del miracolo che lui aveva promesso: tutti sentivano che il loro mondo stava per finire.

«Ve l'ho già spiegato» disse Star. «Avevo uno zio che è morto lasciando tutti i suoi affari ingarbugliati. Essendo l'unica parente ho dovuto aiutare i legali a dipanare la matassa.»

Ora basta.

Priest sapeva come mettere a tacere una protesta. Parlò con tono deciso. «Ho l'impressione che stiamo discutendo queste cose nell'atmosfera sbagliata» disse. «Siete d'accordo con me?»

Ovviamente lo erano. Annuirono quasi tutti.

«Cosa facciamo?» Priest guardò suo figlio, un ragazzino di dieci anni con gli occhi scuri e un'espressione seria. «Tu cosa dici, Ringo?»

«Meditiamo insieme» fu la risposta del ragazzo, proprio quella che chiunque di loro avrebbe dato.

«Approvate tutti la proposta di Ringo?» chiese Priest.

Priest si guardò attorno.

La approvarono.

«Allora prepariamoci.»

Ognuno assunse la posizione che preferiva. Alcuni si distesero sulla schiena, altri si raggomitolarono in posizione fetale, uno o due si sdraiarono come per dormire. Priest e parecchi altri sedettero a gambe incrociate, le mani sulle ginocchia, gli occhi chiusi, il volto sollevato verso il cielo.

«Rilassate il mignolo del piede sinistro» disse Priest con voce calma e ipnotica. «Poi il quarto, il terzo, il secondo, ora l'alluce. Rilassate tutto il piede... la caviglia... e ora il polpaccio.» Mentre risaliva lentamente lungo tutto il corpo, nella sala calò la pace della meditazione. Il respiro dei presenti si fece più lento e regolare, i loro corpi sempre più immobili, i volti assunsero man mano l'espressione tranquilla della meditazione.

Alla fine Priest pronunciò una sola sillaba, con voce bassa e lenta: «Om».

Il gruppo rispose, come una sola voce: «Omm...».

La mia gente.

Possano vivere qui per sempre.

6

La riunione nell'ufficio del governatore era fissata per mezzogiorno. Sacramento, la capitale dello stato, si trovava a un paio d'ore di macchina da San Francisco. Judy partì da casa alle nove e quarantacinque per evitare il traffico dell'ora di punta in uscita dalla città.

L'uomo che doveva incontrare, Al Honeymoon, era una figura molto nota nel panorama politico della California. Ufficialmente segretario di Gabinetto, era in realtà un tagliatore di teste. Ogni volta che il governatore Robson doveva far passare un'autostrada attraverso un'area protetta, costruire una nuova centrale nucleare, licenziare un migliaio di dipendenti pubblici o tradire un amico fedele, il lavoro sporco toccava sempre a Honeymoon.

I due lavoravano insieme da vent'anni. Quando si erano conosciuti, Mike Robson era solo un membro del congresso per lo stato della California, mentre Honeymoon era appena uscito dalla facoltà di legge. Honeymoon era stato scelto per il ruolo di cattivo in quanto nero: il governatore aveva astutamente calcolato che la stampa avrebbe esitato a denigrare un nero. Quel periodo liberale ormai apparteneva al passato, ma nel frattempo Honeymoon era diventato un animale politico di grande abilità e di ancora più grande spregiudicatezza. Non piaceva a nessuno, ma tutti lo temevano.

Per il bene dell'Fbi, Judy voleva fare una buona impressione su di lui. Non accadeva spesso che un personaggio politico dimostrasse tanto interesse per un caso dell'Fbi. Judy sapeva che il modo in cui avrebbe condotto questo incarico era destinato a influenzare per sempre l'atteggiamento di Honeymoon nei confronti del Bureau e delle altre forze di polizia in generale. L'esperienza personale contava senz'altro di più dei rapporti e delle statistiche. All'Fbi piaceva apparire potente e infallibile. Ma Judy aveva fatto così pochi progressi con le indagini che le sarebbe stato difficile recitare quella parte, specialmente con un duro come Honeymoon. E comunque, non era nel suo stile. Il suo unico obiettivo era di apparire efficiente e ispirare fiducia.

Aveva anche un altro motivo per fare bella figura. Voleva che il tono del comunicato del governatore Robson fosse tale da favorire l'apertura al dialogo con il Martello dell'Eden. Un'allusione a una disponibilità a trattare da parte del governatore avrebbe potuto indurli a fermarsi. E se avessero reagito cercando a loro volta di comunicare, Judy avrebbe avuto nuovi elementi su cui lavorare. Al momento, era l'unico modo che le veniva in mente per catturarli. Tutte le altre linee di indagine si erano rivelate inconcludenti.

Pensò che sarebbe stato difficile persuadere il governatore a mostrarsi possibilista. Di certo non voleva dare l'impressione di essere disposto ad ascoltare le richieste dei terroristi, per timore di incoraggiare altri a imitarli. Ma bisognava trovare la possibilità di formulare il comunicato in modo che il messaggio fosse chiaro solo al Martello dell'Eden.

Non aveva messo il tailleur di Armani. L'istinto le diceva che Honeymoon avrebbe avuto maggiore simpatia per una persona che si presentava come un impiegato qualunque, così aveva optato per un completo pantalone grigio acciaio, aveva raccolto i capelli in un ordinato chignon e infilato la pistola nella fondina sul fianco. Per mitigare il look troppo severo si mise piccoli orecchini di perle che facevano risaltare il collo lungo e sottile. Non guastava mai apparire attraenti.

Si chiese oziosamente se Michael Quercus la trovasse desiderabile. Lui era uno spettacolo, peccato fosse così indisponente. A sua madre sarebbe piaciuto. Judy ricordava che le diceva sempre: «A me piacciono gli uomini di polso». Quercus vestiva bene, anche se in modo non appariscente. Si chiese come fosse il suo corpo. Forse era ricoperto di peli scuri come una scimmia. A lei non piacevano gli uomini pelosi. O forse era pallido e molliccio. No, le era parso in ottima forma. Si rese conto che stava fantasticando su Quercus nudo e si irritò con se stessa. *L'ultima cosa di cui ho bisogno è un fusto dal pessimo carattere.*

Decise di chiamare l'ufficio del governatore per informarsi sulle possibilità di parcheggio. Compose il numero sul cellulare e parlò con il segretario di Honeymoon. «Ho un appuntamento a mezzogiorno con il signor Honeymoon e mi chiedevo se fosse possibile parcheggiare nell'edificio del Campidoglio. Non sono mai stata a Sacramento prima d'ora.»

Il segretario era piuttosto giovane. «Non abbiamo un parcheggio per i visitatori nell'edificio, ma ce n'è uno pubblico nell'isolato vicino.»

«Dove si trova esattamente?»

«L'ingresso è sulla Tenth Street tra K e L Street. Il Campidoglio è sulla Tenth tra L e M Street. È a un minuto di distanza. Ma guardi che il suo appuntamento è alle undici e trenta, non a mezzogiorno.»

«Cosa?»

«La riunione è fissata per le undici e mezzo.»

«È stata spostata?»

«No, signora, è sempre stata alle undici e mezzo.»

Judy era furibonda. Arrivando tardi avrebbe dato una pessima impressione di sé ancora prima di aprire bocca. Si stava già mettendo male.

Cercò di controllare la propria collera. «Presumo ci sia stato un errore.» Guardò l'orologio. Se correva come una pazza poteva essere là in novanta minuti. «Non c'è problema. Sono in anticipo» mentì. «Ci sarò.»

«Molto bene.»

Schiacciò il pedale dell'acceleratore e vide il contachilometri della Montecarlo salire a centoquaranta. Fortunatamente la strada era libera. La maggior parte del traffico del mattino andava nella direzione opposta, verso San Francisco.

Era stato Brian Kincaid a comunicarle l'ora dell'appuntamento, quindi sarebbe stato in ritardo pure lui. Viaggiavano separatamente perché lui aveva un altro impegno a Sacramento, nell'ufficio locale dell'Fbi. Judy chiamò San Francisco e parlò con la segretaria di Kincaid. «Linda, sono Judy. Per favore potresti chiamare Brian e dirgli che Honeymoon ci aspetta alle undici e mezzo, non alle dodici?»

«Credo che lo sappia già» rispose Linda.

«No, non lo sa. Mi ha detto che era alle dodici. Vedi se riesci a raggiungerlo.»

«Va bene.»

«Grazie.» Judy chiuse la comunicazione e si concentrò sulla guida.

Qualche minuto dopo udì una sirena della polizia.

Guardò nello specchietto retrovisore e vide il familiare marrone chiaro delle macchine della polizia stradale della California.

«Non ci posso credere!» esclamò.

Accostò e frenò bruscamente. L'autopattuglia venne a fermarsi dietro di lei. Judy aprì la portiera.

«Resti in macchina» disse una voce amplificata.

Tirò fuori il distintivo dell'Fbi, allungò il braccio in modo che il poliziotto potesse vederlo, quindi scese.

«Resti in macchina!»

Colse una nota di paura nella voce dell'agente e vide che era solo. Sospirò. Pensò automaticamente a una recluta che tirava fuori la pistola e le sparava per il nervosismo.

Continuò a tenere alzato il distintivo in modo che lui potesse vederlo. «Fbi!» gridò. «Guardi, per Dio!»

«Ritorni in macchina!»

Judy guardò l'orologio. Erano le dieci e mezzo. Tremando per la rabbia, si sedette in macchina, lasciando la portiera aperta.

Seguì un'attesa insopportabilmente lunga.

Finalmente l'agente si avvicinò. «Il motivo per cui l'ho fermata è che stava guidando a centoquaranta all'ora...»

«Guardi qui!» gli porse il distintivo.

«Cos'è?»

«Per Dio, è un distintivo dell'Fbi! Sono un agente e vado di fretta. Lei mi sta facendo perdere tempo!»

«Be', di certo lei non assomiglia...»

Judy saltò giù dall'auto e gli puntò un dito sotto il mento. Lui trasalì. «Non mi dica che non assomiglio a un fottutissimo agente. Se non sa neppure riconoscere un distintivo dell'Fbi, come può sapere che aspetto ha un agente?» Mise le mani sui fianchi, scostando la giacca in modo da mostrare la fondina.

«Posso vedere la sua patente, per favore?»

«No. Adesso io me ne vado e intendo guidare fino a Sacramento a centoquaranta all'ora, ha capito?» Risalì in macchina.

«Non può farlo.»

«Scriva al suo delegato al congresso» ribatté Judy. Sbatté la portiera e ripartì.

Si buttò sulla corsia di sorpasso, accelerando fino a centocinquanta, poi guardò l'orologio. Cinque minuti buttati via. Ma poteva ancora farcela.

Aveva perso la pazienza con l'agente della polizia stradale. Sapeva che l'avrebbe riferito al suo superiore, il quale si sarebbe lamentato con l'Fbi, e lei si sarebbe beccata un ammonimento. Ma, se fosse stata educata con quel tizio, ora sarebbe stata ancora là. «Merda!» esclamò.

Arrivò allo svincolo per Sacramento alle undici e venti. Alle undici e venticinque entrava nel parcheggio sulla

Tenth Street. Ci mise un paio di minuti a trovare un posto libero. Corse giù per le scale e attraversò la strada.

Il Campidoglio era un palazzo di pietra bianca che ricordava una torta nuziale, con tutto intorno giardini immacolati fiancheggiati da palme giganti. Attraversò l'atrio di marmo diretta verso una grande entrata con sopra inciso "Governatore". Si fermò, fece un paio di respiri profondi per calmarsi e guardò l'orologio.

Erano le undici e mezzo esatte. Era arrivata in tempo. L'Fbi non sarebbe parso inaffidabile.

Aprì la porta a doppio battente ed entrò.

Si trovò in un grande atrio in mezzo al quale troneggiava una segretaria seduta dietro una scrivania enorme. Su un lato c'era una fila di sedie e con stupore Judy scoprì che una di esse era occupata da Brian Kincaid, dall'aspetto fresco e rilassato, in un impeccabile completo grigio scuro, i capelli bianchi pettinati con cura. Non sembrava affatto uno che avesse corso per arrivare fin là. Di colpo si accorse che stava sudando.

Quando Kincaid incrociò il suo sguardo, Judy colse nei suoi occhi un lampo di sorpresa, prontamente dissimulato.

«Oh... ciao, Brian» fece lei.

«Buongiorno» le rispose, e distolse lo sguardo.

Non la ringraziò neanche per averlo avvisato del disguido.

«A che ora sei arrivato?» gli chiese.

«Pochi minuti fa.»

Dunque aveva sempre saputo l'ora giusta dell'appuntamento, ma le aveva detto che era fissato per mezz'ora dopo. E se l'avesse deliberatamente messa fuori strada? Sarebbe stato addirittura infantile.

Prima che Judy avesse il tempo di trarre delle conclusioni, un giovane nero uscì da una porta laterale. Si rivolse a Brian. «Agente Kincaid?»

«Sono io» rispose lui, alzandosi.

«E lei deve essere l'agente Maddox. Il signor Honeymoon vi riceverà subito.»

Lo seguirono per un lungo corridoio che a un certo punto faceva una curva. Mentre camminavano l'uomo spiegò: «Noi lo chiamiamo il Ferro di cavallo, perché gli uffici del governatore sono raggruppati su tre lati di un rettangolo».

A metà del secondo lato passarono ancora davanti a un atrio, presidiato da due segretarie. Un giovane con in mano un fascicolo stava aspettando seduto su un divano di pelle. Judy immaginò che fosse l'anticamera dell'ufficio privato del governatore. Qualche passo più avanti vennero fatti accomodare nell'ufficio di Honeymoon.

Era un uomo piuttosto grosso con i capelli brizzolati tagliati cortissimi. Si era tolto la giacca del gessato grigio, mettendo in mostra un paio di bretelle nere. Aveva le maniche della camicia arrotolate, ma la cravatta di seta era ben annodata sotto un colletto molto rigido chiuso da una barretta di metallo. Si tolse gli occhiali a mezza lente dalla montatura dorata e si alzò. Aveva un volto austero, scolpito, e un'espressione decisa. Se non fosse stato per la sua eleganza, sarebbe potuto passare per un tenente di polizia.

Nonostante l'aspetto severo, i suoi modi erano gentili. Strinse loro la mano e disse: «Vi ringrazio per essere venuti fin qui da San Francisco».

«Nessun problema» rispose Kincaid.

Sedettero.

Saltando i preamboli, Honeymoon chiese: «Come valutate la situazione?».

«Be', signore, lei ha chiesto espressamente di parlare con l'agente in prima linea, quindi lascerò che sia l'agente Maddox a metterla al corrente.»

«Purtroppo non li abbiamo ancora presi» disse Judy, e subito si maledisse per aver iniziato con delle scuse. *Sii positiva!* «Siamo quasi certi che non siano legati al movimento ambientalista Green California... il loro è stato un maldestro tentativo di metterci su una falsa pista. Non sappiamo chi siano, ma posso illustrarle alcuni importanti elementi che abbiamo scoperto sul loro conto.»

«Vada avanti, la prego» disse Honeymoon.

«Innanzitutto, l'analisi linguistica del messaggio minatorio indica che abbiamo a che fare non con un solo individuo ma con un gruppo.»

«Be', sono almeno in due» la interruppe Kincaid.

Judy gli lanciò un'occhiataccia, ma lui evitò di guardarla.

«Allora, si tratta di due persone o di un gruppo?» chiese Honeymoon, seccato.

Judy si sentì avvampare. «Il messaggio è stato concepito da un uomo e scritto da una donna, quindi le persone sono almeno due. Non sappiamo se ce ne siano anche altre.»

«Okay. Ma sia più precisa, la prego.»

Non si stava mettendo bene.

Judy proseguì. «Punto secondo: questa gente non è pazza.»

«Be', non clinicamente parlando. Ma di sicuro non si possono definire normali» la interruppe di nuovo Kincaid, e rise, come se avesse detto qualcosa di molto spiritoso.

Judy lo mandò silenziosamente al diavolo perché stava minando la sua credibilità. «Le persone che commettono crimini violenti possono essere divise in due categorie: organizzate e disorganizzate. Il tipo disorganizzato agisce sull'impulso del momento, usa qualsiasi arma gli capiti sottomano e sceglie a caso le proprie vittime. Sono dei veri pazzi.»

Honeymoon sembrava interessato. «E gli altri?»

«I tipi organizzati pianificano il loro crimine, portano con sé l'arma, e attaccano vittime scelte in precedenza in base a criteri logici.»

«Sono pazzi in modo diverso» disse Kincaid.

Judy cercò di ignorarlo. «Queste persone possono essere folli, ma ragionano. Possiamo considerarle in qualche modo razionali, e cercare di prevedere le loro mosse.»

«D'accordo. E questi tipi del Martello dell'Eden sono criminali organizzati.»

«A giudicare dalla natura del loro messaggio minatorio, penso di sì.»

«Lei fa molto affidamento sull'analisi linguistica.» Honeymoon sembrava scettico.

«È un'arma potente.»

«Ma non può sostituire un attento lavoro investigativo» si intromise Kincaid. «Purtroppo, in questo caso è tutto quello che abbiamo.»

L'implicazione era che dovevano accontentarsi dell'analisi linguistica perché Judy aveva fallito nel lavoro di gambe. Disperata, cercò di difendersi. «Ci troviamo di fronte a persone che fanno sul serio... magari non possono provocare un terremoto, ma possono tentare qualcos'altro.»

«Del tipo?»

«Azioni terroristiche più comuni: far esplodere una bomba, prendere un ostaggio, assassinare un personaggio importante.»

«Ammesso che ne abbiano la capacità, s'intende» fu il commento di Kincaid. «A tutt'oggi non abbiamo alcuna indicazione in questo senso.»

Judy fece un respiro profondo. C'era una cosa che doveva dire a ogni costo. «Tuttavia, non possiamo escludere che siano davvero in grado di provocare un terremoto.»

«*Cosa?!*» esclamò Honeymoon.

Kincaid proruppe in una risata sarcastica.

«Non è probabile, ma è possibile» insistette Judy con ostinazione. «È quanto afferma il maggior esperto della California, il professor Quercus. Mancherei al mio dovere se non lo facessi presente.»

Kincaid si appoggiò allo schienale della poltrona, accavallò le gambe e si rivolse a Honeymoon. «Al, Judy le ha dato delle risposte da manuale» disse, con un tono di voce tipo "tra noi uomini ci capiamo". «Ora proviamo a vedere le cose alla luce dell'esperienza maturata in anni di servizio.»

Judy lo fissò. *Questa te la farò pagare, Kincaid, fosse l'ultima cosa che faccio. Sei stato solo capace di contraddirmi. E se ci fosse davvero un terremoto, stronzo? Cosa dirai ai parenti dei morti?*

«Prosegua, la prego» disse Honeymoon rivolgendosi a Kincaid.

«Questa gente non può provocare un terremoto e non gliene frega un cazzo delle centrali elettriche. L'istinto mi dice che si tratta di un tizio che sta cercando di far colpo sulla sua donna. Ha messo in agitazione il governatore, sta facendo correre l'Fbi di qui e di là, e John Truth ne parla tutte le sere alla radio. Di colpo è diventato un duro e lei lo adora.»

Judy si sentì profondamente umiliata. Kincaid aveva lasciato che lei esponesse le sue conclusioni per ricoprirla di ridicolo. Doveva aver programmato tutto, e adesso lei era certa che l'avesse deliberatamente ingannata sull'ora dell'incontro, nella speranza che arrivasse in ritardo. L'intera faccenda era una macchinazione di Kincaid per screditarla e farsi bello agli occhi dell'uomo politico. Provò un senso di nausea.

D'un tratto Honeymoon si alzò. «Consiglierò al governatore di non prendere alcun provvedimento in relazione a questa minaccia.» Poi aggiunse, come per congedarli: «Grazie a tutti e due».

Judy si rese conto che era troppo tardi per chiedergli di lasciare aperto uno spiraglio per un eventuale dialogo con i terroristi. L'attimo era passato. E qualsiasi suo suggerimento sarebbe stato affossato da Kincaid. Si sentì disperata. *E se fosse un pericolo reale? E se fossero davvero in grado di farlo?*

«Se possiamo esserle d'aiuto ce lo faccia sapere» disse Kincaid.

Honeymoon assunse un'espressione un po' sprezzante. Non aveva certo bisogno del suo permesso per ricorrere all'Fbi. Ma porse loro la mano educatamente.

Un attimo dopo Judy e Kincaid erano fuori.

Judy rimase in silenzio mentre ripercorrevano il Ferro di cavallo e attraversavano l'atrio diretti all'uscita. Lì Kincaid si fermò e disse: «Te la sei cavata egregiamente. Non

160

ti preoccupare». Non riuscì a nascondere un sorrisetto compiaciuto.

Judy era decisa a non lasciar trasparire il proprio nervosismo. Avrebbe voluto mettersi a gridare ma si costrinse a restare calma. «Penso che abbiamo fatto il nostro lavoro.»

«Certo. Dove hai la macchina?»

«Nel garage al di là della strada» rispose lei.

«La mia è dalla parte opposta. Ci vediamo.»

«Certo.»

Judy aspettò che si allontanasse, poi si girò e si avviò nella direzione contraria.

Mentre attraversava la strada vide un negozio di dolciumi. Entrò e comperò una scatola di cioccolatini.

Prima di arrivare a San Francisco se li era già mangiati tutti.

7

Priest aveva bisogno di muoversi per alleviare la tensione. Al termine della riunione nel tempio andò nel vigneto e cominciò a strappare le erbacce. Era una giornata molto calda: presto cominciò a sudare e si tolse la camicia. Star lavorava accanto a lui. Dopo circa un'ora guardò l'orologio. «Facciamo una pausa» disse. «Andiamo a sentire il notiziario.»

Sedettero nell'auto e Priest accese la radio. Il bollettino era identico a quello precedente. Priest strinse i denti in preda alla frustrazione. «Accidenti, fra poco il governatore dovrebbe dire qualcosa!»

«Non ci aspettavamo che cedesse, no?» replicò Star.

«No, ma pensavo che avrebbe inviato un messaggio, fatto qualche vaga concessione. Maledizione, l'idea di bloccare tutte le nuove centrali elettriche non è poi così pazzesca. Probabilmente ci sono milioni di persone in California che la pensano allo stesso modo.»

Star annuì. «Cristo santo, a Los Angeles è già impossibile respirare per via dell'inquinamento! Non riesco a credere che la gente voglia davvero vivere in quel modo.»

«Eppure non succede niente.»

«Be', sapevamo fin dall'inizio che avremmo dovuto compiere un atto dimostrativo per farci ascoltare.»

«Già.» Priest ebbe un attimo di esitazione e poi sbottò: «Probabilmente ho solo paura che non funzioni».

«Il vibratore sismico?»

Lui esitò ancora. Non sarebbe stato così franco se non si fosse trattato di Star e si stava già pentendo di aver espresso i propri dubbi. Ma, visto che aveva cominciato, tanto valeva andare fino in fondo. «Tutto quanto» ammise. «Ho paura che non ci sarà nessun terremoto e allora per noi sarà finita.»

Priest capì che Star era un po' scossa. Era abituata a vederlo sempre fiducioso e sicuro di sé. Ma, d'altro canto, non aveva mai fatto una cosa di questo genere.

Mentre tornavano verso il vigneto, Star disse: «Fa' qualcosa con Flower, questa sera».

«Cosa intendi dire?»

«Passa un po' di tempo con lei. Giochi sempre con Dusty.»

Dusty aveva cinque anni. Tutto lo affascinava ed era facile giocare con lui. Flower aveva tredici anni, l'età in cui tutto quello che fanno gli adulti sembra stupido. Priest stava per spiegarglielo, quando capì che Star era stata indotta a parlare anche da un altro motivo.

Pensa che domani potrei morire.

Il pensiero lo colpì come un pugno in faccia. Sapeva che il piano comportava dei rischi, ma aveva sempre considerato il pericolo in relazione a se stesso, all'eventualità di lasciare la comune senza un leader. Non aveva mai pensato a Flower sola al mondo a tredici anni.

«Cosa potrei fare?» chiese.

«Vuole imparare a suonare la chitarra.»

Questa gli giungeva nuova. Lui stesso non era un gran chitarrista, ma sapeva suonare canzoni folk e semplici blues, quel tanto da insegnarle i primi rudimenti. Si strinse nelle spalle. «Okay, cominceremo stasera.»

Tornarono al lavoro ma, qualche minuto dopo, vennero di nuovo interrotti. Slow, con un sorriso da un orecchio all'altro, stava urlando: «Ehi, guardate chi c'è!».

Priest guardò oltre il vigneto. L'unica persona che stava aspettando era Melanie. Era andata a San Francisco per accompagnare Dusty dal padre. Solo lei era in grado di dirgli esattamente dove piazzare il vibratore sismico e lui sarebbe stato in ansia finché non fosse tornata. Ma era troppo presto, e comunque Slow non si sarebbe eccitato così tanto per Melanie.

Vide un uomo scendere dalla collina, seguito da una donna con in braccio un bambino. Priest aggrottò la fronte. A volte passava un anno senza che arrivasse un solo visitatore nella valle. Quel giorno invece era venuto prima il poliziotto e ora arrivava questa gente. Ma erano poi degli estranei? Strinse gli occhi. L'andatura ondeggiante dell'uomo gli era terribilmente familiare. Quando la figura si fu avvicinata, Priest esclamò: «Mio Dio, quello è Bones?».

«Sì, è lui!» Star, esultante, si lanciò incontro ai nuovi arrivati. Spirit si unì ai festeggiamenti, e le corse dietro abbaiando.

Priest li seguì senza fretta. Bones, il cui vero nome era Billy Owens, era un mangiatore di riso, ma aveva amato la vita della comune com'era prima dell'arrivo di Priest, l'esistenza folle e precaria dei primi tempi. Si trovava a proprio agio nell'emergenza, e gli piaceva bere o drogarsi – o entrambe le cose assieme – tutto il giorno. Suonava l'armonica a bocca con geniale vivacità e come accattone era il più abile che avessero mai avuto. Non si era unito a una comune per lavorare, praticare l'autodisciplina e pregare una volta al giorno, così, dopo un paio d'anni, quando divenne chiaro che il regime Star-Priest era destinato a durare, Bones aveva preferito andarsene. Da allora non l'avevano più visto. Ora, dopo più di vent'anni, era tornato.

Star gli gettò le braccia al collo, lo strinse a sé e lo baciò sulla bocca. I due avevano fatto coppia fissa per un po'. In quegli anni, tutti gli uomini della comune erano andati a letto con Star, ma lei aveva avuto un debole per Bones. Priest provò una fitta di gelosia nel vederli abbracciati. Quando si staccarono, si rese conto che Bones non aveva un bell'aspetto. Era sempre stato molto magro, ma ora sembrava stesse morendo di fame. Le chiome ribelli e la barba disordinata erano sempre state una sua caratteristica, ma adesso la barba era rada e pareva che i capelli gli cadessero a ciocche. I jeans e la maglietta erano sudici e uno dei suoi stivali da cow-boy aveva perso il tacco.

È qui perché è nei guai.

Bones presentò loro la donna. Debbie, così si chiamava, era più giovane di lui – non aveva più di venticinque anni – ed era graziosa nonostante i lineamenti tirati. Lei e il bambino, un maschietto di circa diciotto mesi, erano magri e sporchi quasi quanto Bones.

Siccome era l'ora di pranzo, portarono gli ospiti nella cucina da campo. Il pasto consisteva in una zuppa di orzo perlato e verdure coltivate da Garden. Debbie mangiò voracemente e diede da mangiare anche al bimbo, ma Bones ingoiò solo un paio di cucchiaiate e poi si accese una sigaretta.

Parlarono a lungo dei vecchi tempi. «Adesso vi racconto il mio ricordo preferito» disse Bones. «Un pomeriggio, su quella collina lassù, Star mi spiegò cos'era il cunnilingus.» Intorno al tavolo si levarono delle risate leggermente imbarazzate, ma Bones proseguì imperturbabile. «Avevo vent'anni e non sapevo che la gente facesse cose del genere! Rimasi scioccato, ma lei mi fece provare. E il gusto! Ahh!»

«C'erano un sacco di cose che non sapevi» intervenne Star. «Ricordo che non riuscivi a capire come mai a volte ti svegliavi col mal di testa, e io dovetti spiegarti che succedeva perché la sera prima ti eri ubriacato da non stare in piedi.»

Aveva abilmente cambiato argomento. Ai vecchi tempi era del tutto normale parlare di cunnilingus a tavola, ma da quando Bones se n'era andato le cose erano molto cambiate. Nessuno aveva proposto di purgare le conversazioni, era venuto naturale farlo man mano che i bambini, crescendo, cominciavano a capire.

Bones era nervoso, rideva in continuazione, cercava a tutti i costi di essere spiritoso, giocherellava con le cose, fumava una sigaretta dopo l'altra. *Vuole qualcosa. Quanto prima mi dirà di cosa si tratta.*

Mentre sparecchiavano e lavavano i piatti, Bones prese Priest da parte e gli disse. «Vieni. Voglio mostrarti una cosa.» Priest si strinse nelle spalle e andò con lui.

Camminando, Priest tirò fuori un piccolo sacchetto di marijuana e delle cartine. Normalmente i membri della comune non fumavano erba durante il giorno, perché rallentava il lavoro nel vigneto, ma quello era un giorno speciale e Priest sentiva la necessità di calmare i nervi. Mentre risalivano la collina ed entravano nel bosco, si preparò uno spinello con la facilità che gli veniva da una lunga pratica.

Bones si leccò le labbra. «Non hai niente di un po' più... forte?»

«Cosa usi adesso, Bones?»

«Un po' di brown sugar ogni tanto, sai, per schiarirmi il cervello.»

Eroina.

Così Bones era diventato un tossico.

«Non abbiamo ero, qui» gli disse Priest. «Non la usa nessuno.» *E se qualcuno la usasse, mi sbarazzerei di lui in un attimo.*

Priest accese lo spinello.

Quando arrivarono allo spiazzo dove erano parcheggiate le macchine, Bones disse: «Ecco qui».

All'inizio Priest non capì di cosa si trattasse. Era uno strano autocarro vivacemente pitturato in rosso e giallo. Lungo la fiancata era dipinto un mostro che sputava fuoco, insieme ad alcune scritte negli stessi colori vivaci.

Ricordando che Priest non sapeva leggere, Bones spiegò: «La bocca del drago. È una giostra».

Allora Priest capì. Era una di quelle piccole giostre montate su autocarri. Il motore del camion la faceva funzionare, poi le varie componenti venivano smontate e caricate all'interno e il veicolo si spostava verso la tappa successiva.

Priest gli passò lo spinello e chiese: «È tua?».

Bones fece una lunga tirata, trattenne il fumo e poi lo espirò lentamente prima di rispondere. «Mi ci guadagno da vivere da dieci anni. Ma ha bisogno di manutenzione e io non posso permettermi di pagarla. Sono costretto a venderla.»

Priest capì dove voleva arrivare.

Bones fece un'altra tirata dallo spinello e non lo restituì. «Probabilmente vale cinquantamila dollari, ma io ne chiedo diecimila.»

Priest annuì. «Sembra un affare... per qualcuno.»

«Potreste comprarla voi.»

«Che cazzo ci faccio con una giostra, Bones?»

«È un buon investimento. Se capita una brutta annata con il vino, potreste andare in giro con la giostra e tirar su un po' di soldi.»

A volte capitavano annate cattive, contro il maltempo non c'era nulla da fare, ma Paul Beale era sempre disposto a far loro credito. Condivideva gli ideali della comune, anche se non era stato capace di vivere secondo le sue regole. Inoltre sapeva che si sarebbe potuto rifare con la vendemmia seguente.

Priest scosse la testa. «Assolutamente no. Ma ti auguro buona fortuna, amico. Continua a provare, troverai qualcuno che te la compra.»

Bones doveva aver immaginato che si trattava di un tentativo azzardato, e tuttavia pareva in preda al panico. «Priest... a dirla proprio tutta, sono in cattive acque. Potresti prestarmi mille dollari? Mi rimetterebbero in carreggiata.»

Ti faresti fino a perdere la ragione, vuoi dire. E poi, dopo qualche giorno, torneresti al punto di partenza.

«Non abbiamo soldi» gli rispose Priest. «Qui non ne usiamo, non te lo ricordi?»

Bones assunse un'espressione scaltra. «Avrete pure messo da parte qualcosa, no?»

E pensi davvero che lo direi a te?

«Mi dispiace, ma non posso aiutarti.»

Bones annuì. «È un bel problema. Voglio dire, sono davvero nei guai.»

«E non cercare di farmela dietro le spalle, chiedendoli a Star, perché otterresti la stessa risposta» aggiunse Priest. «Mi stai ascoltando?» D'un tratto aveva assunto un tono brusco.

«Certo, certo» fece Bones con aria spaventata. «Calmati, Priest. Calmati, amico.»

«Sono calmo» disse Priest.

Priest era preoccupato: aveva pensato a Melanie per tutto il pomeriggio. Poteva aver cambiato idea decidendo di tornare dal marito, o semplicemente essersi spaventata e aver deciso di filarsela con l'auto: per lui sarebbe stata la fine. Nessun altro sarebbe stato in grado di interpretare i dati contenuti nel dischetto di Michael Quercus per capire dove piazzare il vibratore sismico l'indomani.

Ma, con suo grande sollievo, verso sera Melanie arrivò. Priest le raccontò che Flower era stata arrestata e la avvisò che una o due persone volevano dare a lei la colpa per via del suo modo di vestire provocante. Melanie promise che avrebbe preso degli abiti dallo spaccio.

Dopo cena Priest andò nella capanna di Song a cercare la chitarra. «La usi stasera?» chiese educatamente. Non le avrebbe mai detto "Me la presti?" perché in teoria tutte le proprietà erano in comune, e quindi la chitarra era sua quanto di Song, anche se era stata lei a costruirla. In pratica, però, tutti chiedevano sempre il permesso.

Sedette fuori dalla capanna con Flower e accordò la chitarra. Spirit li osservava attento, quasi volesse anche lui imparare a suonare. «La maggior parte delle canzoni ha tre accordi» cominciò Priest. «Se conosci tre accordi puoi suonare nove canzoni su dieci.»

Le mostrò l'accordo di do. Mentre lei lottava per premere le corde con la punta delle dita morbide, lui studiò il suo volto illuminato dalla luce della sera: la pelle perfetta, i capelli scuri, gli occhi verdi come quelli di Star, la fronte corrugata per la concentrazione. *Devo vivere per prendermi cura di te.*

Vide se stesso alla sua età: un abile criminale già esperto, abituato alla violenza, spinto dall'odio per i poliziotti e dal disprezzo per i normali cittadini così stupidi da farsi derubare. *A tredici anni ero già sulla cattiva strada.* Era deciso a fare in modo che Flower non diventasse come lui. Era cresciuta in una comunità, fra pace e amore, lontana dal mondo che aveva corrotto il piccolo Ricky Granger e ne aveva fatto un delinquente prima ancora che raggiungesse la pubertà. *Le cose andranno bene per te. Ne sono certo.*

Flower suonò l'accordo e Priest si rese conto che, da quando era arrivato Bones, c'era una canzone che continuava a girargli nella testa. Era un brano folk dei primi anni Sessanta che era sempre piaciuto a Star.

Show me the prison
Show me the jail
Show me the prisoner
Whose life has gone stale.

«Ora ti insegno una canzone che la mamma ti cantava sempre quando eri piccola» disse, prendendo la chitarra dalle mani di Flower. «Te la ricordi?» le chiese, e attaccò:

I'll show you a young man
With so many reasons why.

Nella testa sentiva la voce inconfondibile di Star, bassa e sensuale allora come adesso.

There, but for fortune
Go you or I
You or I.

Priest aveva più o meno l'età di Bones, e Bones stava morendo. Priest non aveva dubbi. Presto la ragazza e il bambino lo avrebbero lasciato. Lui avrebbe affamato il proprio corpo per nutrire la scimmia. Sarebbe morto di overdose, o si sarebbe avvelenato con eroina tagliata male, oppure avrebbe abusato del proprio corpo finché questo non avesse ceduto alla broncopolmonite. In un modo o nell'altro era un uomo morto.

Se perderò questo posto, finirò come Bones.

Mentre Flower si sforzava di suonare l'accordo in la minore, Priest si trastullò con l'idea di tornare alla società normale. Fantasticò di andare al lavoro ogni giorno, indossare calze e scarpe, possedere un televisore e un tostapane. Il pensiero gli fece venire il voltastomaco. Non aveva mai vissuto onestamente. Cresciuto in un bordello, la sua scuola era stata la strada, per un breve periodo aveva posseduto un'impresa commerciale quasi lecita, ma per la maggior parte della sua esistenza era stato il leader di una comune hippy isolata dal mondo.

Ripensò all'unica occupazione regolare che aveva avuto. A diciott'anni era andato a lavorare dai coniugi Jenkinson, proprietari del negozio di liquori in fondo alla strada. Allora gli erano sembrati vecchi, ma adesso si rendeva conto che dovevano essere sulla cinquantina. La sua intenzione era stata quella di rimanere da loro il tempo necessario per scoprire dove tenevano i soldi e derubarli. E invece aveva imparato qualcosa di sé.

Scoprì di possedere un insolito talento per l'aritmetica. Ogni mattina il signor Jenkinson metteva dieci dollari di spiccioli in cassa. Man mano che i clienti pagavano e ricevevano il resto – era Priest a servirli, oppure sentiva uno dei Jenkinson pronunciare il totale, «un dollaro e ventinove, signor Roberto», «fanno tre dollari esatti, signore» – era come se le cifre si sommassero da sole nella sua testa. In ogni momento della giornata lui sapeva esattamente quanto denaro c'era in cassa e alla chiusura era in grado di comunicare il totale al signor Jenkinson prima che questi contasse il denaro.

Ascoltando il signor Jenkinson quando parlava con i rappresentanti che venivano in negozio aveva imparato rapidamente il prezzo all'ingrosso e al dettaglio di ogni articolo. Da quel momento la cassa automatica nel suo cervello cominciò a calcolare il guadagno derivante da ogni transazione e lui rimase allibito dai soldi che i Jenkinson riuscivano a mettere insieme *senza rubare a nessuno*. Fece in modo che venissero rapinati quattro volte in un solo mese, quindi si offrì di acquistare il negozio. I Jenkinson rifiutarono e lui organizzò una quinta rapina, ma questa volta si assicurò che la signora Jenkinson venisse malmenata. A questo punto il signor Jenkinson accettò la sua offerta.

Priest prese a prestito il denaro per la caparra dallo strozzino del quartiere e pagò le rate successive con i proventi dell'attività. Non sapeva né leggere né scrivere, ma conosceva sempre la propria situazione finanziaria al centesimo. Nessuno poteva truffarlo. Una volta aveva assunto una donna di mezza età dall'aria rispettabilissima che ogni giorno rubava un dollaro dalla cassa. Alla fine della settimana le detrasse cinque dollari dalla paga, la pestò e le ordinò di non farsi più vedere.

Nel giro di un anno possedeva quattro negozi, dopo due anni era titolare di un florido commercio di liquori all'ingrosso, dopo tre era diventato milionario, alla fine del quarto era scappato.

Ogni tanto si chiedeva cosa sarebbe successo se avesse restituito allo strozzino tutto il denaro che gli doveva, se avesse comunicato al suo contabile le cifre reali da dichiarare al fisco, e chiesto il patteggiamento con il tribunale di Los Angeles per le accuse di frode. Forse adesso sarebbe stato proprietario di un'azienda grande quanto la Coca-Cola, e di una di quelle lussuose ville di Beverly Hills, con giardiniere, piscina e cinque macchine in garage.

Ma sapeva che una cosa del genere non sarebbe mai potuta accadere. Non era da lui. Il tizio che scendeva la scalinata della villa avvolto in un accappatoio bianco e che ordinava alla cameriera del succo d'arancia appena spremuto aveva il volto di qualcun altro. Priest non avrebbe mai potuto vivere in modo convenzionale. Aveva sempre avuto problemi con le regole: non riusciva a obbedire a quelle imposte dagli altri. Per questo doveva continuare a vivere lì.

171

A Silver River Valley io stabilisco le regole, io cambio le regole, io sono le regole.

Flower gli disse che le facevano male le dita.

«Allora è meglio smettere» le consigliò Priest. «Se vuoi, domani ti insegno un'altra canzone.» *Se sarò ancora vivo.*

«A te non fanno male?»

«No, ma io ci sono abituato. Quando è un po' che suoni la chitarra, ti vengono i calli sulla punta delle dita, come sui talloni.»

«Noel Gallagher ha i calli sulle dita?»

«Se è un chitarrista...»

«Certo che lo è! Suona negli Oasis!»

«Be', allora li ha. Ti piacerebbe diventare una musicista?»

«No.»

«Sembri piuttosto decisa. Hai qualche altra idea?»

Flower assunse un'espressione colpevole, come se sapesse che lui avrebbe disapprovato, ma poi trovò il coraggio di rispondere. «Voglio fare la scrittrice.»

Priest sembrò sconcertato. *Tuo padre non sarà mai in grado di leggere quello che scrivi.* Ma finse di essere entusiasta. «Brava! Che genere di scrittrice?»

«Per una rivista. Tipo "Teen", magari.»

«Perché?»

«Conosci delle star e le puoi intervistare, puoi scrivere articoli sulla moda, sul trucco.»

Priest strinse i denti e cercò di dissimulare la propria ripugnanza. «Be', mi piace l'idea che tu voglia fare la scrittrice. Se tu scrivessi racconti e poesie, invece che articoli per le riviste, potresti continuare a vivere a Silver River Valley.»

«Forse» concesse lei, dubbiosa.

Priest si rese conto che Flower non aveva intenzione di passare la vita lì. Ma era troppo giovane per capire. Quando fosse stata abbastanza grande per decidere da sola, l'avrebbe pensata diversamente. *Spero.*

Arrivò Star. «È ora di andare a sentire Truth» disse.

Priest prese la chitarra dalle mani di Flower. «Ora va' a prepararti per dormire.»

Dopo aver lasciato la chitarra da Song, lui e Star si diressero verso lo spiazzo del parcheggio. Melanie era già seduta sul sedile posteriore della 'Cuda con la radio accesa. Indossava una T-shirt gialla e un paio di jeans provenienti dallo spaccio. Entrambi gli indumenti le erano troppo grandi, e lei aveva infilato la maglietta dentro i calzoni e li aveva stretti con una cintura, mettendo in evidenza la vita sottile. Anche così, era molto provocante.

John Truth aveva una voce monocorde e nasale che poteva diventare ipnotica. La sua specialità consisteva nell'affermare le cose che i suoi ascoltatori pensavano ma avevano vergogna di ammettere. In gran parte si trattava delle solite teorie fasciste: l'Aids era una punizione per chi aveva peccato, l'intelligenza si ereditava con la razza, il mondo aveva bisogno di una maggior disciplina, tutti i politici erano stupidi e corrotti, e via dicendo. Il suo pubblico, pensava Priest, era costituito in maggioranza da ciccioni bianchi che avevano imparato quel poco che sapevano nei bar.

«Questo tizio rappresenta proprio quello che odio dell'America» dichiarò Star. «È prevenuto, ipocrita, presuntuoso e maledettamente stupido.»

«Non è una novità» disse Priest. «Ascolta.»

«Leggerò ancora una volta il testo della dichiarazione resa dal segretario di Gabinetto del governatore, Honeymoon» stava dicendo Truth.

Priest si infuriò e Star esclamò: «Quel figlio di puttana!». Honeymoon era l'uomo che stava dietro il progetto di inondare Silver River Valley, e loro lo odiavano.

John Truth proseguì, parlando lentamente e pesando le parole, come se ogni sillaba fosse significativa. «Sentite qua: "L'Fbi ha svolto indagini sulla minaccia comparsa su Internet il primo di maggio. Le indagini hanno appurato che la minaccia è priva di fondamento".»

Priest si sentì mancare. Se lo aspettava, ma rimase comunque sgomento. Aveva sperato almeno in qualche accenno a possibili concessioni. Ma Honeymoon sembrava irremovibile.

Truth proseguì nella lettura del comunicato. «"Il governatore Mike Robson, seguendo le indicazioni dell'Fbi, ha deciso di non prendere alcun provvedimento." Questo, amici, è il comunicato nella sua interezza.» Era chiaro che Truth lo giudicava vergognosamente breve. «Siete soddisfatti? L'ultimatum dei terroristi scade domani. Vi sentite rassicurati? Chiamate John Truth a questo numero, adesso, per dire al mondo quello che pensate.»

«A questo punto dobbiamo agire» dichiarò Priest.

«Be', non m'illudevo certo che il governatore cedesse senza una prova di forza» osservò Melanie.

«Neanch'io» ammise Priest, aggrottando la fronte. «Nel comunicato viene citato due volte l'Fbi. Ho la sensazione che Mike Robson si stia preparando a dare la colpa ai federali, se qualcosa va storto. Sotto sotto, non deve poi essere tanto tranquillo.»

«Quindi, se noi dimostriamo di poter davvero provocare un terremoto...»

«Forse ci ripenserà.»

Star sembrava scoraggiata. «Merda» imprecò. «In fondo in fondo speravo che potessimo evitarlo.»

Priest la fissò allarmato. Non voleva che Star si tirasse indietro proprio adesso. Il suo appoggio gli era necessario per trascinare il resto dei mangiatori di riso. «Possiamo riuscirci senza far del male a nessuno. Melanie ha trovato il posto perfetto.» Si voltò verso il sedile posteriore. «Spiegale tutto.»

Melanie si sporse in avanti e aprì una cartina, in modo che Star e Priest potessero vederla. Ignorava che Priest non era in grado di leggerla. «Questa è la faglia di Owens Valley.» Indicò una linea rossa. «Qui ci sono stati forti terremoti nel 1790 e nel 1872, quindi è il momento giusto perché se ne verifichi un altro.»

174

«Non mi dirai che i terremoti avvengono a intervalli regolari?» volle sapere Star.

«No. Ma la storia della faglia dimostra che l'energia necessaria perché si verifichi un terremoto si accumula in circa un secolo. Il che significa che se riusciamo a dare un colpetto nel punto giusto possiamo provocarne uno.»

«E dove sarebbe questo punto?» chiese Star.

Melanie appoggiò l'indice sulla cartina. «Più o meno qui.»

«Non puoi essere più precisa?»

«No, finché non arriviamo sul posto. I dati di Michael forniscono la localizzazione con un margine di errore di un chilometro e mezzo. Quando vedrò la conformazione della zona, sarò in grado di determinare il punto esatto.»

«E come?»

«Osservando le tracce lasciate dai terremoti precedenti.»

«Okay.»

«Ora, secondo la finestra sismica di Michael, il momento migliore per agire sarà tra l'una e mezzo e le due e venti.»

«Come puoi essere sicura che non ci andrà di mezzo nessuno?»

«Guarda la cartina. La Owens Valley è scarsamente popolata, solo alcune piccole cittadine disseminate lungo il letto di un fiume prosciugato. Il punto che ho scelto si trova a chilometri e chilometri dal primo insediamento umano.»

«E possiamo stare sicuri che il terremoto sarà di debole intensità» aggiunse Priest. «Gli effetti verranno a malapena avvertiti nella città più vicina.» Questo non era affatto certo, anche Melanie lo sapeva, ma lui le lanciò un'occhiata dura e lei si guardò bene dal contraddirlo.

«Se gli effetti verranno a malapena avvertiti» osservò Star, «non gliene fregherà niente a nessuno, e allora perché lo facciamo?»

Si stava mostrando ostile, ma solo perché era tesa. «Abbiamo annunciato che domani avremmo causato un terremoto. Non appena sarà avvenuto, chiamiamo John Truth col cellulare di Melanie e gli diciamo che abbiamo mantenuto la promessa.» *Che momento! Che soddisfazione!*

«Ci crederà?»

«Una volta controllati i sismografi dovrà crederci per forza!» affermò Melanie.

«Immaginate come si sentiranno il governatore e i suoi» disse Priest. Avvertiva l'esultanza nella propria voce. «Specialmente quello stronzo di Honeymoon. Mi sembra di sentirlo: "Oh, merda! Questa gente può davvero provocare i terremoti, amico! E ora che cazzo facciamo?".»

«E poi?» chiese Star.

«Poi minacciamo di provocarne un altro. Ma questa volta non gli diamo un mese di tempo. Gli diamo una settimana.»

«E come faremo arrivare il messaggio? Allo stesso modo del primo?»

Fu Melanie a rispondere. «Meglio di no. Sono sicura che possono monitorare la bacheca elettronica e rintracciare la fonte. E se usiamo una bacheca diversa, è sempre possibile che nessuno noti il nostro messaggio. Sono passate tre settimane prima che John Truth si accorgesse del primo, ricordi?»

«Allora telefoniamo e minacciamo di provocare un secondo terremoto.»

«Solo che il prossimo non sarà nel mezzo del nulla» disse Priest, «ma in una zona dove è realmente possibile causare danni.» Colse l'espressione preoccupata di Star. «Non lo faremo per davvero» aggiunse. «Una volta dimostrato il nostro potere, la sola minaccia dovrebbe essere sufficiente.»

«*Inshallah*» disse Star. Era un'espressione che aveva preso da Poem, che era algerina. «Se Dio vorrà.»

La mattina seguente partirono che era ancora buio pesto.

Il vibratore sismico non era mai stato visto da anima viva nella valle e Priest voleva che le cose restassero così.

176

Sarebbero partiti e tornati col buio. Tra andata e ritorno erano circa ottocento chilometri, undici ore alla guida di un camion la cui velocità massima era di settantacinque chilometri orari. Avrebbero portato la 'Cuda come macchina d'emergenza e Oaktree sarebbe andato con loro per dare il cambio alla guida.

Priest fece luce con una torcia elettrica mentre avanzavano tra gli alberi verso il punto in cui era nascosto il camion. I quattro erano silenziosi, nervosi. Ci misero mezz'ora a togliere i rami che avevano ammucchiato sopra il veicolo.

Quando, finalmente, si sedette al volante e avviò il motore, Priest era molto teso. Ma il motore partì subito, con un ruggito tranquillizzante che lo riempì di esultanza.

Le case della comune erano a più di un chilometro e mezzo di distanza, e Priest era sicuro che nessuno avrebbe udito il rumore, attutito dalla fitta vegetazione del bosco. Più tardi, ovviamente, tutti si sarebbero accorti della loro assenza. Aneth aveva ricevuto l'ordine di dire che erano andati a Napa a vedere un vigneto che Paul Beale voleva mostrare loro, dove era stato piantato un nuovo vitigno ibrido. Era insolito che si allontanassero dalla comune, ma non ci sarebbero state domande perché nessuno osava contraddire Priest.

Accese i fari e Melanie salì sul camion accanto a lui. Priest ingranò la marcia più bassa e portò il pesante veicolo attraverso gli alberi fino al sentiero sterrato, quindi si diresse su per la collina finché si ritrovò sulla carreggiata. I pneumatici da fuoristrada affrontavano agilmente i torrentelli e i pendii fangosi.

Gesù, chissà se funzionerà?

Un terremoto? Ma va'!

E invece deve funzionare.

Imboccò la strada e si diresse verso est. Dopo venti minuti erano usciti dalla Silver River Valley e si immettevano sulla Route 89. Controllò negli specchietti retrovisori e vide Star e Oaktree dietro di loro a bordo della 'Cuda.

177

Melanie, di fianco a lui, appariva calma. Con una certa cautela, Priest le chiese: «Dusty è stato bene ieri sera?».

«Benissimo. Gli piace andare da suo padre. Michael è sempre riuscito a trovare tempo per lui, invece per me mai.»

Non fu il tono amareggiato che lo sorprese quanto il fatto che non avesse paura. Diversamente da lui, Melanie non si arrovellava su ciò che poteva succedere al bambino se quel giorno lei fosse morta. Sembrava assolutamente certa che tutto sarebbe andato per il verso giusto, e che il terremoto non le avrebbe arrecato danni. Forse perché di scosse telluriche ne sapeva molto più di lui? Oppure perché era il genere di persona che finge di non vedere le realtà spiacevoli? Priest non avrebbe saputo dirlo.

L'alba spuntò mentre costeggiavano l'estremità settentrionale del Tahoe Lake. L'acqua immobile sembrava un disco di acciaio lucente caduto in mezzo alle montagne. Il vibratore sismico non sarebbe passato inosservato sulla strada tutta curve che seguiva la riva ricoperta di pini, ma i turisti dormivano ancora e gli unici a vedere il camion furono i pochi lavoratori assonnati diretti al loro posto di lavoro negli alberghi e nei ristoranti.

Al sorgere del sole erano sulla Us 395, al di là del confine col Nevada, lanciati verso sud in uno scenario piatto e deserto. Si fermarono a una tavola calda per camionisti, parcheggiarono il vibratore sismico in modo che non fosse possibile vederlo dalla strada, e fecero una colazione a base di Western omelette bisunte e caffè acquoso.

Rientrando in California la strada saliva tra le montagne e per un paio d'ore godettero di un panorama maestoso fra pendii scoscesi ammantati di foreste, una versione in grande della Silver River Valley. Poi ridiscesero di fianco a una distesa d'acqua argentata che Melanie riconobbe come il Mono Lake.

Poco dopo si trovarono su una strada a due corsie che attraversava in linea retta una vallata lunga e polverosa. La valle si allargò fino a che le montagne diventarono solo un'ombra blu lontana e poi tornò a stringersi. Ai due lati della strada il terreno era roccioso e color marrone bruciato, disseminato di cespugli bassi. Non c'era fiume, ma la pianura ricoperta di sale sembrava una distesa d'acqua in lontananza.

«Questa è la Owens Valley» disse Melanie.

Vedendo quel paesaggio Priest ebbe la sensazione che qualche disastro avesse danneggiato la zona. «Cosa è successo qui?» chiese.

«Il fiume è secco perché l'acqua è stata deviata verso Los Angeles, anni fa.»

Ogni venti o trenta chilometri attraversavano una tranquilla cittadina. Ora non c'era modo di passare inosservati. Il traffico era scarso e ogni volta che si fermavano a un semaforo tutti osservavano incuriositi il vibratore sismico. Se lo sarebbero ricordato in molti. *Sì che l'ho visto, quel coso. Mi sembrava una di quelle macchine per stendere l'asfalto, o qualcosa del genere. Cos'era, poi?*

Melanie accese il computer portatile e aprì la cartina. «Da qualche parte sotto di noi» dichiarò assorta, «due grandi lastre della crosta terrestre sono incastrate una contro l'altra e spingono per liberarsi.»

Priest rabbrividì al pensiero. Stava davvero per liberare quella immane forza distruttiva? *Devo essere pazzo.*

«Più o meno tra dieci, quindici chilometri» disse lei.

«Che ore sono?»

«L'una appena passata.»

Ce l'avevano fatta per un pelo. La finestra sismica si sarebbe aperta tra mezz'ora, per chiudersi cinquanta minuti dopo.

Melanie indicò a Priest di imboccare una strada laterale che incrociava il fondovalle. In realtà era piuttosto un sentiero che si apriva tra massi e cespugli. Benché la zona sembrasse pianeggiante, la strada principale scomparve presto alle loro spalle e riuscivano a vedere solo la parte alta dei camion che passavano.

«Fermati qui» disse Melanie, finalmente.

Priest spense il motore ed entrambi scesero. Il sole picchiava su di loro da un cielo inesorabile. Anche la 'Cuda si fermò e ne uscirono Star e Oaktree, stiracchiando le gambe e le braccia rattrappite dal lungo viaggio.

«Guarda là» disse Melanie. «Vedi quella gola asciutta?» Priest scorse l'alveo che un ruscello, prosciugato da lungo tempo, aveva scavato nel terreno roccioso. Ma, nel punto che Melanie stava indicando, la gola si interrompeva bruscamente, come se fosse stata sbarrata. «È strano» osservò Priest.

«Ora guarda qualche metro più in là, sulla destra.» Priest seguì il movimento del suo dito. L'alveo del ruscello ricominciava altrettanto bruscamente e proseguiva verso il centro della valle. Priest capì. «Quella è la linea di frattura» osservò. «L'ultima volta che c'è stato un terremoto, un intero lato della vallata si è spostato cinque metri più in là.»

«Più o meno.»

«E noi lo faremo succedere di nuovo, vero?» chiese Oaktree, con una nota di sgomento nella voce.

«Ci proviamo» Priest tagliò corto. «E non abbiamo molto tempo.» Quindi si rivolse a Melanie. «Il camion è nel posto giusto?»

«Credo di sì. Qualche metro più in qua o più in là in superficie non dovrebbe fare molta differenza otto chilometri sottoterra.»

«Okay.» Priest esitava. Gli pareva quasi di dover fare un discorso. «Okay, si comincia.»

Salì nella cabina del camion e si sistemò al posto di guida, quindi avviò il motore che metteva in funzione il vibratore. Azionò il comando che abbassava la piastra d'acciaio a contatto col suolo. Programmò il vibratore in modo che funzionasse per trenta secondi a una frequenza media rispetto al suo intervallo operativo. Si voltò a guardare attraverso il finestrino posteriore e controllò gli indicatori di livello. I valori erano normali. Prese il telecomando e scese dal camion.

«È tutto pronto» annunciò.

Salirono a bordo della 'Cuda e Oaktree si mise al volante. Tornarono sulla strada principale, la attraversarono e proseguirono tra i cespugli sull'altro lato. Erano arrivati a metà della collina quando Melanie disse: «Va bene qui».

Oaktree fermò l'auto.

Priest sperava che non fosse possibile vederli dalla strada. Ma in ogni caso non avrebbero potuto farci niente. I colori sbiaditi della 'Cuda, però, si mimetizzavano col paesaggio in cui prevalevano le tonalità marroni.

«Siamo abbastanza lontani?» chiese Oaktree, nervoso.

«Credo di sì» rispose calma Melanie. Non era per niente spaventata. Osservandola, Priest scorse nei suoi occhi una traccia di folle esaltazione, quasi sessuale. Si stava prendendo una rivincita nei confronti dei sismologi che l'avevano respinta, del marito che non l'aveva sostenuta, o del mondo intero? Qualunque fosse la spiegazione, Melanie appariva molto eccitata.

Scesero dall'auto e guardarono dall'altra parte della valle. Riuscivano a scorgere solo la parte alta del camion.

«È stato un errore venire tutti e due» disse Star a Priest. «Se moriamo, Flower non avrà più nessuno.»

«Ha tutta la comune» ribatté Priest. «Tu e io non siamo gli unici adulti cui vuole bene e di cui si fida. È anche per questo che abbiamo scelto di non diventare una famiglia convenzionale.»

Melanie parve leggermente seccata. «Ci troviamo a quattrocento metri dalla faglia, ammesso che corra lungo il fondo della valle» disse in tono sbrigativo. «Sentiremo la terra muoversi, ma non corriamo alcun pericolo. Le persone che restano ferite durante i terremoti di solito sono colpite da parti di edifici: soffitti che cadono, ponti che crollano, vetri rotti, cose del genere. Qui siamo al sicuro.»

Star si voltò a guardare alle proprie spalle. «Non è che quella montagna ci cadrà addosso?»

«Potrebbe. Come potremmo restare uccisi in un incidente stradale tornando a Silver River Valley. Ma è così improbabile che non vale la pena pensarci.»

«È facile per te dirlo... il padre di tuo figlio è a San Francisco, a cinquecento chilometri di distanza.»

«Non mi importa di morire qui» dichiarò Priest. «Non posso crescere i miei figli nella gretta ipocrisia americana.»

«Deve funzionare» mormorò Oaktree. «Deve assolutamente funzionare.»

«Per Dio, Priest, non abbiamo tutta la giornata» lo incalzò Melanie. «Premi quel dannato pulsante.»

Priest guardò prima in alto, poi sulla strada, aspettando che una Jeep Gran Cherokee Limited verde scuro si allontanasse. «Okay» disse, quando la strada fu libera. «Ora.»

Premette il pulsante del telecomando.

Udì immediatamente il rombo del vibratore, sia pur attutito dalla distanza. Avvertì anche la vibrazione sotto la pianta dei piedi, un tremore debole ma inequivocabile.

«Oh, Dio» fece Star.

Intorno al camion si sollevò una nuvola di polvere.

Tutti e quattro erano tesi come corde di violino, pronti a cogliere il minimo movimento del terreno.

Passarono alcuni secondi.

Priest continuava a scrutare il paesaggio, alla ricerca di un qualche segno che annunciasse il terremoto, anche se pensava che avrebbe dovuto sentirlo prima che vederlo.

Su, avanti!

Nelle prospezioni sismiche, gli operatori solitamente programmano il vibratore per una "passata" di sette secondi. Priest lo aveva impostato per trenta. Parve un'ora.

Alla fine il rumore cessò.

«Maledizione!» esclamò Melanie.

Priest si sentì mancare. Non c'era stato alcun terremoto. La macchina non aveva funzionato.

Forse era soltanto una pazza idea hippy, come quella di far levitare il Pentagono.

«Prova di nuovo» lo incitò Melanie.

Priest guardò il telecomando che teneva ancora stretto in mano. *Perché no?*

182

Lungo la Us 395 si stava avvicinando un grande autoarticolato, ma questa volta Priest non aspettò. Se Melanie aveva ragione, il camion avrebbe proseguito indisturbato. Se Melanie aveva torto, sarebbero morti tutti.

Premette il pulsante.

Si levò un rombo lontano, ci fu una percepibile vibrazione nel terreno e una nube di polvere avviluppò il vibratore sismico.

Priest si chiese se la strada si sarebbe aperta sotto il peso del grosso veicolo.

Non accadde nulla.

Questa volta i trenta secondi passarono più in fretta. Priest fu quasi sorpreso quando il rumore si interruppe. *Tutto qui?*

La disperazione si impadronì di lui. Forse la comune di Silver River Valley era un sogno destinato a svanire. *Cosa devo fare? Dove vivrò? Come posso evitare di finire come Bones?*

Ma Melanie non era disposta ad arrendersi. «Spostiamo un poco il camion e riproviamo.»

«Ma hai appena detto che la posizione esatta non conta» osservò Oaktree. «"Qualche metro più in qua o più in là in superficie non dovrebbe fare molta differenza otto chilometri sottoterra." Non hai detto così?»

«Allora lo sposteremo un po' di più» sbottò Melanie adirata. «Andiamo! C'è poco tempo.»

Priest non si oppose. Melanie appariva come trasformata. Di solito gli era facile dominarla. Lei era una fanciulla in difficoltà, lui l'aveva salvata, e lei gliene era così grata che gli avrebbe obbedito per sempre. Ma adesso era lei a comandare, impaziente e autoritaria. Priest poteva sopportarlo, purché riuscisse a fare quello che aveva promesso. L'avrebbe rimessa in riga più tardi.

Salirono sulla 'Cuda e attraversarono a tutta velocità la distesa riarsa per tornare al vibratore sismico. Poi loro due si trasferirono nella cabina del camion e Melanie gli indicò da che parte andare, mentre Oaktree e Star li scortavano a bordo della macchina. Non seguivano più il sentiero, ma tagliavano diritto tra i cespugli. I grossi pneumatici del camion schiacciavano i cespugli e salivano agevolmente sulle pietre, ma Priest si chiese se la 'Cuda ce l'avrebbe fatta. Pensò che Oaktree avrebbe suonato il clacson se si fosse trovato in difficoltà.

Melanie perlustrò con lo sguardo il paesaggio alla ricerca degli elementi rivelatori della linea di frattura. Priest non vide altri corsi d'acqua spostati, ma dopo circa un chilometro Melanie indicò una specie di scogliera in miniatura, alta poco più di un metro. «Il fronte della faglia» spiegò. «Risale a circa cento anni fa.»

«Lo vedo» disse Priest. Nel terreno c'era un avvallamento a forma di scodella; un'interruzione nel bordo indicava il punto in cui la terra si era spostata di lato, come se la scodella si fosse rotta e qualcuno l'avesse incollata in modo maldestro.

«Proviamo qui» fece Melanie.

Priest fermò il camion e abbassò la piastra. Ricontrollò in fretta gli indicatori di livello e impostò il vibratore. Questa volta programmò una passata di sessanta secondi. Quando fu tutto pronto, saltò giù dal camion.

Guardò ansioso l'orologio. Erano le due. Avevano solo venti minuti.

Attraversarono ancora una volta la Us 395 a bordo della 'Cuda e risalirono la collina sull'altro lato. Nessuna delle persone alla guida dei pochi veicoli che passavano parve notarli, ma Priest era nervoso. Prima o poi qualcuno sarebbe venuto a chiedere cosa stessero facendo. Non voleva essere costretto a giustificarsi con un poliziotto curioso o un funzionario comunale ficcanaso. Aveva già pronta una storia plausibile a proposito di un progetto universitario di ricerca sulle caratteristiche geologiche dei corsi d'acqua prosciugati, ma non voleva che qualcuno ricordasse il suo volto.

Scesero tutti dall'auto e guardarono verso l'altro lato della valle dove il vibratore sismico aspettava vicino al piccolo dirupo. Priest si augurò con tutto il cuore di vedere la terra muoversi e aprirsi. *Su, Dio... concedimela questa, d'accordo?*

Premette il pulsante.

Il camion ruggì, la terra tremò leggermente e la polvere si sollevò. La vibrazione andò avanti per un minuto invece che per trenta secondi. Ma non ci fu alcun terremoto. Si allungò solamente l'attesa prima della delusione.

Quando il rombo si spense, Star disse: «Non funziona, vero?».

Melanie le lanciò un'occhiata furiosa. Poi, rivolgendosi a Priest, chiese: «Puoi modificare la frequenza delle vibrazioni?».

«Sì» rispose Priest. «Ora è programmata verso la metà, quindi posso salire o scendere. Perché?»

«C'è una teoria secondo la quale il picco di frequenza può essere un fattore decisivo. Vedi, la terra è continuamente attraversata da deboli vibrazioni. Ma perché ogni volta non avviene un terremoto? Forse perché una vibrazione deve avere la frequenza giusta per smuovere la faglia. Tu sai come fa una nota musicale a mandare in frantumi un bicchiere?»

«Non l'ho mai visto, tranne che nei cartoni animati, ma so cosa vuoi dire. Sì, lo so. Quando il vibratore è usato nelle esplorazioni sismiche, in una passata di sette secondi, viene provocata la variazione della frequenza.»

«Davvero?» Melanie era curiosa. «Perché?»

«Non lo so. Forse così si ottiene una migliore lettura con i geofoni. Comunque non mi sembrava che ci servisse e così non ho selezionato questa funzione. Però posso farlo.»

«Proviamo.»

«Okay. Però dobbiamo sbrigarci. Sono già le due e cinque.»

Saltarono in macchina. Oaktree guidava a velocità sostenuta, sbandando attraverso il deserto polveroso. Priest reimpostò i comandi del vibratore per una passata di frequenza crescente in un intervallo di sessanta secondi.

Mentre tornavano a tutta velocità verso il loro punto di osservazione, guardò di nuovo l'orologio. «Sono le due e un quarto» disse. «Questa è la nostra ultima possibilità.» «Non ti preoccupare» ribatté Melanie. «Sono a corto di idee. Se non funziona, questa volta mi arrendo.» Oaktree fermò l'auto e scesero di nuovo.

Priest trovava così deprimente il pensiero di rifare tutta la strada verso Silver River Valley senza nulla da festeggiare che avrebbe potuto sfasciare il camion sull'autostrada e finirla lì. Poteva essere un buon modo per uscire di scena. Si chiese se Star sarebbe stata disposta a morire con lui. *Mi sembra di vederlo: noi due insieme, un'overdose di sedativi, una bottiglia di vino per mandare giù le pillole...*

«Cosa stai aspettando?» chiese Melanie. «Sono le due e venti. Schiaccia quel maledetto pulsante!»

Priest lo premette.

E ancora una volta il camion ruggì e la terra tremò, mentre una nuvola di polvere si alzava dal terreno tutto intorno alla piastra di acciaio. Questa volta però il rombo non restò costante, ma iniziò come un brontolio sordo per farsi via via più acuto.

E poi successe.

La terra sotto i piedi di Priest sembrò incresparsi come il mare quando è mosso. Gli parve che qualcuno lo avesse afferrato per una gamba e lo tirasse verso il basso. Cadde di piatto sulla schiena, con violenza. Il colpo gli mozzò il fiato.

Star e Melanie gridarono all'unisono, Melanie lanciando uno strillo acuto, Star con un urlo profondo pieno di paura. Priest le vide cadere, Melanie vicino a lui, Star qualche passo più in là. Oaktree barcollò, mantenendo l'equilibrio per qualche istante, ma alla fine cadde anche lui.

Priest era posseduto da un terrore silenzioso. *Me la sono voluta. Ecco, sto per morire.*

Si udì un rumore simile a quello di un treno lanciato a piena velocità. La polvere si alzò dal terreno, piccole pietre volarono per aria, i massi più grandi presero a rotolare tutto intorno.

La terra continuava a muoversi come se qualcuno si fosse attaccato all'estremità di un tappeto e non volesse smettere di scuoterlo. Priest fu sopraffatto da una sensazione di incredibile smarrimento, come se all'improvviso il mondo fosse diventato un luogo del tutto estraneo. Era terrificante.

Non sono pronto a morire.

Priest prese fiato e si mise faticosamente in ginocchio. Poi, mentre tentava di rimettersi in piedi, Melanie lo afferrò per un braccio e lo tirò giù di nuovo. «Lasciami andare, stupida troia!» le urlò, ma non riusciva neppure a sentire le proprie parole.

La terra si sollevò e lo scaraventò a valle, lontano dalla 'Cuda. Melanie gli cadde addosso. Priest pensò che l'auto poteva capovolgersi e schiacciarli, e cercò di rotolare via. Non riusciva a vedere né Star né Oaktree. Un cespuglio sradicato e irto di spine lo colpì sul viso, graffiandolo. Gli entrò della polvere negli occhi e per un attimo non vide più nulla. Perse l'orientamento. Si rannicchiò a palla, coprendosi il volto con le braccia, e attese la morte.

Cristo, se proprio devo morire, vorrei tanto morire con Star.

Poi, così come erano iniziate, le scosse cessarono di colpo. Priest non avrebbe saputo dire se erano durate dieci secondi o dieci minuti.

Un attimo dopo, anche il rumore cessò.

Priest si sfregò gli occhi e si alzò. Lentamente la vista gli si schiarì. Vide Melanie ai suoi piedi, allungò una mano e la tirò su. «Stai bene?» le chiese.

«Credo di sì» rispose lei, sconvolta.

La polvere nell'aria si diradò un poco e lui vide Oaktree che si rimetteva in piedi, barcollante. Dov'era Star? E poi la vide. Giaceva supina, qualche passo più in là, gli occhi chiusi. Il suo cuore vacillò. *Fa' che non sia morta, Dio, ti prego. Fa' che non sia morta.* Le si inginocchiò accanto. «Star!» chiamò. «Stai bene?»

Lei aprì gli occhi. «Gesù, che botta!» esclamò.

Priest sorrise, ricacciando indietro lacrime di sollievo.

La aiutò a rialzarsi.

«Siamo tutti vivi» disse.

La polvere si stava depositando velocemente. Guardò verso l'altro lato della valle e vide il camion. Non si era rovesciato e sembrava intatto. A qualche metro di distanza c'era un grande squarcio nel terreno che attraversava a perdita d'occhio il centro della valle da nord a sud.

«Che mi venga un colpo» disse piano. «Guardate un po' là.»

«Ha funzionato» esclamò Melanie.

«Ce l'abbiamo fatta» si udì la voce di Oaktree. «Porco mondo, abbiamo provocato un terremoto della madonna!»

Priest li guardò sorridendo. «Proprio così.»

Baciò Star, baciò Melanie. Anche Oaktree le baciò tutt'e due. Star baciò Melanie. Tutti ridevano. Poi Priest si mise a ballare. Improvvisò una danza indiana di guerra, lì, in mezzo alla valle ferita, gli stivali che risollevavano la polvere che si era appena depositata. Star si unì a lui, e poi Melanie, e anche Oaktree, e tutti e quattro si misero a ballare in tondo, urlando, schiamazzando e ridendo fino alle lacrime.

Parte seconda
SETTE GIORNI

8

Quel venerdì segnava la fine della peggior settimana della sua carriera, e Judy Maddox stava tornando a casa.

Non riusciva a capire cosa avesse fatto per meritare quanto le era accaduto. Certo, aveva urlato contro il suo capo, ma lui si era mostrato ostile nei suoi confronti prima ancora che lei perdesse la calma, quindi doveva esserci un altro motivo. Il giorno precedente era andata a Sacramento con l'intenzione di offrire un'immagine efficiente e competente dell'Fbi e invece aveva finito col sembrare confusa e incapace. Si sentiva frustrata e depressa.

Dopo l'incontro con Al Honeymoon non era successo niente di buono. Aveva interpellato per telefono parecchi sismologi chiedendo loro se fossero a conoscenza di faglie sottoposte a valori particolarmente critici di tensione. E poi, chi aveva accesso a quei dati, e se si trattava di persone in qualche modo riconducibili a gruppi terroristici.

Ma quei sismologi non le erano stati d'aiuto. La maggior parte dei professori universitari aveva studiato negli anni Sessanta e Settanta, quando l'Fbi aveva sul libro paga tutti i leccapiedi dei campus perché spiassero i movimenti di protesta. Era passato tanto tempo, ma non avevano dimenticato. Per loro l'Fbi era ancora il nemico. Judy capiva il loro stato d'animo, ma avrebbe voluto che non opponessero quella resistenza passiva nei confronti di agenti che lavoravano nell'interesse di tutti.

L'ultimatum del Martello dell'Eden scadeva quel giorno, e non c'era stato nessun terremoto. Judy si sentiva molto sollevata, anche se ciò dimostrava che aveva sbagliato a prendere la faccenda così sul serio. Forse la cosa sarebbe finita lì. Si consolò pensando che avrebbe passato un week-end di tutto relax. Il tempo era magnifico: caldo e soleggiato. Quella sera avrebbe preparato pollo fritto per Bo e aperto una bottiglia di vino. L'indomani doveva andare al supermercato, ma domenica poteva arrivare fino a Bodega Bay e starsene seduta sulla spiaggia a leggere un libro come le persone normali. Lunedì probabilmente le avrebbero assegnato un nuovo incarico. Forse avrebbe potuto ricominciare da capo.

Pensò di chiamare la sua amica Virginia per chiederle se voleva andare alla spiaggia con lei. Ginny era la sua più vecchia amica. Aveva la sua stessa età, era anche lei figlia di un poliziotto, e lavorava come direttore commerciale di una società di vigilanza. Ma poi Judy si rese conto che non era una compagnia femminile quella che desiderava. Sarebbe stato bello starsene sdraiati sulla spiaggia accanto a un uomo. Era passato un anno da quando lei e Don si erano lasciati: non era mai stata così a lungo senza un amante dai tempi dell'adolescenza. Al college si era data piuttosto da fare, forse persino troppo; quando lavorava alla Mutual American Insurance aveva avuto una relazione con il suo capo; poi aveva vissuto con Steve Dolen per sette anni ed era stata sul punto di sposarlo. Pensava spesso a Steve. Era bello, intelligente e gentile... troppo gentile, forse, perché alla fine lei aveva cominciato a considerarlo un debole. Forse voleva l'impossibile. Forse tutti gli uomini gentili e rispettosi erano in fondo dei deboli, mentre quelli forti, come Don Riley, finivano con lo scoparsi le segretarie.

Il cellulare dell'auto si mise a squillare. Non era necessario sollevare il ricevitore: dopo due squilli entrava automaticamente in funzione il viva voce. «Pronto?» disse. «Parla Judy Maddox.»

«Sono tuo padre.»

«Ciao, Bo. Vieni a casa per cena? Pensavo di fare...»

Lui la interruppe. «Accendi la radio, svelta» disse. «Sintonizzati su John Truth.»

Cristo! E ora cosa c'è? Accese la radio. Era sintonizzata su una stazione di musica rock. Pigiò un tasto programmato e trovò la stazione di San Francisco che trasmetteva il programma di John Truth in diretta. La sua parlata nasale riempì l'abitacolo.

Parlava con il tono lento e solenne di quando voleva far capire che quello che stava per dire era di importanza tale da scuotere il mondo. «Il responsabile del Servizio sismologico dello stato della California ha confermato che oggi c'è stato un terremoto... proprio il giorno annunciato dal Martello dell'Eden. È avvenuto alle due e venti del pomeriggio nella Owens Valley, secondo quanto è stato dichiarato dalla portavoce del Martello dell'Eden nella telefonata che abbiamo appena ricevuto a questa trasmissione.»

Mio Dio... l'hanno fatto!

Judy era elettrizzata. Dimenticò ogni frustrazione, e la depressione svanì. Si sentì di nuovo piena di vita.

«Tuttavia il Servizio sismologico ha negato che questo o qualsiasi altro terremoto possa essere stato causato da un gruppo terroristico» proseguì John Truth.

Era vero? Judy doveva scoprirlo. Cosa ne pensavano gli altri sismologi? Doveva assolutamente fare qualche telefonata. Poi sentì John Truth che diceva: «Tra un attimo ascolterete una registrazione della telefonata del Martello dell'Eden».

Li hanno registrati!

Quello poteva rivelarsi un errore decisivo da parte dei terroristi. Forse loro non lo sapevano, ma una voce registrata poteva fornire un'enorme quantità di informazioni, se sottoposta all'analisi di Simon Sparrow.

«Bene, cosa ne pensate?» proseguì John Truth. «Credete al Servizio sismologico? O siete convinti che stia solo cercando di tranquillizzare l'opinione pubblica? O siete un sismologo e volete farci sapere la vostra opinione di addetto ai lavori? O siete solo un cittadino preoccupato e pensate che le autorità dovrebbero essere preoccupate quanto voi? Chiamate *John Truth Live* a questo numero, ora, e diteci cosa ne pensate *voi*.»

Partì lo stacco pubblicitario di un grande negozio di mobili e Judy abbassò il volume. «Sei ancora lì, Bo?»

«Certo.»

«Sono stati loro, vero?»

«Così sembrerebbe.»

Judy si chiese se suo padre fosse davvero perplesso oppure se fosse solamente cauto. «Cosa ti suggerisce l'istinto?»

Lui le diede un'altra risposta ambigua. «Che questa gente è molto pericolosa.»

Judy si sforzò di calmare il proprio cuore che andava a mille, e mettere a fuoco la prossima mossa. «Sarà meglio che chiami Kincaid...»

«Per dirgli cosa?»

«La notizia... un momento.» Bo stava cercando di farle capire qualcosa. «Tu non pensi che dovrei chiamarlo.»

«Io penso che dovresti chiamare il tuo capo quando avrai da comunicargli qualcosa che non può apprendere dalla radio.»

«Hai ragione.» Passando in rassegna le possibilità, Judy cominciò a sentirsi più calma. «Credo che tornerò al lavoro» disse e svoltò a destra.

«Okay. Io sarò a casa più o meno tra un'ora. Chiamami se vuoi che ti prepari la cena.»

Judy provò un improvviso moto di affetto nei suoi confronti. «Grazie, Bo. Sei un padre fantastico.»

Lui rise. «E tu sei una figlia fantastica. A più tardi.»

«A più tardi.» Judy premette il pulsante che chiudeva la comunicazione, quindi alzò il volume della radio.

Sentì una voce bassa e sensuale. «Qui è il Martello dell'Eden con un messaggio per il governatore Mike Robson.»

L'immagine che le venne in mente era quella di una donna matura con un seno prosperoso e un ampio sorriso, una persona gradevole ma eccentrica.

È questo il nemico?

Il tono di voce cambiò e la donna mormorò: «Merda, non mi aspettavo di parlare con un magnetofono».

Non è la mente che sta dietro all'azione. È troppo stupida. Prende di certo istruzioni da qualcun altro.

La donna assunse nuovamente il tono di voce formale e continuò. «Come promesso, oggi, a quattro settimane dal nostro ultimo messaggio, abbiamo provocato un terremoto. È avvenuto nella Owens Valley, poco dopo le due. Potete controllare.»

Un debole rumore di sottofondo le causò una breve interruzione.

Cos'era?

Simon lo scoprirà.

Un attimo dopo la donna proseguì. «Non riconosciamo l'autorità del governo degli Stati Uniti. Ora sapete che siamo in grado di mantenere quello che promettiamo. Fareste meglio a riflettere sulla nostra richiesta. Vogliamo che sia annunciato il blocco alla costruzione di nuove centrali elettriche in California. Avete sette giorni di tempo per pensarci.»

Sette giorni! L'ultima volta ci avevano dato quattro settimane.

«Dopo di che provocheremo un altro terremoto. Solo che questa volta non sarà nel deserto. Se ci costringerete, faremo gravi danni.»

Un'escalation della minaccia attentamente pianificata. Gesù, questa gente mi fa paura.

«Anche noi non lo vorremmo, ma non abbiamo scelta. Fate come diciamo e questo incubo finirà.»

John Truth prese la parola. «Ecco, questa era la voce del Martello dell'Eden, il gruppo che afferma di aver provocato il terremoto che oggi pomeriggio ha sconvolto la Owens Valley.»

Judy voleva quel nastro. Abbassò il volume della radio e compose il numero di casa di Raja. Era single, poteva sacrificare il suo venerdì sera.

Quando rispose, lei disse: «Ciao, sono Judy».

«Non posso, ho i biglietti per l'opera!» fu la risposta immediata.

Lei esitò un attimo, poi decise di stare al gioco. «Cosa danno?»

«Uhm... *Le nozze di Macbeth*.»

Judy represse una risata. «Di Ludwig Sebastian Wagner?»

«Esatto.»

«Non raccontare palle. Questa sera si lavora.»

«Merda!»

«Perché non ti sei inventato un complesso rock? Ci sarei cascata.»

«Continuo a dimenticare quanto sei vecchia.»

Judy scoppiò a ridere. Raja aveva ventisei anni, lei trentasei. «Lo prenderò come un complimento.»

«Cosa c'è da fare?» Non sembrava affatto riluttante.

Judy tornò seria. «Okay, ascolta bene. Questo pomeriggio c'è stato un terremoto nella zona orientale dello stato e il Martello dell'Eden ne ha rivendicato la paternità.»

«Uau! Allora questa gente fa sul serio.» Sembrava più eccitato che spaventato. Era giovane ed entusiasta e non aveva ancora riflettuto sulle implicazioni.

«John Truth ha mandato in onda un loro messaggio registrato. Bisogna che tu vada alla stazione radio e ti faccia dare il nastro.»

«Corro.»

«Assicurati che ti diano l'originale, non una copia. Se ti creano difficoltà, tu digli che possiamo ottenere un mandato del tribunale nel giro di un'ora.»

«Nessuno crea difficoltà a me. Stai parlando con Raja, ricordi?»

Era vero. Ci sapeva fare. «Porta il nastro a Simon Sparrow e digli che ho bisogno di qualcosa per domani mattina.»

«Ci puoi contare.»

Chiuse la comunicazione e tornò ad ascoltare John Truth. Stava dicendo: «... per la verità un terremoto di poco conto, di magnitudo tra cinque e sei».

Come diavolo avevano fatto?

«Non ci sono stati danni alle persone o alle cose, ma le scosse sono state chiaramente avvertite dalla popolazione di Bishop, Bigpine, Independence e Lone Pine.»

Judy si rese conto che qualcuna di quelle persone doveva per forza aver visto i responsabili. Era necessario andare là e cominciare a interrogarle appena possibile.

Dov'era avvenuto esattamente il terremoto? Aveva bisogno di parlare con un esperto.

Il primo che le venne in mente fu il responsabile del Servizio sismologico. Ma aveva dato prova di una mentalità ristretta, escludendo categoricamente la possibilità di un terremoto provocato dall'uomo. Non la ispirava. Ci voleva qualcuno disposto a prendere in considerazione tutte le ipotesi. Pensò a Michael Quercus. Poteva anche essere un rompiballe, ma non esitava a fare ipotesi azzardate. Per di più stava a Berkeley, dall'altra parte della baia, mentre il responsabile del Servizio sismologico era a Sacramento.

Se si fosse presentata da lui senza un appuntamento si sarebbe rifiutato di riceverla. Con un sospiro, Judy compose il numero di Quercus.

Per un po' non ci fu risposta e lei pensò che non fosse in casa. Dopo sei squilli, invece, rispose. «Quercus.» Sembrava infastidito per essere stato disturbato.

«Sono Judy Maddox dell'Fbi. Ho bisogno di parlarle. È urgente e vorrei venire da lei subito.»

«È fuori discussione. Sono con una persona.»

Avrei dovuto saperlo che sarebbe stato difficile. «Magari dopo che il suo incontro è terminato?»

«Non è un incontro e non terminerà fino a domenica.»

Già.

C'era una donna, pensò Judy. Eppure, la prima volta

che gli aveva parlato, lui le aveva detto che non frequentava nessuna donna. Stranamente ricordava ancora le sue parole: «Sono separato da mia moglie e non ho una ragazza». Forse le aveva mentito. Oppure si trattava di una relazione appena nata. Ma non doveva essere tanto nuova, se lui prevedeva che si trattenesse tutto il week-end. D'altro canto, era abbastanza arrogante da dare per scontato che una ragazza andasse a letto con lui al primo appuntamento, ed era così bello che probabilmente un sacco di ragazze lo avrebbero fatto.

Non capisco perché sono così interessata alla sua vita amorosa.

«Ha ascoltato la radio?» gli chiese. «C'è stato un terremoto, e i terroristi di cui le ho parlato affermano di essere stati loro a provocarlo.»

«Davvero?» Ora sembrava incuriosito. «E dicono la verità?»

«È proprio di questo che intendevo discutere con lei.»

«Capisco.»

Avanti, testardo figlio di buona donna... cedi, per una volta nella vita.

«È davvero importante, professore.»

«Vorrei tanto aiutarla... ma questa sera davvero non è possibile... no, aspetti.» La sua voce si abbassò – aveva appoggiato la mano sul ricevitore – ma lei riuscì ugualmente a distinguere le parole. «Ehi, hai mai conosciuto un vero agente dell'Fbi?» Judy non riuscì a sentire la risposta, ma un attimo dopo Quercus disse: «Okay, il mio ospite gradirebbe incontrarla. Può venire da me».

A Judy non piaceva l'idea di venire esibita come una specie di attrazione da circo, ma non aveva scelta. «Grazie, sarò lì tra venti minuti.»

Mentre attraversava il ponte, pensò che né Raja né Michael si erano mostrati spaventati. Raja era eccitato, Michael molto interessato. Anche lei era elettrizzata dall'improvvisa accelerazione assunta dal caso; ma, se ripensava al terremoto del 1989 e alle immagini televisive dei soccorritori che estraevano i cadaveri dalle macerie della sopraelevata Nimitz Freeway, proprio lì a Oakland, se rifletteva sulla possibilità che un gruppo di terroristi fosse in grado di fare una cosa del genere, si sentiva raggelare.

Per rilassarsi, cercò di immaginare l'ospite di Michael Quercus. Aveva visto una fotografia della moglie, uno schianto di rossa con il fisico da modella e l'espressione imbronciata. *Pare che gli piacciano i tipi esotici.* Ma si erano lasciati, quindi forse lei non era davvero il suo tipo. Il suo tipo doveva essere una professoressa, occhiali alla moda, taglio di capelli perfetto, niente trucco. D'altro canto, quel genere di donna non avrebbe neppure attraversato la strada per conoscere un agente dell'Fbi. Probabilmente aveva rimorchiato una svampita tutta sesso e sulla quale era facile fare colpo. Judy si immaginò una ragazza in abiti attillati, che fumava e masticava gomma allo stesso tempo, e si guardava intorno nell'appartamento dicendo: «Davvero hai letto tutti questi libri?».

Non capisco perché sono ossessionata dalla sua amichetta quando ho così tante cose di cui preoccuparmi.

Trovò Euclid Street e parcheggiò sotto lo stesso albero di magnolia. Suonò il campanello e si aprì il portone. Lui venne ad accoglierla sulla soglia a piedi nudi, in jeans e maglietta bianca che gli conferivano una gradevole aria vacanziera. *Una ragazza poteva anche divertirsi a fare la stupida con lui per un intero week-end.* Lo seguì nel suo soggiorno-studio.

Lì, con suo enorme stupore, vide un ragazzino sui cinque anni, con i capelli chiari e le lentiggini, che indossava un pigiama tutto a dinosauri. Dopo un attimo riconobbe in lui il bambino della foto sulla scrivania. Il figlio di Michael. Era lui l'ospite per il week-end. Si sentì in colpa per aver immaginato una bionda svampita. *Sono stata ingiusta con te, professore.*

«Dusty, ti presento l'agente speciale Judy Maddox» disse Michael.

Il ragazzino le strinse educatamente la mano e chiese: «Davvero sei dell'Fbi?».

«Sì.»

«Uau!»

«Vuoi vedere il mio distintivo?» Lo prese dalla borsa e glielo diede. Lui lo contemplò con aria reverente.

«A Dusty piace guardare *X-Files*» spiegò Michael.

Judy sorrise. «Io non lavoro nella squadra astronavi, do la caccia ai normali criminali terrestri.»

«Mi fai vedere la tua pistola?» la pregò Dusty.

Judy esitò. Sapeva che i ragazzini erano affascinati dalle armi, ma non le piaceva incoraggiare questo interesse. Lanciò un'occhiata a Michael, il quale si strinse nelle spalle. Judy sbottonò la giacca e tirò fuori l'arma dalla fondina sotto l'ascella.

Mentre compiva quel gesto, si accorse che Michael le stava guardando il seno e provò un improvviso brivido di eccitazione. Ora che non si comportava da persona intrattabile era quasi affascinante, con i piedi nudi e la T-shirt fuori dai calzoni.

«Le pistole sono molto pericolose, Dusty, quindi la tengo io. Ma tu puoi guardarla.»

Il volto di Dusty intento a osservare la pistola aveva la stessa espressione di quello di Michael quando lei si era sbottonata la giacca. Quel pensiero la fece sorridere.

Dopo un attimo rimise l'arma nella fondina.

«Noi stavamo per mangiare un po' di Cap'n Crunch» fece Dusty, con studiata cortesia. «Ne vorresti un po' anche tu?»

Judy era impaziente di parlare con Michael, ma capì che sarebbe stato più disponibile se lei si fosse dimostrata amichevole e avesse dato corda al bambino. «Come sei gentile» disse. «Lo mangerei proprio volentieri.»

«Andiamo in cucina.»

Si sedettero tutti e tre intorno al tavolo dal ripiano in laminato plastico e mangiarono i cereali col latte in tazzoni di ceramica blu. Judy si rese conto di avere davvero fame:

in fondo era ora di cena. «Mio Dio» disse, «avevo dimenticato quant'è buono il Cap'n Crunch.»

Michael scoppiò a ridere. Judy era allibita dalla sua trasformazione. Era rilassato e cordiale. Sembrava una persona del tutto diversa dal cerbero che l'aveva costretta a tornarsene in ufficio e a telefonargli per chiedere un appuntamento. Stava cominciando a piacerle.

Finito di cenare, Michael preparò Dusty per la notte.

«L'agente Judy può raccontarmi una storia?» chiese il piccolo al padre.

Judy vinse la propria impazienza. *Ho sette giorni. Posso aspettare altri cinque minuti.* «Forse preferisce raccontartela il tuo papà, visto che non lo può fare spesso come vorrebbe.»

«Non c'è problema» disse Michael con un sorriso. «Io ascolterò.»

Andarono in camera da letto. «Non conosco molte storie, ma ne ricordo una che mi raccontava sempre la mia mamma» spiegò Judy. «È la leggenda del drago gentile. Ti andrebbe di ascoltarla?»

«Sì» rispose Dusty.

«Anche a me» aggiunse Michael.

«C'era una volta, tanto, tanto tempo fa, un drago gentile che viveva in Cina, il posto da cui vengono tutti i draghi. Un giorno il drago gentile andò a fare un giretto. Ma si allontanò così tanto che uscì dalla Cina e si perse in una landa desolata.

«Dopo giorni e giorni di cammino giunse in un altro territorio, molto più a sud. Era il paese più bello che avesse mai visto, con foreste, montagne, e valli fertili, e fiumi in cui fare il bagno. C'erano banani e gelsi carichi di frutti maturi. Lì faceva sempre caldo e c'era una piacevole brezza.

«Ma c'era una cosa che non andava. Era una terra completamente disabitata. Non ci viveva nessuno: né persone né draghi. E così, benché quella terra gli piacesse moltissimo, il drago gentile si sentiva terribilmente solo.

«Però non sapeva come tornare a casa e così continuò a girare, alla ricerca di qualcuno che gli facesse compagnia. Alla fine, un bel giorno, trovò una persona che viveva là... una principessa delle fiabe. Era così bella che lui se ne innamorò subito. Ora, la principessa era sola pure lei, e anche se il drago aveva un aspetto spaventoso, aveva un animo gentile, e così lei lo sposò.

«Il drago gentile e la principessa delle fiabe si amarono moltissimo ed ebbero cento figli, tutti coraggiosi e d'animo gentile come il padre, e belli come la madre.

«Il drago gentile e la principessa si presero cura dei loro figli finché questi non furono tutti cresciuti. Poi, di colpo, tutti e due i genitori scomparvero. Erano andati a vivere per l'eternità nel mondo dello spirito, in amore e armonia. E i loro figli diventarono il popolo bello, coraggioso e gentile del Vietnam. Che è il paese da cui veniva la mia mamma.»

Dusty era stupefatto. «È una storia vera?»

Judy sorrise. «Non lo so. Forse.»

«Comunque è proprio bella» disse Michael e diede il bacio della buonanotte a Dusty.

Mentre usciva dalla stanza, Judy sentì Dusty che bisbigliava: «È simpatica, vero?».

«Sì» rispose Michael.

Quando si ritrovarono in soggiorno, Michael disse: «Grazie. È stata davvero fantastica».

«Non è stato difficile. È un tale tesoro.»

Michael annuì. «Ha preso tutto dalla mamma.»

Judy sorrise.

Michael fece una smorfia. «Vedo che non mi contraddice.»

«Non ho mai conosciuto sua moglie. In foto è bellissima.»

«Lo è... ma è anche infedele.»

Era una confidenza inaspettata, da parte di un uomo che le era parso tanto orgoglioso. Provò un'immediata simpatia per lui, però non seppe cosa rispondere.

Rimasero entrambi in silenzio per un attimo. Poi Michael disse: «Ora basta parlare della famiglia Quercus. Mi racconti del terremoto».

Finalmente. «È avvenuto nella Owens Valley, questo pomeriggio alle due e venti.»

«Colleghiamoci col sismografo.» Michael sedette alla scrivania e batté sui tasti del computer. Judy si scoprì a guardargli i piedi nudi. Alcuni uomini avevano piedi orribili, ma i suoi erano ben fatti e dall'aspetto forte, con le unghie accuratamente tagliate. La pelle era bianca e c'era un ciuffetto di peli scuri sugli alluci.

Lui non si accorse di questo esame. «Quando i terroristi hanno enunciato la loro minaccia, quattro settimane fa, hanno specificato il luogo?»

«No.»

«Uhm. Dal punto di vista scientifico una previsione di terremoto può essere presa in considerazione se indica data, località e magnitudo. Questa gente ha comunicato solo una data. Non è molto convincente. In California si registra un terremoto più o meno ogni giorno, da qualche parte. È possibile che si siano attribuiti la responsabilità di un evento del tutto naturale.»

«Può dirmi il punto esatto in cui si è verificato il sisma di oggi?»

«Sì. Posso calcolare l'epicentro con la triangolazione. In realtà, è il computer a farlo automaticamente. Devo solo stampare le coordinate.» Dopo un attimo la stampante emise un ronzio.

«C'è modo di sapere che cosa ha provocato il terremoto?» chiese Judy.

«Intende dire se dal grafico è possibile stabilire se è stato causato da un intervento umano? Sì, dovrebbe essere possibile.»

«E come?»

Cliccò sul mouse e orientò lo schermo verso di lei. «Un normale terremoto è preceduto da un graduale accavallarsi di scosse iniziali, scosse minori, rilevabili solo dal sismografo. Al contrario, quando il terremoto viene scatenato da un'esplosione, non ci sono scosse iniziali... il grafico inizia con un picco caratteristico.» Tornò a voltarsi verso il computer.

Doveva essere un buon insegnante, pensò Judy. Spiegava le cose con chiarezza, ma doveva essere inflessibile con gli allievi negligenti. Il tipo che faceva prove scritte a sorpresa e rifiutava di ammettere alle lezioni i ritardatari.

«Strano» disse.

Judy, in piedi alle sue spalle, osservò lo schermo. «Cosa c'è di strano?»

«Il tracciato.»

«Non vedo alcun picco.»

«No. Non c'è stata esplosione.»

Judy non sapeva se essere sollevata o delusa. «Allora il terremoto è avvenuto naturalmente?»

Lui parve incerto. «Non ne sono sicuro. Ci sono delle scosse iniziali, ma non ne avevo mai viste di simili.»

Judy era un po' delusa. Michael aveva promesso di scoprire se la rivendicazione del Martello dell'Eden fosse plausibile. Ora sembrava perplesso. «Perché? Cos'hanno di strano?» chiese.

«Sono troppo regolari. Sembrano artificiali.»

«Artificiali?»

Michael annuì. «Non so cosa abbia causato queste vibrazioni, ma non sembrano naturali. Penso che i terroristi abbiano fatto qualcosa, ma non saprei dire cosa.»

«Può scoprirlo?»

«Spero di sì. Chiamerò un po' di gente. Un sacco di colleghi staranno già studiando questi tracciati. Fra tutti dovremmo essere in grado di capirci qualcosa.»

Non sembrava troppo sicuro, ma Judy pensò che per il momento doveva accontentarsi. Per quella sera Michael le aveva detto tutto ciò che poteva. Ora lei doveva recarsi sulla scena del crimine. Prese il foglio uscito dalla stampante. Indicava una serie di riferimenti cartografici.

«Grazie per avermi ricevuto» disse. «Le sono davvero riconoscente.»

«È stato un piacere» fece lui, rivolgendole un ampio sorriso che mise in mostra denti bianchissimi.

«Passi un buon week-end con Dusty.»

«Grazie.»

Judy salì in macchina e tornò in città. Sarebbe andata in ufficio e avrebbe consultato gli orari delle linee aeree su Internet, per vedere se l'indomani mattina presto c'era un volo per una località vicina alla Owens Valley. Doveva anche accertare quale ufficio operativo dell'Fbi avesse giurisdizione sulla Owens Valley, per avvertirli delle sue intenzioni. Poi avrebbe chiamato lo sceriffo e lo avrebbe fatto venire sul posto.

Arrivò al 450 di Golden Gate Avenue, parcheggiò nel garage sotterraneo, e salì con l'ascensore. Passando davanti all'ufficio di Brian Kincaid udì delle voci. Stava ancora lavorando.

Era un momento buono come un altro per metterlo al corrente delle novità. Entrò nell'anticamera e bussò alla porta che immetteva nell'ufficio più interno.

«Avanti» disse lui.

Judy entrò. Si sentì mancare il cuore quando vide che Kincaid era in compagnia di Marvin Hayes.

Lei lo odiava cordialmente e ne era ricambiata. Seduto davanti alla scrivania, Marvin indossava un completo estivo beige con una camicia bianca e una cravatta nera e oro. Era un bell'uomo, con capelli scuri tagliati cortissimi e un paio di baffi molto curati. Sembrava l'immagine stessa della competenza, ma in realtà era tutto ciò che un tutore dell'ordine non dovrebbe essere: indolente, brutale, avventato e senza scrupoli. Lui, dal canto suo, la giudicava noiosa e pignola.

Sfortunatamente, Brian Kincaid lo trovava simpatico, e adesso Brian era il capo.

Quando Judy entrò, i due uomini trasalirono assumendo un'espressione colpevole: stavano certo parlando di lei. Per metterli ancora più in imbarazzo, disse: «Vi ho interrotto?».

«Stavamo discutendo del terremoto» fece Brian. «Hai saputo?»

«Certo. Ci sto lavorando. Il sismologo con cui ho appena parlato sostiene che le scosse iniziali sono del tutto atipiche, ma è sicuro che siano artificiali. Mi ha dato le coordinate esatte dell'epicentro. Domani mattina andrò nella Owens Valley a cercare possibili testimoni.»

I due uomini si scambiarono un'occhiata complice. «Judy, nessuno può provocare un terremoto» obiettò Brian.

«Non lo sappiamo.»

«Ho interpellato due sismologi, stasera» dichiarò Marvin «e tutti e due mi hanno detto che è impossibile.»

«Gli scienziati non concordano...»

Brian la interruppe. «Siamo convinti che i terroristi non si siano mai neppure avvicinati alla Owens Valley. Hanno saputo del terremoto e ora ne rivendicano la responsabilità.»

Judy si accigliò. «Questo è il mio caso» disse. «Come mai Marvin va in giro a interrogare sismologi?»

«Questo caso sta diventando molto importante» rispose Brian. Di colpo Judy capì cosa sarebbe successo e si sentì invadere da una collera impotente. «Anche se siamo convinti che i terroristi non possano mettere in atto quello che affermano, possono comunque farsi un sacco di pubblicità. Non credo che tu sia in grado di gestire questo caso.»

Judy si sforzò di contenere la propria rabbia. «Non puoi togliermi un caso senza motivo.»

«Oh, un motivo ce l'ho» disse, e prese un fax posato sulla scrivania. «Ieri hai avuto una discussione con un agente della polizia stradale. Ti ha fermato per eccesso di velocità. Secondo quanto è scritto qui, hai reagito in malo modo e ti sei rifiutata di fargli vedere la patente.»

«Gli ho mostrato il distintivo, per Dio!»

Brian la ignorò. Judy si rese conto che non era minimamente interessato ai particolari. L'incidente con il poliziotto della stradale era solo un pretesto. «Sto organizzando una squadra speciale che si occupi del Martello dell'Eden» proseguì. Deglutì, imbarazzato, poi sollevò il mento con un gesto aggressivo e concluse: «Ho chiesto a Marvin di assumere la direzione della squadra. Non ha bisogno di te. Tu non ti occupi più di questo caso».

9

Priest quasi non riusciva a crederci.

Ho provocato un terremoto. Ce l'ho fatta.

Alla guida del camion, diretto verso nord sulla Us 395, con Melanie al suo fianco e Star e Oaktree che lo seguivano sulla 'Cuda, lasciò scatenare la sua fantasia. Immaginò un giornalista televisivo pallido in volto che dava la notizia: il Martello dell'Eden aveva mantenuto la promessa, disordini nelle strade, la gente in preda al panico in seguito alla minaccia di un altro terremoto, il governatore Robson che, davanti al palazzo del Campidoglio, annunciava sconvolto il blocco della costruzione di nuove centrali elettriche in California.

Forse era troppo ottimista. Forse la gente non era ancora sul punto di farsi prendere dal panico e il governatore non avrebbe ceduto subito. Ma sarebbe stato per lo meno costretto a discutere con loro.

Come avrebbe agito la polizia? L'opinione pubblica si aspettava che catturasse i responsabili. Il governatore si era rivolto all'Fbi, ma nessuno sapeva chi fosse questa gente che si faceva chiamare il Martello dell'Eden, non vi era alcun indizio. La loro missione era pressoché impossibile.

Una cosa, però, era andata storta quel giorno e Priest non poteva evitare di preoccuparsene. Quando Star aveva chiamato John Truth, non aveva parlato con una persona in particolare, ma aveva lasciato un messaggio registrato. Priest avrebbe voluto fermarla, ma se n'era accorto troppo tardi.

Una voce sconosciuta su un nastro non sarebbe servita molto per le indagini, rifletté, ma in ogni caso avrebbe preferito che non avessero in mano neppure quell'esile traccia.

Trovava sorprendente che il mondo proseguisse come se niente fosse. Automobili e camion transitavano come sempre sull'autostrada, la gente faceva una sosta per mangiare da Burger King, una pattuglia della polizia stradale aveva fermato un giovane su una Porsche rossa, alcuni operai addetti alla manutenzione potavano i cespugli lungo la strada. Si era aspettato che fossero tutti sotto shock.

Cominciò a chiedersi se il terremoto fosse realmente avvenuto. Si era forse immaginato tutto, come quando si è sotto l'effetto della droga? Aveva visto con i suoi occhi lo squarcio nella terra che si era aperto nella Owens Valley... eppure il terremoto sembrava più lontano e irreale adesso di quando era solo nella sua mente. Aveva assolutamente bisogno di una conferma pubblica: un notiziario televisivo, una foto sulla copertina di una rivista, la gente che ne parlava al bar o in coda alla cassa di un supermercato.

Nel tardo pomeriggio, mentre si trovavano al di là del confine, in Nevada, Priest si fermò a una stazione di rifornimento. La 'Cuda lo imitò. Mentre Priest e Oaktree facevano il pieno sotto il sole quasi al tramonto, Melanie e Star andarono in bagno.

«Spero che parlino di noi nel notiziario» disse Oaktree nervoso.

Condivideva l'inquietudine di Priest. «Come potrebbe essere diversamente?» replicò questi. «Abbiamo provocato un terremoto!»

«Le autorità potrebbero tenerlo segreto.»

Al pari di molti vecchi hippy, Oaktree era convinto che il governo esercitasse un controllo sulle notizie. Priest non lo riteneva possibile, sarebbe stato troppo difficile. Era piuttosto dell'idea che fosse il pubblico a operare la censura. Nella comune si rifiutavano di comperare giornali o guardare programmi televisivi che mettessero in discussione i loro pregiudizi.

La considerazione di Oaktree, però, gli diede da pensare. Non sarebbe stato difficile nascondere un terremoto di lieve intensità in una località sperduta.

Entrò a pagare. L'aria condizionata lo fece rabbrividire. Il commesso aveva la radio accesa dietro il banco. Priest pensò che avrebbe potuto sentire il notiziario. Chiese l'ora al cassiere: mancavano cinque minuti alle sei. Dopo aver pagato, Priest indugiò, fingendo di osservare uno scaffale pieno di riviste mentre ascoltava Billy Jo Spears che cantava *Fifty-seven Chevrolet*. Melanie e Star uscirono dal bagno insieme.

Finalmente cominciò il notiziario.

Per indugiare ancora un po', Priest scelse con calma alcuni dolciumi e li portò al banco, continuando ad ascoltare la radio.

La prima notizia riguardava il matrimonio di due attori che impersonavano due vicini di casa in una sit-com. E chi se ne frega? Priest ascoltava con impazienza, battendo il piede. Poi fu la volta di un reportage sulla visita del presidente in India. Priest si augurò che almeno imparasse un mantra. Il cassiere batté il totale delle barrette dolci e Priest pagò. Sarebbe stata la volta del terremoto? No, la terza notizia riguardava una sparatoria in una scuola di Chicago.

Priest si avviò lentamente verso la porta, seguito da Melanie e Star. Un altro cliente stava entrando per pagare dopo aver fatto il pieno alla sua Jeep Wrangler.

Finalmente lo speaker disse: «Il gruppo di ecoterroristi "il Martello dell'Eden" ha rivendicato la paternità di un terremoto di lieve intensità avvenuto nella Owens Valley, nella California orientale».

«Sì!» bisbigliò Priest e batté il palmo della mano sinistra contro la destra chiusa a pugno in un gesto di trionfo.

«Non siamo terroristi!» sibilò Star.

Lo speaker proseguì. «Il sisma si è verificato nel giorno indicato da un precedente messaggio del gruppo, ma il responsabile del Servizio sismologico dello stato, Matthew Bird, ha negato che questo o qualsiasi altro terremoto possa essere stato causato dall'azione dell'uomo.»

«Bugiardo!» esclamò Melanie sottovoce.

«La rivendicazione è stata fatta mediante una telefonata al nostro talk-show di prima serata, il *John Truth Live*.»

Mentre si avviava verso l'uscita, Priest trasalì e si fermò di colpo: era la voce di Star quella che usciva dalla radio. Stava dicendo: «Non riconosciamo l'autorità del governo degli Stati Uniti. Ora sapete che siamo in grado di mantenere quello che promettiamo. Fareste meglio a riflettere sulla nostra richiesta. Vogliamo che sia annunciato il blocco alla costruzione di nuove centrali elettriche in California. Avete sette giorni di tempo per pensarci».

«Oh, Cristo... questa sono io!» esclamò Star.

«Shh!» fece Priest e si voltò a guardare dietro di sé. L'uomo della Jeep Wrangler stava parlando col cassiere intento a passare la sua carta di credito attraverso un lettore. Nessuno dei due parve aver notato l'esclamazione di Star.

«Il governatore Mike Robson non ha commentato in alcun modo questa seconda minaccia. Lo sport, oggi...»

Uscirono.

«Mio Dio!» Star era sconvolta. «Hanno trasmesso la mia voce! E adesso cosa farò?»

«Sta' calma» le disse Priest. Non si sentiva per niente calmo neppure lui, ma riusciva a controllarsi bene. Mentre tornavano alle macchine, disse a voce bassa e in tono pacato: «Nessuno al di fuori della nostra comune conosce la tua voce. Sono più di venticinque anni che non scambi parola con un estraneo. E le persone che potrebbero ricordarsi di te dai tempi di Haight-Ashbury non sanno dove vivi adesso».

«Forse hai ragione» replicò Star, poco convinta.

«L'unica eccezione che mi viene in mente è Bones. Potrebbe sentire la registrazione e riconoscere la tua voce.»

«Non ci tradirebbe mai. Bones è un mangiatore di riso.»

«Non so. I tossici farebbero qualsiasi cosa.»

«E gli altri... Dale e Poem, per esempio?»

«Già, sono un problema» ammise Priest. Non c'erano radio nelle capanne, ma ce n'era una a bordo del pick-up della comune, che Dale ogni tanto guidava. «Se succede, dovremo dir loro la verità.» *Oppure ricorrere alla "soluzione Mario". No. Non potrei mai farlo con Dale o Poem. O sì?*

Oaktree li stava aspettando al volante della 'Cuda. «Su, ragazzi, ci muoviamo?» chiese.

Star gli spiegò brevemente quello che avevano sentito. «Fortunatamente, nessuno al di fuori della comune conosce la mia voce... oh, Cristo! Mi è venuta in mente una cosa.» Si rivolse a Priest. «L'agente incaricato della libertà vigilata... nell'ufficio dello sceriffo!»

Priest imprecò. Certo. Star aveva parlato con lui solo il giorno prima. La paura lo assalì. Se l'agente aveva sentito la registrazione e riconosciuto la voce di Star, avrebbero trovato lo sceriffo e i suoi agenti ad attenderli alla comune.

Ma non era detto che il poliziotto avesse sentito il notiziario. Priest doveva assolutamente accertarsene. Ma come? «Chiamo l'ufficio dello sceriffo» annunciò.

«E cosa gli dici?» chiese Star.

«Non lo so. Qualcosa mi verrà in mente. Aspettatemi.»

Rientrò, si fece cambiare un po' di spiccioli dal cassiere e andò al telefono pubblico. Chiamò l'operatore e si fece dare il numero dell'ufficio dello sceriffo di Silver City. Lo compose. Gli tornò in mente il nome dell'agente con cui avevano parlato. «Mi passi il signor Wicks, per favore» disse.

«Billy non c'è» rispose una voce cordiale.

«Ma l'ho visto ieri.»

«È partito ieri sera per Nassau. A quest'ora se ne starà sdraiato su una spiaggia a bere birra e ad ammirare i bikini che gli passano davanti, beato lui. Tornerà fra un paio di settimane. Desidera parlare con qualcun altro?»

Priest riattaccò.

Gesù, che colpo di fortuna!

Uscì. «Dio è con noi» annunciò agli altri.

«Cosa?» lo incalzò Star. «Cosa è successo?»

«Il tizio se n'è andato in vacanza proprio ieri. Resterà a Nassau per due settimane. Non credo che la radio laggiù trasmetta il messaggio di Star. Siamo salvi.»

Lei quasi si accasciò per il sollievo. «Grazie a Dio.»

Priest aprì la portiera del camion. «Su, rimettiamoci in marcia.»

Mancava poco alla mezzanotte quando Priest imboccò col vibratore sismico il sentiero tortuoso e accidentato che attraversava il bosco e conduceva alla comune. Riportò il camion nel suo nascondiglio. Benché fosse buio pesto e fossero tutti esausti, si accertò che ogni centimetro quadrato del veicolo fosse ricoperto di vegetazione, in modo che non fosse possibile vederlo dal cielo. Quindi salirono tutti a bordo della 'Cuda per percorrere l'ultimo tratto di strada.

Accese l'autoradio per ascoltare il notiziario di mezzanotte. Questa volta, il terremoto costituiva la notizia principale. «Oggi il nostro show, il *John Truth Live*, ha giocato un ruolo centrale nella vicenda del Martello dell'Eden, il gruppo di ecoterroristi che afferma di poter provocare terremoti» disse una voce concitata. «Dopo che una scossa di modesta entità ha colpito la Owens Valley, nella parte orientale della California, una donna che sostiene di essere portavoce del gruppo ha chiamato John Truth affermando che sono stati loro a causare il sisma.»

Quindi la stazione mandò in onda per esteso il messaggio di Star.

«Merda» borbottò lei, ascoltando la propria voce.

Priest non poteva fare a meno di sentirsi angosciato. Era sicuro che questo non sarebbe stato di alcuna utilità alla polizia, ma non tollerava l'idea che Star si fosse esposta in quel modo. Ora gli appariva terribilmente vulnerabile, e lui aveva una voglia matta di annientare i suoi nemici e difenderla.

Dopo aver trasmesso il messaggio, lo speaker proseguì: «Questa sera l'agente speciale Raja Khan ci ha requisito la registrazione, che verrà sottoposta ad analisi psicolinguistica da parte degli esperti dell'Fbi».

La notizia colpì Priest come un pugno nello stomaco.

«Cosa cazzo è la psicolinguistica?» chiese.

«È un termine che non ho mai sentito, ma credo che studi il linguaggio di una persona per trarre conclusioni sulla sua psicologia.»

«Non sapevo che fossero così furbi» commentò Priest preoccupato.

«Non te la prendere troppo, amico» disse Oaktree. «Possono analizzare la mente di Star finché vogliono, ma questo non gli fornirà il suo indirizzo.»

«No, immagino di no.»

«Non c'è stato alcun commento da parte del governatore Mike Robson» stava dicendo lo speaker, «ma il direttore dell'ufficio operativo dell'Fbi di San Francisco ha annunciato una conferenza stampa per domani mattina. Ora le altre notizie...»

Priest spense la radio. Oaktree parcheggiò la 'Cuda accanto alla giostra di Bones. Questi l'aveva coperta con un grande telone per proteggere la vernice colorata. Dunque aveva intenzione di fermarsi per un po'.

Scesero lungo la collina e attraversarono il vigneto diretti verso il villaggio. La cucina e la capanna dei bambini erano buie. Dietro alla finestra di Apple si vedeva la luce tremolante di una candela – lei soffriva di insonnia e le piaceva leggere fino a tardi – mentre dalla capanna di Song provenivano deboli accordi di chitarra. Le altre capanne erano buie e silenziose. Solo Spirit venne a salutar-

214

li, agitando festoso la coda alla luce della luna. Si diedero la buona notte e troppo stanchi per celebrare la vittoria si ritirarono nelle loro capanne.

Era una notte calda. Priest si sdraiò nudo sul letto a pensare. Nessun commento da parte del governatore, ma una conferenza stampa dell'Fbi la mattina dopo. La cosa lo preoccupava. A questo punto il governatore avrebbe dovuto essere nel panico più assoluto e dichiarare: "L'Fbi ha fatto fiasco, non possiamo permetterci un altro terremoto, devo parlare con questa gente". Priest si sentiva spiazzato. Riusciva sempre a fare quello che voleva studiando le persone, intuendo quello che realmente volevano dal modo in cui ti guardavano, sorridevano, incrociavano le braccia, si grattavano la testa. Stava cercando di manipolare il governatore, ma era difficile senza un contatto visivo. Cosa aveva in mente l'Fbi? Che significato aveva quella storia dell'analisi psicolinguistica?

Doveva saperne di più. Non poteva starsene lì sdraiato ad aspettare che il nemico agisse.

Si chiese se fosse il caso di chiamare l'ufficio del governatore per parlare direttamente con lui. Sarebbe riuscito a farselo passare? E in quel caso, sarebbe riuscito a scoprire qualcosa di più? Poteva valere la pena di tentare. Ma non gli piaceva la posizione in cui si sarebbe venuto a trovare: un postulante che chiedeva il privilegio di parlare col grande uomo. La sua strategia era quella di imporre la propria volontà, non di chiedere un favore.

Gli venne in mente che sarebbe potuto andare alla conferenza stampa.

Era pericoloso: se lo avessero scoperto, sarebbe stata la fine.

Ma l'idea lo tentava. Fingersi un reporter era il genere di cose che faceva ai gloriosi vecchi tempi. Era portato a compiere azioni temerarie: rubare la Lincoln bianca per darla a "faccia di maiale" Riley, accoltellare il detective Jack Kassner nel bagno del Blue Light Bar, offrirsi di acquistare il Fourth Street Liquor Store dai Jenkinson. Era sempre riuscito a cavarsela con colpi a effetto.

Avrebbe potuto fingere di essere un fotografo. Avrebbe chiesto in prestito a Paul Beale una macchina fotografica sofisticata. Melanie poteva farsi passare per giornalista. Era abbastanza bella da distrarre qualsiasi agente dell'Fbi. A che ora era la conferenza stampa?

Si alzò dal letto, calzò i sandali e uscì. Al chiarore della luna trovò la strada per la capanna di Melanie. Lei era seduta sul bordo del letto, nuda, e si spazzolava i lunghi capelli rossi. Sentendolo entrare, alzò gli occhi e sorrise. La luce della candela illuminava il contorno del suo corpo, creando un alone dietro le belle spalle, i capezzoli, le ossa delle anche e il triangolino di peluria rossa fra le cosce. Priest si sentì mancare il respiro.

«Ciao» lo salutò.

Gli ci volle qualche istante per ricordarsi perché era andato là. «Ho bisogno del cellulare» disse.

Lei lo guardò imbronciata. Non era quello che si aspettava da un uomo che l'aveva sorpresa nuda.

Lui le rivolse il suo sorriso da ragazzaccio cattivo. «Ma potrei anche gettarti a terra, violentarti, e poi usare il tuo telefono.»

Lei sorrise. «Non c'è problema. Puoi pure telefonare prima.»

Priest afferrò il telefono, ma poi si fermò. Melanie aveva avuto un atteggiamento autoritario per tutto il giorno, e lui aveva lasciato correre perché lei era la sismologa, ma adesso basta. Non gli piaceva che lei gli facesse delle concessioni. Non era così che doveva andare il loro rapporto.

Si sdraiò sul letto, tenendo in mano il telefono e fece abbassare la testa di Melanie verso l'inguine. Lei esitò un attimo, poi fece quello che lui voleva.

Per qualche minuto Priest rimase così, a godersi la piacevole sensazione.

Poi chiamò il numero del servizio informazioni.

Melanie si interruppe, ma lui la afferrò per i capelli e le

tenne la testa ferma. Lei rimase un attimo incerta, come se pensasse di ribellarsi, ma subito dopo ricominciò.

Così va meglio.

Priest si fece dare il numero dell'Fbi di San Francisco e poi chiamò.

«Fbi» rispose una voce maschile.

Come sempre, l'ispirazione non gli mancò. «Qui è la stazione radio Kcar di Carson City, parla Dave Horlock. Vogliamo mandare un reporter alla conferenza stampa di domani. Potrebbe dirmi indirizzo e ora esatta?»

«Abbiamo già battuto un'agenzia» rispose l'uomo.

Maledetto bastardo scansafatiche. «Non sono in ufficio» ribatté Priest improvvisando. «E il nostro reporter dovrà partire molto presto domani mattina.»

«È a mezzogiorno, qui al Federal Building al 450 di Golden Gate Avenue.»

«Occorre un invito o l'ingresso è libero?»

«Non ci sono inviti. Occorre solo un normale accredito stampa.»

«Grazie per le informazioni.»

«Di quale stazione radio ha detto di essere?»

Priest tolse la comunicazione.

Accredito. Come faccio?

«Spero che non abbiano rintracciato la chiamata» disse Melanie, interrompendosi.

Priest rimase sorpreso. «Perché dovrebbero farlo?»

«Non lo so. Magari l'Fbi controlla tutte le telefonate in arrivo.»

«Possono farlo?» chiese lui aggrottando la fronte.

«Certo. Con i computer.»

«Be', non sono stato al telefono abbastanza a lungo.»

«Priest, non siamo più negli anni Sessanta. Non ci vuole tanto tempo, il computer può riuscirci in nanosecondi. Devono solo controllare i tabulati della compagnia telefonica per scoprire a chi appartiene il numero della persona che ha chiamato all'una meno tre del mattino.»

Priest non aveva mai sentito la parola "nanosecondo",

ma immaginava cosa significasse. Adesso era preoccupato per davvero. «Merda» disse. «E possono capire dove siamo?»

«Solo se il telefono è acceso.»

Priest si affrettò a spegnerlo.

Cominciava a essere snervato. Troppe volte, quel giorno, era stato preso in contropiede: prima dalla registrazione della voce di Star, poi dall'analisi psicolinguistica, e ora dalla novità che i computer potevano rintracciare le telefonate. Cos'altro non aveva previsto?

Scosse la testa. Pensava in maniera negativa. Con la cautela e la preoccupazione non si arrivava da nessuna parte. Immaginazione e nervi saldi erano la sua forza. L'indomani sarebbe andato alla conferenza stampa, avrebbe trovato un modo per entrare e avrebbe capito cosa aveva in mente il nemico.

Melanie si sdraiò sul letto, chiuse gli occhi e disse: «È stata una giornata faticosa».

Priest osservò il suo corpo. Gli piaceva guardare i suoi seni. Gli piaceva il modo in cui si muovevano, ondeggiando, quando camminava. Gli piaceva vederla mentre si toglieva la maglia alzando le braccia e i seni si sollevavano con i capezzoli ritti. Gli piaceva quando si metteva il reggiseno e se li sistemava nelle coppe. Adesso che lei era sdraiata di schiena, erano come appiattiti e formavano un rigonfiamento verso l'esterno, i capezzoli morbidi, a riposo.

Aveva bisogno di liberare la mente dalle preoccupazioni. L'altro metodo per farlo era la meditazione, ma quello migliore era lì davanti a lui.

Si inginocchiò sul letto chinandosi su di lei. Quando le baciò il seno Melanie emise un sospiro di piacere e gli accarezzò i capelli, ma non sollevò le palpebre.

Con la coda dell'occhio Priest colse un movimento. Lanciò uno sguardo verso la porta e vide Star avvolta in una vestaglia di seta rossa. Priest sorrise: sapeva quello che aveva in mente, aveva già fatto altre volte quel genere di cose. Lei sollevò le sopracciglia con aria interrogativa. Priest annuì. Allora Star entrò e chiuse la porta senza far rumore.

Priest succhiava il capezzolo rosa di Melanie, prendendolo tra le labbra e leccandolo con la punta della lingua, poi lo lasciava andare e ripeteva la stessa sequenza più volte. Lei gemeva di piacere.

Star si slacciò la vestaglia e la lasciò cadere a terra, restando lì a guardare e accarezzandosi piano il seno. Il suo corpo era molto diverso da quello di Melanie: la pelle leggermente abbronzata, e non candida, le anche e le spalle più larghe, i capelli neri e folti, invece che rossi e fini. Dopo un attimo, si chinò e baciò l'orecchio di Priest, poi gli fece correre una mano lungo la schiena, scese giù tra le gambe, accarezzandolo e stringendolo.

Il respiro di lui accelerò.

Piano, piano, assapora questo momento.

Star si inginocchiò di fianco al letto e cominciò ad accarezzare il seno di Melanie mentre Priest continuava a succhiarle i capezzoli.

Melanie sentì che c'era qualcosa di diverso. I gemiti cessarono, il suo corpo si irrigidì e lei aprì gli occhi. Quando vide Star lanciò un urlo soffocato.

Star sorrise senza smettere di accarezzarla. «Hai un corpo bellissimo» sussurrò. Priest rimase a guardarla, come in trance, mentre lei si chinava su Melanie e prendeva l'altro seno in bocca.

Melanie li spinse via tutti e due e si tirò su a sedere di colpo. «No!» urlò.

«Rilassati» le disse Priest. «Va tutto bene.» Le passò le dita tra i capelli.

Star cominciò ad accarezzarle l'interno della coscia. «Ti piacerà» le disse. «Una donna sa fare certe cose molto meglio di un uomo. Vedrai.»

«No» ripeté Melanie e serrò le gambe.

Priest capì che non avrebbe funzionato e si sentì deluso. Gli piaceva stare a guardare Star che si abbassava su

219

un'altra donna e si dedicava al suo corpo fino a farla impazzire di piacere. Ma Melanie era troppo spaventata.

Star non si arrese. La sua mano scivolò lungo la coscia di Melanie, e le sue dita sfiorarono delicatamente il triangolo di peli rossi.

«No!» Melanie le allontanò la mano con violenza.

Il colpo era stato forte e Star esclamò: «Ahi! Perché l'hai fatto?».

Melanie la spinse via e saltò giù dal letto. «Perché sei vecchia e grassa e non ho voglia di fare sesso con te.»

Star rimase a bocca aperta e Priest trasalì.

Melanie andò a passo deciso verso la porta e l'aprì. «Lasciatemi in pace, per favore!» intimò.

Con grande sorpresa di Priest, Star si mise a piangere.

«Melanie!» disse lui, indignato.

Ma, prima che questa potesse rispondere, Star era già uscita.

Melanie sbatté la porta.

«Sei stata piuttosto cattiva, bambina» la rimproverò Priest.

Lei riaprì la porta. «Puoi andartene anche tu, se è così che la pensi. Lasciami in pace!»

Priest era scioccato. In venticinque anni, nessuno lo aveva mai cacciato da una casa nella comune. E ora prendeva ordini da una bella ragazza completamente nuda, rossa in volto per la rabbia, l'eccitazione o tutte e due le cose. A rendere la situazione ancora più umiliante, aveva un'erezione che sembrava l'asta di una bandiera.

Sto perdendo il mio dominio? Il pensiero lo turbava. Era sempre riuscito a imporre la propria volontà, specialmente lì alla comune. Preso alla sprovvista, fu sul punto di obbedire. Si avviò verso la porta senza dire una parola.

Ma poi si rese conto che non poteva arrendersi. Se lasciava che Melanie prendesse il sopravvento, non avrebbe avuto più potere su di lei. E lui aveva bisogno di tenerla sotto controllo. Lei era fondamentale per la riuscita del suo piano. Non sarebbe stato in grado di provocare un altro terremoto senza il suo aiuto. Non poteva permettere che affermasse la propria indipendenza in quel modo. Era troppo importante. Si voltò e la guardò, nuda, in piedi, con le mani sui fianchi. Cosa voleva? Quel giorno era stata lei a tenere in mano la situazione, alla Owens Valley, per via della sua esperienza, e questo le aveva dato il coraggio di esibire il suo pessimo carattere. Ma in cuor suo non desiderava essere indipendente... altrimenti non si sarebbe trovata lì. Preferiva che qualcuno le dicesse cosa fare. Ecco perché aveva sposato il suo professore. E dopo averlo lasciato si era messa con un'altra figura dominante, il leader di una comune. Quella sera si era ribellata perché non voleva dividerlo con un'altra donna. Probabilmente temeva che Star glielo portasse via. E l'ultima cosa che voleva era che lui se ne andasse.

Priest chiuse la porta.

Con tre passi attraversò la stanza e le si piantò davanti. Era ancora rossa in volto per la rabbia e ansimava. «Sdraiati» le ordinò.

Melanie sembrò turbata, ma si sdraiò.

«Apri le gambe» le disse.

Dopo un attimo obbedì.

Priest si stese sopra di lei. Quando la penetrò, Melanie lo circondò con le braccia stringendolo forte a sé. Con deliberata violenza lui si mosse rapido dentro di lei, che sollevò le gambe cingendogli i fianchi. Sentì i suoi denti mordergli la spalla. Faceva male, ma gli piaceva. Melanie aprì la bocca, respirando forte. «Oh, cazzo!» disse, con voce profonda e gutturale. «Priest, brutto figlio di puttana, ti amo.»

Quando si svegliò, Priest andò nella capanna di Star.

Era sdraiata su un fianco, aveva gli occhi aperti e fissava la parete. Appena lui si sedette sul letto, lei cominciò a piangere.

Priest baciò le sue lacrime. Gli si stava rizzando di nuovo. «Parlami» le sussurrò.

«Lo sapevi che Flower mette a dormire Dusty?»

Non era questo che si aspettava. Che importanza aveva? «Non lo sapevo» disse.

«Non mi piace.»

«Perché no?» chiese, cercando di non lasciar trasparire la propria irritazione. *Ieri abbiamo provocato un terremoto e oggi ti metti a piangere per i bambini?* «È decisamente meglio che rubare poster dei divi del cinema a Silver City.»

«Ma tu hai una nuova famiglia!» sbottò lei.

«Cosa diavolo significa?»

«Tu, Melanie, Flower e Dusty. Siete come una famiglia. E per me non c'è posto.»

«Certo che c'è» rispose lui. «Tu sei la madre di mia figlia, sei la donna che amo. Come potrebbe non esserci posto per te?»

«Mi sono sentita così umiliata questa notte...»

Le accarezzò i seni attraverso il cotone della camicia da notte. Lei appoggiò la mano sulla sua e la premette contro il proprio corpo.

«Il gruppo, quella è la nostra famiglia» le disse. «È sempre stato così. I problemi della classica famiglia americana, madre, padre e due figli, non ci toccano.» Stava ripetendo le cose che aveva imparato proprio da lei tanti anni prima. «Noi siamo un'unica grande famiglia. Ognuno ama tutti e si prende cura di tutti. In questo modo non dobbiamo mentirci a vicenda o mentire a noi stessi a proposito del sesso. Tu puoi divertirti con Oaktree o con Song, e io so che vuoi comunque bene a me e a nostra figlia.»

«Ma sai una cosa, Priest? Nessuno, prima di adesso, ci aveva mai respinti, né me, né te.»

Non esistevano regole su chi poteva fare sesso con chi, ma ovviamente nessuno era costretto a fare l'amore se non ne aveva voglia. Però, ora che ci pensava, Priest non riusciva a ricordare una sola occasione in cui una donna lo avesse respinto. Evidentemente era stato lo stesso per Star... fino all'arrivo di Melanie.

Un repentino senso di sgomento si impadronì di lui. Era stata una sensazione frequente, nelle ultime settimane: era la paura che la comune stesse crollando, che lui stesse perdendo il potere, e che tutto quello che amava fosse in pericolo. Gli pareva di perdere l'equilibrio, quasi che il pavimento d'un tratto cominciasse a muoversi e il terreno diventasse improvvisamente cedevole e infido, proprio come era accaduto nella Owens Valley il giorno prima. Cercò di soffocare l'ansia. Doveva restare calmo. Solo lui poteva tener viva la lealtà degli altri e mantenere unito il gruppo. Doveva restare calmo.

Si sdraiò accanto a lei e le accarezzò i capelli. «Andrà tutto bene» le disse. «Ieri abbiamo messo una bella strizza al governatore Robson. Farà quello che vogliamo, vedrai.»

«Ne sei sicuro?»

Le prese i seni tra le mani. Sentì crescere la propria eccitazione. «Fidati di me» mormorò. La strinse a sé in modo che potesse sentire la sua erezione.

«Fa' l'amore con me, Priest.»

Lui le rivolse il suo sorriso da furfante. «Come?»

Lei gli sorrise tra le lacrime. «Come vuoi tu.»

Dopo, Star si addormentò. Sdraiato accanto a lei, Priest continuava a pensare al problema dell'accredito-stampa. Finalmente trovò la soluzione. Allora si alzò e uscì.

Andò nella camerata dei bambini e svegliò Flower. «Voglio che tu venga con me a San Francisco» disse. «Vestiti.»

Le preparò del pane tostato e del succo d'arancia nella cucina deserta. Mentre lei faceva colazione, Priest disse: «Ricordi quando mi hai confessato che vorresti fare la scrittrice e che ti sarebbe piaciuto lavorare per una rivista?».

«Sì, la rivista "Teen".»

«Esatto.»

«Ma tu vuoi che io scriva poesie perché così posso restare a vivere qui.»

«Lo voglio ancora, ma oggi scoprirai cosa significa fare la giornalista.»

Sembrava felice. «Okay!»

«Ti porterò a una conferenza stampa dell'Fbi.»

«Dell'Fbi?»

«È il genere di cose alle quali vanno i giornalisti.»

Arricciò il naso disgustata. Aveva ereditato dalla madre l'avversione per gli esponenti delle forze dell'ordine. «Su "Teen" non ho mai letto nessun articolo sull'Fbi.»

«Be', oggi Leonardo Di Caprio non tiene conferenze stampa, ho controllato.»

«Peccato» disse lei, con un sorriso imbarazzato.

«Ma se vuoi fare il genere di domande che farebbe un giornalista di "Teen", andrà benissimo.»

Flower annuì, pensierosa. «Su che argomento è la conferenza stampa di oggi?»

«Su un gruppo che afferma di aver provocato un terremoto. Ma non voglio che ne parli con nessuno. Deve restare un segreto tra noi, okay?»

«Okay.»

Priest decise che una volta tornato l'avrebbe detto ai mangiatori di riso. «Puoi discuterne con la mamma, con Melanie, Oaktree, Song, Aneth e Paul Beale, ma con nessun altro. È molto importante.»

«Sì, capo.»

Sapeva che stava per correre un rischio pazzesco. Se qualcosa fosse andato storto, avrebbe perso tutto. Rischiava persino di essere arrestato di fronte a sua figlia. Quello poteva rivelarsi il giorno peggiore della vita di Flower. D'altra parte i rischi pazzeschi erano sempre stati la sua specialità.

Quando aveva proposto di piantare le viti, Star gli aveva fatto notare che avevano la terra in affitto solo per un anno. Rischiavano di rompersi la schiena a scavare e a piantare senza poter vedere i frutti delle loro fatiche. Secondo Star occorreva negoziare un affitto di dieci anni prima di iniziare i lavori, ma Priest sapeva che anche se era un'idea sensata sarebbe stato un errore fatale: qualora avessero rimandato, non lo avrebbero mai più fatto. Così li aveva convinti a rischiare. Alla fine di quell'anno, la comune era diventata una comunità. E il governo aveva rinnovato l'affitto a Star per quell'anno e per tutti quelli che erano seguiti, fino a quel giorno.

Pensò di indossare l'abito blu scuro, ma era così fuori moda che a San Francisco tutti l'avrebbero notato, quindi preferì i soliti jeans. Sebbene facesse caldo, mise una T-shirt e una lunga camicia di flanella a quadri, lasciandola fuori dai calzoni. Dal capanno degli attrezzi prese un pesante coltello con una lama di dodici centimetri protetta da un fodero di cuoio. Se lo infilò nella cintura dei jeans, dietro, nascosto sotto la camicia.

Durante le quattro ore del viaggio fino a San Francisco Priest fu su di giri per l'adrenalina. Aveva visioni da incubo: loro due che venivano arrestati, lui gettato in una cella, Flower da sola nel quartier generale dell'Fbi, con gli agenti che la interrogavano sui suoi genitori. Ma la paura gli dava un senso di ebbrezza.

Arrivarono in città alle undici e lasciarono l'auto in un parcheggio pubblico sul Golden Gate. Priest trovò un emporio e comperò a Flower un bloc notes e due matite. Poi la portò in una caffetteria. Mentre lei beveva la sua bibita, le disse: «Torno subito» e uscì.

Andò verso Union Square, osservando le facce dei passanti alla ricerca di un uomo che gli somigliasse. Le strade erano affollate di gente uscita a far compere e lui aveva centinaia di facce tra cui scegliere. Notò un uomo col volto scarno e i capelli scuri che leggeva il menu fuori da un ristorante e per un attimo pensò di aver trovato la sua vittima. Teso allo spasimo, attese qualche secondo, poi il tizio si voltò e Priest vide che aveva l'occhio destro permanentemente chiuso a causa di qualche lesione.

Deluso, Priest proseguì. Non era facile. C'era un sacco di uomini sulla quarantina e con capelli scuri, ma la maggior parte pesava almeno dieci o quindici chili più di lui.

Scorse un altro possibile candidato, ma il tizio aveva una macchina fotografica appesa al collo. Un turista non andava bene: lui aveva bisogno di qualcuno che abitasse lì. *Siamo in una delle più grandi aree commerciali del mondo ed è sabato mattina: ci deve pur essere un uomo che mi somigli.* Guardò l'orologio: le undici e mezzo. Non c'era molto tempo.

Poi ebbe un colpo di fortuna: vide un tizio sulla cinquantina, col viso scarno e occhiali con una grande montatura, che gli camminava davanti a passo svelto. Indossava pantaloni di flanella blu scuro e una polo verde, aveva l'aria infelice e una cartella portadocumenti di pelle color marrone chiaro sotto il braccio. Priest pensò che stesse andando in ufficio per fare dello straordinario. *Ho bisogno del suo portafoglio.* Lo seguì dietro un angolo, e si preparò psicologicamente in attesa dell'occasione giusta per agire.

Sono arrabbiato, sono disperato, sono un pazzo fuggito dal manicomio, devo assolutamente recuperare venti dollari per una dose, odio il mondo, voglio uccidere, voglio fare a pezzi qualcuno, sono pazzo, pazzo, pazzo...

L'uomo passò davanti al parcheggio in cui Priest aveva lasciato la 'Cuda e svoltò in una strada laterale fiancheggiata da vecchi fabbricati commerciali di uffici. In giro non c'era nessuno. Priest estrasse il coltello, raggiunse l'uomo e gli fece: «Ehi!».

Istintivamente lo sconosciuto si fermò voltandosi.

Priest lo afferrò per la camicia e gli piantò il coltello davanti al naso urlando: «Dammi il tuo fottuto portafoglio o ti taglio la gola!».

Nelle sue previsioni il tizio avrebbe dovuto accasciarsi a terra in preda al terrore, e invece no. *Cristo, è uno tosto.* Il suo volto mostrava rabbia, non paura.

Guardandolo negli occhi, Priest gli lesse nella mente. *È uno solo, e non ha una pistola.*

Priest ebbe un attimo di esitazione, colto da un timore improvviso. *Merda, non posso permettermi che vada storta.* Per una frazione di secondo la situazione rimase sospesa.

Un uomo vestito in modo sportivo, con una valigetta, diretto al lavoro di sabato mattina... e se fosse un detective della polizia? Ma era troppo tardi per i ripensamenti. Prima che il tizio potesse muoversi, Priest gli fece guizzare la lama sulla guancia, disegnando una riga di sangue lunga cinque centimetri appena sotto la lente destra degli occhiali.

Il coraggio dell'uomo svanì di colpo e ogni idea di resistenza lo abbandonò. I suoi occhi si spalancarono per la paura e il corpo parve come sgonfiarsi. «Okay! Okay!» disse con voce stridula e tremante.

Dunque, non si trattava di un poliziotto.

«Presto! Presto! Dammelo subito!» urlò Priest.

«È nella cartella.»

Priest gliela prese di mano. All'ultimo momento decise di portargli via anche gli occhiali. Glieli strappò dal viso e corse via.

Arrivato all'angolo, si voltò a guardare. Il tizio stava vomitando sul marciapiedi.

Priest svoltò a destra, gettò il coltello in un cestino dei rifiuti e proseguì. All'angolo seguente si fermò di fianco a un edificio e aprì la cartella. Dentro c'era un fascicolo, un blocco per appunti e delle penne, un sacchetto di carta che sembrava contenere un sandwich e un portafoglio di pelle. Priest lo prese e fece volare la valigetta in un cassone per la raccolta di materiale edile di scarto.

Tornò alla caffetteria e si sedette davanti a Flower. Il suo caffè era ancora caldo. *Non ho perso la mano. Sono passati trent'anni dall'ultima volta che l'ho fatto, ma riesco ancora a spaventare la gente. Vai così, Ricky.*

Aprì il portafoglio. Conteneva denaro, carte di credito, biglietti da visita e una specie di documento di identità con una foto. Priest estrasse un biglietto da visita e lo porse a Flower. «Il mio biglietto da visita, signorina.»

Lei ridacchiò. «Sei Peter Shoebury, della Watkins, Colefax and Brown.»

«Un avvocato?»

«Credo di sì.»

227

Priest guardò la foto sul documento. Era formato tessera ed era stata scattata da una macchinetta automatica. Poteva avere una decina d'anni. Non gli assomigliava molto, ma non assomigliava neppure a Peter Shoebury. Succedeva sempre così, con le foto.

Tuttavia Priest poteva fare qualcosa per aumentare la somiglianza con Shoebury che aveva i capelli scuri e diritti come i suoi, ma corti. «Mi presti il tuo elastico per i capelli?» chiese Priest.

«Certo.» Flower si tolse l'elastico e sciolse i capelli che le ricaddero attorno al viso. Priest fece il contrario: li raccolse a coda di cavallo e li legò con l'elastico. Poi si mise gli occhiali.

Mostrò la foto a Flower. «Cosa te ne pare della mia identità segreta?»

«Uhm» fece lei e lesse il retro del documento. «Con questa puoi entrare nell'ufficio in centro, ma non nell'agenzia di Oakland.»

«Pazienza. Sopravviverò.»

Lei sorrise. «Papà, dove l'hai presa?»

Priest inarcò un sopracciglio e rispose: «L'ho presa in prestito».

«Hai scippato qualcuno?»

«Più o meno.» Capì che per lei era più una bravata che un gesto criminale. Lasciò che pensasse quello che voleva. Guardò l'orologio sul muro. Le undici e quarantacinque. «Sei pronta?»

«Certo.»

Proseguirono lungo la strada ed entrarono nel Federal Building, un triste monolito di granito grigio che occupava un intero isolato. Nell'atrio passarono attraverso un metal detector e Priest si rallegrò di essere stato tanto previdente da liberarsi del coltello. Chiese alla guardia a che piano si trovava l'Fbi.

Salirono in ascensore. Priest si sentiva come se si fosse fatto di coca. Il pericolo lo rendeva estremamente vigile. *Se si guastasse l'ascensore potrei rimetterlo in moto con l'ener-*

gia psichica. Pensò che andava benissimo essere sicuro di sé e magari anche un tantino arrogante, visto che ricopriva il ruolo di un avvocato.

Lui e Flower entrarono nell'ufficio dell'Fbi e seguirono le indicazioni per la sala conferenze. In fondo c'era un grande tavolo con tanti microfoni. Vicino alla porta stazionavano quattro uomini, tutti alti e in ottima forma fisica, con abiti perfettamente stirati, camicie bianche e cravatte sobrie. Dovevano essere agenti.

Se sapessero chi sono, mi sparerebbero senza pensarci un attimo.

Sta' calmo... non possono leggerti nella mente, non sanno nulla di te.

Priest era alto un metro e ottantadue, ma loro erano più alti ancora. Capì subito che il capo era l'uomo più anziano con folti capelli bianchi perfettamente pettinati. Stava parlando con un uomo dai baffi neri. I due più giovani ascoltavano con espressione deferente.

Una giovane donna con una cartellina si avvicinò a Priest. «Salve, posso esserle d'aiuto?»

«Spero proprio di sì» rispose lui.

Fu allora che gli agenti si accorsero della sua presenza. Mentre lo guardavano, Priest analizzò le loro reazioni. I jeans e la coda di cavallo li avevano messi in allarme, ma vedendo Flower si rilassarono.

«Tutto bene qui?» chiese uno dei più giovani.

«Mi chiamo Peter Shoebury» disse Priest. «Sono avvocato. Lavoro per la Watkins, Colefax and Brown, qui in città. Mia figlia Florence è direttore del giornale della scuola. Ha sentito alla radio della vostra conferenza stampa e gradirebbe assistervi. Mi sono detto che in fondo si tratta di informazioni pubbliche e così l'ho accontentata. Spero che non ci siano problemi per voi.»

Tutti si voltarono a guardare il tizio coi capelli bianchi, confermando l'intuizione di Priest che si trattava del capo.

Ci fu un terribile momento di esitazione.

Ehi, amico, tu non sei un avvocato! Tu sei Ricky Granger e negli anni Sessanta vendevi anfetamine all'ingrosso attraverso una serie di negozi di liquori a Los Angeles. C'entri qualcosa con questa faccenda dei terremoti, eh? Perquisitelo, ragazzi, e ammanettate anche la ragazzina. Portiamoli dentro e vediamo cosa sanno.

L'uomo coi capelli bianchi gli tese la mano e disse: «Sono Brian Kincaid, vicecapoarea, responsabile dell'ufficio operativo di San Francisco».

Priest ricambiò la stretta. «È un piacere conoscerla, Brian.»

«Per che società ha detto che lavora, signore?»

«Watkins, Colefax and Brown.»

Kincaid aggrottò la fronte. «Credevo fossero agenti immobiliari, non avvocati.»

Oh, merda!

Priest annuì e cercò di sorridere in modo rassicurante. «È esatto. Il mio compito è quello di tenerli fuori dai guai.» C'era un termine preciso per gli avvocati che lavoravano per le grosse società. Priest scavò nella propria memoria e lo trovò. «Sono un consulente interno.»

«Avrebbe un documento?»

«Oh, certo.» Priest aprì il portafoglio rubato e tirò fuori il documento con la foto di Peter Shoebury, trattenendo il fiato.

Kincaid lo guardò, poi controllò la somiglianza. Priest sapeva cosa stava pensando. *Potrebbe essere lui.* L'uomo gli restituì il documento e Priest riprese a respirare.

Poi Kincaid si rivolse a Flower. «In che scuola studi, Florence?»

Il cuore di Priest si mise a battere più forte. *Inventati qualcosa, bambina.*

«Uhm...» Flower esitò. Priest stava già per rispondere al posto suo, quando lei disse: «Eisenhower Junior High».

Priest ebbe un moto di orgoglio. Flower aveva ereditato il suo sangue freddo. Nel caso Kincaid conoscesse le scuole di San Francisco, si affrettò ad aggiungere: «È a Oakland».

Kincaid parve soddisfatto. «Bene. Siamo felicissimi di averti qui con noi, Florence.»

Ce l'abbiamo fatta!

«Grazie, signore» disse lei.

«Se c'è qualche domanda cui posso rispondere ora, prima che inizi la conferenza stampa...»

Priest era stato attento a non istruire troppo Flower. Se fosse apparsa timida o impacciata con le sue domande, sarebbe stata una cosa naturale; mostrandosi troppo pronta e preparata, invece, avrebbe potuto suscitare dei sospetti. Ora, però, era in ansia per lei e fu costretto a tacitare l'istinto paterno che lo spingeva a dirle cosa doveva fare. Si morse il labbro.

Flower aprì il taccuino. «Lei dirige questa indagine?»

Priest si rilassò. Se la sarebbe cavata.

«Questa è solo una delle tante indagini che devo tenere sotto controllo» rispose Kincaid. Le indicò l'uomo coi baffi neri. «L'agente speciale Marvin Hayes è il titolare di questa indagine.»

Flower si rivolse a Hayes. «Credo che alla scuola interesserebbe sapere qualcosa sul suo conto, signor Hayes. Posso farle qualche domanda?»

Priest rimase scioccato dalla malizia con cui Flower chinava la testa di lato e sorrideva a Hayes. *È troppo giovane per flirtare con uomini adulti, Cristo!*

Ma Hayes se la bevve. «Certo. Fa' pure» disse, visibilmente compiaciuto.

«È sposato?»

«Sì, e ho due figli, un maschio più o meno della tua età e una ragazzina un po' più giovane.»

«Ha qualche hobby?»

«Faccio collezione di ricordi del mondo della boxe.»

«È insolito.»

«Immagino di sì.»

Priest era compiaciuto e al tempo stesso sbigottito davanti alla naturalezza con cui Flower era entrata nella parte. *È brava. Accidenti, spero proprio di non averla educata tutti questi anni per farla diventare giornalista di una rivista da quattro soldi.*

Osservò Hayes intento a rispondere alle innocenti domande di Flower. Era quello il suo avversario. Hayes era vestito con cura e in maniera convenzionale. L'abito beige leggero, la camicia bianca e la cravatta di seta scura probabilmente venivano da un negozio di Brooks Brothers. Portava scarpe Oxford nere, lucide e ben allacciate. I capelli e i baffi erano molto curati.

Eppure Priest sentiva che l'aspetto superformale era fasullo. La cravatta era decisamente vistosa, al mignolo della mano sinistra c'era un anello col rubino troppo grande, e i baffi avevano un che di eccentrico. Pensò che il tipo di snob americano che Hayes pretendeva di imitare non si sarebbe vestito così di sabato mattina, neppure per una conferenza stampa.

«Qual è il suo ristorante preferito?» chiese Flower.

«Andiamo quasi tutti da Everton's, che in realtà è più un pub.»

La sala si stava riempiendo di uomini e donne armati di taccuini e registratori, tra fotografi carichi di macchine e flash, radiocronisti con microfoni e un paio di reporter televisivi con piccole telecamere portatili. Man mano che entravano, la giovane con la cartellina chiedeva a tutti di firmare un registro. Sembrava che lui e Flower l'avessero scampata, grazie al cielo. Non avrebbe saputo scrivere Peter Shoebury neanche se da questo fosse dipesa la sua vita.

Kincaid, il capo, chiamò Hayes toccandogli il gomito. «Ora dobbiamo prepararci per la conferenza stampa, Florence. Spero che resterai a sentire quello che dobbiamo annunciare.»

«Sì, grazie» rispose lei.

«È stato molto gentile, signor Hayes» disse Priest. «Gli insegnanti di Florence gliene saranno davvero grati.»

Gli agenti andarono al tavolo in fondo alla sala. *Mio Dio, li abbiamo fatti fessi!* Priest e Flower presero posto in

232

una delle ultime file e aspettarono. La tensione di Priest si allentò. Se l'era cavata.

Sapevo che ci sarei riuscito.

Non aveva ancora raccolto informazioni decisive, ma quelle sarebbero venute con il comunicato ufficiale della conferenza stampa. Però si era fatto un'idea delle persone con cui aveva a che fare. Ciò che aveva scoperto lo rassicurava: né Kincaid né Hayes lo avevano colpito per la loro intelligenza. Sembravano normali poliziotti di quartiere, di quelli che tirano avanti con un misto di monotona routine e occasionale corruzione. Aveva ben poco da temere da loro.

Kincaid si alzò e si presentò. Sembrava sicuro di sé, ma un po' troppo dogmatico. Forse non era da tanto che faceva il capo. «Vorrei iniziare chiarendo un punto fondamentale» disse. «L'Fbi non crede che il terremoto di ieri sia stato provocato da un gruppo di terroristi.»

I flash esplosero, i registratori ronzarono, i reporter presero appunti. Priest cercò di mascherare la propria rabbia. Quei bastardi continuavano a rifiutarsi di prenderlo sul serio!

«Questa è anche l'opinione del responsabile del Servizio sismologico dello stato della California che potete contattare anche in questo momento nel suo ufficio a Sacramento.»

Cosa devo fare per convincervi? Ho minacciato di provocare un terremoto e ci sono riuscito e voi continuate a non crederci! Devo uccidere della gente perché mi stiate a sentire?

«Ciononostante» proseguì Kincaid, «vi è stata una minaccia da parte di terroristi e l'Fbi intende catturare queste persone. Le indagini sono dirette dall'Agente speciale Marvin Hayes. A te la parola, Marvin.»

Hayes si alzò. Era più nervoso di Kincaid, Priest lo capì subito. Leggeva meccanicamente un comunicato preparato in precedenza. «Questa mattina agenti dell'Fbi hanno interrogato i cinque dipendenti del movimento ecologista Green California nelle loro abitazioni. Queste persone stanno volontariamente collaborando con noi.»

Priest era soddisfatto: aveva lasciato una falsa pista e i federali la stavano seguendo.

«Gli agenti hanno anche eseguito una perquisizione nel quartier generale del movimento, qui a San Francisco, e hanno esaminato documenti e dati informatici.» Priest pensò che avrebbero controllato minuziosamente gli indirizzari dell'organizzazione alla ricerca di qualche indizio.

La conferenza stampa proseguì, ma senza fornire nessuna informazione che non fosse già nota. Le domande dei giornalisti presenti aggiunsero particolari e colore alla vicenda, ma non ne alterarono la sostanza. La tensione di Priest aumentò di nuovo mentre se ne stava seduto aspettando con impazienza il momento opportuno per andarsene senza dare nell'occhio. Era compiaciuto che le indagini dell'Fbi fossero così fuori binario – non erano ancora arrivati alla sua *seconda* falsa pista – ma il fatto che si rifiutassero di prendere la sua minaccia sul serio lo mandava in bestia.

Alla fine Kincaid dichiarò chiusa la conferenza stampa e i giornalisti cominciarono ad alzarsi preparandosi a uscire.

Priest e Flower si avviarono verso la porta, ma vennero intercettati dalla donna con la cartellina, che rivolse loro un sorriso cordiale e disse: «Non mi pare che vi siate registrati, vero?». Porse a Priest un registro e una penna. «Basta che lei scriva i vostri nomi e la testata che rappresentate.»

Priest si sentì gelare il sangue per la paura. *Non posso, non posso!*

Non farti prendere dal panico. Rilassati.

Ley, tor, pur-doy-kor.

«Signore? Le dispiacerebbe firmare qui?»

«Certo.» Priest prese registro e penna e li porse a Flower. «Credo che tocchi a Florence firmare per tutti e due. È lei la giornalista» disse, ricordandole di usare il nome falso. Gli venne in mente che poteva aver dimenticato il nome della scuola. «Scrivi il tuo nome e Eisenhower Junior High.»

Flower non batté ciglio. Scrisse i dati sul registro e lo restituì alla donna.

E ora, per Dio, possiamo andare?

«Anche lei, signore, per favore» insistette la donna e gli passò di nuovo il registro.

Priest lo prese con riluttanza. E ora? Se si fosse limitato a fare uno scarabocchio, lei gli avrebbe chiesto di scrivere il nome chiaramente, gli era già capitato altre volte. Forse poteva rifiutarsi e andarsene. In fondo era solo una segretaria.

Mentre rifletteva, udì la voce di Kincaid. «Spero che tu lo abbia trovato interessante, Florence.»

Kincaid è un agente. Essere sospettoso è il suo lavoro.

«Sì, signore, davvero interessante» rispose Flower molto compita.

Priest cominciò a sudare sotto la camicia.

Scarabocchiò dove avrebbe dovuto scrivere il suo nome. Poi chiuse il registro e lo porse alla donna.

«Ti ricorderai di mandarmi una copia del giornalino della scuola quando verrà stampato?» chiese Kincaid a Flower.

«Sì, certo.»

Andiamo, andiamo!

La donna aprì il registro e disse: «Oh, signore, mi scusi... le dispiacerebbe scrivere il suo nome in maniera leggibile? Temo che la sua firma non sia molto chiara».

E ora cosa faccio?

«Avrai bisogno di un indirizzo.» Kincaid si rivolse a Flower e prese un biglietto da visita dal taschino della giacca. «Ecco qui.»

«Grazie.»

Priest rammentò che Peter Shoebury aveva dei biglietti da visita. *Ecco la soluzione... grazie al cielo!* Aprì il portafoglio e ne porse uno alla donna. «La mia calligrafia è terribile... ecco, prenda questo. Ora dobbiamo proprio scappare» aggiunse, stringendo la mano a Kincaid. «Lei è stato fantastico. Mi accerterò che Florence si ricordi di mandarle l'articolo.»

Uscirono dalla sala.

Attraversarono l'atrio e si misero in attesa dell'ascensore. Priest si immaginava Kincaid che gli correva dietro, la pistola spianata, gridando: "Un avvocato che non sa scrivere il proprio nome, eh, brutto stronzo?". Ma l'ascensore arrivò, loro scesero e uscirono dall'edificio tornando all'aria aperta.

«Devo avere il papà più pazzo del mondo» disse Flower.

Priest le sorrise. «È la verità.»

«Perché abbiamo dato dei nomi falsi?»

«Be', non mi è mai piaciuto far sapere ai porci il mio vero nome» rispose lui. Flower avrebbe accettato quella spiegazione perché sapeva come la pensavano i suoi genitori sulla polizia.

Ma lei disse: «Be', io sono arrabbiata con te».

«Perché?» chiese lui, preoccupato.

«Non ti perdonerò mai per avermi chiamata Florence.»

Priest la fissò per un momento e poi tutti e due scoppiarono a ridere.

«Su, bambina» disse Priest con affetto. «Torniamocene a casa.»

10

Judy sognò che passeggiava lungo la riva del mare insieme a Michael Quercus, e i piedi nudi di lui lasciavano impronte nitide e molto marcate sulla sabbia bagnata.

Sabato mattina diede una mano al corso di alfabetizzazione per delinquenti minorili. La rispettavano perché aveva la pistola. Seduta in una sala parrocchiale, aiutò un teppista diciassettenne a esercitarsi a scrivere la data, nella speranza che ciò riducesse in qualche modo le probabilità di doverlo arrestare di lì a dieci anni.

Nel pomeriggio prese la macchina e andò a fare la spesa al Gala Foods, vicino a casa di Bo in Geary Boulevard.

La routine del sabato non servì, però, a distrarla. Era furiosa con Brian Kincaid perché le aveva tolto il caso del Martello dell'Eden, ma doveva rassegnarsi; così andò su e giù tra gli scaffali, cercando di concentrarsi su Chewy Chips Ahoy, Rice-A-Roni, e strofinacci da cucina con motivi gialli della Zee "Decor Collection". Di fronte allo scaffale dei cereali le tornò in mente Dusty, il figlio di Michael, e prese anche una scatola di Cap'n Crunch.

Ma continuava a ripensare al caso. *Esiste davvero qualcuno in grado di provocare terremoti? O sono io che do i numeri?*

Quando tornò a casa, Bo la aiutò a sistemare la spesa e le chiese notizie delle indagini. «Ho sentito che Marvin Hayes ha messo sottosopra la sede della Green California.»

«Non gli sarà servito molto» osservò lei. «Sono puliti.

Raja li ha interrogati martedì. Due uomini e tre donne, tutti oltre la cinquantina. Nessun precedente – neanche una multa per eccesso di velocità – e nessun collegamento con persone sospette. Se quelli sono terroristi, io sono il tenente Kojak.»

«Il telegiornale ha detto che stanno passando al setaccio i loro archivi.»

«Certo. Si tratta di una lista di tutte le persone che hanno scritto all'associazione, per chiedere informazioni. Diciottomila indirizzi e nomi, incluso quello di Jane Fonda. Ora la squadra di Marvin non deve fare altro che controllare tutti i nomi al computer dell'Fbi per vedere chi vale la pena di interrogare. Ci vorrà almeno un mese.»

Suonò il campanello e Judy andò ad aprire. Era Simon Sparrow. Rimase sorpresa, ma fu felice di vederlo. «Ehi, Simon, entra!»

Indossava un paio di calzoncini neri da ciclista con una maglietta attillata, scarpe da ginnastica Nike e occhiali da sole avvolgenti. Ma non era venuto in bicicletta: la sua Honda Del Sol verde smeraldo era parcheggiata in strada col tetto aperto. Judy si chiese che cosa avrebbe pensato sua madre di Simon. *Bel ragazzo*, avrebbe forse detto, *anche se non molto virile.*

Bo strinse la mano a Simon e lanciò a Judy un'occhiata ammiccante che significava *Chi diavolo è questa checca?* Judy lo sciocò dicendo: «Simon è uno dei migliori specialisti di analisi linguistica dell'Fbi».

«Oh, è un vero piacere conoscerla» fece Bo, stupefatto.

Simon aveva un'audiocassetta e una grossa busta gialla. «Ho qui il rapporto sulla registrazione del Martello dell'Eden.» Porse il tutto a Judy.

«Io non lavoro più al caso» fu la risposta di lei.

«Lo so, ma pensavo che ti interessasse. Sfortunatamente, le voci della registrazione non collimano con nessuna di quelle che abbiamo in archivio.»

«Nessun nome, quindi.»

«No, ma un sacco di altre cose interessanti.»

La curiosità di Judy era stata risvegliata. «Hai detto "voci". Io ne ho sentito una sola.»

«No, ce ne sono due.» Simon si guardò intorno e vide il radioregistratore di Bo posato sul bancone della cucina. Di solito veniva usato per suonare *The Greatest Hits of the Everly Brothers*. Inserì la cassetta. «Aspetta che ti faccio sentire la registrazione.»

«Mi piacerebbe, ma ora il caso è di Marvin.»

«Vorrei comunque sapere la tua opinione.»

Judy scosse la testa, ostinata. «Mi piacerebbe ascoltarla ma adesso è Marvin Hayes che si occupa del caso.»

«Capisco cosa vuoi dire. Ma quello è un perfetto idiota. Sai quanto tempo è passato dall'ultima volta che ha sbattuto dentro qualcuno?»

«Simon, se stai cercando di convincermi a lavorare a questo caso all'insaputa di Kincaid, scordatelo!»

«Ascoltala solo, okay? Non c'è niente di male.» Simon alzò il volume e avviò la registrazione.

Judy sospirò. Moriva dalla voglia di sapere quello che Simon aveva scoperto sul Martello dell'Eden, ma se Kincaid fosse venuto a conoscenza del fatto che Simon ne aveva parlato con lei prima che con Marvin, gliel'avrebbe fatta pagare cara.

Si udì la voce della donna: «Qui è il Martello dell'Eden con un messaggio per il governatore Mike Robson».

Simon bloccò il nastro e guardò Bo. «Come se l'è immaginata, la prima volta che l'ha sentita?»

Bo sorrise. «Una donna robusta, sulla cinquantina, con un gran sorriso. Un tipo provocante. Ricordo che ho pensato che mi avrebbe fatto piacere...» sbirciò Judy e poi concluse «... conoscerla.»

Simon annuì. «Ha un ottimo intuito. Anche chi non è del mestiere riesce a capire molto di una persona dalla voce. Quanto meno se si tratta di un uomo o di una donna. Ma si può intuire anche l'età e grosso modo l'altezza e la corporatura. Talvolta è persino possibile avanzare ipotesi sullo stato di salute.»

«Hai ragione» disse Judy. Era incuriosita, nonostante tutto. «Ogni volta che sento una voce al telefono, cerco di immaginare chi parla anche se si tratta di un messaggio registrato.»

«È perché il suono della voce viene dal corpo. Il tono, il volume, la sonorità, l'intensità, tutte le caratteristiche vocali dipendono da cause fisiche. Le persone alte hanno un apparato vocale più allungato, le persone anziane hanno tessuti più rigidi e cartilagini scricchiolanti, le persone malate hanno la gola infiammata.»

«È sensato» convenne Judy. «Non ci avevo mai pensato prima.»

«Il mio computer coglie gli stessi elementi, ma con maggior precisione.» Simon tirò fuori dalla busta un rapporto. «Questa donna è tra i quarantasette e i cinquantadue anni. È alta, sul metro e ottanta. È sovrappeso, ma non obesa, probabilmente è solo ben messa. Beve e fuma, ma nonostante tutto gode di ottima salute.»

Judy era nervosa ma eccitata. Avrebbe preferito averlo fermato prima che cominciasse, ma era affascinante scoprire delle cose sulla donna misteriosa che stava dietro quella voce.

Simon guardò Bo. «Ha ragione a proposito del sorriso. Ha una cavità orale grande e una pronuncia sottolabializzata: non increspa le labbra quando parla.»

«Mi piace questa donna» fece Bo. «Il computer dice anche se è brava a letto?»

Simon sorrise. «Lei pensa che sia sensuale perché ha la voce roca. Può essere un segno di eccitazione sessuale, ma può trattarsi di una caratteristica naturale e non aver nulla a che fare col sesso necessariamente.»

«Qui credo che lei si sbagli» disse Bo. «Le donne sensuali hanno la voce sexy.»

«Anche i fumatori accaniti.»

«È vero.»

Simon riavvolse il nastro. «Ora sentite il suo accento.»

Judy protestò. «Simon, non credo che dovremmo...»

«Devi solo ascoltare. Ti prego!»

«Okay, okay.»

Questa volta fece sentire loro le prime due frasi. «Qui è il Martello dell'Eden con un messaggio per il governatore Mike Robson. Merda, non mi aspettavo di parlare con un magnetofono.»

Simon bloccò il nastro. «È un accento della California settentrionale, questo è evidente. Ma non avete notato altro?»

«Appartiene alla classe media» osservò Bo.

Judy aggrottò la fronte. «A me sembra piuttosto delle classi alte.»

«Avete ragione entrambi» disse Simon. «Il suo accento cambia tra la prima e la seconda frase.»

«È insolito?» chiese Judy.

«No. La maggior parte di noi sviluppa il proprio accento in base al gruppo sociale cui appartiene, ma in seguito, nel corso della vita, lo modifica. In genere la gente cerca di migliorare: le persone provenienti dalle classi sociali più basse cercano di apparire più ricche, mentre i nuovi ricchi cercano di parlare come la gente delle famiglie bene. Di quando in quando accade anche il contrario: un politico proveniente da una famiglia aristocratica potrebbe cercare di rendere più popolare il proprio accento per apparire un uomo della strada e strizzare l'occhio agli elettori.»

Judy sorrise. «Bravo furbacchione!»

«Di solito l'accento colto viene usato nelle situazioni formali» proseguì Simon, riavvolgendo il nastro. «Entra in gioco quando la persona che parla è calma. Ma quando siamo sotto stress torniamo al modo di parlare acquisito nell'infanzia. Tutto chiaro, fin qui?»

«Certo» fece Bo.

«Questa donna ha volutamente involgarito il proprio modo di parlare. Vuole apparire di estrazione più bassa di quanto in realtà non sia.»

Judy era affascinata. «Vuoi dire che è una specie di Patty Hearst?»

«In un certo senso, sì. Inizia con una frase accuratamente preparata, pronunciata con la sua parlata da persona comune. Ora, in America, più appartieni alla classe alta più fai sentire la erre, e invece ascoltate come pronuncia la parola "governatore".»

Judy voleva fermarlo, ma era troppo interessata. La voce registrata disse: «Qui è il Martello dell'Eden con un messaggio per il governatore Mike Robson».

«Sentito il modo in cui pronuncia le parole "governatore Mike Robson"? È il modo di parlare della gente comune. Ma ora ascoltate la parte seguente. L'annuncio registrato l'ha colta di sorpresa e quindi parla come le viene naturale.»

«Merda, non mi aspettavo di parlare con un magnetofono.»

«Anche se dice "merda", pronuncia la parola "magnetofono" in modo estremamente corretto. È una parola insolita, e un poveraccio la pronuncerebbe in modo impreciso, impacciato.»

«Non avrei mai pensato che si potessero scoprire tante cose da due sole frasi» osservò Bo.

Simon sorrise, compiaciuto. «Non ha notato nient'altro a proposito della scelta di quella parola?»

Bo scosse la testa. «No, niente di particolare.»

«Cos'è un magnetofono?»

Bo scoppiò a ridere. «Un aggeggio grande quanto una valigetta con sopra due bobine. Ne avevo uno in Vietnam, era un Grundig.»

Judy capì dove Simon voleva arrivare. Il termine "magnetofono" era obsoleto. L'apparecchiatura che stavano usando era un lettore di cassette. I messaggi delle segreterie ora erano registrati su un chip. «Vive fuori dal tempo» disse Judy. «Questo mi fa pensare di nuovo a Patty Hearst. Cosa ne è di lei, a proposito?»

«Ha scontato la sua pena ed è uscita di galera» fu la risposta di Bo. «Poi ha scritto un libro ed è stata ospite di una trasmissione televisiva.»

Judy si alzò. «È davvero molto affascinante, Simon, ma mi sento a disagio. Credo che ora dovresti portare il tuo rapporto a Marvin.»

«Voglio mostrarti un'ultima cosa» insistette lui e premette il pulsante di avanzamento rapido.

«Davvero...»

«Ascolta solo questo.»

La voce della donna disse: «È avvenuto nella Owens Valley, poco dopo le due. Potete controllare». Si udì un debole rumore in sottofondo e la donna parve esitare per un istante.

Simon bloccò il nastro. «Ho amplificato quello strano mormorio. Ecco il risultato.»

Lasciò andare il tasto di pausa. Judy udì la voce di un uomo, distorta da una quantità di fruscii di sottofondo, ma sufficientemente chiara da risultare comprensibile, che diceva: «Non riconosciamo l'autorità del governo degli Stati Uniti». Il rumore di fondo tornò normale e la voce della donna ripeté: «Non riconosciamo l'autorità del governo degli Stati Uniti». Poi proseguì: «Ora sapete che siamo in grado di mantenere quello che promettiamo. Fareste meglio a riflettere sulla nostra richiesta».

Simon bloccò il nastro.

«Stava ripetendo le frasi che lui le aveva suggerito, ma ha dimenticato qualcosa e allora lui gliel'ha ricordato.»

«Non avevate detto che il primo messaggio, quello apparso su Internet, era stato dettato da un uomo non istruito, magari analfabeta, e scritto da una donna colta?» osservò Bo.

«Sì» rispose Simon. «Ma questa è una donna diversa... più vecchia.»

«Allora» concluse Bo, rivolto a Judy, «ora avete i profili di tre soggetti sconosciuti su cui lavorare?»

«No, non io» lo corresse lei. «Io sono fuori da questo caso. Su, Simon, sai bene che questo potrebbe mettermi in altri guai.»

«Okay.» Tolse la cassetta dal lettore e si alzò. «Tanto, le

243

cose più importanti te le ho dette. Fammi sapere se ti viene in mente un'idea brillante da suggerire a quel morto di sonno di Marvin.»

Judy lo accompagnò alla porta. «Vado a consegnare subito il rapporto in ufficio» le comunicò Simon. «Probabilmente Marvin sarà ancora là. E poi corro a dormire. Sono rimasto alzato tutta la notte per finirlo.» Salì sull'auto sportiva e si allontanò con un rombo.

Quando Judy rientrò, Bo stava preparando del tè verde. Aveva un'espressione pensierosa. «E così, quel balordo ha a disposizione un harem di signore di buona famiglia che prendono ordini da lui.»

Lei annuì. «Credo di sapere dove vuoi arrivare.»

«È una setta.»

«Già. Avevo ragione a pensare a Patty Hearst» disse Judy e rabbrividì. L'uomo che muoveva i fili di quella storia doveva essere una figura carismatica con un forte ascendente sulle donne. Non era colto, ma questo non era un problema per lui poiché aveva a disposizione persone che gli obbedivano ciecamente. «Ma c'è qualcosa che non quadra. La richiesta di bloccare le nuove centrali... non è da fuori di testa.»

«Sono d'accordo» approvò Bo. «Non è abbastanza clamorosa. Credo che la richiesta del blocco sia dettata da qualche motivo pratico e personale.»

«Mi chiedo se non hanno interesse a bloccare una particolare centrale elettrica» fece Judy.

Bo la fissò. «Questa sì è un'idea geniale! Per esempio, una centrale che potrebbe inquinare il fiume dei salmoni, o qualcosa del genere.»

«Più o meno» disse lei. «In ogni caso è qualcosa che li colpisce direttamente.» Si sentiva eccitata. Aveva fatto un passo avanti.

«Il blocco della costruzione di tutte le centrali elettriche è una copertura. Hanno paura di nominare l'impianto che li riguarda direttamente per timore che questo ci porti sulle loro tracce.»

«Ma quante possibilità possono esserci? Non si costruisce una centrale elettrica al giorno. E spesso sono progetti in parte osteggiati. Ogni proposta viene ampiamente discussa.»

«Controlliamo.»

Andarono nello studiolo. Il computer portatile di Judy era sistemato su un tavolo di servizio. A volte lei scriveva lì i suoi rapporti mentre Bo guardava le partite di football. La televisione non la distraeva e le piaceva stare vicino a suo padre. Mise in funzione il computer. Mentre aspettava che il sistema si avviasse, Judy disse: «Se riusciamo a mettere insieme un elenco di siti in cui stanno per essere costruite nuove centrali elettriche, il computer dell'Fbi potrebbe segnalarci se c'è una setta nelle vicinanze».

Entrò nei file del "San Francisco Chronicle" e cercò riferimenti a centrali elettriche negli ultimi tre anni. Da quella ricerca risultarono 117 articoli. Judy scorse i titoli, ignorando le vicende di Pittsburgh e Cuba. «Okay, qui abbiamo il progetto per un impianto nucleare nel deserto del Mojave.»

Salvò l'articolo. «Qui c'è una centrale idroelettrica nella Sierra County... un impianto termoelettrico vicino al confine con l'Oregon...»

«Sierra County?» chiese Bo. «Non mi è del tutto nuovo. È indicato il posto esatto?»

Judy cliccò sull'articolo. «Sì... la proposta è di costruire una diga sul Silver River.»

«Silver River Valley...» fece lui, riflettendo con aria accigliata.

Judy si voltò a guardare il padre. «Aspetta, l'ho già sentita... non c'è una comune che ha una grossa fattoria da quelle parti?»

«Esatto!» esclamò Bo. «Sono i Los Alamos. Li comanda un fuori di testa pieno di anfetamine che si chiama Poco Latella. È originario di Daly City, ecco perché me li ricordo.»

«Giusto. Sono armati fino ai denti e rifiutano di riconoscere il governo degli Stati Uniti... Gesù, hanno persino usato questa frase nel messaggio: "Non riconosciamo l'autorità del governo degli Stati Uniti". Bo, credo che li abbiamo trovati.»

«Cosa intendi fare?»

Judy si sentì mancare il cuore, ricordando che il caso non era più suo. «Se Kincaid scopre che ho proseguito nelle indagini, gli scoppia il fegato.»

«Bisogna controllare i Los Alamos.»

«Chiamerò Simon.» Sollevò il ricevitore e fece il numero dell'ufficio. Il centralinista era un tizio che conosceva. «Ciao, Charlie, sono Judy. Simon Sparrow è lì?»

«È venuto ma se n'è già andato» rispose Charlie. «Vuoi che provi a rintracciarlo in macchina?»

«Sì, grazie.» Judy attese. Charlie riprese la linea e disse: «Non mi risponde. Ho provato anche il numero di casa. Devo lasciargli un messaggio sul cercapersone?».

«Sì, per favore.» Poi rammentò che Simon le aveva detto che sarebbe andato a dormire. «Ma scommetto che sarà spento.»

«Gli lascio un messaggio perché ti richiami.»

«Grazie.» Judy riattaccò. «Credo sia meglio che vada da Kincaid» spiegò a suo padre. «Se gli fornisco una pista valida non può arrabbiarsi troppo con me.»

Bo si strinse nelle spalle. «Non hai altra scelta, no?»

Judy non poteva rischiare che della gente venisse uccisa solo perché lei aveva paura di confessare ciò che aveva fatto. «No, non ho altra scelta.»

Indossava un paio di jeans neri attillati e una T-shirt rosa fragola. La maglietta era troppo aderente per andare in ufficio, persino di sabato. Passò in camera sua e si cambiò, scegliendo una polo bianca dalla linea morbida. Poi salì sulla Montecarlo e si diresse verso il centro.

Marvin doveva organizzare un'irruzione nel covo dei Los Alamos. Avrebbero potuto esserci alcuni problemi: quelli della comune erano pazzi. L'operazione doveva essere condotta da parecchi uomini e organizzata fin nei minimi particolari. L'Fbi era terrorizzato all'idea di un'altra Waco. Tutti gli agenti sarebbero stati richiamati in servizio. Avrebbero coinvolto anche l'ufficio operativo di Sacramento. Probabilmente avrebbero agito l'indomani all'alba.

Andò subito nell'ufficio di Kincaid. Nel locale antistante trovò la segretaria, che lavorava al computer, vestita in modo sportivo con jeans bianchi e maglietta rossa.

La donna sollevò il ricevitore e annunciò: «C'è Judy Maddox che desidera vederla». Dopo un attimo riattaccò e disse a Judy: «Vai. Ti riceve subito».

Sulla porta del sancta sanctorum Judy ebbe un attimo di esitazione. Le ultime due volte che era entrata lì, aveva subito solo umiliazioni e delusioni. Ma non era superstiziosa. Forse questa volta Kincaid sarebbe stato cortese e comprensivo.

La turbava ancora vedere la figura massiccia seduta sulla poltrona che era stata del minuto ed elegante Milton Lestrange. Judy si rammentò che non era ancora andata a trovarlo in ospedale. Si ripromise di farlo l'indomani.

L'accoglienza di Brian fu gelida. «In cosa posso esserti utile, Judy?»

«Ho appena parlato con Simon Sparrow» esordì. «Mi ha portato il suo rapporto perché non sapeva che non lavoravo più al caso. Naturalmente io gli ho detto di darlo a Marvin.»

«Naturalmente.»

«Ma lui mi ha accennato a qualcosa di quanto ha scoperto e io ho ipotizzato che il Martello dell'Eden possa essere una setta che si sente in qualche modo minacciata dal progetto di una nuova centrale elettrica.»

Brian pareva seccato. «Lo riferirò a Marvin» disse con tono spazientito.

Judy proseguì, imperterrita. «Al momento in California ci sono parecchi progetti per la costruzione di centrali; ho controllato. Uno riguarda la Silver River Valley, dove si trova la base di una comune di destra, chiamata Los Alamos. Brian, io credo che i Los Alamos possano essere il Martello dell'Eden e sono convinta che dovremmo fare irruzione nella loro base.»

«È questo che credi?»

Oh, merda!

«Perché, c'è qualcosa che non va nel mio ragionamento?» ribatté lei, gelida.

«Ci puoi scommettere.» Si alzò. «L'errore è che tu sei fuori da questo maledetto caso!»

«Lo so, ma credevo...»

Lui la interruppe, allungando un braccio sul ripiano della grande scrivania e puntandole sul viso un dito accusatore. «Tu hai intercettato il rapporto dell'analisi psicolinguistica e stai cercando di reinfilarti nel caso con l'inganno... e io so perché! Tu sei convinta che sia un'indagine importante e stai cercando di farti notare.»

«Da chi?» chiese lei indignata.

«Dalla direzione dell'Fbi, dalla stampa, dal governatore Robson.»

«Non è vero!»

«Stammi bene a sentire. Tu sei fuori da questo caso. Mi hai capito? Fuori. F U O R I. E non ne parli più con il tuo caro amico Simon. Non fai controlli sui progetti delle nuove centrali. Non proponi irruzioni nelle comuni.»

«Oh, Cristo!»

«Ecco quello che fai: te ne torni a casa e lasci il caso a me e Marvin.»

«Ma, Brian...»

«Arrivederci, Judy. Passa un buon week-end.»

Lei lo guardò: era rosso in volto e respirava affannosamente. Judy era furiosa ma si sentiva impotente. Ricacciò indietro le risposte sferzanti che aveva sulla punta della lingua. Già una volta era stata costretta a chiedergli scusa per avergli risposto male e non aveva proprio bisogno di un'altra umiliazione. Si morse le labbra. Dopo un lungo momento girò sui tacchi e uscì dall'ufficio.

11

Priest parcheggiò la vecchia Plymouth 'Cuda sul bordo della strada alla debole luce dell'alba. Prese Melanie per mano e la condusse nella foresta. L'aria fresca li fece rabbrividire nelle loro T-shirt finché lo sforzo del camminare non li riscaldò. Dopo qualche minuto emersero sul ciglio di uno strapiombo dal quale si godeva la vista di tutta la Silver River Valley.

«È qui che vogliono costruire la diga» disse Priest.

In quel punto la vallata si restringeva fino a formare una gola, così che i due fianchi si trovavano a non più di quattro o cinquecento metri uno dall'altro. Era ancora troppo buio per poter scorgere il fiume, ma nel silenzio del mattino lo sentivano correre tumultuoso sotto di loro. Man mano che la luce aumentava iniziarono a distinguere le sagome scure delle gru e dei giganteschi bulldozer, immobili e silenziosi come dinosauri addormentati.

Priest non sperava quasi più che il governatore Robson fosse disposto a trattare. Erano passati due giorni dal terremoto della Owens Valley e ancora non avevano fatto alcun comunicato. Priest non riusciva a capire la strategia del governatore, ma di certo non pareva propenso a capitolare.

Avrebbero dovuto provocare un altro terremoto.

La cosa lo metteva in ansia. Melanie e Star avrebbero potuto mostrarsi riluttanti, sapendo bene che il secondo sisma avrebbe dovuto causare più danni del primo. Doveva assolutamente convincerle. Avrebbe cominciato da Melanie.

«Formerà un lago lungo quindici chilometri, fin su in cima alla vallata» spiegò. Il pallido ovale del volto di lei si fece teso. «Tutto quello che vedi, da qui in su, verrà sepolto dall'acqua.»

Risalendo, i due fianchi si aprivano in un'ampia vallata. Man mano che il paesaggio si andava schiarendo, comparvero una manciata di case e campi ordinatamente coltivati, collegati da sentieri sterrati. «Qualcuno avrà pur cercato di fermare la costruzione della diga?» volle sapere Melanie.

Priest annuì. «C'è stata una grossa battaglia legale, ma noi non vi abbiamo partecipato. Non ci fidiamo dei tribunali e degli avvocati. E non volevamo che giornalisti e troupe televisive invadessero la comune... troppi di noi hanno qualcosa da nascondere. Ecco perché non diamo conto della nostra esistenza. La maggior parte dei nostri vicini non sa neppure che ci siamo, gli altri pensano che l'azienda vinicola sia gestita da Napa grazie all'impiego di lavoratori stagionali. Quindi non abbiamo partecipato alla protesta. Ma alcuni dei residenti più ricchi hanno ingaggiato degli avvocati e i gruppi ambientalisti si sono schierati con la gente del posto. Però non è servito a nulla.»

«Come mai?»

«Il governatore Robson ha dato il suo appoggio alla costruzione della diga e ha lasciato Al Honeymoon a occuparsi della faccenda.» Priest odiava Honeymoon, poiché aveva mentito, manipolando la stampa con assoluta spregiudicatezza. «Ha rigirato la cosa in modo che i mezzi di comunicazione facessero passare gli abitanti di qui per un pugno di egoisti che volevano negare l'elettricità agli ospedali e alle scuole della California.»

«Non è certo colpa vostra se la gente di Los Angeles mette le luci subacquee nelle piscine e usa motorini elettrici per azionare le tende di casa!»

«Esatto. Così la Coastal Electric ha ottenuto il permesso di costruire la diga.»

«E tutta questa gente perderà la casa.»

«Non solo. Scompariranno anche un piccolo maneggio, un campeggio, parecchie casette per le vacanze estive e la fattoria di un gruppo di pazzoidi armati fino ai denti, noti come Los Alamos. Tutti otterranno un rimborso, tranne noi, perché non siamo padroni della terra, la affittiamo da un anno all'altro con un contratto rinnovabile. A noi non daranno niente per risarcirci della perdita dei migliori vigneti esistenti tra Napa e Bordeaux.»

«E dell'unico posto in cui mi sia mai sentita in pace.»

Priest emise un mormorio di comprensione. La conversazione aveva preso la piega che voleva lui. «Dusty è sempre stato allergico?»

«Sin dalla nascita. Era allergico al latte, di qualsiasi tipo: di mucca, artificiale, persino a quello materno. È sopravvissuto grazie al latte di capra. È stato allora che ho capito: la razza umana deve aver fatto qualcosa di sbagliato se il mondo è così inquinato che persino il mio latte risulta velenoso per il mio bambino.»

«Però l'hai portato da qualche specialista.»

«Michael ha insistito, ma io sapevo che non sarebbe servito a nulla. Ci hanno dato dei farmaci che indebolivano il suo sistema immunitario allo scopo di inibire la reazione agli agenti allergizzanti. Che modo è di curare una malattia? Aveva solo bisogno di acqua pura, aria pulita e una vita sana. Credo di aver cercato un posto come questo fin da quando è nato.»

«Deve essere stata dura per te.»

«Non te lo puoi immaginare. Una donna sola con un bambino malato non può tenersi un lavoro, né avere un appartamento decente in cui vivere. Dicono che l'America è grande, ma in ogni posto è la stessa cosa.»

«Eri messa male quando ti ho conosciuto.»

«Avevo quasi deciso di uccidermi, e di uccidere anche Dusty.» Gli occhi le si riempirono di lacrime.

«Poi hai trovato questo posto.»

Il volto di lei si fece scuro per la collera. «E ora vogliono portarmelo via.»

«L'Fbi afferma che non siamo stati noi a provocare il terremoto e il governatore non ha ancora detto nulla.»

«Che vadano tutti al diavolo! Colpiremo di nuovo. Solo che questa volta dobbiamo essere sicuri che non possano fare finta di niente.»

Era questo che voleva sentirle dire. «Dovrà causare gravi danni, il crollo di qualche edificio. Qualcuno potrebbe rimanere ferito.»

«Ma non abbiamo scelta!»

«Potremmo lasciare la valle, sciogliere la comune e tornare alla vita di prima: un lavoro regolare, soldi, aria inquinata, avidità, odio, gelosia.»

L'aveva spaventata per bene. «No!» esclamò. «Non lo dire neppure!»

«Credo che tu abbia ragione. Non possiamo più tornare indietro.»

«Certo che no.»

Lui lanciò un'altra occhiata alla valle. «Faremo in modo che si conservi come Dio l'ha creata.»

«Amen» fece Melanie, chiudendo gli occhi per il sollievo.

La prese per mano e insieme ritornarono alla macchina attraverso il bosco.

Mentre risalivano la vallata lungo la strada tortuosa, Priest disse: «Vai a San Francisco a riprendere Dusty, oggi?».

«Sì. Partirò subito dopo colazione.»

Priest udì uno strano rumore, che sovrastava il battito asmatico del vecchio motore V8. Guardò in alto, sporgendo la testa dal finestrino, e vide un elicottero.

«Merda!» esclamò pestando sul freno.

Melanie venne proiettata in avanti. «Cosa c'è?» chiese spaventata.

Priest fermò l'auto e saltò giù. L'elicottero si stava allontanando verso nord.

Anche Melanie scese. «Cosa succede?»

«Cosa ci fa qui un elicottero?»

«Mio Dio!» esclamò lei turbata. «Credi che stia cercando noi?»

Il rumore si affievolì e poi riprese con forza. Di colpo l'elicottero ricomparve volando basso sugli alberi.

«Credo che siano i federali» disse Priest. «Maledizione!» Dopo la insulsa conferenza stampa del giorno precedente aveva creduto di essere al sicuro ancora per qualche giorno. Kincaid e Hayes gli erano sembrati ben lontani dall'averlo individuato. E ora eccoli *lì*, nella valle.

«Cosa facciamo?» chiese Melanie.

«Restiamo calmi. Non sono sicuramente qui per noi.»

«Come lo sai?»

«Me ne sono assicurato.»

«Perché continui a parlare per indovinelli?» lo rimprovèrò quasi piangendo.

«Scusami.» Rammentò che aveva bisogno di lei. Dunque doveva spiegarle come stavano le cose. Raccolse le idee. «Non possono essere qui per noi, perché non sanno della nostra esistenza. La comune non compare su alcun documento governativo... la terra è stata presa in affitto da Star. Non è negli archivi dell'Fbi perché non abbiamo mai richiamato la loro attenzione. Non c'è mai stato un solo articolo di giornale né un programma televisivo su di noi. Non siamo sui registri del fisco. Il nostro vigneto non è segnato sulle carte.»

«E allora perché si trovano qui?»

«Credo che siano venuti per i Los Alamos. Quegli svitati devono essere schedati da tutte le forze di polizia degli Stati Uniti. Se ne stanno a guardia del loro cancello armati fino ai denti, solo perché tutti sappiano che là dentro c'è un gruppo di pazzi pericolosi.»

«Come possiamo essere sicuri che l'Fbi stia cercando proprio loro?»

«Ho fatto in modo che fosse così. Quando Star ha telefonato alla trasmissione di John Truth, le ho detto di pronunciare uno slogan dei Los Alamos: "Non riconosciamo l'autorità del governo degli Stati Uniti". Li ho messi su una falsa pista.»

«Allora siamo al sicuro?»

«Non completamente. Dopo che avranno fatto un buco nell'acqua con i Los Alamos, i federali potrebbero decidere di dare un'altra occhiata alla gente che vive nella valle. Vedranno il vigneto dall'elicottero e verranno a farci visita. Quindi sarà meglio che torniamo a casa ad avvertire gli altri.»

Saltò in macchina. Non appena anche Melanie fu risalita, partì a razzo. Ma la macchina aveva venticinque anni e non era nata per correre su per tortuose strade di montagna. Priest maledisse i carburatori affaticati e le sospensioni traballanti.

Mentre lottava per mantenere la velocità sulla strada tutta curve, si chiese preoccupato chi all'Fbi avesse ordinato il raid. Non pensava che Kincaid o Hayes fossero in grado di fare il necessario collegamento logico. Ci doveva essere qualcun altro che lavorava al caso. Si domandò chi potesse essere.

Una macchina nera sopraggiunse da dietro, a velocità sostenuta, gli abbaglianti accesi nonostante fosse ormai giorno. Si stavano avvicinando a una curva, ma il guidatore pestò sul clacson e si spostò al centro per superarli. Mentre li sorpassava, Priest vide l'uomo al volante e il passeggero: due giovanotti massicci, vestiti con abiti sportivi ma rasati di fresco e con i capelli a spazzola. Subito dopo arrivò una seconda macchina, e anche questa chiese strada suonando e lampeggiando.

«'Fanculo» disse Priest. Quando l'Fbi aveva fretta era meglio togliersi dai piedi. Frenò e si fece da parte. Le ruote di sinistra della 'Cuda sobbalzarono sopra l'erba sul ciglio della strada. La seconda macchina li superò e subito sopraggiunse una terza. Priest si fermò.

Rimasero a guardare il convoglio di veicoli che passavano a velocità sostenuta. Oltre alle auto, c'erano due autoblindo e tre mini furgoni carichi di uomini dalla faccia truce e di qualche donna. «È un raid» esclamò Melanie spaventata.

«Nientepopodimeno» disse Priest. La tensione lo rendeva sarcastico, ma lei non parve notarlo.

Poi un'auto si staccò dal convoglio e si fermò proprio dietro alla 'Cuda.

D'un tratto Priest ebbe paura. Osservò l'auto nello specchietto retrovisore. Era una Buick Regal verde scuro. Il guidatore stava parlando al telefono. C'era anche un passeggero, ma Priest non riusciva a distinguere i loro volti.

Desiderò con tutto il cuore di non essere andato alla conferenza stampa. Uno dei tizi a bordo della Buick poteva avervi partecipato il giorno prima. In quel caso, si sarebbe di certo chiesto che cosa ci facesse un avvocato di Oakland nella Silver River Valley. Non poteva certo trattarsi di una coincidenza. Qualsiasi poliziotto con un briciolo di cervello avrebbe immediatamente messo Priest in cima alla lista dei sospetti.

Le ultime auto del convoglio passarono a tutta velocità. A bordo della Buick, l'uomo al volante posò il telefono. Nel giro di pochi secondi gli agenti sarebbero scesi dall'auto. Priest cercò disperatamente di pensare a una storia plausibile. *Questo caso mi ha colpito molto e mi sono ricordato di una trasmissione televisiva su questa comune e il loro slogan, sul fatto che non riconoscono l'autorità del governo, proprio la stessa cosa che la donna ha lasciato detto sulla segreteria telefonica di John Truth, e allora, sapete, ho pensato di giocare all'investigatore e andare a dargli un'occhiata...* Ma non se la sarebbero bevuta. Per quanto fosse verosimile la storia, lo avrebbero sottoposto a controlli così minuziosi che non avrebbe potuto farla franca.

I due agenti scesero dall'auto. Priest li osservò nello specchietto retrovisore.

Non riconobbe nessuno dei due.

Si rilassò un poco. Aveva il viso coperto da un velo di sudore. Si deterse la fronte col dorso della mano.

«Oh, Gesù, cosa vorranno?» fece Melanie.

«Stai calma» le ordinò Priest. «Non dare l'impressione di volertela svignare. Io fingerò di essere molto, molto interessato a loro. Questo li porterà a sbarazzarsi di noi più in fretta che possono. Psicologia dei contrari.» Saltò giù dalla macchina.

«Ehi, siete della polizia?» chiese con aria entusiasta. «Sta succedendo qualcosa di grosso?»

Quello che prima era alla guida, un uomo magro con occhiali dalla montatura nera, disse: «Siamo agenti federali. Abbiamo controllato la sua targa, signore, e ci risulta che la macchina è intestata alla Napa Bottling Company».

Era Paul Beale a occuparsi dell'assicurazione, dei controlli dei gas di scarico e delle altre pratiche. «È il mio datore di lavoro.»

«Mi fa vedere la patente?»

«Oh, certo.» Priest prese il documento dalla tasca posteriore dei calzoni. «Era vostro quell'elicottero?»

«Sì, signore.» L'agente controllò la patente e poi gliela restituì. «Dove siete diretti?»

«Lavoriamo all'azienda vinicola, su in cima alla valle. Ehi, spero che siate venuti per quella dannata comune. Noi del posto siamo tutti spaventati a morte. Loro...»

«E dove siete stati questa mattina?»

«Ieri sera siamo andati a una festa a Silver City. È finita un po' tardi. Ma sono sobrio, non vi preoccupate!»

«Allora va bene.»

«Sentite, ogni tanto scrivo qualche articolo per il giornale locale, sapete, il "Silver City Chronicle". Potete dirmi qualcosa di questa operazione? Sarà la notizia più importante nella Sierra County, per anni e anni!» Subito dopo aver pronunciato queste parole, Priest si rese conto di quanto fosse rischiosa una mossa del genere per una persona che non sapeva né leggere né scrivere. Allora si diede un colpetto sul taschino. «Accidenti, non ho neppure una matita!»

«Non possiamo dirle niente» rispose l'agente. «Deve chiamare l'ufficio stampa, giù a Sacramento.»

256

Priest si finse deluso. «Oh, certo, capisco.»

«Ha detto che stavate tornando a casa?»

«Sì, esatto. Be', immagino sia ora di andare. Buona fortuna con quella comune!»

«Grazie.»

Gli agenti tornarono alla loro macchina.

Non hanno preso nota del mio nome.

Balzò rapidamente in macchina. Nello specchietto retrovisore vide che anche gli agenti risalivano sulle loro auto. Nessuno dei due sembrava aver trascritto i suoi dati.

«Gesù!» esclamò di sollievo. «Se la sono bevuta!» Ripartì, seguito dalla Buick.

Qualche minuto dopo, avvicinandosi alla fattoria dei Los Alamos, Priest abbassò il finestrino per sentire se stavano sparando, ma non udì alcun colpo. Pareva proprio che l'Fbi li avesse colti nel sonno.

Passata una curva vide due macchine parcheggiate presso l'entrata della fattoria. Il cancello che bloccava il sentiero, formato da cinque sbarre di legno, era ridotto in pezzi: l'Fbi doveva averlo buttato giù con le autoblindo. Di solito c'era sempre qualcuno a guardia del cancello: dov'era la sentinella? Poi vide un uomo in calzoni mimetici prono tra l'erba, le mani ammanettate dietro la schiena, guardato a vista da quattro agenti. I federali non volevano correre rischi.

Gli agenti si voltarono allarmati a guardare la 'Cuda, ma si rilassarono immediatamente quando videro dietro la Buick verde.

Priest proseguì piano, come un passante curioso.

Dietro di lui, la Buick accostò e si fermò accanto al cancello sfondato.

Non appena fu uscito dal loro campo visivo, Priest pestò sull'acceleratore.

Arrivato alla comune, andò subito nella capanna di Star per dirle dell'Fbi.

La trovò a letto con Bones.

Le toccò una spalla per svegliarla. «Ho bisogno di parlarti. Ti aspetto fuori.»

Lei annuì. Bones non si mosse.

Mentre Star si vestiva, Priest uscì. Ovviamente non aveva niente in contrario al fatto che Star riprendesse la sua relazione con Bones. Lui dormiva regolarmente con Melanie e Star aveva tutti i diritti di spassarsela con una vecchia fiamma. Ciononostante, provava un misto di curiosità e apprensione. A letto erano appassionati, affamati uno dell'altra, oppure rilassati e giocherelloni? Quando faceva l'amore con Bones, Star pensava a lui oppure si toglieva dalla mente tutti gli altri suoi amanti e si dedicava solo a quello del momento? Nella sua mente faceva dei confronti tra loro, notava che uno era più vigoroso, o più dolce, o più abile? Quelle domande non erano nuove. Ricordava di essersele poste ogni qualvolta Star aveva un nuovo amante. Era proprio come un tempo, solo che adesso erano tutti più vecchi.

Sapeva che quella comune non era come le altre. Paul Beale seguiva le sorti di altri gruppi. Avevano cominciato tutti con gli stessi ideali, ma poi molti erano scesi a compromessi. Continuavano a pregare insieme, seguendo un guru o una disciplina religiosa, ma erano tornati alla proprietà privata e all'uso del denaro, e non praticavano più l'assoluta libertà sessuale. Erano dei deboli, pensò. Non avevano avuto la forza di volontà di restare fedeli ai loro ideali e di metterli in pratica. Nei momenti di autocompiacimento si ripeteva che dipendeva tutto dalla persona che li guidava.

Star uscì dalla capanna con indosso un paio di jeans e una maglietta blu intenso. Per essersi appena alzata aveva un aspetto fantastico. Priest glielo disse. «Una bella scopata è la cura migliore per la mia pelle» rispose lei. Il tono di voce leggermente acido gli fece pensare che Bones fosse una specie di vendetta per Melanie. Sarebbe diventato un fattore destabilizzante? Aveva già fin troppe cose di cui preoccuparsi.

Mise da parte il pensiero, per il momento. Andando verso la cucina, raccontò a Star del raid dell'Fbi contro i Los Alamos. «Potrebbero decidere di controllare anche gli altri abitanti della vallata, e in quel caso, probabilmente troveranno la strada che porta fin qui. Purché non gli diciamo che siamo una comune non si insospettiranno. Dobbiamo soltanto mantenere la nostra solita facciata: siamo lavoratori stagionali, senza alcun interesse a lungo termine nella valle, per quale motivo dovremmo preoccuparci della diga?»

Lei annuì. «Sarà meglio che lo ricordi a tutti, a colazione. I mangiatori di riso capiranno. Gli altri penseranno che si tratti della nostra solita abitudine di non dire nulla che possa attirare l'attenzione. E i bambini?»

«Non interrogheranno i bambini. Sono dell'Fbi, non della Gestapo.»

«È vero.»

Entrarono in cucina e prepararono il caffè.

Era metà mattinata quando due agenti scesero faticosamente la collina, con i mocassini coperti di fango e i fili d'erba che spuntavano dal risvolto dei pantaloni. Priest li osservava dal capannone. Se avesse riconosciuto qualcuno incontrato il giorno precedente, sarebbe fuggito nei boschi. Ma questi due non li aveva mai visti. Il più giovane, alto e ben piantato, aveva l'aria da nordico, con i capelli biondi e la pelle chiara. Il più anziano era un orientale coi capelli neri che si andavano diradando sulla sommità del capo. Non erano la coppia con la quale aveva parlato quella mattina, ed era sicuro che nessuno dei due fosse stato presente alla conferenza stampa.

Quasi tutti gli adulti si trovavano nel vigneto, intenti a spruzzare salsa piccante diluita sulle viti, per evitare che i cervi mangiassero i nuovi germogli. I bambini erano nel tempio, dove Star teneva la lezione della domenica. Stava raccontando loro la storia di Mosè neonato ritrovato tra i giunchi.

Benché tutto fosse stato predisposto con cura, quando

vide gli agenti avvicinarsi Priest provò una fitta di vero terrore. Per venticinque anni quel posto era stato un rifugio sicuro. Fino al giovedì precedente, quando un poliziotto era arrivato lì a cercare i genitori di Flower, nessun pubblico ufficiale vi aveva messo piede: nessun tecnico della contea, nessun postino, neppure un addetto al ritiro della spazzatura. E ora ecco l'Fbi. Se avesse potuto invocare un fulmine che lasciasse secchi i due agenti lo avrebbe fatto senza pensarci due volte.

Trasse un respiro profondo e attraversò la collina dirigendosi verso il vigneto. Dale era andato ad accogliere i due agenti, come programmato. Priest riempì un annaffiatoio di mistura di salsa e cominciò a spargerla, andando verso Dale in modo da poter ascoltare la conversazione.

L'orientale parlava con un tono amichevole. «Siamo agenti dell'Fbi e stiamo facendo delle indagini di routine nella zona. Io sono Bill Ho e questo è John Aldritch.»

Era incoraggiante, si disse Priest. Sembrava che non avessero alcun particolare interesse per il vigneto: stavano solo dando un'occhiata in giro alla ricerca di qualche indizio. Era una battuta di caccia. Ma il pensiero non bastò ad alleviare la tensione.

L'uomo si guardò attorno, osservando la vallata con aria ammirata. «Che bel posto.»

Dale annuì. «Noi ci siamo molto attaccati.»

Sta' attento, Dale... lascia perdere l'ironia. Questo non è un gioco.

Aldritch, l'agente più giovane, disse con impazienza: «È lei che comanda qui?». Aveva l'accento del sud.

«Sono il caposquadra» rispose Dale. «In cosa posso esservi utile?»

«Vivete qui?» chiese Ho.

Priest fingeva di lavorare, ma il cuore gli batteva all'impazzata, mentre si sforzava di sentire ogni parola.

«Siamo quasi tutti lavoratori stagionali» spiegò Dale, seguendo il copione concordato con Priest. «L'azienda ci dà alloggio perché qui siamo lontani da tutto.»

«Strano posto per un frutteto» disse Aldritch.

«Non è un frutteto, è un'azienda vinicola. Vi andrebbe di provare un bicchiere del vino dell'anno scorso? È molto buono.»

«No, grazie. A meno che non abbiate del vino senza alcool.»

«Mi spiace. Noi produciamo solo quello autentico.»

«Chi è il proprietario di questo posto?»

«La Napa Bottling Company.»

Aldritch prese nota.

Ho lanciò un'occhiata verso il gruppo di edifici sull'altro lato del vigneto. «Le dispiace se diamo un'occhiata qua attorno?»

Dale si strinse nelle spalle. «Per niente, fate pure» disse e tornò al suo lavoro.

Priest osservò preoccupato i due agenti che si allontanavano. In apparenza era una storia credibile: lavoratori mal pagati che vivevano in miseri alloggi forniti da un proprietario tirchio. Ma c'erano elementi che avrebbero dovuto indurre un buon agente a porre altre domande. Il tempio, ad esempio, avrebbe dovuto attirare la sua attenzione. Anche se Star aveva tolto lo striscione con i Cinque Paradossi di Baghram, una persona dotata di spirito di osservazione avrebbe potuto trovare curiosa un'aula rotonda, senza finestre né arredi.

E poi c'erano le piante di marijuana nei boschi attigui. Gli agenti dell'Fbi non erano di certo interessati all'uso e alla produzione di droghe leggere, ma la coltivazione mal si accordava con la storia della presenza di lavoratori stagionali. L'assenza dei cartellini col prezzo e del registratore di cassa stavano poi a denotare che lo spaccio non era un normale negozio.

C'erano cento altri modi in cui la finzione poteva crollare sotto un'indagine accurata, ma Priest sperava che l'Fbi fosse concentrato sui Los Alamos e stesse solo controllando i vicini per routine.

Dovette resistere alla tentazione di seguire gli agenti.

Desiderava disperatamente vedere quello su cui si soffermavano, sentire quello che si dicevano mentre si aggiravano attorno alla sua casa. Ma si sforzò di continuare a spruzzare, alzando ogni minuto lo sguardo dalla vigna per controllare dov'erano e cosa stavano facendo.

Entrarono nella cucina. C'erano Garden e Slow, intenti a preparare le lasagne per il pasto di mezzogiorno. Cosa stavano chiedendo loro gli agenti? Garden stava forse blaterando, in preda al nervosismo, e magari si tradiva? Slow aveva dimenticato le istruzioni e si era messo a raccontare, pieno d'entusiasmo, della loro meditazione giornaliera?

Gli agenti uscirono dalla cucina. Priest li guardò attentamente, cercando di indovinare i loro pensieri; ma erano troppo distanti perché potesse leggere i loro volti e il loro linguaggio corporale non tradiva alcunché.

Cominciarono a girare tra le capanne, curiosando all'interno. Priest non poteva sapere se avessero scoperto qualcosa, se si fossero accorti che quella non era solo un'azienda vinicola.

Visitarono la pressa, i capannoni dove il mosto veniva messo a fermentare e le botti che contenevano il vino della vendemmia precedente in attesa di essere imbottigliato. Si erano accorti che non c'era niente che fosse alimentato dall'elettricità?

Aprirono la porta del tempio. Avrebbero parlato coi bambini, contrariamente alle sue previsioni? E se Star avesse perso il controllo chiamandoli porci fascisti? Priest trattenne il respiro.

Gli agenti richiusero la porta senza entrare.

Si fermarono a parlare con Oaktree che stava tagliando doghe di botte in cortile. Lui alzò un attimo lo sguardo e rispose brusco senza smettere di lavorare. Forse pensava che sarebbe sembrato sospetto mostrarsi troppo cordiale.

Arrivarono da Aneth che stava appendendo pannolini ad asciugare. Si rifiutava di usare quelli usa e getta. Probabilmente era quanto stava spiegando agli agenti: «Non ci sono abbastanza alberi sulla terra perché ogni bambino usi i pannolini di carta».

Scesero lungo il ruscello e osservarono le pietre sul fondo, quasi stessero valutando se attraversarlo o meno. Le coltivazioni di marijuana si trovavano dall'altra parte. Ma evidentemente gli agenti non avevano voglia di bagnarsi i piedi perché girarono sui tacchi e tornarono indietro.

Finalmente ricomparvero nel vigneto. Priest cercò di osservare i loro volti senza darlo a vedere. Erano soddisfatti o avevano notato qualcosa che li aveva insospettiti? Aldritch sembrava ostile, Ho cordiale, ma poteva essere tutta una messinscena.

Aldritch si rivolse a Dale. «Alcune delle capanne sono davvero ben messe per essere una sistemazione temporanea, eh?»

Priest si sentì gelare. Era una domanda scettica, e chiaramente Aldritch non si era bevuto la loro storia. Cominciò a chiedersi se ci fosse un modo per uccidere i due dell'Fbi e farla franca.

«Già» rispose Dale. «Alcuni di noi tornano anno dopo anno.» Stava improvvisando: niente di tutto ciò era stato preparato. «E altri vivono qui tutto l'anno.» Dale non era bravo a mentire: se la cosa fosse andata avanti troppo a lungo si sarebbe di certo contraddetto.

«Voglio un elenco di tutti quelli che vivono o lavorano qui» disse Aldritch.

La mente di Priest si mise a correre. Dale non poteva dare i nomi usati all'interno della comune, perché questo li avrebbe traditi... e comunque gli agenti avrebbero insistito per avere i nomi veri. Ma alcuni dei membri della comune, compreso Priest, avevano dei precedenti. Dale sarebbe stato tanto sveglio da rendersi conto che doveva inventare un nome per ognuno? Avrebbe avuto la prontezza di spirito per farlo?

«Abbiamo bisogno anche della loro età e dell'indirizzo permanente» aggiunse Ho, con un tono esitante, quasi volesse scusarsi.

Merda! Qui si mette male.

«Potreste prenderli dai registri della ditta» suggerì Dale.

No, che non possono.

«Mi spiace, ci servono ora» disse Ho.

Dale sembrava perplesso. «Be', dovrete andare in giro a chiedere a tutti. Io, di sicuro non lo so quando è il loro compleanno. Sono il loro caposquadra, non il loro nonno!»

La mente di Priest lavorava freneticamente. Era pericoloso. Non poteva permettere agli agenti di interrogare uno per uno. Si sarebbero traditi mille volte.

Prese una decisione improvvisa e si fece avanti. «Signor Arnold?» chiese, inventandosi un nome lì per lì. «Forse potrei aiutare io i signori.» Senza averlo pianificato, era entrato nel personaggio di un tipo amichevole, desideroso di rendersi utile ma un po' tonto. Si rivolse agli agenti. «Io vengo qui da molti anni, conosco tutti e so quando sono nati.»

Dale sembrava sollevato di scaricare la responsabilità su Priest. «Okay, fai pure» rispose.

«Perché non andiamo in cucina?» propose Priest agli agenti. «Se non volete un bicchiere di vino, magari una tazza di caffè...»

Ho sorrise. «Ottima idea.»

Priest fece strada attraverso i filari e li accompagnò nella cucina da campo. «Dobbiamo riempire un po' di fogli» spiegò a Garden e a Slow. «Non fate caso a noi e continuate a preparare quell'ottima pasta.»

Ho porse a Priest il suo taccuino. «Perché non mi scrive qui nomi, età e indirizzo?»

Priest non prese il taccuino. «Oh, la mia scrittura è la peggiore del mondo» disse, senza battere ciglio. «Si sieda e scriva lei i nomi, mentre io preparo il caffè.» Mise una pentola d'acqua sul fuoco e gli agenti si sedettero al lungo tavolo di pino.

«Il caposquadra è Dale Arnold. Quarantadue anni.» Quei tizi non sarebbero stati in grado di controllare. Nessun membro della comune compariva sull'elenco telefonico o su alcun tipo di registro.

«Indirizzo permanente?»

«Vive qui. Come tutti gli altri.»

«Credevo foste lavoratori stagionali.»

«Esatto. Molti se ne andranno, a novembre, una volta terminata la vendemmia, dopo la pigiatura dell'uva; ma non è gente da avere due case, quella. Perché pagare l'affitto in un posto quando vivi in un altro?»

«Dunque l'indirizzo permanente di tutti sarebbe...?»

«Silver River Valley Winery, Silver City, California. Ma tutti si fanno mandare la posta alla sede della compagnia a Napa, è più sicuro.»

Aldritch aveva un'aria seccata e leggermente confusa, proprio com'era nelle intenzioni di Priest. Le persone querule non avevano la pazienza di insistere per chiarire piccole contraddizioni.

Servì loro il caffè sciorinando una lista di nomi fittizi. Per aiutarsi a ricordare chi era chi, creò varianti dei nomi usati all'interno della comune: Dale Arnold, Peggy Star, Richard Priestley, Holly Goldman. Tralasciò Melanie e Dusty, visto che al momento non c'erano... Dusty si trovava a casa del padre e Melanie era andata a riprenderlo.

Aldritch lo interruppe. «Mi risulta che in questo stato la maggior parte dei braccianti agricoli stagionali sono messicani, o comunque ispanici.»

«Sì, ma questo gruppo è tutto il contrario» dichiarò Priest. «La società ha diverse aziende di produzione e credo che il capo tenga tutti gli spagnoli insieme, con capisquadra che parlano spagnolo, e tutti gli altri li mette a lavorare da noi. Non si tratta di razzismo, capite, è solo una questione di praticità.»

Parvero accontentarsi della spiegazione.

Priest procedeva lentamente, cercando di tirare il più possibile per le lunghe. Gli agenti non potevano fare alcun danno lì in cucina. Se si annoiavano e diventavano impazienti di andarsene, tanto meglio.

Mentre lui parlava, Garden e Slow continuavano a cucinare. Garden era silenziosa, aveva il viso come di pietra, e mescolava con espressione altera. Slow era nervoso e continuava a lanciare occhiate terrorizzate in direzione degli agenti, ma questi parvero non farci caso. Forse erano abituati a che la gente avesse paura di loro. Forse trovavano in questo perfino soddisfazione.

Priest ci mise quindici o venti minuti per dar loro i nomi e l'età dei ventisei adulti della comune. Ho stava chiudendo il taccuino quando Priest disse: «E ora i bambini. Dunque, fatemi pensare... Dio, come crescono in fretta, vero?».

Aldritch emise un gemito di esasperazione. «Non credo che ci servano anche i nomi dei bambini.»

«Okay» fece Priest calmo. «Volete ancora un po' di caffè?»

«No, grazie.» Aldritch guardò Ho. «Direi che abbiamo finito.»

«Dunque, tutto questo terreno è di proprietà della Napa Bottling Company?» chiese Ho.

Priest intuì che aveva la possibilità di rimediare all'errore che Dale aveva fatto poco prima. «No, non è proprio esatto» disse. «La compagnia gestisce l'azienda vinicola, ma credo che la terra sia di proprietà del governo.»

«Dunque l'intestatario del contratto d'affitto dovrebbe essere la Napa Bottling.»

Priest ebbe un attimo di esitazione. Ho, quello cordiale, stava facendo la domanda davvero pericolosa. Come rispondere? Mentire era troppo rischioso. Avrebbero potuto controllare nel giro di pochi secondi. «A dire il vero, credo che il contratto sia a nome di Stella Higgins» rispose con riluttanza. Non gli piaceva per niente dare il vero nome di Star all'Fbi. «Era la donna che ha fondato l'azienda vinicola tanti anni fa.» Sperava che quell'informazione non fosse di alcuna utilità per l'indagine. Non riusciva a immaginare come avrebbe potuto fornire loro alcun indizio.

Ho prese nota del nome. «È tutto, penso.»

Priest dissimulò il proprio sollievo. «Be', buona fortuna per le vostre indagini» disse, mentre li precedeva fuori dalla cucina.

Li guidò attraverso il vigneto. Si fermarono a ringraziare Dale per la sua collaborazione. «A proposito, chi è che state cercando?» questi si decise a chiedere.

«Un gruppo di terroristi che tentano di ricattare il governatore della California» rispose Ho.

«Be', spero proprio che li prendiate» augurò loro Dale con un tono sincero.

Invece sarà meglio che non lo speri.

Finalmente i due agenti si allontanarono attraverso i campi, inciampando qua e là sul terreno accidentato, quindi scomparvero tra gli alberi.

«Be', sembra che sia andata bene» disse Dale a Priest con espressione soddisfatta.

Cristo, se solo tu sapessi!

12

Domenica pomeriggio Judy portò Bo a vedere il nuovo film di Clint Eastwood all'Alexandria Cinema, all'angolo tra la Geary e la Eighteenth. Con sua grande sorpresa, per un paio d'ore dimenticò i terremoti e riuscì perfino a divertirsi. Dopo andarono a mangiare un sandwich e a bere una birra in uno dei locali preferiti da Bo, un pub frequentato da poliziotti, con il televisore sopra il bancone e un cartello sulla porta che diceva: "Qui si imbrogliano i turisti".

Bo finì il suo hamburger al formaggio e bevve un sorso di Guinness. «Clint Eastwood dovrebbe interpretare un film sulla storia della mia vita» disse.

«Ma dai!» fece Judy. «È quello che pensa ogni detective.»

«Già, ma io gli assomiglio persino.»

Judy rise. Bo aveva il volto rotondo e il naso schiacciato. «Io ci vedrei meglio Mickey Rooney in quella parte.»

«I genitori dovrebbero poter divorziare dai loro figli» concluse Bo, ma stava ridendo.

Iniziò il telegiornale. Quando passò il filmato sul raid ai Los Alamos, Judy sorrise amareggiata. Brian Kincaid l'aveva aspramente rimproverata per l'interferenza, ma poi aveva attuato il suo piano.

Tuttavia non ci fu alcuna intervista con un Brian trionfante. Le riprese mostrarono un cancello di legno sfondato con un cartello che diceva "Non riconosciamo l'autorità del governo degli Stati Uniti" e una squadra di agenti speciali con i giubbotti antiproiettile che rientrava dall'azione. «Ho l'impressione che non abbiano trovato nulla» osservò Bo. Judy era perplessa. «Mi sorprende» disse. «I Los Alamos sembravano davvero molto sospetti.» Era delusa: evidentemente il suo istinto l'aveva tradita.

Lo speaker stava dicendo che non erano stati effettuati arresti. «Non parlano nemmeno di prove» riprese Bo. «Mi chiedo cosa ci sia dietro.»

«Se hai finito, possiamo cercare di scoprirlo» disse Judy.

Uscirono dal bar e salirono in auto. Dal telefono della sua macchina Judy chiamò Simon Sparrow a casa. «Cosa hai saputo del raid?» gli chiese.

«Un buco nell'acqua.»

«È quello che pensavo.»

«Non hanno trovato computer, per cui è difficile credere che siano stati loro a lasciare il messaggio su Internet. Nessuno tra quella gente ha la laurea e dubito perfino che sappiano come si scrive "sismologo". Ci sono quattro donne nel gruppo, ma nessuna corrisponde ai due profili femminili... queste sono teen-ager o poco più. Inoltre quelli della comune non ce l'hanno con la diga. Sono contenti del risarcimento che riceveranno dalla Coastal Electric e non vedono l'ora di trasferirsi nella nuova proprietà. Ah... e venerdì alle due di pomeriggio, sei dei sette uomini del gruppo si trovavano in un'armeria di Silver City, Frank's Sporting Weapons, ad acquistare munizioni.»

Judy scosse la testa. «Be', chi ha avuto questa stupida idea dell'irruzione?»

Era stata sua, ovviamente. «Questa mattina, durante il briefing, Marvin ne ha reclamato la paternità.»

«Ben gli sta che sia stato un fiasco.» Judy si accigliò. «Però non capisco. Sembrava una pista così promettente...»

«Brian ha un altro incontro con Honeymoon domani pomeriggio a Sacramento. Pare proprio che dovrà andarci a mani vuote.»

«A Honeymoon non garberà.»

«Ho sentito dire che non è uno che ci va leggero.»

Judy fece un sorriso mesto. Non aveva alcuna simpatia per Kincaid, ma non riusciva a godere di quell'insuccesso. Significava che il Martello dell'Eden era ancora fuori, da qualche parte, a progettare un altro terremoto. «Grazie, Simon. Ci vediamo domani.»

Non appena riattaccò, il telefono si mise a squillare. Era il centralinista dell'ufficio. «Un certo professor Quercus ha lasciato un messaggio urgente per te. Pare abbia notizie importanti da comunicarti.»

Judy meditò se fosse il caso di chiamare Marvin e passare il messaggio a lui. Ma era troppo curiosa di sapere cosa volesse Michael. Lo chiamò.

Quando lui rispose, Judy sentì in sottofondo il rumore dei cartoni animati trasmessi dalla televisione. Immaginò che Dusty fosse ancora là. «Sono Judy Maddox» disse.

«Salve, come sta?»

Lei sollevò le sopracciglia. Il week-end con Dusty lo aveva ammorbidito. «Bene, ma non lavoro più al caso» rispose.

«Lo so. Ho cercato di mettermi in contatto con il tizio che ha preso il suo posto, un tale che ha un nome come quello di un cantante soul...»

«Marvin Hayes.»

«Esatto. Tipo *Dancin' in the Grapevine* di Marvin Hayes e gli Haystacks.»

Judy scoppiò a ridere.

«Ma non ha più richiamato e così non mi resta che parlare con lei» disse Michael.

Ecco, questo era il Michael vecchia maniera. «Okay. Cosa ha scoperto?»

«Non può fare un salto qui? Ho qualcosa da mostrarle.»

Judy si scoprì contenta, persino un pochino eccitata, all'idea di rivederlo. «È rimasto un po' di Cap'n Crunch?»

«Credo di sì.»

«Okay, sarò lì fra quindici o venti minuti.» Riattaccò.

«Devo andare dal mio sismologo» disse a Bo. «Vuoi uno strappo alla fermata dell'autobus?»

«Non posso prendere l'autobus come Jim Rockford. Io sono un detective della polizia di San Francisco!»

«E allora? Sei un essere umano.»

«Già, ma i criminali non lo sanno.»

«Non sanno che sei umano?»

«Per loro sono un semidio.»

Stava scherzando, ma c'era del vero nelle sue parole. Erano quasi trent'anni che sbatteva dentro teppisti. Tutti i giovani spacciatori con qualche fialetta di crack nella tasca del bomber avevano paura di Bo Maddox.

«Allora vuoi venire a Berkeley con me?»

«Certo. Perché no? Sono curioso di conoscere il tuo bel sismologo.»

Judy fece un'inversione a U e si diresse verso il Bay Bridge. «Cosa ti fa pensare che sia bello?»

Lui sorrise. «Il modo in cui gli hai parlato» rispose sornione.

«Non dovresti usare la psicologia da poliziotto con i tuoi familiari.»

«Psicologia un accidente. Sei mia figlia. Io so sempre cosa ti passa per la testa.»

«Be', hai ragione. È proprio un fusto. Ma non mi piace molto.»

«No?» Bo sembrava scettico.

«È arrogante e scontroso. Ma migliora quando è col figlio. Si ammorbidisce.»

«È sposato?»

«Separato.»

«Separato è come sposato.»

Judy capì che suo padre stava perdendo interesse per Michael. Si era raffreddato. Sorrise tra sé. Non aveva ancora rinunciato a trovarle un marito, ma era pur sempre uno all'antica.

Giunsero a Berkeley e discesero per Euclid Street. C'era

una Subaru arancione parcheggiata sotto l'albero di magnolia. Judy trovò un altro posto.

Quando Michael venne ad aprire la porta, Judy vide che era teso. «Salve, Michael» disse. «Le presento mio padre, Bo Maddox.»

«Entrate» fece Michael, brusco.

Sembrava che il suo umore fosse cambiato nel breve lasso di tempo che lei aveva impiegato ad arrivare là. Quando furono in soggiorno Judy capì il perché.

Dusty era sdraiato sul divano e aveva un aspetto terribile. Aveva gli occhi rossi, gonfi e lacrimosi. Gli colava il naso e respirava rumorosamente. Il televisore trasmetteva un cartone animato, ma lui non gli prestava quasi attenzione.

Judy gli si inginocchiò accanto e gli accarezzò i capelli. «Povero Dusty!» disse. «Cosa è successo?»

«Soffre di crisi allergiche» spiegò Michael.

«Ha chiamato il dottore?»

«Non è necessario. Gli ho dato le medicine di cui ha bisogno per bloccare l'attacco.»

«Quanto ci mettono a fare effetto?»

«Sta già meglio. Il peggio è passato. Ma potrebbe restare in questo stato per giorni.»

«Vorrei aiutarti, amico» disse Judy rivolgendosi a Dusty.

«Ci penso io, grazie» si udì una voce di donna.

Judy si alzò e si voltò. La donna che era entrata nella stanza sembrava appena scesa dalla passerella di una sfilata di moda. Aveva il viso ovale e pallido e capelli rossi e lisci che le scendevano oltre le spalle. Pur essendo alta e magra, aveva un seno generoso e fianchi rotondi. Le gambe lunghe e affusolate erano avvolte in aderenti jeans beige. Sopra, la donna indossava una maglietta verde acido scollata a V.

Fino a quel momento, Judy si era sentita a proprio agio con i calzoncini kaki, i mocassini color cuoio che mettevano in evidenza le caviglie sottili e una polo bianca che faceva risaltare la carnagione dorata. Ora, però, a confronto con tanta disinvolta eleganza si sentiva sciatta, vecchia e superata. E Michael avrebbe sicuramente notato che lei, in confronto, aveva il culo grosso e le tette piccole.

«Questa è Melanie, la mamma di Dusty» disse Michael. «Melanie, ti presento la mia amica Judy Maddox.»

Melanie si limitò a un brusco cenno del capo in segno di saluto.

Dunque, questa è la moglie.

Michael non aveva neppure accennato che era dell'Fbi. Voleva forse che Melanie pensasse che lei era la sua amichetta?

«Mio padre, Bo Maddox.»

Melanie non si scomodò a fare conversazione. «Stavo andando via» disse. Reggeva una piccola sacca con l'immagine di Paperino sul lato. Evidentemente era di Dusty.

Judy provava un senso di inferiorità accanto alla moglie di Michael, così alta e così elegante, ma era ancora più irritata con se stessa. *Perché mai dovrebbe fregarmene qualcosa?*

Melanie si guardò attorno e chiese: «Michael, dov'è il coniglio?».

«È qui» rispose lui. Prese un peluche tutto sudicio posato sulla scrivania e glielo porse.

La donna guardò il bambino sul divano. «In montagna questo non succede» commentò gelida.

Michael sembrava angosciato. «E io cosa dovrei fare? Smettere di vederlo?»

«Dovremmo incontrarci da qualche parte, fuori città.»

«Io voglio che stia qui con me. Non è la stessa cosa se non passa qui la notte.»

«Se non passa qui la notte, questo non gli succede.»

«Lo so, lo so.»

Judy provò compassione per Michael. Pareva davvero angosciato, mentre la moglie era così fredda.

Melanie infilò il coniglio nella sacca e chiuse la cerniera. «Dobbiamo andare.»

«Porto io il bambino alla macchina.» Michael prese Dusty in braccio. «Su, tigre, andiamo.»

Quando furono usciti, Bo guardò Judy e disse: «Accidenti, che bella famigliola!».

Lei annuì. Ma Michael le piaceva più che mai. Avrebbe voluto abbracciarlo e dirgli: *Stai facendo del tuo meglio. Nessuno potrebbe fare di più.*

«Però è il tuo tipo» osservò Bo.

«Esiste un mio tipo?»

«A te piacciono le sfide.»

«È perché sono cresciuta con una sfida.»

«Io?» Finse di essere offeso. «Ma se ti ho viziato da fare schifo!»

Lei gli diede un bacetto sulla guancia. «Anche questo è vero.»

Quando tornò, Michael aveva un'espressione seria e preoccupata. Non offrì loro né una bibita né un caffè e si dimenticò del tutto del Cap'n Crunch. Sedette davanti al computer. «Guardate qua» disse, andando subito al dunque.

Judy e Bo, in piedi alle sue spalle, fissavano lo schermo.

Michael richiamò un grafico sul video. «Questo è il tracciato del terremoto della Owens Valley, con quelle misteriose scosse preliminari che non riuscivo a interpretare... ricorda?»

«Certo» disse Judy.

«Questo invece è il tracciato di un tipico terremoto grosso modo della stessa magnitudo, con le solite scosse di avvertimento. Vedete la differenza?»

«Sì.» Le scosse iniziali normali erano irregolari e sporadiche, mentre le vibrazioni registrate nella Owens Valley seguivano uno schema troppo regolare per essere naturale.

«Ora guardate qui.» Un terzo grafico apparve sullo schermo. Mostrava una serie di vibrazioni costanti e regolari, proprio come quelle della Owens Valley.

«Cosa è stato a provocare queste vibrazioni?» chiese Judy.

«Un vibratore sismico» annunciò Michael con fare trionfante.

«E cosa diavolo è?» chiese Bo.

Judy stava per rispondergli *Non lo so, ma di sicuro ne voglio uno*, poi si trattenne, soffocando una risatina.

«È un macchinario utilizzato nell'industria petrolifera per esplorare il sottosuolo» rispose Michael. «Praticamente è un gigantesco martello pneumatico montato su un camion. Serve a trasmettere delle vibrazioni attraverso la crosta terrestre.»

«E queste vibrazioni hanno provocato il terremoto?»

«Non credo possa trattarsi di una coincidenza.»

Judy annuì con aria solenne. «Dunque è così che fanno. Possono davvero provocare i terremoti.» Sentì un brivido gelido impossessarsi di lei man mano che l'idea prendeva forma.

«Gesù, spero tanto che non vengano a San Francisco» esclamò Bo.

«O a Berkeley» aggiunse Michael. «Sa, benché le avessi detto che in linea teorica era possibile, in cuor mio non ci avevo realmente creduto finché non ho fatto questa scoperta.»

«Il sisma della Owens Valley è stato relativamente leggero» osservò Judy.

Michael scosse la testa. «Non è una consolazione. L'intensità di un terremoto non ha alcun rapporto con l'energia della vibrazione che lo ha provocato. Dipende dallo stato di tensione della faglia. Un vibratore sismico potrebbe scatenare qualsiasi cosa, da una scossa appena percettibile a un altro Loma Prieta.»

Judy ricordava il terremoto di Loma Prieta del 1989 come se fosse accaduto la sera prima. «Maledizione!» imprecò. «E ora cosa facciamo?»

«Tu sei fuori da questo caso» le ricordò Bo.

Michael aggrottò la fronte, perplesso. «Me l'aveva detto» esclamò, rivolto a Judy. «Ma non mi ha spiegato perché.»

«Politiche interne» rispose lei. «Abbiamo un nuovo capo cui non sono simpatica, che ha riassegnato il caso a un agente di suo gradimento.»

«Non ci credo!» sbottò Michael. «Un gruppo di terroristi causa dei terremoti e l'Fbi litiga su chi gli deve dare la caccia!»

«Cosa vuole che le dica? Forse che gli scienziati non permettono ai contrasti personali di intralciare la ricerca della verità?»

Michael le rivolse uno dei suoi inaspettati sorrisi. «Ci può scommettere. Senta... lei può passare questa informazione a Marvin Comesichiama, vero?»

«Quando ho parlato al mio capo dei Los Alamos mi ha ordinato di non intromettermi.»

«È inaudito!» Michael si stava arrabbiando. «Lei non può ignorare ciò che le ho appena detto!»

«Non si preoccupi, non ci penso proprio» tagliò corto Judy. «Cerchiamo di restare calmi e riflettiamo un attimo. Qual è la prima cosa che dobbiamo fare con questa informazione? Se riusciamo a scoprire da dove è uscito il vibratore sismico, potremmo avere una traccia per arrivare al Martello dell'Eden.»

«Giusto» si intromise Bo. «O l'hanno comperato oppure, cosa più probabile, l'hanno rubato.»

«Quanti di questi macchinari ci sono negli Stati Uniti? Un centinaio? Un migliaio?» chiese Judy a Michael.

«Una via di mezzo» rispose lui.

«In ogni caso, non tantissimi. E la ditta che li produce probabilmente registra ogni vendita. Potrei rintracciarla già stasera e richiedere l'elenco. Inoltre se il camion è stato rubato potrebbe essere nell'archivio del National Crime Information Center.» Il centro, operante presso il quartier generale dell'Fbi a Washington, D.C., poteva essere consultato da qualsiasi organismo di polizia.

«Il Ncic vale per le informazioni che contiene» obiettò Bo. «Non abbiamo il numero di targa e non c'è modo di sapere sotto quale categoria è stato inserito nel computer.

Potrei far lanciare dal dipartimento di polizia di San Francisco una ricerca in tutti gli stati sul computer del California Law Enforcement Telecommunications System. E potrei far stampare sui quotidiani la foto di uno di questi camion, in modo che i cittadini lo possano riconoscere.»

«Aspetta un momento» disse Judy. «Se lo fai, Kincaid capirà che ci sono dietro io.»

Michael alzò gli occhi al cielo, esasperato.

«Non necessariamente» ribatté Bo. «Non c'è bisogno che dica ai giornali che c'è un collegamento col caso del Martello dell'Eden. Dirò solo che stiamo cercando un vibratore sismico rubato. È un furto piuttosto insolito. La storia li interesserà.»

«Fantastico» esclamò Judy. «Michael, posso avere una stampata di questi tre grafici?»

«Certo.» Michael batté un tasto e la stampante cominciò a ronzare.

Judy gli posò una mano sulla spalla. La sua pelle era calda sotto la camicia di cotone. «Spero che Dusty stia meglio» gli disse.

Lui posò la mano su quella di lei. «Grazie.» Il suo tocco era leggero, il palmo asciutto. Judy provò un fremito di piacere. Poi Michael ritrasse la mano e disse: «Uhm, forse farebbe meglio a darmi il numero del suo cercapersone in modo che possa rintracciarla più in fretta, se necessario».

Judy tirò fuori un biglietto da visita. Dopo un attimo di riflessione, vi scrisse il numero di casa e glielo porse.

«Dopo che avrete fatto quelle telefonate...» Michael ebbe un attimo di esitazione. «Vi andrebbe di vederci per un drink, o magari a cena? Mi piacerebbe davvero sapere come procede la cosa.»

«Io non posso» rispose Bo. «Ho una partita di bowling.»

«E lei, Judy?»

Mi sta chiedendo di uscire?

«Pensavo di far visita a un amico in ospedale» disse.

Michael parve mortificato.

Judy si rese conto che quella sera non esisteva nulla che

le sarebbe piaciuto di più che andare a cena con Michael Quercus.

«Ma non credo che ci metterò tutta la sera» aggiunse. «Certo che mi va.»

Era trascorsa appena una settimana da quando gli avevano diagnosticato un cancro, ma Milton Lestrange sembrava già più magro e più vecchio. Forse era l'effetto di quell'ambiente ospedaliero: le apparecchiature, il letto, le lenzuola candide. O forse era il pigiama azzurro cielo che lasciava intravedere un triangolo di torace pallido sotto il collo. Aveva perso tutti i simboli del suo potere: l'imponente scrivania, la penna Mont Blanc, la cravatta regimental.

Judy rimase scioccata nel vederlo ridotto in quelle condizioni. «Milt, non sembri proprio al tuo massimo» si lasciò sfuggire.

Le sorrise. «Sapevo che tu non mi avresti mentito, Judy.»

Lei si sentì in imbarazzo. «Scusami, non volevo.»

«Non arrossire. Hai ragione. Sono conciato male.»

«Cosa ti fanno?»

«Mi operano questa settimana, non so ancora che giorno. Ma è solo per rimuovere l'ostruzione intestinale. Le previsioni non sono buone.»

«Cosa vuoi dire?»

«Nel novanta per cento dei casi, la prognosi è infausta.» Judy deglutì a fatica. «Gesù, Milt.»

«Potrei avere ancora un anno.»

«Non so cosa dire.»

Lui non indugiò sulla prospettiva della prognosi. «Sandy, la mia prima moglie, è venuta a trovarmi ieri. Mi ha raccontato che sei stata tu ad avvisarla.»

«Sì. Non ero certa se sarebbe venuta a trovarti, ma pensavo che avrebbe comunque voluto sapere che eri in ospedale.»

Lui le prese la mano e gliela strinse. «Grazie. Non sono molte le persone che ci avrebbero pensato. Non so come tu faccia, giovane come sei, ad avere così tanto buonsenso.»

«Sono contenta che sia venuta.»

Milt cambiò argomento. «Parliamo d'altro. Raccontami dell'ufficio.»

«Non dovresti preoccuparti...»

«Certo che no. Il lavoro è l'ultima delle tue preoccupazioni quando stai morendo. Sono solo curioso.»

«Be', ho vinto la causa. I fratelli Foong probabilmente passeranno i prossimi dieci anni in galera.»

«Brava!»

«Hai sempre avuto fiducia in me.»

«Sapevo che potevi farcela.»

«Ma Brian Kincaid ha raccomandato Marvin Hayes come nuovo coordinatore.»

«Marvin? Merda! Brian sa benissimo che quel posto doveva essere tuo.»

«Raccontami.»

«Marvin è uno tosto, ma è un superficiale. È uno che ama andare per le spicce.»

«Sono sconcertata» disse Judy. «Perché Brian lo stima tanto? Cosa c'è tra quei due... sono amanti, o cosa?»

Milt rise. «No, non sono amanti. Una volta, anni fa, Marvin ha salvato la vita a Brian.»

«Stai scherzando?»

«È successo nel corso di una sparatoria. C'ero anch'io. Avevamo preparato un'imboscata. C'era una barca che scaricava eroina a Sonoma Beach, su nella Marin County. Era febbraio, di mattina presto, e il mare era così freddo da far male. Non c'era pontile e dei tizi stavano caricando chili e chili di eroina su un canottino di gomma per portarla a terra. Noi lasciammo che finissero e poi ci muovemmo.» Milt sospirò e i suoi occhi assunsero un'espressione lontana. Judy si rese conto che per lui non ci sarebbero state altre missioni all'alba.

Dopo un attimo lui proseguì. «Brian commise un errore... lasciò che uno di loro gli si avvicinasse troppo. Questo italiano piccoletto lo afferrò e gli puntò una pistola alla testa. Avevamo tutti le armi spianate, ma se avessimo sparato all'italiano, probabilmente lui avrebbe premuto il grilletto prima di morire. Brian era terrorizzato.» Milt abbassò la voce. «Se la fece addosso, ce ne accorgemmo dalla macchia sui pantaloni. Ma Marvin mantenne la calma. Cominciò a camminare verso Brian e l'italiano. "Spara a me, invece che a lui" gli dice. "Non fa alcuna differenza." Non avevo mai visto una cosa simile. L'italiano ci cascò in pieno. Spostò la pistola per puntarla contro Marvin e in quella frazione di secondo cinque dei nostri spararono a quel tipo.»

Judy annuì. Era una di quelle tipiche storie che gli agenti raccontavano dopo qualche birra da Everton's. Ma non la considerò una fanfaronata. Non capitava spesso agli agenti dell'Fbi di essere coinvolti in una sparatoria. Sono esperienze che lasciano il segno. Trovava normale che da allora Kincaid fosse rimasto legato a Marvin Hayes. «Be', questo spiega tutto» disse. «Brian mi affida un caso di merda, poi, quando salta fuori che invece è roba importante, me lo toglie e lo dà a Marvin.»

Milt sospirò. «In teoria potrei intervenire. Tecnicamente sono ancora il responsabile dell'ufficio, ma Kincaid è una vecchia volpe e sa che non tornerò più. Mi darebbe del filo da torcere. Non sono sicuro di avere l'energia necessaria.»

Judy scosse la testa. «Non te lo permetterei. Posso cavarmela da sola.»

«Qual è il caso che ha affidato a Marvin?»

«Il Martello dell'Eden, quei tizi che provocano i terremoti.»

«Quelli che *dicono* di poter provocare i terremoti.»

«È quello che pensa anche Marvin. Ma si sbaglia.»

Milt aggrottò la fronte. «Stai parlando sul serio?»

«Assolutamente.»

«Cosa intendi fare?»

«Continuare a lavorare al caso all'insaputa di Brian.»

Milt parve preoccupato. «È pericoloso.»

«Già» convenne Judy. «Ma è sempre meno pericoloso di un maledetto terremoto.»

Michael indossava un completo di cotone blu scuro e una camicia bianca con il colletto sbottonato, senza cravatta. Si era messo le prime cose che gli erano capitate sotto mano, si chiese Judy, oppure sapeva che vestito in quel modo era bello da mangiarselo? Lei aveva un abito di seta bianca a pois rossi, perfetto per una serata di maggio. Quando lo indossava tutti si voltavano a guardarla.

Michael la portò in un ristorantino del centro che serviva piatti indiani vegetariani. Judy non aveva mai assaggiato la cucina indiana e quindi lasciò che fosse lui a ordinare. Posò il cellulare sul tavolo. «Lo so che è da maleducati, ma Bo ha promesso di chiamarmi se dovesse avere qualche informazione sul furto di vibratori sismici.»

«Per me va benissimo» disse Michael. «Ha chiamato l'azienda che li produce?»

«Sì. Ho chiamato a casa un direttore commerciale. Stava guardando la partita di football e mi ha promesso un elenco per domani. Ha detto che stasera era impossibile.» Aggrottò la fronte, ancora seccata al pensiero. *Non ci resta molto tempo. Mancano solo cinque giorni.* «Però mi ha mandato una foto via fax.» Judy prese un foglio piegato dalla borsa e glielo porse.

Lui si strinse nelle spalle. «A me sembra solo un grosso camion con uno strano macchinario sul cassone.»

«Ma dopo che Bo avrà inserito questa foto sul Clets, ogni poliziotto della California gli darà la caccia. E se domani i giornali e la televisione pubblicheranno la foto, metà della popolazione sarà sul chi vive.»

Arrivò il cibo. Era piccante ma delizioso. Judy mangiò di gusto. Dopo qualche minuto si accorse che Michael la osservava con un lieve sorriso. «Ho detto qualcosa di spiritoso?»

«Sono contento che questa cucina le piaccia.»

«Si vede?» chiese lei sorridendo.

«Già.»

«Cercherò di moderarmi.»

«No, la prego. È un piacere guardarla. E poi...»

«Poi cosa?»

«Mi piace il suo atteggiamento deciso. È una delle cose che mi attrae in lei. Sembra affamata di vita. Le piace Dusty, la diverte stare con suo padre, è orgogliosa dell'Fbi, evidentemente apprezza i bei vestiti... le piace persino il Cap'n Crunch.»

Judy si sentì arrossire, ma era contenta. L'immagine che Michael aveva dipinto di lei la gratificava. Si chiese che cosa trovasse di attraente in *lui*. Probabilmente era la sua forza. Michael sapeva essere odiosamente ostinato, ma in caso di crisi sarebbe stato una roccia. Quel pomeriggio, quando sua moglie si era comportata con tanta durezza, non si era messo a litigare come avrebbe fatto la maggior parte degli uomini, ma si era solo preoccupato per Dusty.

E poi, mi piacerebbe proprio infilargli le mani nei boxer.

Judy! Comportati bene!

Bevve un sorso di vino e cambiò argomento. «Noi diamo per scontato che quelli del Martello dell'Eden abbiano dati simili ai suoi circa i punti di maggior tensione lungo la faglia di San Andreas.»

«Devono averli, per identificare il luogo preciso in cui un vibratore sismico ha la possibilità di scatenare un terremoto.»

«Lei potrebbe fare lo stesso? Voglio dire studiare i dati e individuare il posto migliore?»

«Penso di sì. Probabilmente ce ne sono cinque o sei.»

Capì dove Judy voleva andare a parare. «E allora immagino che l'Fbi potrebbe mettere sotto controllo quei siti, prestando attenzione alla presenza di un vibratore sismico.»

«Se dipendesse da me, lo farei.»

«Preparerò comunque un elenco. E che ne dice, se lo mandassi per fax al governatore Robson?»

«Non lo mostri a troppe persone. Potrebbe scatenare il panico.»

«Ma se la mia previsione si rivelasse corretta, il mio lavoro se ne avvantaggerebbe.»

«Ne ha bisogno?»

«Certo. Ho solo un grosso contratto, col quale pago l'affitto e la bolletta del cellulare della mia ex moglie. Mi sono fatto prestare del denaro dai miei per iniziare l'attività e non ho ancora cominciato a restituirlo. Speravo di acquisire un altro cliente importante, la Mutual American Insurance.»

«Ho lavorato per loro, anni fa. Continui...»

«Credevo che l'accordo fosse praticamente concluso, invece la stanno tirando per le lunghe. Se cambiano idea, sono nei pasticci. Ma se saltasse fuori che ho previsto un terremoto, credo che firmerebbero. E allora mi sentirei più tranquillo.»

«Comunque, spero nella sua discrezione. Se tutti cercassero di lasciare San Francisco nello stesso momento, ci sarebbero dei problemi.»

Lui le rivolse quel sorriso da "chi-se-ne-frega" che lei trovava irritante e attraente insieme. «L'ho spaventata, eh?»

Judy si strinse nelle spalle. «Lo ammetto. La mia posizione all'Fbi è già abbastanza difficile. Se dovessi risultare in qualche modo responsabile di un'esplosione di isteria di massa mi farebbero fuori.»

«È importante per lei l'Fbi?»

«Sì e no. Ho intenzione di smettere prima o poi e di avere dei bambini. Ma voglio essere io a decidere quando.»

«Ha in mente qualcuno con cui vorrebbe avere dei bambini?

«No» gli rispose lei con un'occhiata innocente. «È difficile trovare l'uomo giusto.»

«Pensavo che ci fosse una lunga lista d'attesa.»

«Grazie per il complimento.» *E tu ti uniresti alla lista? Chissà se mi piacerebbe.*

Lui le offrì dell'altro vino.

«No, grazie. Vorrei una tazza di caffè.»

Michael chiamò il cameriere con un cenno. «Avere un figlio può essere doloroso, ma è una scelta di cui non ci si pente.»

«Mi racconti di Dusty.»

Lui sospirò. «Non ho animali, non ho piante e nell'appartamento c'è pochissima polvere per via dei computer. Tutte le finestre sono sigillate e c'è l'aria condizionata. Abbiamo fatto un salto giù alla libreria e mentre tornavamo a casa si è fermato un momento ad accarezzare un gatto. Un'ora dopo era nelle condizioni in cui lei l'ha trovato.»

«Mi dispiace... povero bambino.»

«Recentemente sua madre si è trasferita in una località di montagna, su, vicino al confine con l'Oregon, e da allora lui è sempre stato bene... fino a oggi. Se ogni volta che viene a trovarmi ha una crisi, non so come faremo. Io non posso andare a vivere in quell'accidente di Oregon, non ci sono abbastanza terremoti là.»

Aveva un'aria così affranta che Judy gli prese la mano. «Troverà una soluzione. Lei gli vuole molto bene, questo si vede.»

«Già». Le sorrise.

Bevvero il caffè e lui pagò il conto, poi la accompagnò alla macchina. «La serata è passata così in fretta...» disse.

Ho l'impressione di piacergli.

Bene.

«Le andrebbe di venire al cinema con me, una sera?»

Il balletto degli appuntamenti. Non cambia mai. «Certo.»

«Una sera di questa settimana?»

«Perché no?»

«La chiamo.»

«D'accordo.»

«Le posso dare il bacio della buonanotte?»

«Sì» gli rivolse un largo sorriso. «Sì. Certo.»

Michael si chinò sul suo viso. Fu un bacio delicato, incerto. Le sue labbra sfiorarono gentilmente quelle di lei, ma non si schiusero. Judy rispose nello stesso modo. Aveva il seno molto sensibile. Senza riflettere premette il corpo contro quello di Michael. Lui la strinse per un istante, poi si scostò.

«Buonanotte.»

Rimase a osservarla mentre saliva in macchina e la salutò con la mano mentre si allontanava.

Judy girò l'angolo e si fermò al semaforo.

«Uau!» esclamò.

Lunedì mattina Judy venne assegnata a una squadra che indagava su un gruppo di attivisti musulmani all'università di Stanford. Il suo primo compito fu quello di setacciare la banca dati dei porto d'armi concessi a nominativi arabi. Trovava difficile concentrarsi su un gruppo relativamente innocuo di fanatici religiosi sapendo che il Martello dell'Eden era intento a progettare un nuovo terremoto.

Michael la chiamò alle nove e cinque. «Come va, agente Judy?» le chiese.

Il suono della sua voce la rese felice. «Sto bene, molto bene.»

«Mi sono divertito ieri sera.»

Judy ripensò al bacio e gli angoli della bocca le si sollevarono in un sorriso. *Sarei disposta a farmene dare un altro, in qualsiasi momento.* «Anch'io.»

«Sei libera domani sera?»

«Credo di sì.» Non voleva sembrare così fredda. «Voglio dire, sì... a meno che non succeda qualcosa col lavoro.»

«Conosci Morton's?»

«Certo.»

«Troviamoci al bar alle sei. Sceglieremo il film assieme.»

«Ci sarò.»

Quello fu l'unico momento decente della mattinata. All'ora di pranzo non ce la faceva più a trattenersi e chiamò Bo, ma lui non aveva ancora nulla. Chiamò la ditta che produceva i vibratori sismici. Le dissero che avevano quasi completato l'elenco e che glielo avrebbero faxato prima della fine della giornata. *Un altro giorno perso! Ora ci restano solo quattro giorni per prenderli.*

Era troppo nervosa per mangiare, così andò nell'ufficio di Simon Sparrow. Lui indossava un'elegante camicia stile inglese, azzurra a righe rosa. Simon ignorava tranquillamente le norme non scritte che regolavano il modo di vestirsi all'Fbi, ma nessuno gli diceva nulla, probabilmente a causa della sua bravura sul lavoro.

Stava parlando al telefono e nello stesso tempo studiava lo schermo di un analizzatore di spettro vocale. «Capisco che le sembrerà una domanda strana, signora Gorky, ma potrebbe dirmi quello che vede dalla finestra?» Mentre ascoltava la risposta, osservò lo spettro della voce della signora Gorky, confrontandolo con la stampa di un altro attaccato di lato al monitor. Dopo qualche attimo tirò una riga su un nome inserito in un lungo elenco. «Grazie per la sua collaborazione, signora. Non la disturberò oltre. Arrivederci.»

«Capisco che le sembrerà una domanda strana, signor Sparrow, ma perché ha bisogno di sapere che cosa vede la signora Gorky guardando fuori dalla finestra?»

«Non è che ne ho bisogno» rispose Simon. «Ma di solito questa domanda implica una risposta della lunghezza utile a permettermi di analizzare la voce. Prima che abbia finito di parlare io so se è la donna che sto cercando.»

«E chi sarebbe questa donna?»

«Quella che ha chiamato la trasmissione di John Truth, ovviamente.» Picchiettò col dito sul classificatore posato sulla scrivania. «L'Fbi, la polizia e le stazioni radio che mandano in onda la trasmissione hanno ricevuto finora un totale di milleduecentoventinove telefonate di persone che si dicono sicure di sapere chi è.»

Judy prese in mano il fascicolo e lo scorse velocemente.

Era possibile che lì dentro ci fosse un indizio di vitale importanza? Simon aveva chiesto alla segretaria di raccogliere le telefonate di denuncia. Nella maggior parte dei casi c'erano nome, indirizzo e numero di telefono sia dell'autore della telefonata che del sospetto. Alcuni riportavano dei commenti:

Ho sempre sospettato che avesse collegamenti con la mafia.
È una sovversiva, non mi sorprende affatto che sia coinvolta in una cosa del genere.
Sembra una mamma perbene, ma quella è la sua voce... potrei giurarlo sulla Bibbia.

Vi era poi una segnalazione particolarmente inutile, che non faceva alcun nome, ma diceva:

Sono sicuro di aver sentito quella voce alla radio o da qualche altra parte. Era così sensuale che me la sono ricordata. Ma era tanto tempo fa. Forse l'ho sentita su un disco.

In effetti quella voce era sensuale, rammentò Judy. Lo aveva notato pure lei. Quella donna avrebbe potuto fare una fortuna come venditrice telefonica, convincendo dirigenti di sesso maschile ad acquistare spazi pubblicitari di cui non avevano alcun bisogno.

«Finora ne ho eliminate un centinaio» disse Simon. «Ma credo di aver bisogno di aiuto.»

Judy continuò a sfogliare il fascicolo. «Ti aiuterei io, se potessi, ma mi hanno intimato di non occuparmi del caso.»

«Grazie, questo mi fa sentire decisamente meglio.»

«Ci sono novità?»

«La squadra di Marvin sta telefonando a tutti quelli che erano sull'indirizzario del movimento Green California. Lui e Brian sono appena partiti per Sacramento, ma non so proprio cosa potranno dire al grande Honeymoon.»

«Non sono stati quei benedetti verdi, questo è certo.»

«Non ha altre piste, però.»

Mentre Judy continuava a guardare il fascicolo, a un tratto aggrottò la fronte. Le era caduto l'occhio su un'altra telefonata che faceva riferimento a un disco. Come per la precedente, non veniva dato un nome alla persona sospetta:

Ho già sentito quella voce su un disco, ne sono assolutamente sicuro. Un disco di tanti anni fa, forse degli anni Sessanta.

«Hai notato che due delle telefonate parlano di un disco?» disse Judy.

«Davvero? Mi è sfuggito!»

«Sono convinti di aver già sentito la voce della donna su un vecchio disco.»

«Sul serio?» Di colpo Simon si animò. «Deve trattarsi di un disco parlato... favole per bambini, Shakespeare, o qualcosa del genere. La voce di una persona quando parla è molto diversa da quando canta.»

Raja Khan passò davanti alla porta e la vide. «Oh, Judy, ha chiamato tuo padre. Credevo fossi andata a mangiare.»

Di colpo Judy rimase senza fiato. Uscì dall'ufficio di Simon senza una parola e corse alla sua scrivania. Senza neppure sedersi sollevò il ricevitore e compose il numero di Bo.

Lui rispose immediatamente. «Tenente Maddox.»

«Cos'hai scoperto?»

«Un sospetto.»

«Gesù... è fantastico!»

«Sta' a sentire: un vibratore sismico è scomparso due settimane fa da qualche parte tra Shiloh, Texas, e Clovis, Nuovo Messico. Il suo autista è sparito più o meno nello stesso periodo e il suo pick-up è stato ritrovato, carbonizzato, in una discarica, con dentro quelle che sembrerebbero ceneri di resti umani.»

«Lo hanno ucciso per rubargli il camion? Questa è gente che non fa prigionieri, eh?»

«Il principale sospetto è un certo Richard Granger, di quarantotto anni, detto "Ricky". Credevano che fosse un ispanico, ma con un nome così potrebbe anche trattarsi di un bianco molto abbronzato. E... aspetta un momento... questo tizio ha dei precedenti.»

«Sei un genio, Bo!»

«Dovresti riceverne una copia via fax proprio adesso. Alla fine degli anni Sessanta, inizio anni Settanta, era un grosso delinquente a Los Angeles. È stato condannato per aggressione, rapina e furto d'auto aggravato. Sospettato di tre omicidi e pure di traffico di droga. Ma è scomparso nel nulla nel 1972. La polizia di Los Angeles pensava che lo avesse fatto fuori la mafia – lui gli doveva un bel po' di soldi – però il caso è ancora aperto perché il cadavere non è mai stato trovato.»

«Ci sono. Ricky è sfuggito alla mafia, gli è venuta la crisi mistica e ha fondato una setta.»

«Sfortunatamente non sappiamo dove.»

«Sappiamo solo che non si trova nella Silver River Valley...»

«La polizia di Los Angeles potrebbe controllare l'ultimo domicilio conosciuto. Probabilmente è una perdita di tempo, ma glielo chiederò comunque. C'è un tizio della Omicidi che mi deve un favore.»

«Abbiamo una foto di questo Ricky?»

«Ce n'è una nel fascicolo, ma risale a quando aveva diciannove anni. Ora è vicino alla cinquantina e probabilmente ha un aspetto totalmente diverso. Per fortuna, lo sceriffo di Shiloh ha preparato un identikit con l'E-fit.» Il programma computerizzato E-fit aveva sostituito i vecchi disegnatori della polizia. «Ha promesso di mandarmene una copia per fax, ma non è ancora arrivata.»

«Appena ti arriva mandamela subito, okay?»

«Certo. Cosa intendi fare?»

«Vado a Sacramento.»

Erano le quattro e un quarto quando Judy varcò la porta con la targa "Governatore".

Dietro la grande scrivania sedeva la segretaria della volta precedente. La donna riconobbe Judy e si mostrò sorpresa. «Lei è dell'Fbi, vero? La riunione con il signor Honeymoon è iniziata dieci minuti fa.»

«Non c'è problema» disse Judy. «Ho portato delle informazioni importanti giunte all'ultimo momento. Prima che vada in riunione, è per caso arrivato un fax per me, pochi minuti fa?» Quando era partita, Bo non le aveva ancora trasmesso l'identikit di Ricky Granger, così l'aveva chiamato dalla macchina e gli aveva chiesto di mandarlo per fax nell'ufficio del governatore.

«Ora guardo.» Parlò con qualcuno al telefono. «Sì, il suo fax è qui.» Un attimo dopo da una porta laterale comparve una giovane donna con un foglio in mano. Judy osservò il volto sul fax. Ecco l'uomo che avrebbe potuto uccidere migliaia di persone. Il suo nemico.

Vide un bell'uomo che si era dato molto daffare per nascondere la vera forma del proprio viso, quasi avesse previsto quel momento. La testa era coperta da un cappello da cow-boy. Ciò indicava che i testimoni che avevano aiutato lo sceriffo a comporre il ritratto non avevano mai visto il sospetto senza cappello. Di conseguenza, non c'era modo di sapere come fossero davvero i suoi capelli. Se era calvo, brizzolato, ricciuto o coi capelli lunghi, sarebbe apparso diverso da quella immagine. La parte bassa del volto era anch'essa nascosta da una folta barba e dai baffi che impedivano di indovinare la forma della sua mascella. Sicuramente a quest'ora si era totalmente rasato.

L'uomo aveva occhi infossati che fissavano ipnotici dalla carta. Ma per i non addetti ai lavori tutti i criminali avevano lo sguardo fisso.

Ciononostante quella immagine rivelava alcune cose. Ricky Granger non portava abitualmente gli occhiali, chiaramente non era afroamericano né asiatico, e siccome la sua barba era scura e folta, con tutta probabilità aveva capelli scuri. Dalla descrizione allegata apprese che era alto circa un metro e ottanta, di corporatura snella, ma forte, e non aveva alcun accento particolare. Non era molto, ma sempre meglio di niente.

E niente era quello che avevano in mano Brian e Marvin.

Arrivò l'assistente di Honeymoon e la accompagnò

lungo il Ferro di cavallo dove si trovavano gli uffici del governatore e del suo staff.

Judy si morse il labbro. Stava per infrangere la prima regola della gerarchia burocratica, facendo fare al suo superiore la figura dello stupido. Probabilmente ciò avrebbe significato la fine della sua carriera.

E chi se ne frega.

L'importante era che il suo capo prendesse sul serio quelli del Martello dell'Eden prima che uccidessero qualcuno. Poi poteva anche licenziarla.

Passarono davanti all'ingresso dello studio privato del governatore, quindi l'assistente aprì la porta dell'ufficio di Honeymoon.

Judy entrò.

Per un attimo si godette l'espressione sciocca e sgomenta sui volti di Brian Kincaid e Marvin Hayes.

Subito dopo guardò Honeymoon.

Il segretario di Gabinetto indossava una camicia grigio pallido con una sobria cravatta bianca e nera a pois piccolissimi e bretelle grigio scuro con piccoli disegni. Guardò Judy con aria interrogativa ed esordì: «Agente Maddox! Il signor Kincaid mi stava giusto dicendo che l'aveva allontanata dal caso perché la ritiene una zucca vuota».

Judy rimase senza parole. Avrebbe dovuto avere lei il controllo della situazione, era lei a dover causare sconcerto. Ma Honeymoon l'aveva spiazzata: non si sarebbe fatto rubare la scena proprio nel suo ufficio.

Judy si riprese in fretta. *Okay, signor Honeymoon. Se vuoi il gioco duro, adesso ci penso io.*

«Brian è uno stronzo.»

Kincaid si acciglià, mentre Honeymoon si limitò a inarcare appena le sopracciglia.

«Io sono il suo miglior agente e sto per dimostrarglielo» proseguì Judy.

«Davvero?» chiese Honeymoon.

«Mentre Marvin se ne stava seduto in poltrona a grattrasi le palle fingendo che non ci fosse niente di cui preoccuparsi, io ho risolto il caso.»

Kincaid si alzò, rosso in volto. «Maddox, cosa diavolo credi di fare, qui?» sbottò, furibondo.

Lei lo ignorò. «Io so chi sta minacciando il governatore Robson» disse a Honeymoon. «Marvin e Brian non lo sanno. Decida lei chi è la zucca vuota.»

Hayes era rosso come un peperone. «Di cosa cazzo stai parlando?»

«Sedetevi» ordinò Honeymoon. «Visto che la signorina Maddox ci ha interrotti, tanto vale che sentiamo quello che ha da dire.» Fece un cenno col capo in direzione del suo assistente. «Chiudi la porta, John. E ora, agente Maddox, sbaglio o lei sostiene di sapere chi è il responsabile di queste minacce?»

«Non sbaglia.» Judy posò il fax sulla scrivania di Honeymoon. «Richard Granger, un malvivente di Los Angeles che si pensava, erroneamente, fosse stato ucciso dalla mafia nel 1972.»

«E cosa le fa pensare che sia lui il colpevole?»

«Guardi qui.» Gli porse un altro foglio. «Questo è il tracciato di un terremoto. Guardi le vibrazioni che precedono il sisma vero e proprio: una sequenza casuale di tremori di magnitudo diversa. Sono le tipiche scosse di avvertimento.» Poi Judy mostrò un secondo tracciato. «Questo è il terremoto della Owens Valley. Qui non c'è nulla di casuale. Invece della confusione che abbiamo visto prima, qui c'è una bella serie di vibrazioni regolari.»

Hayes la interruppe. «Nessuno riesce a capire cosa siano quelle vibrazioni.»

Judy si voltò verso di lui. «Tu non sei riuscito a capirlo, io sì.» Posò un altro foglio sulla scrivania di Honeymoon. «Ora guardi questo tracciato.»

Honeymoon studiò il terzo grafico, confrontandolo con il secondo. «Vibrazioni regolari, proprio come il grafico della Owens Valley. Cos'è che causa vibrazioni di questo tipo?»

«Un macchinario chiamato vibratore sismico.»

Hayes ridacchiò, ma Honeymoon non accennò neppure un sorriso. «Cos'è?»

«Uno di questi.» Judy gli porse la fotografia inviatale dal costruttore. «Viene usato nelle prospezioni petrolifere.»

Honeymoon sembrava scettico. «Sta dicendo che quel terremoto è opera dell'uomo?»

«Non sto avanzando delle ipotesi, le sto esponendo dei fatti. Immediatamente prima del terremoto, in quella località è stato usato un vibratore sismico. Tragga lei le conclusioni.»

Honeymoon le rivolse uno sguardo duro, indagatore. Si stava chiedendo se fosse una che sparava cazzate o meno. Lei sostenne il suo sguardo. Alla fine il braccio destro del governatore disse: «Okay. E questo come porta all'uomo con la barba?».

«Due settimane fa un vibratore sismico è stato rubato a Shiloh, nel Texas.»

Judy sentì Hayes che esclamava: «Oh, merda!».

«E il tizio della fotografia?» chiese Honeymoon.

«Richard Granger è il principale sospettato del furto, e anche dell'omicidio dell'autista dell'autocarro su cui il vibratore è montato. Granger lavorava per la ditta di prospezioni petrolifere che stava utilizzando quel macchinario. L'identikit è basato sulle descrizioni dei suoi colleghi di lavoro.»

Honeymoon annuì. «Tutto qui?» «Perché, non le basta?» ribatté lei.

Honeymoon non rispose. Si rivolse a Kincaid. «Cos'ha da dire in proposito?»

Kincaid gli rivolse un sorriso imbarazzato. «Non credo sia il caso di annoiarla con i nostri problemi di disciplina interna...»

«Oh, ma io voglio essere annoiato» rispose Honeymoon. C'era una nota minacciosa nella sua voce e la temperatura nella stanza parve precipitare. «Cerchi di vedere la cosa dal mio punto di vista. Voi venite qui e mi dite che il terremoto non è assolutamente opera dell'uomo.» La sua voce si fece più forte. «Mentre ora pare, da queste prove, che sia molto probabile il contrario. E là fuori c'è un gruppo di terroristi in grado di scatenare un disastro di proporzioni enormi.» Judy provò un crescente senso di trionfo man mano che risultava evidente che Honeymoon credeva alla sua storia. Era furioso con Kincaid. L'uomo si alzò e puntò un dito contro Brian. «Lei mi dice che non riesce a trovare i colpevoli, poi arriva l'agente Maddox con nome, fedina penale e pure una dannata fotografia.»

«Credo che dovrei dirle...»

«Io ho l'impressione che lei mi abbia preso per il culo, agente speciale Kincaid» proseguì Honeymoon, zittendolo. Il suo volto era nero per la collera. «E quando la gente mi prende per il culo, io divento un tantino irascibile.»

Judy, in silenzio, osservava Honeymoon distruggere Kincaid. *Se questo lo chiami essere irascibile, Al, non oso pensare a quando sei incazzato.*

Kincaid ci riprovò. «Mi dispiace se...»

«Inoltre odio la gente che si scusa» lo interruppe Honeymoon. «Le scuse hanno lo scopo di far sentire meglio la persona che ha sbagliato, così da poter sbagliare un'altra volta. Non si dispiaccia...»

Kincaid tentò di rimettere assieme qualche brandello di dignità. «Cosa vuole che le dica?»

«Che rimetterà l'agente Maddox a capo delle indagini.»

Judy lo guardò. Era molto di più di quanto avesse sperato.

Kincaid aveva una faccia come se gli avessero ordinato di spogliarsi nudo in Union Square. Deglutì a fatica.

«Se questo le crea dei problemi lo dichiari subito» incalzò Honeymoon «e chiederò al governatore Robson di chiamare il direttore dell'Fbi a Washington. Così il governatore avrà modo di spiegare al direttore il motivo della sua richiesta.»

«Non sarà necessario» ribatté Kincaid.

«Allora riassegni il caso all'agente Maddox.»

«D'accordo.»

«No, non d'accordo. Voglio sentirglielo dire qui, adesso.»

Brian evitò di guardare Judy, ma obbedì. «Agente Maddox, ora sei a capo delle indagini sul caso Martello dell'Eden.»

«Grazie» esclamò lei.

Salva!

«E ora fuori di qui» concluse Honeymoon.

Si alzarono tutti.

«Maddox» la bloccò Honeymoon.

Judy si voltò, sulla porta. «Sì?»

«Voglio essere tenuto al corrente ogni giorno.»

Significava che avrebbe continuato ad appoggiarla. Poteva parlare con Honeymoon ogni volta che voleva. E Kincaid lo sapeva. «Ci conti» rispose Judy.

Mentre uscivano dal Ferro di cavallo, lei rivolse a Kincaid un sorriso mieloso e gli ripeté le stesse parole che questi le aveva detto l'ultima volta che si erano trovati là, solo quattro giorni prima. «Te la sei cavata egregiamente, Brian. Non ti preoccupare.»

13

Dusty continuò a star male per tutta la giornata di lunedì. Melanie andò a Silver City per procurarsi altre medicine contro l'allergia. Affidò Dusty alle cure di Flower che stava attraversando un'improvvisa fase materna.

Tornò in preda al panico. Priest era nel capannone con Dale che gli aveva chiesto di assaggiare il prodotto dell'ultima vendemmia. Sarebbe stato un vino dal leggero sapore di noce, lento a maturare ma adatto all'invecchiamento. Priest suggerì di usare una maggiore quantità della pigiatura più leggera, frutto dei terrazzamenti più bassi e quindi più ombreggiati della vallata, per rendere il vino più gradevole, ma Dale si oppose. «Questo è un vino da intenditori» disse. «Non dobbiamo assecondare i gusti dei clienti da supermercato. Ai nostri clienti piace conservare il vino in cantina per qualche anno prima di berlo.»

Priest sapeva bene che non era questa la vera ragione per cui Dale l'aveva cercato, ma ribatté: «Non disprezzare i clienti dei supermercati, sono quelli che ci hanno salvato, agli inizi».

«Be', non possono salvarci adesso» disse Dale. «Priest, perché cazzo facciamo tutto questo? Entro domenica prossima dovremo essere fuori di qui!»

Priest represse un sospiro di frustrazione. *Dammi una possibilità, per Dio! Ce l'ho quasi fatta... il governatore non può continuare a ignorare i terremoti all'infinito. Ho solo bisogno di un po' più di tempo. Perché non hai fede?*

Sapeva che Dale non si sarebbe lasciato convincere dalle minacce, dalle lusinghe o dalle stronzate. Con lui funzionava solo la logica. Priest si sforzò di parlare con calma e di farlo ragionare. «Potresti essere nel giusto» ammise, magnanimo. Ma poi non seppe trattenere una frecciata: «Ai pessimisti succede spesso».

«E allora?»

«Quello che ti sto dicendo è: concedimi sei giorni. Non cedere *adesso*. Lascia spazio a un miracolo. Forse non avverrà, ma forse sì.»

«Non lo so» disse Dale.

A quel punto entrò Melanie come una furia, il giornale stretto in mano. «Ti devo parlare» sbottò, senza prendere fiato.

Il cuore di Priest mancò un battito. Cosa era successo? Doveva trattarsi di qualcosa inerente al terremoto... e Dale non era al corrente della faccenda. Priest fece una smorfia come a significare "Sono proprio strane le donne" e accompagnò fuori Melanie.

«Dale non sa nulla!» le ricordò non appena furono a distanza di sicurezza. «Cosa diavolo...»

«Guarda qui!» fece lei, sventolandogli il giornale davanti agli occhi.

Priest rimase scioccato nel vedere la foto di un vibratore sismico.

Lanciò una rapida occhiata al cortile e agli edifici vicini: non c'era nessuno in giro. Tuttavia non voleva proseguire quella conversazione all'aperto. «Non qui!» esclamò, furibondo. «Infilati quel dannato giornale sotto il braccio e andiamo nella mia capanna.»

Melanie si calmò.

Attraversarono il campo fino alla capanna. Non appena furono all'interno, Priest prese il giornale e guardò di nuovo la foto: non c'era alcun dubbio. Non poteva leggere la didascalia né l'articolo che accompagnavano la foto, ma l'immagine era quella di un automezzo del tutto simile a quello che lui aveva rubato.

«Merda» disse, lanciando il giornale sul tavolo.

«Leggi!» gli intimò Melanie.

«È troppo buio qui» ribatté lui. «Raccontami cosa c'è scritto.»

«La polizia sta cercando un vibratore sismico rubato.»

«Ci puoi scommettere.»

«Non parla di terremoti» proseguì Melanie. «È solo una storia curiosa... tipo chi mai può voler rubare uno di questi cosi?»

«Non ci credo» obiettò Priest. «Non può essere una coincidenza. L'articolo è su di noi, anche se non ci nomina. Sanno che siamo stati noi a provocare il terremoto, ma non l'hanno ancora rivelato alla stampa. Hanno paura di scatenare il panico.»

«E allora perché hanno fatto pubblicare questa foto?»

«Per renderci le cose difficili. La foto ci mette nell'impossibilità di guidare il camion sulle strade pubbliche. Ogni poliziotto della statale in California sarà sul chi vive.» Diede un pugno sul tavolo, in preda alla frustrazione. «Cazzo, non mi fermeranno tanto facilmente!»

«E se ci spostassimo di notte?»

Priest ci aveva già pensato. Scosse la testa. «È comunque troppo rischioso. Anche di notte ci sono poliziotti sulle strade.»

«Devo vedere come sta Dusty» disse Melanie. Era prossima alle lacrime. «Oh, Priest, sta così male... non saremo costretti a lasciare la valle, vero? Ho paura. Non esiste un altro posto dove io possa essere felice, ne sono sicura.»

Priest la abbracciò per farle coraggio. «Non mi hanno ancora sconfitto, ci vuole ben altro. Cos'altro c'è scritto nell'articolo?»

Melanie prese il giornale. «C'è stata una dimostrazione davanti al Federal Building a San Francisco.» Sorrise tra le lacrime. «Un gruppo di persone manifesta a favore del Martello dell'Eden, vogliono che l'Fbi ci lasci in pace, e il governatore Robson la smetta di costruire centrali elettriche.»

Priest era compiaciuto. «Be', chi l'avrebbe mai detto? Ci sono ancora dei californiani che sanno usare il cervello!» Poi si fece di nuovo scuro in volto. «Ma questo non mi aiuta a trovare il modo di spostare il camion senza venir fermato dal primo poliziotto che incontro.»

«Io vado da Dusty» annunciò lei.

Priest la seguì. Il bimbo era sdraiato sul letto, nella capanna di Melanie, gli occhi che lacrimavano, il volto rosso per lo sforzo di respirare. Flower gli era seduta accanto, e leggeva a voce alta da un libro con una pesca gigante sulla copertina. Priest accarezzò i capelli di sua figlia. Lei alzò lo sguardo e gli sorrise senza smettere di leggere.

Melanie prese un bicchiere d'acqua e porse una pillola a Dusty. Priest era dispiaciuto per il piccolo, ma non poteva fare a meno di pensare che la sua malattia costituiva un colpo di fortuna per la comune. Melanie era in trappola. Era convinta di dover vivere dove l'aria era pura, ma non riusciva a trovare un lavoro fuori città: la comune rappresentava l'unica soluzione per lei. Se avesse dovuto andarsene da lì, avrebbe potuto trovarne un'altra che la ospitasse, ma era troppo stanca e scoraggiata per mettersi di nuovo a cercare.

E c'era anche dell'altro, rifletté Priest. Le covava dentro una rabbia terribile, di cui lui non conosceva la causa, una rabbia tanto forte da farle desiderare di scuotere la terra, bruciare città intere, costringere la gente a fuggire urlando dalle proprie case. Normalmente quel sentimento era celato dietro l'immagine di una donna provocante e priva di senso pratico. Talvolta, però, quando la sua volontà veniva ostacolata e lei si sentiva frustrata e impotente, quella rabbia esplodeva.

Priest li lasciò e si diresse verso la capanna di Star, continuando a pensare al problema del camion. Forse Star avrebbe avuto qualche idea. Magari c'era un modo per camuffare il vibratore sismico così da farlo sembrare un altro tipo di veicolo, un camion della Coca-Cola, una gru, o qualcosa di simile.

Entrò nella capanna. Star stava applicando un cerotto sul ginocchio di Ringo, il che avveniva almeno una volta al giorno. Priest sorrise al figlio e disse: «Cos'hai combinato questa volta, cow-boy?». Poi si accorse di Bones.

Era sdraiato sul letto, completamente vestito ma addormentato... o per meglio dire completamente partito. Sul tavolo di legno grezzo c'era una bottiglia vuota di chardonnay Silver River Valley. Bones russava sommessamente con la bocca spalancata.

Ringo cominciò a raccontare una lunga storia su come aveva cercato di passare il ruscello lanciandosi da un albero, ma Priest lo ascoltava appena. La vista di Bones gli aveva fatto venire l'ispirazione e la sua mente lavorava a ritmo febbrile.

Quando il ginocchio sbucciato di Ringo fu medicato e il ragazzo corse fuori, Priest spiegò a Star il problema del vibratore sismico. E poi le espose la soluzione.

Priest, Star e Oaktree aiutarono Bones a sollevare il grosso telone che copriva la giostra. Il veicolo si mostrò in tutta la sua variopinta, sgargiante eccentricità: un drago verde sputava fiamme gialle e rosse su tre ragazze urlanti, sedute sui seggiolini della giostra. Sotto campeggiava la scritta che Bones gli aveva rivelato: "La Bocca del Drago".

«Lo spostiamo più in alto, lungo il sentiero» spiegò Priest a Oaktree «e lo parcheggiamo accanto al vibratore sismico. Poi togliamo i pannelli colorati, li fissiamo al nostro camion e così nascondiamo il macchinario. La polizia sta cercando un vibratore sismico, non una giostra.»

Oaktree, che aveva portato con sé la cassetta degli attrezzi, esaminò attentamente i pannelli, studiando il modo in cui erano fissati. «Nessun problema» disse dopo un minuto. «Posso farlo in una giornata se ho una o due persone che mi danno una mano.»

«E dopo potrai rimettere a posto i pannelli, in modo che la giostra torni com'era prima?»

«Come nuova» promise Oaktree.

Priest guardò Bones. La grossa insidia di quel piano era che Bones doveva esserne al corrente. Ai vecchi tempi Priest gli avrebbe affidato anche la propria vita. Dopotutto era un mangiatore di riso. Uno come lui poteva anche dimenticare di andare al proprio matrimonio, ma di certo sapeva tenere un segreto. Però, da quando era diventato un tossico, non ci si poteva più fidare di lui. L'eroina lobotomizza le persone. Un tossico è capace di rubare anche la fede nuziale della propria madre.

Ma era un rischio che Priest doveva correre. Era disperato. Aveva promesso un terremoto di lì a quattro giorni e doveva tenere fede alla minaccia, altrimenti tutto sarebbe stato perduto.

Bones dal canto suo aderì prontamente al piano. Priest si aspettava che chiedesse di essere pagato, ma ormai era loro ospite da qualche giorno e quindi era troppo tardi per mettere il suo rapporto con lui su un piano commerciale. Inoltre, in quanto vecchio membro della comune, Bones sapeva che il peggior peccato immaginabile era valutare le cose in termini di denaro.

No, Bones avrebbe agito in maniera più sottile. Tra uno o due giorni si sarebbe fatto avanti chiedendo un po' di soldi per comperarsi la roba. Priest ci avrebbe pensato a tempo debito.

«Avanti, diamoci da fare» disse.

Oaktree e Star salirono nella cabina di guida della giostra insieme a Bones. Melanie e Priest presero la 'Cuda per percorrere il chilometro e mezzo che li separava dal punto in cui era nascosto il vibratore sismico.

Priest si chiese cos'altro sapesse l'Fbi. Avevano capito che il terremoto era stato provocato da un vibratore sismico. Ma erano andati oltre? Accese l'autoradio, sperando di beccare un notiziario. C'era Connie Francis che cantava

Breakin' in a Brand New Broken Heart, una canzone vecchia anche per i suoi gusti.

La 'Cuda sobbalzava lungo il sentiero fangoso nella foresta, dietro la giostra. Priest osservò che, sebbene si fosse appena svegliato dal sonno profondo del dopo sbronza, Bones guidava il grosso automezzo con sicurezza. Ci fu un momento in cui pensò che la giostra si sarebbe impantanata in una lingua di fango, ma lui riuscì a uscirne con destrezza.

Il notiziario iniziò proprio mentre giungevano nei pressi del nascondiglio del vibratore sismico. Priest alzò il volume.

Quello che sentì lo fece sbiancare.

«Gli agenti dell'Fbi che stanno indagando sul gruppo terrorista Martello dell'Eden hanno reso noto il fotofit di un sospetto» disse lo speaker. «Risponde al nome di Richard o Ricky Granger, età quarantotto anni, originario di Los Angeles.»

«Cristo!» esclamò Priest pestando sul freno.

«Granger è ricercato anche per un omicidio avvenuto a Shiloh, in Texas, due settimane fa...»

«Cosa?!» Nessuno sapeva che aveva ucciso Mario, neppure Star.

I mangiatori di riso erano pronti a provocare un terremoto che avrebbe potuto uccidere centinaia di persone, ma sarebbero rimasti sgomenti nell'apprendere che lui aveva ucciso un uomo a colpi di chiave inglese. La gente non aveva un minimo di coerenza.

«Non è vero» disse Priest a Melanie. «Io non ho ucciso Mario.»

Melanie lo stava fissando. «È questo il tuo vero nome?» chiese. «Ricky Granger?»

Aveva dimenticato che lei non lo sapeva. «Sì» rispose. Si arrovellò il cervello per pensare chi fosse a conoscenza del suo vero nome. Non lo aveva più usato da venticinque anni, se non a Shiloh. Di colpo rammentò che era andato nell'ufficio dello sceriffo a Silver City per tirar fuori di galera Flower, e il cuore gli si fermò. Poi ricordò che il vicesceriffo, dando per scontato che lui avesse lo stesso cognome di Star, lo aveva chiamato signor Higgins. Grazie al cielo!

«Come hanno fatto ad avere una tua foto?» volle sapere Melanie.

«Non è una foto» la corresse lui. «È un fotofit. Deve essere uno di quegli identikit fotografici che mettono insieme pezzo per pezzo.»

«Ho capito cosa intendi» disse lei. «Ora usano il computer.»

«Oggi c'è un programma di computer per ogni cazzo di cosa» borbottò Priest. Si compiacque di aver cambiato il proprio aspetto prima di iniziare a lavorare a Shiloh. Era valsa la pena di farsi crescere la barba, di raccogliersi i capelli ogni giorno, la noia di portare sempre il cappello. Probabilmente il fotofit non gli somigliava affatto.

Ma doveva esserne certo.

«Devo trovare un televisore» disse.

Saltò giù dall'auto. La giostra si era fermata vicino al punto in cui era nascosto il vibratore sismico. Oaktree e Star stavano scendendo. Con poche parole Priest spiegò loro la situazione. «Voi cominciate qui. Io faccio un salto a Silver City» disse. «Porto Melanie con me... voglio sentire anche la sua opinione.»

Risalì in macchina, uscì dal bosco e si diresse verso Silver City.

Alla periferia della cittadina c'era un negozio di elettronica. Priest parcheggiò e scesero.

Priest si guardò attorno, in apprensione. Era ancora giorno. E se avesse incontrato qualcuno che aveva visto il suo volto in televisione? Tutto dipendeva da quanto l'immagine gli assomigliava. Doveva assolutamente scoprirlo. Doveva rischiare. Si avvicinò al negozio.

In vetrina c'erano parecchi televisori, che trasmettevano tutti la stessa immagine. Era una specie di telequiz. Il presentatore, un uomo brizzolato in abito azzurro polvere, stava prendendo in giro una donna di mezza età dagli occhi pesantemente truccati.

Priest lanciò un'occhiata su e giù per il marciapiede. Non c'era nessuno in giro. Guardò l'orologio: erano quasi le sette. Il notiziario sarebbe cominciato di lì a poco.

Il presentatore brizzolato mise un braccio intorno alle spalle della signora e si rivolse alla telecamera. Ci fu uno scroscio di applausi mentre il pubblico batteva le mani con entusiasmo isterico. Iniziò il telegiornale. C'erano due conduttori, un uomo e una donna. Parlarono per alcuni secondi.

Poi sulla fila di schermi comparve l'immagine in bianco e nero di un tizio con una fitta barba e un cappello da cow-boy.

Priest lo fissò.

L'immagine non gli assomigliava affatto.

«Cosa ne pensi?» chiese a Melanie.

«Neppure io capirei che sei tu» fu la risposta di lei.

Il sollievo lo travolse come un'onda di piena. Il travestimento aveva funzionato. La barba gli aveva cambiato la forma del viso, mentre il cappello aveva nascosto la sua caratteristica più evidente: i lunghi capelli folti e ondulati. Neppure lui stesso si sarebbe riconosciuto in quel ritratto.

Si rilassò. «Dio degli hippy, ti ringrazio» disse.

Con un tremolio gli schermi passarono a un'altra immagine. Priest rimase sciocato: riprodotta una decina di volte, apparve una sua foto segnaletica scattata quando aveva diciannove anni. L'estrema magrezza rendeva il suo volto simile a un teschio. Ora era snello, ma a quei tempi tra droga, alcool e vita sregolata, si era ridotto a uno scheletro. L'espressione tirata, imbronciata, i capelli opachi e senza vita, con un taglio alla Beatles che doveva essere fuori moda persino allora.

«Mi riconosceresti?» chiese Priest.

«Sì» rispose lei. «Dal naso.»

Lui guardò meglio. Melanie aveva ragione: la fotografia

mostrava quel suo inconfondibile naso affilato che ricordava un coltello ricurvo.

«Ma non credo che qualcun altro potrebbe riconoscerti, di sicuro non degli estranei» aggiunse a rassicurarlo.

«È quello che pensavo anch'io.»

Lei gli cinse la vita con un braccio e lo strinse affettuosamente. «Avevi un'aria così da cattivo quando eri giovane.»

«Lo ero.»

«Dove hanno preso quella foto?»

«Dal mio fascicolo nell'archivio della polizia, immagino.»

Lo guardò. «Non sapevo che fossi schedato. Cos'hai combinato?»

«Vuoi un elenco?»

Melanie parve scioccata. Lo fissò con un'aria di rimprovero. *Non ti mettere a darmi lezioni di morale, bambina... di chi è stata l'idea di provocare un terremoto?* «Ho smesso con il crimine quando sono arrivato nella valle» disse lui. «E per venticinque anni non ho più fatto nulla di male... finché non ho incontrato te.»

Un'espressione corrucciata increspò la fronte di Melanie. Priest si rese conto che lei non si considerava una criminale. Ai propri occhi era una cittadina rispettabile costretta a compiere un'azione disperata. Pensava ancora di essere diversa da quelli che rubavano e uccidevano. *Pensala pure come ti pare, tesoro... purché rispetti il piano.*

I due conduttori ricomparvero, e la scena si spostò su un grattacielo. Nella parte bassa dello schermo lampeggiarono delle parole. Pur senza leggerle, Priest riconobbe il luogo. Era il Federal Building, la sede dell'Fbi di San Francisco. Era in corso una dimostrazione, e Priest rammentò che Melanie aveva letto qualcosa al proposito sul giornale. C'erano state manifestazioni in favore del Martello dell'Eden, aveva detto. Un gruppo di dimostranti con cartelli e megafono urlava slogan contro alcune persone che stavano entrando nell'edificio.

La telecamera inquadrò una giovane donna dai tratti vagamente orientali. Priest rimase colpito. La donna aveva quella bellezza esotica che lui aveva sempre trovato affascinante. Era snella e indossava un elegante tailleur pantalone scuro. Sfoggiava un'espressione dura del tipo "non mi rompete i coglioni" e si faceva largo tra la folla con calma determinazione.

«Mio Dio, è lei!» esclamò Melanie.

Priest si allarmò. «Conosci quella donna?»

«L'ho conosciuta domenica!»

«Dove?»

«A casa di Michael, quando sono andata a riprendere Dusty.»

«Chi è?»

«Michael me l'ha presentata come Judy Maddox, ma non mi ha detto altro di lei.»

«Cosa ci fa al Federal Building?»

«È scritto lì, sullo schermo: "L'agente dell'Fbi, Judy Maddox, responsabile delle indagini sul caso Martello dell'Eden". È il detective che ci dà la caccia!»

Priest era affascinato. Era quello il nemico? Una donna bellissima. Il solo vederla in televisione gli faceva venir voglia di sfiorare quella pelle dorata.

Dovrei essere spaventato, non eccitato. È un'ottima investigatrice: ha capito del vibratore sismico, ha scoperto da dove proviene e ha trovato il mio nome e la mia fotografia. È intelligente e non perde tempo.

«E l'hai incontrata a casa di Michael?»

«Sì.»

Questo lo rendeva inquieto. Era troppo vicina a loro. Aveva conosciuto Melanie! L'intuito gli diceva che quell'agente rappresentava un grosso pericolo. Il fatto che ne fosse così attratto, dopo averla vista solo per un attimo in televisione, peggiorava solo le cose. Era come se esercitasse su di lui uno strano potere.

«Michael non mi ha detto che era dell'Fbi» proseguì Melanie. «Pensavo che fosse una nuova amichetta, e così l'ho ignorata. Era insieme a un tipo più vecchio, ha detto che era suo padre, ma non mi sembrava un orientale.»

«Amichetta o no, non mi piace che sia arrivata così vicino a noi!» Voltò le spalle alla vetrina e tornò lentamente verso la macchina. Il suo cervello lavorava freneticamente. Forse non c'era niente di strano nel fatto che l'agente responsabile del caso avesse consultato uno dei maggiori esperti di sismologia. L'agente Maddox era andata a parlare con Michael per il loro stesso motivo: lui sapeva tutto sui terremoti. Probabilmente era stato Michael ad aiutarla a scoprire il collegamento col vibratore sismico.

Cos'altro le aveva detto?

Si misero seduti in macchina ma Priest non avviò il motore. «È un brutto guaio per noi» osservò. «Molto brutto.»

«Che problema c'è?» chiese Melanie, sulla difensiva. «Se Michael vuole scoparsi un'agente dell'Fbi, non vedo dove stia il problema. Potrebbe anche farsi infilare la canna della pistola su per il culo che a me non importa.»

Quel linguaggio sboccato non era da lei. *È davvero scioccata.* «Il problema è che Michael potrebbe darle le stesse informazioni che ha dato a noi.»

«Non capisco» obiettò Melanie, aggrottando la fronte.

«Pensaci. Cos'ha in mente l'agente Maddox? Si chiederà: "Dove colpiranno la prossima volta?". Michael può aiutarla. Consultando i suoi dati, come hai fatto tu, possono individuare i luoghi più adatti per un terremoto. A quel punto l'Fbi metterà sotto sorveglianza quelle località aspettando che compaia un vibratore sismico.»

«Non ci avevo pensato.» Melanie lo fissò. «Quel bastardo del mio ex marito e la sua puttana dell'Fbi ci fotteranno, è questo che mi stai dicendo?»

Priest la guardò. Sembrava pronta a tagliargli la gola. «Calmati, ora, d'accordo?»

«Un cazzo!»

«Aspetta un momento.» A Priest stava venendo un'idea. Melanie era il collegamento. Forse avrebbe potuto scoprire ciò che Michael aveva detto alla bella agente dell'Fbi. «Una soluzione potrebbe esserci. Tu cosa provi per Michael, ora?»

«Niente. È finita e ne sono felice. Spero solo che riusciremo ad arrivare al divorzio senza troppa ostilità, tutto qui.»

Priest la studiò. Non le credeva. Quello che lei provava realmente per Michael era rabbia. «Dobbiamo scoprire se l'Fbi tiene sotto controllo le località in cui è possibile provocare un terremoto e, in questo caso, quali. Io credo che a te Michael lo direbbe.»

«Perché dovrebbe farlo?»

«Sono convinto che sia ancora cotto di te.»

Lo guardò. «Cosa diavolo hai in mente?»

Priest trasse un respiro profondo. «Ti direbbe qualsiasi cosa, se andassi a letto con lui.»

«'Fanculo, Priest. Non lo farò mai. 'Fanculo!»

«Non sai quanto mi costi chiedertelo.» In questo non mentiva. Non gli piaceva che Melanie andasse a letto con Michael. Era convinto che nessuno dovesse fare l'amore con qualcuno se non ne aveva voglia. Aveva imparato da Star che la cosa più disgustosa del matrimonio era il diritto che questo dava a una persona di fare l'amore con un'altra. Quel piano contraddiceva in pieno le sue convinzioni. «Ma non ho altra scelta.»

«Scordatelo.»

«Okay. Scusa se te l'ho chiesto.» Priest avviò il motore. «Vorrei solo trovare un'altra soluzione.»

Rimasero in silenzio per qualche minuto, inoltrandosi tra le montagne.

«Mi dispiace, Priest» disse lei alla fine. «Non posso proprio farlo.»

«Non importa, non preoccuparti.»

Lasciarono la strada asfaltata e imboccarono quella sterrata che portava alla comune. La giostra non era più visibile dal sentiero. Priest pensò che Oaktree e Star l'avessero nascosta per la notte.

Parcheggiò nello spiazzo alla fine della strada. Mentre

alla luce del crepuscolo attraversavano il bosco diretti verso il villaggio, Priest prese Melanie per mano. Dopo un attimo di esitazione lei gli si fece più vicina e gli strinse la mano in un gesto affettuoso.

Il lavoro nel vigneto era terminato. Siccome faceva caldo, la grossa tavola era stata portata fuori dalla cucina da campo e sistemata in cortile. Alcuni dei bambini stavano apparecchiando mentre Slow affettava una lunga pagnotta. Sul tavolo c'erano bottiglie del loro vino e dalla cucina usciva un delizioso odore di spezie.

Priest e Melanie andarono alla capanna di lei per vedere come stava Dusty. Si accorsero subito che era migliorato. Dormiva tranquillo. Il gonfiore era diminuito, il naso non colava più e il respiro era regolare. Flower si era addormentata sulla sedia accanto al letto, il libro aperto in grembo.

Priest rimase a guardare Melanie che rimboccava le coperte al bimbo addormentato e gli dava un bacio sulla fronte. Senza rialzarsi Melanie fissò Priest negli occhi e gli sussurrò: «Questo è l'unico posto in cui sia mai stato bene».

«È l'unico posto in cui *io* sia mai stato bene» ribatté lui a voce bassa. «È l'unico posto in cui tutti noi stiamo bene. Ecco perché dobbiamo salvarlo.»

«Lo so» gli rispose. «Lo so.»

14

L'ufficio della squadra Terrorismo interno dell'Fbi di San Francisco consisteva in una stanza lunga e stretta che occupava un lato del Federal Building. Con le sue scrivanie e i divisori sembrava un ufficio come tanti altri, solo che i giovani in maniche di camicia e le donne eleganti che vi lavoravano portavano la pistola nella fondina al fianco o sotto l'ascella.

Alle sette di martedì mattina erano tutti presenti, chi in piedi, chi seduto sull'angolo della scrivania, chi appoggiato alla parete. Alcuni sorseggiavano caffè dalle tazze di polistirolo, altri giocherellavano con notes e penne, pronti a scrivere. Tutta la squadra, escluso il coordinatore, era stata messa agli ordini di Judy. Il brusio della conversazione riempiva la stanza.

Judy sapeva di cosa stavano parlando: l'agente Maddox aveva dichiarato guerra al sostituto del capoarea e aveva vinto. Non succedeva spesso. Nel giro di un'ora tutto il piano sarebbe stato un turbinio di voci e pettegolezzi. Non si sarebbe stupita se, prima della fine della giornata, si fosse sparsa la voce che la sua vittoria era in realtà dovuta alla relazione che aveva intrecciato con Al Honeymoon.

Il brusio cessò di colpo quando lei si alzò dicendo: «Un attimo di attenzione, prego».

Osservò il gruppo per un momento e provò un brivido

di eccitazione che le era familiare. Erano tutti giovani in forma, ben vestiti, gente che lavorava sodo, onesti e intelligenti, la migliore gioventù d'America. Si sentì orgogliosa di lavorare con loro.

«Ci divideremo in due squadre» esordì. «Peter, Jack, Sally e Lee controlleranno le segnalazioni ricevute sulla base delle foto che abbiamo di Ricky Granger.» Porse loro un foglio di istruzioni che aveva preparato durante la notte. Una lista di domande avrebbe permesso agli agenti di eliminare la maggior parte delle segnalazioni per individuare quelle per cui valeva la pena di inviare un agente o un poliziotto di quartiere. Molti degli uomini identificati come "Ricky Granger" sarebbero stati subito scartati: afroamericani, uomini con accento straniero, ventenni, uomini di bassa statura. D'altro canto, gli agenti dovevano essere pronti a controllare ogni sospetto che corrispondesse alla descrizione e si fosse assentato da casa nelle due settimane in cui Granger aveva lavorato a Shiloh, nel Texas.

«Dave, Louise, Steve e Ashok, voi formerete la seconda squadra. Lavorerete con Simon Sparrow alle segnalazioni ricevute sulla voce della donna che ha telefonato a John Truth. A proposito, alcune delle indicazioni su cui Simon sta lavorando fanno riferimento a un disco pop. Ieri sera abbiamo chiesto a John Truth di parlarne nel corso della sua trasmissione.» Non lo aveva fatto lei personalmente: era stato l'addetto stampa dell'ufficio a mettersi in contatto col produttore di Truth. «Quindi potremmo ricevere delle telefonate al riguardo.» Porse agli interessati un secondo foglio con domande diverse.

«Raja.»

Il membro più giovane della squadra le rivolse un sorriso impertinente. «Temevo ti fossi dimenticata di me.»

«Neppure per sogno» disse lei, e tutti scoppiarono a ridere. «Raja, voglio che tu prepari una breve nota da mandare a tutti i dipartimenti di polizia, specialmente alla stradale della California, spiegando come si riconosce un vibratore sismico.» Judy sollevò una mano. «E niente battute sui vibratori, prego.» Altra risata.

«Ora cercherò di farmi dare dell'altro personale e un ambiente più grande in cui lavorare. Nel frattempo, so che ce la metterete tutta. Ah, un'ultima cosa.»

Si interruppe per scegliere accuratamente le parole. Voleva che fossero pienamente consapevoli dell'importanza di quell'indagine, ma non se la sentiva di annunciare a bruciapelo che i terroristi del Martello dell'Eden erano in grado di provocare dei terremoti.

«Questa gente sta cercando di ricattare il governatore della California. Sostengono di essere in grado di provocare terremoti.» A quel punto Judy si strinse nelle spalle. «Non vi sto dicendo che è vero. Ma non è così impossibile come sembra, e di sicuro non sono nella posizione di poter affermare il contrario. Comunque sia, voglio che sappiate che questo incarico è molto, molto importante.» Si interruppe nuovamente prima di concludere: «Su, diamoci da fare».

Andarono tutti ai loro posti.

Judy uscì dalla stanza e si avviò a passo deciso lungo il corridoio verso l'ufficio del capoarea. Ufficialmente la giornata lavorativa iniziava alle otto e un quarto, ma era pronta a scommettere che Brian Kincaid fosse arrivato presto. Doveva aver saputo che lei aveva convocato la sua squadra per le sette, e di sicuro era curioso di sapere cosa stesse succedendo. Glielo avrebbe spiegato.

La segretaria non era al suo posto. Judy bussò ed entrò.

Kincaid era seduto sulla grande poltrona, con ancora indosso la giacca, e sembrava non avesse niente da fare. Sulla scrivania c'erano solo un muffin smangiucchiato e il sacchetto di carta che lo aveva contenuto. Brian stava fumando una sigaretta. Non era permesso fumare negli uffici dell'Fbi, ma lui era il capo e quindi nessuno gli avrebbe detto nulla. Si rivolse a Judy con un'occhiata ostile: «Se ti chiedessi di farmi una tazza di caffè, immagino che mi accuseresti di essere un porco maschilista».

Judy non glielo avrebbe fatto neanche morta – lui ne avrebbe dedotto che poteva continuare a calpestarla a suo piacimento – ma desiderava essere conciliante. «Te lo posso procurare» disse. Sollevò il ricevitore e compose il numero della segretaria della squadra Terrorismo interno. «Rosa, ti dispiacerebbe venire nell'ufficio del capoarea a preparare un po' di caffè per il signor Kincaid? Grazie.»

Lui continuava ad apparire irritato. Il gesto di Judy non era servito a rabbonirlo. Probabilmente pensava che facendogli portare il caffè senza preparargielo personalmente, Judy lo avesse in un certo senso superato in astuzia.

In definitiva, non riesco a spuntarla.

Judy andò subito al dunque. «Ho più di mille segnalazioni da controllare a proposito della voce registrata della donna. Credo che ne riceveremo ancora di più riguardo alla foto di Ricky Granger. Non posso assolutamente valutarle tutte entro venerdì con nove persone a disposizione. Ho bisogno di altri venti agenti.»

Brian scoppiò a ridere. «Non ho intenzione di assegnare venti persone a questo caso di merda.»

Lei lo ignorò. «Ho informato della situazione il coordinamento operativo Informazioni strategiche.» Il coordinamento era un centro di smistamento di informazioni che operava da un ufficio-bunker all'interno dell'Hoover Building a Washington, D.C. «Penso che non appena la notizia si spargerà per il quartier generale, manderanno qui un po' di gente... se non altro per prendersi il merito di ogni nostro successo.»

«Io non ti ho detto di informarli.»

«Voglio convocare la Task Force di coordinamento antiterrorismo, in modo da avere qui rappresentanti dei dipartimenti di polizia, dell'ufficio immigrazione e della protezione civile, e questa gente avrà bisogno di un posto dove sedersi. Inoltre, a partire da giovedì sera, ho intenzione di mettere sotto sorveglianza le località più probabili per il prossimo terremoto.»

«Non ci sarà un prossimo terremoto!»

«Avrò bisogno di personale extra anche per quello.»

«Scordatelo.»

«Qui in ufficio non c'è una sala abbastanza grande. Dovremo installare il Centro operativo d'emergenza da qualche altra parte. Ieri sera ho controllato gli edifici del Presidio.» Il Presidio era una base militare dismessa vicino al Golden Gate. Il club degli ufficiali era agibile, anche se ci aveva vissuto una puzzola e c'era ancora un odore terribile. «Ho deciso di usare la sala da ballo del club degli ufficiali.»

Kincaid si alzò. «Col cavolo!» urlò.

Judy fece un sospiro rassegnato. Non c'era modo di procedere senza inimicarsi Brian Kincaid per il resto della vita. «Presto dovrò chiamare Honeymoon» annunciò. «Vuoi che gli dica che ti rifiuti di darmi le risorse di cui ho bisogno?»

Kincaid era rosso per la rabbia. Guardò Judy come se volesse tirar fuori la pistola e disintegrarla. Alla fine sibilò: «La tua carriera nell'Fbi è finita, questo lo sai, vero?».

Probabilmente aveva ragione, ma sentirglielo dire la ferì. «Non ho mai voluto farti la guerra, Brian» ribatté, sforzandosi di mantenere un tono di voce basso e ragionevole. «Ma tu mi hai preso per il culo. Meritavo una promozione dopo aver messo in galera i fratelli Foong e invece tu hai promosso il tuo amico e a me hai assegnato un caso di merda. Non avresti dovuto permetterlo. Non è stato professionale.»

«Non venirmi a dire quello che...» Lei lo interruppe. «Ma quando il caso di merda si è rivelato un caso importante, me lo hai tolto e poi hai combinato un casino. Tutte le brutte cose che ti sono capitate sono solo colpa tua. E ora fai l'offeso. Be', mi rendo conto che il tuo orgoglio è stato ferito, e so che i tuoi sentimenti sono stati urtati, e voglio che tu sappia che non me ne frega un cazzo.»

Lui la guardò a bocca aperta.

Judy si avviò verso la porta.

«Alle nove e mezzo chiamo Honeymoon» lo informò. «Prima di allora gradirei che al mio gruppo venisse assegnato uno specialista in logistica col compito di organizzare le risorse di cui ho bisogno e allestire un centro operativo al club degli ufficiali. Se non mi verrà concesso, chiederò a Honeymoon di chiamare Washington. Scegli tu.» Quindi uscì sbattendo la porta.

Judy provò immediatamente l'eccitazione che deriva da un gesto sconsiderato. Avrebbe dovuto combattere Brian passo dopo passo, quindi tanto valeva metterla giù dura. Non le sarebbe mai più stato possibile lavorare con Kincaid. In una situazione del genere i grandi papaveri dell'Fbi si sarebbero di sicuro schierati con l'agente di grado superiore. E lei sarebbe stata estromessa. Ma questo caso era più importante della sua carriera. Erano in gioco centinaia di vite umane. Se fosse riuscita a catturare i terroristi e a prevenire una catastrofe si sarebbe ritirata con onore, e che andassero pure tutti al diavolo.

Nell'anticamera la segretaria della squadra Terrorismo interno stava versando l'acqua nella caffettiera. «Grazie, Rosa» le disse Judy passandole accanto. Tornò nel suo ufficio. Il telefono sulla sua scrivania stava squillando. «Judy Maddox.»

«Parla John Truth.»

«Salve!» Era strano udire al telefono la voce familiare del conduttore radiofonico. «Inizia a lavorare presto!»

«Sono a casa, ma mi ha appena chiamato il mio produttore. La mia segreteria alla stazione radio è intasata dalle telefonate giunte durante la notte a proposito della donna del Martello dell'Eden.»

Judy non era autorizzata a parlare di persona con esponenti dei media. Questi contatti dovevano passare attraverso l'addetto stampa, Madge Kelly, una giovane agente laureata in giornalismo. Ma Truth non le stava chiedendo il suo parere, stava dandole delle informazioni. E lei aveva troppa fretta per dire a Truth di mettersi in contatto con Madge. «Qualcosa di interessante?» chiese.

«Ci può scommettere. Ho due persone che si sono ricordate il titolo del disco.»

«Sta scherzando!» Judy era eccitatissima.

«Questa donna recitava brani di poesia su un sottofondo di musica psichedelica.»

«Bah!»

«Già» fece lui, ridendo. «L'album si intitolava *Raining Fresh Daisies*. Forse è lo stesso nome del complesso, o del "gruppo" come si diceva in quel periodo.»

Truth sembrava una persona piacevole e cordiale, e non assomigliava affatto al tipo sgradevole e astioso che traspariva dalla radio. Forse quello era solo un atteggiamento, ma era sempre meglio non fidarsi dei giornalisti. «Non li ho mai sentiti nominare» disse Judy.

«Neanch'io. Forse ero troppo giovane. Di certo non abbiamo il disco alla stazione radio.»

«Le persone che hanno chiamato hanno indicato un numero di catalogo, o almeno il nome della casa discografica?»

«No. Il mio produttore li ha richiamati: si ricordavano del disco, ma non ce l'hanno.»

«Accidenti. Dovremo chiamare tutte le case discografiche. Chissà se i loro archivi vanno così indietro...»

«L'album potrebbe essere uscito per una piccola casa discografica che magari non esiste più... è musica decisamente caduta nell'oblio. Vuol sapere cosa farei io?»

«Certo.»

«Haight-Ashbury è piena di negozi di dischi usati con commessi che vivono fuori del tempo. Io proverei lì.»

«Ottima idea... grazie.»

«Non c'è di che. Mi dica, come vanno le indagini?»

«Abbiamo ottenuto qualche progresso. Posso farla richiamare dal nostro ufficio stampa?»

«Sicuro! Le ho appena reso un favore, no?»

«Certo, e vorrei tanto poterle concedere un'intervista, ma agli agenti non è permesso parlare direttamente con i media. Mi spiace, davvero.»

Il tono di voce dell'uomo divenne improvvisamente aggressivo. «È questo il ringraziamento per i nostri ascoltatori che hanno chiamato per aiutarvi?»

Judy fu colpita da un pensiero orribile. «Sta registrando questa conversazione?»

«Non le dispiace, vero?»

Lei riattaccò. *Merda!* L'aveva fregata. Parlare con la stampa senza autorizzazione era quello che l'Fbi definiva una "giusta causa", nel senso che era un motivo che giustificava il licenziamento. Se John Truth avesse trasmesso la registrazione del loro colloquio, Judy si sarebbe trovata nei guai. Poteva difendersi facendo presente che aveva bisogno urgente di quelle informazioni; se avesse avuto un capo decente se la sarebbe cavata con un'ammonizione, ma Kincaid avrebbe di certo sfruttato al massimo l'occasione.

Sei già nei guai fino al collo, che differenza vuoi che faccia?

Raja Khan si avvicinò alla sua scrivania con un foglio in mano. «Vuoi dargli un'occhiata prima che lo mandi via? È il memo per gli agenti di polizia su come riconoscere un vibratore sismico.»

Che velocità! «Come mai ci hai messo così tanto?» chiese, per canzonarlo.

«Ho dovuto cercare come si scriveva "sismico".»

Judy sorrise e scorse il comunicato. Era fatto bene. «È perfetto. Distribuiscilo pure» disse, restituendogli il foglio. «Ora ho un altro incarico per te. Stiamo cercando un vecchio album che si intitola *Raining Fresh Daisies*. È degli anni Sessanta.»

«Addirittura?»

Lei sorrise. «Già. È un po' sul genere hippy. La voce del disco appartiene alla donna del Martello dell'Eden. Spero di riuscire a scoprire il suo nome. Se la casa discografica esiste ancora, potrebbe avere l'ultimo indirizzo conosciuto. Voglio che tu chiami le principali case discografiche e i negozi che vendono dischi rari.»

Raja guardò l'orologio. «Non sono neppure le nove, ma posso cominciare con quelli sulla costa est.»

«Vai!»

Raja tornò alla sua scrivania. Judy prese il telefono e chiamò il quartier generale della polizia. «Il tenente Maddox, per favore.» Un attimo dopo udì la voce di suo padre.

«Bo, sono io.»

«Ciao, Judy.»

«Cerca di tornare con la mente alla fine degli anni Sessanta, alla musica che era di moda allora.»

«Dovrei andare un po' più indietro. Primi anni Sessanta, fine Cinquanta, sono quelli i miei tempi.»

«Peccato. Credo che la donna del Martello dell'Eden abbia inciso un disco con un complesso che si chiamava Raining Fresh Daisies.»

«I miei complessi preferiti avevano nomi del tipo Frankie Rock e i Rockabillies. Non mi sono mai piaciuti i gruppi con nomi di fiori. Mi dispiace, Judy, ma non l'ho mai sentito nominare.»

«Be', valeva la pena di tentare.»

«Senti, sono contento che tu abbia chiamato. Ho pensato un po' al tuo uomo, quel Ricky Granger... è lui che sta dietro alla donna del disco, giusto?»

«È quello che crediamo.»

«Sai, pensavo... un tale stratega, un pianificatore tanto meticoloso deve morire dalla curiosità di sapere a che punto sei.»

«È possibile.»

«Io credo che qualcuno dell'Fbi gli abbia già parlato.»

«Davvero?» Se Bo aveva ragione, era una pista interessante. Esisteva un tipo di criminale che si intrufolava nelle indagini, avvicinando la polizia in qualità di testimone o assumendo il ruolo del vicino gentile che ti offriva il caffè, poi cercava di fare amicizia con gli agenti per venire a sapere da loro i progressi delle indagini. «Ma Granger sembra così prudente...»

«Probabilmente dentro di lui è in atto un conflitto tra prudenza e curiosità. Il suo comportamento però rivela che è un tipo che osa molto. Io credo che la curiosità finirà per prevalere.»

Judy annuì. Valeva sempre la pena di stare ad ascoltare le intuizioni di Bo: erano frutto di trent'anni di esperienza nella polizia. «Controllerò tutti gli interrogatori svolti fin qui per questo caso.»

«Dovresti cercare qualcosa di insolito. Questo tizio non è uno che fa cose normali. Potrebbe essere un sensitivo che si offre di prevedere il prossimo terremoto, o qualcosa di simile. È uno che ha molta fantasia.»

«Okay. Hai altro da dirmi?»

«Che vuoi per cena?»

«Probabilmente non tornerò a casa.»

«Non esagerare.»

«Bo, ho tre giorni per prenderli. Se non ci riesco centinaia di persone potrebbero morire! Non ho tempo per pensare alla cena.»

«Se ti stanchi troppo potrebbe sfuggirti l'elemento cruciale. Ogni tanto tira il fiato, mangia, dormi quando ne hai bisogno.»

«Come hai sempre fatto tu, eh?»

Lui scoppiò a ridere. «Buona fortuna.»

«Ciao.» Judy riattaccò, pensierosa. Avrebbe dovuto rivedere tutti i verbali degli interrogatori ai quali la squadra di Marvin aveva sottoposto quelli della Green California Campaign, più tutti i rapporti del raid alla base dei Los Alamos e tutti i documenti che si trovavano nel fascicolo. Il materiale era reperibile sulla rete informatica dell'ufficio. Premette la tastiera e richiamò la directory. Mentre scorreva il contenuto, si rese conto che la documentazione era decisamente troppo vasta perché lei potesse rivederla da sola. Avevano interrogato tutti gli abitanti della Silver River Valley, più di cento persone. Appena avesse avuto del personale extra, avrebbe destinato una piccola squadra a quel lavoro. Prese un appunto per ricordarsene.

Che altro? Doveva organizzare la sorveglianza ai possibili epicentri di terremoti. Michael aveva promesso di prepararle un elenco. Era felice di avere un motivo per chiamarlo. Compose il suo numero.

Lui parve contento di sentirla. «Aspetto con ansia il nostro appuntamento di stasera.»

Merda... me l'ero scordato! «Sono stata riassegnata al caso del Martello dell'Eden» gli disse.

«Significa che questa sera non puoi venire?» Sembrava profondamente deluso.

Di certo Judy non poteva permettersi di andare a cena e al cinema. «Mi farebbe piacere vederti, ma non ho molto tempo. Pensi che potremmo incontrarci per un drink?»

«Certo.»

«Mi dispiace, ma il caso si sta evolvendo in fretta. Ti ho chiamato a proposito dell'elenco dei possibili siti di terremoti che mi hai promesso. È pronto?»

«No. Sembravi molto preoccupata che quelle informazioni trapelassero e finissero col causare il panico. Ho pensato che questo studio potesse rivelarsi pericoloso.»

«Ho bisogno di quell'elenco.»

«Okay, darò un'occhiata ai dati.»

«Potresti portarmelo questa sera?»

«Certo. Da Morton's alle sei?»

«Ci vediamo là.»

«Senti...»

«Sono qui.»

«Sono proprio contento che tu sia tornata a occuparti del caso. Mi spiace che non possiamo cenare assieme stasera, ma mi sento più tranquillo sapendo che sei tu a dare la caccia ai cattivi. Non scherzo.»

«Grazie.» Judy riattaccò. Sperava sinceramente di meritare tanta fiducia.

Ancora tre giorni.

A metà pomeriggio il Centro operativo d'emergenza era avviato e pienamente funzionante.

Il club degli ufficiali ricordava una villa spagnola. All'interno era una povera imitazione di un country club, con pannellature di legno scadenti alle pareti, brutti affreschi e lampade orribili. L'odore della puzzola era ancora nell'aria.

La cavernosa sala da ballo era stata attrezzata come un comando militare. In un angolo c'era il grande tavolo destinato ai responsabili dei principali enti coinvolti nella gestione della crisi, compresi la polizia di San Francisco, i vigili del fuoco e i servizi medici, l'unità di emergenza dell'ufficio del sindaco e un rappresentante del governo. Lì, al "posto di comando", avrebbero fatto capo anche gli esperti del quartier generale dell'Fbi, che in quel momento stavano arrivando da Washington a bordo di un jet di servizio.

Tutto intorno alla sala erano stati sistemati gruppi di tavoli per le diverse squadre che avrebbero lavorato al caso: l'unità investigativa, che costituiva il nucleo operativo, l'unità preposta alle trattative e la Swat, la squadra speciale d'intervento tattico, che sarebbero entrate in azione nel caso fossero stati presi degli ostaggi; una squadra di supporto logistico che sarebbe stata incrementata nel caso di una escalation della crisi; una squadra legale per emettere mandati di perquisizione e di arresto o per autorizzare intercettazioni e infine una unità scientifica che avrebbe esaminato eventuali scene di azioni criminose per raccogliere le prove materiali.

I computer portatili sistemati su ogni tavolo erano collegati a una rete locale. Per lungo tempo l'Fbi aveva usato un sistema cartaceo di gestione delle informazioni, chiamato Rapid Start, ma ora ne aveva sviluppato una versione software che utilizzava il pacchetto Microsoft Access. Tuttavia la carta non era affatto scomparsa. Su due lati della sala le pareti erano coperte da tabelloni: uno per gli indizi, uno per gli eventi, uno per i soggetti coinvolti, uno ciascuno per le richieste e gli eventuali ostaggi. Là sopra sarebbero stati scritti i dati chiave dell'operazione, cosicché tutti potessero consultarli con una semplice occhiata. Al momento il tabellone dei soggetti riportava un solo nome – Richard Granger – e due foto. Sul tabellone degli indizi era attaccata la foto di un vibratore sismico.

La sala poteva contenere circa duecento persone, ma fino a quel momento ce n'erano solo una quarantina, per la maggior parte radunate intorno al tavolo dell'unità investigativa, i telefoni incollati all'orecchio, le mani sulle tastiere dei computer, gli occhi fissi sugli schermi. Judy li aveva divisi in tre squadre, ognuna agli ordini di un responsabile: in questo modo avrebbe potuto sapere come procedevano le indagini consultando solo tre persone.

Si respirava un'aria di sottesa emergenza. Tutti erano calmi, ma molto concentrati sul lavoro. Nessuno smetteva per bere una tazza di caffè, scambiare quattro chiacchiere davanti alla fotocopiatrice, o fumare una sigaretta in corridoio. Judy sapeva che se la situazione fosse degenerata in una crisi vera e propria, l'atmosfera sarebbe cambiata: la gente si sarebbe messa a urlare nei telefoni, il livello delle imprecazioni sarebbe aumentato, gli animi si sarebbero surriscaldati e sarebbe toccato a lei tenere la situazione sotto controllo.

Le tornò in mente il suggerimento di Bo. Prese una sedia e si sistemò accanto a Carl Theobald, un agente giovane e brillante che indossava un'elegante camicia blu scuro. Era il capo della squadra incaricata di rivedere i fascicoli di Marvin Hayes. «Trovato niente?» gli chiese.

Lui scosse la testa. «Non sappiamo esattamente cosa cercare ma, qualunque cosa sia, non l'abbiamo ancora trovata.»

Judy annuì. Aveva assegnato a quella squadra un compito decisamente vago ma non poteva farci nulla. Dovevano cercare qualcosa di insolito. Molto dipendeva dall'intuito dei singoli agenti. Alcuni erano in grado di fiutare una menzogna persino se era un computer a dirla.

«Siamo sicuri di avere riversato *tutto* su computer?» chiese.

Carl si strinse nelle spalle. «Così dovrebbe essere.»

«Controlla se qualcuno ha tenuto dei fogli di appunti.»

«Non dovrebbero farlo...»

«Però succede.»

«Okay.»

Rosa la chiamò al "posto di comando". C'era una telefonata per lei. Era Michael. Judy sorrise prendendo in mano il ricevitore. «Ciao.»

«Ciao. Ho un problema stasera. Non ce la faccio a venire.»

Rimase scioccata dal suo tono di voce. Era brusco e ostile. Negli ultimi giorni era sempre stato affettuoso e cordiale. Questo, invece, era il Michael dei primi tempi, quello che non l'aveva fatta salire in casa e le aveva detto di prendere un appuntamento. «Cosa c'è?» gli chiese.

«È successo un imprevisto. Mi spiace ma devo disdire il nostro appuntamento.»

«Michael, cosa diavolo c'è?»

«Adesso ho fretta. Ti chiamo io.»

«Okay.»

Lui riattaccò.

Judy posò il ricevitore, sentendosi ferita. "Cosa diavolo sarà successo?" si domandò. *Proprio ora che cominciava a piacermi! Cos'ha che non va? Perché non può essere sempre com'era domenica sera? O come stamattina quando mi ha chiamato?*

Carl Theobald interruppe le sue riflessioni. Sembrava preoccupato. «Marvin Hayes mi sta rendendo le cose difficili. In effetti hanno dei dati, ma quando gli ho detto che volevo vederli, mi ha praticamente risposto di andare al diavolo.»

«Non ti preoccupare, Carl» cercò di tranquillizzarlo Judy. «Queste sono prove mandate dal cielo per insegnarci la pazienza e la tolleranza. Ora vado e gli strappo le palle.»

Gli agenti più vicini sentirono e scoppiarono a ridere.

«È questo il significato di pazienza e tolleranza?» chiese Carl con un sorriso. «Me lo devo ricordare.»

«Vieni con me, così ti faccio vedere.»

323

Uscirono e salirono sull'auto di lei. Ci misero un quarto d'ora per arrivare al Federal Building sulla Golden Gate Avenue. Mentre salivano con l'ascensore, Judy si domandò quale sarebbe stato il modo migliore per affrontare Marvin. Doveva davvero strappargli le palle o mostrarsi conciliante? L'approccio morbido funzionava solo se la controparte era ben disposta. Con Marvin probabilmente aveva superato per sempre quello stadio.

Davanti alla porta dell'ufficio Crimine organizzato ebbe un attimo di esitazione. *Okay, sarò Xena, la principessa della guerra.*

Entrò seguita da Carl.

Marvin era al telefono. Stava raccontando una barzelletta, tutto divertito. «E così il barman dice al tizio che nel retro c'è una donna che fa i migliori pompini del mondo...»

Judy si sporse in avanti sulla sua scrivania e disse a voce alta: «Che hai detto a Carl?».

«Qualcuno mi sta interrompendo, Joe» disse Marvin. «Ti richiamo più tardi.» Riattaccò. «Cosa posso fare per te, Judy?»

Lei si sporse ancora più avanti, ormai era vicinissima alla sua faccia. «Smettila di prendermi per il culo.»

«Cos'hai in mente?» le chiese, fingendosi offeso. «Perché vuoi a tutti i costi controllare i miei dati, come se avessi commesso qualche errore?»

Non era detto che avesse commesso davvero un errore. Quando un criminale si presenta agli investigatori sotto le mentite spoglie di un passante o di un testimone, di solito sta ben attento a non insospettirli. Non è colpa degli investigatori, ma quasi sempre finiscono per fare la figura degli stupidi.

«Sono convinta che tu possa aver parlato con l'autore delle minacce» disse. «Dove sono questi dati?»

Lui si allisciò la cravatta gialla. «Tutto quello che abbiamo sono gli appunti della conferenza stampa che non sono mai stati inseriti nel computer.»

«Mostrameli.»

Le indicò uno scatolone posato su un tavolino contro il muro. «Accomodati pure.»

Judy aprì la scatola. In cima a tutto c'era la fattura per il noleggio di un piccolo impianto voce con microfoni.

«Non troverai un accidente» insistette Marvin.

Poteva anche essere, ma lei doveva comunque fare un tentativo ed era sciocco da parte sua ostacolarla. Un uomo più furbo avrebbe detto: "Se mi è sfuggito qualcosa, spero tanto che tu lo trovi". Tutti facevano degli errori, ma Marvin era troppo sulla difensiva per essere cortese. Voleva solo dimostrare che Judy aveva torto.

Sarebbe stato imbarazzante per lei.

Judy prese a scartabellare tra i fogli contenuti nella scatola. C'erano messaggi fax di giornali che chiedevano informazioni sulla conferenza stampa, una nota su quante sedie sarebbero state necessarie, un elenco degli ospiti, un modulo su cui i giornalisti presenti alla conferenza stampa avevano scritto il loro nome e quello della testata o rete televisiva per cui lavoravano. Judy scorse l'elenco.

«Cosa diavolo è questo?» esclamò all'improvviso. «Florence Shoebury, Eisenhower Junior High?»

«Voleva assistere alla conferenza stampa per conto del giornale della scuola» spiegò Marvin. «Cosa dovevamo dirle, di andare a farsi fottere?»

«L'avete controllata?»

«Ma era una bambina!»

«Era sola?»

«Col padre.»

Pinzato al modulo c'era un biglietto da visita. «Peter Shoebury, della Watkins, Colefax and Brown. E *lui* lo avete controllato?»

Marvin esitò a lungo, rendendosi conto di aver commesso un errore. «No» ammise alla fine. «Brian ha deciso di lasciarli entrare e dopo io non ho più controllato.»

Judy porse il modulo e il biglietto da visita a Carl. «Chiama subito questo tizio» gli ordinò.

Carl sedette alla scrivania più vicina e sollevò il ricevitore.

«E comunque cos'è che ti rende tanto sicura che abbiamo parlato con il terrorista?» chiese Marvin.

«Mio padre ne è convinto.» Non appena ebbe pronunciato quelle parole, si rese conto di aver fatto un passo falso.

«Ah, il tuo paparino ne è convinto» ripeté Marvin canzonandola. «Siamo arrivati a questo punto? Stai controllando il mio operato perché tuo papà ti ha detto di farlo?»

«Piantala, Marvin. Mio padre sbatteva criminali in galera quando tu bagnavi ancora il letto.»

«Cosa hai intenzione di fare? Stai cercando di fregarmi? Stai cercando qualcuno cui dare la colpa dei tuoi insuccessi?»

«Che idea fantastica. Come mai non ci avevo pensato?»

Carl riattaccò e disse: «Judy».

«Sì?»

«Peter Shoebury non è mai entrato in questo edificio, e non ha una figlia. Ma è stato rapinato sabato mattina a due isolati da qui. Gli hanno rubato il portafoglio. Conteneva i biglietti da visita.»

Ci fu un attimo di silenzio, poi Marvin disse: «'Fanculo».

Judy ignorò il suo imbarazzo. Era troppo eccitata per la notizia. Forse aveva scoperto una nuova fonte di informazioni. «Immagino che non assomigliasse neppure lontanamente all'identikit che ci hanno mandato dal Texas?»

«Neppure un po'» rispose Marvin. «Niente barba, né cappello, ma aveva grossi occhiali e i capelli lunghi raccolti in una coda di cavallo.»

«Probabilmente si tratta di un altro travestimento. E la corporatura?»

«Alto, snello.»

«Capelli scuri, occhi scuri, sulla cinquantina?»

«Sì, sì, sì.»

Judy provava quasi compassione per Marvin. «Era Ricky Granger, vero?»

Marvin fissava il pavimento come se avesse voluto sprofondarvi dentro. «Immagino di sì.»

«Vorrei che tu facessi un altro identikit, per favore.»

Lui annuì, sempre senza guardarla. «Certo.»

«E cosa mi dici di questa Florence Shoebury?»

«Be', in un certo senso ci ha spiazzati. Voglio dire, quale terrorista porta con sé una ragazzina?»

«Uno totalmente privo di scrupoli. Che aspetto aveva la bambina?»

«Una ragazzina bianca sui dodici, tredici anni. Capelli scuri, occhi scuri. Magra. Carina.»

«Meglio fare un identikit anche di lei. Pensi che sia davvero sua figlia?»

«Oh, certo. Sembravano proprio padre e figlia. Non dava alcun segno di sentirsi minacciata, se è questo che intendi.»

«Sì. E va bene, per il momento daremo per scontato che siano padre e figlia.» Si voltò verso Carl. «Andiamo.»

Uscirono dall'ufficio. In corridoio, Carl disse: «Accidenti, gli hai davvero strappato le palle».

Judy era al settimo cielo. «Ma ora abbiamo un altro sospetto... la bambina.»

«Già. Spero solo che tu non colga *me* in errore.»

Lei si fermò e lo guardò. «Non si tratta dell'errore, Carl. Tutti possiamo sbagliare. Solo che Marvin era disposto a intralciare le indagini pur di nasconderlo. È qui che ha veramente sbagliato. Ed è per questo che ci ha fatto la figura dello stronzo. Se fai un errore, ammettilo.»

«Certo» convenne Carl. «Ma credo che comunque terrò le gambe ben strette.»

Quella sera, sul tardi, Judy ricevette la prima edizione del "San Francisco Chronicle" con i due nuovi identikit: quello di Florence Shoebury e quello recente di Ricky Granger sotto le mentite spoglie di Peter Shoebury. Prima di chiedere a Madge Kelly di inviarle a giornali e televisioni, aveva guardato le foto solo di sfuggita. Ora, esaminandole attentamente alla luce della lampada da tavolo, rimase colpita dalla somiglianza tra Granger e Florence. *Sono realmente padre e figlia. Deve essere così. Cosa ne sarà di lei se suo padre finisce in galera?*

Sbadigliò e si sfregò gli occhi. Le tornò in mente il consiglio di Bo. «Ogni tanto tira il fiato, mangia e dormi quando hai sonno.» Era ora di andare a casa. Quelli del turno di notte erano già arrivati.

Durante il tragitto in macchina, ripercorse mentalmente gli avvenimenti della giornata e i passi avanti compiuti dall'indagine. Ferma a un semaforo, osservando le due file di lampioni che convergevano all'infinito sul Geary Boulevard, si rese conto che Michael non le aveva trasmesso il fax con la lista che le aveva promesso dei siti più probabili per un eventuale prossimo terremoto.

Compose il suo numero dal telefono della macchina, ma non ottenne risposta. Per qualche motivo questo la preoccupò. Provò ancora al semaforo rosso seguente e trovò occupato. Chiamò il centralino dell'ufficio e chiese loro di controllare con la compagnia dei telefoni se c'era una conversazione in corso. L'operatore la richiamò e le disse che il telefono era staccato.

Dunque Michael era a casa, ma non rispondeva.

Quando l'aveva chiamata per disdire il loro appuntamento le era parso strano. In realtà lui era fatto così, un momento era gentile e affascinante, il momento dopo diventava astioso e arrogante. Ma perché aveva staccato il telefono? Judy fu assalita dall'apprensione.

Guardò l'orologio sul cruscotto. Mancava poco alle undici.

Ancora due giorni.

Non ho tempo per le stronzate.

Fece inversione di marcia e si diresse verso Berkeley.

Arrivò in Euclid Street alle undici e un quarto. Nell'appartamento di Michael le luci erano accese. Fuori c'era una vecchia Subaru arancione. Aveva già visto quella macchina, ma non sapeva a chi appartenesse. Parcheggiò dietro alla Subaru e suonò il campanello.

Non ci fu alcuna risposta.

Judy era seriamente preoccupata. Michael era in possesso di informazioni di importanza cruciale. Poche ore prima gli aveva rivolto una domanda importantissima e lui aveva improvvisamente disdetto il loro appuntamento. E ora non si faceva trovare.

Era una situazione sospetta.

Si chiese cosa fare. Forse avrebbe dovuto chiamare la polizia e fare irruzione nell'appartamento. Michael poteva trovarsi là, immobilizzato, o magari morto.

Tornò in macchina e prese la ricetrasmittente, poi ci ripensò. Se un uomo staccava il telefono alle undici di sera poteva significare mille cose. Magari voleva dormire. O magari era a letto con qualcuno, anche se Michael sembrava troppo interessato a lei per darsi da fare in giro... non era il tipo che dormiva con una donna diversa ogni notte.

Mentre se ne stava lì, combattuta sul da farsi, vide una giovane donna con una valigetta avvicinarsi all'edificio. Sembrava un'assistente che tornava a casa tardi dopo una serata passata in laboratorio. Si fermò davanti al portone e frugò nella borsa alla ricerca delle chiavi.

Senza pensare, Judy saltò giù dall'auto e attraversò velocemente il prato fino al portone. «Buonasera» disse, mostrandole il distintivo. «Sono l'agente speciale Judy Maddox dell'Fbi. Ho bisogno di entrare in questo edificio.»

«È successo qualcosa?» chiese la donna con espressione allarmata.

«Spero di no. Vada nel suo appartamento e chiuda la porta a chiave. Non le succederà nulla.»

Entrarono insieme. La donna si infilò in un appartamento al pianterreno, Judy salì la rampa di scale. Giunta davanti alla porta di Michael, bussò.

Nessuna risposta.

Cosa stava succedendo? Lui era a casa. Doveva per forza aver sentito prima suonare e poi bussare. Sapeva che nessuno capitato lì per caso avrebbe insistito così tanto a quell'ora della notte. C'era qualcosa che non andava, Judy ne era certa.

Bussò ancora, altre tre volte, con decisione. Poi accostò l'orecchio alla porta e rimase in ascolto.

Udì un urlo.

Fu sufficiente. Indietreggiò di un passo e sferrò un calcio alla porta più forte che poté. Indossava un paio di mocassini e si fece male alla pianta del piede destro, ma il legno intorno alla serratura si scheggiò: grazie al cielo non era una porta blindata. Sferrò un altro calcio. La serratura sembrava pronta a cedere: un'ultima spallata e la porta si spalancò di colpo.

Estrasse la pistola. «Fbi!» urlò. «Gettate le armi! Mani in alto!» Ci fu un altro urlo. Sembrava la voce di una donna. Judy se ne rese conto con una parte della mente, ma non c'era tempo per riflettere. Entrò nell'ingresso.

La porta della camera da letto era aperta. Judy mise un ginocchio a terra e, tenendo le braccia tese, puntò l'arma in direzione della stanza.

Ciò che vide la lasciò di stucco.

Michael era sul letto, nudo e sudato. Stava sopra a una rossa, magra, che ansimava. Judy si rese conto che si trattava della moglie.

Stavano facendo l'amore.

Entrambi rimasero a fissare Judy, terrorizzati e increduli.

Poi Michael la riconobbe e disse: «Judy? Cosa diavolo...?».

Judy chiuse gli occhi. Non si era mai sentita così stupida in vita sua.

«Oh, merda!» esclamò. «Oh, merda. Mi spiace!»

15

Mercoledì mattina di buon'ora, Priest era accanto al Silver River, e osservava il cielo del mattino riflesso sulla superficie increspata dell'acqua in movimento, quasi stupito dalla luminosità del blu e del bianco di quell'alba. Gli altri dormivano ancora. Il cane sedeva accanto a lui, ansimando piano, in attesa che succedesse qualcosa.

Regnava la pace, ma Priest era inquieto.

L'ultimatum scadeva di lì a due giorni e il governatore Robson non aveva ancora detto nulla.

C'era di che perdere la testa. Non voleva essere costretto a provocare un altro terremoto. Questa volta la cosa avrebbe dovuto essere più spettacolare: distruggere strade e ponti, far crollare grattacieli. Ci sarebbero stati dei morti.

Priest non era come Melanie, assetata di vendetta nei confronti del mondo. Lui voleva solo essere lasciato tranquillo. Era disposto a fare qualsiasi cosa pur di salvare la comune, ma sapeva che sarebbe stato meglio se non vi fossero state vittime. Una volta che tutto fosse finito, e il progetto di chiudere la valle con una diga cancellato, lui e la comune volevano vivere in pace. Questo era il punto. E le possibilità che loro continuassero a stare lì indisturbati sarebbero state maggiori se lui l'avesse spuntata senza uccidere innocenti cittadini californiani. Quanto era successo fino a quel momento poteva essere dimenticato abbastanza in fretta. Sarebbe scomparso dai notiziari e nessuno avrebbe più pensato a quegli svitati che dicevano di poter provocare terremoti.

Mentre era immerso in quei pensieri arrivò Star. Si tolse la vestaglia rosso porpora ed entrò nell'acqua fredda per lavarsi. Priest rimase a osservare eccitato il suo corpo voluttuoso, senza più segreti ma ancora desiderabile. La notte prima nessuno aveva diviso il suo letto. Star continuava a dormire con Bones, e Melanie era con suo marito a Berkeley. *E così il grande stallone dorme da solo.*

Mentre Star si asciugava, Priest disse: «Procuriamoci un giornale. Voglio sapere se il governatore Robson ha detto qualcosa ieri sera».

Si vestirono e andarono alla stazione di servizio. Priest fece il pieno mentre Star andava a prendere una copia del "San Francisco Chronicle".

Quando tornò era bianca come un cencio. «Guarda» disse, mostrandogli la prima pagina.

C'era il ritratto di una ragazza dall'aspetto familiare. Dopo un secondo lui si rese conto con orrore che si trattava di Flower.

Sbalordito, prese il giornale.

Accanto all'immagine di Flower ce n'era una che lo ritraeva.

Erano immagini generate da un computer. Quella di Priest era basata sull'aspetto che aveva alla conferenza stampa, quando aveva assunto l'identità di Peter Shoebury, coi capelli tirati indietro e i grandi occhiali. Non pensava che qualcuno avrebbe potuto riconoscerlo.

Flower, però, non aveva fatto nulla per nascondere il proprio aspetto. L'immagine computerizzata pareva un ritratto eseguito da un cattivo pittore: non era lei, ma le assomigliava. Priest si sentì gelare. Non era abituato a provare paura. Era uno scavezzacollo che amava il rischio. Ma ora non si trattava di lui: aveva messo in pericolo sua figlia.

«Perché diavolo sei dovuto andare a quella conferenza stampa?» chiese Star infuriata.

«Dovevo scoprire cosa avevano in mente.»

«È stata una cosa stupida!»

«Sono sempre stato imprudente.»

«Lo so.» Il tono di lei si ammorbidì, mentre gli sfiorava una guancia. «Se fossi timido non saresti l'uomo che amo.»

Un mese prima non avrebbe avuto importanza: nessuno conosceva Flower al di fuori della comune, e nessuno all'interno leggeva il giornale. Ma lei era andata più volte di nascosto a Silver City per incontrarsi con dei ragazzi, aveva rubato un poster da un negozio, era stata arrestata, aveva passato una notte sotto custodia. Quella gente si sarebbe ricordata di lei? L'avrebbero riconosciuta in quell'immagine? L'agente addetto alla libertà vigilata forse sì, ma fortunatamente era ancora in vacanza alle Bahamas, dove era poco probabile che leggesse il "San Francisco Chronicle". E la donna che l'aveva ospitata per la notte? Priest ricordava che faceva l'insegnante ed era sorella dello sceriffo. Gli tornò in mente anche il suo nome: Miss Waterlow. Probabilmente vedeva centinaia di ragazze ma poteva anche ricordare i loro volti. Chissà, forse aveva poca memoria. Magari era andata in vacanza pure lei. Magari quel giorno non aveva letto il "Chronicle".

Magari Priest era finito.

Non poteva farci nulla. Se l'insegnante avesse visto l'immagine e riconosciuto Flower, avrebbe chiamato subito l'Fbi, centinaia di agenti sarebbero piombati sulla comune e tutto si sarebbe concluso.

Rimase a fissare il giornale mentre Star leggeva il testo. «Se non sapessi chi è, la riconosceresti?»

Star scosse la testa. «Non credo.»

«Neppure io. Ma vorrei tanto esserne sicuro.»

«Non avrei mai immaginato che i federali fossero tanto intelligenti» osservò Star.

«Alcuni lo sono, altri no. È quella ragazza orientale che mi preoccupa, Judy Maddox.» Priest ripensò a quell'immagine di lei in Tv: snella e aggraziata, coi lineamenti delicati, che si faceva strada tra la folla ostile con l'espressione determinata di un bulldog. «Ho un brutto presentimento» disse. «Davvero brutto. Continua a trovare degli indizi... prima il vibratore sismico, poi il mio identikit di Shiloh, ora quello di Flower. Forse è per questo che il governatore non ha ancora detto nulla. Lei gli ha dato la speranza che ci avrebbero presi. C'è qualche commento del governatore sul giornale?»

«No. Secondo l'articolo, sono in tanti a pensare che Robson dovrebbe cedere e negoziare con il Martello dell'Eden, ma lui si rifiuta di fare commenti.»

«Non va bene» dichiarò Priest. «Devo trovare un modo per parlare con lui.»

Al suo risveglio, Judy non riuscì subito a capire la causa del malessere che la opprimeva. Poi d'un tratto tornò il ricordo dell'orribile scena.

La sera prima era rimasta paralizzata per l'imbarazzo. Aveva balbettato qualche parola di scusa ed era scappata via, sentendosi avvampare di vergogna. Quella mattina, però, un altro sentimento aveva preso il posto dell'umiliazione. Ora provava solo tristezza. Aveva creduto che Michael potesse diventare parte della sua vita, non vedeva l'ora di conoscerlo più a fondo, di innamorarsi, di farci l'amore. Aveva sperato di contare qualcosa per lui. Ma la loro relazione era andata a rotoli ancora prima di iniziare.

Seduta sul letto, si mise a guardare la collezione di marionette acquatiche vietnamite ordinatamente allineate sulla mensola sopra il cassettone. Le aveva ereditate da sua madre. Non aveva mai visto uno spettacolo di marionette – non era mai stata in Vietnam – ma sua madre le aveva raccontato che i burattinai stavano immersi in uno stagno con l'acqua alla vita, dietro un fondale, e usavano la superficie dell'acqua come palcoscenico. Per centinaia di anni quei giocattoli di legno colorato erano stati usati per raccontare storie divertenti e piene di saggezza. A Judy ricordavano la tranquillità di sua madre. Cosa avrebbe detto in quella circostanza? Le sembrava di sentire la sua voce, bassa e tranquilla: «Un errore è solo un errore. Commettere un altro errore è normale. Soltanto lo stesso errore ripetuto fa di te uno sciocco».

La notte precedente si era trattato di un errore. Michael era stato un errore. Doveva gettarsi quella storia alle spalle. Le rimanevano due giorni per impedire un terremoto. Questo era *davvero* importante.

Gli ospiti dei telegiornali discutevano fra loro chiedendosi se il Martello dell'Eden fosse realmente in grado di provocare terremoti. Quanti lo credevano possibile avevano creato un gruppo di pressione per spingere il governatore Robson a cedere. Mentre si vestiva, però, la mente di Judy continuava a tornare a Michael. Avrebbe tanto voluto poterne parlare con sua madre. Sentì Bo che si muoveva, ma questo non era il genere di cose che avrebbe potuto confidargli. Invece di preparare la colazione, chiamò la sua amica Virginia. «Ho bisogno di una persona con cui parlare» le disse. «Hai già fatto colazione?»

Si incontrarono in un caffè vicino al Presidio. Ginny era una bionda minuta, una persona divertente e sincera: Judy sapeva che avrebbe detto quello che realmente pensava. Ordinò due croissant alla cioccolata per tirarsi su e poi cominciò a raccontare quanto le era accaduto la sera precedente.

Quando arrivò alla parte in cui lei faceva irruzione con la pistola spianata e li trovava che scopavano, Ginny scoppiò a ridere. «Scusami» disse, rischiando di soffocare per un pezzetto di pane tostato che le era andato di traverso.

«Immagino che lo si possa trovare divertente» ammise Judy, con un sorriso «ma ti assicuro che ieri sera non lo era affatto.»

Ginny tossì e finalmente deglutì. «Non volevo essere cattiva» si scusò, dopo essersi ripresa. «Capisco che al momento non deve essere stato per nulla divertente. Ha fatto davvero una cosa sporca: darti un appuntamento, disdirlo e andare a letto con sua moglie.»

«Per me, significa che con lei non è ancora finita» disse Judy. «E quindi non è pronto per una nuova relazione.»

Ginny assunse un'espressione dubbiosa. «Non necessariamente.»

«Pensi che possa trattarsi di un addio, un ultimo abbraccio in nome dei bei tempi andati?»

«Forse è ancora più semplice. Sai, è raro che gli uomini dicano di no a una scopata quando se ne presenta l'occasione. A quanto pare da quando la moglie l'ha lasciato lui ha condotto una vita monacale e probabilmente i suoi ormoni sono in rivolta. Hai detto che è bella?»

«Molto attraente.»

«E allora! Se quella è andata a trovarlo con una maglietta aderente e ha cominciato a fargli degli approcci, lui non ha potuto non avere un'erezione. A quel punto il cervello del maschio entra in stallo e i controlli passano al pilota automatico che sta nell'uccello.»

«Credi?»

«Senti, io non ho mai conosciuto questo Michael ma ho conosciuto parecchi uomini, buoni e cattivi, e penso proprio che sia andata così.»

«Tu cosa faresti?»

«Gli parlerei. Gli chiederei perché l'ha fatto. Aspetterei di vedere cosa dice, e se è il caso di credergli. Se mi rispondesse con una serie di stronzate, lascerei perdere. Ma se mi sembrasse sincero, cercherei di dare un senso all'accaduto.»

«Devo chiamarlo comunque» disse Judy. «Non mi ha ancora mandato quell'elenco.»

«E allora chiamalo. Chiedigli l'elenco e poi chiedigli quali sono le sue intenzioni. Tu ti senti in imbarazzo, ma anche lui ha qualcosa da farsi perdonare.»

«Credo che tu abbia ragione.»

Non erano ancora le otto, ma entrambe avevano fretta di andare al lavoro. Judy pagò il conto e si diressero alle rispettive auto. «Ragazzi» fece Judy «comincio a sentirmi meglio. Grazie.»

Ginny si strinse nelle spalle. «Sennò a cosa servono le amiche? Tienimi informata.»

Judy salì in macchina e compose il numero di Michael. Temeva che dormisse ancora e non aveva proprio voglia di parlargli mentre era a letto con la moglie. Invece la sua voce le parve sveglia, come se fosse alzato già da un bel po'. «Mi dispiace per la porta» gli disse.

«Perché l'hai fatto?» Sembrava più curioso che arrabbiato.

«Non riuscivo a capire perché non rispondessi. Poi ho sentito un urlo e ho pensato che avessi bisogno d'aiuto.»

«Come mai venivi da me così tardi?»

«Non mi hai mandato l'elenco di quei siti.»

«Oh, è vero! Ce l'ho sulla scrivania. Me ne sono dimenticato. Te lo mando subito per fax.»

«Grazie.» Gli diede il numero di fax del nuovo Centro operativo d'emergenza. «Michael, devo chiederti una cosa.» Trasse un respiro profondo. Era più difficile di quanto avesse previsto. Non era certo una mammola, ma non era neppure sfacciata come Ginny. Deglutì e disse: «Ho avuto l'impressione che tu ti stessi interessando a me. Perché sei andato a letto con tua moglie?». Ecco. Era fatta.

All'altro capo della linea ci fu un lungo silenzio. Poi Michael rispose: «Non è il momento adatto».

«Okay.» Judy cercò di nascondere la propria delusione. «Ti mando subito l'elenco.»

«Grazie.»

Judy interruppe la comunicazione e avviò il motore. Dopotutto Ginny non aveva avuto un'idea tanto brillante. Bisognava essere in due per parlare, e Michael non era disponibile.

Quando arrivò al club degli ufficiali, trovò il fax di Michael e lo mostrò a Carl Theobald. «Dobbiamo inviare squadre di sorveglianza in ognuna di queste località. Devono stare all'erta in caso avvistino un vibratore sismico» disse. «Avevo sperato di servirmi di agenti della polizia locale, ma non credo sia opportuno. Potrebbero parlare. E se la gente del posto scopre di essere un potenziale obiettivo, si farà di certo prendere dal panico. Quindi sarà meglio usare nostri agenti.»

«Okay.» Carl esaminò la lista, preoccupato. «Sai, queste località sono molto estese. Una squadra non può tenere sotto sorveglianza un'area di tre chilometri quadrati. Dobbiamo mandare più squadre o pensi che il tuo sismologo possa darci indicazioni più dettagliate?»

«Glielo chiedo.» Judy prese il telefono e compose nuovamente il numero di Michael. «Grazie per il fax» disse, e poi gli spiegò il problema.

«Dovrei vedere i siti di persona» fece lui. «Esaminando i segni dell'attività sismica precedente, tipo letti di fiume prosciugati o il fronte della faglia riuscirei a farmi un'idea più precisa.»

«Saresti disponibile oggi?» si affrettò a chiedergli. «Posso portarti in tutte le località con un elicottero dell'Fbi.»

«Uhm... certo, credo di sì» rispose. «Voglio dire, certo che sì.»

«Potresti salvare delle vite.»

«Me ne rendo conto.»

«Sai come arrivare al club degli ufficiali al Presidio?»

«Certo.»

«Ora che arrivi qui l'elicottero sarà pronto.»

«Okay.»

«Ti ringrazio davvero, Michael.»

«Figurati.»

Però vorrei sapere perché sei andato a letto con tua moglie.

Judy riattaccò.

Fu una giornata lunga. Judy, Michael e Carl Theobald percorsero in elicottero millecinquecento chilometri. Quando calarono le tenebre la sorveglianza ininterrotta delle cinque zone indicate da Michael era stata organizzata.

Tornarono al Presidio. L'elicottero atterrò sul parcheggio deserto. Con i suoi uffici fatiscenti e le file di case vuote la base pareva una città fantasma.

Judy doveva rientrare al Centro operativo d'emergenza per fare rapporto a un pezzo grosso dell'Fbi di Washington, arrivato quella mattina alle nove con un'aria da "qui comando io". Ma prima accompagnò Michael alla macchina. «E se riuscissero a sfuggire alle squadre di sorveglianza?» gli chiese.

«Pensavo che i vostri fossero gente sveglia.»

«Sono i migliori. Ma se accadesse? C'è un modo in cui io possa sapere immediatamente se si verifica un terremoto da qualche parte in California?»

«Certo» rispose lui. «Potrei installare un punto di ascolto sismografico qui al comando. Ho solo bisogno di un computer e di una linea Isdn.»

«Nessun problema. Potresti farlo domani?»

«Okay. In questo modo saprai in tempo reale se mettono in moto il vibratore sismico in una delle località che non sono sulla lista.»

«È probabile che lo facciano?»

«Non credo. Se il loro sismologo sa il fatto suo sceglierà le stesse località che vi ho segnalato io. Se è un incompetente, con tutta probabilità non riusciranno a provocare un terremoto.»

«Bene» disse lei. «Bene.» Se lo sarebbe ricordato. Avrebbe annunciato al pezzo grosso di Washington che la situazione era sotto controllo.

Alzò gli occhi a fissare il volto di Michael, nascosto nell'ombra. «Perché sei andato a letto con tua moglie?»

«È tutto il giorno che ci penso.»

«Anch'io.»

«Credo di doverti una spiegazione.»

«Lo credo anch'io.»

«Fino a ieri ero sicuro che fosse finita. E poi, ieri sera, lei mi ha ricordato il lato buono del nostro matrimonio. Era bella, spiritosa, affettuosa, provocante. E, cosa più importante, è riuscita a farmi dimenticare i lati negativi.»

«Del tipo?»

Michael sospirò. «Credo che Melanie sia attratta dalle

figure forti. Io ero il suo professore. Lei vuole qualcuno che le dica cosa fare. Io mi aspettavo una compagna alla pari, qualcuno con cui condividere decisioni e responsabilità. Ma a lei non andava.»

«Ho capito.»

«E c'è dell'altro. Dentro di sé, Melanie ce l'ha a morte col mondo intero. Di solito riesce a nasconderlo, ma quando è frustrata può diventare violenta. Arrivava a lanciarmi addosso delle cose, oggetti pesanti, una volta una grossa pentola di ghisa. Non mi ha mai fatto male, non è abbastanza forte, ma se in casa ci fosse stata una pistola avrei avuto paura. È difficile vivere in una simile atmosfera di aggressività.»

«E ieri sera...?»

«Ho dimenticato tutto. Sembrava disposta a ricominciare e io ho pensato che forse avremmo dovuto provare, per il bene di Dusty. Inoltre...»

Judy desiderava tanto vedere la sua espressione, ma era troppo buio. «Cosa?»

«Voglio dirti la verità, Judy, anche se potrebbe offenderti. Devo ammettere che non è stata una decisione razionale e onesta come sto fingendo che sia. In parte è successo perché è una donna bellissima e io volevo scopare con lei. Ora lo sai.»

Judy sorrise nell'oscurità. Ginny aveva visto giusto, per metà. «Lo sapevo. Ma sono contenta che tu me l'abbia detto. Buonanotte» aggiunse, e si allontanò.

«Buonanotte» le fece eco Michael, sorpreso.

Un attimo dopo la richiamò. «Sei arrabbiata?»

«No» rispose lei, voltandosi. «Non più.»

Priest si aspettava che Melanie fosse di ritorno verso mezzogiorno. Venne l'ora di cena e lei non era ancora arrivata. Iniziò ad allarmarsi.

Al calar della sera era ormai folle per la preoccupazione. Cosa ne era stato di lei? Aveva deciso di tornare dal marito? Gli aveva rivelato il loro piano? Magari in quel preciso momento stava raccontando tutto all'agente Judy Maddox nella sala degli interrogatori del Federal Building di San Francisco.

Non poteva starsene in cucina o sdraiato sul letto. Prese un lume e si mise a passeggiare nel vigneto. Arrivò fino al limitare del bosco e da lì allo spiazzo adibito a parcheggio. Rimase lì, in attesa di sentire il motore della vecchia Subaru, o il rombo di un elicottero dell'Fbi che avrebbe annunciato la fine di tutto.

Fu Spirit a sentirlo per primo. Rizzò le orecchie, teso, e poi si mise a correre su per il sentiero fangoso, abbaiando. Priest si alzò, sforzandosi di distinguere il rumore. Era la Subaru. Il sollievo lo travolse. Vide i fari avvicinarsi attraverso gli alberi. Aveva un accenno di mal di testa. Non gli capitava da anni.

Melanie parcheggiò a casaccio, scese e sbatté la portiera.

«Ti odio!» gli disse. «Ti odio per quello che mi hai fatto fare!»

«Avevo ragione?» le chiese lui. «Michael ha preparato quell'elenco per l'Fbi?»

«'Fanculo!»

Priest si rese conto di aver commesso una stupidaggine. Avrebbe dovuto essere comprensivo e affettuoso. Invece, per un attimo aveva lasciato che l'ansia gli offuscasse la mente. Ora avrebbe dovuto perdere un bel po' di tempo a calmarla. «Te l'ho chiesto perché ti amo, non lo capisci?»

«No. Non lo capisco. Non capisco più nulla.» Melanie incrociò le braccia sul petto e gli voltò le spalle, restando a fissare l'oscurità del bosco. «So solo che mi sento una puttana.»

Priest moriva dalla voglia di sapere cosa aveva scoperto, ma si costrinse a restare calmo. «Dove sei stata?» le domandò.

«In giro, in macchina. Mi sono fermata a bere qualcosa.»

Priest rimase in silenzio per un attimo, poi disse: «Una prostituta lo fa per i soldi... e poi se li spende in vestiti e droga. Tu l'hai fatto per salvare tuo figlio. Lo so che ti senti male, ma tu non sei cattiva. Tu sei assolutamente a posto».

Finalmente Melanie si voltò verso di lui. Aveva gli occhi pieni di lacrime. «Non è solo perché abbiamo fatto l'amore» disse. «È peggio. È che mi è piaciuto. È per questo che provo vergogna. Sono venuta. Davvero. Ho urlato.»

Priest provò un'ondata di gelosia ma si sforzò di reprimerla. Un giorno, Michael Quercus avrebbe pagato anche per questo. Ora, però, c'era altro cui pensare. Era necessario calmare le acque. «Non c'è problema» mormorò. «Davvero, non c'è problema. Io ti capisco. A volte succedono cose strane.» La cinse con le braccia e la strinse a sé.

Piano piano Melanie si rilassò. Priest sentiva la tensione abbandonare lentamente il corpo di lei.

«Non ti dispiace?» gli chiese. «Non sei arrabbiato?»

«Assolutamente no» mentì lui, accarezzandole i capelli. *Su, su!*

«Avevi ragione a proposito dell'elenco.»

Finalmente!

«Quella donna dell'Fbi ha chiesto a Michael di identificare i siti più probabili per un terremoto, proprio come avevi previsto tu.»

Ovvio che è così. Non sono stupido.

«Quando sono arrivata là, lui era seduto al computer e aveva appena finito l'elenco.»

«Allora? Cosa è successo?»

«Gli ho preparato la cena, e tutto il resto.»

Priest non faceva fatica a immaginarlo. Se decideva di essere seducente, Melanie era addirittura irresistibile. E, quando voleva qualcosa, sapeva sfruttare al massimo le sue arti. Probabilmente aveva fatto un bagno e aveva indossato un accappatoio, poi se n'era andata in giro per l'appartamento profumata di sapone e di fiori, versando vino o preparando caffè, lasciando che l'accappatoio si aprisse di quando in quando per provocarlo con fugaci visioni delle lunghe cosce e dei seni morbidi. Poi gli aveva rivolto delle domande e aveva ascoltato attentamente le sue risposte, con un sorriso del tipo "mi piaci così tanto che puoi fare di me ciò che vuoi".

«Quando è suonato il telefono gli ho detto di non rispondere, e poi l'ho staccato. Ma quella dannata donna è arrivata lì lo stesso e siccome Michael non le apriva la porta, lei l'ha buttata giù. Ragazzi, come è rimasta sciocctata!» Priest capiva che Melanie aveva bisogno di sfogarsi, quindi non le mise fretta. «È quasi morta per la vergogna.»

«Lui le ha dato l'elenco?»

«In quel momento, no. Immagino che fosse troppo confusa per chiederglielo. Ma l'ha chiamato questa mattina e se l'è fatto mandare per fax.»

«E tu l'hai preso?»

«Mentre se ne stava sotto la doccia, sono andata al computer e ne ho stampato un'altra copia.»

E allora, dove diavolo è?

Melanie infilò una mano nella tasca posteriore dei jeans, tirò fuori un foglio di carta piegato in quattro e lo porse a Priest.

Grazie al cielo.

Lui lo dispiegò e lo guardò alla luce della candela. Le lettere e i numeri non gli dicevano nulla. «Sono i posti che le ha detto di sorvegliare?»

«Sì. Terranno sotto controllo tutti questi posti, alla ricerca di un vibratore sismico, proprio come avevi previsto.»

Judy Maddox era molto intelligente. La sorveglianza dell'Fbi avrebbe reso loro difficilissimo l'uso del vibratore sismico, specialmente se avessero dovuto fare numerosi tentativi spostandosi in posizioni diverse, come nella Owens Valley.

Ma lui era più intelligente di Judy. Aveva anticipato questa mossa. E aveva anche trovato il modo di aggirarla. «Hai capito il criterio con cui Michael ha scelto questi siti?» le chiese.

«Certo. Sono i punti in cui la tensione della faglia è ai valori massimi.»

«Dunque tu potresti fare lo stesso.»

«Proprio così e sono arrivata alle stesse conclusioni.»

Priest piegò il foglio e glielo restituì. «Ora ascoltami bene. È molto importante. Potresti controllare nuovamente i dati e scegliere le cinque località migliori, dopo queste?»

«Sì.»

«Riusciremmo a provocare un terremoto agendo su una di queste?»

«Probabilmente sì» rispose lei. «Forse non è altrettanto sicuro, ma le probabilità sono buone.»

«Allora agiremo così. Domani daremo un'occhiata ai nuovi siti. Non appena avrò parlato con Honeymoon.»

16

Erano le cinque del mattino e la sentinella all'ingresso della fattoria dei Los Alamos stava sbadigliando.

Si riscosse quando Melanie e Priest si fermarono lì davanti con la 'Cuda. Priest scese dall'auto. «Ehi, amico, come stai?» disse, andando verso il cancello.

La guardia alzò il fucile, assumendo un'espressione ostile, e intimò: «Chi sei e cosa vuoi?».

Priest lo colpì con violenza in pieno viso, rompendogli il naso. Ci fu uno schizzo di sangue. La guardia urlò, portandosi le mani al volto. «Ahi!» gemette Priest. Si era fatto male alla mano. Era passato un sacco di tempo dall'ultima volta che aveva preso a pugni qualcuno.

Ma l'istinto ebbe il sopravvento: diede un calcio alle gambe del guardiano, che perse l'equilibrio. L'uomo cadde all'indietro, mollando il fucile. Priest lo colpì alle costole tre o quattro volte con calci forti e veloci, cercando di rompergli le ossa, poi, al volto e alla testa. L'uomo si raggomitolò al suolo, singhiozzando per il dolore, sopraffatto dalla paura.

Priest si fermò, ansimando. Il passato riaffiorò di colpo tra l'eccitazione e il ricordo. C'era stato un tempo in cui si dedicava a quel genere di cose ogni giorno. Era facile spaventare la gente quando lo sapevi fare.

Si inginocchiò e sfilò la pistola dalla cintura dell'uomo. Era lì per questo.

Guardò l'arma con espressione disgustata. Era il facsimile di una Remington .44 a canna lunga, un revolver che risaliva ai tempi del Far West. Era un'arma stupida, poco pratica, il genere di pistola che i collezionisti conservano in salotto, in cofanetti foderati di feltro. Non era fatta per sparare alla gente.

La aprì. Era carica.

Era tutto quello che gli interessava.

Tornò alla macchina e salì. Melanie era al volante, pallida, gli occhi lucidi, il respiro affannoso, come se avesse appena sniffato cocaina. Non aveva mai assistito, pensò Priest, a una vera scena di violenza. «Si riprenderà?» chiese agitatissima.

Priest si voltò a guardare. La sentinella era sdraiata a terra, il viso coperto dalle mani, e si rotolava piano. «Sicuro.»

«Accidenti!»

«Andiamo a Sacramento.»

Melanie partì.

Dopo un po' disse: «Pensi davvero di riuscire a convincere questo Honeymoon?».

«Deve per forza intendere ragione» osservò lui, ostentando una sicurezza che in realtà non possedeva. «Che alternative ha? Numero uno, un terremoto che provocherà danni per milioni di dollari. Numero due, una sensata proposta per ridurre l'inquinamento. Inoltre, se sceglie la numero uno, due giorni dopo si ritroverà ad affrontare lo stesso dilemma. Deve per forza scegliere la via più semplice.»

«Immagino sia così» disse Melanie.

Arrivarono a Sacramento pochi minuti prima delle sette. A quell'ora la capitale dello stato era decisamente tranquilla. Poche macchine e qualche camion percorrevano senza fretta i viali larghi e deserti. Mentre Melanie parcheggiava vicino al Campidoglio, Priest si mise un paio di occhiali da sole e un berretto da baseball sulla testa, nascondendovi sotto i lunghi capelli. «Aspettami qui» si raccomandò. «Potrebbero volerci un paio d'ore.»

Priest fece un giro intorno al Campidoglio. Aveva sperato che ci fosse un parcheggio all'aperto, ma rimase deluso. Tutta l'area circostante era occupata da giardini con magnifici alberi. Su entrambi i lati dell'edificio c'era una rampa che portava a un garage sotterraneo. Entrambi gli accessi erano sorvegliati da agenti della sicurezza posti all'interno di garitte.

Priest si avvicinò a una delle imponenti porte d'ingresso. L'edificio era aperto e non c'erano controlli di sicurezza all'entrata. Si ritrovò in un atrio maestoso con il pavimento a mosaico.

Si tolse gli occhiali, che all'interno avrebbero potuto destare sospetti, e prese una scala che conduceva al seminterrato. C'era una caffetteria dove alcuni impiegati mattinieri stavano facendo il pieno di caffeina. Li oltrepassò, comportandosi come se fosse a casa propria e si inoltrò per un corridoio che, pensò, doveva condurre al garage. Mentre stava per arrivare in fondo, si aprì una porta dalla quale uscì un uomo grasso in giacca blu. Dietro l'uomo Priest intravide delle auto.

Tombola!

Si infilò nel garage e si guardò attorno. Era quasi deserto. C'erano solo alcune auto, un furgoncino e una macchina dello sceriffo parcheggiata in un posto riservato. Non vide nessuno.

Si spostò dietro al furgoncino, un Dodge Durango. Da quella posizione, guardando attraverso i vetri del veicolo, poteva vedere l'entrata del garage e la porta di accesso all'interno dell'edificio. Le auto parcheggiate sui due lati del Durango avrebbero impedito a coloro che fossero entrati di scorgerlo.

Si preparò ad attendere. *Questa è la loro ultima occasione. C'è ancora tempo per trattare ed evitare una catastrofe. Ma se questo non funziona... bum!*

Priest immaginava che Al Honeymoon fosse un gran lavoratore. Sarebbe arrivato presto. Ma non era detto che filasse tutto liscio. Honeymoon avrebbe potuto trascorrere l'intera giornata alla residenza del governatore. O restare a casa perché indisposto. Poteva avere una riunione a Washington, o essere in viaggio in Europa. Magari sua moglie stava partorendo.

Priest non pensava che avesse una guardia del corpo. In fondo non era un politico, ma un funzionario del governo. Che avesse un autista? Priest non ne aveva idea. Questo avrebbe rovinato tutto.

Continuavano ad arrivare delle auto, a pochi minuti l'una dall'altra. Priest osservava le persone al volante dal suo nascondiglio. Non dovette attendere a lungo. Alle sette e mezzo una scintillante Lincoln Continental blu scuro entrò nel parcheggio. Al volante c'era un uomo di colore in camicia bianca e cravatta. Era Honeymoon: Priest lo riconobbe dalle foto apparse sui giornali.

L'auto si infilò in un posto non lontano dal Durango. Priest si mise gli occhiali e, prima che Honeymoon potesse slacciarsi la cintura di sicurezza, attraversò veloce i pochi metri che li separavano, aprì la portiera di destra della Lincoln e scivolò sul sedile del passeggero. Gli mostrò la pistola. «Esci dal garage» gli intimò.

Honeymoon lo fissò. «E tu chi diavolo sei?»

Arrogante figlio di puttana, anche se hai il vestito gessato e la spilla nel colletto, sono io che faccio le domande.

Priest armò il cane del revolver. «Sono un pazzo che sta per piantarti un proiettile in pancia se non fai come ti dico. Ora vai.»

«Bastardo» sibilò Honeymoon furibondo. «Bastardo!» Poi avviò il motore e uscì dal garage.

«Fai un bel sorriso alla guardia ed esci lentamente» ordinò Priest. «Digli una sola parola e lo ammazzo.»

Honeymoon non rispose. All'altezza della garitta rallentò. Per un attimo Priest pensò che stesse per tentare qualcosa. La guardia era un uomo di colore di mezza età coi capelli bianchi. «Se vuoi che il fratello lì dentro muoia» lo minacciò Priest «fa' pure quello che hai in mente.»

Honeymoon imprecò sottovoce e proseguì.

«Prendi la Capitol Mall ed esci dalla città» gli ordinò Priest.

Honeymoon girò intorno al Campidoglio e si diresse a ovest, lungo l'ampio viale che portava al fiume Sacramento. «Cosa vuoi?» chiese. Non dava tanto l'impressione di essere spaventato, quanto di essere spazientito.

Priest gli avrebbe sparato volentieri. Era lui lo stronzo che aveva reso possibile la costruzione della diga. Aveva fatto del suo meglio per rovinargli la vita. E non era minimamente dispiaciuto. Non gliene fregava un accidente. Un proiettile nella pancia sarebbe stato troppo poco.

Controllando la propria rabbia, Priest rispose: «Voglio salvare delle vite».

«Sei il tizio del Martello dell'Eden, vero?»

Priest non rispose. Honeymoon lo stava osservando. Priest pensò che stesse cercando di memorizzare il suo volto. *Furbacchione*. «Guarda la strada.»

Honeymoon fissò avanti a sé.

Attraversarono il ponte. «Prendi la I-80 in direzione di San Francisco» ordinò Priest.

«Dove stiamo andando?»

«Tu non vai da nessuna parte.»

Honeymoon entrò in autostrada.

«Vai sulla corsia di marcia lenta e mettiti sui novanta all'ora. Perché diavolo non accettate le mie condizioni?» Priest avrebbe voluto restare calmo, ma l'atteggiamento freddo e arrogante di Honeymoon lo mandò su tutte le furie. «Volete *proprio* un maledetto terremoto?»

Honeymoon rimase impassibile. «Il governatore non può cedere al ricatto, è meglio che tu lo sappia.»

«Potete aggirare il problema» obiettò Priest. «Fate intendere che stavate comunque pensando a un blocco.»

«Non ci crederebbe nessuno. Per il governatore sarebbe un suicidio politico.»

«Col cavolo. Potete benissimo infinocchiare gli elettori. A cosa servono i dottori dell'immagine?»

«Io sono il migliore che c'è, ma non posso compiere mi-

349

racoli. La questione si è troppo gonfiata. Non avreste dovuto tirare in ballo John Truth.»

«Nessuno ci ha ascoltati finché John Truth non si è occupato del caso!» ribatté Priest furioso.

«Be', comunque sia, ormai la vicenda è di dominio pubblico, e il governatore non può fare marcia indietro. Altrimenti lo stato della California sarebbe in balia di qualunque imbecille con un fucile da caccia in mano e una buona causa che gli rode il culo. Voi, invece, potreste fare marcia indietro.»

Questo bastardo sta cercando di convincermi!

«Prendi la prima uscita e torna in città» disse Priest.

Honeymoon mise la freccia a destra e continuò a parlare. «Nessuno sa chi siete né dove state. Se lasciate perdere la faccenda, adesso, ve la potete cavare. In fondo non avete commesso niente di veramente grave. Ma se scatenate un altro terremoto, avrete alle calcagna ogni organo di polizia degli Stati Uniti, e questi non smetteranno di cercarvi finché non vi avranno trovato. Nessuno può nascondersi in eterno.»

Priest era furibondo. «Non mi minacciare!» urlò. «Sono io quello che ha la pistola in mano!»

«Non me ne sono dimenticato. Sto solo cercando di fare in modo che ce la caviamo tutti e due senza ulteriori danni.»

Honeymoon era riuscito ad assumere il controllo della conversazione. Priest aveva lo stomaco stretto per la rabbia. «Stammi bene a sentire» disse. «C'è una sola via d'uscita: fai un annuncio, oggi. Niente più centrali elettriche in California.»

«Non posso.»

«Fermati.»

«Ma siamo in autostrada!»

«Fermati, ti ho detto!»

Honeymoon rallentò e si fermò sul ciglio della strada.

La tentazione di spargli era forte, ma Priest resistette. «Scendi.»

Honeymoon mise il cambio in folle e scese.

Priest passò al posto di guida. «Hai tempo fino a mezzanotte per ragionare» disse e si allontanò velocemente.

Nello specchietto retrovisore vide Honeymoon che gesticolava cercando di fermare una macchina. L'auto tirò dritto. Ci riprovò con un'altra, ma non gli andò meglio.

Vedere quell'uomo grande e grosso, col suo vestito costoso e le scarpe lucide, fermo sul ciglio polveroso della strada in cerca di un passaggio, diede a Priest una certa soddisfazione e contribuì a scacciare la fastidiosa sensazione che Honeymoon avesse in qualche modo avuto la meglio da quell'incontro, nonostante fosse lui ad avere la pistola.

Honeymoon rinunciò a cercare di fermare le macchine e cominciò a camminare.

Priest sorrise e tornò in città.

Melanie lo aspettava dove lui l'aveva lasciata. Priest parcheggiò la Lincoln, lasciando le chiavi inserite nel quadro, e salì a bordo della 'Cuda.

«Cos'è successo?» chiese Melanie.

Priest scosse la testa in segno di disgusto. «Niente» rispose, adirato. «È stata una perdita di tempo. Andiamo.»

Melanie avviò il motore e partì.

Priest scartò la prima località in cui Melanie lo condusse.

Era una cittadina sul mare a un'ottantina di chilometri da San Francisco. Parcheggiarono in cima alla scogliera, dove una brezza tesa faceva ballare la vecchia 'Cuda sulle stanche sospensioni. Priest abbassò il finestrino per respirare l'odore del mare. Gli sarebbe piaciuto togliersi gli stivali e camminare a piedi nudi lungo la spiaggia per sentire la sabbia umida tra le dita, ma non c'era tempo.

La località era molto esposta. Il camion sarebbe stato troppo visibile. Era distante dall'autostrada e non c'erano veloci vie di fuga. E, soprattutto, non c'era granché da distruggere... solo una manciata di case intorno a un porticciolo.

«A volte i terremoti provocano i danni maggiori a molte miglia dall'epicentro» gli spiegò Melanie.

«Ma non puoi saperlo con certezza» obiettò Priest.

«Questo è vero. Non si può essere certi di nulla.»

«Il modo migliore per far crollare un grattacielo è quello di provocare un terremoto proprio lì sotto, giusto?»

«A parità di fattori, sì.»

Si diressero verso sud attraverso le verdi colline della Marin County e passarono il Golden Gate Bridge. La seconda località scelta da Melanie si trovava proprio nel centro della città. Seguirono la Route 1, attraversando il Presidio e il Golden Gate Park e si fermarono non lontano dal campus della California State University.

«Qui va meglio» disse subito Priest. Tutto intorno c'erano abitazioni e uffici, negozi e ristoranti.

«Un terremoto con epicentro in questo punto provocherebbe i danni maggiori nel quartiere di Marina» osservò Melanie.

«Come mai? È a chilometri di distanza da qui.»

«È tutto terreno di riporto. Gli strati di sedimento sono saturi d'acqua e questo amplifica le scosse. Qui invece il terreno probabilmente è solido. E questi edifici sembrano robusti. La maggior parte degli edifici resistono al terremoto: quelli che crollano sono in semplice muratura – le case popolari per esempio – o in struttura di cemento non rinforzata.»

Erano solo elucubrazioni inutili, decise Priest. Melanie era semplicemente nervosa. *Un terremoto è un terremoto, perdio. Nessuno può sapere cosa verrà giù. E non me ne frega niente, purché venga giù qualcosa.*

«Cerchiamo un altro posto» disse lui.

Melanie gli fece prendere la I-280 in direzione sud. «Nel punto in cui la faglia di San Andreas incrocia la 101, c'è una piccola cittadina che si chiama Felicitas.»

Viaggiarono per circa venti minuti. Giunti all'altezza dell'uscita per Felicitas rischiarono di perderla. «Qui, qui!» urlò Melanie. «Non hai visto il cartello?»

Priest sterzò bruscamente sulla destra e infilò la rampa. «Non stavo guardando» disse.

Lo svincolo portava a una collinetta dalla quale si dominava tutta la città. Priest fermò l'auto e scese. Felicitas era ai suoi piedi come una cartolina. La strada principale attraversava da sinistra a destra il campo visivo, fra bassi edifici di legno che ospitavano negozi e uffici, e macchine parcheggiate a spina di pesce. C'era pure una chiesetta di legno con un campanile. A partire dai due lati della strada si estendeva un reticolo ordinato di strade fiancheggiate da alberi. Tutte le case erano a un piano. Ai due capi della città la via principale diventava una strada di campagna e scompariva tra i campi. Il paesaggio a nord era solcato da un fiume serpeggiante, come una venatura irregolare nel vetro di una finestra. In lontananza si vedeva la linea ferroviaria che correva dritta da est a ovest, quasi l'avessero tirata con la riga. Alle loro spalle c'era il lungo viadotto dell'autostrada, sostenuto da grandi arcate di cemento.

Dalla collina scendeva un fascio di tubazioni di colore blu. Sei tubi enormi si infilavano nel terreno sotto l'autostrada, riaffioravano a ovest oltre la cittadina e si perdevano all'orizzonte come uno xilofono infinito. «Cosa diavolo è, quello?» chiese Priest.

Melanie ci pensò un attimo. «Credo che sia un gasdotto.»

Priest liberò un lungo sospiro di soddisfazione. «Questo posto è perfetto» decretò.

Quel giorno fecero un'ultima tappa.

Dopo il terremoto, Priest avrebbe dovuto nascondere il vibratore sismico. La sua unica arma era la minaccia di nuovi terremoti. Doveva far credere a Honeymoon e al governatore Robson di avere la possibilità di continuare all'infinito, fintanto che loro non si fossero arresi. Quindi era di vitale importanza riuscire a nascondere il camion.

Sarebbe stato sempre più difficile viaggiare col vibratore sismico sulle strade pubbliche quindi era necessario nasconderlo in un luogo da cui, all'occorrenza, avrebbe potuto scatenare un terzo terremoto senza doversi spostare di molto.

Melanie gli diede indicazioni per arrivare sulla Third Street che correva parallela alla riva di quell'enorme porto naturale che è la baia di San Francisco. Fra la Third e il litorale si estendeva un'area industriale in rovina. C'erano vecchi binari che correvano lungo strade piene di buche, fabbriche abbandonate divorate dalla ruggine, magazzini vuoti dalle finestre rotte, squallidi piazzali pieni di bancali, copertoni e scheletri d'auto.

«Qui va bene» disse Priest. «È solo a mezz'ora da Felicitas ed è il tipo di quartiere in cui nessuno si interessa troppo ai vicini.»

Ad alcuni degli edifici erano ottimisticamente appesi cartelli di agenzie immobiliari. Fingendo di essere la segretaria di Priest, Melanie chiamò il numero riportato su uno dei cartelli e chiese se avessero un magazzino da affittare, di circa duecento metri quadri e veramente a buon mercato.

Un'ora più tardi un agente immobiliare giovane e volonteroso arrivò sul posto. Mostrò loro un edificio in calcestruzzo in disuso, con un tetto di lamiera ondulata pieno di buchi. Sulla porta era appeso un cartello piuttosto malconcio che Melanie lesse a voce alta: «"Perpetua Diaries"». C'era un sacco di posto per parcheggiare il vibratore sismico. Il magazzino aveva anche un gabinetto funzionante e un piccolo ufficio con un fornelletto e un vecchio televisore Zenith, lasciati lì dal precedente affittuario.

Priest raccontò al giovane che aveva bisogno di un posto dove immagazzinare barili di vino per circa un mese. All'uomo non importava un accidente di cosa volesse farsene: era più che felice di ricavare dei soldi da una proprietà praticamente priva di valore. Promise di far riattivare luce e acqua per l'indomani. Priest gli pagò quattro settimane anticipate con i contanti prelevati dal fondo segreto che aveva tenuto nascosto nella vecchia chitarra.

L'agente immobiliare fece una faccia come se quello fosse il suo giorno fortunato. Diede le chiavi a Melanie, si strinsero la mano, e scappò via prima che Priest potesse cambiare idea.

Priest e Melanie tornarono a Silver River Valley.

Giovedì sera, immersa nella vasca da bagno, Judy ripensò al terremoto di Santa Rosa che tanto l'aveva spaventata quando era in prima elementare. Lo ricordava come se fosse accaduto solo il giorno precedente. Non c'era niente di più terrificante che scoprire che il terreno sotto i tuoi piedi non è solido e immobile ma infido e micidiale. A volte, nei momenti di quiete, aveva visioni apocalittiche di immani incidenti, ponti che crollavano, edifici che venivano giù, incendi e inondazioni... ma niente era terrificante quanto il ricordo del cieco terrore che aveva provato all'età di sei anni.

Si lavò i capelli e scacciò dalla mente quel pensiero. Poi preparò una sacca con l'occorrente per la notte e alle dieci tornò al club degli ufficiali.

Benché il comando fosse tranquillo, l'atmosfera era tesa. Nessuno sapeva ancora con sicurezza se i terroristi del Martello dell'Eden fossero in grado di provocare un terremoto. Ma da quando Ricky Granger aveva rapito Al Honeymoon minacciandolo con una pistola nel garage del Campidoglio, e lo aveva poi abbandonato sulla I-80, tutti ormai erano convinti che i terroristi facessero sul serio.

Nella vecchia sala da ballo c'erano più di cento persone. Il responsabile operativo era Stuart Cleever, il pezzo grosso arrivato appositamente in aereo da Washington martedì sera. Nonostante gli ordini di Honeymoon, non c'era modo che l'Fbi consentisse a un agente di basso rango come Judy di assumere il comando generale di un caso così importante. Lei, del resto, non pretendeva di avere il controllo totale e non si era opposta. Però era riuscita a fare in modo che né Brian Kincaid né Marvin Hayes fossero coinvolti direttamente.

Il titolo di Judy era coordinatore dell'attività investigativa. Questo le dava tutto il potere di cui aveva bisogno. Al suo fianco c'era Charlie Marsh, coordinatore delle operazioni d'emergenza e capo della squadra Swat, che aspettava nella sala accanto pronta a entrare in azione. Charlie era un uomo sui quarantacinque anni, i capelli brizzolati tagliati a spazzola. Era un ex militare, fanatico della forma fisica e collezionista di pistole, non il genere di persona che Judy normalmente trovava simpatica, ma era un tipo diretto e affidabile e non le dispiaceva lavorare con lui.

Tra il "posto di comando" e il tavolo dell'unità investigativa c'era Michael Quercus con i suoi giovani sismologi, seduti davanti ai computer, intenti a individuare qualunque segno di attività tellurica. Anche Michael, come Judy, era andato a casa per un paio d'ore. Era tornato indossando pantaloni kaki puliti e una polo nera, portando con sé una sacca di nylon, in previsione di una permanenza prolungata.

Durante il giorno avevano discusso di questioni pratiche, mentre lui sistemava l'attrezzatura e le presentava i suoi collaboratori. All'inizio c'era stato un certo imbarazzo tra loro, ma poi Judy aveva capito che Michael stava velocemente superando la rabbia e la vergogna derivanti dall'incidente di martedì sera. Judy avrebbe voluto fare la sostenuta, almeno per un giorno o due, ma era troppo occupata. Così la questione venne relegata in un angolo della sua mente e lei si scoprì a provare piacere per la presenza di Michael.

Stava cercando una scusa per parlargli quando il telefono sulla sua scrivania si mise a squillare.

Alzò il ricevitore. «Judy Maddox.»

«Una telefonata per lei da Ricky Granger» l'avvertì l'operatore.

«Rintracciate la chiamata!» disse lei, secca. L'operatore ci avrebbe messo solo qualche secondo a contattare il centro sicurezza della Pacific Bell, operativo ventiquattro ore su ventiquattro. Richiamò l'attenzione di Cleever e Marsh facendo cenno che ascoltassero pure loro.

«Okay» cominciò l'operatore. «Devo passarle la telefonata o lasciarlo in attesa?»

«Me lo passi. E registri la conversazione.» Si udì un clic.

«Parla Judy Maddox.»

«Sei furba, agente Maddox» disse una voce d'uomo. «Ma sei abbastanza furba da far ragionare il governatore?»

Sembrava arrabbiato, frustrato. Judy immaginò un uomo sulla cinquantina, magro, malvestito, ma abituato a essere ascoltato. Intuì che era infuriato perché stava perdendo il controllo della propria vita.

«Parlo con Ricky Granger?» chiese.

«Sai benissimo con chi stai parlando. Perché mi vogliono obbligare a provocare un altro terremoto?»

«*Obbligare?* Sei davvero convinto che sia colpa di qualcun altro?»

Questo parve renderlo ancora più furioso. «Non sono io quello che consuma sempre più elettricità, anno dopo anno» disse. «Non voglio altre centrali elettriche. Io non uso l'elettricità.»

«No?» *Davvero?* «E allora cos'è che ti fa funzionare il telefono... il vapore?» *Una setta che non usa l'elettricità. È un indizio.* Continuava a provocarlo, cercando di capire. *Dove stanno?*

«Non prendermi per il culo, Judy. Sei tu quella che è nei guai.»

Squillò il telefono di Charlie, accanto a lei. Il coordinatore dell'operazione di emergenza lo afferrò, ascoltò per qualche istante e scrisse a grosse lettere su un blocco: "Telefono pubblico - Oakland - I-980 e I-580 - Texaco".

«Siamo tutti nei guai, Ricky» disse Judy, con un tono di voce più ragionevole. Charlie andò alla cartina appesa alla parete. Sentì che pronunciava la parola "blocchi stradali".

«La tua voce è cambiata» fece Granger, sospettoso. «Cosa è successo?»

Judy si sentì persa. Non aveva una particolare esperienza nelle trattative. Sapeva solo che doveva tenerlo al telefono. «Improvvisamente ho pensato alla catastrofe che accadrebbe se tu e io non riuscissimo a trovare un accordo» rispose.

Sentiva Charlie che lanciava ordini a voce bassa. «Chiamate la polizia di Oakland, l'ufficio dello sceriffo di Alameda e la polizia stradale della California.»

«Tu mi stai prendendo per il culo» disse Granger. «Hai già rintracciato la chiamata? Gesù, come siete stati veloci! Stai cercando di tenermi al telefono mentre la tua squadra Swat si prepara a saltarmi addosso? Scordatelo! Ho mille modi per uscire da qui!»

«Ma un solo modo per uscire dal casino in cui ti sei cacciato.»

«La mezzanotte è passata» la informò. «Il tempo a vostra disposizione è scaduto. Provocherò un altro terremoto e voi non potrete più fermarmi.» Riattaccò.

Judy sbatté giù il telefono. «Andiamo, Charlie!» Strappò l'identikit di Granger dal tabellone dei sospettati e corse fuori. L'elicottero stava aspettando nel parcheggio, con le eliche che giravano. Judy saltò a bordo, seguita da Charlie.

Mentre decollavano, lui si mise le cuffie e le fece segno di imitarlo. «Ci vorranno venti minuti per istituire i posti di blocco» disse. «Supponendo che vada a novantacinque all'ora per evitare di essere fermato per eccesso di velocità, ora che siamo pronti potrebbe aver già percorso trentacinque chilometri. Quindi ho dato ordine che tutte le principali superstrade vengano chiuse in un raggio di trentacinque chilometri.»

«E le altre strade?»

«Dobbiamo sperare che stia andando lontano. Se evita l'autostrada lo perdiamo. Questa è una delle aree più trafficate della California. Non la potresti sigillare neppure se avessi a disposizione tutto l'esercito.»

Mentre si immetteva sulla I-80, Priest udì il rumore di un elicottero. Guardò in alto e lo vide passare, proveniente da

San Francisco e diretto verso Oakland attraverso la baia.

«Merda!» esclamò. «Non possono esserci già dietro, vero?»

«Te l'ho detto» rispose Melanie. «Possono rintracciare le telefonate quasi all'istante.»

«Ma cosa possono fare? Non sanno neppure che direzione abbiamo preso quando abbiamo lasciato la stazione di servizio!»

«Possono chiudere l'autostrada, immagino.»

«Quale? La 98, la 88, la 58 o la 80? Verso nord o verso sud?»

«Magari tutte. Sai come sono i poliziotti, fanno quello che gli pare.»

«Merda.» Priest pestò sull'acceleratore.

«Rallenta! Ti fermeranno per eccesso di velocità.»

«Okay, okay!» Rallentò.

«Non possiamo uscire dall'autostrada?»

Lui scosse la testa. «Non abbiamo altro modo per tornare a casa. Ci sono dei percorsi secondari, ma non attraversano la baia. Tutto quello che potremmo fare è nasconderci a Berkeley, parcheggiare da qualche parte e dormire in macchina. Ma non abbiamo tempo, dobbiamo andare a casa per prendere il vibratore sismico. Non possiamo fare altro che proseguire.»

Quando si furono lasciati Oakland e Berkeley alle spalle il traffico iniziò a diradarsi. Priest scrutava l'oscurità davanti a sé, attento a cogliere eventuali luci lampeggianti. Fu sollevato quando raggiunsero il Carquinez Bridge. Una volta passati dall'altra parte, potevano proseguire su strade di campagna. Ci avrebbero messo quasi tutta la notte per arrivare a casa, ma sarebbero stati al sicuro.

Si avvicinò lentamente alla piazzola del pagamento pedaggio dell'autostrada, cercando segni di presenza della polizia. C'era un solo casello aperto, ma dopo mezzanotte non era insolito. Niente luci blu, niente volanti, niente poliziotti. Si fermò e si frugò in tasca alla ricerca degli spiccioli.

Quando sollevò lo sguardo vide un agente della stradale.

Ebbe l'impressione che il cuore gli si fermasse.

L'agente era nel gabbiotto, alle spalle del casellante, e fissava Priest con un'espressione sorpresa.

Il casellante prese i soldi ma non accese la luce verde.

L'agente uscì rapido dal gabbiotto.

«Merda! E ora cosa facciamo?» chiese Melanie.

Priest valutò se operare un'inversione di marcia, ma decise di no. Avrebbe semplicemente dato origine a un inseguimento e la sua vecchia auto non era in grado di sfuggire alla polizia.

«Buonasera, signore» disse l'agente. Era un uomo grasso sulla cinquantina, e indossava un giubbotto antiproiettile sopra la divisa. «Accosti, per favore.»

Priest accostò. Un'auto della stradale era parcheggiata sul ciglio della strada in modo da non poter essere vista dall'altro lato del casello.

«Cosa intendi fare?» sussurrò Melanie.

«Cerca di restare calma.»

A bordo della volante c'era un secondo agente. Quando vide Priest fermarsi scese. Anche lui indossava il giubbotto antiproiettile. Il primo agente si avvicinò.

Priest aprì il vano portaoggetti e tirò fuori il revolver che aveva rubato quella mattina alla sentinella dei Los Alamos.

Quindi scese dall'auto.

Judy impiegò solo pochi minuti per arrivare alla stazione di servizio della Texaco dalla quale era stata effettuata la telefonata. La polizia di Oakland non aveva perso tempo. Sui quattro lati del piazzale quattro volanti erano disposte in modo da formare un quadrato, col muso rivolto verso l'interno, le luci blu sul tetto che lampeggiavano, i fari che illuminavano una pista di atterraggio improvvisata. L'elicottero si posò.

Judy saltò a terra. Un sergente della polizia venne ad accoglierla. «Mi porti al telefono» gli disse. Lui la condusse all'interno. Il telefono pubblico era in un angolo vicino alle toilette. Dietro al banco c'erano due commessi, una donna nera di mezza età e un giovane bianco con un orecchino. Sembravano spaventati. «Li avete già interrogati?» chiese Judy al sergente.

«No» rispose lui. «Abbiamo detto loro che era una indagine di routine.»

Avrebbero dovuto essere del tutto scemi per bersela, pensò Judy, con quattro auto della polizia e un elicottero dell'Fbi nel parcheggio. Judy si presentò e chiese: «Avete notato la persona che ha usato quel telefono diciamo...» guardò l'orologio «... quindici minuti fa?».

«Un sacco di gente usa quel telefono» fu il commento della donna. Judy ebbe l'immediata sensazione che non le piacessero i poliziotti.

Si rivolse al giovane. «Sto parlando di un uomo bianco sulla cinquantina.»

«C'era un tipo più o meno così» rispose. Poi si rivolse alla donna. «Non l'hai notato? Aveva l'aria di un vecchio hippy.»

«Io non l'ho visto!» affermò lei, cocciuta.

Judy mostrò loro l'identikit. «Potrebbe essere questo?»

Il giovane sembrava dubbioso. «Non aveva gli occhiali. E aveva i capelli molto lunghi. È per questo che ho pensato che fosse un hippy.» Lo guardò più attentamente. «Però potrebbe essere lui.»

La donna osservò l'identikit. «Ora ricordo» disse. «Credo che sia proprio lui. Un tipo allampanato con una camicia di jeans.»

«Mi siete stati di grande aiuto» esclamò Judy piena di gratitudine. «Ora, questa domanda è davvero importante. Che tipo di auto guidava?»

«Non saprei» disse l'uomo. «Ha idea di quante auto vanno e vengono in un giorno qui davanti? E poi è buio.»

Judy guardò la donna, che scosse la testa sconsolata. «Cara, sta chiedendo alla persona sbagliata... non sono in grado di distinguere una Ford da una Cadillac.»

Judy non riuscì a nascondere la delusione. «Accidenti»

le sfuggì dalle labbra, ma poi si riprese. «Grazie comunque, gente.»

Uscì. «Qualche altro testimone?» chiese al sergente.

«No. Potevano esserci degli altri clienti là dentro, quando ha telefonato, ma comunque se ne sono andati da tempo. Qui ci lavorano solo quei due.»

In quel momento arrivò di corsa Charlie Marsh con il cellulare incollato all'orecchio. «Granger è stato individuato» disse a Judy. «Due agenti della stradale lo hanno fermato alla piazzola di pedaggio del Carquinez Bridge.»

«Incredibile!» esclamò lei. Ma poi qualcosa nell'espressione di Charlie le fece capire che non era una buona notizia. «Lo hanno preso?»

«No. Ha sparato agli agenti. Indossavano tutti e due il giubbotto antiproiettile, ma Granger gli ha sparato alla testa. È riuscito a scappare.»

«Abbiamo la marca dell'auto?»

«No. L'addetto al pedaggio non l'ha notata.»

Judy non riuscì a nascondere la disperazione nella voce. «È scappato senza lasciare traccia?»

«Sì.»

«E i due agenti?»

«Morti.»

Il sergente impallidì. «Dio abbia pietà delle loro anime» sussurrò.

Judy si voltò, in preda alla nausea e al disgusto. «E Dio ci aiuti a catturare Ricky Granger. Prima che uccida qualcun altro.»

17

Oaktree aveva fatto un ottimo lavoro e ora il vibratore sismico sembrava proprio una giostra.

I vivaci pannelli rossi e gialli della Bocca del Drago nascondevano completamente l'enorme piastra di acciaio, il poderoso motore del vibratore e l'insieme di valvole e serbatoi che lo facevano funzionare. Venerdì pomeriggio Priest attraversò lo stato, dalle pendici della Sierra Nevada fino ai rilievi sulla costa, passando per la Sacramento Valley, fra automobilisti che sorridevano e suonavano il clacson divertiti, mentre i bambini lo salutavano dai finestrini posteriori delle station-wagon.

La stradale invece lo ignorò.

Priest guidava con Melanie seduta accanto. Star e Oaktree li seguivano a bordo della vecchia 'Cuda. Arrivarono a Felicitas nel tardo pomeriggio. La finestra sismica si sarebbe aperta qualche minuto dopo le sette. Il momento era propizio: Priest avrebbe potuto approfittare del crepuscolo per dileguarsi. Inoltre, l'Fbi e la polizia erano in allarme ormai da diciotto ore: dovevano cominciare a essere stanchi, ad avere i riflessi più lenti. Forse stavano cominciando a pensare che non ci sarebbe stato alcun terremoto.

Uscì dall'autostrada e fermò il camion. Alla fine della rampa c'era una stazione di servizio con un ristorante della catena Big Ribs dove parecchie famiglie stavano cenando. I bambini notarono subito la giostra dalle finestre del ristorante. In un campo lì accanto cinque o sei cavalli stavano brucando l'erba, più in là si vedeva un edificio basso di vetro, adibito a uffici. La strada che portava in città era fiancheggiata da case; Priest individuò anche una scuola e una piccola, semplice costruzione di legno che sembrava una cappella battista.

«La linea di faglia corre attraverso Main Street» disse Melanie.

«Come fai a esserne certa?»

«Guarda gli alberi sul marciapiede.»

Sull'altro lato della strada c'era una fila di pini adulti. «Gli alberi all'estremità ovest della strada sono spostati indietro di un paio di metri rispetto a quelli all'estremità est.»

Proprio così. Priest vide che la fila era come interrotta a metà della strada. A ovest gli alberi crescevano in mezzo al marciapiede invece che sul margine esterno.

Priest accese l'autoradio. La trasmissione di John Truth stava giusto iniziando. «Perfetto» disse.

Lo speaker annunciò: «Questa mattina uno stretto collaboratore del governatore Mike Robson è stato rapito a Sacramento nel corso di uno strano incidente. Il sequestratore ha avvicinato il segretario di Gabinetto Al Honeymoon nel parcheggio del Campidoglio e lo ha costretto a uscire dalla città, quindi lo ha abbandonato sulla I-80».

«Hai notato che non fanno parola del Martello dell'Eden?» chiese Priest. «Sanno benissimo che ero io a Sacramento, ma fingono che questo non abbia niente a che vedere con noi. Pensano così di evitare di allarmare la gente. Stanno perdendo tempo. Nel giro di venti minuti ci sarà la più grossa esplosione di panico che la California abbia mai conosciuto.»

«Puoi ben dirlo!» esclamò Melanie. Era tesa ed eccitata, il volto arrossato, gli occhi scintillanti di speranza e paura.

Dentro di sé, però, Priest era tormentato dal dubbio. *Funzionerà questa volta?*

C'è un solo modo per scoprirlo.

Ingranò la marcia e guidò il camion giù per la collina.

Lo svincolo dell'autostrada faceva un giro completo e si andava a collegare con la vecchia strada di campagna che entrava in città da est. Priest svoltò in Main Street. Proprio sopra la linea di faglia c'era un caffè. Parcheggiò davanti al locale. La 'Cuda venne a fermarsi accanto al camion. «Va' a comperare qualche ciambella» ordinò a Melanie. «Sii naturale.»

Lei saltò giù e si avviò a passi rapidi verso il caffè.

Priest tirò il freno a mano e fece scattare l'interruttore che abbassava al suolo la piastra del vibratore sismico.

Un poliziotto in uniforme uscì dal locale.

«Merda» fece Priest.

Il poliziotto teneva in mano un sacchetto di carta e si diresse deciso verso il parcheggio. Priest pensò che fosse andato a prendere del caffè per sé e per il suo collega. Ma dov'era la volante? Priest si guardò attorno e scorse la barra delle luci bianche e blu sul tetto di una macchina, quasi nascosta dietro un minivan. Arrivando non l'aveva notata. Si maledisse per la disattenzione.

Ma era troppo tardi per recriminare. Il poliziotto notò il camion, cambiò direzione e si avvicinò al finestrino di Priest.

«Salve, come va?» chiese con tono cordiale. Era un giovane alto e magro, poco più che ventenne, coi capelli chiari tagliati corti.

«Benone» rispose Priest. *Questi poliziotti di paese si comportano come se tutti fossero loro vicini di casa.* «E lei?»

«Sa che non può far funzionare questa giostra senza un permesso, vero?»

«È così dappertutto» rispose Priest. «Ma pensiamo di montarla a Pismo Beach. Ci siamo solo fermati per un caffè, come lei.»

«Okay. Buona serata.»

«Altrettanto.»

Il poliziotto si allontanò e Priest scosse la testa, incredulo. *Amico, se sapessi chi sono la ciambella al cioccolato ti andrebbe di traverso.*

Si voltò a guardare attraverso il lunotto posteriore e controllò gli indicatori di livello del meccanismo vibrante. Era tutto pronto.

Melanie tornò. «Sali in macchina con gli altri» le ordinò. «Io arrivo subito.»

Impostò il vibratore perché si attivasse a un segnale del telecomando e poi saltò giù, lasciando acceso il motore del camion.

Melanie e Star erano sul sedile posteriore della 'Cuda, sedute il più lontano possibile l'una dall'altra: la cortesia che ostentavano non riusciva a nascondere del tutto la reciproca ostilità. Oaktree era al volante. Priest sedette al suo fianco. «Torna sulla collina dove ci siamo fermati prima» gli disse.

Oaktree partì.

Priest accese l'autoradio e la sintonizzò sulla trasmissione di John Truth.

«Sono le sette e venticinque di venerdì sera e grazie al cielo la minaccia di provocare un terremoto formulata dal gruppo terroristico Martello dell'Eden non si è concretizzata. Qual è la cosa più terrificante che vi è mai capitata? Chiamate John Truth adesso, e raccontatecelo. Potrebbe essere qualcosa di sciocco, come un topo nel frigorifero, o magari una rapina. Stasera parlatene col mondo, al *John Truth Show*.»

«Chiamalo col cellulare» disse Priest a Melanie.

«E se rintracciano la chiamata?»

«È una stazione radio, non l'Fbi. Non possono rintracciare le telefonate. Su, sbrigati.»

«Okay.» Melanie compose il numero che John Truth continuava a ripetere alla radio. «È occupato.»

«Prova ancora.»

«Questo telefono ha il tasto di ripetizione automatica.»

Oaktree fermò la macchina in cima alla collina. Guardarono la città ai loro piedi. Priest osservava nervosamente l'area di parcheggio davanti al caffè. I poliziotti non se ne erano ancora andati. Non voleva avviare il vibratore con loro lì accanto... uno dei due avrebbe potuto avere la presenza di spirito di saltare in cabina e spegnere il motore. «Quei maledetti poliziotti!» borbottò. «Perché non vanno a dare la caccia a qualche criminale?»

«Non dire così... potrebbero venire dietro a noi» commentò Oaktree in tono scherzoso.

«Noi non siamo criminali» ribatté Star con convinzione. «Noi cerchiamo di salvare il nostro paese.»

«Proprio così!» fece Priest con un sorriso e sferrò un pugno nell'aria.

«Parlo sul serio» insistette lei. «Tra cent'anni, quando la gente guarderà al passato, dirà che noi avevamo visto giusto e che i governanti erano pazzi a lasciare che l'America venisse distrutta dall'inquinamento. Come i disertori durante la Prima guerra mondiale... allora furono odiati, ma oggi tutti pensano che gli uomini che scapparono erano gli unici sani di mente.»

«È la verità» affermò Oaktree.

La volante della polizia si allontanò dal caffè.

«Ho preso la linea!» esclamò Melanie. «Ho preso la linea... Pronto? Sì, resto in linea per John Truth... dice di spegnere la radio, ragazzi...» Priest si affrettò a farlo. «Voglio parlare del terremoto» proseguì lei, rispondendo alla domanda dell'interlocutore. «Mi chiamo... Melinda. Oh! Se n'è andato. Cazzo, per poco non gli dicevo il mio nome!»

«Non avrebbe avuto alcuna importanza. Ci saranno milioni di Melanie» osservò Priest. «Passami il telefono.»

Glielo porse e Priest se lo avvicinò all'orecchio. Sentì la pubblicità del concessionario Lexus di San José. Evidentemente la stazione radio faceva ascoltare la trasmissione alle persone che aspettavano in linea. Osservò la volante salire su per la collina, venendo verso di loro. La macchina passò oltre, imboccò l'autostrada e scomparve.

Improvvisamente Priest sentì dire: «Melinda vuole parlare della minaccia del terremoto. Pronto, Melinda, sei in onda!».

«Salve, John. Non sono Melinda. Qui parla il Martello dell'Eden» interloquì Priest.

Ci fu una pausa. Quando riprese a parlare, Truth aveva assunto il tono solenne che usava per gli annunci di estrema gravità. «Amico, è meglio che non scherzi, perché potresti finire in galera, lo sai?»

«Credo che potrei finire in galera anche se non scherzassi» rispose Priest.

Truth non rise. «Perché mi stai chiamando?»

«Questa volta vogliamo essere sicuri che tutti sappiano che il terremoto è stato provocato da noi.»

«Quando avverrà?»

«Tra pochi minuti.»

«Dove?»

«Questo non te lo posso dire perché aiuterebbe l'Fbi a saltarci addosso, ma ti dirò una cosa che nessuno potrebbe mai immaginare. Avrà luogo esattamente lungo la Route 101.»

Raja Khan saltò in piedi su un tavolo in mezzo al salone. «Zitti, perdio! Ascoltate!» urlò. Tutti percepirono la nota stridula di paura nella sua voce e nella sala scese il silenzio. «Un tizio che afferma di appartenere al Martello dell'Eden sta parlando alla trasmissione di John Truth.»

Ci fu un boato mentre tutti facevano domande a tutti. Judy si alzò. «Silenzio, per favore!» urlò. «Raja, cosa ha detto?»

Fu Carl Theobald, che se ne stava con l'orecchio incollato a una radio portatile, a rispondere alla domanda. «Ha appena comunicato che il prossimo terremoto avverrà sulla Route 101 tra pochi minuti.»

«Bravo Carl! Alza il volume.» Judy si voltò. «Michael... corrisponde a qualcuno dei siti che abbiamo posto sotto sorveglianza?»

«No» rispose lui. «Merda, devo aver sbagliato!»

«E allora non sbagliare di nuovo! Cerca di capire dove possono essere!»

«Okay, ma smettila di urlare.» Michael si sedette di fronte al computer e mise la mano sul mouse.

Dalla radio di Carl Theobald, una voce disse: «Eccolo che arriva».

Un allarme si mise a suonare sul computer di Michael.

«Cos'è? È una scossa?» chiese Judy concitata.

Michael cliccò sul mouse. «Aspetta, sta arrivando ora sullo schermo... no, non è una scossa. È un vibratore sismico.»

Judy si chinò a guardare. Sullo schermo c'era un grafico uguale a quello che lui le aveva mostrato domenica. «Dov'è?» chiese. «Dammi le coordinate!»

«Ci sto lavorando» ribatté Michael, secco. «Urlarmi nelle orecchie non aiuterà il computer a trovare il punto più in fretta.»

Come poteva essere così permaloso in un momento simile? «Perché non c'è stato terremoto? Forse il loro metodo non funziona!»

«Nella Owens Valley non ha funzionato alla prima.»

«Non lo sapevo.»

«Okay, ecco le coordinate.»

Judy e Charlie Marsh si avvicinarono alla carta topografica appesa alla parete. Michael lesse le coordinate a voce alta. «Qui!» esclamò Judy trionfante. «Proprio sulla 101, a sud di San Francisco. Una cittadina che si chiama Felicitas. Carl, chiama la polizia locale. Raja, avverti la polizia stradale. Charlie, io vengo con te in elicottero.»

«Non è preciso al cento per cento» la avvertì Michael. «Il vibratore potrebbe trovarsi in un punto qualsiasi nel raggio di circa due chilometri da quelle coordinate.»

«Non puoi essere più preciso?»

«Se vedessi il terreno, potrei trovare la linea di faglia.»

«È meglio che tu venga con noi sull'elicottero. Prendi un giubbotto antiproiettile. Su, andiamo!»

«Non funziona!» esclamò Priest, cercando di controllare l'ansia.

«La prima volta non ha funzionato neppure nella Owens Valley, ricordi?» gli fece notare Melanie, esasperata. «Dobbiamo spostare il camion e riprovare.»

«Cazzo, speriamo di fare in tempo» disse Priest. «Via, Oaktree! Torniamo al camion!»

Oaktree innestò la marcia e schizzò giù dalla collina.

Priest si voltò verso Melanie e urlò per coprire il rombo del motore. «Dove credi che dovremmo portarlo?»

«C'è una strada laterale quasi di fronte al caffè... seguila per un quattrocento metri. È lì che corre la linea di faglia.»

«Okay.»

Oaktree fermò l'auto di fronte al caffè. Priest scese di corsa. Una donna robusta di mezza età gli si parò davanti. «Ha sentito quel rumore?» disse. «Sembrava venire dal suo camion. Rompeva i timpani!»

«Togliti dai piedi o ti rompo quel cazzo di testa!» sbraitò Priest, e saltò a bordo del camion. Sollevò la piastra, innestò la marcia e partì. Sbucò dal parcheggio a tutta velocità, tagliando la strada a una vecchia station-wagon. L'auto si fermò con uno stridio di freni e il guidatore pestò sul clacson indignato. Priest imboccò la stradina laterale.

Proseguì per quattrocento metri e si fermò davanti a una casa a un piano con un giardinetto recintato. Al di là dello steccato, un cagnolino bianco si mise ad abbaiare ferocemente contro di lui. Con movimenti febbrili, Priest abbassò di nuovo la piastra del vibratore e controllò gli indicatori di livello. Lo impostò nuovamente per l'attivazione telecomandata, saltò giù e risalì a bordo della 'Cuda.

Oaktree girò la macchina con una sbandata e partì a razzo. Mentre correvano lungo Main Street, Priest si accorse che i loro movimenti cominciavano ad attirare l'attenzione. Una coppia carica di pacchi della spesa li stava osservando con curiosità, due ragazzi in mountain-bike si voltarono a guardarli, mentre tre grassoni uscirono addirittura dal bar per vedere cosa stava succedendo.

Arrivarono in fondo a Main Street e svoltarono su per

la collina. «Qui è abbastanza lontano» decretò Priest. Oaktree fermò l'auto e Priest azionò il telecomando.

Il rumore del camion si sentiva persino da lì, a sei isolati di distanza.

«Siamo al sicuro, qui?» chiese Star, spaventata.

Restarono tutti in silenzio, sulle spine, in attesa del terremoto.

Il camion vibrò per trenta secondi, poi si fermò.

«Più che al sicuro» disse Priest a Star.

«Qui non funziona un cazzo, Priest!» esclamò Oaktree.

«È già successo l'altra volta» rispose Priest esasperato. «Funzionerà!»

«Sapete cosa penso?» fu Melanie a parlare. «Qui il terreno è troppo tenero. La città è vicina al fiume. Il terreno morbido e umido assorbe le vibrazioni.»

Priest si voltò verso di lei con espressione accusatoria. «Ieri mi hai detto che i terremoti causano più danni quando il terreno è umido.»

«Ho detto che gli edifici costruiti sul terreno umido hanno più probabilità di essere danneggiati perché il terreno sottostante si muove di più. Ma per trasmettere le onde d'urto verso la faglia, il terreno roccioso dovrebbe essere migliore.»

«Risparmiami le conferenze!» sbottò Priest. «Adesso dove proviamo?»

Melanie indicò la collina. «Là, vicino all'uscita dell'autostrada. Non è proprio sulla linea di faglia, ma il terreno dovrebbe essere roccioso.»

Oaktree guardò Priest con aria interrogativa. «Torniamo al camion, svelto!» gli ordinò questi.

Ripercorsero Main Street a tutta velocità, sotto gli sguardi di un numero sempre crescente di persone. Oaktree imboccò la strada laterale facendo stridere le gomme e si fermò sbandando vicino al vibratore sismico. Priest salì sul camion, sollevò la piastra e partì, con l'acceleratore a tavoletta.

Il camion attraversò la cittadina con esasperante lentezza e iniziò ad arrampicarsi sulla collina.

Erano ormai a metà strada quando la volante della polizia che avevano visto prima sbucò dallo svincolo dell'autostrada. A sirene spiegate e con le luci lampeggianti, li incrociò a tutta velocità diretta verso il centro.

Finalmente il camion arrivò nel punto in cui Priest si era fermato la prima volta a osservare la città, decretando che era perfetta. Si bloccò sull'altro lato della strada rispetto al ristorante Big Ribs. Per la terza volta abbassò la piastra vibrante.

Alle sue spalle vide arrivare la 'Cuda. L'auto della polizia aveva rapidamente fatto inversione di marcia e ora stava risalendo la collina. Alzando lo sguardo, scorse un elicottero in lontananza.

Non c'era tempo per allontanarsi dal camion e usare il telecomando. Avrebbe dovuto azionare il vibratore dal posto di guida.

Posò la mano sul comando, esitò per un istante, poi tirò la leva.

Vista dall'elicottero, Felicitas sembrava una città addormentata.

Era una serata limpida e chiara. Judy vide Main Street e il reticolo di strade ai suoi lati, i giardini con gli alberi, le auto nei vialetti, ma niente sembrava muoversi. Un uomo intento ad annaffiare i fiori era così immobile da sembrare una statua, una donna con un grosso cappello di paglia era ferma sul marciapiede, le ragazzine all'angolo parevano come inchiodate sul posto, due ragazzi si erano fermati con le biciclette in mezzo alla strada.

C'era, invece, del movimento sull'autostrada che correva di fianco alla città sulle eleganti arcate del viadotto. Oltre al solito guazzabuglio di automobili e camion, Judy vide, a un paio di chilometri, due volanti della polizia che si avvicinavano a forte velocità, presumibilmente accorrendo in risposta alla sua chiamata d'emergenza.

Ma in città nessuno si muoveva.

Dopo un attimo capì cosa stava succedendo.

Ascoltavano.

Il rumore dell'elicottero le impediva di sentirlo, ma riusciva a immaginare cosa fosse. Doveva trattarsi del vibratore sismico.

Ma dov'era?

L'elicottero volava così basso che Judy era in grado di riconoscere la marca delle auto parcheggiate lungo la strada principale, ma non si vedeva alcun veicolo abbastanza grande da poter essere un vibratore sismico. Nessuno degli alberi che nascondevano in parte le strade laterali erano di dimensioni tali da occultare un veicolo tanto grosso.

Si rivolse a Michael parlando nelle cuffie. «Riesci a distinguere la linea di faglia?»

«Sì.» Era intento a studiare una mappa, confrontandola con il paesaggio sottostante. «Attraversa la ferrovia, il fiume, l'autostrada e il gasdotto. Dio santo, ci saranno un sacco di danni.»

«Ma dov'è il vibratore?»

«Cosa c'è su quella collina?»

Judy seguì la direzione indicata dal dito di Michael. Sopra la città, vicino all'autostrada, vide un gruppetto di edifici: un ristorante, un edificio di vetro e una piccola costruzione di legno, probabilmente una cappella. Sulla strada, vicino al ristorante, c'era un coupé color fango, che sembrava una vecchia auto sportiva dell'inizio anni Settanta, una macchina della polizia che si stava fermando dietro a essa, e un grosso camion con sopra dipinti dei draghi in rosso squillante e giallo acido. Riusciva a distinguere le parole "La Bocca del Drago". «È una giostra» disse.

«O qualcosa camuffato da giostra» suggerì lui. «Dalle dimensioni potrebbe essere un vibratore sismico.»

«Mio Dio, scommetto che hai ragione!» esclamò. «Charlie, ci stai ascoltando?»

Charlie Marsh era seduto accanto al pilota. Sei uomini della Swat erano seduti tra Judy e Michael, armati di mitragliette MP-5. Il resto della squadra stava arrivando a tutta velocità a bordo di un furgone blindato, il loro Centro operativo mobile. «Ti ascolto» si udì la voce di Charlie. «Pilota, puoi lasciarci vicino a quella giostra sulla collina?»

«È difficile» rispose il pilota. «La collina ha i fianchi ripidi e la strada è troppo stretta. Preferirei atterrare nel parcheggio di quel ristorante.»

«Okay» disse Charlie.

«Non ci sarà un terremoto, vero?» chiese il pilota.

Nessuno fiatò.

Mentre l'elicottero scendeva, una persona saltò giù dal camion. Judy la guardò con attenzione. Vide un uomo alto e magro, dai lunghi capelli scuri e capì immediatamente: quello era il suo nemico. L'uomo guardò in su verso l'elicottero e parve quasi che i suoi occhi la fissassero. Lei era troppo lontana per distinguere i tratti del suo volto, ma era sicura che fosse Granger.

Resta dove sei, figlio di puttana, che ora vengo a prenderti.

L'elicottero arrivò sopra il parcheggio e iniziò la discesa.

Judy era consapevole che nel giro di pochi secondi lei e tutti quelli che erano con lei sarebbero potuti morire.

Appena l'elicottero toccò il suolo, si udì un rumore come le trombe del Giudizio Universale.

Fu un boato così forte da coprire il rombo del vibratore sismico e il rumore delle pale dell'elicottero.

Il terreno parve sollevarsi e colpì Priest come un pugno. Stava guardando l'elicottero che atterrava nel parcheggio del Big Ribs, riflettendo che ormai il vibratore percuoteva invano il terreno, che il suo piano era fallito, che lo avrebbero arrestato e sbattuto in galera: un attimo dopo era steso a terra, a faccia in giù, come se l'avesse colpito Mike Tyson.

Si girò sulla schiena, boccheggiando in cerca d'aria, e vide gli alberi che gli stavano intorno piegarsi e torcersi come se stesse infuriando l'uragano.

Un attimo dopo si riprese e capì... aveva funzionato! Aveva provocato un terremoto.

Sì!

E lui c'era in mezzo.

Allora temette per la propria vita.

L'aria era percorsa da un brontolio terrificante, come se le rocce venissero agitate in un gigantesco secchio. Si mise faticosamente in ginocchio, ma il terreno non voleva saperne di stare fermo e lui, nel tentativo di rialzarsi, cadde di nuovo.

Oh, merda, sono spacciato.

Rotolò su se stesso e bene o male riuscì a mettersi seduto.

Sentì un rumore come di cento finestre che andavano in frantumi. Guardò verso destra e vide che era esattamente quello che stava accadendo. Le pareti di vetro dell'edificio si stavano rompendo tutte insieme. Milioni di schegge di vetro caddero al suolo come una cascata.

Sì!

La cappella battista in fondo alla strada parve rovesciarsi su un fianco. Era un fragile edificio di legno e le sottili pareti crollarono in una nuvola di polvere, appiattendosi sul terreno e lasciando un massiccio leggio di quercia intagliata in piedi tra le macerie.

Ce l'ho fatta! Ce l'ho fatta!

Le finestre del Big Ribs esplosero e le urla dei bambini terrorizzati trafissero l'aria. Un angolo del tetto cedette e rovinò su un gruppo di cinque o sei ragazzi, schiacciandoli insieme al tavolo e alla loro cena. Gli altri clienti si alzarono tutti insieme e si lanciarono verso le finestre ormai vuote mentre il resto del tetto crollava loro addosso.

L'aria era satura dell'odore pungente della benzina. Priest pensò che il terremoto avesse prodotto delle falle nei serbatoi della stazione di servizio. Guardò in quella direzione e vide una marea di carburante inondare il piazzale. Una moto che aveva perso il controllo uscì di strada, sbandando da una parte all'altra, finché il motociclista cadde e la moto slittò sulla superficie di cemento, facendo scintille. Il combustibile prese fuoco con un sibilo: un attimo dopo tutto il piazzale era in fiamme.

Cristo!

Il fuoco era pericolosamente vicino alla 'Cuda. Vide la macchina ondeggiare e il volto inorridito di Oaktree dietro al volante.

Non aveva mai visto Oaktree spaventato.

I cavalli nel prato accanto al ristorante scapparono dalla staccionata a pezzi e partirono terrorizzati al galoppo lungo la strada, verso Priest, gli occhi sbarrati, le fauci spalancate. Priest non ebbe il tempo di spostarsi: si coprì la testa con le mani, ma gli animali lo schivarono.

Giù in città, la campana della chiesa suonava come impazzita.

L'elicottero si risollevò un attimo dopo aver toccato il suolo. Judy vide il terreno sotto di lei brillare come un blocco di gelatina di frutta. Poi tutto si allontanò velocemente man mano che l'elicottero prendeva quota. Judy rimase senza fiato nel vedere le pareti dell'edificio di vetro trasformarsi in qualcosa che sembrava la cresta di un'onda e precipitare a terra come un gigantesco frangente. Vide un motociclista andare a sbattere contro la stazione di servizio e non riuscì a trattenere un urlo di orrore quando la benzina prese fuoco e le fiamme avvolsero l'uomo caduto dalla moto.

L'elicottero iniziò a virare e la visuale cambiò. Ora aveva di fronte una pianura. In lontananza, un treno merci correva attraverso i campi. All'inizio pensò che fosse sfuggito al disastro, ma poi si rese conto che stava rallentando troppo bruscamente. Era uscito dai binari e, mentre lei guardava piena di raccapriccio, il locomotore si tuffò nei campi che costeggiavano la ferrovia. I vagoni carichi di merci cominciarono a sbandare per poi andare a impilarsi contro il locomotore. L'elicottero fece un altro giro, continuando a salire.

Ora Judy poteva vedere la città. Fu una visione scioccante. La gente, disperata e in preda al panico, si riversava nelle strade, la bocca spalancata in urla di terrore che lei non poteva udire, cercando di fuggire tra case che crollavano, muri che si aprivano, finestre che esplodevano, tetti che si inclinavano paurosamente per finire col rovesciarsi sopra i giardinetti ben curati e le macchine nei vialetti. La via principale sembrava in fiamme e inondata d'acqua allo stesso tempo. Le automobili andavano a sbattere nelle strade. Ci fu un lampo come quello di un fulmine, poi un altro, e Judy pensò si trattasse delle linee elettriche che si spezzavano.

Mentre l'elicottero prendeva quota, l'autostrada apparve dinanzi ai suoi occhi. Judy si portò inorridita le mani alla bocca: una delle gigantesche arcate che sostenevano il viadotto si era piegata fino a crollare. La sede stradale si era spaccata in due e una lingua di strada ora si protendeva nel vuoto. Almeno una decina di auto erano ammassate una sull'altra alle due estremità dell'interruzione, parecchie altre erano in fiamme. Ma la carneficina non era finita. Guardando il viadotto, Judy vide una vecchia lunga Chevrolet con la coda ornata da due grosse pinne che avanzava a tutta velocità verso il precipizio, slittando di lato mentre il guidatore cercava invano di fermarla. Judy si sentì urlare quando l'auto volò giù. Scorse l'espressione terrorizzata del guidatore, un ragazzo consapevole di andare incontro alla morte. La macchina si rigirò su se stessa più volte nel vuoto, con spettrale lentezza, e alla fine si schiantò sul tetto di una casa sottostante, esplodendo in una palla di fuoco e appiccando le fiamme all'edificio.

Judy nascose il volto tra le mani. Era uno spettacolo insostenibile a vedersi. Ma poi rammentò a se stessa che era un agente dell'Fbi e si costrinse a guardare. Vide che ora le macchine sull'autostrada riuscivano a rallentare in tempo per fermarsi prima di andare a sbattere. Ma le pattuglie della stradale e il blindato della Swat che stavano arrivando non sarebbero riusciti a raggiungere Felicitas dall'autostrada.

Un vento improvviso soffiò via la nuvola di fumo nero

sopra la stazione di servizio e Judy vide l'uomo che lei credeva fosse Ricky Granger.

Sei stato tu. Hai ucciso tutte queste persone. Brutto pezzo di merda, ti sbatterò in galera, fosse l'ultima cosa che faccio.

Granger si alzò e corse urlando e gesticolando alle persone sedute all'interno del coupé color fango.

La volante della polizia fu subito dietro l'auto, ma i poliziotti non sembravano in grado di agire con la necessaria prontezza.

Judy si rese conto che i terroristi stavano per scappare.

Charlie giunse alla stessa conclusione. «Scendi, pilota!» ordinò attraverso l'interfono.

«Lei è pazzo!» urlò il pilota di rimando.

«Sono stati quelli laggiù!» gridò Judy, indicando un punto sopra la spalla del pilota. «Hanno causato questa carneficina e ora stanno scappando!»

«Merda» fece il pilota e l'elicottero si tuffò verso il terreno.

«Andiamo via di qui!» urlò Priest a Oaktree, attraverso il finestrino aperto della 'Cuda.

«Okay... da che parte?»

Priest indicò la strada che usciva dalla città. «Prendi questa strada, ma invece di svoltare a sinistra in Main Street, gira a destra lungo la vecchia strada di campagna... porta a San Francisco. Ho controllato.»

«Okay!»

Priest vide i due poliziotti scendere dalla volante.

Saltò a bordo del camion, sollevò la piastra e partì, girando con forza il volante. Oaktree fece sgommare la 'Cuda in una fulminea inversione a U e si diresse giù per la collina. Priest impiegò più tempo a girare il camion.

Uno dei poliziotti era fermo in mezzo alla strada, e puntava la pistola contro il grosso veicolo. Era il giovane biondo e magro che aveva augurato a Priest di passare una buona serata. Ora stava urlando: «Fermati! Polizia!».

Priest gli puntò contro il camion.

Il poliziotto sparò un colpo a casaccio e si tuffò di lato.

La strada costeggiava la cittadina sul lato orientale, evitando la zona più danneggiata, al centro. Priest fu costretto a girare intorno a un paio di auto fracassate fuori dalle macerie dell'edificio di vetro adibito a uffici, ma di lì in avanti la strada era sgombra. Il camion acquistò velocità.

Ce la facciamo!

A un tratto, però, l'elicottero dell'Fbi atterrò di fronte a lui in mezzo alla strada, un mezzo chilometro più avanti.

Merda!

Priest vide la 'Cuda fermarsi bruscamente.

Okay, stronzi, ve la siete voluta.

Priest premette l'acceleratore a tavoletta.

Agenti con la divisa della Swat, armati fino ai denti, saltarono giù dall'elicottero, uno dopo l'altro, e cominciarono a prendere posizione ai lati della strada.

Priest si lanciò giù dalla collina col camion, acquistando sempre più velocità, e superò ruggendo la 'Cuda che si era fermata.

«Ora seguimi» mormorò, sperando che Oaktree capisse cosa doveva fare.

Vide Judy Maddox saltare giù dall'elicottero con in mano un fucile a pompa. Il corpo aggraziato era coperto da un giubbotto antiproiettile. La donna si inginocchiò dietro un palo del telegrafo. Nell'uomo che scese maldestro dietro di lei, Priest riconobbe Michael, il marito di Melanie.

Priest guardò negli specchietti laterali. Oaktree lo tallonava con la 'Cuda, rendendola un bersaglio difficile. Non aveva dimenticato proprio tutto quello che aveva imparato nei Marines.

Dietro la 'Cuda, a un centinaio di metri di distanza ma guadagnando rapidamente terreno, veniva la volante, veloce come un fulmine.

Il camion di Priest era a una ventina di metri dagli agenti e puntava diritto contro l'elicottero.

Un agente dell'Fbi a lato della strada si alzò e gli spianò contro una tozza mitraglietta.

Gesù, speriamo che i federali non abbiano lanciagranate.
L'elicottero si levò in volo.

Judy imprecò. Il pilota dell'elicottero non aveva eseguito gli ordini alla lettera ed era atterrato troppo vicino ai
veicoli che stavano arrivando. Gli uomini della Swat e gli
altri agenti quasi non ebbero il tempo di scendere e prendere posizione, che il camion camuffato da giostra gli era
già addosso.
Michael barcollava a lato della strada. «Stai giù!» gli
urlò Judy. Vide l'uomo alla guida del camion chinare la testa dietro il parabrezza mentre un agente della Swat apriva il fuoco con la mitraglietta. Il parabrezza andò in frantumi, nei paraurti e nel cofano comparvero dei buchi, ma
il camion non si fermò. Judy urlò per la frustrazione.
Subito puntò il suo M870 e sparò ai pneumatici, ma era
sbilanciata e mancò il bersaglio.
Il camion le passò accanto. Gli spari cessarono: gli agenti temevano di colpirsi a vicenda.
L'elicottero si stava sollevando, ma Judy si rese conto
con orrore che il pilota era stato una frazione di secondo
troppo lento. Il tetto della cabina di guida del camion
tranciò di netto il carrello dell'elicottero. Il velivolo si in-
clinò improvvisamente di lato.
Il camion proseguì la sua corsa, senza aver subito danni. La 'Cuda marrone passò a tutta velocità, tallonando il
camion.
Judy sparò a casaccio contro i due veicoli in fuga.
Ce li siamo lasciati scappare!
L'elicottero parve oscillare a mezz'aria mentre il pilota
cercava di correggere l'inclinazione. A un certo punto una
pala del rotore toccò il suolo.
«Oh, no!» urlò Judy. «No!»
La coda del velivolo fece un giro e puntò verso l'alto.
Judy vide l'espressione terrorizzata del pilota che lottava
con i comandi. Poi, all'improvviso, l'elicottero precipitò di
muso in mezzo alla strada. Si udì un forte rumore di la-

miera che si accartocciava, subito seguito dal fragore di vetro infranto. Per un attimo l'elicottero restò in bilico sul muso, poi cominciò a cadere lentamente di lato.

La volante della polizia lanciata ad almeno centocinquanta chilometri all'ora tentò una frenata impossibile, slittò e andò a sfracellarsi contro l'elicottero.

Ci fu un'esplosione assordante ed entrambi i mezzi vennero avvolti dalle fiamme.

Priest vide lo scontro nello specchietto laterale e lanciò un urlo di esultanza. L'Fbi sembrava fuori combattimento: niente elicottero, niente macchina. Per prima cosa avrebbero cercato disperatamente di prestare soccorso al pilota e ai poliziotti coinvolti nell'incidente, ammesso che fossero ancora vivi. Poi a qualcuno sarebbe venuto in mente di requisire un'auto da una delle case vicine, ma a quel punto lui sarebbe stato ormai lontano.

Fece cadere gli ultimi frammenti di vetro del parabrezza senza rallentare.

Mio Dio, ce l'abbiamo fatta!

Dietro di lui, la 'Cuda sbandava in modo strano. Dopo un minuto si rese conto che aveva una gomma a terra, ma riusciva ancora a viaggiare, quindi doveva trattarsi di una ruota posteriore. Oaktree poteva continuare a guidare per tre, quattro chilometri.

Arrivarono all'incrocio. Tre auto si erano scontrate al centro della strada: un minivan Toyota con un seggiolino per bambini sul sedile posteriore, un pick-up Dodge tutto scassato e una vecchia Cadillac Coupé de Ville bianca. Priest le guardò. Non avevano subito danni gravi e il motore del minivan stava ancora girando. Ma non vide nessuno: dovevano essere corsi tutti alla ricerca di un telefono.

Girò attorno alle auto e svoltò a destra, allontanandosi dalla città. Si fermò dietro la prima curva. Ormai erano a quasi due chilometri dalla squadra dell'Fbi e ben fuori dalla loro vista. Poteva permettersi una sosta di un paio di minuti, pensò. Saltò giù dal camion con un balzo.

La 'Cuda si fermò e anche Oaktree scese. Sfoggiava un gran sorriso. «Missione felicemente compiuta, generale!» scherzò. «Non ho mai visto niente di simile neppure in quel dannato esercito!»

Priest batté sonoramente il palmo della mano contro quella dell'amico. «Ma dobbiamo allontanarci dal campo di battaglia, e alla svelta» disse.

Star e Melanie scesero dall'auto. Melanie aveva le guance rosse per l'emozione, sembrava quasi eccitata sessualmente. «Mio Dio, ce l'abbiamo fatta. Ce l'abbiamo fatta!» esclamò.

Star si piegò in avanti e vomitò sul ciglio della strada.

Charlie Marsh stava parlando al cellulare. «Il pilota è morto e anche i due poliziotti. C'è un terribile groviglio di automobili sulla R-101, che va assolutamente chiusa al traffico. Qui a Felicitas abbiamo incidenti stradali, incendi, allagamenti e un gasdotto saltato in aria, più un disastro ferroviario. Bisogna assolutamente che intervenga l'unità di Coordinamento crisi del governatore.»

Judy gli fece cenno di passarle il telefono.

Lui annuì e disse: «Fa' venire al telefono uno degli uomini di Judy». Quindi le porse il cellulare.

«Sono Judy. Chi parla?» chiese con tono concitato.

«Sono Carl. Come stai?»

«Bene, ma sono furiosa con me stessa per essermi lasciata sfuggire quei delinquenti. Dirama un comunicato per la ricerca di due veicoli. Uno è un camion dipinto con draghi rossi e gialli, che sembra una giostra. L'altro è una Plymouth 'Cuda marrone, di venticinque o trent'anni fa. Manda anche un altro elicottero a controllare le strade che escono da Felicitas.» Alzò lo sguardo verso il cielo. «Non c'è quasi più luce, ma mandalo lo stesso. Tutti i veicoli che corrispondono all'una o all'altra descrizione devono essere fermati e gli occupanti interrogati.»

«E se trovano uno che corrisponde alla descrizione di Granger...?»

«Portatelo dentro e inchiodatelo al pavimento finché non arrivo lì.»

«Cosa farai ora?»

«Immagino che requisiremo qualche auto e torneremo in ufficio. In un modo o nell'altro...» Si interruppe e ricacciò indietro un'ondata di stanchezza e di disperazione. «In un modo o nell'altro» riprese «dobbiamo impedire che tutto questo accada di nuovo.»

«Non è ancora finita» ammonì Priest. «Nel giro di un'ora tutti i poliziotti della California saranno alla ricerca di una giostra chiamata "La Bocca del Drago".» Si rivolse a Oaktree. «Quanto ci vuole a togliere questi pannelli?»

«Pochi minuti, con l'aiuto di due buoni martelli.»

«Sul camion c'è una cassetta degli attrezzi.»

Lavorando in fretta, tolsero i pannelli della giostra dal camion e li gettarono in un campo oltre una staccionata. Con un po' di fortuna, nella confusione che sarebbe seguita al terremoto, sarebbero passati uno o due giorni prima che qualcuno li trovasse.

«Cosa diavolo dirai a Bones?» chiese Oaktree mentre lavoravano.

«Mi inventerò qualcosa.»

Melanie diede una mano, ma Star se ne rimase appoggiata al cofano della 'Cuda, dando loro la schiena. Piangeva. Avrebbe creato dei problemi, Priest lo sapeva, ma non c'era tempo per ammansirla, ora.

Quando ebbero finito col camion, indietreggiarono di qualche passo, ansimanti per la fatica. «Ora questo affare sembra di nuovo un vibratore sismico» osservò Oaktree, preoccupato.

«Lo so» disse Priest «ma non ci posso fare niente. È quasi buio e non devo andare lontano, inoltre ogni poliziotto nel raggio di ottanta chilometri sarà impegnato nelle attività di soccorso. Spero di aver fortuna. Ora vai e porta Star con te.»

«Prima devo cambiare una ruota. Ho bucato.»

«Lascia perdere» gli intimò Priest. «Tanto dovremo comunque liberarci della 'Cuda. L'Fbi l'ha vista, la cercheranno.» Indicò l'incrocio alle sue spalle. «Ci sono quei tre veicoli là dietro. Regalati un'auto nuova.»

Oaktree si allontanò di corsa.

Star rivolse a Priest uno sguardo accusatore. «Non riesco a credere che abbiamo fatto una cosa simile. Quante persone abbiamo ucciso?»

«Non avevamo altra scelta» rispose lui, seccato. «Mi hai detto che eri disposta a tutto pur di salvare la comune... non te lo ricordi più?»

«Ma tu sei così calmo. Tutti quei morti, quei feriti, le famiglie che hanno perso la casa... come puoi essere così *insensibile*?» «È vero, lo sono.»

«E lei...» Star fece un cenno con la testa in direzione di Melanie. «Guardala. È così su di giri... Dio, credo che questo *le piaccia*.»

«Ne parliamo dopo, d'accordo?»

Star scosse la testa come se fosse stupita. «Ho passato venticinque anni con te, ma ancora non so chi sei davvero.»

Oaktree arrivò al volante della Toyota. «Ha solo qualche ammaccatura» annunciò.

«Va' con lui» disse Priest a Star.

Lei esitò per un lungo momento, quindi salì in macchina.

Oaktree mise in moto e scomparve.

«Sali sul camion» ordinò Priest a Melanie. Quindi si mise al volante, fece inversione di marcia e tornò all'incrocio. Scesero entrambi con un balzo e osservarono le due auto ancora utilizzabili. Priest guardò la Cadillac. Andava bene. Il bagagliaio era sfondato, ma il davanti era intatto, e le chiavi erano nel quadro. «Prendi la Caddy e seguimi» disse a Melanie.

Lei salì in auto e girò la chiavetta. Il motore si avviò subito. «Dove siamo diretti?» chiese.

«Al deposito della Perpetua Diaries.»

«Okay.»

«Dammi il telefono.»

«Chi chiami? Non l'Fbi, spero?»

«No. Solo la stazione radio.»

Gli porse l'apparecchio.

Stavano per allontanarsi quando in lontananza si udì una forte esplosione. Priest si voltò a guardare verso Felicitas e vide una lingua di fuoco guizzare alta nel cielo.

«Accidenti, cos'è?» fece Melanie.

Le fiamme calarono e al loro posto un bagliore illuminò il cielo della sera.

«Credo che il gasdotto abbia preso fuoco» disse Priest. «Questi sì che sono fuochi d'artificio.»

Michael Quercus era seduto sull'erba al margine della strada. Sembrava scioccato e smarrito.

Judy gli si avvicinò. «Coraggio» cercò di confortarlo. «Tirati su. La gente muore ogni giorno.»

«Lo so» fece lui. «Non si tratta dei morti... anche se ce ne sarebbe già abbastanza. C'è dell'altro.»

«Cosa?»

«Hai visto chi c'era sull'auto?»

«Sulla 'Cuda? C'era un nero al volante.»

«E sul sedile posteriore?»

«Non ho notato nessun altro.»

«Io sì. Una donna.»

«L'hai riconosciuta?»

«Certo. Era mia moglie.»

Ci vollero venti minuti di tentativi prima che Priest riuscisse a prendere la linea con John Truth. Quando finalmente udì il segnale di libero si trovava ormai alla periferia di San Francisco.

La trasmissione era ancora in corso. Priest si annunciò come il Martello dell'Eden e fu messo subito in diretta.

«Avete fatto una cosa terribile» disse Truth. Stava usando la sua voce più stentorea, ma Priest intuì che, malgrado il tono solenne, l'uomo era esultante. Il terremoto era praticamente avvenuto in diretta. La vicenda avrebbe fatto di lui il personaggio più famoso della storia della radio in America.

«Ti sbagli» ribatté Priest. «La cosa terribile l'hanno fatta quelli che hanno ridotto la California a una terra avvelenata. Io sto solo cercando di fermarli.»

«Uccidendo degli innocenti?»

«L'inquinamento uccide degli innocenti. Le automobili uccidono degli innocenti. Chiama quel concessionario della Lexus che fa pubblicità durante la tua trasmissione e digli che ha fatto una cosa terribile, oggi, vendendo cinque auto.»

Ci fu un momento di silenzio. Priest sorrise. Truth non sapeva cosa rispondere. Non poteva mettersi a criticare l'etica dei suoi sponsor. Il conduttore si affrettò a cambiare argomento. «Ti chiedo di consegnarti alla giustizia, adesso.»

«Ho una cosa da dire, a te e al popolo della California» disse Priest. «Il governatore Robson deve annunciare il blocco di tutte le nuove centrali elettriche dello stato... altrimenti ci sarà un altro terremoto.»

«Lo rifareste?» Truth sembrava sinceramente scioccato.

«Ci puoi scommettere. E...»

Truth cercò di interromperlo. «Ma voi pretendete...»

Priest lo zittì. «... e il prossimo terremoto sarà ancora peggiore.»

«Dove colpirà?»

«Non te lo posso dire.»

«Mi puoi dire quando?»

«Certo. Se il governatore non cambia idea, il prossimo terremoto avverrà tra due giorni.» Fece una pausa drammatica. «Esattamente tra due giorni» aggiunse.

Tolse la comunicazione.

«E ora, signor governatore» concluse a voce alta «di' alla gente di non farsi prendere dal panico.»

Parte terza
QUARANTOTTO ORE

18

Judy e Michael tornarono al Centro operativo d'emergenza qualche minuto prima della mezzanotte.

Lei non dormiva da quaranta ore, ma non aveva sonno. L'orrore del terremoto era ancora dentro di lei. Ogni qualche secondo rivedeva con gli occhi della mente una delle immagini da incubo di quei pochi istanti: il deragliamento del treno, la gente che urlava, l'elicottero avvolto dalle fiamme, la Chevrolet che precipitava nel vuoto. Quando entrò nel vecchio club ufficiali era ancora spaventata e scossa.

Ma la rivelazione di Michael le aveva dato una nuova speranza. Era stato uno shock apprendere che sua moglie era fra i terroristi, ma era anche la pista più promettente fino a quel momento. Se fosse riuscita a trovare Melanie, avrebbe trovato il Martello dell'Eden.

E se fosse riuscita a farlo entro due giorni, avrebbe potuto prevenire un altro terremoto.

Entrò nella vecchia sala da ballo che era diventata il cuore dell'operazione. Stuart Cleever, il pezzo grosso di Washington che aveva preso il controllo, era in piedi al "posto di comando". Era un uomo ordinato e preciso, impeccabile nel suo completo grigio, camicia bianca e cravatta a righe.

Al suo fianco c'era Brian Kincaid.

Quel bastardo ha trovato il modo di infilarsi di nuovo nelle indagini. Vuole far colpo sul pezzo grosso di Washington.

Brian era pronto ad accoglierla. «Cosa diavolo è andato storto?» chiese, non appena la vide.

«Siamo arrivati con qualche secondo di ritardo» rispose lei stancamente.

«Ci avevi detto che avevi tutti i siti sotto sorveglianza» ribatté lui.

«Avevamo sotto sorveglianza i più probabili. Ma loro lo sapevano. Così hanno scelto una località secondaria. Hanno corso il rischio – avevano minori probabilità di riuscita – ma gli è andata bene.»

Kincaid si rivolse a Cleever con una scrollata di spalle, come per dire: *Credi a questo e crederai a qualsiasi cosa.*

«Non appena avrà fatto un rapporto completo, voglio che vada a casa e si riposi. Brian prenderà il comando della sua squadra.»

Lo sapevo. Kincaid l'ha messo su contro di me.

È il momento di rischiare il tutto per tutto.

«Vorrei tanto prendermi una pausa, ma non è ancora il momento» rispose Judy. «Sono convinta di poter arrestare i terroristi nel giro di dodici ore.»

Brian si lasciò sfuggire un'esclamazione di sorpresa.

«Come?» chiese Cleever.

«Ho appena scoperto una nuova pista. So chi è il loro sismologo.»

«Chi è?»

«Si chiama Melanie Quercus. È la moglie separata di Michael Quercus, lo specialista che ci sta aiutando. Ha avuto le informazioni sui punti di maggior tensione della faglia dal marito... ha rubato i dati dal suo computer. E sospetto che abbia rubato anche l'elenco dei siti che tenevamo sotto sorveglianza.»

«Anche Quercus dovrebbe essere considerato un sospetto! Potrebbe essere suo complice!» esclamò Kincaid.

Judy lo aveva previsto. «Sono sicura che non lo è» rispose. «Ma lo stiamo sottoponendo proprio in questo momento a un test con la macchina della verità, per essere più tranquilli.»

«Bene» disse Cleever. «Pensa di riuscire a trovare la moglie?»

«Ha raccontato a Michael che viveva in una comune nella contea Del Norte. La mia squadra sta già esaminando le nostre banche dati alla ricerca delle comunità della zona. Abbiamo un ufficio con due agenti in quell'area, a Eureka, e ho chiesto loro di contattare la polizia locale.»

Cleever annuì, guardando Judy con espressione di approvazione. «Cosa vuole fare?»

«Andrò lassù, subito. Dormirò durante il viaggio. Quando arriverò gli agenti del posto avranno l'indirizzo di tutte le comunità della zona. Vorrei fare irruzione in ognuna di queste.»

«Non hai elementi sufficienti per ottenere un mandato di perquisizione» osservò Brian.

Aveva ragione. Il semplice fatto che Melanie avesse detto che viveva in una comune nella contea Del Norte non costituiva prova sufficiente. Ma Judy conosceva la legge meglio di Brian. «Dopo due terremoti, mi pare che possiamo appellarci alla situazione di emergenza, no?» Significava che era in pericolo la vita delle persone.

Brian sembrava perplesso, ma Cleever capì al volo. «La squadra legale può risolvere questo problema, è per questo che sono qui.» Fece una pausa. «Approvo questo piano» aggiunse poi. «Credo che dovremmo agire. Qualche commento, Brian?»

Kincaid aveva un'espressione imbronciata. «Sarà meglio che abbia visto giusto, tutto lì.»

Judy partì per il nord a bordo di un'auto guidata da una agente donna che non conosceva, una delle molte decine convocate dagli uffici di Sacramento e Los Angeles per dare una mano in quel momento di emergenza.

Michael sedeva accanto a Judy sul sedile posteriore. Aveva supplicato di andare con lei. Era preoccupatissimo per Dusty. Se Melanie faceva parte di un gruppo di terroristi che provocavano terremoti, in che tipo di pericoli poteva trovarsi suo figlio? Judy aveva strappato il consenso di Cleever con l'argomentazione che qualcuno doveva occuparsi del ragazzo dopo che la madre fosse stata arrestata.

Subito dopo aver attraversato il Golden Gate Bridge, Judy ricevette una telefonata di Carl Theobald. Michael aveva detto loro quale delle oltre cinquecento compagnie americane di telefonia cellulare Melanie usava e Carl aveva rintracciato i tabulati delle sue telefonate. La compagnia telefonica era stata in grado di identificare a grandi linee la zona da cui ogni chiamata era partita, per via delle tariffe d'area.

Judy sperava che la maggior parte fosse stata fatta dalla contea Del Norte, ma rimase delusa.

«Non c'è assolutamente alcuna omogeneità nelle telefonate» disse Carl con voce stanca. «Ne ha effettuate dalla zona della Owens Valley, da San Francisco, da Felicitas e da varie località intermedie, ma questo sta solo a indicare che ha continuato a spostarsi per la California, cosa che sapevamo già. Non ci sono chiamate dalla zona in cui sei diretta.»

«Questo fa pensare che là abbia un telefono fisso.»

«Oppure che stia molto attenta.»

«Grazie, Carl. Valeva la pena tentare. Ora vattene un po' a dormire.»

«Vuoi dire che non stavo sognando? Merda.»

Judy rise e tolse la comunicazione.

L'agente alla guida sintonizzò la radio su una stazione di musica leggera. Mentre correvano nella notte Nat Cole cantava *Let There Be Love*. Judy e Michael potevano parlare senza che la donna al volante li sentisse.

«La cosa terribile è che non sono affatto sorpreso» disse Michael dopo aver riflettuto in silenzio. «Credo di aver sempre saputo che Melanie era pazza. Non avrei mai dovuto permetterle di portarlo via... ma è sempre sua madre, capisci?»

Judy gli prese la mano nel buio. «Credo che tu abbia fatto del tuo meglio.»

Lui gliela strinse con gratitudine. «Spero solo che stia bene.»

«Già.»

Judy si addormentò, la mano in quella di Michael.

Si incontrarono tutti nell'ufficio dell'Fbi di Eureka alle cinque del mattino. Oltre agli agenti del dipartimento locale erano presenti quelli del dipartimento di polizia della città e dell'ufficio dello sceriffo della contea. L'Fbi era solito coinvolgere le forze di polizia locali in caso di raid; era un modo per mantenere buoni rapporti con le persone di cui spesso aveva bisogno.

Nella contea Del Norte c'erano quattro comuni riportate nel *Communities Directory, Guida alla vita in cooperativa*. La banca dati dell'Fbi ne indicava una quinta e la gente del posto sapeva dell'esistenza di altre due.

Uno degli agenti dell'Fbi disse che la comune conosciuta come Phoenix Village si trovava a poco più di dieci chilometri dal sito proposto per la costruzione di una centrale nucleare. Il polso di Judy accelerò quando apprese la notizia, e decise di guidare la squadra che avrebbe effettuato il raid al Phoenix Village.

Mentre si avvicinavano alla località, a bordo di una macchina dello sceriffo della contea che apriva un convoglio di quattro auto, la sua stanchezza svanì. Si sentì di nuovo entusiasta e piena di energia. Non era riuscita a impedire il terremoto di Felicitas, ma avrebbe fatto in modo che non se ne verificasse un altro.

L'ingresso del Phoenix Village era su una stradina laterale di campagna, segnalato da un cartello accuratamente dipinto con un uccello che si sollevava dalle fiamme. Non c'era cancello né alcuna persona di guardia. Le auto entrarono rombando nell'insediamento su una strada ben tenuta e si fermarono intorno a un rondò. Gli agenti balzarono giù dalle macchine e si sparpagliarono tra le case. Ognuno di loro aveva una copia della foto di Melanie e Dusty che Michael teneva sulla scrivania.

È qui da qualche parte, probabilmente a letto con Ricky Granger, e si riposa dopo la fatica di ieri. Spero tanto che abbiano gli incubi.

Il villaggio sembrava tranquillo alle prime luci dell'alba. C'erano parecchi edifici simili a granai oltre a una cupola geodetica. Prima di bussare alle porte gli agenti bloccarono gli ingressi anteriori e posteriori. Vicino al rondò, Judy trovò una mappa del villaggio dipinta su un cartellone di legno, in cui erano indicate le case e gli altri edifici. C'era un negozio, un centro per i massaggi, la posta e un'autofficina. Oltre a una quindicina di case, la mappa indicava pascoli, orti, campi da gioco per i bambini e un campo sportivo.

Faceva fresco, così a nord, e Judy rabbrividì, rammaricandosi di non aver indossato qualcosa di più pesante del tailleur pantalone di lino.

Attese l'urlo di trionfo che avrebbe segnalato che un agente aveva identificato Melanie. Michael continuava a camminare intorno al rondò, rigido per la tensione. *Che shock apprendere che tua moglie è diventata una terrorista, il genere di persona cui i poliziotti sparerebbero a vista, tra l'esultanza generale. Non c'è da stupirsi che sia teso. È un miracolo che non sbatta la testa contro i muri.*

Accanto alla mappa c'era una bacheca per gli avvisi. Judy lesse di un seminario di danza folk organizzato per raccogliere fondi a favore della fondazione Expanding Light Fireplace. Questa gente mostrava un'aria innocua che traeva in inganno.

Gli agenti fecero irruzione in ogni edificio e perquisirono ogni stanza, passando rapidamente di casa in casa. Dopo qualche minuto, da una delle abitazioni più grandi uscì un uomo che si fece avanti e raggiunse il rondò. Era sulla cinquantina, con capelli e barba in disordine, e indossava sandali di cuoio fatti a mano. Aveva una coperta di lana grezza gettata sulle spalle. «È lei che comanda, qui?» chiese a Michael.

«Sono io» rispose Judy.

L'uomo allora si rivolse a lei. «Le dispiacerebbe dirmi per favore cosa diavolo sta succedendo?»

«Volentieri» fece lei secca. «Stiamo cercando questa donna.» Gli porse la foto.

«Me l'hanno già mostrata» disse l'uomo senza prenderla in mano. «Non è una di noi.»

Judy ebbe la terribile sensazione che l'uomo stesse dicendo la verità.

«Questa è una comunità religiosa» proseguì lui con crescente indignazione. «Noi siamo cittadini rispettosi delle leggi. Non facciamo uso di droghe, paghiamo le tasse e rispettiamo le leggi locali. Non meritiamo di venire trattati come criminali.»

«Dobbiamo solo accertarci che questa donna non si nasconda qui.»

«Chi è e perché pensate che sia qui? Oppure, date semplicemente per scontato che le persone che vivono in comunità siano sospette?»

«No, non lo diamo per scontato» rispose Judy. Era tentata di rispondergli male, ma poi rammentò a se stessa che era stata lei a tirare giù dal letto lui alle sei di mattina. «Questa donna fa parte di un gruppo di terroristi. Ha detto al marito da cui si è separata che vive in una comune nella contea Del Norte. Ci spiace dover svegliare tutte le persone che vivono in tutte le comuni della contea, ma spero che lei capisca che è molto importante. Se non lo fosse non vi avremmo disturbato e, francamente, non ci saremmo affannati tanto.»

Il tizio la guardò attentamente e poi annuì. Il suo atteggiamento era cambiato. «Okay» disse. «Le credo. C'è qualcosa che posso fare per facilitarvi il compito?»

Judy rifletté un momento. «Tutti gli edifici della comunità sono segnati su questa mappa?»

«No» le rispose. «Ci sono tre case nuove sul lato ovest, subito dietro l'orto. Ma vi prego di fare piano... là dentro c'è un bambino appena nato.»

«Okay.»

Sally Dobro, un'agente di mezza età, si avvicinò a Judy. «Credo che abbiamo controllato ogni edificio» disse. «Non c'è traccia dei nostri sospetti.»

«Ci sono altre tre case a ovest dell'orto... le avete trovate?»

«No. Mi dispiace. Ci vado subito.»

«Fate piano» le raccomandò Judy. «In una delle case c'è un neonato.»

«Ci conti pure.»

Il cellulare di Judy si mise a squillare. Rispose e udì la voce dell'agente Frederick Tan. «Abbiamo appena controllato tutti gli edifici della comune Magic Hill. Zero assoluto.»

«Grazie, Freddie.»

Nel giro di dieci minuti chiamarono tutti gli agenti responsabili delle squadre impegnate nelle perquisizioni.

Tutti con lo stesso messaggio.

Melanie Quercus non si trovava.

Judy venne presa dalla disperazione. «Accidenti» gemette. «Ho fatto fiasco.»

Anche Michael era costernato. «Pensi che abbiamo tralasciato qualche comune?» le chiese, nervoso.

«Forse sì, oppure ti ha mentito sulla località.»

Michael assunse un'espressione pensierosa. «Ora mi viene in mente la conversazione esatta» disse. «Io ho chiesto a *lei* dove viveva, ma è stato *lui* a rispondere alla domanda.»

Judy annuì. «Sono convinta che lui ti abbia mentito. È furbo.»

«Mi sono appena ricordato il suo nome» aggiunse Michael. «Melanie lo ha chiamato Priest.»

19

Sabato mattina, mentre erano tutti riuniti nella cucina per la colazione, Dale e Poem si alzarono e chiesero un po' di silenzio. «Abbiamo un annuncio da fare» disse Poem.

Priest pensò che fosse di nuovo incinta. Si preparò a rallegrarsi, a battere le mani e a tenere il breve discorso di congratulazioni che tutti si aspettavano da lui. Si sentiva pieno di esuberanza. Non aveva ancora salvato la comune ma quel momento era vicino. Il suo avversario non era del tutto fuori combattimento, ma era al tappeto e in seria difficoltà.

Poem esitò, poi guardò Dale, il quale aveva un'espressione solenne. «Oggi lasciamo la comune» disse.

Seguì un silenzio scioccato. Priest ammutolì. Nessuno lasciava la comune, a meno che non fosse lui a deciderlo. Questa gente era sotto l'influsso del suo fascino. Inoltre Dale era l'enologo, l'uomo chiave nella produzione del vino. Non potevano permettersi di perderlo.

E proprio quel giorno! Se Dale avesse sentito il notiziario – come aveva fatto lui un'ora prima, a bordo dell'auto ferma – avrebbe saputo che la California era in preda al panico. Gli aeroporti erano presi d'assalto e le autostrade intasate di gente che fuggiva dalle città e dalle zone vicine alla faglia di San Andreas. Il governatore Robson aveva chiesto l'intervento della Guardia Nazionale. Il vicepresidente stava arrivando a bordo di un aereo per constatare di persona i danni di Felicitas. Un numero crescente di persone – senatori e membri del congresso, sindaci, leader di comunità e giornalisti – esortava il governatore a cedere alle richieste del Martello dell'Eden. Ma Dale ignorava tutto ciò.

Priest non fu il solo a rimanere scioccato dall'annuncio. Apple scoppiò in lacrime e a quel punto anche Poem si mise a piangere. Melanie fu la prima a parlare. «Ma Dale... perché?» chiese.

«Sai bene perché» rispose lui. «La valle verrà inondata.»

«Ma dove andrete?»

«A Rutherford. Nella Napa Valley.»

«Hai trovato un lavoro fisso?»

Dale annuì. «In un'azienda vinicola.»

Non c'era da sorprendersi che Dale fosse riuscito a trovare un lavoro, pensò Priest. Le sue conoscenze tecniche sarebbero state preziose per qualunque azienda del settore. Probabilmente avrebbe guadagnato un sacco di soldi. La sorpresa era che volesse tornare al mondo normale.

Ora alcune donne stavano piangendo. «Non potete aspettare e sperare come tutti noi?» chiese Song.

Poem rispose tra le lacrime. «Abbiamo tre bambini. Non abbiamo il diritto di rischiare le loro vite. Non possiamo restare qui, in attesa di un miracolo, finché l'acqua inizierà a sommergere le nostre case.»

Priest si decise a intervenire. «La valle non sarà inondata.»

«Non puoi saperlo» disse Dale.

Nella stanza calò il silenzio. Era insolito che qualcuno contraddicesse Priest apertamente.

«La valle non sarà inondata» ripeté Priest.

«Sappiamo tutti che sta succedendo qualcosa» riprese Dale. «Nelle ultime sei settimane sei stato più via che a casa. Ieri voi quattro siete rientrati a mezzanotte, e questa mattina c'è una Cadillac ammaccata su nel parcheggio. Ma qualsiasi cosa tu stia combinando, Priest, non l'hai voluta dividere con noi. Io non posso mettere a repentaglio il futuro dei miei figli sulla fiducia. Shirley è della mia stessa idea.»

Il vero nome di Poem era Shirley. Usandolo, Dale mostrava di aver già preso le distanze dalla comune.

«Ti dico io cosa salverà la valle» dichiarò Priest. *Perché non raccontare loro del terremoto... perché no? Sarebbero stati contenti... orgogliosi!* «Il potere della preghiera. La preghiera ci salverà.»

«Pregherò per voi» lo rassicurò Dale. «E anche Shirley. Pregheremo per tutti voi. Ma non abbiamo intenzione di restare.»

Poem si asciugò le lacrime con la manica. «È così. Ci dispiace. Abbiamo fatto i bagagli ieri sera... non che abbiamo molto. Spero che Slow ci darà un passaggio fino alla fermata dell'autobus a Silver City.»

Priest si alzò e si avvicinò a loro. Mise un braccio sulle spalle di Dale e l'altro su quelle di Poem. Li attirò a sé e disse, con un tono di voce basso e persuasivo: «Comprendo il vostro dolore. Andiamo al tempio e meditiamo insieme. Dopodiché, qualsiasi decisione prenderete sarà quella giusta».

Dale si scostò, sciogliendosi dall'abbraccio di Priest. «No. Quei giorni sono finiti.»

Priest era scioccato. Stava usando tutto il suo potere di persuasione e non funzionava. La rabbia montò dentro di lui, pericolosa, incontrollabile. Avrebbe voluto urlare per la mancanza di fiducia di Dale, per la sua ingratitudine. Li avrebbe uccisi tutti e due, se solo avesse potuto. Ma sapeva che mostrarsi irato sarebbe stato un errore. Doveva mantenere un'apparenza fredda e controllata.

Tuttavia non riuscì a trovare la fermezza per dar loro un addio cortese. Lacerato tra la rabbia e il bisogno di trattenersi, uscì in silenzio dalla cucina con tutta la dignità cui riuscì a fare appello.

Tornò nella sua capanna.

Due giorni ancora e tutto si sarebbe sistemato. Un giorno!

Sedette sul letto e accese una sigaretta. Spirit se ne stava sdraiato sul pavimento e lo osservava con occhi tristi. Rimasero tutti e due in silenzio, mogi e immobili. Nel giro di qualche minuto Melanie lo avrebbe raggiunto.

Invece entrò Star.

Non gli aveva più rivolto la parola dalla sera precedente, quando si era allontanata da Felicitas insieme a Oaktree a bordo del minivan Toyota. Priest sapeva che era arrabbiata e turbata per il terremoto, ma non aveva ancora avuto il tempo di ammansirla.

«Io vado alla polizia» esordì lei.

Priest rimase di stucco. Star odiava i poliziotti con tutta se stessa. Lei, entrare in una centrale di polizia! Era come se Billy Graham fosse entrato in un club gay!

«Tu sei pazza!»

«Ieri abbiamo ucciso delle persone» proseguì Star. «Tornando qui ho ascoltato la radio. Almeno dodici persone sono morte e più di cento sono finite all'ospedale. Tra i feriti ci sono bambini e ragazzi. La gente ha perso la casa, quello che possedeva... gente povera, non solo ricca. E tutto per colpa nostra!»

Sta andando tutto in rovina... proprio ora che sto per farcela!

Le prese una mano. «Credi davvero che io *volessi* uccidere quelle persone?»

Star si scostò, ritraendo la mano. «Di certo non mi sembravi triste quando è successo.»

Devo tenerli insieme ancora per un po'. Devo assolutamente riuscirci.

Priest si sforzò di assumere un'espressione contrita. «Sì, ero felice che il vibratore avesse funzionato. Ero contento che fossimo riusciti a tener fede alla nostra minaccia. Ma non avevo intenzione di far male a nessuno. Sapevo che esisteva un rischio e ho deciso di correrlo, perché la posta in gioco era troppo importante. E credevo che anche tu avessi preso la stessa decisione.»

«Sì, ed è stata una decisione sbagliata, una decisione malvagia.» Gli occhi le si riempirono di lacrime. «Per Dio, ma non vedi cosa siamo diventati? Eravamo ragazzi che credevano nell'amore e nella pace... e ora ammazziamo le persone! Sei proprio come Lyndon Johnson. Lui ha bombardato il Vietnam e ha trovato una giustificazione. Noi dicevamo che era uno stronzo, e lo era. Io ho dedicato tutta la mia vita a *non* essere come lui!»

«Dunque sei certa di aver fatto un errore» disse Priest. «Questo lo posso comprendere. Quello che proprio non mi riesce di capire è che tu voglia redimere te stessa punendo me e la comune, che tu voglia denunciarci alla polizia.»

Star parve presa alla sprovvista. «Non l'avevo considerata da questo punto di vista» ammise. «Io non voglio punire nessuno.»

L'aveva in pugno. «E allora cosa vuoi, realmente?» Non le diede il tempo di rispondere. «Io credo che tu abbia solo bisogno di sapere che è finita.»

«Sì, lo credo anch'io.»

Priest allungò una mano verso la sua e questa volta Star gli permise di prenderla. «È finita» mormorò lui.

«Non lo so.»

«Non ci saranno altri terremoti. Il governatore cederà. Vedrai.»

Mentre tornava a San Francisco a tutta velocità, Judy venne dirottata a Sacramento per una riunione nell'ufficio del governatore. Recuperò altre tre o quattro ore di sonno in macchina e quando arrivò al Campidoglio si sentiva pronta a rovesciare il mondo.

Stuart Cleever e Charlie Marsh erano arrivati in aereo da San Francisco. Il capo dell'ufficio dell'Fbi di Sacramento si unì a loro. Si trovarono a mezzogiorno nella sala riunioni del Ferro di cavallo, nell'appartamento del governatore. Al Honeymoon presiedeva l'incontro.

«Sulla I-80 c'è una coda di venti chilometri. È tutta gente che cerca di allontanarsi dalla faglia di San Andreas» disse Honeymoon. «Anche sulle altre principali autostrade la situazione è critica.»

«Il presidente ha chiamato il direttore dell'Fbi per avere notizie sull'ordine pubblico» esordì Cleever, guardando Judy come se fosse colpa sua.

«Ha chiamato anche il governatore Robson» annunciò Honeymoon.

«Fino a questo momento non abbiamo seri problemi di ordine pubblico» disse Cleever. «Si registrano azioni di sciacallaggio in tre quartieri di San Francisco e in uno di Oakland, ma si tratta di fatti sporadici. Il governatore ha chiesto l'intervento della Guardia Nazionale e l'ha messa a sorvegliare gli arsenali, anche se non ce n'è ancora bisogno. Comunque, se dovesse verificarsi un altro terremoto...»

Al solo pensiero Judy si sentì male. «Non può esserci un altro terremoto» affermò decisa.

Tutti si voltarono a guardarla. Honeymoon assunse un'espressione sardonica. «Ha qualche suggerimento?»

In effetti ce l'aveva. Non era granché, ma erano disperati. «C'è una sola cosa che mi viene in mente» disse. «Tendergli una trappola.»

«E come?»

«Fargli sapere che il governatore Robson vuole trattare con lui personalmente.»

«Non credo che ci cascherà» osservò Cleever.

«Non lo so.» Judy aggrottò la fronte. «È intelligente e qualsiasi persona intelligente sospetterebbe che si tratta di una trappola. Ma è uno psicopatico, e agli psicopatici piace controllare gli altri, richiamare l'attenzione su di sé e sulle proprie azioni, manipolare gli uomini e gli eventi. L'idea di trattare personalmente con il governatore della California sarebbe per lui una tentazione fortissima.»

«Credo di essere l'unico fra noi che lo ha conosciuto personalmente» osservò Honeymoon.

«Esatto» disse Judy. «Io l'ho visto e gli ho parlato per telefono, ma lei ha passato parecchi minuti in macchina con lui. Che impressione le ha fatto?»

«Lei l'ha sintetizzata perfettamente... uno psicopatico

402

molto intelligente. Credo che si sia arrabbiato con me perché non sono rimasto troppo colpito da lui. Come se avessi dovuto mostrare, che so, una maggior deferenza nei suoi confronti.»

Judy trattenne un sorriso. Non erano molte le persone verso cui Honeymoon si mostrava deferente.

Questi proseguì: «Capiva le difficoltà politiche causate dalla sua richiesta. Gli ho fatto presente che il governatore non può cedere al ricatto. Ma lui ci aveva già pensato e aveva pronta la soluzione».

«E cioè?»

«Ha detto che il governatore può sempre negare quanto è successo realmente: annunciare un blocco delle centrali elettriche e dire che non ha niente a che fare con le minacce di terremoto.»

«È possibile?» chiese Judy.

«Sì. Io non lo consiglierei di certo, ma se il governatore me lo proponesse come piano d'azione, sarei costretto ad ammettere che potrebbe anche funzionare. Tuttavia la questione è puramente accademica. Conosco Mike Robson e so che non lo farà.»

«Però potrebbe darlo a credere» affermò Judy.

«Cosa intende dire?»

«Potremmo comunicare a Granger che il governatore è disposto ad annunciare il blocco, ma solo a determinate condizioni, poiché deve salvaguardare la sua carriera politica. Che vuole parlare personalmente con lui per concordarle.»

«La Corte Suprema ha decretato che i tutori della legge possono usare l'inganno, l'artificio e il raggiro» interloquì Stuart Cleever. «L'unica cosa che non ci è permessa è minacciare di rapire i figli dei sospettati. Inoltre, se promettiamo l'immunità, be' poi... non possiamo incriminarli. Ma sicuramente possiamo fare quello che suggerisce Judy senza violare alcuna legge.»

«Okay» disse Honeymoon. «Non so se funzionerà, ma dobbiamo almeno provarci. Non perdiamo tempo.»

Priest e Melanie andarono a Sacramento a bordo della Cadillac ammaccata. Era un sabato pomeriggio di sole e la città era affollata.

Ascoltando la radio subito dopo mezzogiorno, Priest aveva sentito la voce di John Truth benché non fosse ancora l'ora della sua trasmissione. «Ho un messaggio speciale per Peter Shoebury della Eisenhower High School» aveva detto Truth. Shoebury era l'uomo di cui Priest aveva assunto l'identità per la conferenza stampa dell'Fbi, e la Eisenhower era l'inesistente scuola frequentata da Flower. Priest capì che il messaggio era per lui. «Vorrei che Peter Shoebury mi chiamasse a questo numero» aveva proseguito Truth.

«Vogliono trattare» aveva detto Priest a Melanie. «È così! Abbiamo vinto!»

Mentre lei guidava nelle strade del centro, fra centinaia di macchine e migliaia di persone, Priest aveva chiamato col cellulare. Anche se l'Fbi avesse rintracciato la chiamata, pensò, non sarebbe stato in grado di individuare una particolare macchina in tutto quel traffico.

Mentre ascoltava il segnale di linea libera si sentiva il cuore in gola. *Ho vinto alla lotteria e sto per riscuotere il premio.*

Rispose una donna. «Pronto?» Sembrava cauta. Dopo l'annuncio radiofonico doveva aver ricevuto un sacco di telefonate di mitomani.

«Parla Peter Shoebury della Eisenhower High.»

La risposta fu immediata. «Le passo subito Al Honeymoon, il segretario di Gabinetto del governatore.»

E vai così!

«Prima però devo verificare la sua identità.»

È un trucco. «E in che modo intende farlo?»

«Le dispiacerebbe dirmi il nome della studentessa giornalista che era con lei una settimana fa?»

Priest se lo ricordava bene. Flower gli aveva detto: «Non ti perdonerò mai per avermi chiamata Florence».

«Florence» rispose con circospezione.

«La metto subito in linea.»

Non era un trucco... era solo una precauzione.

Priest osservava attentamente le strade, alla ricerca di un'auto della polizia o di un gruppo di uomini dell'Fbi pronti a piombare su di lui, ma non vide altro che turisti e gente intenta a fare shopping. Un attimo dopo la voce profonda di Honeymoon disse: «Signor Granger?».

Priest andò subito al dunque. «Siete pronti a fare la cosa giusta?»

«Siamo pronti a parlare.»

«Cosa significa?»

«Il governatore vuole incontrarsi con lei, oggi, allo scopo di negoziare una soluzione per questa crisi.»

«Il governatore è disposto ad annunciare il blocco come chiediamo?» volle sapere Priest.

Honeymoon esitò. «Sì» rispose, sia pure con una certa riluttanza. «Ma ci sono delle condizioni.»

«Che tipo di condizioni?»

«Quando lei e io ci siamo parlati, a bordo della mia macchina, e io le ho detto che il governatore non può cedere al ricatto, lei mi ha parlato di dottori dell'immagine.»

«Sì.»

«Lei ha una mente sottile, capisce che qui è a rischio la carriera politica del governatore. L'annuncio di questo blocco dovrà essere dato con molta cautela.»

Priest pensò con soddisfazione che Honeymoon aveva cambiato tono. L'arroganza era sparita. Ora dimostrava rispetto per l'avversario. Questo era gratificante. «In altre parole, il governatore deve pararsi il culo e vuole essere sicuro che io non parli.»

«Possiamo metterla in questi termini.»

«Dove dobbiamo incontrarci?»

«Nell'ufficio del governatore, qui, al Campidoglio.»

Tu devi essere pazzo.

«Niente polizia e niente Fbi» proseguì Honeymoon. «Qualunque sia l'esito dell'incontro, sarà libero di andarsene senza impedimento alcuno.»

Sicuro.

«Lei crede alle fate?» chiese Priest.

«Cosa?»

«Sa, quegli esserini volanti che fanno le magie? Crede alla loro esistenza?»

«No, credo di no.»

«Neanch'io. Quindi non cadrò nella trappola.»

«Le do la mia parola...»

«Se lo scordi. Se lo scordi, okay?»

Dall'altro capo ci fu silenzio.

Melanie girò un angolo e passarono davanti alla grande facciata neoclassica del Campidoglio. Honeymoon era là dentro, da qualche parte, al telefono, circondato da uomini dell'Fbi. Guardando il colonnato bianco e la cupola, Priest aggiunse: «Le dirò io dove ci incontriamo, e sarà meglio che prenda nota. È pronto?».

«Non si preoccupi. Prosegua.»

«Mettete un tavolino rotondo e un paio di poltrone da giardino davanti al palazzo del Campidoglio, proprio in mezzo al prato. Dovrà sembrare l'ambientazione per una foto. Il governatore dovrà essere seduto lì alle tre in punto.»

«Là fuori?»

«Senta, se volessi sparargli, potrei farlo con molta più facilità.»

«Immagino...»

«Il governatore avrà in tasca una lettera firmata che mi garantisce l'immunità.»

«Io non ho la facoltà di accettare...»

«Parli col suo capo. Lui accetterà.»

«Gli parlerò.»

«Fate venire un fotografo con una di quelle macchine a sviluppo istantaneo. Voglio una foto con lui che mi porge la lettera di immunità, come prova. Capito?»

«Capito.»

«Sarà meglio che seguiate le mie istruzioni. Niente scherzi. Il mio vibratore sismico è già in posizione, pronto a scatenare un altro terremoto. Questa volta colpirò una grossa città. Non vi dico quale, ma farò migliaia di morti.»

«Ho capito.»

«Se il governatore non si fa vedere oggi alle tre in punto... *bang*!»

Priest interruppe la comunicazione.

«Uau!» esclamò Melanie. «Un incontro con il governatore. Pensi che sia una trappola?»

Priest aggrottò la fronte. «Potrebbe darsi. Non lo so. Davvero non lo so.»

Judy trovò la messinscena perfetta. L'aveva preparata Charlie Marsh con l'Fbi di Sacramento. Almeno trenta agenti tenevano d'occhio il tavolo bianco da giardino con l'ombrellone sistemati con cura in mezzo al prato, ma lei non riuscì a scorgerne neppure uno. Alcuni erano dietro le finestre degli edifici governativi circostanti, altri nascosti dentro ad automobili e furgoni fermi in strada e nel parcheggio, altri ancora appostati dietro le colonne della cupola del Campidoglio. Tutti erano armati fino ai denti.

Judy faceva la parte del fotografo, con tanto di macchine e obiettivi appesi al collo. La pistola era nella sacca dell'attrezzatura fotografica che portava a tracolla. Mentre aspettava che il governatore comparisse, mise a fuoco il tavolo e le sedie col mirino della macchina fotografica, fingendo di preparare l'inquadratura.

Perché Granger non la riconoscesse portava una parrucca bionda. La teneva sempre in macchina: le era molto utile nel lavoro di sorveglianza, specialmente se passava parecchi giorni a seguire lo stesso obiettivo, per ridurre i rischi di essere notata e riconosciuta. Quando se la metteva doveva sopportare interminabili prese in giro. *Ehi, Maddox, mandami qui quella bella bionda. Tu, però, resta dove sei.*

Era sicura che Granger stesse osservando la scena. Nessuno lo aveva ancora individuato, ma lui aveva chiamato, un'ora prima, per protestare contro l'erezione di barriere anti-folla tutto intorno all'isolato. Voleva che il pubblico avesse accesso alla strada e che i turisti potessero visitare l'edificio come al solito.

Le barriere erano state rimosse.

Non c'erano transenne intorno al complesso e i turisti potevano passeggiare liberamente per i prati, mentre le comitive seguivano i percorsi loro riservati intorno al Campidoglio, fra i giardini e gli eleganti edifici governativi delle strade adiacenti. Judy osservava tutti, furtivamente, attraverso l'obiettivo della macchina fotografica. Cercava di non farsi trarre in inganno dalle apparenze e si concentrava sui tratti che non potevano essere alterati. Esaminava con attenzione tutti gli uomini alti e magri di mezza età, senza soffermarsi sui capelli, sugli abiti o sui volti.

Un minuto prima delle tre Ricky Granger non si era ancora visto.

Anche Michael Quercus, che lo aveva incontrato faccia a faccia, osservava la scena, a bordo di un furgone di sorveglianza con i finestrini oscurati, parcheggiato dietro l'angolo. Doveva restare nascosto per timore che Granger lo riconoscesse e fiutasse la trappola.

Judy parlò nel piccolo microfono pinzato al reggiseno e nascosto sotto la camicetta. «Secondo me Granger non si fa vedere finché non arriva il governatore.»

Un minuscolo auricolare nascosto dietro l'orecchio crepitò e udì la risposta di Charlie Marsh. «Stavamo giusto dicendo la stessa cosa. Avrei tanto preferito non essere stato costretto a coinvolgere il governatore.»

Avevano perfino pensato di usare una controfigura, ma lo stesso governatore Robson aveva bocciato il piano, dicendo che non avrebbe permesso a nessuno di rischiare la vita al posto suo.

«Ma se non possiamo...» rispose Judy.

«Così sia» disse Charlie.

Un attimo dopo il governatore uscì dall'imponente ingresso dell'edificio.

Judy rimase sorpresa nel vedere che era un po' più basso della media. In televisione le era parso molto più alto. Sembrava più massiccio del solito per via del giubbotto antiproiettile che portava sotto la giacca. Attraversò il prato con passo rilassato e sicuro e andò a sedersi al piccolo tavolo sotto l'ombrellone.

Judy gli scattò qualche foto. Teneva la sacca dell'attrezzatura fotografica a tracolla, in modo da poter estrarre velocemente la pistola.

Poi, con la coda dell'occhio, colse un movimento.

Una vecchia Chevrolet Impala si stava avvicinando lentamente lungo la Tenth Street.

La carrozzeria era bicolore, azzurro cielo e crema, sbiadita dal tempo e arrugginita intorno ai parafanghi. Il volto del guidatore era in ombra.

Non c'era un solo agente in vista, ma sicuramente tutti stavano osservando la macchina che si fermò accanto al marciapiede di fronte al governatore.

Il cuore di Judy prese a battere più forte.

«Credo sia lui» disse il governatore con una voce incredibilmente calma.

La portiera dell'auto si aprì.

L'uomo che scese indossava blue-jeans, una camicia da lavoro a quadri aperta su una T-shirt bianca, e sandali. Quando si eresse in tutta la sua altezza, Judy vide che era sul metro e ottanta, forse un po' di più, magro, e aveva lunghi capelli scuri.

Portava grandi occhiali da sole e una bandana di cotone a colori vivaci.

Judy lo fissò. Avrebbe voluto vedere i suoi occhi.

L'auricolare crepitò. «Judy? È lui?»

«Non lo so!» rispose lei. «Potrebbe essere.»

L'uomo si guardò attorno. Il prato era grande e il tavolo si trovava a venti, trenta metri dal marciapiede. Si avviò verso il governatore.

Judy si sentiva addosso gli occhi di tutti. Aspettavano solo un suo segnale.

Si spostò, andando a mettersi tra l'uomo e il governatore. L'uomo la vide, esitò, poi proseguì.

Di nuovo Charlie parlò. «Allora?»

«Non lo so!» sussurrò Judy, cercando di non muovere le labbra. «Dammi ancora qualche secondo!»

«Non aspettare troppo.»

«Non credo sia lui.» Tutte le foto mostravano un naso come la lama di un coltello. Quest'uomo aveva il naso largo e piatto.

«Ne sei sicura?»

«Non è lui.»

L'uomo le era ormai vicinissimo. Le passò davanti e si avvicinò al governatore. Senza fermarsi infilò una mano sotto la camicia.

Nell'auricolare, Charlie disse: «Sta tirando fuori qualcosa!».

Judy si mise a terra su un ginocchio e frugò nella sacca dell'attrezzatura fotografica alla ricerca della pistola.

L'uomo cominciò a estrarre qualcosa da sotto la camicia. Judy vide un oggetto scuro, cilindrico come la canna di una pistola. «Fermo! Fbi!» urlò.

Gli agenti schizzarono fuori dalle auto, dai furgoni e dal Campidoglio.

L'uomo si immobilizzò.

Judy gli puntò la pistola contro la testa e disse: «Mettilo giù molto lentamente e passamelo».

«Okay, okay, non sparate!» L'uomo tirò fuori l'oggetto dalla camicia. Era una rivista, arrotolata stretta fino a formare un cilindro, e fermata con un elastico.»

Judy la prese. Sempre puntandogli contro la pistola, la esaminò. Era una copia del "Time" di quella settimana. Dentro non c'era nulla.

«Un tizio mi ha dato cento dollari per consegnarla al governatore!» fece l'uomo con voce spaventata.

Gli agenti circondarono il governatore e lo scortarono all'interno del Campidoglio.

Judy si guardò attorno, passando in rassegna il prato e

le strade. *Granger li stava osservando. Non c'erano dubbi. Dove diavolo era?* Tutto intorno la gente si era fermata a guardare gli agenti che correvano. Un gruppo di visitatori stava scendendo la scalinata dell'ingresso, preceduto da una guida. Judy vide un tizio con una camicia hawaiana staccarsi dal gruppo e allontanarsi. Qualcosa in lui attirò la sua attenzione.

Judy aggrottò la fronte. Era alto. Ma poiché la camicia era larga e gli stava staccata dai fianchi, non avrebbe saputo dire se fosse magro o grasso. I capelli erano nascosti da un berretto da baseball.

Judy lo seguì a passo svelto.

Lui non sembrava andare di fretta. Judy non diede l'allarme. Se avesse richiamato lì tutti gli agenti a inseguire un innocente turista, avrebbe consentito al vero Granger di fuggire. Ma l'istinto la spinse ad accelerare il passo. Doveva vedere quell'uomo in faccia.

Quando lui girò l'angolo dell'edificio, lei si mise a correre.

Sentì la voce di Charlie nell'auricolare. «Judy? Che c'è?»

«Sto controllando una persona» rispose, ansimando appena. «Probabilmente è solo un turista, ma di' a un paio di uomini di seguirmi, caso mai avessi bisogno di copertura.»

«Okay.»

Judy arrivò all'angolo e vide la camicia hawaiana imboccare un alto portale e scomparire dentro il Campidoglio. Le parve che ora avesse affrettato il passo. Judy si voltò indietro a guardare. Charlie stava parlando con un paio di giovani agenti, indicandola.

Michael saltò giù dal furgone parcheggiato nella strada laterale e le corse incontro attraverso il prato. Judy indicò l'edificio. «Hai visto quel tizio?» urlò.

«Sì, era lui!» urlò Michael di rimando.

«Tu resta qui» gli ordinò. Era un civile e lei non voleva che fosse coinvolto. «Tu stanne fuori!» Si precipitò dentro l'edificio.

Si ritrovò in un atrio grandioso con un elaborato pavi-

411

mento di mosaico. Là dentro era fresco e tranquillo. Davanti a lei si estendeva un'ampia scalinata coperta da una passatoia, con una ringhiera finemente intagliata. Era andato a destra o a sinistra, su o giù? Decise per la sinistra. Il corridoio svoltava a destra. Passò correndo davanti a una fila di ascensori e si ritrovò nella rotonda, una sala circolare con alcune sculture al centro. La sala prendeva due piani e il soffitto era costituito da una cupola riccamente decorata. Qui Judy si trovò dinanzi a un altro dilemma: era andato diritto, aveva girato a destra verso il Ferro di cavallo, oppure aveva preso le scale a sinistra? Si guardò attorno. Un gruppo di turisti impegnati in una visita guidata si accorsero con terrore della sua pistola. Judy guardò in alto verso la galleria circolare del secondo piano e colse la fugace visione di una camicia dai colori vivaci.

Si lanciò su per una delle grandi scalinate gemelle.

In cima alle scale guardò attraverso la galleria. In fondo c'era una porta aperta che dava su un mondo totalmente diverso: un corridoio moderno illuminato da tubi fluorescenti e con il pavimento di linoleum. La camicia hawaiana era nel corridoio.

Ora stava correndo.

Judy si lanciò all'inseguimento. Mentre correva, parlò nel microfono fissato al reggiseno, ansimando. «È lui, Charlie! Cosa diavolo è successo alla mia copertura?»

«Ti hanno perso. Dove sei?»

«Al secondo piano, nella sezione degli uffici.»

«Okay.»

Le porte degli uffici erano chiuse e nei corridoi non c'era nessuno: era sabato. Seguì la camicia colorata dietro un angolo, poi un altro, e un altro ancora. Non lo perdeva di vista ma non riusciva ad avvicinarsi a lui.

È in forma, il bastardo!

Facendo un giro completo, lui tornò alla galleria. Judy lo perse di vista per un attimo, e pensò che fosse salito di sopra.

Respirando forte, salì un'altra scalinata tutta fregi e decorazioni che portava al terzo piano.

Alcuni chiari cartelli le indicarono che la galleria del Senato era alla sua destra e l'Assemblea a sinistra. Voltò a sinistra, giunse davanti alla porta della galleria e la trovò chiusa a chiave. Sicuramente lo era anche l'altra. Ritornò in cima alle scale. Dove era finito?

In un angolo notò un cartello che diceva: «Scalinata Nord – nessun accesso al tetto». Aprì la porta e si trovò in una stretta rampa di scale di servizio con semplici piastrelle e una ringhiera di ferro. Sentì la sua preda correre rumorosamente giù per le scale, ma non riusciva a scorgerlo.

Si buttò all'inseguimento.

Sbucò nella rotonda al piano terra. Di Granger nessuna traccia. In compenso c'era Michael che si guardava attorno perplesso. «Lo hai visto?» gli urlò.

«No.»

«Sta' indietro!»

Un corridoio di marmo portava dalla rotonda all'appartamento del governatore. Un gruppo di turisti che stava ammirando l'ingresso del Ferro di cavallo si frappose impedendole la vista. Era una camicia hawaiana quella che aveva scorto per un attimo dietro di loro? Non ne era sicura. Si lanciò correndo a perdifiato per il corridoio di marmo, passando davanti a bacheche che illustravano tutte le contee dello stato. Alla sua sinistra, un altro corridoio conduceva a un'uscita con una porta di vetro automatica. Vide la camicia uscire.

La seguì. Granger stava già correndo attraverso L Street, zigzagando pericolosamente fra il traffico impazzito. Gli automobilisti sterzavano bruscamente per evitarlo, pestando inferociti sul clacson. Saltò sul cofano di un coupé giallo, ammaccandolo. Il guidatore aprì la portiera e saltò giù furibondo, poi vide Judy con la pistola e si affrettò a risalire in auto.

Judy attraversò la strada di corsa, affrontando gli stessi rischi in mezzo al traffico. Guizzò davanti a un autobus che si bloccò con uno stridio di freni, saltò sul cofano dello stesso coupé giallo, e costrinse una lunga limousine a invadere tre corsie per schivarla. Aveva quasi raggiunto il marciapiede quando una moto arrivò a tutta velocità sulla corsia interna puntando dritta contro di lei. Judy fece un passo indietro e la moto la mancò per pochi centimetri.

Granger corse su per la Eleventh Street, poi si infilò in un ingresso. Judy gli volò dietro. Era un garage pubblico. Lei varcò la soglia correndo più veloce che poteva, ma qualcosa la colpì in pieno viso, come un pugno.

Il dolore le esplose nel naso e sulla fronte. Era come accecata. Cadde all'indietro, sul cemento, di schianto. Rimase immobile, paralizzata dallo shock e dal dolore, incapace persino di pensare. Qualche secondo più tardi sentì una mano forte dietro la testa e udì, come se provenisse da molto lontano, la voce di Michael: «Judy, per amor del cielo, sei viva?».

La sua testa cominciò a schiarirsi e le tornò la vista. I suoi occhi misero a fuoco il volto di Michael.

«Parlami, di' qualcosa!»

Lei aprì la bocca. «Fa male» mormorò.

«Grazie a Dio!» Michael tirò fuori un fazzoletto dalla tasca dei calzoni e le asciugò la bocca con sorprendente delicatezza. «Ti sanguina il naso.»

Judy si mise a sedere. «Cosa è successo?»

«Ti ho vista svoltare l'angolo, veloce come un fulmine, e un attimo dopo eri stesa a terra. Credo che ti stesse aspettando. Ti ha colpito appena sei entrata. Se gli metto le mani addosso...»

Judy si rese conto che aveva lasciato cadere l'arma. «La mia pistola...»

Michael si guardò attorno, la raccolse e gliela porse.

«Dammi una mano.»

Lui la aiutò a rimettersi in piedi. La faccia le faceva un male terribile, ma ci vedeva chiaramente e aveva le gambe salde. Cercò di pensare con lucidità.

414

Forse non l'ho ancora perso.

C'era un ascensore, ma lui non poteva aver avuto il tempo di prenderlo. Doveva essere corso su per la rampa. Judy conosceva quel garage... aveva parcheggiato lì quando era andata da Honeymoon, e ricordava che occupava tutto l'isolato, con ingressi sulla Tenth e sulla Eleventh. Forse anche Granger lo sapeva e stava già uscendo dalla porta di accesso sulla Tenth.

Non restava altro da fare che seguirlo.

«Io gli vado dietro» disse.

Corse su per la rampa. Michael la seguì. Judy non glielo impedì. Per ben due volte gli aveva ordinato di stare indietro e non aveva fiato da sprecare per dirglielo una terza.

Arrivarono al primo livello. La testa di Judy si mise a pulsare e le gambe le parvero improvvisamente deboli. Sapeva di non poter andare molto lontano. Cominciarono ad attraversare il piano.

All'improvviso un'auto nera uscì da un parcheggio e puntò dritta contro di loro.

Judy si gettò di lato, cadde a terra e rotolò su se stessa, velocemente, finché non si ritrovò sotto una vettura parcheggiata.

Vide le ruote dell'auto nera che le passò davanti sgommando e accelerando giù per la rampa come un proiettile.

Si rialzò, cercando freneticamente Michael. Lo aveva sentito urlare di sorpresa e di paura. Che la macchina lo avesse investito?

Lo vide a qualche metro da lei, carponi, bianco per lo shock.

«Stai bene?» gli chiese.

Lui si rimise in piedi. «Sto bene. Sono solo un po' scosso.» Judy si voltò per vedere se riusciva a scorgere la marca dell'auto nera, ma era scomparsa.

«Merda» disse. «L'ho perso.»

20

Mentre entrava nel club degli ufficiali alle sette di sera, Judy incrociò Raja Khan che stava uscendo di corsa.

Quando la vide si fermò di botto. «Cosa ti è successo?»

Cosa mi è successo? Non sono riuscita a evitare un terremoto, ho mancato in pieno il nascondiglio di Melanie Quercus e mi sono lasciata sfuggire per un pelo Ricky Granger. Ho fatto fiasco su tutta la linea e domani ci sarà un altro terremoto, moriranno altre persone e sarà tutta colpa mia.

«Ricky Granger mi ha tirato un pugno sul naso» disse. Aveva un cerotto sulla faccia. Le pillole che le avevano dato all'ospedale di Sacramento erano servite ad alleviare il dolore, ma lei si sentiva comunque pesta e scoraggiata. «Dove vai così di fretta?»

«Ricordi che stavamo cercando un album intitolato *Raining Fresh Daisies*?»

«Certo. Speravamo che ci fornisse qualche indizio sulla donna che ha telefonato alla trasmissione di John Truth.»

«Ne ho trovato una copia... ed è qui in città, in un negozio che si chiama Vinyl Vic's.»

«Bisogna dare una medaglia a quell'agente!» Judy sentì tornare l'energia. Poteva essere la pista di cui aveva bisogno. Non era molto, ma fece rinascere in lei la speranza. Forse c'era ancora la possibilità di evitare un altro terremoto. «Vengo con te.»

Saltarono a bordo della sudicia Dodge Colt di Raja. Il

pavimento era ingombro di carte di caramelle. Raja partì a razzo dal parcheggio e si diresse verso Haight-Ashbury. Mentre guidava la mise al corrente: «Il proprietario del negozio si chiama Vic Plumstead. Quando ci sono passato, un paio di giorni fa, non c'era. Ho parlato con un ragazzo che lavora lì part time. Mi ha detto che non pensava di avere il disco, ma che comunque avrebbe chiesto al principale. Ho lasciato un biglietto e Vic mi ha chiamato cinque minuti fa».

«Finalmente un colpo di fortuna!»

«Il disco è uscito nel 1969, per una casa discografica di San Francisco, la Transcendental Tracks. Ottenne una certa popolarità e vendette un bel po' di copie nella zona della baia, ma la casa non ebbe altri successi e dopo qualche mese chiuse i battenti.»

L'esultanza di Judy scemò. «Questo significa che non esistono archivi dove noi possiamo cercare indizi per scoprire dove la donna si trovi adesso.»

«Forse l'album ci fornirà qualche informazione.»

Vinyl Vic's era un negozietto straripante di vecchi dischi. Al centro del locale resistevano alcuni espositori convenzionali ma erano stati sommersi da scatole di cartone e cassette della frutta impilate fino al soffitto. Nel negozio si respirava l'odore di una vecchia biblioteca polverosa. C'era solo un cliente, un uomo coperto di tatuaggi con un paio di calzoncini di pelle assorto nello studio di uno dei primi album di David Bowie. Un uomo piccoletto in jeans attillati e T-shirt tinta a mano era seduto dietro alla cassa e sorseggiava del caffè da una tazza con su scritto: "Legalizzatela!".

Raja si presentò. «Lei deve essere Vic. Ci siamo parlati al telefono pochi minuti fa.»

Il proprietario del negozio li osservò. Sembrava sorpreso. «E così, alla fine, l'Fbi viene da me e chi mi trovo davanti? Due orientali. Cosa è successo?»

«Io sono l'esemplare non-bianco e lei è l'esemplare donna. Ogni ufficio dell'Fbi deve avere uno di ognuno, è la regola. Tutti gli altri agenti sono uomini, bianchi, e coi capelli corti.»

«Ah, capisco.» Vic sembrava perplesso. Non capiva se Raja lo stesse prendendo in giro o facesse sul serio.

«Allora, questo disco?» chiese Judy, impaziente.

«Eccolo qui.» Vic si voltò di lato e Judy notò che aveva un giradischi dietro la cassa. Allungò il braccio sopra il disco e abbassò la puntina. Un delirante assolo di chitarra elettrica introduceva a sorpresa un brano funky piuttosto tranquillo, fra accordi di piano e un complesso ritmo di batteria. Poi una voce di donna attaccava:

I am melting
Feel me melting
Liquefaction
Turning softer...

«È roba profonda» osservò Vic.

A Judy pareva una stronzata, ma non aveva alcuna importanza. Quella era la voce registrata da John Truth, su questo non c'era dubbio. Più giovane, più limpida, più dolce, ma con la stessa, inconfondibile nota sensuale. «Ha la copertina del disco?» si affrettò a chiedere.

«Certo» rispose Vic e gliela porse.

Era tutta arricciata sugli angoli e la pellicola trasparente si stava staccando dal cartoncino. Sul davanti c'era un disegno così sgargiante da far male agli occhi. Le parole *Raining Fresh Daisies* si leggevano appena. Judy guardò il retro. Era tutto sporco e c'era pure una macchia di caffè sull'angolo superiore destro.

Le note di copertina cominciavano così: "La musica apre le porte che conducono agli universi paralleli...".

Judy lasciò perdere il resto. In fondo c'erano cinque foto in bianco e nero formato tessera, quattro uomini e una donna. Lesse le didascalie:

Dave Rolands, tastiere - Ian Kerry, chitarra - Ross Muller, basso - Jerry Jones, percussioni - Stella Higgins, voce

Judy aggrottò la fronte. «Stella Higgins» disse, eccitata. «Mi pare di aver già sentito questo nome!» Ne era certa, ma non riusciva a ricordare dove. Forse era solo una speranza. Osservò la piccola fotografia in bianco e nero: una ragazza sui vent'anni, con un volto sensuale e sorridente incorniciato da capelli scuri e ondulati, e la bocca larga e generosa che Simon Sparrow aveva immaginato. «Era bellissima» mormorò Judy, quasi tra sé. Scrutò invano quel volto, in cerca della follia che poteva spingere una persona a provocare un terremoto. Vide solo una giovane donna esuberante e piena di speranza. *Cosa ti è andato storto nella vita?*

«Possiamo prenderlo in prestito?» disse Judy.

Vic assunse un'espressione seccata. «Io sono qui per vendere dischi, non per prestarli.»

Judy non aveva tempo per discutere. «Quanto?»

«Cinquanta dollari.»

«Okay.»

L'uomo fermò il piatto, prese il disco e lo fece scivolare dentro la copertina. Judy pagò. «Grazie, Vic. Il suo aiuto ci è stato prezioso.»

Mentre tornavano al Presidio sull'auto di Raja, Judy cercava di ricordare. «Stella Higgins... dove ho già sentito questo nome?»

Raja scosse la testa. «A me non dice niente.»

Quando scesero dall'auto gli porse l'album. «Fai degli ingrandimenti della foto e distribuiscili a tutti i dipartimenti di polizia» disse. «Dai il disco a Simon Sparrow. Vediamo cosa riesce a tirarci fuori.»

Entrarono nel posto di comando. Ora la grande sala da ballo era affollata. Al "posto di comando" era stato aggiunto un altro tavolo. Tra la gente ammassata lì intorno ci dovevano essere parecchi pezzi grossi del quartier generale di Washington, oltre a personale delle unità di crisi della città, dello stato e del governo.

Judy andò al tavolo dell'unità investigativa. La maggior parte dei suoi era al telefono, intenta a verificare le diverse piste. Si rivolse a Carl Theobald. «A cosa stai lavorando?»

«Avvistamenti di Plymouth 'Cuda marroni.»

«Ho qualcosa di meglio. Da qualche parte ci deve essere l'elenco telefonico della California su Cd-rom. Cercami il nome Stella Higgins.»

«E se lo trovo?»

«Chiamala e controlla se ti sembra la donna della registrazione di John Truth.»

Judy sedette al computer e cominciò a frugare tra le fedine penali. Scoprì che c'era una Stella Higgins. La donna era stata multata per possesso di marijuana, e in seguito condannata, con la sospensione della pena, per aver aggredito un agente della polizia durante una dimostrazione. La data di nascita poteva essere compatibile, e l'indirizzo era Haight Street. Non c'erano foto nella banca dati, ma sembrava la donna giusta.

Entrambe le condanne erano del 1968, dopodiché non c'era più stato altro.

La storia di Stella ricordava un po' quella di Ricky Granger, che era scomparso nel nulla all'inizio degli anni Settanta. Judy fece una stampata del file e l'attaccò al tabellone dei sospetti. Poi mandò un agente a controllare l'indirizzo di Haight Street, pur sapendo che la Higgins non poteva essere ancora lì dopo trent'anni.

Sentì una mano posarsi sulla sua spalla: era Bo. Aveva un'espressione preoccupata. «Bambina mia, cosa è successo alla tua faccia?» le chiese, sfiorandole delicatamente il cerotto sul naso.

«Sono stata imprudente.»

Suo padre le diede un bacio sulla testa. «Stasera sono di turno, ma ho voluto fermarmi per vedere come stavi.»

«Chi ti ha detto che sono stata ferita?»

«Quel tipo sposato, Michael.»

Quel tipo sposato. Judy sorrise. *Vuole ricordarmi che Michael appartiene a un'altra.* «Non è grave, ma credo che mi verranno due begli occhi neri.»

«Devi riposarti. Quando vai a casa?»

«Non lo so. Ho appena trovato una nuova pista. Siedi-ti.» Gli raccontò del disco. «Da come la vedo io, lei è una bella ragazza che vive a San Francisco negli anni Sessanta, va alle dimostrazioni, fuma erba e frequenta complessi rock. Gli anni Sessanta diventano Settanta, lei è delusa, o forse solo annoiata, e si mette con un tipo carismatico che sta sfuggendo alla mafia. I due fondano una setta. In qualche modo il gruppo riesce a sopravvivere per trent'anni, facendo collanine o chissà cosa. Poi qualcosa va storto. La loro esistenza è minacciata dal progetto di una centrale elettrica. Messi di fronte alla prospettiva di perdere tutto ciò per cui hanno lavorato nel corso di decenni, si guardano attorno alla ricerca di un modo, qualsiasi modo, per bloccare questa centrale elettrica. E poi una sismologa si unisce al gruppo e se ne esce fuori con questa idea pazzesca.»

Bo annuì. «Ha un senso, per lo meno il tipo di senso che può attrarre un fuori di testa.»

«Granger ha l'esperienza criminale necessaria per rubare il vibratore sismico, e il magnetismo personale sufficiente a convincere i membri della setta ad appoggiare il piano.»

Bo sembrava pensieroso. «Probabilmente il posto dove vivono non è di loro proprietà» disse.

«Perché?»

«Be', ammettiamo che vivano vicino al luogo dove dovrebbe sorgere questa centrale elettrica, e quindi debbano andarsene. Se la casa, la fattoria o quel che è, fosse loro, riceverebbero un risarcimento e potrebbero ricominciare da qualche altra parte. Io penso che abbiano un contratto di affitto a breve scadenza, o magari occupino abusivamente il posto.»

«Forse è così, ma non ci aiuta. Non abbiamo una banca dati degli affitti dei terreni in California.»

Arrivò Carl Theobald con un taccuino in mano. «Tre nominativi sull'elenco telefonico. Stella Higgins di Los

Angeles è una donna sulla settantina dalla voce tremula. La signora Higgins di Stockton ha un forte accento di qualche paese africano, forse della Nigeria. Mentre S.J. Higgins di Diamond Heights è un uomo e si chiama Sidney.»

«Maledizione!» fece Judy e poi spiegò a suo padre: «Stella Higgins è la persona cui appartiene la voce registrata da John Truth. Sono sicura di aver già visto questo nome» spiegò a Bo.

«Prova sui tuoi file» suggerì Bo.

«Cosa?»

«Se il nome ti suona familiare, potrebbe essere perché lo hai già incontrato durante le indagini.»

«Buona idea.»

«Ora devo andare» disse Bo. «Con tutta questa gente che scappa dalla città e lascia le case vuote, la polizia di San Francisco avrà una nottata movimentata. Buona fortuna... e riposati un po'.»

«Grazie, Bo.» Judy attivò la funzione "Cerca parola" e passò in rassegna tutta la directory "Martello dell'Eden" alla ricerca di un documento che contenesse il nome "Stella Higgins".

Carl osservava da dietro le spalle. Era una directory molto grande e ci volle un po' di tempo.

Alla fine lo schermo lampeggiò e apparve il messaggio:

1 file trovato

Judy esultò.

«Cristo!» esclamò Carl. «Il nome è già nel computer!»

Oh, mio Dio! L'ho trovata.

Altri due agenti vennero a guardare mentre Judy apriva il file.

Era un grosso documento e conteneva tutti gli appunti relativi all'infruttuoso raid compiuto nella proprietà dei Los Alamos, sei giorni prima.

«Cosa diavolo...?» Judy era disorientata. «Era coi Los Alamos e ci è sfuggita?»

Stuart Cleever si materializzò accanto a lei. «Cos'è tutta questa confusione?»

«Abbiamo trovato la donna che ha telefonato a John Truth!» rispose Judy.

«Dove?»

«Nella Silver River Valley.»

«E come ha fatto a sfuggirti?»

È stato Marvin Hayes a organizzare quel raid, non io. «Non lo so, ci sto guardando, concedimi almeno un minuto!» Aprì la finestra di "Modifica" e usò la funzione "Trova" per localizzare il nome all'interno del testo.

Stella Higgins non era con i Los Alamos. Ecco perché era sfuggita.

Due agenti erano andati a controllare un'azienda vinicola più su, nella valle. L'appezzamento era stato preso in affitto dal governo federale: il nome dell'affittuario era Stella Higgins.

«Accidenti, c'eravamo così vicino!» esclamò Judy in preda all'esasperazione. «L'avevamo quasi trovata già una settimana fa!»

«Stampalo, così lo possono vedere tutti» disse Cleever.

Judy premette il tasto di stampa e nel frattempo continuò a leggere.

Gli agenti avevano coscienziosamente annotato il nome e l'età di tutti gli adulti presenti nell'azienda vinicola. C'erano alcune coppie con bambini, e la maggior parte aveva fornito come recapito l'indirizzo dell'azienda. Dunque vivevano là.

Forse si trattava di una setta e gli agenti non se n'erano resi conto.

Oppure quella gente era stata molto attenta a nascondere la vera natura della comunità.

«Li abbiamo presi!» gridò Judy. «La prima volta siamo stati depistati dai Los Alamos che sembravano i sospetti ideali. Quando abbiamo scoperto che loro erano puliti, abbiamo creduto di aver sbagliato tutto, così abbiamo abbassato la guardia nel controllare le altre comunità della valle. E ci siamo lasciati sfuggire i veri colpevoli. Ma ora li abbiamo in pugno.»

«Credo che tu abbia ragione» disse Stuart Cleever e si rivolse al tavolo della Swat. «Charlie, chiama l'ufficio di Sacramento e organizza un raid congiunto. Judy ha la località precisa. Li sorprenderemo alle prime luci dell'alba.»

«Dovremmo fare irruzione adesso» disse Judy. «Se aspettiamo domattina potrebbero essersene già andati.»

«Perché dovrebbero andarsene proprio ora?» Cleever scosse la testa. «No, di notte è troppo rischioso. I sospetti potrebbero dileguarsi nel buio, specialmente in campagna.»

Non aveva torto, ma l'istinto diceva a Judy di non aspettare. «Io preferirei correre il rischio» obiettò. «Ora che sappiamo dove sono, andiamo a prenderli.»

«No» ribadì lui, deciso. «Discussione chiusa, Judy, per favore. Faremo irruzione all'alba.»

Lei esitò. Era convinta che fosse la decisione sbagliata, ma era troppo stanca per discutere ancora. «E va bene» cedette. «A che ora partiamo, Charlie?»

Marsh guardò l'orologio. «Partiremo da qui alle due.»

«Potrei dormire un paio d'ore.»

Ricordava di aver lasciato la macchina fuori, nel parcheggio. Le pareva che fossero passati mesi, ma in realtà era stato solo giovedì notte, quarantotto ore prima.

Uscendo incontrò Michael. «Hai l'aria esausta» osservò lui. «Lascia che ti accompagni a casa.»

«E poi come faccio a tornare qui?»

«Schiaccio un pisolino sul tuo divano e ti riaccompagno.»

Judy si fermò e lo guardò. «Te lo devo proprio dire: mi duole talmente la faccia che non credo proprio di poter baciare e tanto meno fare dell'altro.»

«Mi accontenterò di tenerti la mano» le rispose con un sorriso.

Comincio a pensare che quest'uomo ci tenga a me.

«Allora, cosa ne dici?» la guardò inarcando le sopracciglia.

«Mi metterai a letto, mi porterai il latte caldo e un'aspirina?»

«Sì. Se mi permetti di restarti accanto mentre dormi.»
Ragazzi, non c'è niente che mi piacerebbe di più.

Lui glielo lesse negli occhi. «Mi pare di aver sentito un sì.»

«Sì.» Judy sorrise.

Quando tornò da Sacramento, Priest era fuori di sé dalla rabbia. Era convinto che il governatore avrebbe cercato un accordo, si era sentito a un passo dalla vittoria. Si stava già congratulando con se stesso. E invece era solo una trappola. Il governatore Robson non aveva mai avuto intenzione di negoziare. Tutta la faccenda era stata solo uno sporco tranello. L'Fbi aveva pensato di poterlo prendere con una trappola idiota come se fosse un balordo da due soldi. Era la mancanza di rispetto che lo faceva andare in bestia. Lo consideravano alla stregua di un povero tossico.

Si sarebbero accorti di chi avevano di fronte. E la lezione sarebbe stata dura.

Sarebbe costata loro un altro terremoto.

Tutti alla comune erano ancora scioccati per la partenza di Dale e Poem. Si erano di colpo ricordati una cosa che avevano finto di dimenticare: il giorno dopo tutti avrebbero dovuto lasciare la valle.

Priest raccontò ai mangiatori di riso quanta pressione erano riusciti a esercitare sul governatore: le autostrade erano ancora intasate di minivan carichi di bambini e valigie che fuggivano davanti all'eventualità di un prossimo terremoto. Nei quartieri semideserti che si erano lasciati alle spalle, i saccheggiatori uscivano dalle case carichi di forni a microonde, lettori Cd e computer.

Ma sapevano anche che il governatore non pareva affatto intenzionato a cedere.

Nonostante fosse sabato, nessuno aveva voglia di far

festa. Dopo la cena e la preghiera della sera, si ritirarono quasi tutti nelle loro capanne. Melanie andò nella camerata a leggere una storia ai bambini. Priest rimase seduto fuori a guardare la luna che scendeva sulla vallata. Lentamente riacquistò la calma. Aprì una bottiglia del suo vino, invecchiato cinque anni, un vino che sapeva di fumo e che amava particolarmente.

Era una guerra di nervi, si disse, quando fu nuovamente in grado di pensare con lucidità. Chi avrebbe resistito più a lungo, lui o il governatore? Chi di loro due sarebbe stato più bravo a tenere a bada la propria gente? Il terremoto avrebbe messo in ginocchio il governo statale prima che l'Fbi lo scovasse nella sua tana sulle montagne?

Alzò gli occhi e vide Star, una silhouette illuminata dalla luce della luna, che avanzava a piedi nudi fumando uno spinello. Lei prese una lunga boccata, si chinò su Priest e lo baciò, aprendo la bocca. Lui inalò il fumo inebriante dai suoi polmoni. Poi lo espirò, sorrise e disse: «Ricordo la prima volta che lo hai fatto. È stata la cosa più eccitante che mi fosse mai capitata».

«Davvero?» gli chiese. «Più eccitante di un pompino?»

«Molto di più. Ricordo che a sette anni ho visto mia madre fare un pompino a un cliente. Lei non li baciava mai. Io ero l'unico che baciava. Me lo diceva sempre.»

«Che vita d'inferno hai avuto, Priest.»

Lui aggrottò la fronte. «Lo dici come se fosse finita.»

«Questa parte lo è. O no?»

«No!»

«È quasi mezzanotte. Il tuo ultimatum sta per scadere e il governatore non cederà.»

«Lo farà» obiettò Priest. «È solo questione di tempo.» Si alzò. «Devo andare a sentire il notiziario.»

Lei lo seguì alla luce della luna attraverso il vigneto e su per il sentiero che portava alle macchine. «Andiamocene» gli disse, all'improvviso. «Solo tu, io e Flower. Saltiamo in macchina, adesso, e partiamo. Senza salutare, senza fare una valigia, senza prendere neppure un cambio di abiti.

Scappiamo, come ho fatto nel 1969 quando sono scappata da San Francisco. Andremo dove ci porta l'ispirazione... Oregon, Las Vegas, New York. Cosa ne dici di Charleston? Ho sempre desiderato vedere il sud.»

In silenzio Priest salì a bordo della Cadillac e accese la radio. Star gli sedette accanto. Brenda Lee stava cantando *Let's Jump the Broomstick*.

«Allora, Priest, cosa ne dici?»

Il notiziario ebbe inizio e lui alzò il volume.

«Oggi il presunto leader del gruppo terrorista "il Martello dell'Eden", Richard Granger, è sfuggito alla cattura da parte dell'Fbi a Sacramento. Nel frattempo i residenti in fuga dalle zone vicine alla faglia di San Andreas stanno paralizzando il traffico su molte autostrade della baia di San Francisco. Incolonnamenti di chilometri e chilometri bloccano lunghi tratti delle Interstate 280, 580, 680 e 880. Il proprietario di un negozio di dischi rari di Haight-Ashbury ha dichiarato che, oggi, agenti dell'Fbi hanno acquistato da lui un album con la foto di un altro sospetto terrorista.»

«Album?» fece Star. «Che cazzo...?»

«Vic Plumstead ha detto ai giornalisti che l'Fbi si è rivolto a lui, cercando un disco degli anni Sessanta con la voce di uno dei sospetti terroristi del Martello dell'Eden. Dopo giorni di ricerche l'uomo è riuscito a trovare l'album, inciso da uno sconosciuto complesso rock, i Raining Fresh Daisies.»

«Oh, Cristo! Perfino io me ne ero quasi dimenticata!»

«L'Fbi non ha voluto confermare né smentire il fatto che la cantante, Stella Higgins, sia ricercata.»

«Oh, merda!» imprecò Star. «Conoscono il mio nome!»

La mente di Priest correva. Quanto poteva risultare pericoloso? Col nome non sarebbero andati lontano: Star non lo usava da quasi trent'anni. Nessuno sapeva dove vivesse Stella Higgins.

E invece sì.

Soffocò un gemito di disperazione. Il nome Stella Higgins compariva sul contratto d'affitto del terreno. L'aveva detto lui stesso ai due agenti dell'Fbi che erano andati da loro il giorno del raid contro i Los Alamos.

Questo cambiava tutto. Prima o poi qualcuno dell'Fbi avrebbe scoperto il collegamento.

E se, per qualche disavventura, l'Fbi non fosse riuscito a capirlo, c'era sempre un vicesceriffo di Silver City, al momento in vacanza alle Bahamas, che aveva scritto il nome Stella Higgins sul fascicolo di un caso che sarebbe finito in tribunale di lì a un paio di settimane.

La Silver River Valley non era più un segreto.

Questo pensiero lo rese profondamente triste.

Cosa poteva fare?

Forse sarebbe dovuta davvero fuggire con Star, e subito. Le chiavi erano nel quadro. Avrebbero potuto raggiungere il Nevada nel giro di due ore. L'indomani sarebbero stati lontani quasi mille chilometri.

Cristo, no. Non sono ancora sconfitto.

Forse avrebbe potuto ancora tenere in piedi le cose.

Secondo il suo piano, le autorità non avrebbero mai dovuto conoscere la vera identità dei componenti del Martello dell'Eden né il motivo che li aveva spinti a chiedere la messa al bando di nuove centrali elettriche. Ora l'Fbi stava per scoprirlo... ma forse lui avrebbe potuto costringerli a tenerlo segreto. Sarebbe stata una delle sue richieste. Se fosse riuscito a convincerli a decretare il blocco, avrebbero ingoiato anche questo.

Sì, era una cosa decisamente pazzesca... ma tutto il piano lo era. Ce l'avrebbe fatta.

Ma doveva restare fuori dalle grinfie dell'Fbi.

Aprì la portiera e scese. «Andiamo» disse a Star. «Ho un sacco di cose da fare.»

Lei scese lentamente. «Non vuoi scappare con me?» gli chiese con voce triste.

«Diavolo, no.» Priest sbatté la portiera e si avviò.

Star lo seguì attraverso il vigneto fino al villaggio. Entrò nella sua capanna senza neppure dargli la buonanotte.

Priest andò nella capanna di Melanie. Dormiva. La svegliò scrollandola violentemente. «Alzati» le intimò. «Dobbiamo andare. Fai presto.»

Judy guardava e aspettava che Stella Higgins desse sfogo a tutta la sua disperazione.

Era una donna dalla corporatura robusta e, per quanto bella potesse essere stata in altre circostanze, ora appariva distrutta. Il viso era deturpato dal dolore, il trucco fuori moda le colava lungo le guance, le spalle massicce erano scosse dai singhiozzi.

Erano seduti nella piccola capanna che costituiva la sua casa. Il locale era ingombro di prodotti farmaceutici: scatole di cerotti, confezioni di aspirine, analgesici e preservativi, medicine contro i disturbi intestinali, sciroppi per la tosse, e tintura di iodio. Le pareti erano decorate con disegni infantili che raffiguravano Star mentre curava bambini malati. Si trattava di una costruzione primitiva, senza corrente elettrica né acqua, ma aveva un che di allegro.

Judy andò alla porta e guardò fuori, dando a Star un minuto per ricomporsi. Il paesaggio era bellissimo nella pallida luce del mattino. I residui di una leggera foschia stavano scomparendo dagli alberi sui fianchi ripidi delle colline, e il fiume scintillava nel fondovalle. Sui pendii più bassi si vedeva un bel vigneto, filari ordinati di viti con i germogli abbarbicati a tralicci di legno. Per un attimo Judy fu presa da un senso di pace spirituale, dalla sensazione che in quel luogo le cose fossero come avrebbero dovuto essere, e che fosse piuttosto il resto del mondo a essere strano. Poi si riscosse cercando di liberarsi dall'inquietante pensiero.

Arrivò Michael. Ancora una volta aveva chiesto di essere presente per prendersi cura di Dusty, e Judy aveva detto a Stuart Cleever di assecondarlo perché la sua competenza era preziosissima per le indagini. Michael teneva Dusty per mano. «Come sta?» gli chiese Judy.

«Bene.»

«Hai trovato Melanie?»

«Non è qui. Dusty dice che era Flower, una ragazza più grande, a prendersi cura di lui.»

«Hai un'idea di dove sia andata Melanie?»

«No.» Poi fece un cenno con la testa in direzione di Star. «Cosa dice?»

«Niente, per il momento.» Judy rientrò e sedette sul bordo del letto. «Mi racconti di Ricky Granger.»

«In lui c'è del buono e del cattivo» esordì Star quando i singhiozzi si furono calmati. «Prima era un balordo, lo so, ha persino ucciso delle persone, ma in tutto il tempo che siamo stati insieme – venticinque anni – non ha mai fatto del male a nessuno, non una volta, finora, finché qualcuno non se n'è uscito con l'idea di questa stupida diga del cazzo.»

«Io voglio solo trovarlo prima che faccia del male ad altre persone» le spiegò Judy con dolcezza.

Star annuì. «Lo so.»

Judy costrinse delicatamente Star a girarsi e a guardarla. «Dov'è andato?»

«Se lo sapessi glielo direi» rispose Star. «Ma non lo so.»

21

Priest e Melanie partirono per San Francisco col pick-up della comune. Priest temeva che la Cadillac ammaccata desse troppo nell'occhio e che la polizia potesse essere alla ricerca della Subaru arancione di Melanie.

Il traffico andava in senso opposto, così non persero troppo tempo. Raggiunsero la città verso le cinque di domenica mattina. Per strada c'erano poche persone: una coppia di ragazzi abbracciati alla fermata dell'autobus, due tossici schizzati che compravano l'ultima dose della nottata da uno spacciatore intabarrato in un lungo cappotto, un povero ubriaco che attraversava la strada a zigzag. La zona antistante la baia, invece, era deserta. Il quartiere industriale abbandonato aveva un'aria lugubre e misteriosa nella fredda luce del primo mattino. Trovarono il magazzino della Perpetua Diaries e Priest aprì il portone. L'agente immobiliare aveva mantenuto la promessa: la corrente elettrica era stata allacciata e in bagno c'era l'acqua corrente.

Melanie entrò con il pick-up e Priest esaminò rapidamente il vibratore sismico. Fece partire il motore, quindi abbassò e sollevò la piastra. Era tutto in ordine.

Si sdraiarono sul divano nel piccolo ufficio per riposare un po'. Priest rimase sveglio a lungo, pensando e ripensando alla sua situazione. Comunque la si mettesse, l'unica cosa sensata che il governatore Robson poteva fare era cedere. Priest si sorprese a pronunciare discorsi immaginari al *John Truth Show*, con cui dimostrava a tutti quanto fosse stupido il governatore. *Avrebbe potuto evitare i terremoti con una sola parola!* Dopo un'ora, però, si rese conto che era inutile. Sdraiato supino, iniziò il rituale di rilassamento che eseguiva durante la meditazione. Il suo corpo si fece immobile, il battito cardiaco rallentò, la mente si svuotò e lui sprofondò nel sonno.

Quando si svegliò erano le dieci del mattino.

Mise un pentolino con un po' d'acqua sul fornelletto. Aveva portato con sé dalla comune una lattina di caffè macinato, proveniente da coltivazioni biologiche, e alcune tazze.

Melanie accese il televisore. «Da quando vivo alla comune sento la mancanza dei telegiornali» disse. «Ero abituata a non perdermene uno.»

«Io li odio» replicò Priest. «Ti fanno preoccupare di un sacco di cose per le quali non puoi fare nulla.» Ma lo guardò, per vedere se parlavano di lui.

Parlavano *solo* di lui.

«Le autorità della California ritengono verosimile la minaccia di un terremoto per oggi, mentre l'ultimatum dei terroristi sta per scadere» annunciò il conduttore, e intanto si vedevano alcuni tecnici municipali che montavano un ospedale da campo nel Golden Gate Park di San Francisco.

Le immagini fecero andare Priest su tutte le furie. «Perché non ci date quello che chiediamo?» urlò verso lo schermo.

Il servizio seguente mostrava agenti dell'Fbi che perquisivano delle capanne costruite con tronchi d'albero in una zona di montagna. «Mio Dio, ma quella è la nostra comune!» esclamò Melanie dopo un attimo.

Videro una inquadratura di Star, avvolta nella vecchia vestaglia di seta color rosso porpora, il viso ridotto a una maschera di dolore, mentre due uomini in giubbotto antiproiettile la conducevano fuori della sua capanna.

Priest imprecò. Non era sorpreso – era stata proprio l'eventualità di un raid che lo aveva spinto ad andarsene così in fretta la sera prima – ma alla vista di quelle immagini si sentì comunque sopraffatto dalla rabbia e dalla disperazione. La sua casa era stata violata da quei bastardi ipocriti.

Avreste dovuto lasciarci in pace. Ormai è troppo tardi.

Vide Judy Maddox, scura in volto. *Speravi di prendermi in trappola, eh?* Quel giorno non era per niente carina: aveva due occhi neri e un largo cerotto appiccicato di traverso sul naso. *Mi hai mentito, hai cercato di prendermi in trappola, e tutto ciò che ci hai guadagnato è stato un bel pugno in faccia.*

Ma in cuor suo era intimidito. Aveva continuato a sottovalutare l'Fbi. Quando si era messo in quell'avventura non aveva certo previsto che gli agenti potessero invadere il suo rifugio nella valle rimasto segreto per così tanti anni. Judy Maddox era più in gamba di quanto avesse pensato.

Melanie lanciò un grido soffocato. Stava passando una inquadratura di suo marito, Michael, con in braccio Dusty. «Oh no!» esclamò.

«Non stanno mica arrestando Dusty» osservò Priest spazientito.

«Ma dove lo porterà Michael?»

«Ha qualche importanza?»

«Sì, se ci sarà un terremoto!»

«Michael conosce meglio di chiunque altro la posizione delle linee di faglia. Se ne starà al sicuro.»

«Oh, Dio, lo spero tanto, specie se Dusty è con lui.»

Priest ne aveva abbastanza di guardare la Tv. «Usciamo» disse. «Prendi il cellulare.»

Melanie portò fuori il pick-up, e Priest chiuse il portone alle loro spalle. «Dirigiti all'aeroporto» le ordinò, salendo a bordo.

Evitando con cura le autostrade, riuscirono ad arrivare nei pressi dell'aeroporto senza restare imbottigliati nel traffico. Priest sapeva che lì, in quel momento, migliaia di persone stavano usando i cellulari, per prenotare un posto sull'aereo, per chiamare casa, oppure solo per controllare la situazione della viabilità. Chiamò la trasmissione di John Truth.

Fu lo stesso conduttore a rispondere. Probabilmente aveva sperato in una sua chiamata. «Ho una nuova richiesta, quindi fai bene attenzione» disse Priest.

«Non ti preoccupare, sto registrando» rispose l'altro.

«Stasera sarò io l'ospite d'onore del tuo show, vero, John?» chiese Priest con un sorriso.

«Spero che stasera tu sia in galera» ribatté Truth con cattiveria.

«Be', vaffanculo anche tu.» Non era il caso che quel tizio facesse tanto il difficile. «La mia nuova richiesta è il perdono del presidente degli Stati Uniti per tutti i componenti del Martello dell'Eden.»

«Glielo comunicherò.»

Ora sembrava proprio che facesse del sarcasmo. Possibile che non si rendesse conto di quanto era importante? «Quello, più il blocco di tutte le nuove centrali elettriche.»

«Aspetta un minuto» fece Truth. «Ora che tutti sanno dove si trova la tua comune, non hai più bisogno di un blocco generalizzato. A te interessa solo che non allaghino la tua valle, vero?»

Priest rifletté un attimo. Non ci aveva pensato, ma Truth aveva ragione. Tuttavia decise di non dargliela vinta. «Eh no, che cazzo» disse. «Anch'io ho i miei principi. Il consumo di energia elettrica deve diminuire, non aumentare, se vogliamo che la California diventi un posto in cui i nostri nipoti possano vivere decentemente. La nostra prima richiesta è ancora valida. Se il governatore non accetta, ci sarà un altro terremoto.»

«Come puoi fare una cosa del genere?»

La domanda colse Priest di sorpresa. «Cosa?»

«Come puoi fare una cosa del genere? Come puoi causare tanta sofferenza e infelicità a così tante persone... uccidendo, ferendo, distruggendo, facendo fuggire la gente di casa in preda alla paura? Come puoi dormire di notte?»

Priest andò su tutte le furie. «Non ti mettere a fare il moralista con me» ribatté. «Io sto cercando di salvare la California.»

«Uccidendo delle persone.»

Priest perse la pazienza. «Chiudi quel cazzo di bocca e ascoltami bene» disse. «Ti annuncio il prossimo terremoto.» Secondo Melanie la finestra sismica si sarebbe aperta alle sei e quaranta di quella sera. «Alle sette in punto. Il prossimo terremoto colpirà alle sette di stasera.»

«Mi puoi dire...»

Priest interruppe la comunicazione.

Rimase in silenzio per un po'. La conversazione gli aveva messo addosso una certa inquietudine. Truth avrebbe dovuto essere spaventato a morte, e invece l'aveva quasi preso in giro. Lo aveva trattato come un perdente.

Giunsero a un incrocio. «Potremmo girare qui e tornare indietro» propose Melanie. «Non c'è traffico nell'altro senso.»

«Va bene.»

Melanie voltò. Era pensierosa. «Torneremo mai nella valle?» gli chiese. «Ora che l'Fbi e tutti quanti sanno della sua esistenza?»

«Sì!»

«Non urlare!»

«Sì, ci torneremo» disse lui più calmo. «Capisco che sembra messa male; forse dovremo restare nascosti per un po'. Di sicuro perderemo il raccolto di quest'anno. Il posto sarà invaso dai giornalisti per settimane. Ma alla fine si dimenticheranno di noi. Ci sarà una guerra, le elezioni, uno scandalo a sfondo sessuale, e noi non faremo più notizia. Allora ce ne torneremo zitti zitti alla valle, nelle nostre case, sistemeremo il vigneto e prepareremo un nuovo raccolto.»

«Sì.» Melanie sorrise.

Lei ci crede. Io non ne sono così sicuro. Ma non ci voglio più

435

pensare. Continuare a preoccuparsi serve solo a indebolire la volontà. Basta con i dubbi. Ora bisogna solo agire.

«Vuoi tornare al magazzino?» chiese Melanie.

«No. Diventerei matto chiuso in quel buco tutto il giorno. Vai verso il centro, e guarda se riesci a trovare un ristorante che serva il brunch, sto morendo di fame.»

Judy e Michael portarono Dusty a Stockton, dove vivevano i genitori di Michael. Andarono in elicottero. Dusty era elettrizzato. Atterrarono sul campo da football di una scuola un po' fuori città.

Il padre di Michael era un commercialista in pensione. La casa era una bella villetta sul margine di un campo da golf. Mentre Michael sistemava Dusty, Judy bevve un caffè in cucina. «Chissà che questa terribile faccenda non gli dia una spinta nel lavoro» osservò la signora Quercus preoccupata. «E, comunque, vento di bufera non fa bene a nessuno.» Judy si ricordò che Michael aveva avviato la sua attività di consulente grazie all'aiuto finanziario dei genitori e che incontrava qualche difficoltà a restituire il prestito. Ma forse la signora Quercus aveva ragione: il ruolo di consulente sismico dell'Fbi avrebbe giovato alla sua carriera.

Judy non riusciva a pensare ad altro che al vibratore sismico. Nella Silver River Valley non l'avevano trovato. Da venerdì sera nessuno l'aveva più visto, anche se i pannelli usati per farlo somigliare a una giostra erano stati rinvenuti a lato della strada da un operaio di una delle centinaia di squadre di soccorso, al lavoro per riportare Felicitas alla normalità.

Conosceva il mezzo di cui Granger si stava servendo. Lo aveva scoperto chiedendo a ciascun membro della comune che auto avessero e controllando poi quale mancava all'appello. Si trattava di un pick-up, e Judy aveva fatto diramare una specifica segnalazione a tutte le forze di polizia. In teoria, tutti i poliziotti della California avrebbero dovuto essere alla ricerca di quel camioncino, anche se la maggior parte di loro era troppo occupata a fronteggiare l'emergenza.

Il pensiero che avrebbe potuto catturare Granger alla comune, se solo avesse insistito di più e fosse riuscita a convincere Cleever a effettuare il raid la sera precedente, continuava a torturarla in modo insopportabile. Ma la sera prima la stanchezza aveva avuto il sopravvento. Ora si sentiva meglio: l'irruzione alla comune aveva pompato adrenalina nel suo organismo e le aveva dato nuova energia. Anche se continuava a sentirsi ammaccata, fisicamente e psicologicamente. Girava a vuoto.

Sul bancone della cucina c'era un piccolo televisore acceso col volume abbassato al minimo. Iniziò il telegiornale e Judy chiese alla signora Quercus di alzarlo: intervistavano John Truth che aveva parlato al telefono con Granger. Fecero ascoltare un brano della loro conversazione. «Alle sette in punto» disse la voce registrata di Granger. «Il prossimo terremoto colpirà alle sette di stasera.»

Judy rabbrividì. Quell'uomo non scherzava. Nella sua voce non c'era rimpianto né rimorso, niente lasciava intendere che avrebbe esitato a mettere a repentaglio la vita di tante persone. Sembrava razionale, ma c'era una pecca nella sua apparente normalità: non si curava della sofferenza altrui. Era la caratteristica tipica degli psicopatici.

Judy si chiese cosa sarebbe riuscito a fare Simon Sparrow con quella registrazione. Ma ormai era troppo tardi per la psicolinguistica. Andò alla porta della cucina e disse a voce alta: «Michael! Dobbiamo andare!».

Avrebbe preferito lasciarlo lì con Dusty, dove sarebbero stati entrambi al sicuro. Però aveva bisogno di lui al comando, la sua consulenza avrebbe potuto essere determinante.

Michael entrò in cucina insieme a Dusty. «Sono quasi pronto» annunciò. In quel momento squillò il telefono e la signora Quercus andò a rispondere. Dopo un attimo porse il ricevitore a Dusty: «È per te».

Il bambino prese il telefono e disse, con voce esitante: «Pronto?». Poi il suo viso si illuminò. «Ciao, mamma!»

Judy si immobilizzò.

Era Melanie.

«Questa mattina quando mi sono svegliato non c'eri più! Poi è venuto a prendermi papà.»

Quasi certamente Melanie era con Priest e il vibratore sismico. Judy afferrò il cellulare e chiamò il posto di comando. Parlò con Raja. «Devi rintracciare una telefonata» gli mormorò sottovoce. «Melanie Quercus sta chiamando un numero di Stockton.» Glielo dettò leggendolo dall'apparecchio che Dusty stava usando. «La chiamata è iniziata un minuto fa ed è ancora in corso.»

«Ricevuto» disse Raja.

Judy chiuse la comunicazione.

Dusty stava ascoltando, di quando in quando annuiva e scuoteva la testa, quasi che la madre potesse vederlo.

Poi, all'improvviso, porse il telefono a suo padre. «Vuole parlare con te.»

«Scopri dove si trova, per amor del cielo!» gli sussurrò Judy.

Michael prese il ricevitore dalle mani di Dusty e lo tenne premuto contro il petto per non far sentire le loro voci. «Prendi la derivazione in camera da letto.»

«Dov'è?»

«In fondo al corridoio, cara» disse la signora Quercus.

Judy corse in camera da letto, si gettò sul copriletto a fiori e afferrò il telefono dal comodino, coprendo il microfono con la mano.

Sentì Michael che diceva: «Melanie... dove diavolo sei?».

«Non ha importanza» rispose lei. «Vi ho visti, tu e Dusty, in televisione. Sta bene?»

Ovunque sia ha potuto guardare la televisione.

«Dusty sta bene» la rassicurò Michael. «Siamo appena arrivati.»

«Speravo di trovarvi lì.»

Parlava a voce bassa. «Puoi alzare un po' la voce?» le chiese.

«No, non posso. Quindi fa' bene attenzione, okay?»

Non vuole che Granger la senta. Bene... potrebbe indicare che cominciano a essere in disaccordo.

«Okay, okay» fece Michael.

«Tu resterai lì con Dusty, vero?»

«No. Torno a San Francisco.»

«Cosa? Per amor del cielo, è pericoloso!»

«È lì che avverrà il terremoto? A San Francisco?»

«Non posso dirtelo.»

«Avverrà nella penisola?»

«Sì, nella penisola. Quindi tieni lontano Dusty!»

Il cellulare di Judy suonò. Sempre tenendo il microfono dell'altro telefono ben coperto, si portò il cellulare all'orecchio e rispose. «Pronto?»

Era Raja. «Sta chiamando dal portatile. È a San Francisco, in centro. Non possono fare meglio di così, è un telefono digitale.»

«Manda degli agenti per le strade alla ricerca di quel pick-up!»

«Sarà fatto.»

Judy interruppe la comunicazione.

«Se sei così preoccupata» stava dicendo Michael «perché non mi dici dove si trova il vibratore sismico?»

«Non posso!» sibilò Melanie. «Sei pazzo!»

«Fammi il piacere. *Io* sarei pazzo? Sei tu quella che provoca i terremoti!»

«Non posso più parlare.» Si udì un clic.

Judy rimise a posto il telefono sul comodino e rotolò sulla schiena, con la mente che lavorava a ritmo febbrile. Melanie aveva lasciato trapelare un sacco di informazioni. Era a San Francisco, in centro, e anche se questo non rendeva facile trovarla, era sempre un pagliaio più piccolo della California intera. Aveva detto che il terremoto sarebbe avvenuto nella penisola, l'ampia lingua di terra tra l'Oceano Pacifico e la baia di San Francisco. Il vibratore sismico doveva per forza trovarsi in quella zona. Ma per Judy la cosa più interessante era che tra Melanie e Granger fosse sorto qualche dissidio. Era evidente che lei aveva fatto quella telefonata a sua insaputa, e sembrava temere che lui la sentisse. Questo elemento lasciava ben sperare: forse ne avrebbe potuto trarre vantaggio.

Chiuse gli occhi, concentrandosi. Melanie era preoccupata per Dusty. Era questo il suo punto debole. Dovevano riuscire a usarlo contro di lei.

Udì un rumore di passi e aprì gli occhi. Michael entrò nella stanza, guardandola in modo strano.

«Cosa c'è?» gli chiese.

«So che potrà sembrarti fuori luogo, ma sdraiata sul letto sei uno schianto.»

Judy rammentò che si trovava in casa dei genitori di Michael e si alzò di scatto.

Lui la abbracciò. Era una sensazione piacevolissima. «Come va il viso?» le chiese.

Lo guardò. «Se sei molto delicato...»

Lui la baciò dolcemente sulle labbra.

Se hai voglia di baciarmi quando ho questo aspetto terribile, devo proprio piacerti.

«Mm» fece lei. «Quando sarà tutto finito...»

«Sì.»

Judy chiuse gli occhi per un momento.

Poi ricominciò a pensare a Melanie.

«Michael...»

«Sono qui.»

Judy si sciolse dall'abbraccio. «Melanie è preoccupata. Teme che Dusty possa trovarsi nella zona del terremoto.»

«Lui rimarrà qui.»

«Ma non gliel'hai assicurato. Te l'ha chiesto, ma tu hai ribattuto che se era così preoccupata avrebbe dovuto dirti dove si trovava il vibratore sismico. Non hai risposto in modo affermativo alla sua domanda.»

«Comunque, l'implicazione era quella... voglio dire, perché mai dovrei portarlo dove c'è pericolo?»

«Sto solo dicendo che lei potrebbe avere dei dubbi. E, ovunque si trovi, sappiamo che ha la possibilità di guardare la televisione.»

«Melanie ascolta i notiziari tutto il giorno... la rilassa.»

Judy provò una fitta di gelosia. *La conosce così bene!* «E se ti facessimo fare un'intervista da un giornalista al Centro operativo d'emergenza a San Francisco, un'intervista in cui racconti che stai aiutando l'Fbi, e Dusty venisse inquadrato sullo sfondo?»

«Capirebbe che lui è a San Francisco.»

«E come reagirebbe?»

«Immagino che mi chiamerebbe e me ne direbbe di tutti i colori.»

«Ma se non riuscisse a rintracciarti...»

«Sarebbe molto spaventata.»

«Tanto da impedire a Granger di usare il vibratore sismico?»

«Forse. Se ne avesse la possibilità.»

«Vale la pena di tentare?»

«C'è altra scelta?»

Priest provava una sensazione del tipo "vincere o morire". Forse il governatore e il presidente non si sarebbero arresi, neppure dopo Felicitas. Ma quella sera ci sarebbe stato un terzo terremoto. Poi avrebbe chiamato John Truth e gli avrebbe detto: *Lo rifarò! La prossima volta potrebbe essere Los Angeles, San Bernardino, o San José. Posso farlo tutte le volte che voglio. E continuerò finché non vi arrenderete. Sta a voi scegliere.*

Il centro di San Francisco pareva quello di una città fantasma. Pochi avevano voglia di fare shopping o di passeggiare, ma le chiese erano gremite. Il ristorante era mezzo vuoto. Priest ordinò una bistecca con le uova e bevve tre Bloody Mary. Melanie rimase silenziosa, era in ansia per Dusty. Priest immaginava che, essendo con il padre, il bambino non avrebbe corso alcun rischio.

441

«Ti ho mai raccontato perché mi chiamo Granger?» chiese a Melanie.

«Non è il cognome dei tuoi genitori?»

«Mia madre si chiamava Veronica Nightingale. Mi raccontò che il nome di mio padre era Stewart Granger. Era partito per un lungo viaggio, mi spiegò, ma un giorno sarebbe tornato su una grande limousine carica di regali... profumi e cioccolatini per lei, una bicicletta per me. Nei giorni di pioggia, quando non potevo giocare in strada, mi sedevo davanti alla finestra ad aspettare che arrivasse, ora dopo ora.»

Per un attimo Melanie parve dimenticare i suoi problemi. «Povero bambino» disse.

«Avevo circa dodici anni quando venni a sapere che Stewart Granger era stato un grosso divo del cinema. Aveva interpretato Allan Quartermain nelle *Miniere di re Salomone* proprio nel periodo in cui ero nato io. Immagino fosse l'idolo di mia madre. Mi si spezzò il cuore, credimi... tutte quelle ore passate a guardare fuori da quella maledetta finestra.» Priest sorrise, ma il ricordo lo feriva ancora.

«Chi lo sa?» disse Melanie. «Forse era davvero tuo padre. Anche i divi dello schermo vanno a puttane.»

«Forse dovrei chiederglielo.»

«È morto.»

«Davvero? Non lo sapevo.»

«L'ho letto su "People" qualche anno fa.»

Priest provò un senso di perdita. Stewart Granger era la cosa più vicina a un padre che lui avesse mai avuto. «Be', allora non lo saprò mai.» Si strinse nelle spalle e chiese il conto.

Quando uscirono dal ristorante, Priest non aveva voglia di tornare al magazzino. Su al villaggio poteva anche restare seduto a far niente, ma in una squallida stanzetta dentro un magazzino fatiscente avrebbe sofferto di claustrofobia. Venticinque anni passati nella Silver River Valley lo avevano abituato troppo bene. Così lui e Melanie si

442

misero a passeggiare per il Fisherman's Wharf, fingendosi turisti e godendosi la brezza salmastra della baia.

Per precauzione avevano alterato il loro aspetto. Lei aveva raccolto i lunghi capelli rossi sotto un cappello e portava gli occhiali da sole. Priest si era impastato i suoi di gel e li aveva appiccicati alla testa. La barba di tre giorni gli dava un'aria da latin lover molto diversa dal suo solito aspetto di attempato figlio dei fiori. Nessuno li degnò di uno sguardo.

Priest ascoltava le conversazioni dei rari passanti. Tutti avevano una scusa per non lasciare la città.

«Non sono preoccupato, il nostro edificio è antisismico...»

«Anche il mio, ma alle sette io me ne vado in mezzo al parco...»

«Sono un fatalista: o questo terremoto ha il mio nome scritto sopra o non ce l'ha...»

«Proprio così. Potresti andare a Las Vegas e morire in un incidente d'auto...»

«Ho fatto rinforzare la casa...»

«Nessuno può provocare terremoti, è stata una coincidenza...»

Qualche minuto dopo le quattro tornarono verso la macchina.

Priest si accorse del poliziotto quando ormai era troppo tardi. I Bloody Mary lo avevano reso stranamente calmo – si sentiva quasi invulnerabile – e quindi non si era più curato della polizia. Giunto a due o tre metri dal pick-up, vide un poliziotto in divisa che guardava la targa e parlava alla radio.

Priest si fermò di colpo e afferrò il braccio di Melanie.

Un attimo dopo si rese conto che la cosa più furba sarebbe stata proseguire, passandogli accanto, ma a questo punto era troppo tardi.

Il poliziotto alzò gli occhi e incrociò il suo sguardo.

Priest guardò Melanie. Non si era accorta del poliziotto. Stava per dirle "Non guardare la macchina" ma si rese conto appena in tempo che sarebbe servito solo a farla voltare proprio in quella direzione. Allora disse la prima cosa che gli venne in mente: «Fissa la mia mano». Girò il palmo all'insù.

Melanie fissò il palmo e poi alzò lo sguardo verso di lui. «Cosa dovrei vedere?»

«Continua a farlo mentre ti spiego.»

Lei obbedì.

«Passeremo accanto alla macchina. C'è un poliziotto che sta prendendo il numero di targa. Ci ha notati, lo vedo con la coda dell'occhio.»

Lei sollevò gli occhi dalla sua mano al suo viso e poi, con suo grande stupore, gli diede uno schiaffone.

Gli fece proprio male. Priest trasalì.

«E ora puoi pure tornartene dalla tua stupida bionda!» urlò Melanie.

«Cosa?» fece lui, arrabbiato.

Melanie si allontanò.

Allibito, rimase a guardarla. La vide oltrepassare il pick-up a passo deciso.

Il poliziotto fissò Priest con un lieve sorriso.

Priest rincorse Melanie dicendo: «Aspetta un minuto!».

Il poliziotto tornò a rivolgere la propria attenzione alla targa.

Priest raggiunse Melanie e insieme svoltarono l'angolo.

«Molto brava» si congratulò. «Ma non c'era bisogno di colpirmi così forte.»

Michael era illuminato da un potente riflettore portatile e aveva un minuscolo microfono pinzato sulla polo verde scuro. Una piccola telecamera era puntata su di lui. Alle sue spalle si vedevano i giovani sismologi che aveva portato con sé, seduti davanti ai computer. Di fronte gli stava seduto Alex Day, un giornalista televisivo poco più che ventenne, con un taglio di capelli alla moda. L'uomo indossava una giacca mimetica, che Judy trovava francamente eccessiva.

Dusty era accanto a Judy, e le stringeva la mano fiducioso, osservando il padre che concedeva l'intervista.

«Sì, possiamo identificare le zone in cui è più probabile che avvenga un terremoto» stava dicendo Michael «ma purtroppo non possiamo individuare quella scelta dai terroristi finché non mettono in funzione il vibratore sismico.»

«E cosa consiglia alla popolazione?» chiese Alex Day. «Come ci si può proteggere in caso di terremoto?»

«La parola d'ordine è "riparati, copriti e resta dove sei". È il miglior consiglio che mi sento di dare» rispose lui. «Riparatevi sotto un tavolo o una scrivania, copritevi il volto per proteggerlo dalle schegge di vetro e restate dove siete finché le scosse non cessano.»

«Okay, ora va' da papà» sussurrò Judy a Dusty.

Dusty entrò nell'inquadratura. Michael lo sollevò e se lo mise a sedere sulle ginocchia. Come da copione Alex Day chiese: «C'è qualcosa di particolare che possiamo fare per proteggere i più piccoli?».

«Be', potete esercitarvi sin da adesso nel "riparati, copriti e resta dove sei", così se avvertono una scossa sapranno subito come comportarsi. Assicuratevi che indossino scarpe robuste, e non sandali o ciabattine di gomma, perché ci saranno un bel po' di vetri rotti in giro. E teneteli vicino a voi, così non dovrete andare a cercarli, dopo.»

«C'è qualcosa che le persone non dovrebbero fare?»

«Non correte fuori di casa. La maggior parte dei feriti durante i terremoti è dovuta alla caduta di mattoni o di altri detriti dagli edifici danneggiati.»

«Professor Quercus, la ringraziamo per essere stato con noi oggi.»

Alex Day si rivolse a Michael e Dusty paralizzandosi in un lungo sorriso finché il cameraman disse: «Ottimo».

Tutti si rilassarono. I tecnici cominciarono subito a smontare l'attrezzatura.

«Quando posso tornare dalla nonna in elicottero?» chiese Dusty.

«Adesso» lo rassicurò Michael.

«Quanto ci vorrà perché vada in onda, Alex?» chiese Judy.

«Non ha quasi bisogno di montaggio quindi verrà trasmessa subito. Tra mezz'ora» rispose il giornalista.

Judy guardò l'orologio. Erano le cinque e un quarto.

Priest e Melanie camminarono per mezz'ora senza vedere un taxi. Allora Melanie chiamò un radio-taxi col cellulare. Attesero invano l'arrivo di una macchina.

A Priest pareva di impazzire. Dopo tutto quello che aveva fatto, il suo grande piano rischiava di fallire perché non si riusciva a trovare un maledetto taxi!

Finalmente una Chevrolet tutta impolverata si fermò di fronte al molo 39. Il taxista aveva un impronunciabile nome mitteleuropeo e sembrava completamente fatto. Non capiva una parola di inglese a parte "destra" e "sinistra", e probabilmente era l'unica persona a San Francisco a non sapere del terremoto.

Quando arrivarono al magazzino erano le sei e venti.

Al Centro operativo d'emergenza, Judy si lasciò cadere sulla sedia, fissando il telefono.

Erano le sei e venticinque. Di lì a trentacinque minuti, Granger avrebbe avviato il vibratore sismico. Se avesse funzionato bene come le ultime due volte, ci sarebbe stato un terremoto. Ma questo sarebbe stato molto peggiore dei precedenti. Dando per scontato che Melanie avesse detto la verità, e che il vibratore si trovasse da qualche parte nella penisola di San Francisco, quasi sicuramente il terremoto avrebbe colpito la città.

Almeno due milioni di persone erano fuggiti dall'area metropolitana dopo che Granger aveva annunciato al *John Truth Show* che ci sarebbe stato un altro terremoto. Restava, però, ancora più di un milione tra uomini, donne e bambini impossibilitati o riluttanti a lasciare le loro case: poveri, vecchi, malati, poliziotti, pompieri, infermieri, di-

446

pendenti comunali che aspettavano di cominciare l'opera di soccorso. Tra questi c'era anche Bo.

Alex Day stava trasmettendo in diretta dallo studio improvvisato allestito presso il comando d'emergenza del sindaco sulla Turk, a pochi isolati di distanza. Il sindaco indossava un elmetto e un giubbotto rosso porpora, e continuava a ripetere ai cittadini di ripararsi, coprirsi e restare dove si trovavano.

L'intervista con Michael veniva trasmessa in continuazione su tutti i canali: i produttori televisivi erano stati informati del suo vero scopo.

Ma sembrava che Melanie non stesse guardando la televisione.

Il pick-up di Priest era stato ritrovato alle quattro nella zona del Fisherman's Wharf. Il veicolo veniva tenuto sotto sorveglianza, ma lui non si era visto. Nel frattempo, tutti i garage e i parcheggi delle vicinanze venivano setacciati alla ricerca di un vibratore sismico.

La sala da ballo del club degli ufficiali era piena di gente. C'erano almeno quaranta pezzi grossi intorno al "posto di comando". Michael e i suoi collaboratori erano raggruppati intorno ai computer, in attesa del cicalino che, con la sua inopportuna allegria, avrebbe annunciato l'inizio dell'attività sismica che tutti temevano. Gli uomini di Judy erano ancora al telefono, intenti a controllare le segnalazioni relative a persone che somigliavano a Granger o a Melanie, ma le loro voci avevano un tono sempre più disperato. L'apparizione di Dusty in televisione durante l'intervista con Michael era stata la loro ultima carta, ma sembrava proprio che non avesse funzionato.

La maggior parte degli agenti che lavoravano al Centro operativo d'emergenza abitava nella zona della baia. L'amministrazione aveva organizzato l'evacuazione delle loro famiglie. L'edificio in cui si trovavano era considerato relativamente sicuro: l'esercito l'aveva ristrutturato per renderlo antisismico. In ogni caso loro non potevano andarsene. Come i soldati, i pompieri e i poliziotti dovevano essere presenti lì dove era il pericolo. Era il loro mestiere. Fuori, sulla spianata, una flottiglia di elicotteri era pronta al decollo, con i rotori che giravano, in attesa di portare Judy e i suoi colleghi nella zona del terremoto.

Priest andò in bagno. Mentre si lavava le mani udì l'urlo di Melanie.

Corse nell'altra stanza con le mani ancora bagnate. La trovò che fissava il televisore. «Cosa c'è?» le chiese.

Era pallida e si copriva la bocca con le mani. «Dusty!» singhiozzò, indicando lo schermo.

Priest vide il marito di Melanie che rispondeva alle domande di un intervistatore. Teneva il figlio sulle ginocchia. Un attimo dopo l'immagine cambiò e una conduttrice disse: «Era Alex Day che intervistava uno dei maggiori sismologi del mondo, il professor Michael Quercus, dal Centro operativo d'emergenza al Presidio».

«Dusty è a San Francisco!» esclamò Melanie in preda all'isteria.

«No che non c'è» cercò di rassicurarla Priest. «Forse c'era, quando è stata registrata l'intervista. Ma ora è a chilometri di distanza.»

«Non puoi saperlo!»

«Certo che sì. E anche tu lo sai. Michael avrà cura di suo figlio.»

«Vorrei tanto esserne sicura» fece Melanie con voce tremante.

«Prepara una tazza di caffè» suggerì Priest, tanto per tenerla impegnata.

«Okay.» Melanie prese il pentolino dal fornelletto e andò in bagno per riempirlo d'acqua.

Judy guardò l'orologio. Erano le sei e trenta.

Il suo telefono squillò.

Sulla sala scese il silenzio.

Afferrò la cornetta, che però le cadde di mano, imprecò, la riprese e se la portò all'orecchio. «Sì?»

448

Il centralinista disse: «Melanie Quercus chiede di suo marito».

Grazie al cielo! Judy fece un cenno a Raja. «Rintraccia la telefonata.»

Raja stava già dando istruzioni dal suo telefono.

«Passamela» disse lei all'operatore.

Tutti i pezzi grossi del "posto di comando" si ammassarono intorno alla sua sedia. Rimasero in silenzio, sforzandosi di sentire.

Questa potrebbe essere la telefonata più importante della mia vita.

Si sentì un clic. Judy si sforzò di parlare con un tono di voce calmo: «Qui parla l'agente Maddox».

«Dov'è Michael?»

Melanie sembrava così spaventata e smarrita che Judy ebbe compassione di lei. Non sembrava altro che una mammina sventata in ansia per il suo bambino.

Svegliati, Judy. Questa donna è un'assassina.

Ordinò al proprio cuore di tacere. «Da dove chiama lei, Melanie?»

«La prego» sussurrò Melanie. «Mi dica solo dove ha portato Dusty.»

«Facciamo un patto» propose Judy. «Io mi accerterò che Dusty sia al sicuro... se mi dice dov'è il vibratore sismico.»

«Posso parlare con mio marito?»

«È con Ricky Granger? Con Priest, voglio dire?»

«Sì.»

«E il vibratore sismico è con voi, lì dove vi trovate?»

«Sì.»

Allora vi abbiamo quasi preso.

«Melanie... lei vuole davvero uccidere tutte quelle persone?»

«No, ma ci siamo costretti...»

«Non potrà prendersi cura di Dusty se finisce in galera. Non lo vedrà crescere.» Judy sentì un singhiozzo dall'altro capo della linea. «Lo potrà vedere solo attraverso una paratia di vetro. Quando uscirà di prigione sarà ormai un uomo adulto che non la riconoscerà neppure.»

Melanie stava piangendo.

«Mi dica dove si trova.»

Nella sala il silenzio era totale. Erano tutti immobili.

Melanie sussurrò qualcosa, ma Judy non riuscì a sentire.

«Parli più forte!»

Dall'altro capo, in sottofondo, si udì una voce di uomo gridare: «Con chi cazzo stai parlando?».

«Presto! Presto! Mi dica dov'è» la esortò Judy.

«Dammi quel maledetto cellulare!» ruggì l'uomo.

«Perpetu...» disse Melanie e poi lanciò un urlo.

Un attimo dopo la comunicazione venne interrotta.

«È dalle parti della Bay Shore, a sud della città» annunciò Raja.

«Non basta!» esclamò Judy.

«Non riescono a essere più precisi.»

«Merda!»

«Tutti calmi» intimò Stuart Cleever. «Tra un momento risentiamo il nastro. Prima di tutto, Judy, lei ti ha dato qualche elemento?»

«Alla fine ha detto qualcosa. Qualcosa come "perpetuo". Carl, controlla se c'è una strada che si chiama così.»

«Controlleremo anche se c'è una ditta» intervenne Raja. «Potrebbero essere nel garage di un edificio commerciale.»

«Okay, fallo.»

Cleever diede un pugno sul tavolo. «Perché ha riattaccato?»

«Credo che Granger l'abbia sorpresa e le abbia strappato il telefono.»

«E adesso cosa conti di fare?»

«Vorrei prendere l'elicottero e sorvolare la costa» rispose Judy. «Michael potrebbe venire con me per indicarmi il percorso della faglia. Potremmo anche individuare il vibratore sismico.»

«Procedi pure» disse Cleever.

Infuriato, Priest fissò Melanie rannicchiata contro il lavandino sudicio. Così aveva cercato di tradirlo. Le avrebbe sparato lì su due piedi se avesse avuto una pistola, ma il revolver che aveva rubato alla sentinella dei Los Alamos era sotto il sedile del vibratore sismico.

Spense il cellulare di Melanie, se lo infilò nel taschino della camicia e cercò di calmarsi. Era una cosa che gli aveva insegnato Star. Da giovane era solito dare libero sfogo all'ira per intimorire gli avversari, ben sapendo che era molto più facile avere a che fare con delle persone spaventate. Ma Star gli aveva insegnato a respirare nella maniera giusta, a rilassarsi e pensare, il che alla lunga dava risultati migliori.

Rifletté sul danno che Melanie aveva causato. L'Fbi era riuscito a rintracciare la telefonata? Erano in grado di scoprire il luogo da cui chiamava un cellulare? Doveva dare per scontato che fosse possibile. In questo caso presto sarebbero arrivati a perlustrare la zona, alla ricerca di un vibratore sismico.

Non aveva più tempo. La finestra sismica si apriva alle sei e quaranta. Guardò l'orologio: erano le sei e trentacinque. Al diavolo l'ultimatum delle sette... doveva scatenare il terremoto, ora.

Si precipitò fuori dal bagno. Il vibratore sismico era in mezzo al magazzino vuoto, col muso rivolto verso l'ingresso. Saltò a bordo e avviò il motore.

Ci vollero un paio di minuti perché nel meccanismo vibrante ci fosse pressione sufficiente. Fissava gli indicatori di livello con impazienza. *Su, su, avanti!* Finalmente tutte le spie diventarono verdi.

La portiera dal lato del passeggero si aprì e Melanie salì a bordo. «Non farlo!» gli gridò. «Non so dove sia Dusty!»

Priest allungò un braccio verso la leva che abbassava al suolo la piastra vibrante.

Melanie gli allontanò la mano con un colpo. «Non farlo, ti prego!»

Priest le diede uno schiaffo in pieno viso. Lei lanciò un urlo e dal labbro le uscì un filo di sangue. «Togliti dai piedi!» le intimò. Tirò la leva e la piastra cominciò a scendere.

Melanie si allungò in avanti e riportò la leva nella posizione iniziale.

Priest non ci vide più. La colpì nuovamente.

Melanie urlò e si riparò il viso con le mani, ma non fuggì.

Priest riabbassò la leva.

«No» ripeté lei. «Ti prego.»

E ora cosa faccio con questa stupida cagna? Si ricordò della pistola. Era sotto il sedile. Allungò la mano e l'afferrò. Era un'arma troppo grossa e ingombrante da usare in uno spazio così piccolo. La puntò contro Melanie. «Scendi dal camion» le ordinò.

Con grande sorpresa di Priest, lei gli si gettò contro, premendo il corpo contro la canna della pistola e spinse indietro la leva.

Priest tirò il grilletto.

Nella cabina di guida l'esplosione risultò assordante.

Per una frazione di secondo, una piccola parte della sua mente provò un fremito di dolore per aver rovinato un corpo così bello, ma poi allontanò subito il pensiero.

Melanie fu scaraventata all'indietro: la portiera era ancora aperta e lei cadde giù, rotolando con un tonfo sordo sul pavimento.

Priest non si curò di vedere se fosse morta.

Per la terza volta abbassò la leva.

Lentamente la piastra prese a scendere.

Quando toccò il suolo, Priest azionò il vibratore.

L'elicottero aveva quattro posti. Judy era seduta accanto al pilota, Michael dietro. Mentre volavano verso sud, lungo la costa della San Francisco Bay, Judy sentì in cuffia la voce di un'assistente di Michael che lo chiamava dal posto di comando. «Michael! Sono Paula! È cominciato... è un vibratore sismico!»

Judy si sentì gelare dalla paura. *Pensavo avessimo più tempo!* Guardò l'orologio: erano le sei e quarantacinque. Mancavano quindici minuti alla scadenza dell'ultimatum di Granger. La telefonata di Melanie doveva averlo spinto ad agire prima.

«Nessuna scossa sul sismografo?» stava chiedendo Michael.

«No... solo il vibratore sismico, per ora.»

Grazie al cielo.

«Dateci la posizione, presto!» urlò Judy nel microfono.

«Un minuto, le coordinate stanno uscendo adesso.»

Judy afferrò una cartina.

Presto! Presto!

Dopo un interminabile minuto, Paula lesse i numeri che comparivano sullo schermo. Judy fece il punto sulla sua cartina e comunicò al pilota: «Tre chilometri a sud, poi cinquecento metri verso l'interno».

Si sentì rivoltare lo stomaco quando l'elicottero si tuffò acquistando velocità.

Stavano volando sopra la vecchia zona industriale lungo la baia, tra fabbriche abbandonate e cimiteri d'auto. Fosse stata una domenica normale, la zona sarebbe stata tranquilla: quel giorno era completamente deserta. Judy scrutò l'orizzonte, alla ricerca di un camion che potesse essere il vibratore sismico.

Guardando a sud vide due volanti della polizia che si dirigevano a tutta velocità verso lo stesso punto. A ovest scorse il furgone della Swat che si stava avvicinando. Intanto, al Presidio, gli altri elicotteri si alzavano in volo, carichi di uomini armati fino ai denti. Presto metà delle forze dell'ordine della California del Nord si sarebbero dirette verso le coordinate comunicate da Paula.

«Paula! Cosa sta succedendo sui tuoi schermi?» urlò Michael nel microfono.

«Niente... il vibratore è in funzione, ma non sembra avere alcun effetto.»

«Grazie al cielo!» sospirò Judy.

«Se fa come le altre volte» disse Michael «sposterà il camion di qualche centinaio di metri e riproverà.»

«Eccoci. Siamo arrivati sulle coordinate» annunciò il pilota. L'elicottero cominciò a volare in cerchio sulla zona.

Judy e Michael guardarono giù, alla disperata ricerca di un vibratore sismico.

A terra, tutto pareva immobile.

Priest imprecò.

Il vibratore era in funzione ma non succedeva nulla.

Era già accaduto in precedenza, entrambe le volte. Melanie aveva detto di non capire esattamente perché in certi posti funzionasse e in altri no. Forse aveva a che fare con i diversi tipi di sottosuolo. Tutte e due le volte il vibratore aveva provocato il terremoto al terzo tentativo. Ma quel giorno Priest aveva un tremendo bisogno di essere fortunato alla prima.

Non fu così.

Furente per la rabbia, spense il vibratore e sollevò la piastra.

Doveva spostare il camion.

Saltò a terra. Scavalcò Melanie che era raggomitolata contro il muro in una pozza di sangue e corse verso l'entrata. C'era un vecchio portone, con due battenti che si ripiegavano su se stessi a fisarmonica per permettere l'ingresso ai veicoli di grandi dimensioni. In uno dei due battenti era inserita una porticina di ingresso per le persone. Priest la aprì con violenza.

Sull'entrata di un piccolo magazzino Judy vide un cartello con la scritta: "Perpetua Diaries".

Le era parso che Melanie avesse detto "perpetuo".

«Ecco il posto!» urlò. «Atterra!»

L'elicottero scese rapidamente, evitando i cavi della linea elettrica che correvano da un palo all'altro accanto alla strada, e si fermò in mezzo alla strada deserta.

Come avvertì il sobbalzo dell'elicottero che toccava il suolo, Judy aprì lo sportello.

Priest guardò fuori.

Un elicottero era atterrato sulla strada proprio in quel momento. Vide qualcuno saltare a terra. Era una donna con una medicazione sulla faccia. Riconobbe Judy Maddox.

Lanciò un'imprecazione che si perse nel frastuono dell'elicottero.

Non c'era tempo per aprire il portone.

Tornò di corsa al camion, salì in cabina e inserì la retromarcia con violenza. Arretrò quanto gli fu possibile all'interno del magazzino, fermandosi solo quando il paraurti posteriore andò a colpire il muro. A questo punto ingranò la prima, imballò il motore e lasciò andare la frizione di scatto. Il camion fece un balzo in avanti.

Priest schiacciò l'acceleratore a tavoletta. Col motore rombante, il grosso automezzo acquistò velocità all'interno del magazzino e si lanciò contro il vecchio portone di legno.

Judy Maddox si trovava proprio davanti all'entrata, con la pistola in pugno. Shock e paura le si dipinsero sul volto quando il camion irruppe dal portone che finiva in mille pezzi. Mentre puntava diritto su di lei, Priest scoppiò in una risata selvaggia. Judy si buttò di lato e il camion la mancò per un pelo.

L'elicottero era al centro della strada. Un uomo stava scendendo. Priest riconobbe Michael Quercus.

Sterzò verso l'elicottero, cambiò marcia e accelerò.

Judy rotolò su di un fianco, mirò allo sportello del guidatore e fece fuoco due volte. Pensò di aver colpito qualcosa, ma non riuscì a fermare il pesante automezzo.

L'elicottero si alzò in volo immediatamente.

Michael corse verso il ciglio della strada.

Judy capì che Granger sperava di tranciare il carrello

dell'elicottero, come aveva fatto a Felicitas, ma questa volta il pilota fu più svelto di lui e schizzò in alto evitando di misura il camion che sopraggiungeva a tutta velocità.

Ma nella fretta il pilota dimenticò la linea elettrica che correva lungo la strada.

C'erano cinque o sei cavi tesi tra gli alti pali. Le pale del rotore li urtarono, tranciandone alcuni. Il motore dell'elicottero perse potenza. Uno dei pali si piegò sotto la forza dell'urto e cadde al suolo. Il rotore tornò a girare libero, ma ormai l'elicottero aveva perso portanza e precipitò al suolo con uno schianto terribile.

Priest aveva una sola speranza.

Se fosse riuscito ad allontanarsi di quattrocento metri, e poi ad abbassare la piastra in posizione e ad attivare il vibratore, avrebbe potuto provocare un terremoto prima che l'Fbi lo prendesse. E nel caos del terremoto, sarebbe riuscito a fuggire, come l'altra volta.

Sterzò bruscamente e proseguì lungo la strada.

Judy sparò di nuovo verso il camion che, con una brusca manovra, evitò l'elicottero abbattuto. Sperava di colpire Granger o qualche punto vitale del motore, ma non ebbe fortuna. Il camion continuò la sua fragorosa corsa sulla strada piena di buche.

Judy guardò i rottami dell'elicottero. Il pilota non si muoveva. Si voltò verso il vibratore sismico che acquistava lentamente velocità.

Se solo avessi un fucile.

Michael corse verso di lei. «Stai bene?»

«Sì» rispose. Poi prese una decisione. «Tu guarda se riesci ad aiutare il pilota, io penso a Granger.»

«Okay» fece Michael dopo un attimo di esitazione.

Judy infilò la pistola nella fondina e corse dietro il camion.

Era un veicolo pesante, aveva bisogno di tempo per acquistare velocità. Dapprima Judy guadagnò terreno rapidamente. Poi Granger cambiò marcia e il camion accelerò. Judy correva più forte che poteva, il cuore che batteva impazzito, il petto che le doleva per lo sforzo. Continuava a guadagnare terreno, ma molto lentamente. Proprio quando pensava che non sarebbe mai riuscita a raggiungerlo, Granger cambiò marcia e, nell'attimo in cui il camion rallentò la sua corsa, Judy, con un ultimo sforzo, si lanciò verso la coda del veicolo, dove era attaccata una gigantesca ruota di scorta.

Riuscì a mettere un piede sul paraurti e vi si aggrappò. Per un attimo pensò, con terrore, che sarebbe potuta scivolare e cadere; guardò in giù, verso la strada che sfrecciava sotto di lei. Ma riuscì a restare attaccata. Si arrampicò faticosamente sul cassone, tra valvole e serbatoi. Lottò per mantenere l'equilibrio, a un certo punto rischiò di perderlo, ma alla fine riuscì a raddrizzarsi.

Non sapeva se Granger l'avesse vista.

Di certo il vibratore non poteva essere attivato mentre il camion era in movimento, così Judy restò dove si trovava, col cuore che le batteva sempre all'impazzata, aspettando che si fermasse.

Ma lui l'aveva vista.

Judy sentì il rumore di un vetro che si rompeva, poi la canna di una pistola fece capolino dal lunotto posteriore della cabina di guida. Istintivamente si abbassò. Un attimo dopo avvertì il rimbalzo di un proiettile su un serbatoio accanto a lei. Si spostò a sinistra in modo da venire a trovarsi proprio dietro a Granger e si rannicchiò, col cuore in gola. Udì un altro sparo e si fece piccola piccola. Il proiettile la mancò. Lui parve rinunciare.

Ma non era così.

Il camion frenò bruscamente. Judy venne proiettata in avanti, e andò a sbattere con la testa contro un tubo. Poi Granger sterzò violentemente verso destra. Judy venne scagliata di lato e per un terribile istante pensò che si sarebbe sfracellata sulla strada, ma riuscì a restare aggrappata. Vide che Granger stava procedendo lungo una rotta suicida: puntava dritto verso la facciata in mattoni di una fabbrica abbandonata. Judy si abbarbicò a un serbatoio.

All'ultimo momento, Granger frenò e scartò di lato, ma agì con una frazione di secondo di ritardo. Riuscì a evitare lo scontro frontale, ma il parafango affondò nel muro con un fracasso di metallo accartocciato e vetri infranti. Judy sentì un dolore lancinante alle costole mentre andava a sbattere contro il serbatoio cui si era aggrappata. Poi fu scagliata in aria.

Per un attimo perse completamente l'orientamento. Poi cadde a terra, finendo sul fianco sinistro. La violenza dell'urto fu tale da lasciarla senza fiato: non riuscì neppure a urlare per il dolore. Batté la testa contro il selciato, perse la sensibilità del braccio sinistro e il panico si impadronì di lei.

In un paio di secondi la sua mente si schiarì. Era tutta dolorante, però riusciva a muoversi. Il giubbotto antiproiettile l'aveva protetta. I calzoni di velluto a coste erano strappati e le sanguinava un ginocchio, ma non sembrava niente di grave. Perdeva sangue anche dal naso: si era riaperta la ferita che Granger le aveva inferto il giorno prima.

Era caduta vicino all'estremità posteriore sinistra del camion, accanto alle enormi ruote gemellate. Se Granger avesse fatto retromarcia anche solo di un metro, l'avrebbe schiacciata. Rotolò di lato, mantenendosi al coperto del camion, ma allontanandosi dai giganteschi pneumatici. Lo sforzo le causò un forte dolore alle costole e lei imprecò.

Il camion non indietreggiò. Granger non stava cercando di investirla. Forse non aveva neppure visto dove era caduta.

Judy perlustrò la strada con lo sguardo. Vide Michael, a circa quattrocento metri da lei, che lottava per tirare fuori il pilota dai rottami dell'elicottero. Nella direzione opposta non c'era traccia né del furgone della Swat né delle volanti che aveva notato dall'alto, né di altri elicotteri dell'Fbi. Probabilmente era questione di secondi, ma lei non ne aveva neppure uno da perdere.

Si mise in ginocchio e impugnò la pistola. Si aspettava che Granger saltasse giù dalla cabina e le sparasse, ma non accadde.

Si alzò in piedi faticosamente, lottando contro il dolore.

Se si fosse avvicinata dal lato del guidatore, lui l'avrebbe vista nello specchietto retrovisore laterale. Passò dall'altra parte e si arrischiò a lanciare un'occhiata oltre lo spigolo posteriore del veicolo. Anche da quella parte c'era un grosso specchietto.

Si mise in ginocchio, poi si sdraiò lentamente sulla pancia e prese a strisciare sotto il camion.

Avanzò contorcendosi fino a quando fu quasi sotto la cabina di guida.

A un tratto udì un rumore sopra di lei e si chiese cosa fosse. Guardò in su e vide una gigantesca piastra d'acciaio.

Stava calando sopra la sua testa.

Rotolò di lato con movimenti frenetici. Un piede le rimase impigliato in uno dei pneumatici posteriori della motrice. Per alcuni orribili secondi lottò per liberarsi, mentre la pesante piastra scendeva inesorabile. Le avrebbe schiacciato la gamba come un giocattolo di plastica. All'ultimo momento riuscì a liberare il piede dalla scarpa mettendosi in salvo.

Ora però era allo scoperto. Da un momento all'altro Granger l'avrebbe vista. Se si fosse sporto dalla portiera del passeggero, con la pistola in pugno, avrebbe potuto spararle.

Si udì uno scoppio come quello di una bomba e il terreno sotto di lei cominciò a tremare violentemente. Granger aveva messo in funzione il vibratore.

Doveva fermarlo. Per un attimo pensò alla casa di Bo. Nella sua mente la vide sbriciolarsi e crollare, poi tutta la strada andare in pezzi...

Premendosi la mano sinistra contro il fianco per alleviare il dolore, riuscì ad alzarsi.

Con due passi raggiunse lo sportello dal lato del passeggero. Doveva aprirlo con la destra, e così passò la pistola nella mano sinistra – sapeva sparare sia con l'una che con l'altra – e la puntò verso l'alto.

Adesso.

Saltò sul predellino, afferrò la maniglia della portiera e la aprì di scatto.

Si trovò faccia a faccia con Richard Granger.

Sembrava spaventato quanto lei.

Judy gli puntò contro la pistola con la mano sinistra. «Spegnilo!» urlò. «Spegnilo!»

«Okay» fece lui, sorridendo in modo strano mentre allungava una mano sotto il sedile.

Fu quel ghigno a metterla in allarme. Capì che non intendeva affatto spegnere il vibratore e si preparò a sparargli.

Non aveva mai sparato a nessuno prima di allora.

Quando la mano di Granger ricomparve, impugnava un revolver che pareva uscito da un film di cow-boy.

Mentre la lunga canna si alzava verso di lei, Judy mirò alla testa dell'uomo e tirò il grilletto.

Il proiettile lo colpì in pieno volto, accanto al naso.

Granger sparò una frazione di secondo troppo tardi. Il bagliore e il frastuono prodotto dai due spari fu terrificante. Judy sentì una fitta bruciante alla tempia destra.

Anni di addestramento entrarono in gioco. Le avevano insegnato a sparare due colpi e i suoi muscoli se lo ricordarono. Di riflesso premette ancora il grilletto. Questa volta lo colpì alla spalla. Il sangue schizzò fuori immediatamente. Granger si girò di lato e cadde all'indietro contro la portiera, mollando la pistola.

Gesù, è questo che succede quando si ammazza qualcuno?

Judy sentì il sangue che le gocciolava lungo la guancia destra. Lottò contro la nausea e la debolezza che minacciavano di sopraffarla. Continuò a tenere la pistola puntata su Granger.

Il vibratore era ancora in funzione.

Judy fissò disperata la distesa di comandi e indicatori. Aveva appena sparato all'unica persona capace di spegnere quell'arnese. Il panico si impadronì di lei, ma riuscì a ricacciarlo indietro. *Deve esserci una chiave.*

Infatti c'era.

Si allungò sopra il corpo esanime di Ricky Granger e la girò.

Di colpo tutto si fermò.

Lanciò un'occhiata verso la strada. Davanti al magazzino della Perpetua Diaries l'elicottero era in fiamme.

Michael!

Aprì la portiera, lottando per restare cosciente. Sapeva di dover fare qualcosa, qualcosa di importante, prima di andare in aiuto di Michael, ma non riusciva a ricordare cosa fosse. Alla fine rinunciò e scese dal camion.

Il suono di una lontana sirena si avvicinò sempre più e Judy vide arrivare una volante. La fermò agitando il braccio. «Fbi» disse con un filo di voce. «Mi porti fino a quell'elicottero.» Aprì la portiera e si lasciò cadere all'interno.

Il poliziotto percorse le poche centinaia di metri fino al magazzino e si fermò a distanza di sicurezza dal velivolo in fiamme. Judy scese. Non riusciva a vedere nessuno all'interno. «Michael!» urlò. «Dove sei?»

«Sono qui!» Era dietro a quello che restava dei battenti del portone, chino sul pilota. Judy corse verso di lui. «Quest'uomo ha bisogno d'aiuto» disse Michael e poi vide il volto di Judy. «Dio mio! Anche tu!»

«Non è nulla» lo rassicurò. «Stanno arrivando i rinforzi.» Tirò fuori il telefono cellulare e chiamò il posto di comando. Rispose Raja. «Judy, cosa sta succedendo?»

«Dimmelo tu, per Dio!»

«Il vibratore si è fermato.»

«Lo so, l'ho fermato io. Nessuna scossa?»

«No. Niente di niente.»

Judy quasi si sentì mancare per il sollievo. L'aveva fermato in tempo. Non ci sarebbe stato alcun terremoto.

Si appoggiò al muro. Le parve di svenire e lottò per restare in piedi.

Non provava alcun senso di trionfo. Forse sarebbe venuto dopo, con Raja, Carl e gli altri, da Everton's. Per il momento si sentiva svuotata di ogni energia.

Arrivò un'altra volante e scese un agente. «Tenente Forbes» disse. «Cosa diavolo è successo qui? Dov'è il responsabile di questo macello?»

Judy indicò il vibratore sismico. «È nella cabina di quel camion. È morto.»

«Vado a dare un'occhiata» annunciò il tenente e risalì in macchina, partendo a tutta velocità.

Intanto Michael era scomparso. Judy entrò nel magazzino per cercarlo.

Lo vide seduto sul pavimento di cemento in una pozza di sangue, illeso. Teneva Melanie tra le braccia: il volto di lei era più pallido del solito e la T-shirt bianca che indossava era inzuppata di sangue.

Il viso di Michael era stravolto per il dolore.

Judy si avvicinò e gli si inginocchiò accanto. Mise una mano sul collo di Melanie per sentire i battiti. Niente.

«Mi dispiace» disse. «Mi dispiace davvero.»

«Povero Dusty» mormorò lui.

Judy gli sfiorò il viso con una carezza. «Se la caverà.»

Qualche attimo dopo, ricomparve il tenente Forbes. «Mi scusi, signora» le si rivolse, educatamente. «Non aveva detto che c'era un uomo morto su quel camion?»

«Sì» rispose lei. «L'ho ucciso io.»

«Be'» fece il poliziotto «non c'è più.»

22

Star fu condannata a dieci anni di carcere.

All'inizio fu una tortura. La reclusione è un inferno per chi ha trascorso tutta la vita nella più assoluta libertà. Ma poi arrivò Jane, un'agente di custodia simpatica e carina che si innamorò di lei, e iniziò a portarle cosmetici, libri e anche marijuana, e così le cose andarono meglio.

Flower venne data in affidamento a un pastore protestante e a sua moglie. Erano persone generose e indulgenti che non immaginavano lontanamente da dove provenisse. Flower sentiva la mancanza dei veri genitori, andava male a scuola, ed ebbe altri guai con la polizia. Un paio d'anni dopo conobbe sua nonna, Veronica Nightingale, ora poco più che sessantenne. Gestiva un sex-shop a Los Angeles, in cui vendeva gadget erotici, *lingerie* e video porno. Aveva un appartamento a Beverly Hills e un'auto sportiva rossa, e raccontava alla nipote di quando suo papà era piccolo. Flower lasciò il pastore e la moglie e si trasferì dalla nonna.

Oaktree scomparve. Judy sapeva che a bordo della 'Cuda a Felicitas c'era una quarta persona ed era riuscita a ricostruirne il ruolo nella vicenda. Aveva addirittura ricavato la serie completa delle sue impronte digitali dalla falegnameria alla comune. Ma nessuno sapeva che fine avesse fatto. Le stesse impronte furono rinvenute un paio di anni dopo in un'auto rubata che era servita per una rapina a Seattle. Benché la polizia non sospettasse di lui – aveva un solido alibi – Judy fu informata comunque. Quando lei riesaminò il caso con il procuratore distrettuale – il vecchio amico Don Riley, ora sposato con un'agente di una compagnia di assicurazioni – si resero conto di avere pochissimi elementi contro Oaktree per il ruolo da lui svolto nella vicenda del Martello dell'Eden, e lasciarono perdere.

Milton Lestrange morì di cancro. Brian Kincaid andò in pensione. Marvin Hayes diede le dimissioni e diventò direttore della sicurezza in una catena di supermercati.

Michael Quercus acquistò una certa fama. Poiché era di bella presenza e molto bravo nell'illustrare la sismologia, gli show televisivi lo interpellavano sempre quando si parlava di terremoti. Gli affari gli andavano bene.

Judy fu promossa coordinatore. Andò a vivere con Michael e Dusty. Quando il lavoro di Michael cominciò a rendere, comprarono una casa insieme e decisero di avere un figlio. Di lì a un mese Judy era incinta, così si sposarono. Al matrimonio Bo pianse come una fontana.

Alla fine Judy capì come Granger fosse riuscito a fuggire.

La ferita al viso era brutta ma non grave. Il proiettile nella spalla aveva reciso una vena e la forte emorragia gli aveva fatto perdere conoscenza. Judy avrebbe dovuto sentirgli il battito prima di correre in aiuto di Michael, ma era stremata e confusa per le ferite e la perdita di sangue, e non si era attenuta alla procedura.

La posizione accovacciata in cui Granger era venuto a trovarsi gli aveva fatto risalire la pressione sanguigna: pochi secondi dopo che Judy si era allontanata aveva ripreso i sensi. Si era trascinato oltre l'angolo della Third Street, dove aveva avuto la fortuna di trovare un'auto ferma al semaforo, era salito a bordo, aveva puntato la pistola contro il guidatore e gli aveva ordinato di portarlo in centro. Durante il percorso aveva usato il cellulare di Melanie per chiamare Paul Beale, l'imbottigliatore che era stato suo complice ai vecchi tempi. Beale gli aveva dato l'indirizzo di un dottore senza tanti scrupoli.

Granger si era fatto lasciare all'angolo di un quartiere lurido e malfamato. (Giunto a casa il povero automobilista aveva chiamato la locale stazione di polizia ma, trovando la linea occupata, aveva finito col denunciare l'incidente solo il giorno dopo.) Il dottore, radiato dall'albo e morfinomane, aveva ricucito Granger alla bell'e meglio. Passata la notte nel suo appartamento, Granger se ne era andato.

Judy non scoprì mai dove fosse finito.

L'acqua sale velocemente. Inonda le casette di legno. Dietro le porte chiuse, le sedie e i letti costruiti con le loro mani galleggiano sull'acqua. Anche la cucina e il tempio sono allagati.

Ha atteso settimane che l'acqua raggiungesse i vigneti. Ora che è arrivata e le sue preziose piante stanno affogando, è il momento di farla finita.

Aveva sperato di trovare qui Spirit, ma anche il suo cane se n'è andato ormai da un pezzo.

Si è scolato una bottiglia del suo vino preferito. Gli è molto difficile bere o mangiare a causa della ferita sul viso, cucita malamente da un medico drogato marcio, ma è comunque riuscito a tracannare abbastanza vino da ubriacarsi.

Scaglia lontano la bottiglia e prende dalla tasca un grosso spinello di marijuana tagliata con abbastanza eroina da stenderlo. Lo accende, tira una boccata, e scende lentamente la collina.

Quando l'acqua gli arriva alle cosce, si siede.

Guarda la sua valle un'ultima volta. È irriconoscibile. Il torrente tumultuoso è scomparso. I tetti delle case paiono relitti di navi che galleggiano sulla superficie di una laguna. Le vigne piantate venticinque anni prima sono ormai sommerse.

Non è più una valle. È diventata un lago, e tutto quello che c'era è stato ucciso.

Tira una lunga boccata dallo spinello, cacciandosi il fumo mortale fin dentro i polmoni. Sente un'ondata di piacere mentre la droga gli entra nel sangue e gli inonda il cervello. Piccolo Ricky, alla fine hai trovato la felicità.

Rotola su un fianco e scivola in acqua. Resta a faccia in giù, inerme, completamente fatto. La sua coscienza si affievolisce, lentamente, come una luce lontana che si spegne piano piano, e alla fine muore.

RINGRAZIAMENTI

Desidero ringraziare di cuore per avermi aiutato nella stesura di questo libro:
- il governatore della California Pete Wilson; Jonathan R. Wilcox, vicedirettore per gli Affari pubblici dell'ufficio del governatore; Andrew Poat, vicedirettore del dipartimento dei Trasporti.
- Mark D. Zoback, professore di geofisica, presidente dell'Istituto di geofisica dell'Università di Stanford;
- all'ufficio operativo dell'Fbi di San Francisco: l'agente speciale George E. Grotz, direttore degli Affari pubblici e Relazioni con la stampa, che mi ha aperto molte porte; l'agente speciale Candice DeLong, coordinatore dell'unità di Analisi comportamentale, che mi ha generosamente dedicato molto tempo illustrandomi nei dettagli il lavoro e la vita di un poliziotto; Bob Walsh, caposervizio dell'ufficio di San Francisco; George Vinson, vicecaposervizio; Charles W. Mattews III, caposervizio aggiunto; l'agente speciale John Gray, coordinatore dell'unità di Crisi; l'agente speciale Don Whaley, coordinatore e assistente del capodivisione; l'agente speciale Larry Long, coordinatore dell'unità Tecnica; l'agente speciale Tony Maxwell, coordinatore dell'unità Scientifica; Dominic Gizzi, funzionario amministrativo;
- all'ufficio operativo dell'Fbi di Sacramento: gli agenti speciali Carole Micozzi e Mike Ernst;
- Pearle Greaves, specialista di informatica presso il quartier generale dell'Fbi;
- Lee Adams, sceriffo della Sierra County;

– Lucien G. Canton, direttore dell'ufficio del sindaco di San Francisco per i servizi di emergenza;

– James F. Davis, PhD, responsabile dell'ufficio sismologico dello stato della California; Sherry Reser del Servizio informazioni, dipartimento delle Risorse naturali;

– Charles Yanez, dirigente per il Texas del Sud della Western Geophysical; Janet Loveday della Western Geophysical; Rhonda G. Boone, dirigente del Servizio centrale comunicazioni della Western Atlas International; Donnie McLendon della Western Geophysical di Freer, Texas; Jesse Rosas, autista di bulldozer;

– Seth Rosing DeLong;

– Keith J. Rosing, responsabile dei servizi di emergenza dell'Irvine Medical Center;

– Brian Butterworth, professore di neuropsicologia cognitiva dell'University College di Londra.

La maggior parte di queste persone mi è stata indicata da Dan Starer, della Research for Writers di New York.

Come sempre appunti e bozze sono stati letti dal mio agente, Al Zuckerman, dai miei curatori, Ann Patty di New York e Suzanne Baboneau di Londra, e da numerosi parenti e amici, fra i quali George Brennan, Barbara Follett, Angus James, Jann Turner e Kim Turner. A tutti sono grato per le critiche e i suggerimenti.

QUESTO VOLUME È STATO IMPRESSO NEL MESE DI OTTOBRE 1998
PRESSO ARNOLDO MONDADORI EDITORE S.P.A.
STABILIMENTO NUOVA STAMPA MONDADORI – CLES (TN)

STAMPATO IN ITALIA – PRINTED IN ITALY